黄永玉题写文集书名

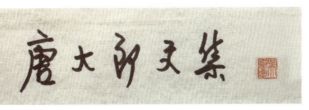

吴承惠题写文集书名

黄永玉绘画《戊戌中秋读大郎忆樊川诗文》

唐大郎夫妇,1972年摄于上海展览馆

1973年唐大郎夫妇在苏州

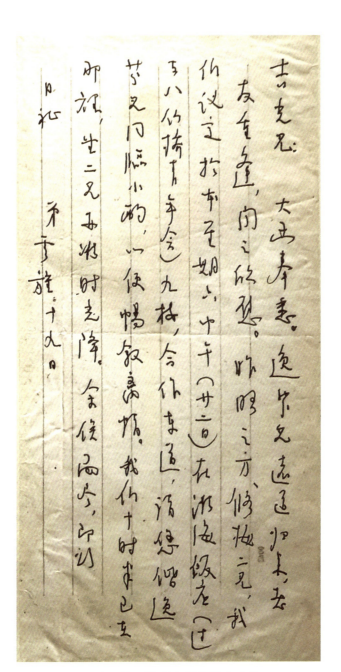

1979年9月19日唐大郎致姚吉光信

1979年9月19日（21日发出）唐大郎致姚吉光信之信封

戴元俊画赠唐大郎

閒居集

劉郎

自壽一首

任經浪浪復波波，天涯橫才兩不磨。偶於沉醉放狂歌。風華秋淨整華堪。俊士所賢好語，七十還淘童子氣，自言來日正多多。

去年七十虛歲，今年七十實歲。兩年內寫成「七十歲詩」一百首，中有懷人、悼友、即事、論詩、憶往，而寫當年花花綠綠痕跡的亦有十來章。內容多樣，體裁只有一個，即均是七言絕句。

前面這首「自壽」詩，是在今年生日那天寫的，將作這些詩的「題記」。我的東西得不起名山事業，本人也從無這個志願。自己寫，自己看，正像墨爽大長老夫說的「聊以自娛」而已。

唐大郎以"刘郎"笔名写《闲居集》专栏，刊1978年10月6日香港《大公报》

唐大郎（刘郎）《闲居集》书影，香港广宇出版社1983年版

唐大郎文集
闲居集

张 伟 祝淳翔 编

上海大学出版社

图书在版编目(CIP)数据

闲居集/张伟,祝淳翔编. —上海:上海大学出版社,2020.8
(唐大郎文集;第12卷)
ISBN 978-7-5671-3889-6

Ⅰ.①闲… Ⅱ.①张… ②祝… Ⅲ.①散文集—中国—现代 Ⅳ.①I266

中国版本图书馆 CIP 数据核字(2020)第 101334 号

责任编辑 黄晓彦
封面设计 缪炎栩

唐大郎文集

闲 居 集

张 伟 祝淳翔 编

上海大学出版社出版发行
(上海市上大路99号 邮政编码200444)
(http://www.shupress.cn 发行热线 021-66135112)
出版人:戴骏豪

*

江阴金马印刷有限公司印刷 各地新华书店经销
开本 890mm×1240mm 1/32 插页 8 印张 15.75 字数 434 千
2020 年 8 月第 1 版 2020 年 8 月第 1 次印刷
ISBN 978-7-5671-3889-6/I·594 定价:88.00 元

版权所有 侵权必究
如发现本书有印装质量问题请与印刷厂质量科联系
联系电话:0510-86626877

小朋友记事

黄永玉

大郎兄要出全集了。很开心,特别开心。

我称大郎为兄,他似乎老了一点;称他为叔,又似乎小了一点。在上海,我有很多"兄"都是如此,一直到最后一个黄裳兄为止,算是个比我稍许大点的人。都不在了。

人生在世,我是比较喜欢上海的,在那里受益得多,打了良好的见识基础。也是我认识新世界的开始,得益这些老兄们的启发和开导。

再过四五年我也一百岁了。这简直像开玩笑!一个人怎么就轻轻率率地一百岁了?

认识大郎兄是乐平兄的介绍。够不上当他的"老朋友"。到今天屈指一算,七十多年,算是个"小朋友"吧!

当年看他的诗和诗后头写的短文章,只觉得有趣,不懂得社会历史价值的分量,更谈不上诗作格律严谨的讲究。最近读到一位先生回忆他的文章,其中提起我和吴祖光写诗不懂格律,说要好好批评我们的话。

我轻视格律是个事实。我只愿做个忠心耿耿的欣赏者,是个不愿做奴隶的人(们);我又不蠢;我忙的事多得很,懒得记那些套套。想不到的是他批评我还连带着吴祖光。在我心里吴祖光是懂得诗规的,居然胆敢说他不懂,看样子是真不懂了。我从来对吴祖光的诗是欣赏的,这么一来套句某个外国名人的话:"愚蠢的人有更愚蠢的人去尊敬他。"我就是那个更愚蠢的人。

听人说大郎兄以前在上海当过银行员,数钞票比赛得了第一。

我问他能不能给我传授一点数钞票的本事!

他冷着脸回答我:

"侬有几化钞票好数?"

是的,我一个月就那么一小叠,犯不上学。

批黑画的年月,居然能收到一封大郎兄问候平安的信。我当夜画了张红梅寄给他。

以后在他的诗集里看到。他把那张画挂在蚊帐子里头欣赏。真是英明到没顶的程度。

"文革"后我每到上海总有机会去看看他,或一起去找这看那。听他从容谈吐现代人事就是一种特殊的益智教育。

最后见的一面是在苏州。我已经忘记那次去苏州干什么的。住在旅馆却一直待在龚之方老兄家,写写画画;突然,大郎兄驾到。随同的还有两位千金,加上两位千金的男朋友。

两位千金和男朋友好像没有进门见面,大郎夫妇也走得匆忙,只交代说:"夜里向!夜里向见!"

之方兄送走他们之后回来说:

"两口子分工,一人盯一对,怕他们越轨。各游各的苏州。嗳嗨:有热闹好看哉!"

"要不要跟哪个饭店打打招呼,先订个座再说,免得临时着急。"我说:"也算是难得今晚上让我做东的见面机会。"

"讲勿定嘅,唐大郎这一家子的事体,我经历多了!"之方兄说。

旋开收音机,正播着周云瑞的《霍金定私悼》,之方问怎么也喜欢评弹?有人敲门。门开,大郎一人匆忙进来:

"见到他们吗?"

"谁呀?"我不晓得出了什么事。

"我那两个和刘惠明她们三个!"大郎说。

"你不是跟他们一起的吗?"我问。之方兄一声不吭坐在窗前凳子上斜眼看着大郎。

"走着,走着!跑脱哉!"大郎坐下瞪眼生气。龚大嫂倒的杯热茶也不喝。

"儿女都长大了,犯得上侬老两口子盯啥子梢嘛?永玉还准备请侬一家晚饭咧!"

大郎没回答,又开门走了。

第二天一大早我上龚家,之方兄说:

"没再来,大概回上海了!"

之方兄反而跟我去找一个年轻画家上拙政园。

大郎兄千挑万挑挑了个重头日子出生:

"九·一八"

逝世于七月,幸而不是七月七日。

2019 年 6 月 13 日于北京

给即将出版的《唐大郎文集》写的几句话

方汉奇

唐大郎字云旌,是老报人中的翘楚。曾经被文坛巨擘夏衍誉为"勤奋劳动的正直的爱国的知识分子"。他发表在报上的旧体诗词,曾被周总理誉为"有良心,有才华的爱国主义诗篇"。他才思敏捷,博闻强记,笔意纵横,情辞丰腴。每有新作,或记人,或议事,或抒情,或月旦人物,都引人入胜,令人神往。有"江南才子""江南第一枝笔"之誉。我上个世纪50年代初曾在上海工作过一段时期,适值他主持的《亦报》创刊,曾经是他的忠实读者。近闻他的毕生佳作,已由张伟、祝淳翔两兄汇集出版,使他的鸿篇佳构得以传之久远,使后世的文学和新闻工作者得到参考和借鉴,善莫大焉,功莫大焉。

2019年6月11日于北京

序

陈子善

唐大郎这个名字,我最初是从黄裳先生那里得知的。20世纪80年代初的某一天,到黄宅拜访,闲聊中谈及聂绀弩先生的《散宜生诗》,黄先生告我,上海有位唐大郎,旧诗也写得很有特色,虽然风格与聂老不同。后来读到了唐大郎逝世后出版的旧诗集《闲居集》(香港广宇出版社1983年版)和黄先生写的《诗人——读〈闲居集〉》,读到了魏绍昌、李君维诸位前辈回忆唐大郎的文字,对唐大郎其人其诗才有了进一步的了解。再后来研究张爱玲,又发现唐大郎对张爱玲文学才华的推崇不在傅雷、柯灵等新文学名家之下。张爱玲中短篇小说集《传奇》增订本的问世是唐大郎等促成的,而张爱玲第一部长篇小说《十八春》也正是唐大郎所催生的。于是我对唐大郎产生了更大的兴趣。

十分可惜的是,唐大郎去世太早。他生前没有出过书,殁后也只在香港出了一本薄薄的《闲居集》。将近四十年来默默无闻,几乎被人遗忘了。这当然是很不正常的,是上海现代文学史研究的一个重大缺失,也是研究海派文化不得不面对的一个严重问题。所幸这个莫大的遗憾终于在近几年里逐渐得到了弥补。而今,继《唐大郎诗文选》(上海巴金故居2018年印制)和《唐大郎纪念集》(中华书局2019年版)之后,12卷本400万字的《唐大郎文集》即将由上海大学出版社推出。这不仅是唐大郎研究的一件大事,是上海现代文学史研究的一件大事,也是海派文化研究不容忽视的一个可喜成果。

1908年出生于上海嘉定的唐大郎,原名唐云旌,从事文字工作后有大郎、唐大郎、云裳、淋漓、大唐、晚唐、高唐、某甲、云郎、大夫、唐子、唐僧、刘郎、云哥、定依阁主等众多笔名,令人眼花缭乱,其中以高唐、刘郎、定依阁主等最为著名。唐大郎家学渊源,又天资聪颖,博闻强记。他原在银行界服务,因喜舞文弄墨,约在20世纪20年代末弃金(银行是金饭碗)从文,不久后入职上海《东方早报》,逐渐成长为一名文思泉涌、倚马可待的海上小报报人。当时正是新文学在上海勃兴之时,在最初一段时间里,唐大郎与新文学界的关系并不密切,40年代初以后才有很大改变。但他的小报文字多姿多彩,有以文言出之,也有以白话或文白相间的文字出之,更有独具一格的旧体打油诗,以信息及时多样、语言诙谐生动而赢得上海广大市民读者的青睐,一跃而为上海小报文坛的翘楚和中坚。至40年代更达炉火纯青之境,收获了"小报状元""江南才子"和"江南第一枝笔"等多种美誉。

所谓小报,指的是与《申报》《时事新报》等大报在篇幅和内容上均有所不同的小型报纸。20世纪20年代以后,各种小报在上海滩如雨后春笋般涌现,是上海市民阶层阅读消遣的主要精神食粮;后来新文学界也进军小报,新文学作家也主编小报副刊,使小报呈现更加丰富多彩的面貌。完全可以这样说,小报是上海都市文化的一个重要标志,海派的一个独特的文化现象。近年来对上海小报的研究越来越活跃,就是明证。

唐大郎就是上海小报作者和编者的代表。他的文字追求并不是写小说和评论,而是写五百字左右有时甚至只有两三百字的散文专栏和打油诗专栏。从20年代末至40年代,唐大郎先后为上海《大晶报》《东方日报》《铁报》《社会日报》《金钢钻》《世界晨报》《小说日报》《海报》《力报》《大上海报》《七日谈》《沪报》《罗宾汉》等众多小报和1945年以后开始盛行的"方型报"《海风》等撰稿。他在这些报上长期开设《高唐散记》《定依阁随笔》《唐诗三百首》等专栏,往往一天写好几个专栏,均脍炙人口,久盛不衰。他自己曾多次说过:"我好像天生似的,不能写洋洋几千字的稿件,近来一稿无成,五百字已算最多的了。"(《定依阁随笔·肝胆之交》,载1943年5月14日《海报》)唐大郎的写作史有力地表明,他选择了一条最适合发挥自己特长、最能得心应手的创作之路。

当然,由于篇幅极为有限,唐大郎的小报文字一篇只能写一个片断、一个场景、一段对话、一件小事……但唐大郎独有慧心,不管写什么,哪怕是都市里常见的舞厅、书场、影院、饭馆、咖啡厅,他也都写得与众不同,别有趣味。在唐大郎的专栏文字中,谈文谈艺、文人轶事、艺坛趣闻、影剧动态、友朋行踪……,无不一一形诸笔端,谐趣横生。如果要研究20世纪20年代至40年代上海的都市文化生活,唐大郎的专栏文字实在是一份不可多得的生动的教材。又当然,如果认为唐大郎只是醉心风花雪月,则又是皮相之见了,唐大郎的专栏文字中,同样不乏正义感和家国情怀。在全面抗战时,面对上海八百壮士可歌可泣的抗日事迹,唐大郎就在诗中写下了"隔岸万人悲节烈,一回抚剑一泛澜"的动人诗句。

归根结底,唐大郎的专栏文字和打油诗是在写人,写他所结识的海上三教九流的形形色色。唐大郎为人热情豪爽,交游广阔,特别是从旧文学界到新文学界,从影剧界到书画界,他广交朋友,梅兰芳、周信芳、俞振飞、言慧珠、金素琴、平襟亚、张季鸾、张慧剑、沈禹钟、郑逸梅、陈蝶衣、陈定山、陈灵犀、姚苏凤、欧阳予倩、洪深、田汉、李健吾、曹聚仁、易君左、王尘无、柯灵、曹禺、吴祖光、秦瘦鸥、张爱玲、苏青、潘柳黛、周鍊霞、胡梯维、黄佐临、费穆、桑弧、李萍倩、丁悚丁聪父子、张光宇正宇兄弟、冒舒湮、申石伽、张乐平、陈小翠、陆小曼……这份长长的名单多么可观,多么骄人,多么难得。唐大郎不但与他们都有所交往,而且把他们都写入了他的专栏文字或打油诗。这是这20年里上海著名文化人的日常生活的真实记录,这些人物的所思所感、所言所行,他们的音容笑貌、喜怒哀乐,幸有唐大郎的生花妙笔得以留存,哪怕只有一鳞半爪,也是在别处难以见到的。唐大郎为我们后人打开了新的研究空间。

至于唐大郎的众多打油诗,更早有定评,被行家誉为一绝。"刘郎诗的重要特色就在于在旧体诗的内容与形式上都做了创新的努力,而且确实获得了某种成功。"唐大郎善于把新名词入诗,把译名入诗,把上海话入诗,简直做到了出神入化的地步。论者甚至认为对唐大郎的打油诗也应以"诗史"视之(以上均引自黄裳《诗人——读〈闲居集〉》)。这是相当高的评价,也深得我心。

本雅明有"都市漫游者"的说法,以之移用到唐大郎身上,再合适不过。唐大郎长期生活在上海,一直在上海这个现代化大都市里"漫游",他的小报专栏文字和打油诗,使他理所当然地成为上海都市文化生活的深入观察者、忠实记录者和有力表现者。唐大郎这些文字也理所当然地成为海派文化和江南文化历史记载中的宝贵遗产,值得我们珍视和研读。

张伟和祝淳翔两位是有心人,这些年来一直紧密合作,致力于唐大郎诗文的发掘和研究,这部 12 卷的《唐大郎文集》即是他们最新的整理结晶,堪称功德无量。今年恰逢唐大郎逝世 40 周年,文集的问世,也是对他的最好的纪念。作为读者,我要向他们深表感谢,同时也期待《唐大郎文集》的出版能给我们带来对这位可爱的报人、散文家和诗人的全新的认知,使更多的读者和研究者来阅读、认识和研究唐大郎,以更全面地探讨小报文字在都市文化研究里应有的位置和所起的作用。

2020 年 6 月 14 日于海上梅川书舍

编选说明

本卷为《唐大郎文集》第12卷,内容可分为两大部分。

第一部分是自1978年10月起,唐大郎以刘郎笔名在香港《大公报》写的《闲居集》,为旧诗加注释的形式。

第二部分是将唐大郎以各式笔名在香港《大公报》发表的所有散文体作品,选编入此。其中带有专栏名的部分篇章,有《高唐散记》《行路草》《春申旧事》《怪人列传》《上海杂记》《上海散记》《上海人语》《沪滨短札》等,各部分均以发表时间为序。具体来说如下:

《高唐散记》是唐大郎的传统专栏。

《行路草》是1957年5、6月唐大郎与香港友人吴性栽游览北京、武汉、九江等多地的旅行记录,其中部分篇什是以旧体诗加诗注的形式出现的。

《春申旧事》侧重写旧上海的异闻,《怪人列传》为香港《大公报》的固定栏目,内容为旧上海的怪人汇集。

《上海杂记》《上海散记》《上海人语》《沪滨短札》同样写上海,其中几篇内容也是在话旧,但话头与时事相关,今以"上海人语"为主题。

还有《得韵楼杂笔》和《闻见楼述往》专栏,均为忆旧的性质,栏名亦有新意,可惜分别只写了四篇,即告收束。

此外的零篇,有些文章如按内容分也可以归入前述专栏内,但由于未见栏名,故只能归在最后,名曰《零篇散帙》。

目 录

闲居集(1978.10—1980.7)

题照一首 / 1
看《阿必大》/ 1
自寿一首 / 2
看《天仙配》,悼凤英 / 3
即事 / 3
友人书来,询予近状,作律诗一首报之 / 4
答老髯 / 5
移韵一首 / 5
金缕曲 / 6
重九得郁风来信 / 6
赞方管诗 / 7
闻李万春在北京演《闹天官》/ 8
双柑 / 8
养花律句(一)/ 9
养花律句(二)/ 9
赠二中医 / 9
弄精魂(二首)/ 10

与香烟告别 / 11
惠明夫人六十寿诗(四首录其二)/ 11
买书记盛 / 12
寄友人 / 12
吹诗两首 / 13
小楼一日 / 13
菜单 / 14
市招 / 14
看《柜中缘》复遇李玉茹 / 15
寄童芷苓北京 / 16
憾事 / 16
寄欣翁香港 / 17
家务劳动 / 18
尹桂芳在电视上 / 18
遂无人再念孤儿 / 19
读《汉书》,幼孙辄至 / 20
游拙政园 / 20
偶逢 / 20

辞帽诗 / 21
银灯词 / 21
理发椅上得句 / 22
南北《白蛇传》/ 23
听李如春吊嗓 / 23
读《贝姨》/ 24
冬夜 / 25
客至 / 25
老正兴席上 / 26
记三张 / 26
旧句 / 27
黄桥烧饼 / 28
上海浴室尽复旧观 / 28
碰到顾兰君 / 29
萍倩寄来贺年片,以诗为谢 / 30
退休金加码 / 30
胡考以近诗见寄,报以律句 / 31
樟茶鸭赞 / 32
好书重版 / 32

冬景 / 33
《丹心谱》观后作 / 34
窑上游偕文涓作 / 34
碰僵一首 / 35
访黄裳 / 36
访林放 / 36
男儿不写写婵娟 / 36
悼念 / 37
春灯词 / 38
春灯词之二 / 38
宝山吟 / 39
在舞会上 / 40
去小东门,过城隍庙作 / 40
旗袍(三首) / 41
看《甜蜜的事业》 / 42
淀山湖 / 42
戚调重弹 / 43
词三首 / 44
上海小唱 / 45
再悼严凤英 / 45
忆徐云志 / 46
岫尊来视予疾,久谈始去 / 46
上海小唱 / 47
喜听喝采声 / 47
哀念石挥 / 48
送友人北行 / 49
一块招牌辱网师 / 49

答索扇者 / 50
瘦人戏述 / 50
答友人以游苏州诗见示 / 51
看花鸟画展又看京戏 / 51
改行 / 52
早夜场电影 / 53
告化鸡 / 53
重读《随园诗话》 / 54
迎祖光南来 / 55
席上与许姬传、吴祖光、谢蔚明诸兄作 / 56
读《素描肖像》寄胡考一律 / 56
龙华看桃花 / 57
坏人与铜盆帽 / 57
女鬼 / 58
席上赠岑范 / 59
闻赵丹作画不辍 / 59
寄陈思白下 / 60
忆旧游,寄宛英苏州 / 60
夜过衡山路 / 61
看傅全香重演《杜十娘》 / 61
食冰糖甲鱼 / 62
绝句 / 62

饭余口占 / 63
访李北涛(东冬浑押) / 64
水上杏花楼 / 64
一日游 / 65
答友人,以诗代信 / 65
读《露间诗草》,忽有所怀 / 66
东南失却一诗人 / 66
吃新蚕豆 / 67
男生女旦议 / 68
吊嗓 / 69
荡里鱼 / 70
挨骂记 / 70
上海小唱 / 71
闻关鹓鹓献身银幕 / 72
端阳日作 / 73
纷华堆里贮风华 / 73
养花三唱 / 74
答宁可佳先生 / 74
种牵牛花 / 75
吹"牛"毛 / 75
汇龙潭忆往 / 76
怀木香花 / 77
寄与仓街薛氏收 / 77
昨夜两首 / 78
韩羽来访,款以酒食,即席赋赠 / 78

诗屁股 / 79
电视里看王光美女士 / 79
莳虾与六月黄 / 80
八月十四日记事 / 81
闻永玉画大吃香奉寄一首 / 81
怀小彩舞 / 82
狭路相逢蒋月泉 / 83
听程丽秋遗响 / 83
为老鼠更名张春桥议 / 84
老人入学 / 84
盖艺有传人 / 85
"如"与"似"一首,寄袁简斋先生地下 / 86
友人送东山枇杷 / 87
看《玉堂春》/ 87
题与文涓合影,四十年前旧物也 / 88
答问 / 89
听评弹杂想 / 89
闻芷苓有女,兼说童氏世家 / 90
三一词答李萍倩先生 / 91
杨四郎与黄天霸 / 91
纳凉时,夫人与我算旧账,因成一首自嘲 / 92
常州吟 / 93
咸菜豆瓣汤 / 93
记画家玄采薇 / 94
暑病 / 95
欣赏《铁弓缘》/ 95
九楼夜宴记 / 96
喜闻徐玉兰再扮小生 / 96
为白居易叫冤 / 97
得素琴自旧金山来信 / 97
读叔范书并忆其旧句 / 98
好事之徒答张莲蓉一首 / 99
七月二十九日偶成 / 100
友人某(一作诗人某),挈全眷赴庐山避暑,得二绝句,却寄牯岭 / 100
访灵芸不遇 / 101
桑弧邀看新作,余不能往,作诗道歉 / 101
夜访忆往之作 / 102
乔老爷与孙二娘 / 103
《闯江湖》与《三打陶三春》/ 103
八月十七日晚,枕上口占 / 104
喜胡芝风来访 / 104
林风眠画展有感 / 105
追念 / 106
为"您好"叫好 / 106
为诗二首 / 107
黄河 / 107
送杨振雄先生赴港 / 108
闻侯莉君唱《宫怨》/ 109
闻蒋天流伤腕,予往问疾 / 109
寄董鼎山纽约 / 110
樽前偶记 / 110
看《生死恋》,悬念栗原小卷 / 111
听书之忆——夏荷生 / 111
寄董乐山北京 / 112
听书之忆二——魏钰卿 / 113
听书之忆三——大书三大家 / 114
听弹词,赠一位无名氏的女演员 / 115
月饼 / 115

桂花二题 / 116
读林风眠《堤柳》/ 116
食鸡头肉,时为中秋前一日 / 117
"牛棚"里的滑稽 / 117
东东词 / 118
桂花蒸里,忽有所怀 / 119
中秋后一日,文涓约往海宁观潮,却之,得二十八字 / 119
看半出《海瑞上疏》 / 119
过某礼堂,作往事诗 / 120
过虹桥路 / 121
餐桌上看家人食蟹 / 121
贺顾兰君新婚 / 122
读《世界之窗》,为之喝彩 / 122
蟹宴之忆 / 123
洪泽湖之蟹 / 124
答友人问疾 / 125
衡山饭店楼上 / 125
旧作 / 125
看黄汝萍演铁镜公主,兼怀雪艳琴女士 / 126
蛤蜊二咏 / 126
题越剧十姐妹照片 / 127
赠徐椿林先生 / 128
得文涓自北京来信,报以律句 / 128
百看夏梦 / 129
得白音讣告,潸然有作 / 129
浮想联翩 / 130
重看《卖水》,为吾家长瑜女士作 / 131
黄公家之犬 / 131
戏呈小洛 / 132
秋游记趣 / 132
读《史记·周勃世家》偶成 / 133
北来人语 / 133
晤张乐平 / 134
看菊诗,过徐家汇作 / 135
拒老年人不食盐糖议 / 135
大庆里的名人 / 136
莫说他人诗不好 / 136
观《半把剪刀》/ 137
寄京中二友 / 138
南丰橘 / 138
苑儿偕新婿来访 / 139
野媪曝言 / 140
天野辞世逾十年,祭以一诗 / 140
玉佛寺作 / 141
友人赠暖窝,戏成二绝句,以表谢意 / 141
搞水女人 / 142
答谢,作于十二月二十五日 / 143
"牛棚"夜景 / 143
迎新乐事 / 144
题未定 / 144
"比女人还要女人"——看宋长荣《红娘》/ 145
淮阴腰 / 145
读舒諲近诗,因怀故人 / 146
上海人长寿歌 / 147
买近代名家画选 / 147
题影 / 148
与申石伽话旧 / 148
丹楼记事之一 / 149
丹楼记事之二 / 150
岁除,续旧句 / 150
百合 / 151
闻南京绣球公园开放

/152
程十发山茶图 / 152
赠印记 / 153
怀某"和尚" / 154
猴年颂 / 155
湘月邀往苏州,予以畏寒,以诗辞之 / 155
谢凤霞夫人赠画,兼答祖光 / 156
老矣瘦皮猴 / 157
数最红 / 157
乌纱一首 / 158
风云之朝,听湘月弄歌 / 159
俞振飞与李蔷华结婚,予未往道贺,辄补此诗 / 159
有寄 / 160
危楼记 / 160
晤王若望,得二绝句,以志快意 / 161
春梦 / 161
春梦之二 / 162
上海小唱 / 162
再听侯莉君《拜月》开篇 / 163
小洛附来近影,题寄一诗 / 163

春雨忆故园 / 164
好慰辛勤六十春 / 164
柳絮来访 / 165
别矣大字报 / 165
吃"忆苦思甜"饭 / 166
送别 / 166
姑苏羡游 / 167
佳话云乎哉 / 167
迎香港"雅韵集"来沪 / 168
乌啼 / 168
玛丽博士 / 169
奇丑记 / 169
立春日怀旧之作 / 170
挽陆澹盦兄 / 171
快听张鉴庭 / 171
累日听弹词《杨乃武》为邢晏芝女士作 / 172
歪诗之祖 / 173
怀念检场人 / 173
陈中和《搜孤救孤》观后作 / 174
陈巨来遭逢大劫之后,忽与相遇 / 175
哀《昌谷集》 / 175
揩油图章 / 176
向汤师傅汇报 / 176
小苹果二首 / 177

送周胡二子游美 / 178
荧屏上看李丽华 / 178
戒烟邮票 / 179
晚春绝句 / 179
斯何疾也? / 179
沪剧有传人 / 180
蔷薇双树 / 180
新光戏院归来作 / 181
友人赠芙蓉鸟,不受,谢以一诗 / 181
早起,饮碧萝春新茶,因怀东山 / 182
冯顺芝演剧归来,以陶制品二件见赠,作此道谢 / 182
晚春绝句 / 182
藏酒 / 183
吕恩来访 / 183
参加追悼会后作 / 184
读魄静遗笺,忽有所怀 / 184
大食新鲜鲫鱼 / 185
访友纪事 / 185
副刊与火腿 / 186
听骆玉笙鼓书,忆小黑姑娘 / 186
买书,读书 / 187
偶成一首 / 187

5

劝君休唱紫薇郎 / 188

高唐散记(1954.1—1958.6)

见了一次齐白石 / 189
沈尹默在上海 / 190
《蜕变》的人物 / 191
白杨和垂柳 / 191
唱歌 / 192
于非闇 / 193
殷实的文人 / 194
我的孩子 / 195
发福的太太小姐们 / 196
裘盛戎和高盛麟 / 197
我说苏青 / 198
叫天翁营圹记 / 199
江南春野 / 200
想念丁香 / 201
柳林 / 202
心花怒放 / 203
"吃在本地" / 204
那一回在瑶卿先生家中 / 205
掷花人 / 207
吃棒冰 / 208
沈尹默题竹记 / 209
邓散木精心制大印 / 210
二年前的《梁祝》座谈会 / 211
青衣花旦赵燕侠 / 212
沈尹默写字的故事 / 213
黄宾虹赠画成癖 / 214
齐白石的子女 / 215
水果邮票 / 216
选媳记 / 217
林家贺宴 / 218
快接江南俞五回 / 219
《碎琴楼》 / 220
晚香玉的故事 / 222
牵牛花的故事 / 223
一张旧信笺 / 224
横塘 / 225
冒鹤亭及其家人 / 226
张伯驹小记 / 228
记俞嫂之丧 / 229
"盼乌头马角终相救" / 230
周錬霞的《贺新凉》 / 232
记司徒乔 / 233
徐生翁补记 / 234
栗子泥的故事 / 235
会乐里的故事 / 236
瞿蜕园与《长生殿》 / 238
苏州船菜 / 239
梅调鼎的惜妓诗 / 240

行路草(1957.7—1957.9)

行路八千常是客 / 242
京沪车中作 / 243
在北京见夏梦 / 243
伊何人? / 244
肥了徐来 / 244
萧先生 / 245
京居绝句 / 246
凤巢 / 247
裘盛戎的是可儿 / 248
把遍春明尽酒樽 / 249
张伯驹夫妇 / 250
看花绝句 / 251

京汉车上的故事／251
京汉路杂诗（录二首）
　／252
久别重逢"小老爷"
　／253
武昌候渡，望长江大
　桥作／254
高盛麟好得很／255
一条大道八十里长：
　谈武汉新貌的大气
　派／256
过九江，夜宿甘棠湖
　上／257
端午登庐山／258
牯岭居／258
我看庐山／259
庐山散记／260
庐山杂诗（一）／262
庐山杂诗（二）／262
庐山杂诗（三）／263
月夜宿东湖精舍／263
异地相逢张兰苓／264
归去江轮遇故人／265

春申旧事（1959.11—1961.12）

一号汽车／266
旧上海的一个女大亨
　／267
襄阳公园的前身／268
谣传两件鬼故事／269
火老鸦放蛇／271
张聋聋和他的父亲
　／272
轰动一时的盗用公款
　案／273
"蟾宫折桂"的惨剧
　／274
头等白相人的钻戒
　／276
张啸林之死／277
野鸡影片公司的鼻祖
　／278
两个"藏书家"／280

怪人列传（1960.1—1964.7）

不敢回头的大流氓
　／282
"三黄居士"：袁履登
　／283
欢喜醉鬼的女人／285
马路上翻筋斗的红武
　生／286
刻骨亲恩／288
姬觉弥表演"牙书"
　／289
沿门托钵"舌书"／290
"演字家"姬觉弥
　／291
瞎子"看"钞票／293

上海人语（1957.5—1962.8）

记张兰苓——梅门第
　六十弟子／295
谈吃／296
俞振飞"易牙"记／297
欢场与工场／298
想起"豆芽作场"
　／299
"尹迷"的故事／300
张慧冲斗倒尼哥拉

7

/302
吓煞人／303
木头人开口／304
吓煞人的电影广告
　／305
挑过十年大梁的小达
　子／306
阮玲玉与联华公司
　／308
吃鲥鱼／309
书场和书迷／310
乔家栅／311
周玉泉师徒／313
海灯和尚／314
酸梅汤／315

沪滨短札（1963.1—1965.5）

烤羊肉／317
周门诸弟尽英才／318
北京填鸭／319
荠菜／320
江寒汀绝笔／321
红帮裁缝与"拎包裹"
　／322
寻访宋刻本／323
乌岩笋／325
武松折臂／326
结晶的"年青的一代"
　／327
王美玉之丧／328
失表还表记／330
鹞子断线／331
相瓜有术／332
上海路名谈／333
万航渡路／335
月份牌画家／336
寒夜铃声／337
老适意／338
送行记／340

得韵楼杂笔（1960.3）

林白水死后／342
龙阳才子／343
联话／344
诗联／345

闻见楼述往（1978.10—1978.11）

上海有过一个暴发户
　／347
我看到的第一张小
　报：《吴语》／349
袁克文写字／350
司徒乔与冯伊湄／352

零篇散帙（1953.2—1978.10）

齐白石二事／354
桂香／354
人物志·司徒乔夫人
　冯伊湄／355
周璇的遗雏／356
阳城河蟹／357
听"香烟大王"话旧
　／358
越女弄儿图／360
赵如泉杂忆／361
佳点／362
七十六号与四十七号

/363
躺下来用刀笔的人/364
文史小品·太平军攻沪百周年/365
闲话鳜鱼/366
绝技与老艺人/367
流水对/368
家乡"白蚕"/369
谈联/370
评弹"放噱"/371
黑纸扇/372
折扇/374
悼梅杂忆/375
戚雅仙的指甲故事/376
漫谈扦脚/377
高平顶/378
访袁希洛,谈陈陶遗/380
孔祥熙与烧饼油条/381
上海文史馆杂记/382
红花万串耀长秋/383
宋子文当过"豆腐靶子"/384
"扎"蒋中正"台型"的人/386
闲话"小热昏"/387

两当轩旧址/389
独脚戏的创始人:王无能/390
上海大唱文明戏/391
人物·邓散木的"夔言"诗/392
人物·马公愚病中得宝扇/393
叶浅予笔下的"立桶"/394
记盖叫天二三事/396
宁波——宁波汤团/397
天一阁与千晋斋/398
一品笔/400
题画记/401
题画记(之二)/402
人物·打猎迷/403
小时同学,老年诗友/404
忆二梅/406
告化鸡与三杯鸡/407
霍元甲第一次到上海/409
鹰窠顶夜宿/410
静安寺与红庙/411
每食不忘马咏斋/412
吴东迈的一页藏扇/413

潘萧九与夏连良/414
老铁杂忆/416
严凤英与言慧珠/417
梅调鼎与范文虎/418
关于《梅花梦》/419
伞/420
冬深话蜡梅/421
纤尘不染的江南名镇——南翔/423
忆扬州二十四桥之游/424
永安纱厂股票的一场大翻戏/426
香芍药/427
"四"迷传/428
合欢树/430
杨梅红/431
教戏/432
长夏江村午梦香/433
三个怪武生/435
打秋风/436
一年前与凤英游/438
一城焰火一江灯/439
菱角/440
捉蟹种种/441
扁豆/443
新年画/444
鸡名甚雅/445
灯/446

9

陆小曼印象 / 447
万墨林的绝活 / 448
为白桃花写诗 / 449
立夏见三新:蚕豆、梅子、樱桃 / 450
濮一乘的竹枝词 / 451
封建的"爷" / 451
病榻上看戏的人 / 452
张崔新婚联 / 452
石筱山死于肺癌 / 453
胡适之写招牌 / 453
张慧剑全藏林译小说 / 454
章太炎的怪家规 / 455
不对而对 / 455

虞洽卿的"公开眷属" / 456
小抖乱"永不小便" / 456
邹恩润·韬奋·季晋卿 / 457
看煞雁来红 / 457
常州的黄仲则故居 / 459
罗瘿公与副刊 / 459
西泠印社制泥人 / 460
醉石终成烂石 / 461
旧上海的罪恶之街:百老汇路 / 462

瓯文的创制人:陈虹 / 463
程砚秋与朱洗 / 464
潘复与靳云鹏 / 465
民国四公子 / 465
金焰与"和血丹" / 466
郁达夫的那把剑 / 466
几件蓝布长衫 / 468
"奖总司令"的风波 / 468
从《反谢饭歌》说起 / 470
南方武生泰斗盖叫天之死 / 471

一部连续几十年的私人观察史(《唐大郎文集》代跋) / 473

闲居集（1978.10—1980.7）

题 照 一 首

　　风云变幻黯神州，一曲悲歌出翼楼。伐竹敲金留正气，刘郎奇笔信芳喉。

　　此影摄于卡尔登剧院之翼楼，时在"七七"芦沟桥事变以后。信芳先生方献艺于斯，演《徽钦二帝》，剧本出朱石麟先生手笔。麦秀之歌，四座泪倾。大郎尤为激动，曾奋笔写诗文，刊诸报章，以资号召。非由偏爱麒艺，实为黄帝招魂也！一日，信芳下台卸装时，大郎与我，请合留此影，以志家国之痛。

　　大郎自与刘惠明结缡后，每临文辄署刘郎。余因用反"王粲登楼，何必依刘"之意，为取"定依阁"三字，大郎喜而以为篇名。今刘夫人出示此帧，沧海历劫，俯仰兴悲，有不能已于言者！所幸清才绝艺，千秋不朽，正堪告慰周唐两兄于九泉之下也。

灵犀附识一九八一年一月八日

　　[编按：此为香港广宇出版社1983年出版（以下简称"港版"）的《闲居集》书前题照诗。陈灵犀曾为《社会日报》主编，是大郎几十年的老友。]

看《阿必大》

　　投身枉自近东乡，不识东乡土亦香。偶而来看《阿必大》，居然醉倒老刘郎。常情俗事皆尘劫，孤女凶婆好妯娘。若个能才扛大笔？姓名不遗后人扬。

今年夏天到秋天，几个月来，上海上演了一出沪剧，剧名《阿必大》，是沪剧的传统节目。上海沪剧团已经十多年没有演这个戏了。这一回老剧重排，大为轰动。先是在大众剧场，两千只座位，不够应付，后来搬到劳动剧场，四千多只座位，依然供不应求。现在这个戏是欲罢不能，电台播送它的全部录音，如果你在路上走，即使不稍停留，也能听完整出的戏。因为街上的收音机都在开这个戏。电视转播实况，情况也是一样。

我看了这个戏也是赞叹不置。三个女演员：石筱英扮恶婆婆，她是沪剧团的头牌角色；许国华扮养媳妇（阿必大），她是青年，也是一块响牌；吴素秋扮婶娘，听石筱英告诉我，吴是从崇明沪剧团选拔上来的，只三十多岁，也是上等材料。

这样好的一个剧本，但现在的沪剧演员，谁也不知道它是什么人写的。作者没有留下名字，真是可惜。

（香港《大公报》1978年10月4日，署名：刘郎）

［编按：1978年10月1日香港《大公报》刊登《告读者》：从今天起，《大公园》版面略加调整。除一些专栏继续保留外，增加北京、上海、广州等地以及香港方面的特约稿。撰稿人有作家、女演员、画家、学者和记者。陆续刊出的新专栏是：㈠《特约稿》，㈡《闲居集》（当年《唱江南》作者的新作），㈢《文苑随笔》，㈣《科学小品》，㈤《闻见楼述往》，㈥《西方漫画选》，㈦《京华小记》（从本报第三版移来）。］

自 寿 一 首

任经浪浪复波波，天趣横才两不磨。时向性灵搜好语，偶于沉醉放狂歌。风华欲净声华堕，俊士所贤迂士呵。七十还淘童子气，自言来日正多多。

去年七十虚岁，今年七十实岁。两年内写成《七十岁诗》一百首，中有怀人、悼友、即事、论诗、忆往，而写当年花花绿绿事迹的亦有十来章。内容多样,体裁只有一个,即均是七言绝句。

前面这首《自寿》诗,是在今年生日那天写的,将作这些诗的《题记》。我的东西称不起名山事业,本人也从无这个志愿。自己写,自己看,正像蛮夷大长老夫说的"聊以一娱"而已。

(香港《大公报》1978年10月6日,署名:刘郎)

看《天仙配》,悼凤英

识汝原如地上仙,一朝仙去可登天?遥知天上无人识,地上曾为万姓怜。

艳爽聪明萃一身,却教魔爪夺青春。江楼灯火都依旧,不见当年笑语人。

歌衫舞扇更珠喉,好语温情一例休。人自伤离皆哽噎,我因哀汝泪长流。

兽穴魔庭既扫犂,故园花好使人迷。英魂安得还今日,又是飞腾又是啼。

黄梅戏《天仙配》国庆节在上海重映。我是在节前预映时就看了的。

这样的好戏、好片子,却被"四害"禁映了十多年,而片中的主角严凤英也在十年前被"魔鬼"迫害含冤死去。今年,安徽文化部门也已为她沉冤昭雪。

关于她死时的情况,几年来传说纷纭,有一种传说,情况是极其惨酷的。作为她的老友,我是不忍相信,更不忍写出来向我们的读者传述。

(香港《大公报》1978年10月8日,署名:刘郎)

即　　事

不用摇头觅句新,便言即事报行人。七关扑克通三副㈠,小戏姑娘看九斤㊁。豆剥青焙"牛踏扁"㊂,诗嘲黑榜鬼称臣㊃。苏龚昨日来函道:高考儿超四百分㊄。

有友将远行,特来话别,并出素纸要我写几句最近的诗给他,以为留念。我就将两天来看到的、做过的事写了八句,以壮其行。诗如上。

㊀ 用扑克牌打七关,十多年来已为我之常课。

㊁ 上海越剧院登广告,上演小戏《九斤姑娘》。这是吕瑞英(影片《红楼梦》里的宝钗)的代表作。她已十余年不上舞台,什么原因,当然是为了逃避"四只坏蛋"的凶锋。今年,上海越剧院又把她从外地请回来重理歌衫。

㊂ 龚自珍有一首诗,盛称朋友的姨太太手制的焙青豆如何鲜美。其实此物甚是寻常。今天是"中秋节",上海毛豆大量上市,我早晨就自己动手,焙出来既碧绿生青,又风味可口。看来龚先生之所以盛称,因为东西出自"他人妾"之手,若是他府上的老妈子给他焙的,他就连半个屁也不会放了。"牛踏扁"是毛豆的一个好品种,颗粒大而扁,上面像有个牛啼的印子,乡人智慧,锡此嘉名。

㊃ 黄裳寄来荒芜写的《长安十咏》,黄云:诗登在《安徽文艺》上。内容都是嘲讽一些对"四凶"表过忠心的文化艺术界人,一咏一个人,诗极精彩,读之称快。

㊄ 住在苏州的一位姓龚的朋友,来信报喜:他的儿子参加高考,总分超过四百,数、理、化都在九十分以上,录取是稳定的了。

(香港《大公报》1978年10月10日,署名:刘郎)

[编按:苏州的龚姓朋友,当即龚之方。]

友人书来,询予近状,作律诗一首报之

开门曙色抹楼檐,乍黑房窗便下帘。馋嚼杏仁跷格力,贪玩扑克腱鞘炎。欲穿望眼来书信,更不担心到米盐。向老读诗兴趣异,谢朓鲍照又陶潜。

跷格力,外来语。二十年代、三十年代的新派文人把它译为朱古

力,上海的做生意人则翻成巧克力。我第一次把它变"跷格力",是为了跟"腱鞘炎"对得工稳点,别无其他用意。

杂煮籼粳调糙黏,魏家药味胜糖甜。病因哮喘求天暖,谁信先生律己严。早是无心华履服,好寻险韵押凡咸。吾头照样圆圆在,不为萧娘不削尖。

有人很欣赏这首的最后两句,黄苗子兄写信来告诉我,他改了几个字:"君头本是圆圆在,却为萧娘去削尖",送给一个卖身投靠"四人帮"的无耻文人。苗子说的萧娘,当然指的是江青这个妖孽。

(香港《大公报》1978年10月12日,署名:刘郎)

[编按:本文篇名,港版《闲居集》拟为:《以诗代简》。]

答 老 髯

西山夕照未全收,饭熟茶香仍一楼。所苦一身缠一疾,却因无欲故无求。花开满眼方知累,老住斯乡不再柔。只语语君君莫笑,丈夫至竟尚依刘。

老髯诗来,有"白袷雄谈迹已陈,淞波恬卧葛天民";"多感故人肝胆照,论诗倘得附篁墩"之语。他叫我和诗,我作诗不喜和人原韵,以为放不开手也。四十年前,我有"丈夫何必定依刘"句,曾为髯翁称许。

(香港《大公报》1978年10月14日,署名:刘郎)

移 韵 一 首

凉秋薄莫舞轻腰,移韵多应置"二萧"。不负少年诗句美,"人来高艳似红'蓼'"。

三十多年前,写过一首七律,它的后四句是:"酒后趋跄无好梦,人来高艳似红蓼。悬知有客狂于我,闲倚江楼接楚腰。"诗成,自己非常得意。到了前几年,有一天,我还念出来让一位朋友听。他听完却说,诗好坏不论,这个"蓼"字不是平声,你将奈何?我一查果然,便大骂当初编诗韵的人,不该把"蓼"字编入萧韵,而偏把"蓼"字放进筱韵。为了这件事,我后来心里一直很懊悔。

近来江南又是凉秋天气,又是蓼花盛放的时节,又想起我那首诗来。闲居多暇,想蛮横无理一下,便作了前面这首《移韵》诗,硬把"蓼"字送进"二萧"中去。亲爱的读者,帮帮忙吧,你们念到第四句时,就把它念成萧韵吧。

(香港《大公报》1978年10月16日,署名:刘郎)

金　缕　曲

安用千秋寿?数平生,饱经尘事,存年须够。纵使回春真有术,枉费魏佗妙手。最难遣雪衫红袖。许与东坡同岁死㊀,似者般痴福修应厚。妻儿女,休难受。

九京道路无还有?细思量,比同神话,何消深究。十丈软红原可住,多恐端端迟久。依然是流连文酒。但听淮南魂魄唤㊁,起身来含笑匆匆走。他乡好,多故旧。

一九七三年,在我"解甲归田"之前,患了一场病,病来势甚猛,自分必死。在病床上,只是想死了之后,好去找先我而去的哪些朋友,想着想着,谱写了一首《金缕曲》。不料,阎罗王没有工夫来邀请,我没有死,一直活到现在。

病起之后,把这首词的前半阕修改了几句,后半阕则未动一字。

㊀ 苏东坡是六十六岁死的,我病危的那一年也是六十六岁。
㊁ 指黄梅戏的著名演员,生前与我交谊甚笃。

(香港《大公报》1978年10月18日,署名:刘郎)
[编按:港版《闲居集》,在黄梅戏著名演员后,添加:严凤英。]

重九得郁风来信

甚风吹到郁风书,为报行程问起居。将自娘家去无锡,更寻园景往姑苏。秋深葛岭迟苗子,水涨桐庐会浅予。直待初冬来海上,三人同扰阿刘厨。

上面八句都是照郁风信上的话写出来的。

这一回,她第一个从北京先下江南,陪了一位从美国回来的弟弟和洋弟媳到杭州,弟弟要在浙江大学讲学,她们游完了苏州、无锡,便去杭州。那时,她的丈夫黄苗子从北京赶去,和她断桥相会,然后往桐庐,和叶浅予会师。郁风还要在自己的老家(富阳)呆些日子,才来上海娘家。

郁风、苗子、浅予年岁都跟我差不多,郁风、苗子可能比我小八、七岁,也都是老婆婆老公公了,但他们的身体好,兴致尤高。记得浅予去年这时候也到过桐庐,为了贪看富春景色,今年又跑这一趟,真是老而弥健。他们都要在那里写生作画。我已经打算好了,郁风不来上海则已,若来,我一定要她送我一张风景画,她不肯,我就搜,搜出来就抢。

(香港《大公报》1978年10月20日,署名:刘郎)

赞 方 管 诗

遥知传统君能继,未必相亲我亦怜。祸国群魔今伏地,高秋华岳耸云天。

自从前年十月,中央铲除了"四只坏蛋"以后,忽然涌现出一批工于旧诗词的文人。方管、程千帆、启功、蔡若虹诸先生的作品尤为精致。就中我最钦服的是方管先生。他有一首七律,题目是《秋晓闻钟》。估计写的时候,正在前年十月六日以后,诗云:

伏枕依稀听晓钟,涉江残梦采芙蓉。十年吕览噤千口,一夕虞廷殛四凶。往事问天俱冥漠,余生许国尚从容。由来西望长安笑,华岳高秋出翠峰。

诗写得那么蕴藉,又那么平易,而"十年吕览"、"一夕虞廷",用典又如此恰切,真是才人之笔。

(香港《大公报》1978年10月22日,署名:刘郎)

[编按:作家舒芜,本名方管。]

闻李万春在北京演《闹天官》

我始成年尔尚童,宣南道上记相逢。平头毛发今应白,绕膝儿孙大抵同。幸而不曾钻狗矢,故还能唱《闹天宫》。令亲长抱无涯戚,白虎堂前命送终!

我在五一年前,就和李万春相识,那时他已是成名的童伶。但五十年来却再也没有见过他。这几年,一直听不到他的消息。最近有人从北京来沪谈起,才知万春不仅健在,九月间还在北京演过一次《闹天宫》,虽年近七十,腰腿仍极稳炼。这只老猢狲,犹不失杨门规范。

李万春的妹婿李少春,是更著名的演员。这样一位好演员,前几年也受到"江妖"这帮坏人的迫害,愤郁而死。他扮演林冲的那部《野猪林》影片,今年在全国放映了好长时期。

(香港《大公报》1978年10月24日,署名:刘郎)

双　　柑

锦江流转浦江边,渡浦还从十里传。远道多劳新妇馈,寸心倘受阿姑怜。

虽非一骑红尘里,长念华灯绮席前。若许老夫暂不死,诛茅栽树待明年。

四川广柑,以江津所产为极种。它质美味甘,比之过去吃惯的"花旗橙子"尤为佳胜。

我有个儿媳在四川江津工作,今年又托一位住在浦东的同事,带了一些广柑来上海。这时我适在乡间小住,老婆又派人送来两个,叫我尝新。

据江津来的人说,如我精神健爽,儿媳和孙儿都盼望我入蜀一行,从秋天住过冬天,在那里可以饱啖广柑。

(香港《大公报》1978年10月27日,署名:刘郎)

养花律句(一)

流霞一抹染羞痕,且喜当年住海村。投老琪花矜独艳,每多佳句记销魂。今朝破萼舒心眼,异日将雏认子孙㊀。宛似小乔初卸甲,晚妆湿媚与温存。

家中养了六、七株不同颜色的月季花。这些花都是从上海一家公园里选购来的名种。未到初夏,其中一花破萼,露色甚艳,及其盛放,更加妍爽。我说它艳,因为它是红的,有点像看见过的俊俏女人的羞红,但总是叫不出名堂。因此想起苏东坡写瑞香花的诗有"化工余力染夭红"之句,这株月季,也只能说借化工、余力、染成的天红绝色。

㊀ 闻园艺工人言,月季花有籽,可以播植,我将试种。

(香港《大公报》1978年10月29日,署名:刘郎)

[编按:本篇未收入港版《闲居集》。]

养花律句(二)

南窗旖旎北窗闲,泻碧流金各耐看。当日常嫌桃叶大,入梅多恐紫薇寒。夜来月下浓于麝,含笑风前腻若檀。记得雅仙深劝我,香腾一室养珠兰。

"夜来"、"含笑"都是香花。近岁,我家又种了一盆珠兰,这是越剧演员戚雅仙叫我养的。此花产于南方,粤人称为米兰,花开时幽香四溢,亲友们走上楼梯,已在呼"香得来,香得来",我闻之大笑,告曰:我家亦有芝兰之室也。

(香港《大公报》1978年10月31日,署名:刘郎)

赠二中医

殷勤国手护群雏,常使千家念大夫。我不多求长命术,知君自有炼丹炉。

老友王玉润,是上海著名的儿科中医。三十年来,他又精擅内科。目前,他的工作是传徒教学,编写教材,很少在医院门诊。去年,这里盛传王医生奇迹般地治愈了几个患肺癌的病人,我曾经当面问过他,他说,他处了一张八味药的方子,但不一定每个病人都能适应,如对上了号,那是万幸,病人就起死回生了。

  医余泼墨更涂丹,点染何曾片刻闲。乞使阮郎盲白眼,长留青眼看江山。

今年夏天,在画家唐云家里得遇陆南山医生,真是幸会。我只知他是中外闻名的眼科专家,而不知他也工绘事。不过他的画名为医名掩盖罢了。这位老人年近八十,但看上去只有六十来岁。

他平易健谈,一点也没有名医的架子。我因近年视力衰退,而且有种种迹象,深怕会变盲人。陆医生答应待秋凉以后替我仔细检查。现在是秋凉时候,过两天就要去费他的手脚了。

(香港《大公报》1978年11月2日,署名:刘郎)

弄精魂(二首)

  移居琐巷亦侯门,无复鬓波引鼻温。尔死尔生终累我,白头犹自弄精魂。

  同梦异床仍此夜,视归如死既三年。老来心上无他挂,只让珠魂玉魄缠。

三十多年前,有人写了两句诗:"遥知粉阵脂围里,弄得精魂剩几升?"

"弄精魂"三字,我不懂是什么意思,后来问了作者,他说与上海话的"转念头"、"操心思"是同义语。因有《弄精魂》二首,为悼亡友作也。

(香港《大公报》1978年11月4日,署名:刘郎)

[编按:本诗未收入港版《闲居集》。]

与香烟告别

  至亲好友深深劝,横下心如铁石坚。怪是鄙人贪命活,切为断藕莫丝连。

  羊毫入握空寻火,虎子初登便想烟。譬若人生缘分满,相依五十又三年。

  老年慢性支气管炎这个顽症,每年折磨着我。家人、朋友每年都在劝我戒除香烟,我总不听话。今年这些人的劝告,口气愈来愈严厉,再不听话,大有老婆和我离婚,子女不认亲爷,朋友们都望望然去之的趋势,迫不得已,横下心来,发誓戒烟。

  香烟是我在十八岁时就抽上瘾的。后来做了文字工作,养成一个习惯:即使写一张便条,必然右手执笔,左手夹一枝香烟,不然,一个字也写不出来。今天是戒烟的第一天,不瞒读者说,上面的这一段文字,写写停停,整整花了一个小时。

(香港《大公报》1978年11月6日,署名:刘郎)

惠明夫人六十寿诗(四首录其二)

  昔年嫁我不嫌贫,马绷牛牵十数春。到老伤心惟一事,不知夫婿是诗人。

  荒唐似我遭卿骂,俭朴如卿戚里夸。到老相怜成反比,卿为叶腋我为花。

说明二点:

一,第一首第二句第二字不知失粘否?请诸君作上声读可也,我懒得查了。我夫妻结缡近四十年,后二十多年来,生活才得安定。

二,所以"录其二"因为这两首比较嗲,老而作嗲,亦是一乐。

(香港《大公报》1978年11月8日,署名:刘郎)

买 书 记 盛

深宵列队到清晨,小裹大包两手拎。数理化三门最热,日英法语本常新。

丹青未印潘天寿㊀,小说贪看《笑面人》。书店今朝登广告,玻璃明日似筛银。

一年来,上海所有的新华书店,每天门庭似市(其实全国都一样),尤其在报纸上登了新书出版广告的当天,每家书店的门外,就有上千人排队。早晨开门后,拥进去的人群,往往把玻璃柜子挤碎。

今年,我们家里也买进大批新书,只说我自己买的:十七本的数理化少年自学丛书,送给十五岁的孙儿学用。此外买了巴尔扎克的《幻灭》、《莫泊桑短篇小说集》和雨果的《笑面人》、《九三年》各一部,都是过去未曾看过的。

㊀ 人民美术出版社印了一批近代名家的画辑,我想买一套潘天寿的,书店说还没有印,所以改买了一套《傅抱石画辑》。

(香港《大公报》1978年11月11日,署名:刘郎)

寄 友 人

无分奉身蹄吠亩,也难终老住温柔。咖啡一盏同君夜,容我猖狂说咬头。

◆纪梦

寸缕银丝粲絮衣,霜风曾不厌芳菲。忽然狂想前朝事,十斛明珠押紫薇。

两诗都有本事,因费笔墨较多,这里不写,将另文述之。

(香港《大公报》1978年11月12日,署名:刘郎)

吹 诗 两 首

魄翁诗论多清至,近有容黄语可师。此外更谁知我者,只能让某自家吹。

致我悼词亦不难,谎言陈套一齐删。要吹还是吹诗好,直向东坡路上攀。

近年来死了亲戚、朋友,常常亲往吊唁。在大殓的仪式中,都要由一个人替死者致悼词。讲到死者的生平事迹,不免有言过其实之处。因此想若是我一旦溘然长逝,也有人为我这样做,泉中有知,我是会汗毛站班的。因有前面的第二首之作。

(香港《大公报》1978年11月14日,署名:刘郎)

小 楼 一 日

宵来楼上鼾声酣,是处书斋小若龛。离榻先寻楮笔砚,出门徐步两千三。

秋衣早把冬衣换,药味还同枣味甘。笑我闲居真好事,投诗犹似"唱江南"。

我家四楼有一间十三四方米的小屋,平时是吃饭、打牌的地方。入秋以来,改为我一个人的卧室。每天在这里偃卧、静坐、读书、看报、写信、会客、吃药、进补,也少不得打牌乃至作诗,这个不成气候的《闲居集》,就是在小楼上产生出来的。

朋友们除了劝我戒香烟外,又劝我做做健身活动。打太极拳没有这个耐性,还是以散步为最方便。开始几天只走一刻钟,逐渐增加,今天在北京西路绕了一圈,走了半个小时,数一数,共走二千三百步。

(香港《大公报》1978年11月16日,署名:刘郎)

菜　　单

　　猪排烩鸭寻常煮,芦笋蘑菇惯作羹。灶做烘箱真顶用,鸡称"萄国"焗初成。

　　生蒸鸡面摹衡山,满托攀来尽笑颜。闻道点心添别式,花生苹果奶油"攀"。

二十年来,老婆学会做一些简单的西菜。这第一首里的几样经常做了自家吃,也请客人吃。第二首的两件都是新品种。上月,在衡山饭店,她吃了一只鸡面,觉得很美,回来就仿制了一次,但不大成功。因为剔骨太难,做出来不及店家完整,风味也有逊色,她有点灰心了。

"攀"(Pie)是译名,香港译作"批"。上海市上有柠檬攀、香蕉攀、苹果攀等等。我们加工的做法是用苹果加入捣碎的花生,沿面再浇上一层奶油,倒也可口。

(香港《大公报》1978年11月18日,署名:刘郎)

市　　招

　　店家改正老招牌,昔日门庭昔日街。锣鼓将敲大世界㈠,汤团好吃五芳斋。头颅哪可青锋试㈡? 家具宁容"星火"揩㈢? 富丽衣裳花式足㈣,明妆竞购蓝棠鞋㈤。

上海商店的招牌,十余年来绝大多数改了名字。有一时期,叫"东方红"的、"向红"的几乎触目皆是。这也是张春桥、姚文元这批贼种在上海执行极"左"路线的一个体现。如今一切都在拨乱反正,市招也在逐渐恢复旧称。戏院大光明仍叫大光明,点心店五芳斋还是五芳斋。

㈠ 上海"大世界"是国内外都熟悉的地方,到目前所有交通车辆停站到此,人们还是叫它为"大世界",但这块招牌早已不见。听说这里将重新辟为游艺场所,让大家去过文化娱乐生活。

㈢ 上半年在四十一路公共汽车上看见大木桥附近有一家小理发店,招牌赫然"青锋"二字,真的吓人一跳。现在也应该改回来了吧?

㈣ 两年前,招牌改为"燎原"的甚多,这两字加在木器店上最不合适,但是偏偏有,就在热闹的南京路上。

㈣ 南京西路的富丽绸布店,是最有名气的出售妇女衣料的铺子。过去也改过"红"什么的名字,如今又改回来叫富丽。

㈤ 富丽对门的蓝棠曾改为"延风",现在又复称蓝棠了。它是制造质量高、最入时的女式皮鞋店。

(香港《大公报》1978年11月20日,署名:刘郎)

看《柜中缘》复遇李玉茹

施朱映白若通神,五十人如十五人。台下何曾似虾米,上台简直是虾仁。

目前,在京剧界的青衣花旦中,我认为李玉茹可以坐第一把交椅。如果有人不同意我这一说法,那末我就退让一句:"至少在上海是这样。"

十月初,她在上海演了一出《柜中缘》。从台下望上去,无论扮相的俏丽,撒痴撒娇的神态,活龙活现是个小姑娘。这不是我个人的评语,听来听去,几乎众口一辞。

过了半个月,我和她在一次宴会上碰头了。我把前面的话当着她的面作了一番赞扬。她连忙谦逊地说,老了老了,看不得了。我指着席上一盘清炒虾仁说,不老不老,你还像虾仁一样鲜嫩。

老,应该说,她的年纪是不轻了。我在本诗的第一句说她五十岁,是"夸小"了的,她至少也有五十五了,或者再多一二岁。但即使这样,在台下看起来也只不过五十以内的人。我之所以一再"夸小",只是想把诗句作得浑成一些罢了。

(香港《大公报》1978年11月22日,署名:刘郎)

寄童芷苓北京

　　闻在包头拍镜头,陈郎此日可同游?北京姑嫂寻相骂㊀,上海银屏放二尤㊁。不为深灾长悒郁,已逢盛世快歌讴。归来共话当时事,曾是"蛇神"与"鬼牛"㊂。

　　和童芷苓十多年没有见面了。十多年前,我们碰头的机会较多,那时有个聚餐会,参加的有芷苓、王熙春、王丹凤、金素雯和我五对夫妻。记得最后一次在上海"老饭店",但这天芷苓没有到,只她的"那一口子"陈先生一个人来的。

　　八月,在周信芳先生追悼会上我遍找芷苓,不见。有人告诉我她到内蒙拍戏去了。她,原是银幕与舞台的"两栖"演员。

　　㊀ 上月芷苓到了北京,和妹妹葆苓演了一出《樊江关》。这个戏的故事是薛金莲和樊梨花姑嫂俩因口角而动武。

　　㊁ 正是《樊江关》演出的时候,上海放映了一张《尤三姐》的旧影片。片中,芷苓扮尤三,熙春扮尤二。

　　㊂ 十年前,在林彪、"四人帮"的一条黑线下,我们都被作为"牛鬼蛇神"处理过的。这个称号,芷苓蒙受了十年,我少一点,也挨了六年。

（香港《大公报》1978年11月24日,署名:刘郎）

憾　　事

　　心事暮年惜婉柔,弦边理遍欠君侯。北桥花发桃千树,独向江波吊丽秋。

　　女弹词家中,我最欣赏侯莉君和程丽秋,但我都不认识她们,一直引为憾事。这两人前者现属江苏省评弹团,长住南京。而后一位已于八九年前逃不了林彪、"四人帮"的凌辱,饮恨而死。她是在北桥沉水死的,那地方在上海郊区,当时我每个月都要经过北桥几次,那里有一座桃园,园旁是一条河流,丽秋可能就是在这里跳下去的。

长恨群奸弄巨灾,被灾人尽是殊才。已弹老舍三升泪,更洒三升哭傅雷。

还有一件毕生憾事,从来没有见过傅雷。在当代的作家中,我最佩服老舍与傅雷。

解放初期,我在北京见过老舍。同他握过手,一道吃过全聚德的烤鸭,一道看过秦凤云的梆子戏,晚上,他用汽车送我回去。这一天,我兴奋得几乎不能睡眠。而傅雷始终没有见过。他的译笔我是倾折得五体投地的。不久前,读了柯灵悼念他的文章,想想我这人也真糊涂,当年为什么不找柯灵介绍,让我认识认识这位翻译的大手笔呢。

(香港《大公报》1978年11月26日,署名:刘郎)

[编按:两诗前一首及诗注,未收入港版《闲居集》。]

寄欣翁香港

闻君健步过通衢,书札年来甚事疏?社友渐稀余尔我㈠,泪泉始涌即干枯。肩头已卸千斤担,笔下难成《十媪图》㈡。曹氏钗裙行当改,婷婷袅袅唱《盘夫》㈢。

㈠ 四十年前周信芳先生组织移风社在上海演出时,欣翁、梯维、陆洁、翼华、笠诗和我都是移风社的朋友。如今,信芳含冤长逝,而社友除欣翁与我尚在人间,其余四人亦都已先后谢世。

㈡ 我打算写一篇十个以上海老太婆为题材的小故事,题名《十媪图》,盖绣像小说《十美图》之改头换面也。但到底也没有凑得满十个。我的条件是既要这十个人现在都还活着,又要不同身世、不同经历而过去都是知名的人物。在要求的对象中,有些人是欣翁和她们熟悉的,但他又远客天南,不能为我供给材料,真是憾事。

㈢ 欣翁当年看了越剧《红楼梦》影片,说扮演琪官的曹银娣,此人将来必大有作为。现在我要告诉我的老朋友:这位曹银娣已不再演小生戏了。她已改了行当,扮演旦角。今年国庆节前后,上海有一台越剧小戏(三出),其中一出《盘夫》就是银娣主演的,她的严兰贞,扮相之美是想像得到的,而唱和做都是学的金采风一派。我已经看过了,真是过瘾,她的水袖功夫,比之金采风更撩人双目。

(香港《大公报》1978年11月28日,署名:刘郎)

[编按:欣翁,疑即唐大郎的老友南洲主人徐欣木,此人也为移风社成员之一。]

家 务 劳 动

操劳家务选轻微,闻与舒筋活血宜。行本不妨分内外,妻何可以制AB?书斋且扫斯文地,夏日能搓绝薄衣。最是入厨徒怅惘,前年才会煮咖啡。

退休以后,在家里倒不是做饭来张口、茶来伸手的老太爷,不是的,也做点家务劳动。据说老年人做一点适当的家务劳动,也是健身之道。比如自己的房间自己收拾,扫地抹桌子,也帮着拣拣小菜,冲冲开水。夏天,我们规定自己的汗衫裤以及袜子,手帕都归自己洗涤。就是一样,灶头上的事,我什么也不会动,前两年才学会了烧咖啡,因为这东西我每天非食不可。

但是,也有老家伙视家务劳动为累赘的。一位书法家的朋友,太太是美术家,他自己退休了,太太还在工作,于是家中之事,都堆在这位朋友的身上。他写信来满纸怨言,向我诉苦。他说如果像从前的人有两个老婆多好,让小老婆在家里干活,我好腾出工夫写写文章,写写字。他明知在我们的社会里是不容许有两个老婆的,他说这些话当然是开玩笑。这就是吾诗第三、四句的来源。

(香港《大公报》1978年11月30日,署名:刘郎)

尹桂芳在电视上

关灯停箸拨荧屏,忽现年轻熠熠星。宝玉冠裳真偶觉,桂芳容止自清宁。座中近貌人争认,话到今恩涕欲零。才地太高心地善,尹家大姊以贤称㊀。

前一时期,上海电台播送了尹桂芳旧时的录音和唱片,因而引起越剧观众对这位著名小生的怀念。人们都想知道她的近况,于是电视台安排了一个《尹桂芳与电视观众见面》的节目。

节目一开始,先放送了一段过去尹桂芳唱的《宝玉哭灵》。然后又映出了几张她在全盛时期扮演贾宝玉的剧照,再后才是她本人出现在屏幕上。她坐在一张软椅里,丰腴的面颊,五十多岁模样,神态安详,却看不出她的一半身体已经残废。

当电视台工作人员,要求她跟观众讲几句话时,她微笑地接受了。她先简单地谈了自己的出身和学艺过程。再谈到十年前遭受"四人帮"鹰犬的凌虐和迫害,致使成了残疾,不能重上舞台,她以激动的心情谈了对华主席的热爱,随着就用尹派唱腔,唱了一段歌颂华主席领导的歌词。一面唱,一面以右手作势,而左手始终没有抬起,它不顶用了。

㊀ 尹桂芳一向是越剧界的大阿姊。她为人谦和诚挚,跟她接近的没有人不说她是好人的。

(香港《大公报》1978年12月2日,署名:刘郎)

[编按:画﹏﹏部分,被港版《闲居集》所删。]

遂无人再念孤儿

遂无人再念孤儿,亲见孤儿头白时。若报九京舅氏问,阿常健饭尚能诗。

舅父逝世三十六年以后,舅母汪夫人也在沪病故。她是我最后一个长辈。在她生前,我每星期去存省一次。去前,她总要服侍她的阿姨买好我爱吃的食品,款待甥儿。如果这一天我去得晚了,她会念念不已,所以她家的人都叫我早一点去,不然,老太太会烦死的。

(香港《大公报》1978年12月4日,署名:刘郎)

读《汉书》,幼孙辄至

何以能修两善论?诏书马媪语清温。娱忧原不分朝野,多喜臣佗抱幼孙。

马皇后遣外戚诏云:"我但当含饴弄孙,不能复关政矣。"
南粤王报文帝书云:"老夫处粤四十九年,于今抱孙焉。"

(香港《大公报》1978年12月4日,署名:刘郎)

游 拙 政 园

海陬同客等天涯,聚得离愁欲满车。何意遂使今夜梦,多情来看早春花。可怜槛凤囚鸳地,曾是寒妆俭妇家。痴绝远香堂外立,风檐霜鬓日西斜。

这是五年前的一首旧作。记曰:一九七三年十一月之吴下,游拙政园。忽有所怀,当年囚凤之地,已渺不可寻。比归沪上,忽梦其人,依稀十七年前风檐暖瓦时也。既醒,不复成眠,挑灯记此,掷笔惘然。

(香港《大公报》1978年12月6日,署名:刘郎)

偶 逢

知渠心境正宽舒,各慎饿寒住一隅。事到难为宜可置,情因过重转成无。断非尤物皆玩物,谁信狂徒恰善徒?卅载风尘同历历,几曾草草论亲肤。

这是近作。作者自评:和盘托出,明白如话。

(香港《大公报》1978年12月6日,署名:刘郎)

辞 帽 诗

"训话"魔王乱发挥㈠,汗毛直竖贯牛衣。本来不学原无术,未想弄权怎用威?此物敬辞头上套,高谈且惹腹中诽。"顶宫"尺码殊宽大㈡,终我今生戴不宜。

在林彪、"四人帮"大开"帽子公司"的日子里,我在"牛棚"中也被戴过好多种"帽子"。"牛棚"中人,每天早晨,都要听牛魔王"训话"。有一次,我们那位魔王忽然异想天开点我的名,称我是"反动学术权威"。这一下我吃惊不小,但又不敢申辩,只好硬咽下去。后来坐定下来,自己又不免好笑。当时就念念有词地记下了一个偶句,即本诗第三、第四两句,现在把它足成一律,可以作"牛棚"笑话看也。

㈠ 管理"牛棚"的人,他们都自称牛魔王。
㈡ 出于上海流里流气之人之口,称帽子为"顶宫"。

(香港《大公报》1978年12月8日,署名:刘郎)

银 灯 词

《红楼梦》醒"天仙"远,海内何人不想《家》?更有巴巴千万眼,待开"二月""早春"花。

二三月来,上海国产片放映的情况,具如上诗前面两句所述。后一句则是说近来外面盛传,《早春二月》也将在全国公映。这是一部在"文革"前拍好的佳片,但也被"四人帮"所禁锢。我是看过它的。可以这样预言,如真的上映,那么卖座之盛,不会输与《红楼梦》,或者远过之。

亦若悲伤亦若痴,奇才绝调塑穷雌。最怜彤管飞扬客,竟是天人鸾鹤姿。

一个多月来,日本有一部叫《追捕》,一部叫《望乡》的片子,也在我国风魔。上诗是看过《望乡》后为两位主要女演员写的。一个扮演隐居在穷乡的老妓,一个扮演访问老妓的作家,可惜我都不知道她们的姓氏。而对于她们的演技,都表示无限钦服。

(香港《大公报》1978年12月10日,署名:刘郎)

理发椅上得句

厅堂走出美姣娥㈠,腰自纤柔发有波。耳畔俏悬大小鬈,颈边媚映浅深涡。原知巧洗精梳好,谁置邪规恶戒多?逢指囚笼应咒骂,没毛白骨一妖婆。

走进理发店,看到一位女青年刚烫完头发出来,从她的风致嫣然中看出她对新烫的发型是满意的,愉快的。我也觉得她的头发做得很美,所以坐上理发椅,就作起诗来。

连外国人也知道,两年以前中国女同胞的头发都梳成一个样子,直笼统地披在脑后。在那几年里,理发店不设烫发工具,女性也不敢想到要求烫发。一些有所谓"造反精神"的人还声称女人都要以江青为榜样,江青是不烫头发的。他们哪里知道他们的这位奶奶是个秃子,即使有,头上也是数得清的几根,一向装的假发,自然不需要再烫了。所以人们一直疑心"四人帮"连人民的生活都要干预,说不定下过烫发的禁令,至少"江妖"之流有过这样的暗示。经过狗腿子们的宣传,老百姓只好太太平平听话,犯不着为了这点事去触霉头。

去年起,理发店恢复了烫发业务。最先烫的是文艺工作者,后来商店的女职员,工厂的女青工,也陆续把头上青丝,弄成一波三浪。到了今年,已普及到机关的女干部,学校的女教师乃至家庭妇女,四十岁、五十岁,也有高寿至六七十岁的老太太,也在麻烦理发师傅了。

㈠ 理发店亦有称理发厅的,故用"厅堂"二字。又这七个字像弹词小说中的句子,偶然仿效,居然神似。

(香港《大公报》1978年12月12日,署名:刘郎)

南北《白蛇传》

风流弦管各专门,琴自清和笛自温。大姊丰容惊北赵,诸儿极谐耀南昆。桥犹未断魂先断,塔已无存迹尚存。妖果善良人亦念,屏前儿女有啼痕。

二月前,有一台昆剧的《白蛇传》,为上海人所轰传,在这台戏里,以四位演员,分扮四条白蛇,王英姿演《游湖》,王芝泉演《盗仙草》,王君慧演《断桥》,而以华文漪演《合钵》。这些演员成名已经二十年,现在,她们都是三十几、四十不到的人了。但扮相还都那么艳丽,身段还都那么俏巧。王芝泉(她近来经常演《挡马》)的打出手,每演必博得满场喝采。

与上海同时,北京先后上演了两台京剧的《白蛇传》。先是赵燕侠一人到底的白娘娘,后是刘秀荣一人到底的白娘娘,允文允武,两个人台上的功夫,难分轩轾。我是比较倾慕赵女士的,她的唱,明白如话,这是最可取的一点。

(香港《大公报》1978年12月14日,署名:刘郎)

听李如春吊嗓

大沽路上暂停车,来访当年活老爷㊀。连续唱完三出戏,始终不要一腔花。调门高到弦将断,使气浑忘疾始瘥(平声)。绝业麒家谁继得?一徒一子更无他㊁。

李如春是周信芳的嫡传弟子。今年八月,上海举行周信芳骨灰安放仪式,礼成之后,由周少麟捧骨灰盒,李如春捧花圈与遗容,可见他与师门的关系之深。

解放后,如春曾任江西庐山京剧团团长。近年因病回上海休养。前两天,我去看他,他自以身体好了一些,正想吊吊喉咙,见我到来,一高兴,就连唱了三出,都是麒派戏:《描容上路》的二黄原板,整出《追韩信》和一段《四进士》的摇板。唱得神完气足,一点不耍花腔。

如春对于麒派演技,钻研得也非常到家,这是因为他见得多,记得牢,自己又肯用心揣摩。所以目前真能谈谈信芳的表演艺术的,我以为除了李如春,恐怕没有第二个人了。

㊀ 李如春以演包公戏闻名,人称"活包公",而包公亦称"包老爷",即在某一出包公戏的唱词里,包拯亦自称包老爷。

㊁ "一子"指周少麟。"他"字"歌韵",我常常把它放住"麻韵"里用,我是江南人,念起来顺口一些。

(香港《大公报》1978年12月15日,署名:刘郎)

读《贝姨》

蓬门初识绮罗香,无尽名都发宝藏。世上俄惊雷绝响,楮间长使玉生光。苦修命妇终成"佛",极唱瑶姬合署王。欲问倾城争塑得?以姜为骨桂为肠。

近几年来,读了三十多种十九世纪欧美名家小说。其中最喜爱的有两部:一是雨果的《悲惨世界》,二是巴尔扎克的《贝姨》。

《贝姨》的译者是傅雷。但在三十年代也有人翻过这一部书,书名叫《从妹贝德》。论译笔,比之《贝姨》差得实在太远。傅雷的是圣手,他翻了那么多巴尔扎克的小说,可以说无愧名著也对得起这位一代文豪。

在这部书中,作者写得最出色的人物,我认为倒不是主人公贝姨,而是另外两个女人:一个叫阿特丽纳,她是男爵夫人;一个叫玉才华,她是巴黎歌剧院的首席歌女。男爵投奔玉才华,阿特丽纳走访玉才华,是全书的两个高潮,叫人百读不厌。我这首诗,就是为这两个善良的妇人写的。

(香港《大公报》1978年12月17日,署名:刘郎)

冬　　夜

家贫敢揖开门盗,鬼扰冬心挂榜文。率兽食人惊此夜,别无忧恐更遗君。

与老婆闲话,话到冬至日将至,很自然地想着某一年冬夜我家的遭遇,遂有此诗之作。

◆红雀

曾将昵号呼红雀,猎手未为误乃公。不尔当初生捕汝,吾家原有篾丝笼。

在朋友家中,碰到一位老太太,是四十年前的旧识,她小名红英,我们那时候呼她为红雀。后来她嫁了一个富人,如今已寡了十年。她少年时就能说会道,我们碰在一起,经常斗嘴,又说笑话,现在还是这样。这一回,我把上面的四句,用白话说给她听,你知道她怎样回答我的?她说,不行啊,你把我捕了去关在竹丝笼里,我是呆不住的。我还是要飞,飞出去找我的金丝笼……嗟夫!何物老妪,其言乃坦率如许耶!

(香港《大公报》1978年12月20日,署名:刘郎)

客　　至

滇绿滇红劣手煎㈠,客来浓淡各休嫌。三冬浑似中春暖㈡,一饮能教百虑潜。槛外菊花呈暮色,窗前炉管出高檐。歌呼谈笑俱忘忌,不比当年口若钳。

退休以后,朋友们常以我家为聚晤之地。有的谈时事,有的谈诗文,也有喜爱京剧的,就高唱数声,甚至连唱带做,往往尽欢而散。此诗正是昨天在客散之后写成的。

㈠ 滇绿滇红为云南省生产的两种茶叶。

㈡ 今年到了阴历十一月中旬,上海的最高气温,将近二十度,为近年所未有之奇燠。

（香港《大公报》1978年12月22日，署名：刘郎）

老正兴席上

入席都成老太爷，正兴馆里食鱼虾。既为朋友兼"棚友"，亦是诗家并杂家。只恃有谈还有笑，休嫌无月更无花。高公临走频推荐，海客俱将川菜夸。

我们十来个人，都是儿孙绕膝的老头子。近一个月里在上海老正兴聚集了两次。这些人过去都在一家报馆工作，如今，有的退休，有的还在上班。所巧的是我们在十年前都曾经作为"审查对象"，被关进过"牛棚"，所以又都是"棚友"。

上海所有的酒家、菜馆、饭店自从今年以来大事整顿，恢复过去的特色，于是一班从前吃惯馆子，后来绝迹不上馆子的人，又都在"蠢蠢思动"了。这就是我们两次去吃老正兴的原因。蟹黄油、鸡骨酱、红烧头尾和秃肺、川糟、生煸草头这许多名肴，的确，依然当年风味。不过，据我们中的一位高先生说，凡是外国回来的华人以及港澳归来的同胞，他们吃了上海的馆子都盛称四川饭店为第一。所以他提议，下次聚会上四川饭店。他还保证，他在那里有相识的值堂人员，点出来的菜肯定道地。

（香港《大公报》1978年12月23日，署名：刘郎）

记 三 张 (一)

多年病废命摇摇，出手名书声价高。重向春明寻旧梦，弦声一路过天桥。

——张恨水

听说，上海一家出版社，正在为已故小说家张恨水的名著《啼笑因缘》重新校勘，重新标点，看来将重新出版。果尔，则樊家树、沈凤喜之名,又将流传于今日青年人之口矣。

  白门柳色尚依依,乱世才轻命亦微。老死情丝无半缕,一生慧剑竟空挥。

——张慧剑

  一九七二年我在奉贤时,从南京传来慧剑的噩耗,作为老友,我是非常悲恸的。那时正是"四害"横行,他在南京经常遭到批斗。一天,他觉得胸闷难熬,由他的侄子陪往医院,不料中途病作,竟气绝于三轮车上。慧剑与我同庚,死时只六十有四。他终生不娶,也从未听他谈过恋爱,是朋友中的一个异人。

  三楼直上急匆匆,推进门来见老翁。为道闲居无个事,任他南北赶西东。

——张友鸾

  去年秋天,友鸾从北京来上海。一天,突然摸到吾家三层楼上。十多年不见,须发如银,齿牙零落,问其年,诳称八十四,其实只七十五。他已退休,来沪小住,即去杭州,再往合肥,因那里都有他儿女的住家。后来听说他今年才返北京,而且又在为出版社写点什么了。此人形容衰老,但精神奇健,每食必饮,饮必"硬货",我请他吃饭,饷以啤酒三瓶,他甚不乐意。

  ㊀ 上面三位姓张的都是《新民报》旧人,各有一枝健笔,故当时人称"新民报三张"。

  (香港《大公报》1978年12月26日,署名:刘郎)

旧　　句

  风情豪气日荒芜,惟有泪泉不肯枯。昨遇邻妻狂笑曰:十年憔悴老登徒。

  少恶幽场遁作僧,壮时不点读书灯。欠人人欠风华债,老欲清偿两未能。

前一首作于一九七六年三月,后一首则一九七七年所为。有人见了,建议我说,如果以一生所作的花花绿绿的东西,出一本集子,那末这后面一首应该放在集子的最后,作为"总结性的发言"云云。

(香港《大公报》1978年12月27日,署名:刘郎)

黄 桥 烧 饼

老翁得饼乐融融,满口吞来似小童。忽而动容思往事,功高百战念元戎。

最近吃到了黄桥烧饼,虽然售价比上海的蟹壳黄高出二倍,但风味之美,远非蟹壳黄所及。

黄桥烧饼一向有名,我们看过一部叫《东进序曲》的影片,和今年上演的《东进东进》话剧,都是叙述当年陈毅元帅在黄桥地方部署军队,指挥作战的故事。从此黄桥成了苏北的名镇,而黄桥烧饼也因此更负盛名。

(香港《大公报》1978年12月30日,署名:刘郎)

上海浴室尽复旧观

新材老手互登场,条布声声震屋梁㈠。不用赴汤堪入室,真能刮垢到磨光。神工莫畏"荷包"痛㈡,小梦初醒茶盏香。喜极闲居多乐事,从今又好孵混堂㈢。

十多年来,上海的浴室废除了扦脚、擦背等服务项目,这分明又是张春桥他们一伙想出来的花头经,据说因为那是"剥削阶级的生活方式"。口号极"左"等于放屁。

现在一切都已恢复旧观。不但老年的、年轻的擦背师傅、扦脚师傅又在大显身手,同时也恢复了室内盆浴,使老年人不习惯进大汤或莲蓬浴的得到方便。洗完了澡,或小睡片时,或一盏香茶,与同室的浴客搭讪攀谈。这些都是过去的规格,一一重见于今日了。

㈠ 进得浴室,到处听到擦背师傅工作时把擦布使劲抖动,刮刮作声。

㈡ "荷包嵌爪"是趾疾中最严重的一种,经过技术高超的扦脚师傅精修细剔,才能解除病痛。

㈢ 在浴室内消磨时间,上海人叫做"孵混堂",江南一带都称浴室为混堂。

(香港《大公报》1979年1月4日,署名:刘郎)

[编按:本篇未收入港版《闲居集》。]

碰到顾兰君

蓦地相逢老眼揩,赫然一块旧头牌㈠。为言常日思兄嫂,不用平时虑米柴。年岁刚刚过花甲,闺房寂寂吃长斋㈡。问她搬在何方住,记取娘娘塔底埋。

十二月中旬,一天我和我的夫人无意中碰到顾兰君。十多年未见,几乎不认识她了。虽然她还是胖胖的,但脸上加了一副眼镜,就显得陌生了。此人今年六十一岁,豪爽、热情和风趣,都一似当初。她说,我多么想念你们,一直想看望兄嫂,可不知道你们住在哪里。说到她自己,多年来生活得很好,一个人嘛,钱是用不完的。我问她住在何处?她说,上海最高的建筑物下面的一所房子就是。原来她家在电视塔脚下,我说,那你不成了压在雷峰塔下的白娘娘了,因相与大笑。

我们谈话的时间很长,话也很多,怎么能写得尽呢。

㈠ 三十年代到四十年代,兰君是上海电影界的头牌明星之一。

有人说,又是"四大名旦"之一。"四大名旦"者:陈云裳、陈燕燕、袁美云与兰君是也。

㈡ 兰君的配偶问题,始终不谐,现在还是独居。

(香港《大公报》1979年1月5日,署名:刘郎)

萍倩寄来贺年片，以诗为谢

　　拜年帖子已收存，一纸飘飘情却深。多谢萍翁还念远，常悲石老早沦沉㊀！望儿数涉重洋去㊁，过瘾仍将烈酒斟㊂。代候男朋惟沈李，女朋夏梦与冯琳㊃。

李萍倩先生寄来的贺年片上还写了两行字："看到《大公报》上的诗，真想见见郎哥。"其言甚嗲，其情可感。

㊀ 亡友朱石麟。

㊁ 听人说，这两年萍倩常到外国走走，看望在海外的儿女。

㊂ 记得桑弧告诉我，他在北京碰到过萍倩，说一位七十多岁的老人依然健饮。在我的老友中，萍倩是以豪饮闻名，但也闹过笑话，还在他年轻的时候，有一年吃午夜饭，他不知喝了多少黄酒，醉得人事不知，一觉睡下去，醒回来已经是年初五的早晨。

㊃ 第七句指沈天荫与李元龙，他们是我四十年前的朋友。第八句的两位女士，还是十多年前萍倩在上海拍戏时为我介绍的新知。

（香港《大公报》1979年1月6日，署名：刘郎）

退 休 金 加 码

　　退居月赆已多金，而况华都体念深。恤老早传添益额，问医还许服三参㊀。只惭未有涓涘报，但望长无疾患侵。对此复将何话说，今朝涕泪满裾襟。

一九七八年十二月，收到过去工作的机构来信，要我填一份表格。这是因为在全国范围内，国家要对退休职工每月的退休金加码，有的加一折，有的加半折。以我而言，参加革命工作不过二十来年，可能只有半折可加，但就是这半个折头，已经可以付我家将近两个月的房屋租金（三间，五十平方米）。

另外又要我一张照片，贴在新的病历卡上。这是因为国家要对像我这样过去级别比较高的年老干部,换一家好的医院,让更高明一点的医生治疗或调补身体,因而可以服用更高档点的药品。其实我原来的"劳保"医院已经是上海一向称为第一流的瑞金医院,即从前的广慈医院。再要换一家比"瑞金"更好的,是哪一家呢?我现在还不知道。

㈠ 三参,指红参、白参和人参。

(香港《大公报》1979年1月8日,署名:刘郎)

胡考以近诗见寄,报以律句

头摇摇更脚翘翘㈠,吟与胡郎忽尔高。少日初看《金锁记》㈡,当时想唱《念奴娇》。徒传黄氏如三嫁,绝薄红颜命一条。谁为御霜承大业?而今且让李儿骄㈢。

一九七八年岁暮得胡考来书,并附所作《梨娘诗传》见示。它写的是黄咏霓(新艳秋的本姓本名)的一生经历。虽说是"诗传",其实是以数十阕短调组成的"丛词",洋洋大观,也难为这位画家煞费心血了。

在我所知的京剧女艺人中,遭遇悲苦莫过于新艳秋。若不是北京解放得早,此人必然流转沟壑。解放后她还来上海演过一次,我也见到过她,糟蹋得已经很不像样。那时,她的丈夫与她同行,是一个不大正派的人物。此后就不再听到她的消息。近况如何,在"诗传"里也没有提到,考兄如有所闻,何不再来十首八首,作为"诗传"之续?

㈠ 胡考平时坐着的时候,必然两腿交叠,右腿则上下抖动不止。

㈡ 四十年前我第一次看新艳秋演《金锁记》,那是她风华最盛的时代。

㈢ 目下人们公认,得程砚秋先生真传者只李世济一人。御霜,程先生字。

(香港《大公报》1979年1月10日,署名:刘郎)

樟 茶 鸭 赞

市楼异味得新尝,"八宝""香酥"置一旁㊀。便快朵颐芳齿颊,休论茶繁杂修樟。已闻司灶延高手,况遣卑人问故乡。不复宣南思肉市,只因此物滞人肠㊁。

友人荣氏弟兄,在四川饭店请客,第一只菜蒜泥白肉,第二只则是整整齐齐的一盘鸭块。我最早动箸,一到口中,便称佳味,它既脆且酥,亦香亦嫩。问主人这菜叫什么名堂?主人说菜单上写的是樟茶鸭。座上有桑弧,也称佳味。但这菜是怎样做的呢?大家议论纷纷。有一位太太说,要末用香樟木屑和茶叶一起熏烤,因而有一股奇香。她的话虽然有点望文生义,但谁也说不出其他方法把她的猜想推翻。

现在的四川饭店,对业务精益求精,不但当厨的都选拔名手,而且还派了专人到重庆、成都去向老辈的名厨请教,务使多出品种,而每一品种又都是四川真味。

㊀ 八宝鸭、香酥鸭都是名肴。

㊁ 北京全聚德烤鸭名闻天下。但我于一九五一年在北京时,于四十六天中吃了八次烤鸭(其时全聚德设在前门外肉市),到第八次筷伸了上去,又缩了回来,因为我的肠胃薄弱,已不能接受。

(香港《大公报》1979年1月12日,署名:刘郎)

好 书 重 版

坑灰堆里觅余残,把卷闲窗一展颜。圣地将军传绝业,清宵名著话燕山。恩仇基度将堪仰,外史春明岂可删?我望好书如望岁,歌呼"陶集"满廛间。

"文革"初期,我奉"造反派"之命,把家里的书籍统统上交。上交完毕,又从屋角落里找出了残存的几本,把它们叠起来也不到两尺高了。但就在这几本书里,却有两部在当时是绝对的"禁书"。一部是歌颂彭德怀元帅战功的《保卫延安》；另一部是马南邨写的文集《燕山夜话》。这后一部是我多么喜欢的好书，也幸亏它，让我翻来覆去地看，消磨了那些莫名其妙的年头。

打前两年起，各地的出版社要把过去被姚文元的魔棍打杀的好书，一一重版。《保卫延安》已经印出来了；《燕山夜话》听说也要重印。在上海，重版的书中，万人瞩目的外国小说《基度山恩仇记》将于年初发行。《啼笑因缘》也决定重印。我对于张恨水的小说，认为《春明外史》是他的代表作，因为他写了旧北京熟悉的东西，值得后来文艺工作者的借鉴和参考。所以也应该重印。

我日盼夜望的是被姚文元这个匪徒打得最结棍的、陶铸先生的两本好书。有一朝它重版发行，预料新华书店的书柜，又有挤碎的危险了。

（香港《大公报》1979年1月14日，署名：刘郎）

冬　　景

拨弄炉膛炭火添，先生居处自恢恢。新橙只爱黄岩好㊀，衰齿微嫌白兔黏㊁。冬至参芪宜用补㊂，家乡腊腿故常腌㊃。何人寄茅台酒，偷与唐琼四两沾。

㊀ 黄岩蜜橘为浙江名产。

㊁ 大白兔奶糖是上海益民五厂的特产。

㊂ 每年冬至，都要进些补药。

㊃ 自己家里腌的腊腿，腌制得法，我认为不输于"宣威"、"金华"的名产。北京的唐琼写信来说，他希望春节后来上海，如他真的来了，我就把有人寄放的一瓶茅台酒，倒半瓶给他，以为下酒物，另加醋泼金丝芥一碗，糟鸡一盆，银蚶一碟，可谋一醉。

（香港《大公报》1979年1月16日，署名：刘郎）

［编按：本篇未收入港版《闲居集》。］

《丹心谱》观后作

　　昨看《丹心谱》,热泪襟边聚。两位老中医,各把丹心吐。丹心献与党,丹心献人民,丹心献科学,丹心献那人。那人他是谁?他是好总理。总理大丹心,丹心照天地。台上无其人,形象存眼底。夜半来电话,闻声已哽咽。他在病中啊,心尚挂科研。此时逆浪翻,恶风吹亦劲,魔怪任猖狂,白头终自顶。全城哀乐动,恸绝一家门,两老哀哀语:"让我替离魂"!北关震雷霆,妖孽原形显。国事举更新,四化争实现。看罢《丹心谱》,拭泪渐成吟:"众道黄金无足赤,我言上相是纯人。"

《丹心谱》是今年夏天起在北京上演的一个话剧,我是在上海电视里看到的,看了三次。诗是第一次看完后写的。

它的故事,诗里大致叙述到了,剧中的两位老中医,是由于是之、郑镕两位老演员扮的。由于他们对周恩来总理的热爱,他们的戏都是从肺腑中表演出来,为此感人更深。我是看一回哭一回的。

(香港《大公报》1979年1月18日,署名:高唐)

［编按:本篇非《闲居集》专栏。］

窑上游偕文涓作

　　一时疏略一时亲,到老交情始觉真。顾我粗顽犹本色,多君依旧是佳人。好乘媚爽晴和日,来踏温柔细腻尘。闻足梅花香十里,一年胜度十年春。

苏州有个地方叫窑上,在光福与邓尉之间。一九七八年二月下旬,约文涓等几个人从上海赶到这里来看梅花。邓尉的梅花,宿有"香雪海"之称,那末,窑上梅花之多,十百倍于邓尉,邓尉只是窑上的铎中之舌。

进入窑上,我们循着山径走,两边都是正当盛放的梅花,有红梅,有绿梅,当然,更多的是白梅。我们走得慢,走了三小时,计程十余里,绵亘不绝的皆是梅花。过了窑上,近公路还有四五里,这一带的风景更是佳绝。左边是山,山下是梅林,右边是太湖,湖堤上亦是梅林,几乎是看不尽、望不到底的梅花。整个上午,我们就在梅花长卷中游行,真是一生中难得碰到的赏心乐事。

这首诗的第四句是说:文涓是我们四十多年的老友。她始终像个家庭妇女,见了人,给你聊家常,或者谈花事。她目下除了在上海戏校教学外,爱花如命,家里栽了一百多盆各种各样的奇花名卉。窑上之游,只有她买了两株一红一绿的梅桩,连夜抱回上海。

(香港《大公报》1979年1月20日,署名:刘郎)

碰僵一首

穷追猛榨亦徒然,乱债如麻数十年。"脱底棺材"名气响㊀,"倒拎钱袋"历来传㊁。但愁死后人难索,不道生前鬼已缠。寒俭若同今日样,老夫大腹早便便㊂。

"牛棚"诗写了两首,这一首是和已刊的《辞帽诗》同时写成的。

有一年,"牛魔王"奉林贼与"四人帮"之命,勒令"牛棚"中人把存折统统交出来。问到我,我说实在没有存款,三十年前背了一身的债,至今未曾还清,何况我又是挥霍成性的"脱底棺材",哪里会有余钱存放银行。"魔王"不肯相信,经常催,经常逼,自古道,不怕凶,只怕穷,结果还是不名一文,只好碰僵。

㊀ 上海人把用钱没有计划,左手来,右手去,挣八十,用一百,过了今天,不顾明天,滥吃滥用的人叫做"脱底棺材"。

㊁ "倒拎钱袋"与"脱底棺材"差不多的意思,而字面含义,更加明显。

㊂ 十多年来对我有一个很大的帮助,我的生活作风变了,变得艰苦朴素,勤俭节约,有时节约到近于吝啬的地步,所有的老友,都为我惊讶不已。

(香港《大公报》1979年1月25日,署名:刘郎)

访 黄 裳

　　吾诗顽犷倘休嫌,每读君文自澹恬。应与黄裳同一快,帮风帮气略无沾。

"四人帮"的帮风帮气,当年也曾渗透于文艺作品、新闻报道中,这就是人们说的"帮八股"。它使我们的文艺事业、新闻事业陷于僵化,像得了癌症一样,濒于危殆!

(香港《大公报》1979年1月27日,署名:刘郎)

访 林 放

　　才浣征衣蘸墨新,文章出手若通神。衍为剔透玲珑体,五十年间第一人。

林放是赵超构的笔名,著名的短文作家。解放后在上海的晚报上每天写一篇五百字或五百字不到的杂文,为读者喜欢。晚报停刊,他罢笔十年,但到现在只要有人谈起晚报,还念念林放不置。

近年他重操笔政。不久前去西北旅行,从游记中知道他又到过延安,也看了秦始皇墓和武则天墓。回来后我见到他一次,我和他是晚报同事,二十多年相处甚善。如今我已退居林下,绝不作出山之想,所以这首诗只对老友的才调表示钦迟,绝无拍马屁之嫌。

(香港《大公报》1979年1月27日,署名:刘郎)

[编按:画____部分,被港版《闲居集》所删。]

男儿不写写婵娟

　　氍毹影事仗公传,可惜清词只及"乾"。容有后生堪学步,男儿不写写婵娟。

中州张伯驹先生写的《红毹纪梦诗注》,我在前年就读到了原稿。

现在香港中华书局已把它出版。这里面有京剧掌故，也有京剧知识，既可欣赏，亦可吟诵，我是很喜欢它的。但是有个缺陷：张先生绝大多数写的是"乾角"（男演员），而谈到女演员的似乎极少极少。于是我动了个念头：女演员让我来写。

老一辈的像易实甫他们写的金少梅，我是赶不上了，但我还是赶上了恩晓峰、筱兰英、姚玉兰、碧云霞、孟小冬、秦凤云、刘昭容（女十三旦），还有上海的张文艳、王克琴一直到后来的许多人、许多人。只是我不像伯驹先生内行，写起来就不一定都谈她们的艺事，也会谈到和她们的交往。如果说氍毹的范围，不限制京剧一种，其他剧种也可以涉及，那末我可能会写到一百个人，或者多一点，两百个人。

闲话少说，来一段样品试试：

　　乱颤风鬟乱抖裳，腰柔跷软倦梳妆。翠屏不障云兼雨，为有销魂唤大郎。

这一首是写于素莲的。这一位青衣花衫，曾经跟周信芳先生合作过。她的花旦戏最是擅行。我和她是熟识的。前面二十八字是写她演的《翠屏山》，五龙绞柱，满台翻滚，真有功夫。剧中的潘巧云，叫杨雄为大郎，故使台下刘郎听之神越。

（香港《大公报》1979年2月1日，署名：刘郎）

［编按："只及"原误作"才及"，此据港版修正。又，金少梅后，港版《闲居集》增添人名"刘喜奎"。］

悼　　念

　　曾无杯酒莫梯维，生太多情死太痴。可有春风吹绝域，桃花门外可题诗？

　　如何汝不俟河清，汝命何人促汝轻！真见鸳鸯同日死，宜春终不负书生。

胡梯维、金素雯夫妇于一九六六年七月因禁不住迫害，于一夜之间，双双含恨而死。在我的朋友中惨烈而终者，他们是最早的两个。

素雯是京剧名旦。梯维则是世之俊士。他丰才博学,神韵清疏,少年时就爱好皮黄,时常登台爨弄。四十多年前,与素雯合演《人面桃花》,梯维扮崔护,素雯扮杜宜春。因演戏而互相爱慕,终于成为伉俪。

在他们去世了十二年又五个月后,上海京剧团为素雯举行追悼大会,李玉茹为她致悼词。在悼词中提到素雯生前曾演过《同命鸳鸯》一剧。

(香港《大公报》1979 年 2 月 3 日,署名:刘郎)

[编按:"爨"字原作"炊",此处从港版《闲居集》。]

春 灯 词

春朝乐煞众儿童,花炮名称数十宗。争看夜来腾火箭,更添雅号入云龙。

今年春节,上海每家烟纸店出售的花炮之多,名目之繁,为前所未有。最热门的有"电光炮",略似我小时候放的"白蛋",惟声响更巨;还有"火箭",略似当年的"九龙",亦称入云龙。

纷挂红楼满小斋,西厢偷读坐亭阶。儿时不解怜清艳,爱看曼陀月份牌。

今年,全国印行的年卡和月历,以红楼故事为图景的最多,我家搜集到的就有五、六种。人们喜爱的有北京王叔晖画的林黛玉;由六幅年卡拼成的大观园全景,一景一个故事,如《宝钗扑蝶》、《迎春读经》、《惜春作画》等等。但我却喜欢宝玉与黛玉共读《西厢记》的那个月历,它画法古板,饰色也比较俗艳。老婆说,真像四五十年前的月份牌。嗳,我就是喜欢它像月份牌。幼小时在乡下过年,总要觅一张郑曼陀画的、衣裳穿得越薄越好看的美女月份牌。

(香港《大公报》1979 年 2 月 18 日,署名:刘郎)

春灯词之二

春风面对春盘盛,地北天南任意吹。举盏欢呼团聚乐,千家万里接归儿。

多年前到外地农村插队落户的儿女,无论远至边疆地区,近至江浙两省,今年都已返回上海,由政府安排在本地工作。从此抛却耰锄,承欢膝下,把"数天涯,依然骨肉,几家能够"的局面扳了回来,真仁政也。所以今年过节最快乐的还不是发还存款的工商业主,而是万里归儿的千万户人家,舍间便是一例。

上灯圆子落灯糕,春景江南未寂寥。不比群魔乱舞日,人人心底透萧条。

不知别的地方如何?江南农村风俗,以正月十三为上灯,十八落灯。上灯吃元宵,落灯吃蒸糕。"上灯圆子落灯糕",原是一句现成的谚语,其实是一句好诗。

(香港《大公报》1979年2月19日,署名:刘郎)

宝 山 吟

宝山嘉定是邻封,姥姥来时我尚童。自道其家居月浦,学渔稚子去吴淞。民穷地瘠难为活,年老身勤始作佣。后此十年灾更重,江南到处闹兵戎。

我的故乡是嘉定。当我十来岁的时候,有一位老妇人来我家帮佣。她是宝山月浦镇人。宝山是嘉定的邻县,现在都归上海市直辖。我十五岁离开家乡,后数年,为了军阀混战,接着日本军国主义侵华,我们那个地方兵烽不息,连我一家人都避来上海。从此与那位老妇人就隔绝音讯。

宝山今日真成宝,花发春城第一丛。其地正当临月浦,沿江东去即吴淞。已闻人气腾腾热,会看铜浆艳艳红。基建工程初起步,一朝游动疾于龙。

半个多世纪后的今天,上海宝山钢铁总厂的基地,正是在月浦地方。这个厂规模如何宏伟,钢年产量多少?报纸上已有过预计的报道,不必我再烦絮。我这两首诗,只是把宝山月浦这地方,作一个今昔对比罢了。

（香港《大公报》1979年2月22日，署名：刘郎）

在 舞 会 上

乐曲声中聚绮罗，茶香烟绕动鬓波。群呼极左幽灵远，遂使青春乐事多。含笑忍羞初学步，回腰侧面且行歌。老夫欲犯当年瘾，真想投池"探"一"戈"㈠。

上海也像北京一样，近数月来，流行跳舞，到处在开舞会。

解放初，陈毅元帅在上海的时候是容许跳舞的。自从陈老总离去上海，来接任的是位极左先生，他一上任立刻禁止跳舞，有人悄悄开一次舞会，被查察出来，作为"犯法分子"处理。被他这一禁，就禁了二十多年，没有人敢跳舞，甚至不敢谈跳舞。

今年元宵节前一天，一家亲戚家里在开舞会，到的老年人和青年人都有。我是不邀而至，看了这个欢乐的场面，不免有髀肉复生之感，因有此作。

㈠ Tango 译为"探戈"舞。

（香港《大公报》1979年2月24日，署名：刘郎）

去小东门，过城隍庙作

校场街口鸟啁啾，可有清波九曲流？元夜豫园闹灯会，端阳黄浦竞龙舟。春来容我膏馋吻，囊满群翁觅醉俦。文火乌参清秃肺，小东门外酒家楼。

今年春节后，两次赴小东门吃饭，那里有一家叫德兴馆的饭店，是上海第一流的本帮馆子。我第二次去时约了三五个人，只要了三个菜：大乌参、清秃肺和川糟，前者一年到头有，后面两样有时令，再过些时，货源渐少，就落令了。这三者都是德兴馆名肴。我两次去时，都看见那些去年被发还存款、利息的"财翁"们在三层楼上的特等房间里，大张盛宴。

从我家去小东门，必然经过城隍庙。这城隍庙我可有十多年不到了。原因是游庙的人太多，怕年老体衰，挨挤不上，因而裹足。灯节期间，城隍庙里的豫园举行灯会，每天晚上，吸引着万千游客。我因此想，既有元宵灯会，今年端阳节，黄浦江上很可能会恢复龙舟竞渡。这一古老的风俗，在"文革"前几年还曾经保存过。

（香港《大公报》1979年2月26日，署名：刘郎）

旗　袍(三首)

巧梳盛鬓伴丰容，花缎旗袍色古铜。岂料耄年仍快意，居然重遇眼前红㊀。

上海男女服装都在改变。改变过去那种青一色、蓝一色、灰一色，制服不像制服，号衣不像号衣的打扮了。

有的地方，时装展览会也开了。走在街上，有时会看到穿旗袍的，而她们却不是华侨。前两天，我在电车上看见一位三十来岁的女士，穿着一件古铜色的花缎旗袍。她的容貌是那样静美，装束又肃丽大方，真是豁人心眼。

东山再起老苏帮，传制旗袍曳地长。七尺丝绒裁一袭，天教人定爱红妆。

多年来没有穿中装，于是苏（州）帮裁缝（亦称本帮）老的都已退休，能够工作的也都改做西式。如今旗袍又要流行起来，那些告老的高手裁缝，不免要把他们请出来传徒教艺。

"派"来"造反"恼旗袍，曾到寒家"四旧"抄。回去烦君箱底觅，方知令姒亦人妖。

十年前，造反派到人家查抄"四旧"。看见敝夫人三十年前穿了旗袍拍的照片，一张也不留地没收了去。他们告诉我们，这是"四旧"，这是妖形怪状，这是奇装异服……气得我老婆几乎当场厥倒。

㊀ 前人诗云："人生快意眼前红。"

（香港《大公报》1979年2月27日，署名：刘郎）

看《甜蜜的事业》

书来往往不呼郎㈠,劝我开怀笑一场。真是一场甜蜜戏,乱掀笑浪乱抛糖。

一索哪能定得男,任她哭倒也难贪。莫非动了真情感,想起冬冬与阿南㈡?

孙景路写信来附了两张戏票,邀我夫妻去看她演的话剧《甜蜜的事业》。这是一个喜剧,也是闹剧。台上台下,时常打成一片,故自始至终,满场笑声不绝。故事因用科学研究试植高产甘蔗成功,终场时把甘蔗制成的糖果抛掷给台下观众,因此欢声更加乱动。

小孙扮一个生了六个女儿的妇女,死七八赖还要养第七胎,希望得一个男孩。为了没有儿子,坐在台口号啕大哭,她哭得伤心,台下人笑得开心。

与小孙同台的都是电影名演员,如卫禹平、尤嘉等。

㈠ 孙景路给我来信,总把"郎"字写为"朗"字,从不肯改。

㈡ 孙景路自己也没有儿子,养了两个女儿,大的叫阿南,小的叫冬冬。小孙小孙,其实外婆也做了好多年了。

(香港《大公报》1979年2月28日,署名:刘郎)

[编按:本篇未收入港版《闲居集》。]

淀　山　湖

村舍牛羊入画图,银波壮阔似平芜。城郊胜景知多少,第一销魂是此湖㈠。

远山望里是昆山,西椁吴宫亦可攀㈡。我就暮年犹胆小,狂澜不狎狎轻澜。

水光云彩两依依,君若来时莫减衣。不看春波千顷涨,秋高好待蟹黄肥㈢。

最是轻舟荡夕阳,夕阳西下莫归航。舵师烹得鱼虾美,明月船头醉一觞。

　　上海市政当局将把青浦的淀山湖辟为风景区,在那里广植林树,造逆旅,置餐室,使旅游者到此可作数日流连。其实辟淀山湖为风景区,早在十八年前已有人动议,规划已很具体,却也为当时那个没有远见的领导人所阻挠。我是一直认为淀山湖是上海最值得游览的一个去处,我是去过好多次的。上面的诗最后一首不是自己的经历,是一个朋友这样做了来告诉我的,这个朋友乃一酒鬼。

　　㊀ 这七个字,记不得是古人的诗还是近人的成句。说明一下,省得别人揭发。

　　㊁ 湖通吴淞江,可直往苏州。

　　㊂ 湖中盛产鱼、虾、蟹,质量之高,不输于国内外闻名的昆山阳澄湖。

(香港《大公报》1979年3月1日,署名:刘郎)

戚调重弹

　　繁弦喧管满春江,万姓欢迎听戚腔。文士护鞭争道勇㊀,小生磨豆再成双㊁。容颜还似前年俊,意气何曾半点降?重五来时歌《合钵》,赚他好女泪盈缸㊂。

　　十年前,张春桥这帮人在上海横行时,把区县一级的各种剧团,统统勒令解散。所有演员,有的放到工厂或商业部门工作;有的根本不管他们,任其投闲置散。以唱越剧"戚调"成为一大流派的戚雅仙,就是遭受这样命运的一个。她做了十二年的"家庭妇女"。

　　直到今年她才得重上舞台。春节后在瑞金剧场(是她过去的老地盘)上演《梁山伯与祝英台》,场场客满,不消说得。

　　㊀ 戚雅仙的丈夫傅骏,是剧团的编导人员,是个温文尔雅的人。"文革"初期,造反派批斗戚雅仙,有一天把她按倒地上,准备拷打,傅骏在旁,扑在妻子身上,对打手们说:"她打不起,要打打我。"后来有人

把这件事来告刘郎,我喟然曰:呜呼,何其壮也!

㈡ 这次登台,配梁山伯的小生,还是雅仙的老搭档毕春芳女士。春芳是被派了工作的,把她放在豆腐作坊里,干了好多年活。如今又回到剧团,在台上仍与雅仙成双作对。

㈢ 我认为雅仙的戏,以《白蛇传》为代表作,《合钵》一场,大段唱工,听得台下人的泪水,都在眼眶里打转。

(香港《大公报》1979年3月2日,署名:刘郎)

词 三 首

故惜春泥,看迟迟放步,秀发初齐。东南风跌荡,吹汝过陇西。轻一笑,应声低,似方下云栖。须劝令,行云且住,云雀休啼。

近采何事神移?者风流温爽,意态凄迷。不辞腰脚软,好任负和提。相扶了,走千畦,处处接良医。语村人:吾师来也,不是吾妻。

——《意难忘》

海岸犹飞二月霜,流云永夜绕红墙,中住女佗人绝世,落纸,可怜字字尽神方。

有病争如无病好,但要,闲来许与话家常。为报临歧投一问,可信,头衔新署秘书郎

——《定风波》

趑趄欲辞行,故相烦再药狂生春病。许与说家常,可省得许与伊人身近。休伤迟暮,休伤飞絮黏青鬓。不是有人痴不已,奈汝风神疏俊。

几将《色谱》翻全,也难调眼际腮边媚晕。可惜此时光,浑不是帐底坠钗欹枕。停嗔转喜,都羞煞晴郊花影。别去料无重见日,后世鸳盟遥订。

——《南浦》

右词皆若干年前旧作。友人将所遇见告,我把他的话都纳在这三

首词中。平时不大填词,偶有所为,亦都不能称意。

(香港《大公报》1979年3月4日,署名:刘郎)

上海小唱

花粉燕支久绝踪,画眉秀笔亦尘封。春来偶见盈盈女,轻抹唇膏不让浓。

行街时偶见年轻女子有薄施脂粉,轻抹口红者,新事物,亦老事物也。

十二年前大靠边,靠边我比孔丘先。周翁始作公平议,夫子"牛棚"已六年。

在我离开"牛棚"后一年,两千年前的孔二先生也被"四人帮"揪出来批判,一时掀起了批孔风潮。一九七九年第一辑《中华文史论丛》刊载了周予同先生的一篇文章,题为《关于孔子的几个问题》,把孔子一生作了公平的论述。它的结论是"孔子是顺应时代潮流的思想家"。看来,老二也好"解放"了。

不复路牌标语牌,纷纷广告耀长街。荧屏报纸还常见,饮食文娱衣帽鞋。

近来上海的报纸上、电视里以及街头的路牌上,又都出现商品广告。这东西在我们的眼睛里也有十多年看不到了。

(香港《大公报》1979年3月6日,署名:刘郎)

[编按:本篇末一首诗及诗注未收入港版《闲居集》。]

再悼严凤英

高楼伐别当除夜,沧海曾经多见闻。今日敦煌犹昔日,欲寻清话更无君。

夫人离座熙春泣,难得人为众所贤。来去合肥车上客,沾巾一路话天仙。

从来风义属红妆,顾汝何曾得善偿?嗾犬噬人应见惯,果然此犬恶于狼!

几回摧折路人肠,将遣何人赋《悼亡》?廿载倾心狂客在,饶他骍侩骂刘郎。

(香港《大公报》1979年3月8日,署名:刘郎)

忆 徐 云 志

琵琶弦拨动梁尘,篇子方终一座春。虽说本工唐伯虎,自成绝调寇官人。腔如汤果沾牙糯㈠,味胜花雕出瓮醇。红粉家家竞度曲,饶她初效也能颦㈡。

去年冬天,弹词家徐云志因患中风在上海病故。年纪至少有七十五岁了。

当我还不满二十岁时,已在上海汇泉楼听他的书。一九六二年我五十五岁,徐老来上海演唱,这时我才同他相识,成了朋友。

徐云志是以说《三笑》成名的。他的唱腔清越柔糯,自成一家,时人称为"徐调"。他有一只开篇(亦称篇子),唱的是寇承御九曲桥抱妆盒的故事,在五十年前,它像周信芳先生唱《追韩信》一样风靡上海。我还记得这开篇的第一句是"伶俐聪明寇官人"。

㈠ 宁波人叫糯米粉做的猪油汤团为汤果。

㈡ 五十年前,上海高级妓院里的姑娘们,大都能唱,有唱小曲的,有唱京戏的,也有唱弹词开篇的。那时候,她们不唱开篇则已,一唱就是"伶俐聪明寇官人",摹仿"徐调",大多逼真。

(香港《大公报》1979年3月10日,署名:刘郎)

岫尊来视予疾,久谈始去

霜风过后沐春风,楼上清樽数倒空。谁信天真最狡猾,自甘恬退亦英雄。药炉茶灶寻常置,玄墓梅花许再同?腾踔未能沦未易,先生终世不言穷。

数十年来我写的诗以俳体诗为多(亦称打油诗),正规的东西很少写的。这一首似乎不大油腔滑调,但也不好。读者诸君,得勿笑我为小花面强扮唱工老生耶?

(香港《大公报》1979年3月12日,署名:刘郎)

[编按:本篇诗注为港版《闲居集》所删。]

上 海 小 唱

远游闻已整行装,难得青(衣)花(衫)尽在行。此去风魔瀛海客,娘娘公主小姑娘。

名演员李玉茹将率领一个京剧团去国外演出。她自己带去几出戏:《醉酒》(贵妃娘娘)、《百花赠剑》(公主)、《柜中缘》(小家碧玉)。

聚得麒门诸弟在,欲传盖艺一时无! 北方绝学南人继,四月文娟《八义图》。

三月,上海举行麒(麟童)派会演,剧目有《四进士》、《追韩信》和《鸿门宴》。李如春、周少麟、李桐森、孙鹏志等都参加演出。

四月,张文娟上演《搜孤救孤》(此剧旧称《八义图》)。这位余(叔岩)派须生,已经十多年未曾登台。因为余派几乎绝种,所以想望她出山的人,真是如饥似渴。

遗憾的是,目前上海还看不到盖叫天一派戏的会演,不要说会演,连找一个上台来像样的人也不多见。

(香港《大公报》1979年3月14日,署名:刘郎)

[编按:本篇未收入港版《闲居集》。]

喜听喝采声

彩声阵阵爆全场,此在内行唤"磕堂"㊀。有客帘前投烈响

㊂,助他台上气飞扬。强喑时久喉咙痒,却怪年来习惯荒。莫学高粱穗子样㊂,人须不比木头桩。

今年春节,上海京剧界有一件盛事:三位老演员合演一出《金玉奴》(即全本《鸿鸾禧》)。童芷苓扮金玉奴,俞振飞扮莫稽,刘斌昆扮金松。芷苓花甲在望,后面二位同年,都是七十八岁。

我这里不想谈戏。因为看了戏而发现一个事实:即剧场里已恢复了喝采这一个老习惯、老风气。这一天三位演员时刻博得了满堂采声。

喝采本来没有什么不好(当然,对于怪声叫好者除外),观众以此发泄欣赏的感情,台上要到了采,演员会更加来劲。可是多少年来,我们的剧场里只许拍手,不行喝采了。理由是喝采会破坏舞台空气,干扰演员情绪,真是扯淡。

㊀ 全场喝采,上海人称为"满堂采",内行又唤作"磕堂好"。

㊁ 角色乍一出场,在台上亮个相,有人叫采,叫做"挑帘采",旧时舞台,上下场门都有门帘。

㊂ 很久以前有个著名武生叫刘四立的,一次在乡下演戏,台上甩了七十多个"旋子",台下没有报以采声。演员气了,他停下来走到台口,朝着观众说,哪怕是高粱穗儿,它也得点点头呢!他把观众比作不如草木,话虽刻薄,那里的观众确也"残忍"了一些。

(香港《大公报》1979年3月16日,署名:刘郎)

哀 念 石 挥

健谈健啖况能文,绝艺惊才聚一身。"卧雪""茶坊"曾搭我㊀,"专员""天锡"更无人㊁。是年渡海来舷上,尽夜招魂向水滨㊂。涕泪欲干旋又拭,几多国宝此沉沦!

三月上旬,上海电影局把一九五七年错划为右派分子的十几个人予以平反改正,就中有名演员石挥。但这位影剧界的怪杰,当时却因害怕运动,终于蹈海身亡,迄今已二十二年矣。

石挥不光是影剧全材,又能写一手绝妙的散文,五七年以前他为我们这个《大公园》副刊,写了大量的、妙趣横生的文章。就在那个时候,我同他的过从甚密,每星期总有两三天在一起,他喜欢吃,我们就经常上馆子。我是觉得同这位朋友在一起,乃是生平乐事。所以他的死,我是非常悲恸的。现在查出来,他的政治历史是清白的,他是个好人。

㈠ 我和石挥曾两次同台演京剧,一次演《鸿鸾禧》,石挥的金松,孙兰亭的金玉奴,我的莫稽。一次是一九四七年演《铁弓缘·开茶馆》,我的匡忠,石挥的丑公子,李丽华的李秀英,贾松林的婆子。那回费穆先生还特地叫人把这出戏拍成电影。

㈡ 话剧《蜕变》里的梁专员,《大马戏团》里的慕容天锡,这两个角色被石挥演过,我看是不作第二人想的。

㈢ 石挥弃世后二年,我乘夜轮赴宁波,船在海上,我凭栏远眺,悼念亡友。因为人们传说石挥是死在去宁波的海里的。

(香港《大公报》1979年3月20日,署名:刘郎)

送友人北行

一时谤毁初无据,今日华都始爱材。我为无情又无力,未妨独守老来哀。

嗟穷伤老原多事,置散投闲欲十年。闻道长安争国士,故来亲送出山泉。

友人于一九五七年在北京时被错划为右派,今经复查后予以改正。书来召其北上,闻将重行安排工作。喜赋绝句,以送其行。

(香港《大公报》1979年3月21日,署名:刘郎)

一块招牌辱网师

园林好在精幽旧,唯恨招牌辱网师。劣字犹如沾佛粪,恶名皱尽游人眉。附庸风雅从来惯,"理论权威"更瞎吹。除却殃民兼祸国,问他"前进"欲何之?

人们喜爱苏州园林,因为它古色古香,自成格调。但在"文革"期间,所有园林,都把前人写的匾额、对联以及其他书画,换了今人的墨迹,真是大杀风景。尤其恶劣的是网师园这样一座精致的园林,在它的第一进的厅堂正中,高悬着一方匾额(我称它为招牌),写着"前进"二字。字写得比之上海的蹩脚招牌字更加蹩脚。一看见它就叫人不快。而现在知道,写这两个字的竟是那个与林彪和"四人帮"一样狠毒、且自封为"理论权威"的康生。虽然此人已于前几年毙命,但一座美好的园林,被它的两个字污辱了好多年,终是一桩恨事。

(香港《大公报》1979年3月23日,署名:刘郎)

答 索 扇 者

有人写信来,要我写扇,并指定写某老或某先生的遗诗。这个,我是不会理他的。

林生毕竟年还少,不识吾书坏与好。人言坏字如蟹爬,形容吾书真绝妙。

书来点品亦徒然,我为人书不卖钱。某老某先生不写,除非苏轼与樊川。

古人诗好偶为之,心事刘郎尔不知。今日输诚传一语:最高兴写自家诗。

弃置珍藏随尔便,爱要(平)不要亦凭君。本来敝帚何须惜,不是《兰亭》王右军。

(香港《大公报》1979年3月25日,署名:刘郎)

[编按:本篇第一首诗为港版《闲居集》所删。]

瘦 人 戏 述

逢人都道我清减,玉体料应比昔差。瘦自千金非易买,餐凡三顿竟能加。皮还似旧微嫌厚,肉已无多尚想麻。纵使骨头轻若纸,也难运再转桃花。

今年来逢到亲友们都说我瘦了。近来因肠胃病困扰了我一年,不得不上医院去全身检查。主治医生说我瘦,做心电图的医生也说我太瘦。日前检查肠胃的医生,又说我太瘦,看来我是真的很瘦了。

瘦,我并不在意,老古话,千金难买老来瘦。因为瘦,七十多岁的人依然身轻如燕,绝无龙钟之态,何况睡眠也好,胃口也好。所以我毫不担心,戏作此诗,以慰诸亲好友。

(香港《大公报》1979年3月27日,署名:刘郎)

答友人以游苏州诗见示

闻道春来意兴豪,胜游何事欠招要?长门镇闭寒山寺,宿酝虚陈压黛桥。已喜今生完绝业,更持余勇逐儿曹。知君圭角磨砻后,剩有吟怀未忍抛。

以何缘法奉闲身,来踏江南胜地春。划梦搏魂无已日,温贫暖老失斯人。促居陋巷心如海,出手新词气似云。恍贮文端微睇在,可怜肌骨自停匀。

其诗有述及余旧作《拙政园》句者,读之怃然不能自已,或有后一首之作也。

(香港《大公报》1979年3月29日,署名:刘郎)

看花鸟画展又看京戏

戏看八部更无加,移植宁容半字差㈠。写画不该写益鸟㈡,画花只合画葵花。把持文艺由妖妇,作弄人民当傻瓜。前后三年如换世,千红万紫满中华。

看了一次近人的花鸟画展,连夜又看了在上海共舞台举行的"麒派表演艺术展览演出"。再从报纸上看,目下在上海演出的本地、外地的剧种既多,剧目亦繁,既有传统的帝王将相、才子佳人,也有现代的工农兵形象,从而知道我们的文艺事业,不止恢复了十多年前的繁荣兴旺景象,且又过之。因有此诗之作。此诗前面六句,都是说的文艺事业被四只坏蛋霸占时的情况。

㈠ 看戏只有八个样板戏,如其他剧种要移植它,则一律照原词原唱,不得增损一字。

㈡ 一九七四年,北京上海掀起一个批"黑画"的风潮,首当其冲的是黄永玉画的一幅一只眼睛开,一只眼睛闭的猫头鹰。这原是动物的生理现象,但江青指责它眼开眼闭,有所讽刺,因而定为"黑画"之极。讽刺什么?她也说不清楚。我也想不通,究竟眼开眼闭触痛了这位婆娘的哪一根神经?但总会想通的,一旦想通,必有好诗可作。

(香港《大公报》1979年3月31日,署名:刘郎)

改　　行

"一条腿"会裹馄饨㈠,看守《金铃塔》大门㈡。纤断刚峰擀面杖㈢,弦抛凤喜采芝村㈣。妻为木匠敲钉板,夫作炉工傍铁墩㈤。糟蹋人材如此样,热他娘格大头昏㈥。

侯宝林有一只相声叫《改行》,说的是当年时世不宁,戏院卖座冷落,逼得演员们纷纷改行。于是龚云甫以卖蔬菜为生,金少山以卖西瓜度日。侯宝林形容他们的吆喝声,引得听众笑口常开。

这里说的改行,也是这个情形。不久前我在《戚调重弹》这一篇里说过,十多年前"四人帮"一个勒令,把上海所有的区、县一级的剧团统统解散。于是那位玉貌如花的毕春芳被派到豆腐作场里去工作。

现在这首诗,又另外举了几个例子。

㈠ 名武生王少楼因腿上有功夫,人称"一条腿",曾被派到食品店包馄饨。

㈡ 以唱《金铃塔》闻名的滑稽演员袁一灵,放在一个单位看守大门。

㈢ "文革"前曾演《海瑞背纤》的麒派老生孙鹏志在一家食品店里擀面条。

㈣ 评弹演员蒋云仙，以说《啼笑因缘》著称。她被送进糖果店里包糖果。

㈤ 沪剧名演员杨飞飞与赵春芳一对夫妻，杨在板箱厂里敲钉子，赵则为打铁工人。

㈥ 上海有一句骂人的话："热伊拉娘格大头昏。"

（香港《大公报》1979年4月2日，署名：刘郎）

早夜场电影

卓翁已死"摩登"老㈠，仍惹群儿笑口开。斗转犹寻《流浪者》㈡，月斜已访"祝英台"㈢。灯红宵夜家家满，露白长街队队来。涌出如潮新旧片，八张样板靠边栽。

现在上海的早场电影，早到凌晨五时许（天尚未明）就开映第一场。夜场则往往放至午夜十二时后才散。不是这样，上海那么多的电影院就无法满足观众的需求。

因为文艺事业转趋繁荣，也带来了上海夜市的繁荣。即使到了午夜，南京路上，还有供应小笼馒头和春卷的店家。

㈠ 我在年少翩翩的时候，已看到了卓别麟的《摩登时代》，近来重映，售座久久不衰。原因是片子是名片，卓公又是名人，我们的青年人都没有见过，他们怎么不想去见识见识呢。

㈡《流浪者》也是老片子，近来在上海轰动的情况，不亚于去年的《红楼梦》。

㈢《梁山伯与祝英台》，是袁雪芬与范瑞娟合演的越剧片，二十多年前的产品。目下放映的戏院，家家都满坑满谷。

（香港《大公报》1979年4月3日，署名：刘郎）

告 化 鸡

荒村茅火一堆泥，擘出喷香骨肉皮。卅载未尝"窑姐饭"㈠，今年又食乞儿鸡。词流白酒频斟酌㈡,海客奇肴任品题。名字难听风味美,好同"宫保"比高低㈢。

前些日子,在上海华侨饭店吃到告化鸡。三十多年来第一次重尝虞山风味。

告化鸡创始于常熟虞山脚下的王四酒家,王四则是从告化子(江南人称乞丐为告化子)那里学来的烧法。相传常熟乡下一个告化子把一只偷来的鸡用泥土涂裹全身,放在茅草柴火上烤熟,去掉泥,鸡毛随泥自脱,告化便以此为一顿美餐。王四仿效此法,加上调味品,作为名菜以飨顾客。一时王四酒家声名大噪。

抗战前,常熟另一家酒家山景园来上海开设分店,也以告化鸡号召食客。后来山景园停业,便不再有告化鸡应市。

㈠ 三十年代上海大西洋菜社有一只"六小姐饭",颇为老饕欣赏。这种什锦式的饭,是当时一位叫老六的名妓所发明,故称"六小姐饭"。

㈡ 王四酒家当时有一种自酿的白酒,也很有名。那时我常同邓散木、施叔范、白蕉诸人去常熟,就是为了品尝黄鸡白酒。

㈢ 宫保鸡和宫保鸡丁也是菜馆名肴,一直流传到现在还有。据说这个菜是一户做大官的人家发明的。宫保是这户人家主人的官衔。

(香港《大公报》1979年4月4日,署名:刘郎)

重读《随园诗话》

口之不忍心难忘,自弄扮谦自揄扬。我为腹空屏李杜,彼何皮厚谤苏黄。仍抛清泪如童日,欲拍灵床问故乡。试测诗人志趣异,摇头爬痒别低昂。

《随园诗话》我在童年时代就读过它,也很喜欢它。五十八年后到去年又把它重读了一遍。

袁枚论诗,着重性灵之作,这一点我到今天依然同意。《诗话》中他写到一则故事:他的外甥女儿的一个才十来岁的儿子,在病危时问他的母亲:"'举头望明月'下面一句是什么?"母亲告诉他:"低头思故乡。"孩子听完就一瞑不视。后来他的母亲作的悼儿诗中有两句:"伤心欲拍灵床问,儿往何乡是故乡?"我在小时候读到这一段,往往泣不成声。如今老了,读了它还是觉得感人肺腑。

但是现在重读《诗话》,我对袁枚反感的地方实在太多。他对宋代的大诗家苏轼与黄山谷都有不逊之言,这是他的狂妄与无知。宋诗是不能贬低的。另外袁枚不是坦率地称赞自己的诗,而都是借别人之口,说他的诗凌驾前人,吹得个天花乱坠,接着自己又忸怩作态地谦逊一番。这种例子,在全《诗话》中,至少数十见,叫人读了真不舒服。

还有,这位太史公是个地道的官迷,这在《诗话》中也时常表现出来。比如他表扬一个作者的两句诗:"相逢马上摇头者,得句知他胜得官。"他以为是名句,其实是恶札。要讲到诗人得句之乐,请看看苏东坡有两句:"故应好语如爬痒,有味难名只自知。"他写得多么精辟,多么风趣,但这是袁老先生所不能理解的。

(香港《大公报》1979年4月6日,署名:刘郎)

迎祖光南来

我殊难得痴还热,君亦依然厚不憨。正是杏花春雨里,吴郎头白到江南。

闻道年来振笔书,写成好戏《闯江湖》。卅年闯荡江湖惯,能派区区一角无?

三月中旬,吴祖光自北京来上海。十六年不见此君,一朝重晤,高兴得几乎拥抱。

他一切都像从前一样,所不同者,满头白发而已。近一年,他写了一个叫《闯江湖》的话剧剧本。目前北京已在排戏,准备上演。上海电影厂要把它摄成影片,祖光就是为了这件事而来的。他在上海将有一个月的勾留。他一来,我也忙了,忙着同他一起参加文酒之宴。

(香港《大公报》1979年4月9日,署名:刘郎)

席上与许姬传、吴祖光、谢蔚明诸兄作

江南昨夜息春寒,互浣征尘共一餐。似我未嫌诗路窄,诸君犹放酒肠宽。谢公劫后霜盈鬓,"琐记""梅边"债若山㊀。歌袖重波髯重拂,座中俊彦欲争看。

题目上的三位仁兄,都是不久前从北京来上海小住的。一天,我们在一起吃饭,就中以姬传为最长,他已经八十岁了,但耳聪目明,健谈如昔。而且同吴谢二兄一样,都能饮白酒几盅。姬传告诉我,梅兰芳先生故世以后,为了整理有关文稿,他的笔墨生涯曾无小辍。十载以来,他又制作了不少对联,他为我背诵了好多得意之作,确是精心杰构,我为故人叹服不已。

这一天座上有张文涓女士和王唯、正昌诸兄,文涓将于四月上旬在沪演出。姬传、祖光都因适逢盛会而非常高兴,说一定要看了这位十六年没有登台、目前仅存的余派老生的精湛演唱,再作归计。

㊀《梅边琐记》是许姬传先生在解放初期为上海一张报纸写的一个专栏小品,为读者争诵。

(香港《大公报》1979年4月12日,署名:刘郎)

读《素描肖像》寄胡考一律

粗毫浓墨状青春,箧底深藏一叶珍。已寄小屏摹八大,又从封面识夫人。果然尤物由君得㊀,可有闲情为我分?重写刘郎头白日,千条额路闪风神㊁。

《素描肖像》,今年一月由北京人民美术出版社出版,作者胡考。薄薄的一本,才十几幅肖像。封面的那位美妇人是张莲蓉女士,也就是胡考夫人。序文的作者则是李一氓先生。

胡考的素描宿享盛名。当我和他都在二十几岁的时候,他替我用墨笔画过一张肖像,寥寥数笔,像活的一样。我很爱赏这张画,把它一

直藏到现在。去年他寄给我两小幅国画,据说,这是他追摹八大山人的成效之作。

㈠ 胡考与张女士结缡才四五年,当时他给我来信,有新夫人五十来人,犹多丰韵,真尤物也之语。

㈡ 闻胡考将于四月来上海,我要逼着他再为我画一张七十以后的肖像。老婆曾经形容我的老态说,额角头上的纹路有一千条,末句故云。

(香港《大公报》1979年4月15日,署名:刘郎)

龙华看桃花

病余策杖到龙华,所欠僧寮一碗茶。连岁沾襟为吊客,今朝隔寺看桃花。才经新雨苞初绽,恰似佳人脸半遮。来日南桥渡浦去,黄云紫陌疾驰车。

龙华道上看桃花,是在上海的一件春游乐事。二十年来,龙华附近造了一所火葬场,所以每到龙华,往往为了吊丧去的。近一时期这个节目似乎清淡了些,于是想起了桃花,就在清明节前二天到那里赏花。如今龙华的桃花都集中在龙华寺旁边的一座公园里。我去的时候,花未盛放,方知来得早了三天。

过几天,还想去闵行,渡黄浦,过南桥,公路旁的田野间一边是黄的油菜花,一边是紫的紫云英,黄云紫浪,无际无涯,春郊景色之美,无过于此。

(香港《大公报》1979年4月17日,署名:刘郎)

坏人与铜盆帽

昔时呢帽号铜盆,小鬼开言便热昏。老子风流人不坏,群魔乱舞蛋俱浑。剧中一戴成"包""白"㈠,画上所描尽"霸""温"㈡。我不歪斜头上套,儿孙何以骂山门!

不知从哪个角落里找出一张四十年前拍的鄙人玉照。影中人头戴呢帽（上海俗称铜盆帽），身穿长袍，赤足，正在杭州九溪十八涧涉水而过时的留影。有一天，被一个不到十岁的表外孙看见了，马上指着照片上的我说："坏人！"我知道了又气又好笑。但想想也实在难怪孩子，他们平时看影片、戏剧或者小人书，那上面表现旧社会的一批坏人，往往都是歪戴铜盆帽的，因而铜盆帽就成了小孩子认作坏人的标志。

㊀ "包"，包打听，指侦探；"白"，白相人，即流氓。

㊁ "霸"，恶霸，"温"，拿摩温，旧社会剥削工人、压迫工人的工头，英文"一号"的译音。

（香港《大公报》1979年4月18日，署名：刘郎）

女　　鬼

我因非鬼无心写，不料叭儿鬼有心㊀。臭句腥犬污墨宝，"牛棚"此日受灾深。

既老又粗肉一锅，红烧清炖两难酥。若放女鬼朝中坐，不像王婆不姓×㊁。

往年，在"牛棚"里受尽"叭儿们"的凌辱，原是家常便饭。我认为还有一件恶心的事，就是替"叭儿们"抄写那些又臭又长的大字报。因为我能用毛笔写字，所以这个倒霉差使常常落到我的头上。

有一次，一个又老、又粗、又肥的雌"叭儿"要我抄她的一张大字报，抄到里面一个惭愧的"愧"字，习惯地写成了"媿"字。这"叭儿"原是个健嚣之妇，看到了即大发雷霆。她不知道这两个字本可通用，却以为我有心骂她为"女鬼"。我当时是申辩的，但"叭儿"哪里肯信，结果还是替她改正了，改正了，她还是狺狺不止。

㊀ 叭儿，是指压迫"牛棚"中人的所谓造反派，包括打手在内。这名词很好，发明人是王若望先生，他在一篇悼念魏金枝的文章首先用的。

㊂王婆,当年高踞上海市委要职的一个"四人帮"死党,今已就缚;"×",叭儿姓氏,归"七虞"韵。

(香港《大公报》1979年4月23日,署名:刘郎)

席上赠岑范

老岑老范随人唤,席上先生最少年。宝剑恩仇方着手,江湖闯荡又升肩。但亲灯火成佳构,不怕花枝笑独眠㊀。牵过乘骑多少匹,始终无意备鞍鞯。

多时不见岑范先生,今年四月,居然几度相逢,又两次同席。

这位著名的电影导演,才拍完了越剧《祥林嫂》戏曲片后,正在编写一个叫《宝剑恩仇记》的故事片。朋友们都称道这个剧名取得很好。但吴祖光的《闯江湖》话剧剧本,如摄为电影,导演一席,祖光也属意于岑范。听说他也已承当下来了。

我一向关心岑范的配偶问题。五十多岁了,至今未娶。他告诉我历来就有好多人为他作伐,都被他婉言谢绝。他说,独居惯了,落得个自由自在。意志如此坚决,看来,这条光棍真要老到底了。

㊀ 七个字是京剧《文素臣》里的一句唱词。剧本的编写者为已故朱石麟先生,石麟是岑范的受业老师。

(香港《大公报》1979年4月29日,署名:刘郎)

闻赵丹作画不辍

紫陌黄云万树烟,小桥摇出胥泥船㊀。如何不用襄阳笔,来写江南四月天?

十载图圄发未乌㊁,阿丹意气自豪粗。如何不用投枪笔,来画叭儿百丑图?

赵丹是戏剧家,是电影明星,又是画家。最近一期上海出版的《电影故事》,有记者一篇访问赵丹画室的文章。他说在画室里,看到悬着许多赵丹的新作,有山水画,也有花鸟画。赵丹还写了几首近诗,张于画室壁上,供来宾欣赏。看来这位老兄潜心绘事,比之对待戏剧事业,更加孜孜不倦。我是得到过他两幅山水画的,再要,恐怕他不会给我了。

㊀ "正是江南农事起,小桥摇出罱泥船。"前人句。

㊁ 这七个字是赵丹近诗的原句。他吃了十年官司,受过"四人帮"的迫害与凌辱,但英才豪气,到老不衰。

(香港《大公报》1979年5月1日,署名:刘郎)

寄陈思白下

漫从文字说飞扬,且看钟山草树苍。似乎犹多迟暮感,嗟予强作少年狂。剩来几辈知诗味,念到无家乱客肠。颇欲眼前完一事,抽毫替谱《贺新郎》。

陈思工吟咏,书来谈今古人诗,言都中肯。我给他去信,则往往以他的配偶为念。他年近五十,拟岑范先生一样,尚未娶妻。但他不同于岑范者,岑是不想要老婆,而陈思是想要老婆,特一时无适当对象耳。

(香港《大公报》1979年5月3日,署名:刘郎)

[编按:陈思是吴承惠笔名。]

忆旧游,寄宛英苏州

记得名园落紫藤,寻幽访古我何曾。池沼廊榭皆如旧,只让斜阳照十能。

一九七四年四月游苏州,忽忆文文山手植紫藤,因约宛英同观,则花已萎谢,狼藉满地,所谓"蒙茸一架自成林"的盛况,未能亲睹,为之怅惘不已。宛英能诗词,擅书法,姓薛,末句故云。

隔窗凝望欲成痴,竚久还萌一念私:安得怀归些竹石,楼庭倚到月明时。

留园有一处游人走不进的小天井里,布置了几块山石,伴以一丛翠竹。疏疏落落,净爽多姿。我正看得出神,只听宛英说,这景色把它搬到家里,聊作林泉之乐,该有多好。她的话,正是我想说的话,被她先出口了。

(香港《大公报》1979年5月6日,署名:刘郎)

夜过衡山路

清宵脚下衡山路,一树门前广玉兰。是处香楼三十尺,几回雪涕掉头看。

戴月披霜载露行,靖江过去入东平。巡檐绕树何曾计,铸就人间不了情。

三十年前,予作《衡山路》诗云:

十年此是销魂路,今日真留刻骨思。更俟十年霜露后,也同莱蓂有儿孙。

前两首为怀念亡友而作。此人殁于十年前。殁后数年,我在沿海的农村居住,有人把她的死讯来告,当时有"偶来海岸听凶耗,意气都成一聚尘"之句。她的死,我是十分悼惜的。

(香港《大公报》1979年5月8日,署名:刘郎)

看傅全香重演《杜十娘》

川越分庭互擅场,今来还是旧平章。书舫沉怒全香烈,各以才能塑十娘。

四月下旬,傅全香招我去看她重演的《杜十娘怒沉百宝箱》。

我一直认为,全香在解放以后演过三出好戏,那就是《庵堂认母》、《活捉王魁》和《杜十娘怒沉百宝箱》。而《杜十娘》这个戏,川剧名为《归舟投江》,陈书舫扮的杜十娘,亦为一绝,我至今不忘。

这一天看完戏,到后台去望望全香。这时,尹桂芳、戚雅仙和周少麟夫妇已都在后台。全香没有卸装(她将连演夜场),她一看见我,便拉着我的手说:"记得吗?二十年前你看了我这个戏,在香港《大公报》上为我写了一首诗?"难得她记得牢,被她一提,我也仿佛想起了有过这一回事。

(香港《大公报》1979年5月9日,署名:刘郎)

[编按:当指《唱江南·看傅全香小戏》,刊于1954年7月19日香港《大公报》。]

食冰糖甲鱼

　　火腿延河尝蜜炙㈠,玄鱼最好焐冰糖。人来口腹先图快,莫讳自相残杀伤㈡。

　　甲鱼我爱食裙边,化口酥肥可益年。裙带裙边原异物,不随"江记"逐腥膻。

甲鱼,有个雅号叫玄鱼。煮法有清炖、红烧两种。另外还有冰糖甲鱼,这又是十六铺德兴馆的名菜。不久前吃了一次,大快口腹之后,得诗两首。

㈠ 一个月中吃了两个甜菜,冰糖甲鱼外,还在延河饭店吃到蜜炙火腿。此菜旧时以苏州义昌福(现改名为石河饭店)所煮最负盛名,延河此味,居然不减苏州。

㈡ 上海人恶毒地骂起老年人来叫老甲鱼。旧社会老头子在外面金屋藏娇,家里的老太婆在背后对别人骂起自己的老公也叫老甲鱼。因此一些尖酸的人讲到老年人吃甲鱼为"自相残杀"。

(香港《大公报》1979年5月10日,署名:刘郎)

绝　　句

　　咬头膏药手亲敷,感此恩深抵海河。从向危崖花畔卧,梦时不比醒时多。

　　危崖药味拟糖甘,薄饮王端发影酣。刈却萦怀三二事,更何惆怅老江南。

　　　　　　　　　　　　——《危崖花》

　　几度脂车又驻车,回头仔细看明珠。浑身俱是风流胆,不敢公然对汝粗。

　　　　　　　　　　　　——《明珠》

　　何时送汝上幽燕,更卸征衫息我肩。譬作向平心愿了,祝她晚景乐于仙。

　　　　　　　　　　　　——《心愿》

（香港《大公报》1979年5月12日,署名:刘郎）

饭余口占

　　海考寻京考,书家访画家。郁风哀译圣㊀,雪涕走龙华。
　　真见莲花貌,何惭尤物称。童星还要早,其实是"婴星"。

　　两首诗的题目,原来叫《京友动态》,因为"动态"两字,我嫌它摩登了一点,所以改用今题。这是说同北京来的朋友吃饭时候,把听到的和看到的记录下来。共得四十字,现注释如下:

　　上海有一位书法家也姓胡名考,此公听说北京的画家胡考,近在上海,要求两个胡考见见面,托人介绍,已征得"京考"同意,将约期会晤。

　　我向席上人介绍胡考夫人张莲蓉女士:她是二十年代到三十年代初上海的电影童星。张自我介绍说,她演戏演到十三岁才与摄影棚绝缘。胡考加以订正说,莲蓉出生六个月,在襁褓中时已被摄入镜头,所以应该说她还不是童星,而是婴星。

　　㊀ 译圣,是我对傅雷的推崇之称。追悼会于四月下旬在龙华公墓举行。郁风在百忙中赶往参加。

（香港《大公报》1979年5月14日,署名:刘郎）

访李北涛（东冬浑押）

　　危坐高楼九十翁，与人谈笑尚从容。性耽豪竹哀丝外，归自腥风血雨中㈠。文笔当初真跌宕，花光薄暮更妍红㈡。明朝欲趁晴和日，去看吴门柳色浓㈢。

　　因为张文涓的演出，引起了上海京剧观众的轰传。四月间，上海"剧协"举行了一次京剧余派（叔岩）艺术交流座谈会，一位九十岁的老人，也高兴地赶去参加，他就是李北涛先生。李先生过去在香港居住了很长时期，平时与孟小冬过从甚密。会后数日，我约了文涓由一位姓吕的青年人带领，去拜访了这位老人。

　　老人为自己能够在文涓晚年看到她的一个好戏而感到庆幸，又说了许多勖勉之言，表现了高年盛德的长者风度。

　　据那位青年人说，老人在香港居住时，写过不少探讨京剧艺术的文章，曾经印成册子，为皮黄爱好者所传诵。

　　㈠ 老人自港返沪，于今五载。回来时正当"四害"横行之日，他说整日心惊胆怕，伏居楼上，不敢外出。近两年来始得安定。

　　㈡ 指文涓的才艺，随着年岁的增长，弥臻纯朴。

　　㈢ 我们访问老人的第二天，他准备游苏州、无锡两地，游程定为一周。精神如此健旺，宜其克享大年。

（香港《大公报》1979年5月16日，署名：刘郎）

水上杏花楼

　　吴淞口外放轻舟，只载欢娱不载愁。欲待凉秋明月夜，同登水上杏花楼。

　　五月，上海又恢复十多年前办过的浦江游轮。从外滩启碇，到吴淞三夹水打来回，需时三个钟点。船有楼舱，可接待游客六百人。船上备有杏花楼的各式点心,以及啤酒、汽水等饮料。杏花楼是一家粤菜馆,他家的点心,亦颇驰名,而中秋月饼,更是声闻全国。游艇初办,先供应点心,将来再办酒食,把游船改名"水上杏花楼",亦未为不可,这是我的设想。

(香港《大公报》1979年5月18日,署名:刘郎)

一　日　游

宜兴无锡又苏州,海上群争一日游。闻道春来双洞口,朝朝吞吐万人头。

春天,上海办旅游业者以太湖边上的三个名城为目的地,招待游人作一日之游。于是公路上顿时热闹起来,到了星期假日,车水马龙,盛况更难以形容。有人估计,宜兴的善卷、庚桑二洞,每天至少有一万人到游。假日还不止此数。

(香港《大公报》1979年5月19日,署名:刘郎)

答友人,以诗代信

向于趣味不嫌低,说我风流便滑稽㊀。不信试查全副骨,红围绿绕更黄迷㊁。

诗如山药开场白㊂,贪嘴终无词组佳。索笑不成成索骂,怪予从小习优俳。

港友来信,有言云:"读《闲居集》,雅兴雅人,甚羡甚羡。"不管他的话是真是假,先把它吃了下去,然后有辩,成二绝句,如上。

㊀ 杜牧诗云:"大抵南朝皆旷达,可怜东晋最风流。"这里的"风流"应作如是解,不作其他解。

㊁ 三种颜色,最后的黄,代表黄金、钞票,亦即钱财。

㊂ 山药旦是一位鼓书艺人,他来上海献艺时,我年纪甚轻。记得

他一上场,必有一段开场白,言多而恶俗,听客不耐,往往背地里骂他,好一张贫嘴。

(香港《大公报》1979年5月20日,署名:刘郎)

读《露间诗草》,忽有所怀

弦歌沸耳认雏鬐,对镜双眉特地弯。楼上灯移人替月,《露间》诗好语如环。殿春但看花争发,倚醉无言客自还。辜负洞庭珍果熟,年年错过赶东山。

友人张碧先生以旧作《露间诗草》见示,好语如珠,读之神往。偶句如:"幽谷乐居人似玉,小岩霜染叶如花"(注有:"一九四五年秋由昆明归渝州,有地名乐居谷"云);"羁旅未容归故国,寄身得复到乌蛮";"短檠共尽他年话,絮盏重温别后醒";"漫夸弄玉纤纤手,来点遥青淡淡眉"。这些,如张碧不说是他自己的诗,我还以为是郁达夫的,因为不久前,他给我看了他抄存的郁达夫诗稿。

读了《露间诗草》,引起了我一些回忆,故有前诗之作。

(香港《大公报》1979年5月21日,署名:刘郎)

东南失却一诗人

衰髯霜鬓总成尘㊀,无泪无言只怆神。明日为君传赴告,东南失却一诗人!

诗人施叔范,于五月六日病逝于浙江余姚朗霞乡下。他的子女和女婿,函电交驰,遍告诗人在上海的生前友好。

二十多年前,本园曾经发表过施叔范写的游记,连刊了二三年,他的散文和诗一样,简净流丽,耐人欣赏。但此后不久,就传说他在乡下作古,果然,我和其他朋友,再也得不到他的来信,大家以为他真的死了。前年在我写《七十岁诗》中,有这么一首:"伤心良友会无期,端木严周石邓施。马角乌头虚一诺,怕翻弹指附边词。"举了六位亡友,即端木文琳、严凤英、周信芳、石挥、邓散木和施叔范。

直到去年秋天,我在唐云家里,杨达邦忽然说,他接到邓散木女儿国治由北京来信,告诉他叔范未死,还在乡下居住。我当即要求达邦把他的地址找来。三天不到,达邦打听出了叔范住处,我便试投一信,叔范的回信居然来了。我又通知了所有的朋友,因知故人健在,都为之欢呼不已。我又把朗霞来信的话,概括为二十八字,写了一首绝诗:"宝山生死有人间,坐使衰髯一奋张。谁意锄边终此老,但看禾熟任诗荒。"

此后我和他往还了好多封信,到一九七九年年初,他来信说他的政治历史问题已全部得到解决。我们更为他庆幸,并和达邦、唐云商议,打算在他健康情况许可之时,接他来上海走一趟,再过一段三十年前那样的文酒生涯。不料数月以后,接到的竟是他儿女寄来的讣告。龚定庵说"人生才命相妨",在朋友中,叔范该是最突出一个。涉笔至此,凄怆万状。呜呼叔范!

㈠ 叔范长着连腮胡子,他自号施髯,亦称老髯,真的老了,则又自号衰髯。

(香港《大公报》1979 年 5 月 24 日,署名:刘郎)

〔编按:"人生才命相妨"出龚自珍《定盦词·百字令》。〕

吃 新 蚕 豆

"一新"初夏未荒芜,我似东坡喜食蔬。此物只宜生此地,家乡更好入家厨。既贫何必防肠断,细嚼还应觉胃舒。岁岁西郊鲜采摘,多情奶奶谢张姑㈠。

上海有句俗话叫"立夏见三新",三新者,樱桃、梅子与蚕豆是也。今年立夏之日,不见樱桃、梅子,惟蚕豆一新,却应时登盘。

这一阵,上海人正在大吃蚕豆。这东西,我爱之如命。前几天与陆游同食(按,此人不是南宋诗人,她是友人陆小洛的女儿),她方从香港回来,说在港时已吃到蚕豆,但远不及上海的好吃。又一次与香港书法家高伯雨先生在饭馆吃饭,有一味蚕豆,碧绿生青,颜色好看,却煮得不熟,很不好吃。这个菜,无论哪一帮的菜馆都煮不好,都不及家中自煮。这是我五十多年在上海吃馆子的经验之谈。

蚕豆以上海近郊所产的品种最好,尤以故乡嘉定所产,被称为极种。小时从田园里摘下来,现剥现煮,重油重糖,佐以笋丁,这种佳味现在也吃不到了。

患了一年多的肠胃病,人皆劝我少食蚕豆为宜。既然爱好,哪能舍弃。不听他们的,还是吃,不会吃死人的。

㊀ 句中有"张姑奶奶"四字,指京剧名须生张文涓,我一向当她是我刘家的姑太太看待的。她居近郊区,每年蚕豆登场,总要买来与我尝新,盛情可感。

(香港《大公报》1979年5月27日,署名:刘郎)

男生女旦议

男生女旦议纷纭,区别何须太认真。仍许春芳为伯虎,肯教银娣扮兰贞。徐腔罢用多伤料,傅派流传自可人㊀。一件眼前舒服事,《盘夫》昨夜看金陈㊁。

目前,只有上海越剧院严格执行一条规定,生角一概由男演员扮演,女演员只扮旦角。因此徐玉兰即使拥有无数"越迷",也只好放弃她的贾宝玉不与观众见面了。不过其他剧团却并不拘泥于这项规定,前些日子毕春芳女士在演《三笑》里的唐解元,即是一例。

我认为限制其实不必过严。有些女演员,本来小生戏很好,但改了旦也并非不好,那就让她弃生就旦。比如曹银娣和金美芳,现在都改旦了。我看了她们演的《盘夫》都在水平以上。但也有些已经成名的演员如徐玉兰、范瑞娟,改旦未免不适当了。那就让她们"生"下去,也未为不可。

㊀ 曹银娣与金美芳演《盘夫》唱的都是金采风一派。采风原宗傅全香,但她有所发展,有所创造,终于自成一家。

(三) 与金美芳合演《盘夫》的小生是陈文治,男的。在我看过的男小生中,此人我最满意。

(香港《大公报》1979年5月29日,署名:刘郎)

吊　　嗓

廿多年不吊喉咙,一试居然未"塌中"(一)。风范僭称麒弟子,声名可冒老伶工。"山高路远"先《追信》(二),"雨顺风调"接《打嵩》(三)。恍似丁家盛会夜,琴师今亦已成翁。

画家丁聪,来上海公干。我和他已有三十年未曾见面。我最早上胡琴唱戏,替我操琴的就是这位小丁。那是在三十年代,小丁才二十不到的少年。每逢星期六晚上,丁聪的爸爸丁慕琴先生,总要招集一批文艺界、新闻界的朋友,在他家里欢度周末。吃吃老酒,唱唱京戏,好不热闹。

这一回和小丁久别重逢,谈起旧事,不胜怀念。有一天,就在朋友家里,来一次吊嗓之会。我们请小丁操琴,我唱了一段《追韩信》和一段《打严嵩》。接着黄裳先生吊了一段《盗御马》的"将酒宴摆至在分金厅上",徐铸成先生唱了两段:《洪羊洞》和《卖马》,张文涓女士唱了《搜孤救孤》与《捉放宿店》。座中有剧作家李准和叶楠先生,他们两位听了文涓的唱,赞叹曰:"真是最好的享受。"我应该谦逊地接着说,众位听了刘郎的唱"真是最大的恶心"!

(一) 唱戏而喊不出声来,一曰倒嗓,二曰塌中。倒嗓可以等待恢复,塌中则从此休矣。

(二) "山高路远"为《追信》唱词。

(三) "雨顺风调"为《打嵩》唱词。

(香港《大公报》1979年5月31日,署名:刘郎)

[编按:据黄裳《忆丁聪》(《东方早报·上海书评》2009.6.21):"那是一九七九年罢,四凶倒台,全民陷入大欢乐中,著名女老生演员张文涓于私宅举行了一次聚会,整个上海文化界的朋友,差不多都出席

了。来客中有(唐)大郎、(龚)之方、徐铸成、王元化……可见涉及范围之广。文涓是女老生中的佼佼者,是余派,在已得盛名之后,还努力学习、进修,亲自北上找张伯驹问业,精进不止。唐、龚都是她的老观众与支持者,元化也是。我和内人这次似乎是第一次与小丁见面。酒酣耳热之余,我继诸公之后,也放胆清唱了一段《盗御马》,"将酒宴摆置在分金庭上……"我唱的是侯(喜瑞)派老词,为我伴奏的就是小丁。他的胡琴拉得熟练而好,可惜我酒后失腔走调,未终曲而罢。"]

荡 里 鱼

荡里鱼腮朵肉鲜,涎流锅面白堤前。孤山雨后泥松软,多谢村童刨笋鞭。

荡里鱼亦称塘里鱼,也是淡水河鱼中的入馔美味。新近有个朋友从松江来,讲起四腮鲈。他说,相传此鱼产在秀野桥一带的最为名种,但这位朋友家就住在秀野桥附近。往年他曾几次在桥边垂钓,不要说没有上钩的,连四腮鲈的影子也未曾见过,倒是到了春天,吃到的荡里鱼,他认为比任何一种鱼都可口。

三十年以前,我在杭州吃过一次荡里鱼,竹笋锅面,那回一同吃到的有吴性栽居士,及佐临、桑弧诸兄,都道这锅面是生平很少吃得到的。据厨师说,他用的竹笋,是叫孩子们方从泥土里挖出竹鞭,从鞭上刨下来的笋尖,则其嫩可知。可惜我们的亡友性栽居士是吃长素的,他那时就无福享受。

(香港《大公报》1979年6月2日,署名:刘郎)

挨 骂 记

登台未减旧风光,惹得相亲喜欲狂。少日何曾谙伯道㊀,中年枉自听冬皇㊁。开怀各以饥寒重,叙晤但争花木香。绝业终无涓滴补,应挨臭骂一千场。

十六年来未曾登台的张文涓,不久前在上海演了两夜《搜孤救孤》,所有的余(叔岩)迷都为之轰动。他们说,文涓是目前京剧须生的鲁殿灵光。

有一位老先生也是余叔岩迷。他知道我平时和文涓很熟,因此赶来对我说,你对文涓的事业一定给了她不少帮助。我回答道,对她丝毫没有帮助。小时候我虽然看过余叔岩几出戏,后来也看了孟小冬,而更多的是看文涓的戏。我只知道他们三位的艺术是宝贝,而我却没有能力欣赏。正像我对唐代李白、杜甫的诗,只知道它们都是不可贬低的珍物,却始终不能接受一样。所以要我同文涓谈余派戏我是半个屁也放不出来。老先生听了大为吃惊。于是他再问道,那你们平时碰在一起干些什么呢?我说,她经常关心我老年人的健康,我也对她不时的嘘寒问暖。除此之外,更多的是夸耀各人家里的花木。她说她家的月季,都是名种;我说我家檀香月季,比她家的香得更加清雅等等。老先生听我越扯越淡,显得有些恼火,就说,那文涓就不该交你这个朋友。我笑着问他,您的意思是不是叫她同我绝交?他听完了悻悻然夺门而去,口中还在念念有词,估计一路在骂下楼去。我望着他的背影,长叹一声说,此公是一位真正的余迷。

㈠ 伯道,指余叔岩。余无子,死后有人作了一副挽联,只八个字,上句:"人悲伯道";下句:"我哭龟年"。

㈡ 冬皇,当时人对孟小冬的尊称。

(香港《大公报》1979年6月4日,署名:刘郎)

上 海 小 唱

年轻村妇着春衫,细篾新编元宝篮。篮上素巾如盖被,香椿芽嫩护毵毵。

二三十年前,每当春天的早晨,小菜场附近,常有村妇手拎小型的元宝篮,篮上覆着洁白的毛巾,里面放的是刚从树上摘下来的香椿嫩芽。我常常买来与豆腐同煮,可以多吃一碗白饭。但是这一味最好的春蔬,已经多少年看不见吃不到了。不料今年又有发现,而且被我买到,真是喜出望外。

> 北来有客枉流涎,春暮金花满野田。何若寒家厨下索,买来尽拣嫩头煸。

一位朋友二十多年不到上海,一来我请他吃饭。他要求吃一盘生煸草头。但饭馆里的人说,草头已经开花,饭店就不应市了。草头,学名苜蓿,苏州人叫金花菜。生煸草头也是无锡帮和本帮馆子的名菜。

它们的菜牌上写的是"生边草头"。我把"边"字改为"煸"字,从火从扁,不知字典上有无此字?如其没有,那就杜造一个吧。

(香港《大公报》1979年6月6日,署名:刘郎)

闻关鹔鹴献身银幕

> 此材自小产申江,关鹔鹴原戴鹔鹴㊀。出手当场听险叫,靠旗四面看飞扬。取将绝活屏前现,不使明珠草内藏㊁。堪笑奸姬哪识货,弄权只会害忠良。

近年听下来,目前京剧界最可贵的人材有这么两个:一个既能花旦,又精工"刀马"的关鹔鹴,另一个则是今年在上海大出风头的张文涓。

关女士也出身于上海。年青时在上海登台,叫戴鹔鹴,后来不"戴"而"关",未知什么原故。她的刀马旦尤其是打出手,称得起举世无双。最近北京电影厂,把她从云南请到北京,要她拍一部全本《大英节烈》的舞台纪录片。既是全本,自然有前面的《铁弓缘·茶馆》。这样前半花旦戏,后一半是乔扮的武小生戏,着大靠,起霸登场,可谓材尽其用了。此片拍成,将是一份艺林珍品。

㊀ "文革"期间,关鹔鹴的倒楣,也不在童芷苓、赵燕侠、刘秀荣诸人之下。

㊁ 本诗第六句借用越剧《盘夫》小生的那句定场诗"一粒明珠草

内藏"。鄙人读书不多,作诗只好用用这种"典故"。

(香港《大公报》1979年6月8日,署名:刘郎)

端 阳 日 作

  艾枪蒲剑挂门旁,大小瘟神尽着慌。捉鬼不劳钟进士,中华已缚"四人帮"。
  端阳角黍家家煮,满巷飘来粽箬香。稚子不闻亡楚恨,只从小脸抹雄黄。

今年,上海人过端阳节的气氛,似乎比往常更加浓烈。因为糯米供应量的丰足,鲜肉又无限制出售,加之农民带来的新粽箬络绎于途。有了这三个条件,于是家家户户都自包粽子。我住的这条弄堂里,百分之九十以上的人家,粽子都是自家包的。听说有一位孤老太婆,端阳那天,收到附近邻居送给她的粽子,半个月她也吃不完的。

此外端阳习俗,用几种中草药消灭一切害虫。如艾蓬、菖蒲、雄黄之类,有的挂在门上,有的用以烟熏。以及饮雄黄酒,把雄黄涂在娃娃的额上,这种风气今年亦到处流行。

(香港《大公报》1979年6月10日,署名:刘郎)

纷华堆里贮风华

  随宜梳洗真闲事,作计归来认故家。乐世群儿工跳荡,媚人老树自权枒。洞庭已狎春波软,玄墓遥扪眉黛斜。故向纷华堆里觅,纷华堆里贮风华。

端阳节夜里做了一个梦。梦里有人告诉我一句诗:"纷华堆里贮风华",说这是我的旧作。醒了以后,想来想去想不出往日有过这样的句子。不管它是我的或者不是我的,第二天足成了一律。叙述旧游,敷衍成章,看看倒还像个样子,作为《闲居集》一首可也。

(香港《大公报》1979年6月12日,署名:刘郎)

养 花 三 唱

　　发酵肥正好,施肥满院腥。眼前虽极臭,臭不过江青。
　　予早起为花施肥,待家人起身,则恶腥扑鼻,都有怨言,作二十字以解喧嚣。
　　似豸亦如虫,掐死心方称。香花开不鲜,残虱除未尽。
　　花生虱,以杀虫剂喷雾毒之。不死,终死于两指之间,为香花请命,不得不施辣手。
　　试试插花枝,终于不成活。萌芽旋又萎,空教眉头豁。眉头既空豁,一怒将它拔。老更惜闲情,不让花枝夺。
　　插枝不活,愤而赋诗。

（香港《大公报》1979年6月14日,署名:刘郎）

答宁可佳先生

　　检点萧疏劫后身,天涯终竟众相亲。我原气荡肠回客,君是矜平躁释人。绝业今生纵莫望,歪诗数首今当陈。从知明镜无情物,不返吾曹已逝春。

　　宁可佳先生,是今年结交的一个朋友。他原是我们这一行的一员健将,过去在北方工作。好长一段时间,他也是蒙冤受难。终算盼到河清有日,今年已宣布他为无罪之人。他于春间来上海,我有许多朋友,都是他的故交。据这些朋友们说,他依然热情如火,但毕竟久受折磨,已看不见旧诗的那一分意气飞扬。

　　我也觉得宁先生是好朋友,为人正直,待人诚挚。我们几次同过席。每次相见,他总是督促我多写一点,我听他的话,见到他总要告诉他,近来又写过了一些。上面这一首,正是为他的一片至诚而报答他的。

（香港《大公报》1979年6月16日,署名:刘郎）

[编按:此篇港版《闲居集》未收。]

种牵牛花

　　楼庭岁岁种牵牛,十色花光槛外浮。我种牵牛图省事,花开中夏过凉秋。

种牵牛不用精心培育,我家楼上,每年花盛时一天开一二百朵,色彩也多,娱人心目。

　　今年新客来为伴,闻道花开大似碗。教授东瀛移种来,骄阳莫遣花时短。

陈从周教授从日本带来牵牛花种,在我家已经发芽攀藤。据说花为大红色,花朵甚巨,看来也像齐白石说的"畹华家牵牛大如碗"。那末当年缀玉轩(梅兰芳家)的牵牛,大概也是东洋种了。

　　牵牛往事触心头,曾被叭儿当我"牛"。牵到东来西也去,叭儿至竟未封侯。

往时曾经当过"牛"的朋友,读之应深同此感。

(香港《大公报》1979年6月18日,署名:刘郎)

吹"牛"毛

　　为"牛"身上任吹毛,不想"横行"反而糟。从我满头喷狗血,罪名新列一条条。

做"牛鬼蛇神"的时候,时常要写一些东西。我是不习惯横行写字,所以起初时也写直行,于是遭受了"牛魔王"一场臭骂,说我"不遵守国家规定",又道我"存心跟他们为难"。气破肚皮之后,只好横行横写。

　　不称战士却称兵,污辱健儿罪不轻。《毛选》翻开第四卷,魔王斜眼直干瞪。

有一回,我称解放军用了"兵士"两个字。这又惹我们那位斜白眼的"牛魔王"大肆咆哮。他说不称战士而改了一个"兵"字,这是对人民战士的"污辱"。其实我这两个字是从《将革命进行到底》这篇文章里抄袭来的,我诚惶诚恐地把书摊在"魔王"面前,才算平息了一场风波。

(香港《大公报》1979年6月20日,署名:刘郎)

汇龙潭忆往

　　朝朝走过汇龙潭,记得我年十二三。七十二狮都狎遍,天容水色一般蓝。

上海报载,嘉定的汇龙潭经过修缮,已辟为公园,作为市郊的一处游览胜地。嘉定是我的故乡,汇龙潭是我幼年上学之所。其实这地方原以孔庙为主体,汇龙潭只是孔庙外面的一个风景区。以一排雕有七十二只狮子的石栏为间隔,石栏里面是孔庙,外面是汇龙潭。潭的南端有一座应奎山,山不高,却矗立水中,登山必用舟渡,如今却在东南面的魁星阁旁边,架起一座玉虹桥,过桥便可通往山上。

　　飞檐重阁置深堂,堂外高梧对海棠。树底摩抄花下立,我来曾是读书郎。

孔庙有廊庑,有石雕台阶,上面是正殿。殿后有明伦堂,再进,则为尊经阁,都是古建筑物。幼年,我就在尊经阁下读书,认得 ABCD,懂得加减乘除,都在这里学出来的。

　　莘莘学子不穿绸,竹布长衫高领头。习习熏风吹大麦,汇龙潭看闹龙舟。

六十年前的端阳节,嘉定必赛龙舟。所有龙舟都在汇龙潭集合,桨手们做种种游戏,以娱游人。

　　古柏森森腹内空,比同僧舍立龛中。他时归去重相见,渠更高年我亦翁。

孔庙外面植一群古柏,皆四百年前物。它们有的根部已经空了,但依然枝繁叶茂。儿时散学,常伏在树身的空隙中,以为戏乐。

(香港《大公报》1979年6月22日,署名:刘郎)

怀木香花

撩起儿时梦几重,故园春事渐无踪。楼前柳老飞绵后,一架浓香逗小童。

凡是小时候故乡老圃中所栽的花树,如紫薇、木香、梅花、杏花、桂花等,直到老来,我对它们还是有着深厚的感情。比如年年阴历四月,木香盛开,家里那座木香棚不是很大,但每当盛放,花香浓烈,引来的蜂蝶特别多。我们这些孩子都安安静静地坐在花架下面,饱闻香味。蜜蜂常常飞到面孔上来,也不大害怕。

新枝稚叶嫩于芽,比作婴儿护理加。一夜春前三寸雪,朝来满盎尽杈枒。

因为偏爱,这两年到处访求,想弄一株盆栽的木香,总算有位好心的汤师傅,去年夏天,替我插活了一株。她送到我家里来时,再三叮嘱,叫我当心护养。怪我实在没有当心,今年年初二的一场腊雪,第二天一看,它像老树枯枝,已然活活冻死,为之心痛不已。

(香港《大公报》1979 年 6 月 24 日,署名:刘郎)

寄与仓街薛氏收

一封短札寄苏州,小巷仓街最尽头。闹府大娘矜辣艳,描容师太故凄柔。清官直道能持重,恶贼横行莫效尤。留取当初形象美,"蜻蜓"飞倦弄"香球"。

近来常听评弹,不免想起薛君亚女士来。这位苏州市评弹团的主要演员,我在一九六二年和她结交。那时她在上海说日夜场——她的两个得意杰作《玉蜻蜓》与《文武香球》。

我最喜欢她的是《玉蜻蜓》里金大娘娘和被淫棍糟蹋了的尼姑志贞三师太这两个角色,她用眼神、声调、手势,把他们的性格刻划得淋漓尽致。

后来她改了上手,我只听过她两次。一次是《十五贯》,她演况钟这个角色;又一次是去年在上海演《普通党员》,她扮的角色是"四人帮"在上海一个头目,说一口绍兴话(她有方言天才),一望而知摹拟的是陈阿大。那副穷凶极恶的丑态,把她过去留给我的美好印象,弄得烟消云散。

(香港《大公报》1979年6月26日,署名:刘郎)

昨 夜 两 首

登楼何必看横陈,一往缠绵只当真。昨夜先生诗梦里,无端闯入白衣人。

见说怨诽如小雅,况舒玉掌治顽迁。知君昨夜霜威减,故又匆匆一上书。

前一首是近来记梦之作。后一首是前年所为《七十岁诗》中的一绝,盖述往之作也。事出一人,故并及之。

(香港《大公报》1979年6月28日,署名:刘郎)

韩羽来访,款以酒食,即席赋赠

河北初来包子土,当他临走始追陪。壁间方挂萧恩画,席上新漆韩羽杯。莫道此公真怪笔,自成一格即奇材。明朝尔我能相配,深谢王唯作此媒。

近年来,我们这里崛起了一位画家,他的名字叫韩羽。他的画,香港报纸上也有发表。好不好,则要看读者的喜欢不喜欢。我是很喜欢他的。他画的比关良还要怪,但更有味道。去年漫书家米谷叫他送我两张画,他寄来一张《打渔杀家》,萧恩与教师爷较量的场面;一张《三叉口》,武生和开口跳摸黑搏斗,神情绝妙。

画家曾于四月来上海,应上海电影厂邀请,设计一部动画片。到六月上旬将要北返时,方由王唯陪同来我家作客。初次见面,好一条淳朴的汉子。他说话不多,但出言真挚。王唯说,他对上海路径不熟,出门就要有人陪他,是个"土包子"。韩羽说,来了以后,电影厂请他到江浙两省的风景区都游览过了。认为江南之行,是生平乐事。

王唯正在办一个戏曲刊物,要求韩羽作画,由我配诗,我已欣然从命。

(香港《大公报》1979年6月30日,署名:刘郎)

[编按:王唯,即吴承惠,当时正主编《艺术世界》。]

诗 屁 股

昨天有客吾家过,忽然道出诗屁股。名字听来第一回,为之眉色皆飞舞。一些字句读不通,看了屁股方清楚。吾诗尚嫌不通俗,古人之诗如何读?老妪都解白香山,何曾句句皆相熟?有些诗章用典多,更加教人眉头蹙。屁股最好自家写,假手后人惟恐假。"锦瑟无端五十弦",论争费却许多话。要知是实还是虚,起之玉溪于地下。

有人光临寒舍,要看看我的《闲居集》,看过后给我的回答是:"还是诗屁股好看。"诗屁股者,诗后注释也,名字新鲜。客退以后,提起笔来写了上面三不像的十八句。它一不像山歌,二不像顺口溜,三也不像七古,但尽管三不像,它终更不像从前上海滩上瘾三唱的小热昏罢。

(香港《大公报》1979年7月2日,署名:刘郎)

[编按:其佩(沈毓刚)《诗人唐大郎》:我对他说,"我最喜欢你的诗尾巴,就是诗后面的注,常常妙趣横生。"后来他把我的"诗尾巴",改成"诗屁股",竟也写了一首,调侃一番,当然只是玩笑性质。(文见1988年8月13日《新民晚报》)]

电视里看王光美女士

魔掌逃离及暮身,但余微笑略无颦。数番婉婉温温语,一个清清白白人。恩怨是非何用说,关垂怜念有相亲。前尘安得从头记,巨帙书成字字真。

六月二十五日,北京中央电视台安排了一个专题节目《访新增补政协委员王光美》。

全国各地电视台都转播这个节目。我在想,这一天晚上,全国所有电视机至少百分之九十以上都在看这个节目。因为关心王光美的人实在太多了。我当然也看了这个节目。

她,王光美女士老一点了,头发似乎有些花白。她和蔼谦虚,安详持重。

她与记者的谈话不多。她谈到的十几年来不说是吃尽了苦头,而说是经受了一场锻炼,也谈到今后的工作。记者问到她的孩子们时,她眉飞色舞起来,她说她的孩子们都很好。他们学习得好,锻炼得好,经常帮助妈妈,所以她把孩子们作为自己的老师、参谋,或者是有益的朋友。

可惜,我们都想知道她一些以往的事,她什么也没有谈。电视台只让她同我们见见面而已。

(香港《大公报》1979 年 7 月 4 日,署名:刘郎)

莳虾与六月黄

> 黄梅时节河鲜盛,趁我新修利齿牙。油煲煲还盐渍渍,近来正好食莳虾㈠。

黄梅汛里,上海人争吃莳虾的时候。这时的雄虾肥大,雌虾满腹皆子。家常有两种吃法,或者作油煲虾,或者做盐水虾,都是最好的小菜。今年又是虾蟹旺年,我已经吃过五六顿了。

> 油酱面拖皆入味,尖团何必待秋凉。归来海客休忘记,青浦松江六月黄。

上海郊县的各条河浜里,都有一种叫做六月黄的螃蟹。虽然个儿比九、十月里的大闸蟹小得多,但肉头却结实,黄也饱满,做油酱蟹或面拖蟹都是夏天的入馔美味。

㈠ 䖳虾,上海城市里人叫子虾,我是乡下人,一向称它䖳虾。我们乡下把黄梅季节叫做"䖳里"。又农民插秧,叫做"䖳秧"。大概因为这种虾在"䖳里""䖳秧"时期生长最好,故称䖳虾。

(香港《大公报》1979年7月5日,署名:刘郎)

八月十四日记事

绣花衫子碎花裙,帘卷西窗赶夕曛。客里笺传千百字,指间腰减二三分。今生绝业休论我,前路何人不识君。抚罢低垂双鬓曰:白云小朵滓青云。

去年八月十四日于路上遇见湘月,她是在年轻时我就认得的一位歌人。那天就到她家作客。因为二十多年不见,不免问问她的年纪,则也五十六岁人矣。

此行也,回来后就谱了一阕《百字令》。在词牌中《百字令》还有一个名字就叫《湘月》。但那首词我不大称心。今写成律句,仍用《百字令》副题《八月十四日记事》为诗题。

(香港《大公报》1979年7月6日,署名:刘郎)

闻永玉画大吃香奉寄一首

夸赞年来万口同,湘西声价自隆隆。吾家亦有连城宝:永玉梅花满纸红。

北京来的或者原在上海的好多朋友,都告诉我,目前市面上要算黄永玉的画最吃香了。不但国内如此,海外亦然。

五年前,永玉送过我画的一大幅红梅。那时还在江青批他的"黑画"之前,他是关起门来偷偷画给我的,所以我对这件画更加珍惜。一九七五年,我写过十几首《怀人诗》,有一首是怀永玉的。诗云:

许我闲时任卷舒,多情深护碧纱厨。白头无复红妆顾,赖有红梅伴老奴。

夏天,我是把这幅画挂在帐子里欣赏的。

(香港《大公报》1979年7月7日,署名:刘郎)

怀 小 彩 舞

　　小娘早岁巧梳头,弦鼓声喧踞上流。极诣何须矜饰貌,清时重复逞歌喉。津门一夜终虚访,电视今年未白收。记得从前贪听汝,吾家宝叟也轻丢㈠。

记不得是今年元旦还是春节的一个晚上,收看了天津电视台转播的联欢节目,其中有一档鼓书,演员的名字叫骆玉笙,是一位六十多岁的老妇人。她的面孔与身材都比较丰硕,戴了一副眼镜,态度安详,望上去像是一个小学校长。但等她开口一唱起来,无论声腔韵味,都属上乘,心想此人决非凡庸之辈,但怎么也认不出她是谁来。因为在过去乐子馆里,从来也没有听说过骆玉笙的名字。

几天后,大家都在传说着这一档天津的节目。王熙春告诉我,骆玉笙就是当年名震鼓坛的小彩舞。我这才后悔,那天晚上,没有多看她几眼。

小彩舞的京韵大鼓,内行说好,我这个外行也爱听。三十多年前她来上海,我是听了她好多次的。一九五一年,我和石挥同在天津白相,晚上拉着他去听小彩舞的大鼓,一连找了几个场子,也没有这位骆女士的影子。从此也不再听到她的消息,以为她是息影鼓坛了。

㈠ 宝叟指京韵大鼓的第一块牌子刘宝全老先生。在我迷小彩舞的时候,觉得这位老先生也没有什么了不起。又"丢"这个字,作诗的人不把它押韵,我将它用在"尤"里,大概是错不了的。

(香港《大公报》1979年7月8日,署名:刘郎)

狭路相逢蒋月泉

　　夜场散戏走人龙,忽与先生狭路逢。俏眼睛犹如"饱月"㈠,稀头发欲似凋松。声腔已不由人使,蒋调无虞及汝终㈡。一自为"牛"相隔绝,何时话旧饮三钟。

　　一夜,在京剧场散戏的时候,遇到了蒋月泉先生。这位在评弹界走红了数十年的演员,不但上海人皆震其名,即在香港知道他的人也是为数不少的。

　　"文革"以后,我和他都进过"牛棚",他的"牛龄"或许还比我多几年。一朝相会,握手言欢。我问他喉咙还好吗,他说已不大行了。又指指他的头发说,"你看哟,头发……"我望了望,只觉得稀疏一点之外,白发并不太多。而在他,神色之间,竟不能掩盖其迟暮之怀。

　　㈠ 三十年代荷里活有一个叫查里士杯亚(沪译却尔斯·鲍育)的小生演员,长着一副迷人的眼睛。月泉眼睛之俏,有如鲍育。这里把鲍育改译为"饱月",要与下句的凋松对得好一点。

　　㈡ 月泉的唱,自成一家,称为蒋调。时下青年演员学蒋调的最多。
(香港《大公报》1979年7月9日,署名:刘郎)

听程丽秋遗响

　　西风翠袖理清弦,遗响重闻一惘然。谁信斯人终短命,论交与我是忘年。痴儿过分知羞耻㈠,驵侩何曾解爱怜。数过北桥魂断处,直流双泪到江边㈡。

　　弹词家程丽秋谢世后十年,上海电台播放她生前的录音。这一天,我是屏息静听,泫然不能自已。像严凤英一样,人材难得,糟蹋了真是可惜。

　　㈠ 十年前,她接受审查,查她的生活问题。在生活上,少年任性,可能有不大检点的地方。其实说清楚了,也没有什么大不了的事。而她觉得从此会抬不起头来,终于沉水死。

（二）听"长征评弹团"的人说,丽秋沉水之处在上海去闵行的路上,地名北桥,那时,我在奉贤干校,一个月来回两次都经过北桥。所以在我写哀悼她的诗中有"我自匆匆作过客,嗟君寂寂渡长年"之句。

（香港《大公报》1979年7月10日,署名:刘郎）

为老鼠更名张春桥议

何人不骂恶奸枭,尖嘴尖头一脸刁。若是过街定被打,即令入槛也难饶。原来王八还灰八㈠,莫把该桥拟六桥㈡。可有帮门打手在,任它嗲吠到群獒㈢。

在弄堂里,听见一位操绍兴口音的人说,昨夜敲杀了一只"张春桥"。我起初不解,经过打听,方知他把老鼠叫做张春桥。这个名字起得好。此贼尖头把戏,形状就像只老鼠,老鼠散播鼠疫,"四人帮"在十年来造成的也是一场瘟疫,而张贼更是瘟神之极。所以称老鼠为张春桥,这个名字起得好,不可无诗。

㈠ 张贼在横行时,口口声声骂被"四人帮"迫害的对象为乌龟王八蛋。现在证明,真正的乌龟王八蛋是"四人帮"自己。"灰八",老鼠的别名,见吴祖光著《闯江湖》剧本。

㈡ 旧上海称坏人为六桥,或者叫邱六桥。源出《珍珠塔》弹词。方卿在九松亭被窃走珍珠塔的那个贼名叫邱六桥。邱六桥不过窃塔而已,"四人帮"则是一批妄想窃国、窃高位的极坏极坏的坏蛋。

㈢ 为"四人帮"帮凶的狗腿子们,在得势的时候,大多嗲声嗲气地叫张春桥为"春桥",令人作呕。

（香港《大公报》1979年7月11日,署名:刘郎）

老 人 入 学

学无止境方明白,老壮青童入学频㈠。干校进来干点啥?斗

"牛"而后斗其身㈡。饶他覆雨翻云手,做我安心养命人。有罪不妨胡乱认,终须面目要还真。

在"靠边"的年代里,进干校以前,关在有形的"牛棚"中;进了干校,虽说放出来了,但身份还是"牛"嘛,总不好自由自在,所以还在无形的"牛棚"里。

我说过在"牛棚"里我是不作诗的。但有时也会有几个断句,不自觉地会涌到脑子里来。有一次在,大会上把我批斗过后,回到住处,神思方定,就得了一副偶语,即上诗的五六两句。今天忽然想起它来,辨辨还是有点味道,因而凑成了一首。

㈠ 老年时在干校三年,壮年时进过十个月的革命大学,青年时读过短期的中学,童年时既读过私塾,也读过新法学堂的小学。

㈡ 批斗"牛鬼蛇神"的所谓造反派,有的因自身行为不检,有的发现历史也有可疑,于是本来斗"牛"者,人亦斗其牛了。这个场面,屡见不鲜,甚是可笑。

(香港《大公报》1979年7月12日,署名:刘郎)

盖艺有传人

宗师绝艺终须继,小盖依稀似阿爷。色相亮时微欠重,形神在处竟无差。《曾头市》上髯丝理㈠,《十字坡》前刀影斜。惹得亲知皆喜悦,高堂座上眼瞪花㈡。

我说过"欲传盖艺一时无"。这句话不对,小盖叫天可以当得起他父亲盖叫天的传人。

盖叫天的三个儿子,老大张翼鹏,早年故世,老二张二鹏,现在杭州,老三张剑鸣,即小盖叫天。小盖,小盖,今年已经五十八岁,再两年,也花甲老翁了。

盖叫天生前,对小儿子最有感情,小盖的戏大多是他父亲传给他的。六月中旬,上海举行"盖派艺术展览演出",把小盖从苏州请来,每夜上演双出,一出《一箭仇》,一出《十字坡》,他上台的第一夜,我就去看了。不错的,他的确吸收了父亲艺术上不少精髓,在台上他是像个样子。那出《十字坡》,扮小解的是艾世菊,大解是伊鸣铎,孙二娘是阎少泉,都是六十以上将近七十的老人,也都是当初老盖的搭配,看了更是带劲。

㊀ 《一箭仇》一名《曾头市》,亦叫《史文恭》。

㊁ 是夜老盖的夫人,小盖的生母坐在前排看戏。

(香港《大公报》1979年7月13日,署名:刘郎)

"如"与"似"一首,寄袁简斋先生地下

冒犯先生须勿怒,姑投一束赴幽冥。设思似我虽粗野,见解如公欠活灵。唐宋从来多好例,他们俱是大明星。并非在下工抬杠,要为今人正视听。

据说,做律诗的偶语,如上句用"如"字,下句以"似"字作对,或者上句用"似"字,下句以"如"字作对,就不是好诗。这又是袁简斋先生在《随园诗话》里下的定论。我是反对这个定论的,怎么可以这样来衡量诗的好坏呢?不要说"如"与"似"可以作对,即上句天下句地,上句鸡下句狗,上句爷下句娘都可以作对,用得好不好,要看做诗人的本事。

比袁太史早几百年或千余年的诗人,哪一个不曾用"如"与"似"作过对的。我熟读苏诗,可以随便念几句坡公的诗来听听:"人似秋鸿来有信,事如春梦了无痕。""自言官长如灵运,能使江山似永嘉。""但觉眼前人似月,不知帘外雨如绳。"又如黄山谷的"伯氏清修如舅氏,济南潇洒似江南"。而唐朝的白居易也有"日长如岁闲方觉,事大如山醉亦休"。杜牧的"满面风流虽似玉,四年夫婿恰如云"。这些人都是唐宋的大家,是千古以来诗坛的明星,这些句子都是他们的绝唱,在小仓山房的诗集里,只怕一句也找不出来的。

(香港《大公报》1979年7月14日,署名:刘郎)

友人送东山枇杷

未曾开口已涎流,为报东山二日游。食尽杨湾三亩树,甘心才肯返苏州。

枇杷芒果一般娇,诉说长途挈带劳。宛似黄花闺女体,不容触损到纤毫。

友人张履安,在洞庭东山住了两天,买回来二十斤枇杷。送来三斤,请我尝新。他说东山枇杷不止一个品种,他买回来的正是最好的一种。此物生长在杨湾的山凹里(由紫金庵出发,坐两站公共汽车即达)。它生来娇气十足,虽然个子不小,但手指不能触及果皮,一碰到就是一个瘢痕。所以他从东山经过苏州再回上海,一路上千当心、万留意的侍候这二十斤鲜果,竟是一桩苦役。回到上海打开箩筐一看,还是损伤了一批。

这位朋友在东山时,深入产地,吃过树上摘下来的鲜果。他描绘那果子味道之美,说恨不得把那里的果子吃光了再回苏州。可惜那里的人只能让他尝几个而已。

(香港《大公报》1979年7月15日,署名:刘郎)

看《玉堂春》

秋娘老去女追踪,此女分明已走红㊀。若是外婆还在世,必然乐煞小山东㊁。

梨园旦角无愁缺,嫖客金龙也不差。配个山西大腹贾,玉堂春色粲于花。

前些日子,上海电视台转播北京风雷剧团的一出全本《玉堂春》。因为剧团的名字生疏,倒要看看是哪几个演员凑成这台戏的。一看演员的名字都不熟悉,但看到扮苏三的那位旦角出场,就使我舍不得离座了。她的扮相、唱腔和身段动作,都叫人看了舒服。此外扮王金龙的小生也很能做戏,而那个山西客人沈延林一口老西腔,又是绝妙的丑角。他们都属于青年,由此可见,我们的京剧人材,除了须生有难乎为继之外,其他行当都无虞缺乏。

第二天,有人告诉我扮苏三的那位演员叫吴纪梅,学的是荀慧生一派。她是名母之女,妈妈就是吴素秋,爸爸大概就是名武生姜铁麟了。

㈠ 走红,即声名大噪之意,此二字似通非通,发明原自上海旧小报作者。但在傅雷先生翻译的小说中,不止一次地用过这两个字。朋友说,傅先生当年是小报的读者,大概不会错的。

㈡ "小山东"是吴温如的绰号,吴是素秋的妈妈,非常风趣的一位老太太,可惜下世将近二十年了。

(香港《大公报》1979年7月16日,署名:刘郎)

题与文涓合影,四十年前旧物也

师生兄妹皆非也,我姓刘来她姓张。昔日未为干阿伯㈠,今朝权作秘书郎㈡。似君才艺多高逸,惟我形容只老苍。但愿友情无叛替,世间终少越南狼。

友人送来一本四十年前的刊物,上面印着一张我和张文涓合拍的小照。那时候我年三十左右,文涓十五六岁,已经登台演戏,而且颇著声名,套一句老法评剧家的语文:"已崭然露头角矣。"朋友叫我把这本刊物保存好,作为纪念。盛情可感,多谢多谢。

㈠ 干阿伯三字是我的首创。宁波人叫父亲为阿伯,加一个干字,等于北方人叫干爹,苏州人叫寄爹,上海人叫过房爷。《四进士》里叫干父,在文字里则写作义父,还有什么地方叫什么的,我不知道,请方言考证家代我写下去。

㈡ 文涓太忙,我太空闲,近来有关文书的事,她常常托我处理,无形中我成了她的秘书。朋友们都知道这一情况,他们有话跟文涓讲的,都写信到我这里,要我转达。柯灵、吴祖光、黄裳、龚之方等人都这样来麻烦过我。

（香港《大公报》1979年7月17日，署名：刘郎）

［编按：文中四十年前刊物，应指《大方》，其中有一幅唐大郎与张文娟的合影。］

答　问

刘郎英气已然销，未肯删诗轻下刀。杀贼应该真是贼，吹毛固有许多毛。诗成异派难还易，才到穷途拙亦高。我是文场方外客，自来不望美名标㊀。

朋友来信问我：前人有"信手删诗如杀贼，刘郎英气未全销"之句，这位前人姓甚名谁？它的整首诗是怎样的？

我回答道：三十多年前，我已知道有这两句诗。写的人是谁？忘了。但肯定他不是前人而是近人。不过现在此人是否还在世上，不得而知。整首诗是绝句还是律句，也记不得了。如此而已。

因为自己的名字叫刘郎，不免怀疑友人此问，莫非存心嘲弄？嘲弄无妨，投以一诗，报其雅爱。

㊀ "美名标"三字在戏曲唱词中是滥调。偶然放在诗里，颇有新鲜之感。作者自批。

（香港《大公报》1979年7月18日，署名：刘郎）

听评弹杂想

近来几度访"常州"，放肆珍娘老未收。闭口怕谈诸子调，痴心还待白门侯。昔闻绰板加弦子，笑比清茶拌奶油。往矣难寻"阴嚎"好，岭南一老卧青丘。

上海评弹场子之多，可以说星罗棋布，棋布星罗。且不说市、区、县的评弹团都在这里上演，外地的如苏州、常州、无锡、宜兴、嘉兴、吴县、常熟的也纷至沓来。奇怪的是场子再多，每个场子都是天天满，夜夜满,这也是事实。

下面写一些本诗的注释:

好多年前就有一个朋友跟我讲常州团有个演员叫李娟珍,无论说、唱、表都放得开,放到有点"野豁"(上海俗语)的程度,这一回我见到她了。

我是不大欢喜其他流派的。最欢喜侯莉君的调头。但她是江苏省团的成员,这两年偏偏只有这个团不来上海。

去年听过上海一个女演员唱的开篇。她在弦子之外,加入的的笃笃的绰板声,宛比龙井茶里掺入牛奶,听起来总不是味道。

演员在台上"放噱",可以引观众开怀一笑。放噱以"阴噱"为上品。十五年前听凌文君说《描金凤》,擅长此道。她是广东人,数年前已归道山,真是可惜。

(香港《大公报》1979年7月20日,署名:刘郎)

闻芷苓有女,兼说童氏世家

阿娘早岁享高名,有女飞扬合座惊。欲向氍毹讨生活,且同箱板聚离情。童家自可书家谱,雏凤何输老凤清。生育若然无计划,繁衍直比富连成㊀。

童芷苓有一个女儿,从父姓,叫陈什么的,忘记了。今年二十开外,当她初中毕业时被分配到一家木材厂做工人。小姑娘聪明活泼,有一副好嗓子,能唱能演,听过她、看过她表演的人,无不交口称誉。如今芷苓决定把她改业为京剧演员,名字也改为童小苓。听说最近在上海登过台了,我没有去看,好坏不能瞎说。

芷苓兄弟姊妹五人。三个男的,老大遐苓,是个编写人材,但他的夫人李多芬却是有名老旦,他们有个儿子叫童大强,也在学戏唱老生。老二寿苓,本人是小生,他的儿子叫童强,也在学戏。老三祥苓,夫人张南云都是上海比较有名的演员,他们的儿子还在小学读书,但也已经在培养他为京剧演员了。此外两个女的,芷苓当然是童家门里的一只鼎;

妹妹葆苓,只有她不在上海,自从石挥去世,她目前是马彦祥的夫人。

㈠ 富连成是北京过去有名的京剧科班。童家班的后代如果繁殖得更多一点,就可成为一个科班。

(香港《大公报》1979 年 7 月 22 日,署名:刘郎)

三一词答李萍倩先生

北京一向频频往,何不南来弯一弯?请看郎哥头上发,至今未见一丝斑。

小诗奉到喜难支,破戒偷偷吃一枝。我量不胜一蕉叶,陪公一醉又何辞。

桑弧在北京出席全国政协会议,遇李萍倩先生。萍翁托他带给我名烟一匣,并系《三一词》一首见赠,得之狂喜。因亦制《三一词》加倍奉还,附萍翁原作。

三一词赠郎哥　李萍倩

千里鹅毛一匣烟,聊当回寄一诗篇。倘然已戒须分赠,也结星星一点缘。

(香港《大公报》1979 年 7 月 24 日,署名:刘郎)

杨四郎与黄天霸

张家姑太坐宫院㈠,陈氏大娘芍药开㈡。瘫痪四郎三十载,是谁妙手挽春回。

《四郎探母》这出谭派名剧,被禁演了三十年,据说因为杨四郎这个人物有问题,替他戴的帽子是叛逆、汉奸。

今年这个戏忽然引起争论。一方认为可以开禁,一方认为禁不能开,我不关心报刊的文艺评论,所以争议的具体内容,这里不谈。现在的情况是先演出来看,让观众大家来议。所以上海京剧团已在排演话剧的第一场戏《坐宫》,准备上演。而电视台抢在头里,录制了《坐宫》

这一台戏于七月二十一日播映。它们特邀张文涓饰演四郎,童芷苓饰演铁镜公主,这是两块在全国范围内也称得起是响当当的牌子。目前的上海京剧团是拿不出这样的人选来的。

《议事》开场到《盗钩》,高罗帽抖白绒球。倘然查我登台史,"古反"冠儿定上头。

黄天霸的戏也被禁锢了三十年。他被戴上的帽子是统治阶级的奴才、特务。现在却也有了争论。争论的同时,像《坐宫》一样,上演了再说。正巧小盖叫天在上海,就让他排演《恶虎村》。这是他的先人盖叫天一生的精髓之作。以后上海京剧团也要排演《连环套》的《拜山》一折。

我是在三十五年前演过不止一次全本《连环套》的,从《议事》到《盗钩》、《认罪》止。幸好,"文革"期间"造反派"之流,没有追我这一笔账,不然,又好加我一顶"古反"的帽子。"古反"者"古行"反革命也。反革命有如下几种:现行反革命、历史反革命、老反革命。几百年前的反革命,当然是古行反革命了。

㊀ 我平时称张文涓为姑太太或姑奶奶。"坐宫院"是《坐宫》唱词的第二句。

㊁ 童芷苓丈夫姓陈,"芍药开"是公主出场唱词的第一句。

(香港《大公报》1979年7月26日,署名:刘郎)

纳凉时,夫人与我算旧账,因成一首自嘲

男儿孰不慕红妆,本是人间识理常㊀。小节固然堪出入,老夫毕竟欠猖狂。烟囱幸未成双峙㊁,金屋何曾偶一藏。钞票用光名气坏,枉将偬薄道刘郎。

㊀ 识理之常,识,常识,理,情理。

㊁ 上海人说大小老婆分开居住,老头子就要负担两个烟囱。两个烟囱者,两个门口之谓也。

(香港《大公报》1979年7月28日,署名:刘郎)

常 州 吟

　　国争四化走前头,众道苏城第一流。代有才人难细述,几从俊士论交游。篦箕霜鬓还常用,足迹毗陵未稍留。近听弹词惊绝唱,邢家兄妹审红楼。

　　常州,沪宁路上的名城,也是古城。它所以有名,因为历来是人文荟萃之乡。除了有革命先烈以外,大家知道的画家恽南田、诗人黄仲则都是常州人。到了清末民初,更涌现了一大批文人,就中写小说、散文的"鸳蝴"才子,不知有多多少少。至于现在还在风头上的剧作家吴衲之、吴祖光。前者一口常州话,后者一口京片子,他们都是原籍毗陵。

　　但数十年来,我在沪宁路上来来去去,足迹从未一履斯土。原因是常州地方没有什么风景可以叫人流连。解放以前只知道常州篦箕,是精良产品,我们如今还在用它。去尽头皮屑,非它莫属。

　　古老的常州现在成了现代的工业名城,它是江苏省的骄傲。

　　不独此也,常州的文艺事业,也在蓬勃发展。京剧团、音乐团、评弹团以及其他剧种,都有杰出人才。常州评弹团曾来上海,其中有邢晏春、邢晏芝兄妹二人,演《红楼夜审》,把上海的书迷,吸引得神魂颠倒。那位邢晏芝女士才二十来岁,长着一个比当年杨乃珍还要俊俏的脸庞。她叫人听了最杀渴的是整个节目唱多于说,一条好喉咙,随着书中人不同的身份、性格,唱出各种流派,有时俞调,有时侯调,有时祁调,有时徐调……我饱过耳福,大呼过瘾不止。

(香港《大公报》1979年7月30日,署名:刘郎)

咸菜豆瓣汤

　　夏天下饭最家常,咸菜烧烧豆瓣汤。替以鱼鳃双朵肉,更饶美味散辛香。

　　咸叶豆瓣汤是热天的家常下饭(宁波人称小菜为下饭),用盐渍雪里蕻与蚕豆瓣同煮作汤,味鲜爽口,经济实惠。

数年前,传说有这么一个故事:一位外宾游览我们的西湖,杭州地方当局请他吃饭,席上有一味清汤,那外宾吃了赞不绝口,问我们此菜叫何名堂。告诉他这叫咸菜豆瓣汤。后来他到了上海,上海也请他吃饭,他要求主人做一个咸菜豆瓣汤,主人当然照办。但外宾尝过以后,完全不是杭州的味道,他告诉了主人,主人又告诉厨师。厨师弄得莫名其妙,于是打电话向杭州探询,杭州厨师说,我们是用塘里鱼的两朵鳃肉,与新鲜腌雪里蕻同煮,味道自然是两回事了。

我国古往今来,自有一些人专门讲究吃的。这个菜谱,肯定不是杭州厨师的发明,不过杭州厨师有这菜谱,而上海厨师没有学到这一手罢了。

(香港《大公报》1979年8月1日,署名:刘郎)

记画家玄采薇

三〇年代初相会,玄氏夫人已字姚。曾听《白门楼》度曲,更夸西式菜烹调。经时绘事潜心久,一旦声名忽地高。我想揩油还点品:白头翁踞紫薇梢(一)。

姚夫人玄采薇女士,也是我四十多年的朋友。这位当时的家庭主妇,本领高强,兴趣也是多方面的。她爱好戏剧,自己能唱好多出小生戏。又精于烹饪,她手制的中西菜和中西点心,特别西菜和西点,吃过的人有终生难忘之感。这是已故画家张正宇对她的评价。

此外她擅长工笔画,她从小和张氏弟兄(光宇、正宇)过从最密。等到准备学画了,便认陈从周先生为师。多年以来,我每在早晨到姚家作客,总看见她埋首窗前,调丹弄墨,画桌上放满了近作。但她从来不拿到外面示人。

去年,香港报纸和几种月历上印用了她的一幅花鸟画,赢来了读者的称道。本来是不大被人晓得的画家,于此声名大震。但哪里知道,再是三四年,她就要过七十诞辰了。

㊀ 去年我要求采薇画一幅白头翁和紫薇的花鸟画。但至今没有给我,因为她是工笔,太吃工夫,我也不敢多催。

(香港《大公报》1979年8月3日,署名:刘郎)

暑 病

夏天我本活神仙,惟有今年却不然。未向红妆求缱绻,竟逢暑病与缠绵。雪瓢瓜是家乡物,水蜜桃来邻县船㊀。昨夜体温初降服,《闲居》今日写新篇。

我的身体,夏天无病,春初最坏。不料今年忽然于大热的日子里发起寒热来,为此问医服药,休息了五六七天,才得太平。

㊀ 病时除服药外,日啖雪瓢西瓜一枚,是为故乡特产;水蜜桃三四个,则为上海郊县南汇果园的产物。

(香港《大公报》1979年8月5日,署名:刘郎)

欣赏《铁弓缘》

自昔到今南到北,曾无如此俊跑堂㊀。始为妙女温于玉,旋扮将军肃过霜。多数何尝当少数㊁,匡郎恨不属刘郎㊂。从知沉醉真滋味,岂止醇醪一盏尝?

已经报道过,关鹔鹴的全本《铁弓缘》将摄为影片。七月下旬,她在北京上演了这个戏,我在电视里看完了它,感觉是:虽未饮醇醪,亦为神醉。

她的本事是,别人有的,她都有;她有的,别人不一定具备。因此她是唱、做、念、打的全材。应该说,她在目前的旦行中是全国的第一把手。

㊀ 茶馆跑堂,旧名称,现在的话法是茶室的服务员。

㊁ 关着大靠上场后显示的武功,样样都使一点出来,但是不多使,比如"劈叉",只来了一次。

㈢ 本诗作者,曾演过剧中匡忠一角。过去已经写过。

(香港《大公报》1979年8月7日,署名:刘郎)

九楼夜宴记

初晴梅雨趁新凉,楼上花香杂酒香。投暮丹娘仍跌宕,凝妆桑女自端方。乾隆古盏倾加饭㈠,有道休妻醋柳郎㈡。魔劫皆经盛世到㈢,更无一寸是愁肠。

七月中旬的一个晚上,史珍女士邀旧友聚饮,座上有吴嫣、施丹苹、桑学莹等女士及天衣、述尧、毛子佩诸兄。菜肴为主人与学莹亲制,入口鲜腴,为市肆所不及。我是第一次见到这位桑小姐,她年纪最轻,才能出众,通外语,又善治家务,今尚待字闺中。

㈠ 主人以全套乾隆大瓷餐具供客。她遭逢"浩劫",此物居然无恙,因为"造反派"不是鉴赏家,把它当作一般的粗窑看待。"特加饭",是与花雕齐名的绍兴酒。

㈡ 吴嫣也是余派老生,《乌盆记》曾得叔岩亲授。席散后,放她最近唱全本《御碑亭》的录音。这一句懂得此剧故事的人,一看自然明白。

㈢ 席上人都不同程度地受过林贼与"四人帮"的迫害,有的甚至监禁多年。

(香港《大公报》1979年8月8日,署名:刘郎)

喜闻徐玉兰再扮小生

登场还汝旧衫巾,粉墨重调特意匀。大哭灵台悲宝玉㈠,乱传谣诼恼文君㈡。用材本以专长重,多事徒将行当分。银娣临风如玉树,也应从此弃钗裙㈢。

上海几个著名的越剧女小生,本来已经教她们教戏的教戏,改行的改行。不久前,却又决定她们再扮小生,重上舞台。徐玉兰已演过《盘夫》的曾荣;范瑞娟已演过《梁祝》的山伯。陆锦花也将上演。

㊀ 去年到今年,《红楼梦》影片重映时,徐玉兰的《宝玉哭灵》最为观众激赏。

㊁ 前年,玉兰丧耦,今年年初忽传她将再嫁,其实纯属谣传。

㊂ 曹银娣本是小生材料,这两年她已改演旦角,我在半年以前的《闲居集》中曾有"曹氏钗裙行当改,婷婷袅袅唱《盘夫》"之句,那时因为看过她演的严兰贞而写的。现在越剧迷也都在等待着她:有朝一日,再扮小生。

(香港《大公报》1979 年 8 月 9 日,署名:刘郎)

为白居易叫冤

"回头一笑百媚生",销尽三郎十斛魂。妃后古来谁不荡?帝王所以大多昏。"恶诗"谬论终须正,"千古"沉冤必要翻㊀。真是书生迂见解,宁知官院即倡门。

翻翻《龚自珍全集》,看到他《年谱》里有几句话,非常吃惊,他说:"《长恨歌》'回头一笑百媚生',乃形容勾栏妓女之词,岂贵妃风度耶?白居易真千古恶诗之祖。"

啊呀呀,龚自珍先生此言差矣。《长恨歌》好坏,千古自有定论,至于这七个字,白居易形容得完全正确。因作上诗,为香山居士鸣冤。

㊀ 这个"翻"字我实在不愿用,因为读起来总是别扭,但换一个字又要出元韵。嗟夫! 此所以为"该死十三元"也!

(香港《大公报》1979 年 8 月 11 日,署名:刘郎)

得素琴自旧金山来信

未必重逢更有期,当初惜别欠依依。玉笺絮语如春暖,大姊芳龄近古稀。海外何人陪弄素,身边有女劝加衣。故园花木争荣发,紫燕黄鹂闹翠微。

金素琴是三十年代—四十年代上海京剧坤旦的"一只鼎"。一条嗓子,一副扮相,一时无两。四十年代后期,她离开上海,我们分别已有三十多年,从未通过音问。前天忽然收到她从美国发来的一封信,告诉我她的一些近况。原来她现在跟女儿在旧金山定居,女儿是在美国读的书,已经工作了,女孩儿很乖,待娘很好,她的晚景堪娱。平日只是思念上海的亲人故旧。娓娓道来,宛然闲话家常。

我们本是很好的朋友,难得她还记得我,我自然很高兴。为此写了这一首诗。落笔的时候,我没有去想这位老太太而今变得甚等模样。只当她还是四十年前演《桃花扇》时的那份天姿国色。故而诗中有一两个字眼用得不免有些纤丽。

记得我们初相识时,一同吃过一次夜饭,座上有欧阳予倩先生等人。这天回去,我为素琴写了四首绝句,现在只记得一首是:"当初弦管入黄昏,今夜灯痕杂酒痕。归去料应裙角重,此中曾断大郎魂。"

少时轻薄,老尚依然,看来要等眼睛闭了,才能改咧。

(香港《大公报》1979年8月13日,署名:刘郎)

〔编按:香港《大公报》1979年8月15日原编者补正:"前日《得素琴自旧金山来信》末段'今夜灯痕杂酒痕''襟'字误植'襟'。"又按:该诗第三句原作"一笑归来裙角重"。〕

读叔范书并忆其旧句

  凶讯惊传泣不支,此生一面更何期!酒因逾量多清趣,话到忧时尽好诗。腕力自胜心力乏(一),来书常愧答书迟。卅年笠影应无恨,重整儒冠只几时!

灯下,又把施叔范半年来给我的来信,重读了一遍。他的信不大谈这二三十年中自身的遭际,多半谈谈诗文。他说他的诗稿都已付之坑灰一劫,化作草肥。但在他肚皮里能记得的有二百多首。还说了他今后的写作计划,也可见精力的旺盛了。

叔范的旧体诗,在我朋友中,也可以说在我所知的近世文人中,他是写得最好的一个。抗日战争时期,他作了许多忧国伤时的好诗。我永远不会忘记他的一些名句,偶语如《游江心寺》云:"人因薄义忘柴市,我自扬帆到永嘉";"双塔长旋星日月,孤臣独看寺云潮"。其他如:"棘门草绿兵如鼠,胡马灯红鬼满城";"失笑腐儒头有价,岂真乱世邑无人";"今夜溪山真入画,一楼人物各无家";"露重青天如涕泪,月明乌鹊亦流离";"词赋于今真莫补,江山异代不同论"。断句如:"淮南五月残冬景,大麦稀疏似野花";"寄语雨城佳子弟,哪能垂手听江潮";"我怪青山非饭甑,只蒸云水饱游人"。珠玉纷呈,都是应该密密加圈之作。现在他死了,这些全诗都烂在他的肚子里,再也看不到了,真教人痛惜。

㈠ 叔范寄给我几首近诗,有"腕力犹堪蘸墨池",不料他发病到咽气只一个小时,他死于心肌梗塞。

(香港《大公报》1979年8月15日,署名:刘郎)

好事之徒答张莲蓉一首

开缄读罢笑盈盈,彼此休将名次争。虽道鄙人真好事,尚输舍弟更多情。生来从未"寻憨势"㈠,打过交关抱不平㈡。为谢故交深念我,秋高作计北都行。

莲蓉回北京后,来信劝我少做好事之徒,摆脱一些闲事,北京的朋友都盼我去白相一段时期。阅罢不禁失笑,因为讲到好事之徒,她张莲蓉就是一个,以好事之徒而劝好事之徒,岂不可笑。

好事之徒有两种:第一种,爱管闲事一也;肯替别人做出头椽子二也;有求必应者三也。这三者都是做好事的好事之徒。另一种是做坏事的好事之徒,那就是兴风作浪,无事生非,惟恐天下不乱,这种人大多别具用心。假如说我和莲蓉都是好事之徒,当然是属于前面一种。这种好事之徒在我们的朋友中是可以找得出一批来的。例如在香港报上写文章的舍弟二郎,更是好事之尤,别人请托的事,他从不拒绝,一律应承。有一时期,他向我诉苦,说这些闲事,在他的脑子里积压得快装不下了。这位乐于助人的兄弟,我比起他来,还差得很远。

㈠ "憨势",上海俗语,又称"寻轧头",北方人叫"找碴儿"。"憨势"两字该怎样写,弄不清楚,这是为作者杜撰,求声韵之调和也。

㈡ "交关",上海白,与"许多"二字为同义语。

(香港《大公报》1979年8月17日,署名:刘郎)

七月二十九日偶成

佩兰叶伴藿香茶㈠,梵屋林听俞丽拿㈡。报道近秋方十日,老妻劝再食姜瓜㈢。

㈠ 我们乡下,夏天用藿香叶与佩兰叶泡茶,不但解渴,还可祛除暑病。自从寄居海市,这种茶已有半个多世纪没有吃到了。这一天,乡人送来这两种鲜叶,就把它泡了一大壶,供家人服用。

㈡ 边喝茶,一边听俞丽拿的小提琴录音,我对此道茫然无知,女儿在旁边"指导"说,她奏的是《梁山伯与祝英台》。一会说现在是《楼台会》,等一会又说现在是《化蝶》。对不对,天晓得,只觉得琴声并不厌烦而已。但就是这样,也是对不起这位大音乐家的。

"梵屋林"是小提琴的英文音译。

㈢ 一九七二年冬,我得了哮喘症,剧发过两次。我害怕死了,因为我的祖父母,我的父母都是老年得此顽疾。如今这个"传统节目"轮到我来表演了! 次年有人告诉我一张方子,叫我每年立秋前十日中,吃三只姜西瓜,可以根治。我从七四年开始吃,果然,病一年比一年轻减。到去年冬天,已经不大感觉有这个病了。今年本想不吃,但拙荆对我说,还是让它巩固巩固吧,于是这一天就吃了一只。

(香港《大公报》1979年8月20日,署名:刘郎)

友人某(一作诗人某),挈全眷赴庐山避暑,得二绝句,却寄牯岭

一双老鸟率群飞,山上清凉沁玉肌。笑我趋炎成习惯,最舒畅是汗侵衣。

二十年前,比现在还早些的时候,我在牯岭小住,不耐那里的冷静,才三日,即匆匆下山。到九江,酷日如焚,汗流竟体,大呼爽气。

妖人洞外可停车?胜景曾为白骨汗。停下车来三顿足,更于洞口几嘘嘘。

游含鄱口,仙人洞是必经之地。我去的时候,仙人洞未受沾污,后一年,"江妖婆"到此,拍了一张照片印在报刊上,毒焰流被全国,仙人洞变为妖人洞。

(香港《大公报》1979年8月21日,署名:刘郎)

访灵芸不遇

停车聊比系兰桡,槐柳荫深护绿桥。老屋水环楼一角,故人家住市之梢。梅深当地莳虾盛,灾重围城玉貌遥。檐霤不知惊客梦,滴来枕上闹于潮。

不久前,有人要我写个扇页,就把这首诗写了上去。

诗是旧作。说旧作也不过是五年前比现在晚些时候写的。那年我到苏州访这位久别的友人,却不料出门去了。她母亲为我谈了"文革"中苏州两派火并时她们家的遭遇,凄凉之状,溢于言表。

这一天下午有雨,留宿在另一友人家中。中宵不寐,乃得此诗。

(香港《大公报》1979年8月22日,署名:刘郎)

桑弧邀看新作,余不能往,作诗道歉

还望桑弧谅我愆,此门不进已多年。请看《他俩和她俩》,却怕冬天与夏天。内子归来频道好,满场乱爆笑声连。可怜老眼终无福,盛意殷殷只歉然。

《他俩和她俩》是桑弧最近导演完成的一部影片,这是一个喜剧。家里人看了回来,说彩色好,故事也好,它从头到尾叫观众笑声不绝。

此片将于十月放映,八月上旬在上海试映的一天,导演送来两张票子,邀我欣赏。可惜我久已不进影院,尤其是冷天和热天更不进去,夏天怕冷气,冬天更怪,只要电影一放映,我就会头晕目眩,冷汗直淋,甚至呕吐。这个毛病得了几十年,也没有请教过医生。我之所以少进影院,原因在此。这几年家里有了电视,才补看了许多过去的佳片。看电视我是什么毛病也没有的。

(香港《大公报》1979年8月23日,署名:刘郎)

夜访忆往之作

桃花妖冶杏花娇,故着青绡或紫绡。人太聪明成异物,我还颓放到今朝。凄凉石屋长年住,风雪回廊几度招。果有谢娘银烛在,"也应初换第三条"。

这首诗的本事,我不想写了,因为那是三十年前的往事。我想写的是这首诗的后面两句,这两句,我不但用了前人的诗意,还盗用了他现成的一句。

在我还不到二十岁的时候,脑子里已藏进了这一首诗。它出自何人之手?一直弄不清楚。我说是前人,也许还是近人所为。那首诗是这样的:

路迢迢更夜迢迢,淡月飘灯自过桥。料得阿娇银烛畔,也应初换第三条。

我之所以喜欢这首诗,因为它说明了什样是诗的意境。你想想:一个赶夜路的人,去践情人的密约,用二十八个字,把赶路人的心事,写得跃然纸上。

使我始终不解的是诗中的"第三条"究竟指的是什么?开始以为走夜路提着灯笼,为了路远,在路上已经换了三条蜡烛,但再一想,他前面讲过过桥,也可能这首诗的成功,是在他经过第三条桥的时候。江南人称桥不讲一座一座,而是讲一条一条的。所以这个问号至今没有解开。

(香港《大公报》1979年8月25日,署名:刘郎)

[编按:什样,原文如此。]

乔老爷与孙二娘

枕流公寓明星家,奉上二娘与老爷。此日乔郎颠满雪㈠,昔年孙氏貌如花㈡。连街海报披红轿㈢,受梏都头战夜叉㈣。席上相逢成一笑,老来豆腐欲成渣㈤。

吴祖光二次来沪,我设宴欢迎,邀乔奇、孙景路夫妇作陪,写信到枕流公寓这两位明星的家里,信上的称呼是这样的:"乔老爷孙二娘双鉴。"因为事有凄巧,这一阵子,上海正在公映《乔老爷上轿》的影片(韩非、孙景路都是主角),同时小盖叫天又在演《十字坡》,这戏里不是有个开店的老板娘叫母夜叉孙二娘吗?

㈠ 乔奇年不到六十,已白发满头。

㈡ 一九五一年小孙方自香港回来,在北京吴祖光家中看她时,薄施脂粉,貌艳于花。

㈢ 二十多家影院同时放映《乔老爷上轿》,走在路上,到处可以看见画着一乘花轿的海报。

㈣《十字坡》的故事是:武松发配,到十字坡投宿,因误会与孙二娘摸黑打斗。

㈤ "吃豆腐",上海俗语。它的涵义有许多种,这里是指的开玩笑。

(香港《大公报》1979年8月27日,署名:刘郎)

《闯江湖》与《三打陶三春》

洞房金殿战云迷,末路江湖典爱妻。"神叟"分明工促狭㈠,逗人笑乐诱人啼。

吴祖光的《闯江湖》,好多人看了剧本就落泪,看了演出,更泪涌如泉。我也是如此。八月上旬,祖光来沪,这里的一个剧团特地为了他彩排一次(戏于中旬正式公演),我也跟去看了。演到最后一场,祖光自己也禁不住泪承于睫。这是我亲眼看见的。

这一阵北京、天津、济南等地的京剧团都在上演一个喜剧叫《三打陶三春》，此剧也出于祖光手笔。现在上海也正在排演。听人说，看了它，不由你不从头笑到底。最发笑的是在汴梁城外，陶三春打败高怀德，后来在金銮殿把赵匡胤吓得屁滚尿流，最后是在洞房里把郑子明收拾得服服贴贴。

一个戏叫人哭不停，一个戏叫人笑不住，这个吴祖光。

㈠ 我在三十多年前认得祖光时，还有人称他为神童，现在年逾花甲，满头白发，而豪气英才，一如往日，岂非神叟。

（香港《大公报》1979年8月29日，署名：刘郎）

八月十七日晚，枕上口占

算来前此十三年，"造反"群儿请"靠边"。我似君王被逐放，蒙尘纪念是今天。

临睡前，一看壁上的日历是八月十七日，想起十三年前的今天，我被"造反派"着令"靠边"，随后就打入"牛棚"。

那天上午九时许，同我一起受难的有十三人。其中赵超构、姚苏凤（此人已作古五年），算是这一群里的知名人士。

我因为事出突然，当时弄得有点晕头转向。只记得那天的"靠边"仪式，是在我平时打弹子、打扑克的俱乐部里隆重举行的。说它隆重，因为参加的人很多。有神气活现的"造反派"，也有善良的群众。在会上，一只"叭儿"宣布我们每个人所以要"靠边"的罪状，什么罪状，连我自己也没有听明白。反正，到了今天，已经证明这些罪状都是些诬蔑不实之词，是它们放的狗屁。

（香港《大公报》1979年8月31日，署名：刘郎）

喜胡芝凤来访

风清雨霁丽秋晨，喜见亭亭白素贞。误却红梅窥《鬼怨》㈠，且同芝凤叙乡亲㈡。江南此是尖端品,菊部君为出色人㈢。无怪吴郎称庆曰:南来正好遇三春㈣。

上海台风过境后的一个上午,谢蔚明兄偕胡芝凤女士来访。芝凤今年四十岁。在她小时候,一边上学,一边延名师(魏莲芳、黄玉麟、包幼蝶)学戏。因为学校的成绩优异,中学毕业考上了清华大学,读工程物理两年之后,她想来想去还是要求演戏,于是毅然南下,投身京剧界,在苏州京剧团当头牌花旦。七月上旬,这个剧团来上海演出,我只看过她的《断桥》一折。而她此来卖座不衰的是《李慧娘》。所以她一进门来,蔚明给我介绍说,李慧娘来看你了。我笑着说,我认得她是白素贞。

㈠ 芝凤演《李慧娘》,文武并重,把上海的观众吸引得如醉如痴。可惜我没有去看,而电视转播的那天,也错失了欣赏的机会。

㈡ 芝凤,上海人,她跟我谈话,一口地道的上海白。

㈢ 五六两句是听了好多人谈起,像芝凤这样的人才,目前在上海是找不出来的。我这里说的是上海,北京可能有,云南肯定有,因为那里有一个关鹔鹴。

㈣ 吴祖光见了芝凤说,她若演《三打陶三春》,必然成功。于是芝凤接受了他的剧本,准备回苏州排演。

(香港《大公报》1979年9月2日,署名:刘郎)

林风眠画展有感

风眠画展此重开,前度刘郎未再来。垂柳千条三尺水,相思廿载一堆灰。既然无价求难得,纵令多情盼不回。譬若侯门收拾去,莫抛心力托良媒。

夏秋之交上海又举行了林风眠画展。

我于近代画家,最最爱赏的是林风眠。二十年前,上海开过一次林的画展,我连看了两天。看到其中一幅:一池清水,岸上几株垂柳,柳条垂及水面,水是活的,杨柳也像是活的,水底的卵石、青苔以及其他生物都像是活的。看了这幅画,好似看到一个绝色的女人,使我舍不得离开。但就是这幅画,它是不标价的,所以我没能买了回来。

过了一段时期,我托一个朋友去和画家打过交道,要求他这幅画按一般标价卖给我,结果碰了钉子。直到现在,我对它心犹未死,但明知不可能为我所有了。

听说这次的画展,一部分是私家的收藏(七十余件),一部分是公家所藏(件数相等)。不知我梦寐以求的那一幅也在其中否。我怕旧恨新愁,一时勾起,所以画展开了十天,一次也没去看过。

(香港《大公报》1979年9月4日,署名:刘郎)

追　念

　　踏遍红尘处处寻,多缘前路断知音㈠。明知惊晤终无日,仍用相思直到今。端木清裁欺俗世,二梅豪气压丛林㈡。九泉检点萧郎物,画不成形一片心。

林九来谈往事,她为我证实,二梅早已下世。为之惘惘不已。林九既行,乃得此诗,悼二梅,兼及文琳。

㈠ 三十年前予有句云:"欲逐红尘随处问,有人曾见二梅无?"
㈡ "丛林"一词出梅里美著中篇小说《高龙巴》,傅雷先生把它译为《绿林》,此处作为旧上海所谓的"侠林",其实是流氓集团的美称吧了。

(香港《大公报》1979年9月6日,署名:刘郎)

为"您好"叫好

　　寒暄陈套一齐收,两字看来豁我眸。渐觉发明人太妙,所含思慕礼都周。久违雅教应能免㈠,此请时绥亦可休㈡。"您好"不容"你好"替,须知相骂此开头㈢。

不知是什么人发明的。我们这里早在十五年前,写起信来,在前面称呼之后,紧接"您好"二字。再下面才是信的正式内容。

到如今,无论子女给爹妈写信,或者亲戚朋友之间通信,这两个字应用得更加普遍。

这两个字之妙,可以概括信件上许许多多的浮文俗套,有了这两个字连"此致敬礼"的结束语也可以省却,因此为它叫好。不过话虽如此,老朽到如今写信还没有用过这两个字,保守如此,说也可怜。

㊀、㊁ "久违雅教"、"此请时绥"都是老式尺牍上的客套语。

㊂ "你好"不同于"您好",前者如说得粗声粗气一些,便成了相骂的开场白。

(香港《大公报》1979年9月8日,署名:刘郎)

为 诗 二 首

为诗千万莫流酸,读到酸诗齿亦寒。俗尚能医酸不治,若工泼野或堪看。

饰貌矜情要不得,更休调粉弄胭脂。为诗亦似为文样,肯吐真言即好诗。

一位青年,问我作旧体诗词,怎样辨它的好坏?我听了一想,对他说,一九七七年我写了几十首七绝,其中有两首可以回答你这个问题。对不对,你自己考虑,我是这样认为的。因此当场写给了他,这就是前面的《为诗二首》。

(香港《大公报》1979年9月10日,署名:刘郎)

黄　　河

汇报每周写,奔腾触我思。未谙交响乐,爱读定盦诗。邪许滂沱夜㊀,卷帘梳洗时㊁。才人嫖妓院,"造反派"无知。

在"靠边"的日子里,所谓造反派叫我们每周写一次"思想汇报"。这也是一件苦事,为了写这个东西,我是被他们触过几次霉头的。有一天提起笔,正在搜索枯肠,写些什么来汇报呢?忽然外面扩音器里在播送《黄河大合唱》的音乐,我便以此为题材,写了起来。大意说,我不懂音乐,对音乐里的黄河不感兴趣,我认为自来写黄河只有以清人龚自珍的三首绝句为最好……

写好以后,我交"牛魔王"收执。后来一想不好,这一次又要挨批了。因为龚诗有两首提到黄河是在逛窑子和姑娘们发嗲的时候写出来的,只一首才是同情劳动人民的。但后来居然风平浪静,"造反派"一句话也没有。我仔细想想,一定是"清人龚自珍"五个字起了挡箭牌的作用,因为在毛著《介绍一个合作社》的文章里,提过清人龚自珍的一首诗,所以认为龚是进步诗人,没有问题。

㈠ 龚诗:"夜闻邪许泪滂沱"。
㈡ 龚诗:"卷帘梳洗望黄河"。

(香港《大公报》1979年9月12日,署名:刘郎)

［编按:"奔腾触我思","思"原作"恩",则不叶韵。］

送杨振雄先生赴港

会看海岛动歌尘,一拨弦生万姓春。谁信十年瘟疫后,先生不减俊凤神。

偶与樽前话旧游,长材难得使人愁。名花更有伤凋落,倚遍江波哭丽秋。

九月一日中午八十老翁徐椿林兄设宴,为杨振雄先生饯行,邀余夫妇作陪。作陪者尚有吴祖光、乔奇、孙景路、张文涓以及广明夫妇。是日也,我方知上海评弹团出十五人的阵容,赴港演出,不久即成行。

我和振雄的座位靠得最近,因此谈得最多。十五人中"杨双档"自是第一块响牌。我同他排了一排,比起一九六二年左右那一次赴港演出的人马中,此次旧地重游者已不过数人了。而振雄他也经历了十年灾难,样子却没有什么改变,艺事自然更加精湛了。我还想起了上次赴港中有一个程丽秋,她是女弹词中的尖子,不幸于十年前已沉水而死。人材难得,要毁灭它,竟是转瞬间事耳!

(香港《大公报》1979年9月14日,署名:刘郎)

闻侯莉君唱《宫怨》

白门侯调最风靡,春夜深宫怨贵妃。江左人争夸绝唱,尊前我未识清仪。遥怜音色岂徒腻,近想胸围更减肥㊀。听到神痴存一恨,身边只欠录音机㊁。

这只开篇,还是一九六一年以前侯莉君在电台的录音,前些日子,上海又在大放特放。

我听了它为之似醉如痴。人们说的"糯米调",那是徐云志一路,她不是的,她是糯中有腻,又有嗲。总之,我的词汇贫乏,无法形容,不知十八年后的今天,这位弹词圣手,声腔犹如昔日否?令人悬念不置。

㊀ 据说侯莉君不是飒爽英姿,故不是高胸健骨。

㊁ 好多朋友,家里都购置了录音机,四只喇叭的,两只喇叭的。我从来没有想过要这个东西,惟有在听了侯莉君开篇以后,才掠过一个念头:应该弄一只放在身边。

(香港《大公报》1979年9月16日,署名:刘郎)

闻蒋天流伤腕,予往问疾

重照银灯第一朝,骨伤右腕未伤腰。我来喜见伤痕减,君已能将画笔调。何不拥衾图寿永㊀,自甘伏枥亦人豪。回头与说《钗头凤》㊁,喜上眉尖又眼梢。

蒋天流退休已多年。今年夏天,电影厂忽然邀她重新拍戏,不料第一天就在摄影场上被人撞跌一跤,以致右腕折骨。

我已一年多没去看望她了。她受伤的消息,听到得也很迟了。八月底,才特地往上海花园别墅望病。则不但伤已痊复,她又在重理画笔,满屋子挂满了她的画稿。上海的电影演员中,大家知道赵丹能画,而天流对此,更苦下功夫。她从岭南画家黄幻吾学画竹、画花卉;从无锡唐湘玲学山水、学仕女。两位老师都称赞她的进步甚快。

㈠ 典出越剧《盘夫》唱词:"我还是收拾衾枕自保养。"

㈡《钗头凤》话剧,三十多年前天流演唐凤仙一角而红极一时。剧系故朱端钧先生导演。

(香港《大公报》1979年9月18日,署名:刘郎)

寄董鼎山纽约

　　年年相望亦相闻,每抱深情读至文。讶我老儿还在世,怜渠健笔尚凌云。归来旧燕何曾识,记得歪诗定要焚。何日江干重聚晤,莫教终世叹离群。

董鼎山兄离开他的出生地——上海已经三十多年了,他到美国读书,后来就在美国做新闻工作。我们从此就不见面,也不通信息。今年他回国过一次,写了许多描述祖国美好景象的文章,读之使人感奋。

不久前,他给上海一位朋友写来一封信,谈起他在国外读到我在这里写的诗稿。他为了我这个老风流还活在世上而感到欢欣。他的信写得热情洋溢,他说:"故人一别三十余年,至今还能忆起他的一二绝句。今天远隔重洋之外,知道老人意气犹仍风发,风流倜傥,一如往昔,可喜可慰,除了勾起我的乡思之外,禁不住要向他遥祝保重。"保重一定保重,敬以律句还敬。

(香港《大公报》1979年9月20日,署名:刘郎)

樽 前 偶 记

　　尘劫诸般设置工,几多悬念尽成空。厕身冠冕人伦里,出处风流薮泽中。自叹形容非少艾,哪堪手腕欠神通。纵横一片纷华梦,说与君家约略同。

今年乞巧的那天晚上,我们醵资为一位朋友做寿。在酒筵上与我并坐是四十年代上海的一位"名雌"。她絮絮喁喁地给我谈了她的许多遭际。把她主要的话写成上面八句,题曰《樽前偶记》。

(香港《大公报》1979年9月22日,署名:刘郎)

看《生死恋》,悬念栗原小卷

亦含清泪亦含春,供养眼皮不算贫。容有许多悬念在,更多悬念望天人㈠。

我们在举行日本电影周。五部影片,其中以《生死恋》最受观众喜爱。

我是在一个星期天上午六时十分到"北京电影院"去看的。因为知道《生死恋》的主角栗原小卷,就是在《望乡》里饰演女作家的那位演员,所以争先看它。

平时读报刊上评论影剧的文章,作者常在叙述影剧故事进展过程中,用"悬念"二字,例如"给人以一个悬念",或者"提出了一个悬念"等等,它的意义我是有点理解的。在这首诗里也用了"悬念"二字,恐怕与评论家们用的是两回事,反正我不是评论家,我有我的悬念,何妨各用其是。

㈠ 我为看了《望乡》写的诗里,有"绝怜彤管飞扬客,直是天人鸾鹤姿"之句。

(香港《大公报》1979年9月24日,署名:刘郎)

听书之忆——夏荷生

狂风怒吼雨如潮,金凤宵来细细描。群玉山头归去晚,包车轻渡替长桥。

(李)君维在《大公园》谈他小时候听书,提到了上海的东方书场,提到了评弹家夏荷生,因而引起了我一段回忆。

正是在君维听书、夏荷生在东方书场卖座不衰的日子里,有一天晚上,强台风侵袭上海,风狂雨暴,路上积水成河。平时满坑满谷的东方书场,这一天听客只来了二十来个男的,四五个女的。我那时经常以旅馆为家,正好住在这家饭店里(书场附设于东方饭店底层),所以这晚上也去楼下听书。

到了夏荷生上台,他一看场子里零零落落的样子,心情有点激动。他对听众们说,今天在座的各位,才是我真正的知音,我今天的书(《描金凤》)说得不但不会马虎,而且要特别道地。若是散场以后,有的听客,实在不能回去,就请到楼上权宿一宵,房间费用,归我开支。他的话说得是诚恳的,座上人听了都很欣赏。这时候却有一个人指着那几位花枝招展的女听客,向弹词家问道:那么她们怎么样呢?夏荷生没有被发问的人难倒,他接口说,她们么,一辆包车,摆个渡就好回去了。说着,大家都笑了,那几位女客也笑了。原来这几位女客,都是群玉坊长三堂子(旧上海的高级妓院)里的倌人。群玉坊这条弄堂,正好紧捱着东方书场,她们的家,离书场不过一二百步。弹词家认得她们,知道她们都有自备包车,会来把她们载回去的。

(香港《大公报》1979年9月26日,署名:刘郎)

寄董乐山北京

  知君翻译已成家,常为清才念麦芽㈠。愧我终非梁羽老㈡,误他空梦笔生花㈢。皇亭子畔勤埋首㈣,八面槽头驻别车㈤。安得约齐沈与李㈥,蜗居煮酒复煎茶。

乐山是董鼎山的弟弟。兄弟二人不但淹通西文,中文也写得极其漂亮。凡是(我忽然也用起"凡是"来了)清才绝调,颇难不遭时忌,乐山在一九五七年那个日子里也是倒足大霉的一个。

近年来他和我通过信,也知道彼此一些情况。他是前两年一本畅销书《第三帝国兴亡史》的主要译者。他译笔流爽,不由读者不拍案叫绝。日前写了寄鼎山一诗,自然地想起了他的弟弟,今天故亦寄一首。

  ㈠ 三十年前,乐山为上海报刊写作,署名麦芽,我们现在见面,还是叫他麦芽,犹之人家叫我大郎一样。

㈡ 前两年,乐山约我写一本关于旧上海青帮人物活动情况的武打小说,由他翻成英文,准备在国外发行。因为我没有这个才能,此事终未能照办。梁羽老指梁羽生先生,他是近代写武侠小说的圣手。这个,香港人比我还要清楚。

㈢ 用"笔生花"对"梁羽老"有点勉强,但《笔生花》是一部弹词小说,这样,也就勉强可以对付了。

㈣ 乐山住在北京复兴门外皇亭子一带。

㈤ 我们不相见者也将近三十年。记得最后一次和他分手是一九五一年在北京八面槽街头,那时我即将登车返上海矣。

㈥ 沈毓刚、李君维与董氏兄弟都是同时期的朋友。如今沈在上海译文出版社,李在北京从事电影翻译工作。

(香港《大公报》1979年9月28日,署名:刘郎)

[编按:董乐山早年曾用笔名麦耶。]

听书之忆二——魏钰卿

> 私塾儿时受启蒙,之乎者也笑冬烘。听书原要《珍珠塔》,据典偏逢魏钰翁。人自求知如饿鬼,我常逃学似顽童。诲人不倦疏庭训,闻道令郎品欠通。

我十八岁(距今五十四年)听书,那时东方书场尚未开张,只有四马路的长乐茶楼和石路的汇泉楼两家,才是响档盘踞的地方。

魏钰卿在长乐,这位先生号称"书坛才子",也有人恭维他为"书坛状元"。他学富五车,到了台上,为听众引经据典地讲解古文。他抓住每一个机会,卖弄他的才学。这叫我很不喜欢。而且他的书,说得也不大对我胃口。我是喜欢听"放噱"的。与魏钰卿同时,有一位说《白蛇传》的杨小亭,不但书说得细腻,他插起科来,又冷静,又幽默,我到长乐是专听杨小亭而去的。

杨小亭是后来杨仁麟的父亲。魏钰卿是魏含英的父亲。此人并不比乃翁博学,文化程度至多不过初中而已。

(香港《大公报》1979年9月30日,署名:刘郎)

听书之忆三——大书三大家

> 邋遢金枪是老枪,马挞一叶跳围墙㈠。妖姬荡妇常逃席,惯客行家好赶场㈡。老骨头撑装武二,小喉咙试起婆娘㈢。会书盛事分明记,我亦曾听硕果王。

五十年前的评话三大家,是叶声扬的《英烈》、汪云峰的《金枪传》和王效松的《水浒》。

大家知道,评弹演员上台,自来打扮得山青水绿,有些先生,甚至修饰到了油头粉面的程度(现在的演员都经过化妆)。但是,我上面说的三大家,他们都不讲究打扮。叶声扬布袍一件,短头发,挺胸叠肚,模样儿像个土财主。汪云峰是瘾君子,更加不修边幅,冬天上场,一件旧棉袍子,头戴罗宋帽,连围巾也不肯去掉。所以台下那些花花绿绿的女听客,一看到他们上来,就纷纷离去。留下来的都是一些听书的识家。这两位先生的书,我是听过好多次的,他们有个共同的特点:说得流畅痛快,毫不拖泥带水,也都擅于放噱,使人忍俊不禁。

这首诗的后面四句,是专讲王效松的。那时王老七十多岁,已经息影家园。有一年我在长乐茶园听会书,书场老板把老先生请出来说了一回《杀嫂》,总算让我也欣赏了这位仅存的硕果。

㈠《马跳围墙》,《英烈》的关子书。

㈡ 演员在一个场子说完,赶到另一场子去说,老听客就跟着他们赶场。

㈢ 王效松偌大年纪还有一条小喉咙,起潘金莲角色,施耐庵常用荡妇用婆娘二字。

(香港《大公报》1979年10月2日,署名:刘郎)

听弹词,赠一位无名氏的女演员

听书只悔我嫌迟,芳草果然见一枝。座上轻呼亲爱的㈠,朝来试问欲何之㈡?气凭折扇多书卷,调唱侯家慰客痴。汝自不留名姓去,空教头白惹相思。

一位好心的朋友,听说我要听听外码头来的评弹团的书,他给我送来了常熟团的票子。并在信上说,此中自有"芳草"。

听过之后,果然发现了芳草。但她的名字叫什么,我现在也没有打听出来。因为书场不售说明书,所有演员,男的、女的、老的、少的,尊姓大名,我一概不知。

我欣赏的那位芳草是好样的。她起书生像个书生,她唱女口,既唱俞调,亦唱侯调,使座上人极尽耳目之娱。

㈠ "亲爱的",仿效洋腔,词义也包含"尊敬的"之意。

㈡ 以"亲爱的"对"欲何之",似工非工,偶然尝试,幸读者恕其谬罔。

(香港《大公报》1979年10月4日,署名:刘郎)

月　　饼

叉烧火腿都摒弃,生喜尝甜不嗜咸。得饼衰翁还笑曰:千金难买老来馋。

一市皆闻烙饼香,名牌店外人龙长。最多品种苏潮粤,群取莲蓉实蛋黄。

中秋前一个月,上海市上月饼生意已大为兴隆。名牌店如杏花楼、新雅、老大房、采芝斋、冠生园,每天一早,就有人列队等候开门。

在这期间,全上海总有千百家店铺出售月饼。但一个月中,他们的生意总是做不坍的。这是因为上海人要买,外地人争购者尤多,他们往往几十匣、上百匣的买去,因使那些制作月饼的工厂,都有供不应求之苦。

离中秋节还有十来天,舍间由亲戚朋友送来的月饼已有七八匣了。真怕会吃坏了我这个老头子的肠胃。

(香港《大公报》1979年10月5日,署名:刘郎)

桂 花 二 题

昔日僧寮坐客毡,破山古桂气清严。我来携得人如月,花和肌香扑帽檐。

三十年前的一个秋天,游常熟虞山,过兴福寺(亦称破山寺)值唐桂盛开。

经过这一次的十年大疫,这株千载佳柯,不知尚无恙否?

湖上曾来尽日游,西湖蒙垢若知羞。终教魔爪难为障,一路飘香到客舟。

一九七二年九月末,全家赴杭州,为西湖竟日之游。时杭州在"四人帮"兽蹄践踏之下,一派衰落景象。惟从朝到夜,桂花飘香不绝,即使放棹中流,花香亦时时浮于鼻观。我一家人曰:此行也,惟兹一事,稍堪自慰。

(香港《大公报》1979年10月7日,署名:刘郎)

读林风眠《堤柳》

春涨新添绿一篙(成句),笼溪烟水浸柔条。悬知昨夜帷灯下,媚晕何曾片刻消。

已经说过,今年林风眠画展没有去看。但前两天终于在新华书店买了他一本《画选》。买之先,看到它的目录,在二十页中有《堤柳》一幅。疑心它就是我当年梦寐求之的那张杨柳。买来一看,不是的,虽然不是,却引起了我的遐想。因画中景色,我仿佛到过这个地方。玩赏再三,遂得一诗。

(香港《大公报》1979年10月9日,署名:刘郎)

食鸡头肉,时为中秋前一日

因知难得故无求,不道还能捧一瓯。入梦花容浓过酒,绕楼秋色灿于绸。佳辰惯是闲居觉㈠,玉札曾为若个投?荡口归来前日事,堂帘低首剥鸡头。

我以为今生今世,新鲜鸡头肉再也吃不到了。却不料今年就吃到,而且是从著名产地苏州荡口带来的。看来,"四人帮"不能不打倒,打倒了"四人帮",连什么样好吃的都会有起来。你看,今年我爱吃的香椿和新鲜鸡头不是都吃到了吗?

市上也有出售剥好的鸡头,五块钱一斤,但没有自己剥的一股清香味,吃起来就不那么可口。

㈠ 这七个字我是很喜欢的。但它不是诗,是词,也不是下走所为,而是出自近代词家陈述叔(洵)的笔下。陈先生新会人,晚年是中山大学教授。他同黄节很要好,陈词黄诗,为当世并重。

(香港《大公报》1979年10月11日,署名:刘郎)

"牛棚"里的滑稽

搓成骰子掷单双,寒重"牛棚"胜铁窗。可要眼前遭大祸?谁知门外恼群龙㈠。不该满脑多迷信,譬作登场耍怪腔。掷到"四红"君莫喜㈡,害人正是"四人邦"㈢。

假若有人搜集材料,写一本《牛棚笑话集》,我想定有看头。

这里写的也是"牛棚"里的一个笑话。话说有个叫笑嘻嘻的滑稽戏演员,那年在进上海文化干校以后,不知以什么罪名,居然也被隔离审查,把他单独关在隔离室里。他每天早点吃几个白馒头,从馒头上摘下一小块,搓捏成一颗骰子,在地上掷个不停。他暗暗祷告,如是掷双,今天太平过去,如是掷单,今天难免批斗。有一天牢头禁子(看守隔离室的人,他们有的是工宣队,有的是本单位的"造反派"),在门缝里看见了他这番举动,夺门进去,厉声问他在干什么。滑稽家回答说:"我用这个东西作为占卜,问过往神灵,我的问题何时可以得到解决。"牢头禁子除了骂他迷信之外,也把他无可奈何。

㊀ 龙,长毛犬,这里指的是我们常说的"叭儿"之意。

㊁ 骰子么二三五六是黑点,惟有四是红点,故称"四红",笑嘻嘻掷到"四红",认为大吉大利。

㊂ "邦",是"帮"的简体字。本诗用的是三江韵,只能用"邦",用了"帮"就出韵了。

(香港《大公报》1979年10月13日,署名:刘郎)

东 东 词

东东曾误叫冬冬㊀,四五年前尚是童。只为爷娘无小子,儿今成凤亦成龙㊁。

台前一立自亭亭,若数年华汝最青。座上有人争艳说,爷娘俱是老明星。

九月,解放军南京部队前线话剧团来上海演《朋友》一剧,为国庆节前上海轰传的一个剧目。

乔奇送来戏票,说是他的女儿东东参加了《朋友》演出,特邀老伯去看看这位侄女登台。

东东参军不过三四年,她年纪尚小,想不到一参军就继承了父母的衣钵,很快就会做起戏来。虽然演的角色并不重要,但望上去也显得光彩照人。有部队的培养、父母的诱导,将来她在戏剧艺术上的精进是可以预期的。

㊀ 上半年我提到过东东,误把她的名字写作冬冬,乔奇来函向我校正。

㊁ 东东为乔奇、孙景路的独养女儿,老夫妻罚誓无子。

(香港《大公报》1979年10月15日,署名:刘郎)

桂花蒸里,忽有所怀

恹恹坐卧却能诗,谁似先生设想痴。不看西郊花满树,虚陈南阁酒盈卮。木樨蒸好清游日,气管炎当剧发时。阿小秋来何处去?空余老大一场悲。

中秋前天气由凉转暖,江南人称之为"桂花蒸"。

桂花蒸里,气管炎忽然发作。好多天杜门不出。有人约我逛公园,不去;有人约我饮宴,亦不往。恹恹坐卧,惟食量仍佳,诗情不减,而远道故交,时在念中,遂得此作。

(香港《大公报》1979年10月17日,署名:刘郎)

中秋后一日,文涓约往海宁观潮,却之,得二十八字

廿年运动起高潮,眼看高潮不好逃。听到高潮心胆软,文涓电话拒相邀。

阴历八月十八日,海宁观潮是江浙人的一个秋游节日,上海人特别高兴。我对这个却毫无兴趣,六十年旅居上海,从未去看过一次。到了如今,非但更不想去看,连"高潮"两个字也实在怕听,怕听的原因,具如本诗前三句云云。此所谓"一朝被蛇咬,三年怕草绳"也。

(香港《大公报》1979年10月19日,署名:刘郎)

看半出《海瑞上疏》

恶虐多端垂死身⊖,忠良受戮苦黎民。但余一事天真甚,嘲弄金銮任直臣。

《海瑞上疏》是周信芳先生生前最后演的一个新编历史戏。也因为演了这个戏,成了"文革"中一项大罪。江青、张春桥必欲置之死地

而后快。

河清有日,"四人帮"铲除了三年后的今天,信芳的儿子周少麟又排演了《海瑞上疏》。十月三日上海电视台转播了这个剧目。当我打开荧光屏时,戏已演过一半,看到皇帝正在气急败坏地看海瑞的疏本,他叫内侍把海瑞宣上殿来。海瑞拼着性命不要,跟皇帝干起来了。他不但骂了皇帝,更多的是对皇帝的嘲讽,使看戏的为之人心大快。在这里,我倒觉得嘉靖虽然是个昏君,他还容许这位臣子对他辩论,甚至对他讽骂,这点度量应该说是不无可取的,可惜这毕竟是做戏,世间又哪里会有这样的好事?

㈠ 剧中,在上疏后不久,嘉靖即得病身亡。

(香港《大公报》1979年10月21日,署名:刘郎)

过某礼堂,作往事诗

旧上海一著名舞场,今辟作某机关的大礼堂,予数过其地,得绝诗三首,第二首为三十年前所作,因事出于此,故并入之。

丛林往事仗谁传,愿写风华第一编。舞馆圆灯明彻夜,玉人斜睨剑横筵。

前作《追念》诗,有"二梅豪气压丛林"句。

雪深门外更宵深,又报欢场烈士临。穷极还应奢亦极,与人挥手斗黄金。

第三句亦作"到此莫图明日活"。

朝辞夕换炫罗襦,况住桃源待问屠。自笑鄙人肠胃好,肯随流辈攘馂余。

三十余年前,初见某妖妇于此,时妇犹在微时,却不料其后来成为亡国之妖也!

梦到江南句自清,尘沙压鬒鬒云轻。可怜尻坐河湄日,尽有功夫话色情。

识某舞人于此,其人善为短令,制《梦江南》一阕示予,其言甚腻。

予尝偕之为郊游,距今亦几四十年矣。

（香港《大公报》1979年10月23日,署名:刘郎）

过 虹 桥 路

　　宅后来寻旧土山,村前流水尚潺湲。数茎衰鬓杯中落,一搦纤腰镜里弯。若论惊才原不似,惟余宿愿更难还。比如寂历斜阳下,消受倾城一顾间。

生平所作虹桥路诗,何止数十百首,如今散佚几尽。断句为友人所传诵的,如:"行到芙蓉遥隔处,问郎何不种桑麻";"道是玉皇香案侧,暂逃二吏到人间";"欲试藜肠量苋口,麦芽一饼定夫妻"以及"携得儿家休诣佛,儿家原自佛边生"。皆三四十年前所作也。

解放后,虹桥路上有过一座虹桥公园,不久,此园即湮没。在它的附近,我友曾筑一小庐,近过其旧址,因得此诗。

（香港《大公报》1979年10月25日,署名:刘郎）

餐桌上看家人食蟹

　　江南十月未经霜,只只秤来八两强。莫笑放翁分量异,诗家用语许夸张㈠。

今年未到中秋,河蟹（上海人称大闸蟹）上市。上市的数量极多,蟹的质量则既大又老。常言道九雌十雄,那是说阴历九月要吃雌蟹,十月则雄蟹好吃,而现在还在八月底,却无论尖团,都是黄肥膏足。所有这些情况,都是以往从未有过,可称奇迹。

　　馈妇归来串串拎,一时濡沫满楼庭。老夫多恐肠真断,食到唇边箸又停。

我患肠胃疾,医生劝勿与无肠公子为敌,从医生言,只好看吃。

　　糖醋生姜酒一钟,端来桌上满盘红。今朝吃过明朝吃,未必人家吃得穷。

记敝夫人的豪言壮语。

㊀ 我家买来的蟹都在半斤以上,已经够大的了,但陆放翁诗"赤蟹轮囷可一斤",我总怀疑大诗人有点言过其实。

(香港《大公报》1979年10月27日,署名:刘郎)

贺顾兰君新婚

兰君居处久无郎,今嫁新郎号子良。不是谣言如二玉㊀,算来老店已三张㊁。固应作乐寻相伴,未见招邀看洞房。枉自口头空热闹,阿兄短复阿哥长。

年前碰到过顾兰君,写过一首诗,后来我们又数次过从,她像过去一样,叫起我来,郎兄长郎哥短的,非常亲热。但是她现在结婚了,却没有邀我吃杯喜酒。据王熙春告诉我,她的大典很少惊动朋友。

新郎是龚子良先生,在旧上海会唱唱京戏,是一位票友,他实在的身份则是工商业者,我和他素昧平生。他今年不到七十岁,兰君也已六十挂零。兰君心地纯良,以往的配偶都是凶终隙末,这一回祝愿她百年永好。

㊀ 今年年初徐玉兰有再嫁之谣,到三月间又传李玉茹将与北京的一位文化名人结婚,亦非事实。但也有人说后者是真的。

㊁ 作为三十年代到四十年代上海电影界四人名旦之一的顾兰君,这一回已是第三次再嫁,这是我的记忆,容有错误。

(香港《大公报》1979年10月29日,署名:刘郎)

读《世界之窗》,为之喝彩

人自求知我猎奇,一朝开卷豁双眉。丛林惨剧惊心魄㊀,内幕珍闻透骨肌。传记书成推硕彦㊁,《西风》面熟认依稀。沉冤未白嘉音死㊂,故旧相逢泪满衣!

近两年来,上海出版的书刊之多,不可胜数。诸如科学的、医学的、教育的、文史的、戏曲的、影剧的、谈生活的、记旅游的、老人读的、儿童读的,哪里说得清楚。八月,译文出版社发行了一本《世界之窗》,一出来就抢购一空,添印再多,也立刻卖完。

因为解放以后这样的刊物,还是第一次见面,所以新华社发了英文稿,接着美联社和法新社都据以改写,转发了新闻,还介绍了它的内容。这是过去未曾有过的做法。

我是十分喜爱这本书的。它的内容多种多样,有世界经济、世界见闻、国际政治(内容为新闻)、人物传记、知识小品,以及惊险小说,令人目不暇接。有人说它的面貌与旧上海刊行的《西风》杂志大致相似,此话一点不错。

㈠《丛林惨剧》是一篇记美国人民圣殿教灭亡的报道。惨酷之状,读之惊心怵目。

㈡ 人物传记写了两位世界艺坛上的巨人,卓别麟与卡拉扬。

㈢ 黄嘉音是《西风》的主编人,一九五七年被划为右派,后来流放边陲,终至抑郁死去。现在《世界之窗》的工作人员中,还有嘉音的同事。我们作为他的老友,无不为这样一个人材遭到摧残而痛惜不止。

(香港《大公报》1979 年 10 月 31 日,署名:刘郎)

蟹宴之忆

仙歌圣袖范长存㈠,洪饮当初倒百樽。蟹紫灯红霜白夜,江南秋老忆王孙。

程砚秋先生生前能为洪饮。一九四七年他来上海演出,也是秋老江南的时节,蟹市正盛,我请他吃了一顿蟹宴。这一天,席上连程先生在内只有三个人会喝酒的,他们把两瓶白兰地都喝完了,似乎兴犹未尽。程先生一个人吃了八个大蟹。这样一位温文如玉的人,在饮啖场中,显得非常豪迈,自然更加可爱。自从那一回分别以后,不到十年,他就逝世,这期间我再也没有见过这位旷代艺人。

初升酒晕压星眸,体态真如没骨柔。赤蟹朱唇绯指甲,乌衣肩拥紫貂裘。

也是一九四七年,隆冬天气,一位先是歌唱明星、后是电影明星的女士,从北京来上海,我为她在"新雅"洗尘。新雅的蒸青蟹是一宗名菜,我永远记得这位女士在吃蟹时候的风情之美。前年偶怀往事,记下了这二十八个字。听说她现在定居海外,近况如何,我这里了无所闻。

㈠ 程先生水袖功夫旷古绝今,我称它为"袖圣"。"范长存"亦作"两温存",哪三字比较好点,我拿不定,姑并存之。

(香港《大公报》1979年11月2日,署名:刘郎)

洪泽湖之蟹

昔年吃蟹白门居,半夜敲门满筐储。唤醒群儿动食指,笑看一叟起蹒跚。汤婆应是言多失㈠,洪泽何曾味稍殊?港汊江湖皆美产,尝来亲口定无虚。

一九七五年十月下旬,我往南京小住。那年上海的蟹市甚淡,但一到南京,却时常得食。那是因为我的儿子和媳妇都在运输单位工作,有便船大量运来,供单位职工分购。

那里的蟹,都自洪泽湖所产。黄肉结实,个儿又大,而售价便宜,四五毛钱即可购一斤。因为轮船往往在夜间抵埠,送到家里,每在深宵,一家人从睡梦中起床,当即烹煮。几乎每隔两三天,就要来一次半夜吃蟹。我认为洪泽湖的蟹,比之阳澄湖绝无逊色。其实不但是洪泽湖,只要到了季节,无论产在哪条淡水里的都是美味。口口声声以阳澄湖蟹为标志,只是历来的迷信而已。

㈠ 章太炎夫人汤国黎诗云:"不为阳澄湖蟹好,此生端不住苏州。"这位老太太也是迷信阳澄湖的一人。

(香港《大公报》1979年11月4日,署名:刘郎)

答友人问疾

多谢年来书数寄,清词胜似接清谈。疾瘳妙药猴菇菌㊀,体重公斤四十三㊁。肠阻只宜柑与橘,涎流空对蟹和蚶。凭君莫记纷华事,老去风怀百不堪。

㊀ 猴菇菌片是治肠胃溃疡的一种灵药,近二年来,我已连吃了将近一百瓶。

㊁ 九月在马路上称体重,得八十六市斤,我不相信自己的骨头如此之轻,以为马路上那只磅秤是靠不住的。十月中旬,华山医院通知我全身检查,一进门先量体重,得四十三公斤,合八十六市斤,于是前疑顿释。

(香港《大公报》1979年11月7日,署名:刘郎)

衡山饭店楼上

飞雪飘香一路来,天生人是不羁才。怜渠未解风情美,忍遣燕支隔绿苔㊀。

漫惜轻霜渐满颠,可怜红粉早成烟。当时所欠惟诗债,今欲还君一百篇。

从衡山饭店高处俯瞰,右下方为衡山公园旧址,多年来此园已不开放,但在二十年前,尝偕亡友端木游憩其中,追念前游,怆然有作。

㊀ 姜白石有"刘郎可是疏文墨,几点燕支污绿苔"句,余用其意。

(香港《大公报》1979年11月8日,署名:刘郎)

旧　　作

权奸弄戾十年余,消息从兹断玉裾。引鼻时闻新沐发,悼亡诗积可成书。何惭当世千夫议,只恨今生百愿虚。汝若来生仍作女,人还似汝偶如予。

上诗成于前年九月二十七日,为悼亡友端木作也。端木之丧,不知为何年月日,我闻其耗,则在一九七二年九月。

六七年来,我为亡友写伤悼之诗,不下数十百首,五古一章,连一百二十韵,叙吾二人订交始末也。近一年亦有所为,大半已刊入本栏矣。

(香港《大公报》1979年11月10日,署名:刘郎)

[编按:港版《闲居集》一书改作:大半已发表矣。]

看黄汝萍演铁镜公主,兼怀雪艳琴女士

旗装旗步走娉婷,昨夜氍毹看汝萍。若比当今童大姊㈠,稍输流爽与轻灵。

黄氏能传衣钵真,而今安在贵夫人㈡?《虹霓关》上东方氏,思尽孀雌细腻春㈢。

黄汝萍是名须生张学津的夫人,也就是张君秋的媳妇。不久前,看了夫妻俩在上海同演全本《四郎探母》,因得二诗。

㈠ 在此之前,我也看过童芷苓与张文涓合演的《坐宫》。

㈡ 黄汝萍又是雪艳琴的侄女。雪艳琴曾嫁清室溥某为妻,所以她是贵妇人。

㈢ 雪艳琴是青衣花衫佼佼者。《探母》也是她的名作,曾与谭富英合演制成影片。但她的戏给我印象最深的是《虹霓关》,特别是东方氏的《思春》一场。

(香港《大公报》1979年11月12日,署名:刘郎)

蛤蜊二咏

红房子里宴疏畦㈠,随带三名活蛤蜊㈡。顿觉眼前红一片,终教名菜逊名姬。

上海吃法国大菜的红房子,有一只名菜叫蒸蛤蜊,赶时髦的人到此

都要一尝。我是并不希罕它的,因为它究竟算不得极味。二三十年前,有一天,我请李释戡(已故)在此吃饭,与他同来的三位女士都是李老的干女儿,也都是有点名气的歌唱家。那天大家都叫了蛤蜊。三位女士吃蛤蜊还讲究个吃法,她们看我吃法不对,还手把手的教了我。我这个粗人,有点不大耐烦。

蛤蜊运载用专机,百姓脂膏任意糜。此地我为常客日,瘟官还是小流飞(三)。

"四人帮"打倒以后,报纸揭发王洪文做了大官后的穷奢极欲。有一次,请他上海去的几个小弟兄吃饭,特地派了飞机到上海,把红房子的蛤蜊运往北京,以示摆阔。

㈠ 李释戡一字疏畦。闽人,为近代诗家,拔可先生之弟。

㈡ 旧上海有称女子为蛤蜊的,喻其肌肤细嫩也。

㈢ 流飞,流氓阿飞之简称。

(香港《大公报》1979年11月14日,署名:刘郎)

题越剧十姐妹照片

几曾光采减分毫,声价还应比昔高。十二裙钗今缺额,五双姐妹不成淘。淫魔施虐伤丹桂,白刃亲加惨水招。前辈风流心力足,欲忘辛苦育新苗。

九月下旬,上海报纸上刊着两张越剧女演员新拍的照片。一张八个人,她们是:尹桂芳、范瑞娟、徐玉兰、袁雪芬、傅全香、吴小楼、张桂凤和徐天红。如果筱丹桂和竺水招还活着,那就是一九四七年在上海义演《山河恋》时的十姐妹了。义演后不久,筱丹桂因不堪恶霸的淫虐,仰药自戕;"文革"期间,竺水招在南京不堪"四人帮"的迫害,举利刃自裁。

另一张照片十一个人,她们是尹桂芳、陆锦花、范瑞娟、戚雅仙、王文娟、徐玉兰、袁雪芬、傅全香、吴小楼、张桂凤和徐天红。她们都已五十开外将近六十的人,但到现在还都是风头上的人物。当然,风头上的人物,还远不止她们几位,如毕春芳、金采风、吕瑞英、张云霞、邵文娟……,这些人年纪稍轻一点,轧不进上面的十一个人里吧了。

(香港《大公报》1979年11月16日,署名:刘郎)

赠徐椿林先生

昔年游戏在洋场,识遍徐家雁序行㈠。似子终生工品味,惟予到老尚怜香。归来宾客夸珍席,从此声名播远方。好佐吾邦事业美,舌端学问有专长。

老友徐椿林先生,今年实岁已经八十高龄了。他一生好吃。说他好吃,其实并不确切,应该说他工于品味。在上海的饮食行业中,他是一位名人。所有各个餐肆的老年名厨,没有不认识椿林、也没有不佩服椿林的。他们每逢创制一种菜肴,一定要请徐老品味。徐老认为够了水平,他点了头,他们才把它定下来,作为这家菜馆的名肴之一。

有人说中国菜烹调技术的精进不已,必将赢得海外来客称许,因此它是中国旅游事业重要的一环。而椿林对这方面的贡献应该说是非常大的。

㈠ 椿林为故名昆曲家徐凌云先生季子。凌云先生的儿子德培、子权、韶九,都是我的稔友。他们皆工昆曲,又擅绘事。

(香港《大公报》1979年11月19日,署名:刘郎)

得文涓自北京来信,报以律句

眉尖初展笑痕新,便赶京华道上春。料得弦歌喧此夜,不教寂寞到斯人。槛前花暖能长命㈠,客里衣单善葆身。紫蟹江南还待汝,归来正好浣征尘㈡。

十月下旬,京剧须生张文涓赴北京,出席四届全国文代会。本月十日,她写信来告诉我十五日的晚会中她将参加演出,剧目为《搜孤救孤》。我把这消息遍告她的海上老友,都为之掀髯一乐。

㊀ 文涓身在北都,念念不忘家中的上百盆名花。她要我关照家里的人,天气一旦降温,把茉莉、米兰都移往屋内避寒。

㊁ 文涓嗜食虾蟹,上海的大闸蟹更是舍不得不吃。

(香港《大公报》1979 年 11 月 20 日,署名:刘郎)

百看夏梦 ㊀

越歌竞动江南日,何以未闻有赛君?善卷精描成绝笔,香鬟巧挽恰如云。萍翁风度方当壮,金定仪容自出群。我对夏娘经百看,时装未必胜红裙。

十一月十四日晚上,中央电视台播送在京的香港影人与电视观众见面节目。随后又播送了正在全国重映的《三看御妹刘金定》的影片。因此让我既看到了时装的夏梦,又看到了古装的夏梦。同时也看到了分别十五年的老友李萍倩。这位年纪早逾古稀的老人,望上去还像三十年前的萍倩一样。

看了影片,想起了几件事。就在那年他们到上海来拍摄《三看》的时候,由萍倩介绍,我认得了夏梦,也认得了片中扮演小生的丁赛君。这位长身玉立,能唱能做的演员,如今的越剧舞台上,却见不到她的踪影,莫非已经退藏起来做了贤妻良母?此外,《三看》的片头画卷,非常精工,出自已故画家董天野手笔。当时由萍倩设计,他要我介绍天野成此杰构。

㊀ 我于夏梦不止三看,私下和银幕上起码看过一百次了。

(香港《大公报》1979 年 11 月 23 日,署名:刘郎)

得白音讣告,潸然有作

骤闻凶讯泪洏涟,《独白》居然负巨愆㊀!终待刷清冤屈死,盖棺应识此人贤。

瞿白音先生是戏剧家。十三年前他任上海电影局副局长,在工作上他同我无关,但我们是好朋友。因为我们都是嘉定人,小时候又同过学,还带着一点远亲。秦瘦鸥也是嘉定人,他们也是亲戚,但比我近得多了。

这位善良耿直的朋友,在十年的一场"浩劫"中,他是吃足苦头的一个。一九七三年,我的问题得到解决,将从干校返回上海时,去向白音告别,他扶了我的手,只说了"保重"两个字,我听了,眼泪一直流到他的手背上。

他是很晚才得到平反的,彻底解决好像至今还不到一年。他在解脱后的第二天就写信给我,要我仍常去看他。在此之前的一年里,我时常到他家去找他聊天,那时很少有人去看他,所以每次相遇,可以谈得很多,谈得很久。等我要走的时候,他总是深情地陪我走一段长路。

今天使我难过的是自从他平反以后,我再也没去找过他,以为他很忙,不便再去打扰。后来听说他在华东医院治病,也未去望过他一次。直至看到他的讣告,我内疚的心情,简直无可形容。

白音逝世之日是十一月一日,十四日上午收到他的讣告。而追悼会要到二十日才举行,将等待去北京出席文代会的大批文艺工作者回来后一起参加这个仪式,这是我的猜想。

㈠ "文革"前,白音写过一篇《创新独白》的文章,在运动中被江青的爪牙们作为重点批斗。当然强加在白音的头上的,除了《独白》以外,还有许多莫名其妙的罪名。

(香港《大公报》1979年11月24日,署名:刘郎)

浮 想 联 翩

未妨名句偶然用,学舌人多便可怜。小品行间常发现,杂文笔下再抄传。语言乏甚将无味,词汇贫如欲涸泉。看到文风如此样,老夫浮想亦联翩。

"浮想联翩"四个字作为名句,从它一出现以后便有人跟着用,一两个人跟着用,觉得还可以,后来报纸和书刊上,作者写杂文、小品文或散文经常用这四个字,见得多了,不免使人望而生厌。

另外,还有一个意见,在上面八句中没有包括进去,那就是所谓浮想是要想得远,想得新,想得巧,甚至要想得奇,用现在的话来说,也就是思想要解放。如果你在浮想联翩之下,你的见解是一般的、寻常的,甚至是老生常谈的,说句不客气的话,你是辱没了这句名言。

(香港《大公报》1979年11月25日,署名:刘郎)

重看《卖水》,为吾家长瑜女士作

廿年重见好梅英,老凤清于雏凤声。何必咬牙施狠劲㈠,但从妙舞亮风情。钢琴伴奏《红灯记》,异想天开白骨精。纵使魔高千百丈,不曾挫坏汝聪明。

一九六〇年左右,看了刘长瑜的《卖水》,写过一首赞美诗,诗云:"我何能状汝聪明,何况汝年如此轻。归去一街灯影里,清歌妙舞话梅英。"

㈠ 无论京剧或者其他剧种乃至评弹,在现代剧目里扮演正面人物的男女角色,说白都是以咬牙切齿来表示意志的坚强。刘长瑜的铁梅,也有此毛病,我一向以为张瑞芳演李双双这个农村积极分子之最大成功,就在于她没有这个毛病。

(香港《大公报》1979年11月26日,署名:刘郎)

[编按:"归去一街灯影里"中的"灯影",原作"灯火"。]

黄公家之犬

黄公家有一条犬,毛色丰润面目秀。平日黄公伏案时,犬傍案前悄悄守。昔日主人大倒霉㈠,不时遭受凶徒斗。出门偶去访新书,踽踽独向街头走。几辈故交劈面逢,曾无哪个与点首。及至行疲回到家,暖流直向胸前透。上楼认得是家门,举指方欲轻轻叩。门内先闻摇尾声,门开犬在门边候。黄公顷刻展欢颜,爱之抚之与之逗。我到黄家做客时,睹此情景眉头皱。因闻恐水病例多,畏犬之心从自幼。老友劝我莫皱眉,为言此犬殊忠厚。人类未必皆堪爱,有时不及驯良兽。

㊀ 一九七〇年,吾友被扣上莫须有而骇人听闻的罪名,直至去年才得昭雪。

(香港《大公报》1979年11月28日,署名:刘郎)

戏 呈 小 洛

出窠兄弟计双双㊀,说说玩玩不结"邦"。到老故人还动笔,可怜小报尚拖腔㊁。

好多年不通音问的老友陆小洛,前两天从美国旧金山寄来一信,他说在外国经常读《大公园》,所以知道我一些近况。我除了给他写回信外,另呈歪诗四句,以博远人一笑。

㊀ 距今将近五十年了,当时我们有四个人经常聚在一起:陆小洛、唐瑜、龚之方和我。所以用上海话来说,我们是"出窠兄弟"。巧得很,四个人到现在,一个也不死,只是各处一方而已。

㊁ 在旧上海我是搞小报的。有人说,那时小报有小报腔,这大概是指多方面而讲的,当然也包括内容与文风。比如说,出言吐语,油腔滑调,一也;自作多情,嗲勿清爽,二也;把身边琐事,絮絮叨叨,诉向读者,三也;等等。本人,大概是小报腔很严重的一个。不说别的,即以今天这小小的一篇,就是标准的小报腔,而在诗里却用了"拖腔"二字,说成是带一点小报腔,岂非有文饰之嫌。

(香港《大公报》1979年11月30日,署名:刘郎)

秋 游 记 趣

石阶容许说楼梯,"为"字哪能认作"鸡"。稚子不知繁简别,横行更不辨东西。

曾写《桂花二题》，今又想起一九七五年秋游南京中山陵时，看到那里的桂花，正当怒放，花树不高而花开浓密，花香奇烈。另外还想起了那天发生的一件趣事。

这天出游，我带了一个在南京小学里读书的孙子。他一到那里，看见三四百级的石阶就唤作楼梯，这且不说。妙的是他从下面望到山顶那块陵堂外面的匾额，上面是孙中山先生写的"天下为公"四个大字。"为"字写的是繁体字，孩子根本不识，他随口念道："公鸡下天"。这就禁不住我哈哈大笑。原来他不但把"为"念作了"鸡"，还因为他看惯的横行字，都是从左到右，却不知过去写的横匾都是从右到左，于是便成了"公鸡下天"。我一边替他校正，一边还在笑个不住。

（香港《大公报》1979年12月2日，署名：刘郎）

读《史记·周勃世家》偶成

枉踞宋翁卅载余，严威曾不到阶除。但闻细柳军中令，天子无须下诏书。

这是前年所写《七十岁诗》中的一首。说的是数十年来，我在家庭里威令不行。孩子们从来只听妈妈的话而不听我的。写这首诗一点也不是为了自卑，更不是自悲，只是觉得好笑而已。

（香港《大公报》1979年12月4日，署名：刘郎）

北 来 人 语

余杨后代有传人，自喜关家掌一军。老矣张公能着力，叫头"苦呀"动高云。

这一次文代会的京剧晚会举行了两次，两次都是原人原事。剧目是张君秋的《起解》，高盛麟的《古城会》，张文涓的《搜孤救孤》，关鹔鹴的《金山寺》。这里高盛麟是杨小楼派；张文涓是余叔岩派；张君秋应该说是梅派，但现在有人把他列为自成一派的张君秋派；只有关鹔鹴的一身绝招,前无古人,她确确实实是自己的关派。上海代表参加京剧演出的只有张文涓一人。十一月二十日我为她写的那首诗,有:"料得弦歌喧此夜,不教寂寞到斯人。"总算被我言中了。

仍是光头大布袍,几成绝响在今宵。但期求取神方助,救得山东汉一条。

十一月十七日,中央电视台播送文代会的一次《曲艺专场》晚会。著名的山东快书高元钧表演了一段鲁达拳打镇关西。高的模样就是一条山东大汉,他光头布服,那打扮的模样与三十年前完全一样。可惜年纪老了,气力已不及从前,更不幸的是这次演出后就得了脑溢血症,病势比较凶险。这是一位极好的演员,祝愿他平安无事,早复健康。

(香港《大公报》1979年12月6日,署名:刘郎)

晤 张 乐 平

五原路上几回经,高树疏篱认小庭。我自闲居为老子,君于电视作明星。堆来盆盎佳山水,贮满箱笼美酒瓶。闻道《三毛》仍笔下,何时小鬼变年青?

上海的五原路上,住着我好几位老友,有男的,也有女的。他们在旧社会都是有点名气的人物,到了新社会,名气愈来愈响的却只有一个人,他就是画家张乐平。

因为乐平是红人,就必然是忙人。所以我到五原路,很少去看望这位老友。乐平知道了,背后喷有烦言,于是有一天,专诚去拜访他。进门,对他的第一句话:"不来看你,因为常常在电视里望见你的声容笑貌。"

画家的生活,好像跟过去差不多,弄弄盆景,种种花木。他说,近来少饮。七十上下的人,心宽体胖,因而行动不那么利落。他很羡慕我的身轻如燕。

(香港《大公报》1979年12月8日,署名:刘郎)

看菊诗,过徐家汇作

满襟风露晚凉生,归去依依笑语清。吾耳从来深贴汝,故能听出断肠声。

柔枝未必忍霜威,郊外驱车趁夕晖。长爱司勋诗句好,鬓边簪得一花归㈠。

上海徐家汇有花圃,秋天,种菊最多,我只爱它目迷五色,而不懂得什么叫魏紫姚黄。二十二年前的重阳节,曾偕亡友端木到此看花,及暮始归,从此遂成永诀。又十二年,闻其凶耗,也成了一场浩劫中的牺牲者!

㈠ 杜牧诗:"尘世难逢开口笑,菊花须插满头归。"千载以来,诗人写重阳诗的以这两句为绝唱,好像京人陈履常有一首也是不错的。至于鼎鼎大名的名句"满城风雨近重阳",我却并不喜欢。

(香港《大公报》1979年12月10日,署名:刘郎)

拒老年人不食盐糖议

葱汤麦饭两相宜㈠,不食盐糖我不依。剃度未成还吃素㈡,弄孙总是要含饴。忠言耳畔随风过,偏嗜年今越古稀。任效长卿消渴罢㈢,早晨牛奶晚咖啡。

上海报纸上登了一篇谈老年人保健的文章。文内着重提醒老年人莫食盐糖,就是这点,我不能同意。我是从小便喜欢吃甜的咸的,尤其是甜食,嗜之如命。而文章却说,六十岁以上要控制食糖,七十岁以后最好禁食砂糖。作拒议诗一首,以示恕难从命。

㈠ 前人诗"葱汤麦饭两相宜,葱补丹田麦疗饥"。劝人粗食,我可以做到。

㈡ 文章要老年人多吃蔬菜,我早已这样做了。

㈢ 消渴,糖尿病古称。卓文君的相好司马相如是出名的消渴患者。文章说老年人吃糖,易得糖尿病云云。

(香港《大公报》1979年12月12日,署名:刘郎)

大庆里的名人

老式弄堂石库门,排排古屋至今存。清晨万马萧萧闹,尽日长龙轧轧奔㈠。几辈特权忘命搞,此人陋巷长年蹲㈡。我闻一只江淮鼎㈢,高度应为世所尊。

上海南京路上有一条弄堂叫大庆里,它位于西藏路口,对门是中百一店(中国百货公司第一商店),正是南京路最热闹的地区。论它的年龄,不到一百,至少也过了七八十年。它拓地甚广,后面直通九江路。房屋多,居民亦多,因为是老式弄堂,至今没有装置卫生设备,家家户户还要自倒马桶。

不久前,上海一家刊物的记者,采访了淮剧演员筱文艳女士。他后来告诉我这位望六之年的筱文艳,一直住在大庆里。我听了很受感动。筱文艳之于淮剧的地位,相当于越剧的袁雪芬,沪剧的丁是娥。以她的身份,要住一幢花园洋房或者全套的大公寓,完全可能,甚至也是应该的。但筱文艳都没有想要,她宁居陋巷,甘之如饴。这一分气质,值得人们景仰,因而不可无诗。

㈠上海人把两节的公共车辆,谓之长龙。
㈡"蹲",读如"敦",这是我的家乡话,我们那里唤"居住"曰"蹲"。
㈢江淮戏的一只鼎,筱文艳当之无愧。

(香港《大公报》1979年12月14日,署名:刘郎)
[编按:"谓之长龙",原作"诮之长龙",今据文意改。]

莫说他人诗不好

自以为好始为诗,其乐分明自得之。量足品头君莫要,更休冷水泼淋漓。

惟有《闲居集》例外,凭君随意说媸妍。并非某也虚心甚,只为吾诗卖了钱。

四十年前有一位欢喜作诗的朋友,曾经把所作的诗抄给我看。其中都是些应酬之作,不是为人祝寿,就是庆贺人家的儿婚女嫁,此外更多的是与朋友唱酬,把别人的原韵一叠再叠三叠甚至七八叠的叠下去,使我看了很不耐烦,便在报上写了一段小文,给以婉讽。此人见了非常难堪,从此不再睬我。

后来我懂得了人情世故,才知当时我这样做是犯了一次很大的错误。于是痛改前非,只要是老家伙(青年人除外)给我看诗,总是说好不说坏。因为他真是好,就好定了;要是不好,你批评他,他也改不好了,何必让人家听了丧气。

(香港《大公报》1979年12月16日,署名:刘郎)

观《半把剪刀》

海上争听甬上歌,宁波鄞县老乡多。剪刀半把成奇案,凤姐中年尚俏波。贤吏邻翁坦荡荡㊀,几时亮眼换哥哥㊁?回头提起滩簧日,糯绝声腔忆翠娥㊂。

三年以来,过去被"四人帮"扼杀的剧目与剧种,都在一一复苏。甬剧也于十一月初在上海重与观众见面。

这个剧团的第一个节目是《半把剪刀》。这个戏在十多年前,卖座历久不衰。今天几位著名的老演员仍然大显身手,七十多岁的金翠香,五十多岁的徐凤仙,光彩仍不减当年。戏的故事曲折动人,高潮迭起。我看过以后,认为它可以改拍电影,不信,请香港的电影公司,不妨写信回来,向剧团讨一个剧本看看,料想是不会失望的。

㊀ 邻翁,指老演员王宝生,他曾是我的邻居,故和他相识。在剧中他扮演清官。

㊁《亮眼哥》与《半把剪刀》同是甬剧的优秀传统节目。它们又都是根据宁波地区发生的实事编为戏剧的。

㈢ 甬剧的前身叫宁波滩簧,出过一位好演员叫孙翠娥,她的唱真是迷人。我说它糯,也许有人会骂我胡说八道,但只要听过甬剧,听过当年的孙翠娥、金翠玉、金翠香以及现在的徐凤仙的人,一定会替我辩护。

(香港《大公报》1979年12月18日,署名:刘郎)

寄京中二友

能惊四座是谈锋,笔下台词故最工。记得高秋分手日,活龙活现说萧铜。

吴祖光伶牙俐齿,谈锋奇健。这就是他写剧本台词的最好条件。二月前他离沪北归,我们在饯行的宴会上听他讲述他的一位在香港的朋友萧铜先生,他把萧先生的打扮从发型到服装的那副派头,说成是比香港还要香港。但是他一张口,那一口京片子的土味,比祖光自己更加浓重。总之他把萧先生的形象,描写得使听的人都有似见其人之感。

冬来尔我畏风霜,顾问先生不太忙㊀。书札从来难得写,多情赖有秘书娘。

京中友人与我书信不绝者,祖光之外,还有一位胡考。这位画家是懒得写信的,他往往请夫人代笔。夫人爱管闲事,她说,在外为朋友当跑腿,在家为丈夫用手。最近来信说,胡考患重感冒,这次文代会报了到却因病未能出席。信到之日,正好我也患重感冒,冬天是我们两个人的难过的日子。

㊀《人民画报》要胡考重任副总编辑,不允,只当顾问。

(香港《大公报》1979年12月20日,署名:刘郎)

南 丰 橘

朱衣素络小于丸,入口流香似吮檀。一骑红尘成往事,十年珍果饫瘟官。远方探就癫僧降㊀,满橐擎来老友欢。啖橘有人眈异癖,瓤浆如蜜裹轻酸㈢。

十二月初,老友李如春(著名麒派老生)从南昌返沪,第二天送给我一包南丰橘子。

南丰橘又名"贡橘",过去上海每年总能吃到一些。但在十年"浩劫"中,此物忽然绝迹。因为在这一段时期,国内所有著名土产都叫林彪与"四人帮"之流所掠劫,老百姓自然没有份了。现在是样样都在好起来,样样都在有起来,总算当我未死之年,也能吃到全国闻名的佳果。

㈠ 这一天我和如春说起解放前上海的连台本戏,目下又在次第出笼,如《宏碧缘》、《狸猫换太子》等。如春说,他打算重排《济公活佛》,剧名可以改为《济公除四害》,由他扮演济公,把周信芳、赵如泉(二老都是如春业师)当年的绝活,统统推出来。

㈢ 有人说,纯甜的橘子不及带一点点酸的好吃,我完全同意。

(香港《大公报》1979年12月22日,署名:刘郎)

苑儿偕新婿来访

悲泪揩干喜泪垂,嘉花端合绽清时。儿终不是唐家妇,我尚视儿似我儿㈠。

十二年前,苑儿二十三岁。她说过一句"江青过去名字叫蓝苹"的话,在运动中被"叭儿们"揪住不放,终至判刑三年,旋又发配农场劳动,整整十年。一个少女的黄金时代,就这样葬送在一场瘟疫中。前年,她才得到平反昭雪,政府给了她很高的政治待遇,既是上海市人民代表,又是全国妇联代表。

她是吾家的常客。不久前,她偕新婿来访。新官人是外国文史的研究工作者,辽宁人,惇厚朴实,年轻有为。我衷心祝愿他们永世谐和,无灾无难直到老年。

㈠ "文革"前,我子曾欲与苑儿联为姻媾,后终不果。

(香港《大公报》1979年12月24日,署名:刘郎)

139

野 媪 曝 言

通天蹊径本无多,柱尔曾为燕赵歌。仓卒何能成国士,寻常最好作家婆。名花终有辞枝日,余媚还须逝眼波㊀。随意梳妆粗粥饭,背风同曝暖于窝㊁。

友人座上,遇见一位年纪不小的妇人。四十年前,她出处风尘,后来改学京戏,唱梅派青衣,但中途告辍。又后来,嫁过几个"名人",都未全终始,甚至做过弃妇。

这一天,我们谈到某女士至今望六之年,犹蜚声于京剧舞台,被顾曲者视为瑰宝。这就引起那妇人的怨恨,说她是和某女士同时学戏的,如今她成了大名,而她则到老犹伤摇落。我不免劝慰几句,劝她说,现在还来得及,挑一个老老实实的人做老年伴侣,再过他一二十年欢乐的晚年,其他就不要胡思乱想了。

㊀ 此人年轻时眼儿奇媚。

㊁ 那天上海骤冷,我们移坐在洒满阳光的阳台上,故称"曝言"。

(香港《大公报》1979年12月26日,署名:刘郎)

天野辞世逾十年,祭以一诗

"牛棚"风雨一床联,曾与画师同靠边。贱子贪生来盛世,老兄冤死几经年!西郊扑枣沾巾读㊀,彩笔撩人满市传。睁眼舞台窥面目㊁,叭儿丑恶我清妍㊂。

连环画家董天野是我编晚报时的同事。晚报副刊常登连载小说,大半由天野插图。他的古装画,许多读者视同瑰宝。

在"文革"期间,他也受"审查",同我住在一个"牛棚"里。一九六八年,有一天他忽然不来报到,过了二三天也踪影杳然。后来才知道他禁不住迫害,投江自尽。十年后的今天,他的沉冤已经昭雪。不久前,上海报纸上有人写了悼念他的文章。

㊀ 天野曾送过我一幅他画的《西邻扑枣图》。那是根据杜甫"堂前扑枣任西邻"诗意画的。

㊁ 天野遗书有"我从此退出历史舞台"之语。就这一句话,造反派还不肯放过,他死了以后,还开大会追批,凶残之状,不忍想像。

㊂ 我,我曹也,包括天野在内。

(香港《大公报》1979年12月28日,署名:刘郎)

玉佛寺作

只因无艳故无惊,到此方知悔此行。若到金花庙里逛㊀,或能惊个老莺莺。

直指轩中动食指㊁,巡檐到处见袈裟。金刚菩萨无心看,还看当筵薄暮花㊂。

看了《红娘》的第二天,在玉佛寺吃素斋。走过大雄宝殿,想起《西厢记》游殿惊艳的故事,一阵惘然之感,掠上心头。

玉佛寺是一座位于上海闹市中的大丛林。国家把它作为重点文物保护,所以一九六六年后未遭破坏。近两年修缮一新,而且备有素斋,供游人食用,生涯鼎盛。到上海来的外国人、华侨、港澳人士,以及外省人、本地人趋之若鹜。

㊀ 南方有金花庙,相传这位女神是神佛中的氤氲使者。

㊁ 吃素斋的那所厅堂叫"直指轩"。

㊂ 那天一同吃饭的有两位女士,都是五十左右的人,都是朋友的老婆。虽然是薄暮花光,也还有几分色彩。

(香港《大公报》1979年12月30日,署名:刘郎)

友人赠暖窝,戏成二绝句,以表谢意

不烧炭火不成炉,不灌煎汤不是壶。暖过一冬天后看,骨头虽老也应酥。

上海一位著名京剧须生去北京,在京的友人托他买来一只暖窝送给我。这是哈尔滨一家五金厂的新产品,上海无货。

暖窝的正式名字叫暖炉,用酒精散发热度,我把它改名为暖窝,似乎确当一些。它的体积不大,可以暖手,也可以暖身,悬于胸口,足抵一件毛衣。更可以暖被,历二十四小时温度不散,是老人过冬恩物。

为恐春前乱梦牵,要它长夜伴清眠。但期窝得心肝热,莫遣郎心向外偏。

这一首写得有点肉麻,好像送暖窝的人不是妻子就是情妇,其实都不是。

(香港《大公报》1980年1月1日,署名:刘郎)

搞水女人 ㈠

刻薄成家蛋必完,许多形象入毫端。市来花貌承千日,催得老儿盖一棺。搅水宁如搞水狠,巴翁写与富翁看。明知此往无生路,戴甲鱼群舍命攒㈡。

《搅水女人》是巴尔扎克的小说,我于四五年前读过,数月前它又重版出书。

搅水是农村劳动。赤了脚,人站在河浜里,用一根竹竿把水草搅在一起,大概是要捕捉鱼类。

小说中的搅水女人是个小姑娘,巴尔扎克把她的面貌写得如花如玉。正当小姑娘在搅水时候,被城里来的一个医生看中了,把她买回去做了他的老婆。这医生既已风烛残年,而为富不仁。但搅水女人一到他家,就大施搞水本领,到老医生一命呜呼的时候,他的全部财产都搞在她的手里。

㈠ 搞,在三十年前报刊上,很少有人用这个字。它似乎有多种解释,这里有搜括的意思。水,旧上海某种人的行话,与金钱为同义语。例如一百元称为"一尺水"。

㈡ 甲鱼,对老年人不敬之称。有钱人老年丧偶,欢喜搞一个年轻女人,这一现象是普遍的。

(香港《大公报》1980年1月4日,署名:刘郎)

答谢,作于十二月二十五日

　　锦书彩牒堕纷纷,惠我情如岭上云。守旧几乎忘此节,贺新常欠礼三分。火鸡大菜供宾客㈠,白发老人染气氛㈡。作得歪诗呈一首,聊当拱手谢诸君。

收到好几位香港朋友寄来的彩卡,祝圣诞节日好,兼贺新年愉乐。而李萍倩、张心鹃二位先生所寄,正好于二十五日收到,为作此诗,以酬雅爱。

㈠ 三十年来,我们这里对于圣诞节久已当它呒介事,但今年两样。据报载,二十四日晚上,锦江饭店为了使各国外宾、华侨以及港澳人士欢度佳节,丰盛宴席,让他们吃火鸡大菜,并设置舞会,作乐狂欢。

㈡ 那位久违了的圣诞老人,也在上海某些橱窗里露面了。

(香港《大公报》1980年1月6日,署名:刘郎)

"牛棚"夜景

　　渐看月色上西窗,门外喧嚣吠数厖。比若荒村投夜店,亦如野渡载轻艭。谁知此日为何事,直毁全家乱一邦。绘画绣花温俭让㈠,听来凄厉不成腔。

此诗写的是初进"牛棚"情景,那时还没有"牛棚"这个名称。造反派把我们十几个人一下子安放在一间斗室中,早晨进去,一直到晚上九、十点钟才放回家去。"牛棚"里的人是可以回家的,进了"隔离室",则要"定居"一个时期。

㈠ "牛棚"外面,有个扩音喇叭,不断播放所谓革命歌曲,那一支"不是绘画绣花","不是温良恭俭让"的歌曲放得最多。这是造反派给我们的精神折磨,幸亏我们的神经不大容易衰弱,不过听了总有点心烦意乱。

(香港《大公报》1980年1月8日,署名:刘郎)

迎 新 乐 事

墙头换却闲书画,小卷低悬长日看。若数迎新真乐事,憨憨一叟魇红颜㈠。

东京东宝公司驻香港的一位刘先生受陆小洛之托,寄给我两张栗原小卷的巨型彩色画片。半身的,猩红的带花上装,画中人拈花微笑,瑰丽无伦。我把它悬之壁上,作为过年的卧房装点。

我这个人对外国女明星的发魇,一生有过两次。二十多岁时魇过荷里活的珍妮·盖诺(港译珍纳·姬娜),将近半个世纪了。她在 Sunrise(当时上海不翻《日出》而叫《情海波澜》)里那些镜头,至今历历似在目前,那时我把盖诺的照片,贴得满室皆是。想不到快五十年后的今天,还有这样的心情。有人说,这是我童心未泯,乃长寿之征。真是这样吗?天知道。

㈠ 男人对女人的倾倒、梦想乃至迷恋,上海人称为发魇。

(香港《大公报》1980年1月10日,署名:刘郎)

题 未 定

自嗟中岁未为僧,临老灾深始戴簦。昔日不胜一蕉叶,今宵聊尽十毫升。既然惯以风华润㈠,最好休嫌狐鼠憎。六扇长窗灯四盏,高楼永夜照涡棱。

此诗成于一九七九年生朝之日,作为生日诗可,作为记事、记梦诗或无题诗皆可。反正有这么回事,写了这么首诗。

㈠ 予旧日诗有"况以风华润晚年"句。

(香港《大公报》1980年1月12日,署名:刘郎)

"比女人还要女人"——看宋长荣《红娘》

　　四旬过后壮夫身,竟比女人更女人。大姊童家甘退让㊀,北方燕侠岂无伦㊁? 脱羁怒马缰还在㊂,嫡派慧翁范却真。正为超然怀极艺,多君博得满堂春。

　　几乎是近年来少有的事实:靠一个人,演一出戏,天天满座,一个月、二个月,盛况不衰。戏终谢幕七八次,观众还不肯罢休。这位演员叫宋长荣,今年四十五岁,是个男旦。他是江苏淮阴地区剧团的台柱,一向闻名于苏北。到了上海,就贴《红娘》,从此把上海人迷得个七荤八素。

　　一九六一年,宋长荣拜在荀慧生门下,是荀氏的嫡传弟子。荀氏《红娘》有的,他都有,还加了他不少自己的东西,眼神、脚下、水袖、做工,特别是腰工,耍得满台皆是,于是这位红娘显得更加炽烈。

　　我先看了电视,不足,过了两天,又到剧场去看。写了这首诗,未能尽其什一也。

　　㊀㊁ 童芷苓与赵燕侠都以《红娘》为她们的"看家戏"之一。

　　㊂ 上海人都在说宋长荣"比女人还要女人";又说:"看宋长荣戏,像一匹晚羁的野马,但仔细看看,缰绳还套在马头上。"意思是他虽然野,却处处不离荀派规范,难能可贵,就在这里。

(香港《大公报》1980年1月14日,署名:刘郎)

淮　阴　腰

　　疾走圆场小扇摇,风回浪折舞红绡。觑俞多少妖娆女,不及淮阴细腻腰。

　　淮阴京剧团的演员中,出了一位怪杰。宋长荣的名字,一个多月来,在上海艳传人口。

　　我已经写过赞美诗了。忽然兴到,再来一首。

老一辈看京戏的人,都为小翠花(已故)的腰功叹赏不绝。我看过这位"花王"的《戏凤》、《醉酒》,身体往后一仰,几乎直垂到地。如今上海人都在赞美宋长荣的腰,但他和小翠花却不一样,当他旋风似的走圆场时,他的腰在转侧扭动之间,看起来另有一番细腻温柔之美,确也使人神醉。有人说,数一数南南北北的所有女演员身上,都没有这一条腰,而这一条腰偏偏长在一个四十多岁的壮夫身上,这就难怪宋长荣这一份《红娘》之独步一时了。

我谥之为"淮阴腰"。

上回说过,剧终之后,观众要求宋长荣谢幕至少有七八次,这绝对不是夸张。为什么我们的观众如此忍心,不让演员在演完了一出繁重的戏之后早点休息呢?据说有些观众,实在不相信演员是个男人,所以非要在宋长荣最后一次谢幕时,把头上的装饰(内行叫"头面")卸除,露出他梳着的分头,然后他向观众不是用"万福"、"敛衽"来答礼,而是连连拱手,或深深作揖,观众这才罢休。要知道,我们这些年轻的观众,赶不上看梅兰芳、程砚秋、荀慧生的戏,这些老先生一上台,就是像个女人。

(香港《大公报》1980年1月16日,署名:刘郎)

读舒諲近诗,因怀故人

才自清灵意自华,虽称公子不花花。冒郎仍吃银行饭,唐某强为老太爷㊀。佳句能经三遍读,吾诗气更一团邪。重修水绘园中事㊁,当世君推第一家。

不久前在报纸上读了舒諲的几首旧诗,此后吴承惠兄从北京回来,告诉我在京去访过舒諲,说他还在人民银行工作。

我初识舒諲是在四十年代。那天晚上他在演话剧《葛嫩娘》的郑之龙一角。剧终时,阿英先生把我拉到后台,给我介绍舒諲和唐若青等人,此后,我还结识了舒諲的哥哥孝鲁。

上海解放一年后,我在北京,一天中午去逛东单的小市,在这里遇到了舒諲。我们一同去吃了馆子。这时他已经进人民银行。此后就从未再见,也未一通音讯。

㈠ 强,上声。

㈡ 舒諲姓冒,江苏如皋人,父亲是词家冒广生(鹤亭)先生。应该说他是冒辟疆的"云孙"。承惠在京,为上海的一本畅销刊物《艺术世界》向舒諲征稿,舒諲答应他写一篇《冒辟疆与董小宛》的文章。当年冒辟疆在如皋,署其所居曰"水绘园"。

(香港《大公报》1980年1月18日,署名:刘郎)

[编按:郑之龙,一作郑芝龙。]

上海人长寿歌

朝来阅报乐呵呵,为道江城寿者多。今世若非严法制,微躯早已葬淫波㈠。女长男短成规律,卿送我终莫奈何㈡。无怪蛋糕生意好,人间绝少骂阎罗㈢。

去年十二月二十九日,上海报纸上登了一节报道,题目是《上海人越来越长寿》。据统计:上海全市一千多万人的平均寿命男人七十点八〇岁;女人七十五点四八岁(女人寿命比男人为长,似已成世界人口寿命的规律)。而一九五一年(解放初期)全市人的平均寿命男人为四十二点七四岁;女人为四十六点七六岁,不到三十年增长了二十多岁。

㈠ 在旧社会,我的私生活不大检点,如果不是社会主义的法制约束着我,这个《闲居集》,不会与读者诸君见面了。

㈡ 这是对我的夫人讲的一句话。

㈢ 《骂阎罗》原是一个剧名,这里不作此解。

(香港《大公报》1980年1月20日,署名:刘郎)

买近代名家画选

《画选》今年三本买,玩儿既厌便丢开。玩儿不厌无他物,除是"老铅""皮蛋""哀"。

三本名家画选,傅抱石、潘天寿、林风眠是也。皆上海人民美术出版社印行。

对于画,我是择其所好者玩赏之。玩赏过后,不想珍藏。胡考到我家中,看到傅抱石的画选,认为都是杰作,我当即赠送与他。将来潘、林两件,肯定也要送人,现在等待受主。

家里的人常说,我对于爱好,没有长性。其实我是有长性的。譬如玩扑克牌,数十年如一日。八年前,当我做"牛鬼蛇神"的时候,放出"牛棚"回到家里,便把五十二张玩之不已。到如今依然每天要和老铅(K)、皮蛋(Q)、哀(A)打一小时的交道,这叫做玩儿不厌。

(香港《大公报》1980年1月22日,署名:刘郎)

题　　影

断魂消逝更无还,纵有余温岂可攀?光彩似君真抢眼,故应抢手欲求难。

无意间读到四十年前的一份画报,刊着一位著名歌唱家的照片。影中人双瞳含水,鬓鬓含风,柔媚之状,依稀当年晤对时也。既是尤物,追逐的人是很多的,还是工程师吃香,她终于和他结婚,鄙人亦告雀屏落选。我时常在想,这位女士如今即使老了,也老而不丑。今对画里真真,忽然情不自禁,得二十八字。

(香港《大公报》1980年1月24日,署名:刘郎)

与申石伽话旧

自经灾难几春秋,故写平安报胜流。曙色相看同马路,欢颜重展太龙楼㈠。原无蜡烛风前摆,竟请先生街上游。且喜默飞飞倦早㈡,逃它群狗血喷头。

石伽是上海著名的青绿山水画家,晚年又以画竹为行家称道。

"文革"期间,他是上海工艺美术学校的教师。这所学校与我办公的地方望衡对宇。我为"牛鬼",他亦"蛇神"。黎明时分,经常和他在圆明园路上相遇。今年年初,我们在马太龙先生家里聚晤,谈起那时候的情景。我问他游过街否。他说,游过的,罪名是因为画了一幅"风竹",说他矛头指向领袖,咒骂他"风竹残年"。说到这里,一楼的人都笑起来了。其实,那些人的浅薄无知,又岂止"风竹"与"风烛"的一字之差呢!

㊀ 马太龙,马衡先生之子,彦祥之兄。兼工金石书法,今届七六高年,退藏已久。

㊁ 默飞,顾默飞女士,诗人佛影之妹,裘柱常夫人,黄宾虹嫡传弟子。不但能画,诗文书法无不精工,也是上海工艺美术学校的教师,"文革"前已退休。

(香港《大公报》1980年1月26日,署名:刘郎)

丹楼记事之一

闯荡年年识面稀,惊才似子故瞻依㊀。相逢共切黄垆痛,愿用深情写石挥。

二十余年不见的黄宗江,重逢于赵丹楼上。劫后相看,老夫耄矣,而宗江鲜龙活跳,依然青年时代也。我和宗江论交几与石挥同时。石挥含冤沉海于今已二十二年,去年,虽已平反昭雪,但对于这位影剧的旷世奇才,好像都已忘了似的,很少有人为文悼念。我实在想不出个道理。

言门未与叙生平,玉貌初惊照古城。是夜丹楼同作客,威仪不复载风情。

与王晓棠女士为初见。她是言小朋的夫人。言家门里包括菊朋先生在内,我都认得,惟有小朋、晓棠伉俪从未识面。她是八一电影制片厂的熠熠红星,所以穿的是军服,戴的是军帽,看她威武得很。这两年在电视里看过不少被"江妖婆"扼杀的老片子。看了《野火春风斗古城》,对晓棠的演技表示五体投地。巧的是遇见她的前一天,正好看了她主演的《虎胆英雄》,扮的是匪军特务,一派荡妇风情,屏幕上艳光四照,可见她的戏路之宽。

㈠宗江告诉赵丹,说我过去称他为惊才绝艳。在戏剧艺术上他是惊才,论文采上他是绝艳,所以我此论至今不变。

(香港《大公报》1980年1月28日,署名:刘郎)

[编按:《虎胆英雄》,应作《英雄虎胆》。]

丹楼记事之二

长为小红悲短命,花方荣发委埃尘。遥知满幅沧洲泪,未写凄凉绝代人。

新年前后,上海放映四十年前的旧片《马路天使》。赵慧深、周璇和赵丹都是片中的主角。我是在电视里重温了这几位老友的杰作。

巧的是,在赵丹家中的那一晚上,遇到了香港长城公司的吴沧洲先生,一位彬彬有礼、温文尔雅的青年。他来上海将搜集周璇的生前事迹,准备摄制一部关于小红身世的影片(在《马路天使》中,周璇扮的那个歌女名叫小红,而周自己的小名也叫小红,我是看她长大的,一向叫她小红而不唤周璇)。他访问宗英与赵丹,因为这俩夫妻对周璇情况了解的最多,何况周璇的一个遗孤,二十多年来,一直在宗英身边长大。这天,我还见到了这个孩子,今年二十九岁,他稳重而又诚挚,跟我攀谈了几句,发现他是一个很好的孩子,这要归功于宗英的苦心教养。

(香港《大公报》1980年1月30日,署名:刘郎)

岁除,续旧句

自我从来不折磨,瘟神缠我我能娱。莫闻"狗胆包天"大,且念蛾眉共岁晡。道是杯盘亲手洗,妆成发样巧工梳。可怜一醉屠苏后,枕上流香到绣褥。

去年,听到过这么一句名言:"在政治运动中,自身受到冲击,受尽了别人的折磨,但自己千万不要折磨自己。"回忆我过去在靠边的日子里,倒是不自觉地奉行了这句名言的。

一九六九年除夕,我们在奉贤搞什么"斗批改","造反派"之流因为我不想认罪,就在这天把我批斗一番。他们骂我"狗胆包天,妄图翻案",我没有理会这些。到了晚上,写下了"莫闻狗胆包天大,且念蛾眉共岁晡"两句诗来。因为这时我正在想着三十年前一个除夜的情况。过了十年,一九七九年的除夕,记起这十四个字的旧句,便把它凑成一律。念风华往事,消当日烦愁,这就我自己没有折磨自己的一例。

(香港《大公报》1980年2月4日,署名:刘郎)

百　　合

年年煮食朝朝剥,助我为诗解我疲。务老自夸山药美㊀,我言百合胜琼糜。

茹家文采系人怀,临老方知百合花。竟是故乡衾帐褥,白花蓝地滚娃娃。

每年买百合一二十斤,由夏天吃到秋末,下午煮食,剥洗工作由我躬为之。因我起得早,剥得早,可以在清水里养它几小时也。我从小到老吃百合几乎没有间断过。它有时带点苦涩,我觉得味道更好。陆放翁说"一盂山药胜琼糜",我却想不出山药会有什么好的滋味。

十六年以前,读过茹志鹃《百合花》的文章,那文章写得感人肺腑,也从此使我知道了百合花是什么样的。原来我小时候家里的土布被面和褥单,以及葛布的蚊帐,我祖母统称之为蓝地白花或者白地蓝花的那些花纹,都是百合花。因此对茹志鹃的文章更加怀念。后来看到报刊上有她的文章,总买来恭读。在这里想说些题外的话,上海的大作家,我认识的不多,柯灵算是最早的了,四十多年;三十年前与黄裳订交;到今年,才幸会了巴金先生。遗憾的是二十多年来,我衷心赏爱的两位作家,至今还素昧平生。一位是王若望先生,一位便是茹志鹃先生。

㊀ 陆游,号放翁,另外有个名字叫务观。这里称他务老,好像同他是老朋友。

(香港《大公报》1980年2月6日,署名:刘郎)

闻南京绣球公园开放

重来跨过挹江门,不见双波旧泪痕。酒暖茶蒸知近市,鸡鸣犬吠听邻村。烟霞纵使抛罗绮,杖履今还伴子孙。好似甘棠湖上坐,远山浓霭酿黄昏㊀。

南京绣球公园在中山北路挹江门内。马路两旁,两块方塘,远山近水,树木扶疏。我儿子一家就在附近卜居。四五年前我在白门小住,每天都要在这一带徘徊,绣球公园的石刻招牌,还挂在门前,但因年久失修,不免有凌乱荒芜之感。不久前收到孙儿来信,说这家公园已修葺完整,正式开放,他要爷爷在春暖花开的时候到南京去,可以每天在那里坐憩和散步。我看了信非常高兴,便想像他时在那里坐憩和散步之乐,因得上诗。

㊀ 甘棠湖在九江,在湖上坐憩,可以远眺庐山。

(香港《大公报》1980年2月8日,署名:刘郎)

程十发山茶图

掠眼浑疑火一盆,山茶怒发护荒墩。画家最是怜贞烈,故为英雄写赤魂。

在张文涓楼上,晤程十发先生,画家为我讲了一个故事:去年,他游杭州,在上天竺(我没有记清楚,大概在这一带等处)找到了于谦墓。墓已坏削,低于培塿,却在墓上的一片蘼芜中,有一树茶花,如火如荼地正当盛放,对此,画家的心情十分激动。后来回到上海,就把印象所得,绘制了一幅山茶,以示对这位民族英雄的景仰之怀。

这幅山茶,现在还藏在程先生的画楼中,等天气转暖,我将拜访画楼,为这一幅程先生的精心杰构,拍成照片,寄给《大公园》读者一同嗟赏。

(香港《大公报》1980年2月10日,署名:刘郎)

赠 印 记

为求世世睦芳邻,喜儿星光耀海滨。高手巧镌双玉印,多情遥寄二佳人。作家仪度能溶水㈠,公主风华满载春㈡。东宝今年新月历,奈无一叶唤真真㈢。

上海有一本名叫《书法》的刊物,编者高式熊先生,他不仅自己也工书法,还刻得一手好印章。去年九月间,日本电影代表团访华,成员中有两位上海观众所热爱的女明星,栗原小卷与中野良子。

代表团曾从北京来过上海。我的一位在作家协会工作的朋友魏绍昌先生,代请高先生刻了两方图章,一方赠与栗原,一方赠与中野。印成之日,代表团已遄返日本。绍昌便托一位日本朋友樽本照雄(《野草》与《清末小说杂志》的编者)返日之便,将两枚印章分赠与两位明星。去年岁暮,绍昌收到中野良子的贺年片,这位大明星是个风趣人,她不仅署了中野良子的名字,还署了真由美的名字。真由美是她在《追捕》中扮演的一个角色的名字,而是更为上海观众熟悉的名字也。

㈠ 栗原在《望乡》中演一个深入生活的女作家。

㈡ 中野在《吟公主》中扮演吟公主。

㈢ 今年年初,香港友人张心鹃赠给我一份东宝公司的巨型月历,十三位女明星的彩照,其中没有真由美,岂中野良子不是东宝的人耶?

(香港《大公报》1980年2月12日,署名:刘郎)

怀某"和尚"

　　对联上款写仁兄㈠,锦履绸衫绅士风。已在僧房干一盏,更横禅榻食三筒。以真作假应无议,持假充真岂可容?比若林家婆子样,貌如修女婊其中㈡。

　　四十年前,交过一个朋友,他的职业是"和尚"。是上海闹市中一家中级寺院(一级寺院如玉佛寺、静安寺、法藏寺亦在闹市中)的"方丈"。我对这个朋友是很欣赏的,因为他是一个真实的人。他喜欢和书画家的朋友结交。他跟这些朋友讨的书画,都叫他们上题要写"仁兄",好让他在家里挂挂。他时常脱却袈裟,穿了常服,上馆子小吃。他不善饮酒,也不抽鸦片,但朋友有兴,他招待他们在"禅房"里开怀畅饮,甚至吞云吐雾,他也欢迎。

　　我一直记得他告诉我的一席话,他说:我开这只庙,等于生意人开店,营业收入全靠人家来做佛事,或者设奠开吊,或者大摆寿筵,这些就足够我的开支。从来不向外界托故募化,你看看像我这样的和尚,要向人家伸手,谁也不会甘心。我听完了不禁哈哈大笑。拍拍他的肩膀说,真是肺腑之言。

　　一九三七年抗战后不久,这位"法师"患脑溢血死去,年纪不过五十来岁。前两天我经过这家寺院的旧址,那里现已改作工场。

　　㈠ 我不是湖南人,这个"兄"字从来不放在庚韵里用,总欢喜混在东冬二韵中。

　　㈡ "文革"期间,中央拍的大会纪录片,主席台上坐着康生、"四人帮"以及黄、吴、叶、李、邱这批坏蛋。林彪的女人叶群,一面孔凛不可犯,状如修女,又谁料到她竟是一肚皮的男盗女娼。

　　(香港《大公报》1980年2月14日,署名:刘郎)

猴 年 颂

　　生财有道是猴年,却自大洋彼岸传。贪活今逢第七个㊀,聚金曾未过三千。猢狲老去装为丑,把戏《闲居》唱几篇㊁。不想荷包"胖"不已㊂,但祈国库腹便便。

一月初,新华社从华盛顿发回一则卡特总统和夫人向华裔美国人祝贺春节的消息。

祝词的开头几句说:"人们告诉我,按照传统的说法,猴年通常是生财有道之年……"

今年是猴年,我是肖猴的,真是惭愧,我这只老猢狲却不知道猴年乃生财有道之年的传说。听了总统和夫人的祝词,大为兴奋,因作《猴年颂》,为我社会主义祖国国富民强颂也。

㊀ 我已过了第七个猴年。

㊁ 猴戏,上海人叫做猢狲出把戏。我常把自己的歪诗,作为出把戏看待的。

㊂ "胖",披注切,读平声。上海人称钱多为"胖",这句的意思是我自己不想发什么财。

(香港《大公报》1980年2月20日,署名:刘郎)

[编按:披注切,疑为披泮切。]

湘月邀往苏州,予以畏寒,以诗辞之

　　书来劝我到苏州,我怕撞伤老骨头。任是会书场面大,任她来了白门侯。

　　残年更是畏深寒,纵有如花不忍看。还待浮瓜沉李日,湘裙六幅亮雕鞍㊀。

二月九日,接湘月女士来信,邀我去苏州听"大会书"。什么叫大会书呢?她说,大江以南各地有十八个评弹团在此参加会演。老中青的著名演员有七八十人参加演出。上海的张鉴庭、张鸿声、杨双档,南京的侯莉君、杨乃珍、金声伯、曹啸君以及常州的邢晏芝都来上演。渊月说,你爱听侯调,这一回可以大大过瘾,因为外地好多女演员都宗侯调。她还坩来了一份印刷精美的会书特刊。

㈠ 二十多年前,曾和湘月游于市郊,她认识一份人家,养了一匹牡马。她少年好弄,骑上马背,驰骋于田野间。上月,我在上海遇见她时,还谈起此事,她说,待天暖些时,我们再去找这份养马人家。

(香港《大公报》1980年2月22日,署名:刘郎)

谢凤霞夫人赠画,兼答祖光

剧影文章书画诗,门风六绝耀当时。生来不识神仙侣,今见君家或似之。

敢莫先生落笔差? 老兄不写写诗家。看来还是夫人好,劝我多餐赠饭瓜㈠。

一笺佳画寄春前,为祝刘郎世泽延。谁信衰翁犹有恨,苦无红袖语绵绵。

吴祖光先生是剧作家,是电影导演,又是文章能手。最近我与黄裳通信中,对于祖光的书法和写的旧体诗,又一致认为精绝。他的夫人呢,既是评剧界的一块响牌,近年来又潜心绘事,画笔神似白石老人。真是一代风骚,被他夫妻占尽。

春节前四日,我和黄裳各得凤霞一画,黄裳收到的是梅花,由祖光题诗;赠给我的是一只南瓜,祖光写了"绵绵"二字。我顿时高兴,一口气写了三首绝诗,诗如上。

㈠ 南瓜,我家乡亦称"饭瓜"。因它食之易饱,遂得此名。

(香港《大公报》1980年2月24日,署名:刘郎)

老矣瘦皮猴

会场出现瘦皮猴,终又相逢"一点头"㈠。仍倚口才工笑谑,虽携拐杖未佝偻。若非妖妇三年降,难保老儿一命休。公馆自营斜土路㈡,群狝繁殖满堂楼㈢。

上海电影界元老陆洁先生,被"四人帮"迫害,含冤逝世十余年了。今年二月八日,上海电影局为他举行平反昭雪追悼会。会场上遇见了好多年不见的老友如沈浮、刘琼,还有绰号"瘦皮猴"的滑稽老演员韩兰根。此公今年七十二岁,四十年前,他和江青合拍过几张影片,"文革"期间,他为此被"审查"得好苦。我说,幸亏"四人帮"完蛋得快,不然,他这条老命不会保到现在。

㈠ "一点头"是兰根过去对我的称呼,因为我姓唐,唐字的第一笔为一"、"。

㈡ 兰根邀我到他家作客。在斜土路上,他自建了一所住房,比较宽敞,但他是多子女的,所有屋子也都成了卧室。

㈢ 狝,这里作小猴解。

(香港《大公报》1980年2月28日,署名:刘郎)

数 最 红

实伙真家论自公㈠,听来异总少于同。甗甋争看张、胡、宋㈡,屏幕群趋"望"、"底"、"红"㈢。刊物畅开"窗"一扇㈣,骆家健打鼓三通㈤。书场驰说邢娘艳㈥,画苑声高十发翁㈦。

大年初一早起无事,数了一数这一年里在上海文艺圈子中,最走红、最是口碑载道、风魔上海的一些人和几张影片,包括一本书刊。写成了上面一首诗。

我说这些人物的吃香,必然也有持异议的人,那是极少数,可以不去睬他。

㈠ 正确点写应该是真价实货,但这样就平仄失调了。

㈡ 三位京剧演员:上海张文涓,苏州胡芝风,淮阴宋长荣。

㈢ 三张影片:日本《望乡》,美国电视片《大西洋底来的人》(港译:《海底勇士》),中国戏曲片《红楼梦》。那张美国电视片,每星期六放映一集,播放之日,上海所有的影院、剧场,售座为之衰落。

㈣ 译文出版社的《世界之窗》,每期都有几篇吸引人的译作,如最近一期,谈埃及"乞丐王国"的奇闻怪事,到处传诵。

㈤ 中央电视台每次播送骆玉笙(小彩舞)的大鼓,第二天总有人奔走相告。

㈥ 常州评弹团邢晏芝。

㈦ 名画家程十发。

(香港《大公报》1980年3月1日,署名:刘郎)

乌纱一首

乌纱非我物,无挂亦无丢。戏里为虚职㈠,盔沿抖大球㈡。司香真有尉㈢,舍命觅封侯。不料瘟神到,高冠乱扣头。

春节里一位老朋友来看我,他跟我打趣地说:"当年你在旧社会里,想弄一顶乌纱帽戴戴,看来不是难事。幸亏你没有走这条路,不然,不要等那场十年'浩劫',早已把你整死的了。"

其实在"文革"期间,我还是被整了的。给我扣上了许许多多的帽子,其中亦有"乌纱"之类,可是尺寸都不对头,结果被我这份清白门风,统统推倒。

㈠ 昔年登台演《连环套》的黄天霸,他的官衔是"虚职总兵",算是一顶小小乌纱。

㈡ 《连环套》接旨一场的表情。

㈢ 从前有个同我一样欢喜发魔的诗人,写过两句诗:"他生愿作司香尉,十万金铃护落花。"

(香港《大公报》1980年3月3日,署名:刘郎)

风云之朝,听湘月弄歌

冬梢相约过其家,风雪无端扰客车。笑我还能强履步,寻君正好比梅花。烧香拜月侯门调,烤火烹泉龙井茶。绕盏微闻清韵逸,春须料已扰琵琶。

去年秋末冬初,收听了江苏电台播放女弹词家侯莉君《莺莺拜月》的开篇,声腔的柔润,令人神醉。今年一月初写信给旅居在杭州的湘月女士,请她设法把侯调的《宫怨》与《拜月》两支开篇合录一盘磁带。不久收到她的回信,约我在上海碰头,时为一月之杪,立春前五日也。

这一天上海奇寒,我还是应约前往。室中炉暖茶香,主人高兴起来,为我唱了一段《拜月》,她是用俞调唱的,听来也还过瘾。

湘月,今年四十多岁,是我在二十年前结识的一位小友,清姿秀骨,才艺非凡。

(香港《大公报》1980年3月5日,署名:刘郎)

俞振飞与李蔷华结婚,予未往道贺,辄补此诗

俞家双喜溢门庭㈠,道喜华堂欠一登㈡。小橘子犹瓤裹蜜㈢,新姑爷既寿成星㈣。抽毫未写神先醉㈤,衔盏初倾晕已升㈥。想见《奇双会》上嗲㈦,郎官七品欲忘形㈧。

㈠ 振飞于一月间与蔷华结婚,三月上海有盛大会演,庆祝振飞登台六十周年。

㈡ 他没有请老朋友吃喜酒。

㈢ 早在抗战时期的重庆,蔷华还是少女,有个外号叫小橘子,是人们对她的爱称。

㈣ 新郎今年七十九岁。

㈤ 《太白醉写》。

㈥ 《贵妃醉酒》。

㈦、㈧《奇双会》即《贩马记》,为振飞名作之一,他演《写状》一场,嗲得要命。但望三月的会演中,与新大人合演此剧,大嗲一场。

（香港《大公报》1980年3月7日,署名:刘郎）

有　　寄

当年不嫁惜娉婷（成句）,舞袖初裁六尺绫。色醉自浓神醉薄,近山转淡远山青。已凉孤馆唐韩偓,小怨深宫女敬亭。惟有梅花能证我,未尝妄动息帏灯。

诗成于一九七六年春节期间,今将五六两言改动外,余皆原状。

（香港《大公报》1980年3月9日,署名:刘郎）

危　楼　记

危楼一角许同凭,侍诲当初辟视听。依旧刘郎诗味活,几时公眼再垂青?

这是我于一九七四年初夏为了寄怀夏衍先生写的一首绝诗。那时,听说夏公被瘟神们折磨了将近十年之后才放他回到家中。我写了一封信和这首诗托在京的友人送到夏公手里。直至两年半以后,方始收到他的回信。信上说,读了我的诗,有"山阳闻笛"之感。

那末今天我为什么又把这首诗拿出来呢？这是因为不久前在香港的《开卷》杂志上,读到吴祖光写丁聪的一篇文章,文内提到作者和丁聪二人于一九四七年在上海合编《清明》杂志的情况。作者把《清明》编辑室描绘成富丽堂皇。所谓富丽堂皇,当是指室中的陈设而言。原来室中陈列的家具,既有客厅全套,又有卧室全套,不是红木的,就是柚木的,有匡床,又有写字台,都是精贵的木材。至于整个建筑物,却是一所陈年旧屋。所以我把它唤作危楼。这是一层意思。另外,当时白色恐怖笼罩上海,到编辑部里来的又都是进步作家,祖光的文章里谈到夏公不但是这里的常客,而且还招集一些人在室中开会,分明是担风险的地方。这就是危楼的第二层意思。

虽然如上所说,这个编辑室却另有一个人也时到这里坐坐,他是当年最荒唐、最没出息、最落后分子,此人即不才是我。但即使像我这一块料,夏公对我从不歧视,也从不顾忌。到了上海解放,他对我表现了极大的关怀,所以他是我终生难忘的一位仁厚长者。

(香港《大公报》1980年3月11日,署名:刘郎)

晤王若望,得二绝句,以志快意

文章言论定俱传,直道人为世所贤。酒隙灯痕一夕话,岂徒惊座更惊天。

心中了了辨奸贤,百难来侵自泰然。向往王门三十载,正因文采拌硝烟。

我曾说过,上海的作家中不认得王若望是毕生憾事。不料年初七那天,就在一家友人的喜筵上与王先生同席,真是巧遇,亦是幸会。

这一天,他与我谈了许多许多,使我长进了不少见闻。我告诉他,我欢喜读他的文章。他说他的文章没有文采。这是一句客气话。他有大好才华,不可能没有文采。老实说,单凭须髯戟张的"文锋",而不佐以文采,决不会使刘郎我为之倾倒。

(香港《大公报》1980年3月13日,署名:刘郎)

春　梦

漫于深水识游潜,且待明妆伺镜奁。未有佳人谙世故,重来旧燕认堂帘。忍翻绣被千痕皱,笑破珠唇一发黏。闻得隔窗娇欲泣㊀,冬郎梦里正巡檐㊁。

㊀ "四体着人娇欲泣",韩冬郎诗。

㊁ 冬郎又有"倚醉无端寻旧约"一诗,夜访所欢之作也。

(香港《大公报》1980年3月15日,署名:刘郎)

春 梦 之 二

余温犹惹彩云笺,绿海初航佳客船。耳际恍闻圆舞曲,江南欲近杏花天。闲居未觉岩墙远,得句常叨绣口怜。才短不堪矜博雅,只教谬种任流传。

友人来书,述予断句云:"小病慵慵休唤起,绿绒幔子镇天垂。""惝许更垂青眼看,看君微笑进中年。"又如:"岸上白桃花在笑,当时艳绝倚舷人。"皆四十年前旧作,我自己已几乎都淡忘的了。

(香港《大公报》1980年3月17日,署名:刘郎)

上 海 小 唱

上追年代过三千,门外长龙数里连。对待死人也好古,爱看陈货厌新鲜。

在新疆发掘出来的一具三千年以上的古尸在上海展览。它不是复制品,是原物,为此吸引了大量的参观者,每天参观场外排队等候的人,难以数计。

为问当垆到九如,郁家妙手敛应舒。难忘新北门前路,岭海楼头比目鱼。

近一年来,上海的各帮菜馆,有的恢复了老招牌,有的恢复了特色,这样当然很好。但我还希望有些过去著名的菜馆如湘菜的九如,潮州馆子岭海楼都复业。

我是非常欣赏上面这两家菜馆的。岭海楼的一味比目鱼,想起它来,还觉得齿颊留芬。"九如"经理郁钟馥女士现在仍在上海,她经常吊喉咙唱梅派青衣,为什么不转转念头把这家闻名的菜馆重整旗鼓呢?我常在想,办好菜馆,也是发展旅游事业的一个重要因素。

(香港《大公报》1980年3月19日,署名:刘郎)

再听侯莉君《拜月》开篇

此生不望入侯门,愿伺清弦倒一樽。闻到烧香明月下,江南销够阿刘魂。

去年下半年,听了江苏电台播放侯莉君唱《烧香拜月》的开篇,她一面唱,一面有人为她声腔作了精微的分析,以提高听众的欣赏水平。这一天,我的一位同是侯调爱好者的朋友,把它录在磁带上。不久前他为我放了一遍。每次听侯莉君的唱,才会悟到"神醉"是什么滋味。

(香港《大公报》1980年3月21日,署名:刘郎)

小洛附来近影,题寄一诗

图中一派风光好,争奈香茶独自斟。我以衰颜堪省镜㈠,君临"旧"地合多金㈡。客居清兴曾无减,此地开心还可寻㈢。他日荡湖船上坐,湖堤同看树成阴㈣。

陆小洛兄从美国寄来近照,故人不老,风采依然。他在照片后面写道:"一九八〇年第一个星期日,到三藩市饮茶毕,上山顶去,是日天气大好,下望可见全市景色。"

看来,饮茶游山,他都是一个人去的。他来信常说,在异乡熟人不多,故有寂寞之感。我劝他回来看看,上海的老朋友没有死光,三四十年前那种饮食歌呼的局面,完全可以重现于今日。

㈠ 据云广东话有"省镜"一词,是说一个天姿国色的女人,连镜子都可以省得照的。我是说,像我的老丑形容,不也可以"省镜"吗?

㈡ 旧地,旧金山简称。

㈢ 小洛善雅谑,喜欢寻开心,上海人又叫吃豆腐。当年他的那些男男女女的"豆腐靶子",现在都还活着。

㈣ 小洛杭州人。最近据报道,湖滨大量植树,西子由淡抹而逐步浓妆。

（香港《大公报》1980年3月23日,署名:刘郎）

春雨忆故园

晚涨南塘一尺添,垂塘柳合绿萍淹。任教燕子污桁柱,故引杏花卷箔帘。何处腾香闻漠漠,童年善病始恹恹。起看雨后春泥下,稚笋三番正冒尖㊀。

今年三月,上海多雨。家乡人来,互述儿时情景,故园风物,历历似在目前,此诗犹不能道其什一也。

㊀ 苏东坡有"春供馈妇数番笋"之句,三番即第三番笋。

（香港《大公报》1980年3月27日,署名:刘郎）

好慰辛勤六十春

管弦此日闹江滨,好慰辛勤六十春。果有《奇双会》一出,如何不配李夫人㊀?

俞振飞先生登台六十周年纪念活动,喧传已久。最近他说,已由三月延至四月十四日举行,上海的京昆两剧,都将分台演出。北京的、香港的、外国的朋友也将赶来参加会演。

大轴是俞振飞和张君秋的《贩马记》。

本来预定的节目中有梅葆玥、葆玖姊弟二人的戏码,葆玖并且决定与李万春合演《别姬》,不料梅老太太突然逝世,子女们重孝在身,只好作罢。

㊀《贩马记》的李桂枝,不请俞夫人李蔷华扮演,是一个缺陷。否则,那位七品郎官在台上可以更加流露真情。

（香港《大公报》1980年3月29日,署名:刘郎）

柳絮来访

故人神韵更疏清,动止还怜体态轻。意气如尘忘出处㊀,文章似绣慰平生。纵教大勇输陈胜,小试惊才拟九成。惟我闲居萧索甚,笔枯墨烂悼倾城㊁。

不见老友柳絮至少已有十五年以上。春节期间,忽然过访,倾谈甚欢。他以所作《辍耕新录》见示,凡若干篇,每篇只三五百字,疏畅清新,情文并茂,乃知柳生才调,不减当年。所谓《辍耕新录》,当是师明人陶宗仪(号九成)著《辍耕录》之意,柳絮笔致灵空,视前人实无多让,因作此诗,以表钦服。

㊀ 三十年前,柳絮在一篇短文中提到两句前人的诗:"婵娟嫁作谁家妾,意气都成一聚尘。"

㊁ 谓我近六年来为亡友端木所作悼词。

(香港《大公报》1980年3月31日,署名:刘郎)

别矣大字报

高名尊姓上,常贴大皮膏㊀。狗屁文章写,偏偏要我抄㊁。
泛滥廿多年,而今束高阁。作用究如何? 助虐兼济恶。

我们的国家已经正式宣布废止"四大"。"四大"者大鸣、大放、大辩论、大字报是也。实践证明,这些名堂经,廿多年来非但没有起到好的作用,相反被坏人利用来打击好人,陷害好人,成了济恶的工具。听说大字报废除,一时高兴,写了两首小诗,随口唱来,不复计平平仄仄矣。

㊀ 当年被贴大字报的姓名上,都用红笔打××,我们叫它贴大皮膏,而吃大皮膏者,现在证明十九都是好人。

㊁ "造反"群儿写了狗屁不通的大字报,总要"靠边"人士抄写,我又常常受此屈辱。

(香港《大公报》1980年4月2日,署名:刘郎)

吃"忆苦思甜"饭

忆苦思甜饭,菜汤苞米粢。膏粱曾饫矣,粗粝亦甘之。群犬汪汪吠,盛筵默默思。十年才算苦,今始到甜时。

"文革"期间,搞"斗批改"的时期,有一个节目叫做吃"忆苦思甜"饭。两个像窝窝头那样的苞米饼,一碗白菜汤,叫我们当一餐饭吃。倒不是"牛鬼蛇神"们要吃,一般群众同样要吃,据说,吃了这种饭,可以提高阶级觉悟。到底提得高、提不高?只有天知道,我是不知道。

吃完了这顿饭,接下来的节目是开批斗会。由于我一向欢喜大吃大喝,所以永远把我当批斗的活靶子。有一次为了我在国家遭受"三年自然灾害"时,花了一百元在一家饭店请客吃一只一品锅,因此认为罪大恶极。那些工宣队、"造反派"七嘴八舌的扯得起劲,我哪里听得进去,只是沉倒了头在想当时那只一品锅里有点什么东西:江瑶柱、火腿、海参、厚菇、蹄膀、鸡、虾仁……还在冥思暗索,批斗会却已宣告结束。他们问我听到没有?我说我确是罪大恶极。

今天,我只是忆十年"浩劫"之苦,思今日想啥有啥吃之甜,如此而已。

(香港《大公报》1980年4月4日,署名:刘郎)

送　　别

东风和雨甚于潮,涕泪潜垂过绿桥。掠眼花光方薄暮,临窗曙色已明朝。一春尘梦温犹在,两瓣脂痕湿未消。云雀乱啼催客去,北枝正筑向南巢。

题为《送别》其实亦《春梦词》之一。今年写了几首《春梦》律句,有的写当前的梦境,有的则是往年梦影。一生作诗,好为绮语。若是外国小说家笔下那些宗教信徒们的话是真的,那么我这个人的灵魂,肯定将堕入炼狱中去而不得拯救。

（香港《大公报》1980年4月6日,署名:刘郎）

姑 苏 羡 游

辛笛伉俪过寒家,备述携女游姑苏之乐,闻之神往。

闻道春来意兴豪,胜游何事欠相邀?长门镇闭寒山寺,宿酿虚陈压黛桥㈠。已喜今生完绝业,更持余勇逐儿曹。知公圭角磨砻后,剩有吟怀未忍抛。

㈠ 压黛桥在苏州阊门外,为城内去西园必经之地,旧时是处酒徒麇集,而贤夫妇竟未往一醉!

（一九七五年春）

（香港《大公报》1980年4月7日,署名:刘郎）
[编按:原题《嘤鸣旧咏》,后有辛笛赠诗多首,今从略。又,此诗即前诗《答友人以游苏州诗见示》第一首,字句略有改动。]

佳 话 云 乎 哉

儿也吵来女也呵,老年索伴讨家婆。争端从此将无已,佳话分明不太多。帆挂轻舟催出世㈠,库开存折定生波。凭君莫问于飞乐,虞兮虞兮奈若何!

和一位朋友聊天,谈起近年来七八十岁的老头子续娶的人很多,而这些老头子和老新娘子,有的还都是一些名人。朋友说,他们的结合,不失为一时佳话。

我不大同意这个说法。因此告诉他新近听到的一个故事:一位也是响当当的人物,年纪七十多岁,丧偶已久,去年他看中了一位孀妇,是医务工作者,五十上下,老人一见倾心,叫人作伐,女方倒也同意。但事为老人的子女得知,这几位少爷小姐只是向父亲提出一个条件:后母过门以后,父亲的收入归后母安排,子女不沾分文,但老头子百年以后,所有财产都归子女分享,后母分文不沾。所以我的结论是,事情一碰到铜气熏蒸,只有自寻烦恼,佳话云乎哉!

㊀ 前人有老年娶妇者,写了一首诗,有两句云:"我已轻舟将出世,得卿来作挂帆人。"

(香港《大公报》1980年4月8日,署名:刘郎)

迎香港"雅韵集"来沪

闻道清词海外来,迎宾盛会一时开。张双档更杨双档,蒋调陪还薛调陪。此日"书飞"连夜"炒",故乡土产异方栽㊀。弦边果有如花艳,座上定然着不才。

昨天(三月三十日),上海报纸登了一则消息:香港雅韵集评弹来沪会书。四月上旬将在上海音乐厅与上海评弹团同台演出。

上海方面张鉴庭、张鉴国兄弟,杨振雄、杨振言兄弟以及蒋月泉、薛筱卿、陈希安等都将参加这次盛会。但这家报纸的报道语焉不详,它没有写出雅韵集来的阵容,只说了正副会长何国安、张宗儒二位的大名。

㊀ 一九六〇年左右,上海评弹团第一次赴港,团长陈虞孙在欢迎会上致词说,我带来了苏州土产。

(香港《大公报》1980年4月10日,署名:刘郎)

乌　啼

苏黄陈陆高千古,后世何堪任贬低?学舌鹦哥终不似,况如足下直乌啼!

在上海的一本刊物上,看到有人写的一篇小文,他是在称赞杨万里的诗。杨万里的诗确是值得称赞,但作者在文末却说"宋人诗大都味同嚼蜡",这就露出了这位先生的马脚,原来他的欣赏能力只能到杨万里"儿童急走追黄蝶,飞入菜花无处寻"这样的诗句而已。至于苏东坡、黄山谷、陆放翁、陈履常等,都是味同嚼蜡。

苟非狂妄,便是无知。

(香港《大公报》1980年4月12日,署名:刘郎)

玛 丽 博 士

　　江上女儿摹发样,海深水暖换春衫。珠圆玉润披琳达㈠,我也为她老眼馋。

　　香港译为《深海勇士》的那部十七集的美国电视片,在国内已不似开头几集时候的轰动了。原因是它的情节不连贯,有些故事怪诞得叫人难以索解。后来人们最大的兴趣,都集中在那位扮演玛丽博士的比琳达女士身上。她一头浅黄色的长发,飘拂生姿,上海有些女青年要求理发师替她们做玛丽博士的发样。我对这位演员也是欣赏的,她温润如玉,仪容秀美,做起戏来,一点也不矜才使气。

　　在这电视片里,玛丽博士没有唱过一支歌,而在我前面这首诗中却用了珠圆玉润四字。这是因为我想起了不久前一位久居香港的朋友和我谈过珠圆玉润的用法。他说,习惯上都用它赞赏歌唱之美,但在广东人嘴里或者笔下却把它称赞既是美貌,又有福泽相的女子而用的。他问我是否可以。我说,完全可以,非但这样用可以,就是称赞文辞的优美纯熟,也可以用珠圆玉润。我是一向认为,有些词汇只要作者看来可以通解,就用上去再说,我是常常这样作的。所以曾经好多次有人批评我,不文,不典。别人的批评也许没有错,但我不大肯接受。你文了,典了,人家看不懂,还不跟我一样白搭。

　　㈠ 上海报上译作比琳达,今把比改为披,念起来好顺口一些。

(香港《大公报》1980年4月14日,署名:刘郎)

奇 丑 记

　　丑角行中踞上游,先生慧眼学生收㈠。正门直叩萧王叶,异种还求周马侯。《起解》盛名分夏姐,传家宝物有行头。不教圆月留微缺,快拜江南老阿刘㈡。

去年,结识了一对京剧演员夫妇,张启洪与冯顺芝。四十来岁的张启洪是小花脸,三十多岁的冯顺芝是老旦。这里单说张启洪。他调来上海还不到十年,小时候在北京学老生戏,有一天,萧长华发现了他,把他拉到身边,对他说,你跟我学吧。从此张启洪就改了丑行。

萧老先生爱徒如子,着实教了他不少戏,在老先生临终前还把三出戏的服装(行头)赠给启洪,启洪把它视作传家之宝。

张启洪好学不倦,萧老以外,他还遍访名师。他对我说,先后给他说过戏的一共有十四位老师,单富连成就有七位,包括叶盛章与王福山(王长林子);昆剧三位,王传淞、华传浩和徐凌云;川剧两位,刘承基与周企何;还有两位,粤剧的马师曾与相声侯宝林。原来马师曾早年不是老生,亦是粤剧的丑行演员。这十四人都是各剧种的尖子,所以我说张启洪是"奇丑"。

他在全本《玉堂春》里与夏慧华合演的一场《起解》,所到各地,无不倾巷来观,声势之盛,真像淮阴的宋长荣在上海一样。

他们回到上海,上海的内行都在纷纷议论:张启洪是了不起的,根底扎实,看了他的崇公道,就像见了当年台上与梅大王合演的萧长华。

如今张启洪是上海京剧团的一个宝。听说《玉堂春》要摄制的戏曲片,指定要张启洪扮演崇公道。

㈠ 萧长华生前,人们都尊称他为萧先生。

㈡ "老阿刘"不是叫张启洪来拜我做老师,而是应该拜一拜江南名丑刘斌昆,以凑成十五月圆之数。

(香港《大公报》1980年4月16日,署名:刘郎)

立春日怀旧之作

入市归来雪满衣,花光照我自忘饥。盘中脯枣新蒸熟㈠,试与狂奴一搦肥。

雪肌冻作海棠红㈡,薄饮葡萄百虑融。又是春来廿四度,更无一度与君同。

二月五日立春。前一日,上海风雪交加,天气奇寒,因忆二十四年前的一个立春之夜,亡友招往为迎春之宴,那一晚,楼上炉火正红,几不知门外是风风雪雪,冷不可支。

㊀ 脯枣,香肠之另一种做法,上海人称它为肉枣子。过去有一家陶陶粤菜馆,制此物最精。亡友每年皆自制以饷亲朋。

㊁ 时楼上有海棠若干株,以室暖花开甚盛。

(香港《大公报》1980年4月18日,署名:刘郎)

挽陆澹盦兄

当年笔阵列森森,点将台登《快活林》。已唱挽歌三两遍,而今又哭一星沉。

陆澹盦兄于三月下旬在上海逝世,年八十七岁。

他是旧文坛的一位知名人士,从我吃文字饭之后就和他相识。但他的名字却在我童年时就知道了。那时上海《新闻报》的副刊《快活林》,由严独鹤兄主编。早在二十年代初,这个副刊上有个专栏叫《点将小说》,作者大约有十多个人,所谓点将即在每个短篇小说将结束时,在文字中点出下一作者的名字,明天的小说就由这位作者执笔。举一个例,如点到王西神,就可以写"什么东'西,神'气活现。"

我已经记不全所有作者的名字,只记得几个熟人如严独鹤、陆澹盦、徐卓呆、沈禹钟诸兄,如今这几人都已下世,听说只有徐耻痕还健在,当然也是八十岁以上的人了。

(香港《大公报》1980年4月20日,署名:刘郎)

快听张鉴庭

秋高累日坐荧屏,瓜片新烹听鉴庭。寒士求官投浊水,师爷评理上花厅。真成绝艺难为继,敢问传人孰可承?一自沧洲惟"吃"

汝㊀,尚留青眼属娉婷㊁。

上海最负盛名的弹词家张鉴庭,现在退休了。在他退休之前,电视台请他同张鉴国为"张双档"的名作——《顾鼎臣·花厅评理》和《秦香莲·迷功名》录像。这位七十多岁的老人,说得依然神完气足,我这位七十多岁的老人,听得是杀瘾解渴。关上电视机,欣然赋诗。

㊀ 开始听张鉴庭的书,在三十多年前成都路沧洲书场。吃,上海话,有欣赏、佩服之意。

㊁ 除了张鉴庭,我"吃"的只有几位女演员了。如我说过的已故的程丽秋,以及在生的侯莉君。

(香港《大公报》1980年4月22日,署名:刘郎)

累日听弹词《杨乃武》为邢晏芝女士作

初绿江南榆柳槐,诔词近日满长街。清弦善托诸家调㊀,热泪横流大狱衙㊁。自有绮罗常照眼,遂无烦虑更萦怀。刘郎轻薄从来愤㊂,矜躁因君一例埋。

此地正愁春欲去,君来重被万家春。仪容婉亮惊千眼,才地聪明萃一身。政为先生甘落莫,是何缘分得相亲?今朝若订《无双谱》,汝亦《无双谱》上人。

常州评弹团来沪,在静安书场演出,邢晏春、晏芝兄妹,日场演《杨乃武》,夜场演中篇《三看御妹》,歆动海上书迷,全场一千位子,日夜都无虚席。《杨乃武》演二十天,我排日听歌,不知疲倦。

㊀ 晏芝有一个理论,她主张"多曲一唱",所以凡是名家的唱腔,她几乎包罗万有,特别俞调、侯调、祁调,她最是精工。她说只有集众家之长,然后再形成一个自己的比较别致的流派。去年杨振雄兄对我说,此女肯钻研,所以成为今日青年演员中的一个尖端人物。

㊁ 前人诗:"古来大狱皆冤狱"。

㊂ 在《密室相会》中,小白菜有一句唱词"轻薄刘郎将我害"。第二天我对她说,听到这一句,吓了我一跳。她问:为何使老伯受惊?我

说"刘郎"乃我常用的一个笔名,她为之笑不可仰。

(香港《大公报》1980年4月24日,署名:刘郎)

歪 诗 之 祖

歪诗独步让丹翁㊀,直把心思欲挖空。满口乡谈苏北白,当时印象鼻头红。法书应是称奇品,散木曾为拜下风。恶谑至今传不绝,桃花一笏制精工㊁。

张丹斧先生,江都人,能诗,能文,能书,亦工鉴赏。四十年前,上海有一张三日刊的小报叫《晶报》,张先生每期用丹翁的笔名,写一首歪诗,因为诗写得好,时人称为"歪诗之祖"。他的诗妙趣横生,记得有一首七律,咏当时两笔头姓氏(如姓卜、姓丁)的名流,有一联是这样的:"基翁药下还能省,公达梅边小带行。"基翁指钱基博(钱锺书教授的父亲),中医开的药方,一钱两钱的"钱"字,都简写为一直上面加个扎勾,不是两笔了吗?公达指文公达(上海《新闻报》主笔),为捧梅健将,故称梅边,"文"字写行书也只有两笔。我说丹斧为诗挖空心思,这是最好的例子。

我和丹斧平时很少往还,只见过一二面。他留给我的印象是,瘦骨嶙峋,满头白发,红鼻子,一口扬州话,如此而已。听说,抗战军兴,此老即因病谢世。

㊀ 张丹斧在报上发表的多数是"歪诗",其实他的"正诗"也是高品。记得他有两句:"自有生来含涕泪,悄无人处看江山。"现在就很少有人能写得出这样的好诗。

㊁ 丹斧藏有一块象牙笏,上有朱斑,故称桃花笏。有人说它是赝品,而且造了许多荒诞而又秽亵的谰言,挖苦老人。

(香港《大公报》1980年4月26日,署名:刘郎)

怀 念 检 场 人

检场人亦是长材,何以多年去不回?谁把蒲墩扔地板㊀,终教膝盖染尘埃。小壶略饮滋还润㈡,大幕毋烦闭又开㈢。唱做精工颜色在,气氛台上自然来。

每次看京戏,红氍毹上没有个检场的人总觉得不是味道。为什么要废除检场,实在莫名其妙。好像有一条理由是它会破坏舞台气氛。那末为什么当年我们看京戏,从来不觉得有一个便装的人在台上走动而破坏了什么气氛不气氛呢?

有一天,我跟俞振飞先生谈起检场的事,这位昆曲名家,老成持重,他对我的意见,并不表态,只是说了一句话,现在要找一个检场的人,恐怕已经很少的了。我说,不久就会绝种,因为它不是一个简单的工作。

㈠ 戏里逢到角色下跪时,检场人把垫子扔在地上。垫子,江南乡下叫做蒲墩。

㈡ 用小茶壶给演员在大段唱工前呷一口叫做"饮场"。

㈢ 舞台道具变换时,因为没有检场,只好把大幕拉拢。

(香港《大公报》1980年4月28日,署名:刘郎)

陈中和《搜孤救孤》观后作

艺高伯道赖君传㈠,受尽春城万姓怜。不及跨刀帮杵白㈡,直将盛势压文涓。街前过客愁何已㈢,座上相亲乐欲颠。昨日醇醪同话旧,江南正是杏花天。

陈中和先生自香港来,参加"俞振飞演剧生活六十年纪念演出"。于四月十七日在上海艺术剧场(旧兰心大戏院)唱大轴《搜孤救孤》,从《定计》到《法场》他是一气呵成,博得了满场的不断彩声。

我不是评剧家,不会写剧评。只知中和唱的是余派,大概当年深受孟小冬的亲炙,所以在台上无论是唱、是演乃至神情,都已混同于一个内行,而且是高级的内行。

在内地,余派老生,张文涓应是翘楚。但听说在香港,却不止中和一个,至少我的老友张心鹃也是小余的私淑弟子。

㈠ 伯道,指余叔岩(此人在世时人称小余),过去我曾谈过它的出处。

㈡ 我是老了,若在三十年前,逢此盛会,我一定陪中和演麒派的公孙杵臼。跨刀,旧时梨园行话,帮角之意。

㈢ 是夜,戏院门外候退票者踵接于途。

(香港《大公报》1980年4月30日,署名:刘郎)

陈巨来遭逢大劫之后,忽与相遇

天下闻刀法,重逢百劫人。玩金弄玉手,坏木槁枝身。历历交游数,般般记忆真。舒心存一事,争宝在东瀛。

我是不懂金石的,但听内行人说,在上海,肯定他是第一把刀。

就是这样一位杰出的人才,也遭受了二十多年的残酷迫害。到近年才得平反,也是一场冤狱。

四月中旬的一天下午,我在书场听书,忽然后台派个人来对我说,陈巨来先生知道你也在听书,他高兴极了,要我散场以后,到后台去同他会见。

看到的是一个矮矮瘦瘦的、七十六岁的老头子。面上已经有点红润,知道他健康正在恢复中。三十多年不见,据巨来回忆,我们最后一次会见是在一家舞场里。

如今,他每天都在操刀,日本朋友要求他作品的接踵而来。他谈到这些,看得出他脸上的自豪之色。

(香港《大公报》1980年5月3日,署名:刘郎)

哀《昌谷集》㈠

买书也有一窝风,忽出冷门便乱冲。归去翻开瞪直眼,方才悔煞摆长龙。日间到手夜间放,上面闲聊下面从㈡。册帙浩繁满架在,家家《昌谷集》尘封。

记不得是十多年前还是二十多年前的事了。上面说了一句李贺的诗好,于是出版社就为这位名家但是冷门的诗人翻印集子。好赶浪头的人,争先恐后地去买这本集子。但买了回去,才翻了几页就搁置起来,都道疙里疙瘩的看不下去。

我没有买这本集子,我也决不贬低这位唐代名家李长吉先生。不买,因为我年青时在乡下家里看过他的集子,给我的印象是像天书那样费解。

近几年来,每到朋友家里走走,看看他们的书柜,都藏着李贺的集子,问问他们,几乎没有一个不摇头的。忽忆此事,遂作此诗。

㈠ 李贺的集子原名《昌谷集》。
㈡ 一作"头目闲聊盲目从"。

(香港《大公报》1980年5月5日,署名:刘郎)

揩 油 图 章

巨来约我踵其斋,估计有油可以揩。从此友人求墨宝,图章定比法书佳。

果然肯让我揩油,还望老兄送石头。鸡血田黄皆不要,但须鄙姓上加刘㈠。

遇到陈巨来先生的那天,临别时,他再三约我到他家里。我想他为什么如此殷勤邀约,大概他想送一方印章给我,果然如此,我为什么不去捞他一方回来。

㈠ 我想请他刻一方朱文的"刘唐云旌"图章。既然老婆的姓名上可以加老公的姓,为什么老公的姓名上不可以加老婆的姓呢?

(香港《大公报》1980年5月7日,署名:刘郎)

向汤师傅汇报

往年秋日尔登程,迟到些时失送行。保姆兴高游异地,群花命薄丧残生㈠。木香稚嫩栽非易,春雪凶狂活未成。娱目牵牛呈五色㊁,与君汇报难为情。

汤全珠女士,友人汤修梅先生的女儿,毕业于北京农学院。前数年调来上海,在中山公园和园艺工人一起研究栽植名种月季。她在工作时完全与园艺工人一样打扮,看不出她是知识分子,所以我唤她汤师傅。也就在这时候,我家中养了几株月季,都是汤师傅给培育的,她抽空时来为它们培土、剪枝、覆盆、除虱乃至施肥,费了她不少心血,所以我对这位贤世侄女有说不尽的感激之情。她后来随夫去海外。

修梅先生来信,说他的女儿的家书中还问起我家中的花事,实在惭愧,因作一诗,聊当汇报,希望她能看到。

㊀ "丧残生"三字,论文理似乎欠通,但命丧残生、命染黄沙,都是京剧中常见的唱词,在此故乐为一用。

㊁ 看来我是不配养名种花的,只配养养草花,去年种了五种颜色的牵牛,倒也开得花团锦簇。

(香港《大公报》1980年5月14日,署名:刘郎)

小苹果二首

> 姊儿苹果妹儿橘,已定嘉名莫掉包。少日娇如红玉艳,而今清美似红蕉。

二月前我记俞振飞夫人李蔷华,小时有个外号叫小橘子。她看了报对我说:你记错了,小橘子是我妹妹薇华,我是小苹果。因作此诗,为之正名。诗中红玉与红蕉都是我国苹果的名种。

> 低首窑前挖菜畦,今来初次试娇啼。儿夫自唱《春秋配》,却任文娘代戏妻。

五月中旬,李蔷华在上海登台,与张文涓合演《武家坡》,大轴为俞振飞与张君秋演《春秋配》。

(香港《大公报》1980年5月16日,署名:刘郎)

送周胡二子游美㈠

周胡二子欲远行,来与老人话离情。我和而翁论交日,二子俱还未出生。孤儿今亦皆壮岁㈡,各以丰标炫俊清。衣钵周郎承袭美,氍毹廿载著盛名。胡郎竟是丹青手,挥洒埋头住古城㈢。姊弟远招完骨肉,香君无子认姨甥㈣。我送二子出门去,保重声声语老成。他时待我归来见,会看伯氏更年轻。

㈠ 周信芳之子周少麟,胡梯维、金素雯之子胡思华,前者以姊弟之招,后者以姨母金素琴之招,于四月先后去美国,皆来向我辞行。

㈡ 二子之父母俱受"四人帮"迫害惨酷而死。

㈢ 思华工油画,在洛阳工作。

㈣ 香君指金素琴,当年以演欧阳予倩之《桃花扇》的李香君而名重一时。

(香港《大公报》1980年5月19日,署名:刘郎)

荧屏上看李丽华

识汝犹当婉婉雏,云为鬓鬟雪为肤。卅年瀛海归来日,万口仍夸是丽姝。

五月八日,收看中央台的电视,正好北京在举行欢迎李丽华女士归来探亲访友的仪式,那仪式隆重而有趣。这个我想海外报纸已有所转述。

这位李三小姐出生于上海,是梨园世家,父亲李桂芳当年是著名的小生,他下世较早,母亲张少泉是有名的老旦。

记得我认识李丽华时还在她少年时代,那时她正要由剧坛转上银幕。一登银幕,就成了熠熠之星。

(香港《大公报》1980年5月21日,署名:刘郎)

戒 烟 邮 票

惊心触目朵云边,直向天涯海角传。好好猩红两瓣肺,弥漫毒雾一枝烟。

我国正在大张旗鼓地宣传戒吸香烟。报刊、电台、电视,经常出现"请您戒烟"的宣传文字和节目。

昨天买到的邮票上也有"提倡戒烟"四字,票面的图案,即如本诗三四两言。

(香港《大公报》1980年5月23日,署名:刘郎)

晚 春 绝 句

往时阅尽舞腰柔,今日来闻啭玉喉。忍死十年能识汝,依然此地足埋忧。

入座人都似我痴,搜肠欲唱更无辞。眼前此外皆闲事,画梦初回听晏芝。

静园听弹词家邢晏芝书,又成两首。静园为三十年前上海大都会舞厅旧址。

明珠十斛难为量,断尽狂徒寸寸肠。可识紫薇花早谢,劝君休唱紫薇郎。

已无灯火为君留,入幕褰帏本是羞。消受当初清供养,一餐一宿一金瓯。

两次闻《宫怨》开篇,因怀亡友。后一首为旧作,一、二句有所变易。

(香港《大公报》1980年5月25日,署名:刘郎)

斯 何 疾 也?

纵令舞方还辟谷,求仙未遂尚居凡。真成嘴大喉咙小,多恐病深食道癌。今日最宜常赴宴㊀,此时莫戒老来馋。丹炉可炼神奇酒?安得胸中块垒剿。

半年前得一病,病情如下:

早晨食泡饭,则哽噎,不能终餐;午时食米饭,亦哽噎,不能终餐。只有食面条,食糯米糕团,皆无此患。前三月,有一回食面条,亦哽噎,为此担起心来,亟往医院检查,经过透视,报告说"食管无异状",故又放下心来。但医生亦未为我用药,至今米饭仍不能下咽。

㊀ 近一二月来,经常在外面聚宴,每只菜肴上来,即使狼吞虎咽,丝毫不起阻隔。

(香港《大公报》1980年5月27日,署名:刘郎)

沪剧有传人

登台满眼尽青春,活力还能染我身。人自要新鞋要旧㊀,戏因传统语传神。老耄只合教帮带,少小应怜美善真。看罢《庵堂相会》后,隽才二世故多珍。

一年来看了几次沪剧,方知这个剧种培育的青年一代,人才辈出。最近看了这些少年们演的《庵堂相会》,非常精美。因记一诗,以纾快意。

㊀ 以前有人问,什么是世间最舒服的事?一人回答说"人新鞋旧",就是说新娶的女人和穿旧了的鞋子。这里却不作此解,只是指新的人才而已。

(香港《大公报》1980年5月29日,署名:刘郎)

蔷薇双树

及暮犹留些子痴,好花曾未负芳时。墙西昨日红张锦,檐角今晨雪压枝。欲写多姿难罢手,终非活色不成诗。春归汝亦当归去,荡泊何方哪得知?

楼庭植蔷薇两株,一为紫红色,一为白色。今年荣发,花开甚早,红的得百余朵,白的二三百朵,烂漫枝头,真大观也。可惜经受两天阴雨,花谢亦早,惘惘之余,作饯花诗自遣。

(香港《大公报》1980年5月31日,署名:刘郎)

新光戏院归来作

　　新光还是旧新光,《姊妹花》开第一场㊀。此地有时逢姥姥㊁,同庚异域住娘娘㊂。乔妆经理归妖妇㊃,马派须生握"滑王"㊄。五十年来重作客,恰看丹凤尚飞翔。

五月二十四日,王丹凤请我看她上演的新片《玉色蝴蝶》的预映,地点在新光戏院。看罢归来,想起新光的许多往事,写成此诗,可以作上海小掌故看也。

　　㊀ 中国第一部卖座的有声电影《姊妹花》,在此首映。
　　㊁ 扮演姊妹俩母亲的是宣景琳,此人绰号小老太婆,今年七十四岁,已是十足的老老太婆,我们都叫她宣老太。
　　㊂ 小洛由旧金山旅游加拿大,最近来信说在那里碰到过去的电影皇后胡蝶。她是《姊妹花》的主角,今年七十三岁,与鄙人同庚。
　　㊃ 三十年代,新光仍由一女扮男装的人做经理,此人解放后已死去。
　　㊄ 马连良曾在新光登台,那年恰巧卓别麟到上海,他到后台与连良握手,记者拍下了这个镜头,书刊上一时传印甚广。

(香港《大公报》1980年6月2日,署名:刘郎)

友人赠芙蓉鸟,不受,谢以一诗

　　良朋赠我好芙蓉,雅爱殷殷恕未从。已是繁嚣添鸟唱,定催老命一条终。

所居的弄堂,噪音实在太凶。近处一家小学,每天上下午那只大喇叭各闹半个小时,上月因为弄堂房屋要大修,就在我家前门设了一个工场,机器声、马达声,每天要闹六七小时。被它吵得六神无主,真想逃走。不受赠鸟,即此故耳。

(香港《大公报》1980年6月5日,署名:刘郎)

[编按:上月,港版《闲居集》作:四月。不知何据。]

早起,饮碧萝春新茶,因怀东山

碧萝春早摘新芽,吓煞人香总是夸㈠。楼坐自成三绝句,水腾初沏一壶茶。旧经石屋怀朱橘,更念杨湾剥白沙㈡。此日洞庭宜小住,枇杷汛里盛鱼虾。

新碧萝春,为市场稀有物品。今年我得半斤,系内侄马辛寒所赠。

㈠ "吓煞人香"乃碧萝春之别名,故友范烟桥曾道其出典。

㈡ 石屋、杨湾,俱为洞庭山的地方。

(香港《大公报》1980年6月7日,署名:刘郎)

冯顺芝演剧归来,以陶制品二件见赠,作此道谢

添寿感清恩,泥菩萨一尊。蟠桃大逾碗,乐煞老猕猴㈠。

阳羡紫砂壶,朝来茶瘾过。吾诗嫌太浊,饮此能清无㈡?

一件为大蟠桃之上,坐一个老寿星,着色鲜丽,令人喜爱,乃知无锡这项工艺品之突飞猛进,非复旧观矣。另一件为宜兴紫砂茶壶,上塑梅花数朵,极为淡雅。

㈠ 予属猴。

㈡ 古人诗:"诗清只为饮茶多"。

(香港《大公报》1980年6月9日,署名:刘郎)

晚 春 绝 句

歌呼饮博记前尘,忧患欢娱载一身。更待夜深衣染露,弟兄对坐话家贫。

雪儿自洛杉矶飞抵香港,寄书谓将于九月来沪视予,喜而赋此。三十七年前和她游夜总会,作诗云:"露浣衣裳知夜静,恩深兄弟话家贫。"

　　真见书场惜别离,弦声乍歇掌声随。紫绒幔子轻挑起,争认娉婷邢五儿。

邢晏春、晏芝兄妹于四月底在静园"剪书"之日,场中掌声不绝,要求谢幕,实开书场未有之例。

　　几分艳爽几分妖,妙喻梅翁若弄嘲。终是未经人道语:大郎诗句宋郎腰㊀。

汤修梅先生于五月来函云,读予诗似看宋长荣戏,予故厚颜默许。

㊀ 腰,包括身段与表情。

(香港《大公报》1980年6月11日,署名:刘郎)

藏　　酒

　　诗酒从来有别肠,我虽不饮爱收藏。密封满瓮盛加饭,枉负虚名说杜康㊀。西凤茅台兼特曲,"五粮""竹叶"并尖庄㊁。寒家厨下三朝累,可供佳宾醉百觞。

这两年收藏了一些国产好酒,有的还都是名酒。其品种有如本诗所列。

㊀ 杜康酒,洛阳产品,是在那里工作的儿子买回来的。据说质量并不太好,而价钱却不便宜。

㊁ 五粮液每年被评为八大名酒之冠;竹叶青分黄白两种,我都藏过。尖庄酒与五粮液同厂出品,亦为嗜饮者爱赏。

(香港《大公报》1980年6月13日,署名:刘郎)

吕　恩　来　访

　　南来将遇枇杷黄,阿母新坟筑故乡。人马原班翻《伊索》㊀,文章重写哭舒娘㊁。凉秋西德开《茶馆》㊂,盛夏巴黎逛祖光㊃。

"个性演员"甥与舅,于三郎继石三郎㈤。

吕恩于五月中旬南下,回到故乡常熟,为她母亲营葬。六月来上海,二日上午来到舍间,和我扯了一个多小时,今把她的话,写成上面这首七律。

㈠ 我问她近年演过什么戏,她说,与方琯德、杨薇等六人演了三场《伊索》。都是老人马。

㈡ 我称赞她在《战地》增刊上写的悼念舒绣文的文章。她说,现在又有人要她再写一篇关于舒绣文的,她已经答应了。

㈢ 北京的著名话剧《茶馆》,将于九月去西德上演。

㈣ 六月吴祖光去法国(我早有所闻)。

㈤ 她问我知不知道于是之乃石挥的外甥。她说,他们甥舅俩都是了不起的个性演员;我说他二人都是大演员,是多才演员。石挥早死,真正可惜。

(香港《大公报》1980年6月15日,署名:刘郎)

参加追悼会后作

默哀不过十秒(平)钟,随向灵台一鞠躬。悼答两词俱莫要㈠,兜了圈子别遗容。

这个追悼会,使我站了四十多分钟,腰酸背痛,当时颇悔此一行。

不久前,我们的国家主席的追悼会,也不过开了三十多分钟,难道一个老百姓的贡献,还有比少奇同志更谈不完的吗?因此我认为一般人的追悼会,其仪式应大大削简,如何简法,具如吾诗所述。

㈠ 朋友悼词,家属答词。

(香港《大公报》1980年6月18日,署名:刘郎)

读媿静遗笺,忽有所怀

朝云如是皆非分,曾为多情写少梅。汝似碧萝春未老,我无易实甫般才。明知日日思何尽？多恐年年力就衰。弹得深官清夜怨,红尘一骑为谁来。

魄翁的信,还是三十年代旧物。他在信上劝我作诗走易哭盦(实甫)的路,那时我正在迷着这位龙阳才子的诗,也正想走他的路,但走了四五十年,还是不行。嗟夫！毕竟蠢才,终无成就。这首诗,则是为了"忽有所怀"而作的。

(香港《大公报》1980年6月19日,署名：刘郎)

大食新鲜鲥鱼

新友悦三芝㈠,佳鱼嗜一鲥。严滩春雨活㈡,古寺佛灯迟㈢。铁排安足数㈣？集市餍相思。为言胡大嫂,冷气不须吹㈤。

上海五原路的集市上,每天下午有新鲜鲥鱼,购者云集。连朝大食,欣然赋此。

㈠ 两年来结识的一二位小友,名字都有一个芝字,即冯顺芝、邢晏芝、胡芝风,她们又都是艺人。

㈡ 三十岁时在富春江吃过活捉起来的鲥鱼。

㈢ 同年又在金山寺外吃过一顿,时近黄昏。

㈣ 铁排鲥鱼,旧时上海西菜馆的一宗名菜,其味远逊清蒸鲥鱼。

㈤ 胡考夫人自言她烹调鲥鱼最为拿手,可惜在北京只有冷藏货可食。

(香港《大公报》1980年6月22日,署名：刘郎)

访 友 纪 事

衡山不住住襄阳,燕子归来失旧梁。娱夜从予听御妹㈠,傲冬劝汝种扶郎㈡。因缘漫道前生业,云海同招一径凉㈢。最喜晚桑椹果熟,入梅再剥莳虾黄。

这位朋友,今年五十挂零,中岁失偶,近两年想再嫁,谈了几个对象,都不遂意。我去访她,她为我谈所遇对象的形形色色,听来倒也有趣。此人大学毕业,未曾工作,一向有钱,现在中落,因见过世面,于是择配难矣。

㊀ 弹词《三看御妹》。

㊁ 扶郎花,又名非洲菊,为冬季观赏盆花。

㊂ 她将结伴去匡庐避暑,邀我同往,我要到时候看健康情况,再决定行止。

(香港《大公报》1980 年 6 月 23 日,署名:刘郎)

副刊与火腿

上方大块煋精肥,食到腰峰味略稀。耐咀嚼还供下酒,火筒脚爪最相宜。

上海有一张报纸准备复刊,朋友来问我副刊怎么办。我把老经验告诉他:"还是分三个部分,上身思想性,中间知识性,下身趣味性。"因以火腿为喻,当场写了一首火腿诗给他看,此人大笑而去。

其实环顾所有报纸的副刊,有几张逃得出这个框框来哉?

(香港《大公报》1980 年 6 月 26 日,署名:刘郎)

听骆玉笙鼓书,忆小黑姑娘

骆家弦鼓动春城,至此谁怜小黑名?座客争为双眼热,与君永是一朝生㊀。徐松粉颈喉能爽㊁,泣剪青丝殡始成㊂。终为阿芙蓉害煞,不教晚岁睹承平。

骆玉笙即当年之小彩舞,京韵大鼓之鲁殿灵光也。五月来上海演出,我听了两场。

小黑姑娘亦著名之大鼓艺人,雪肤花貌,艳丽无伦。四十年前来上海,旋嫁薛氏子,夫妻皆沉湎于黑籍中,穷愁以殁。

㊀ 我与小黑才一见,上海人所谓一朝生而从未曾两朝熟也。

㊁ 小黑每次登台,先把高领头的钮扣松开,露出粉颈,更觉艳光

四射。

㈢ 小黑之夫先死,死时无以为殓,小黑剪一络青丝置于棺中,以为殉葬。

(香港《大公报》1980年6月28日,署名:刘郎)

买书,读书

未进五车出七车㈠,新书勤买实书橱。从来不解芸窗读,无处听书故看书。

法国奇才君士坦,神农嘚鸟我哥回。果然有益惟开卷,凑得无情一对来。

在上海出版的《旅游天地》上,看到一篇小文,说湖北神农架林海中有一种美丽的小鸟名叫"我哥回"。忽然想起过去读过一篇介绍十九世纪法国著名肖像画家君士坦的文章,以"君士坦"对"我哥回"是很好的无情对,因有此诗之作。

㈠ 十年前"扫四旧"时,从我家装去的书,满载七车(三轮车),幸而都非善本。所以这几年只好大买新书。

(香港《大公报》1980年7月2日,署名:刘郎)

偶 成 一 首

吹淡烟云毋再提,前尘总似履尖泥㈠。闲居真想身边仆,老去多怜灶下妻。谁意加餐偏得病,偶逢绝色易成迷。一朝撒手皆乌有,安用眼红奥纳西㈡。

㈠ 上海人有句俗话叫"鞋头上的泥,一拭即净",以喻凡事之无足萦怀也。

㈡ 奥纳西斯,已故的希腊船王,此人不仅富称敌国,且一生猎尽倾城之艳。为了押韵,把"斯"字音吃掉了。

(香港《大公报》1980年7月4日,署名:刘郎)

劝君休唱紫薇郎㈠

不曾亲见盛时装,后日声容更渺茫。闻道紫薇花欲谢,劝君休唱紫薇郎。

江苏省评弹团传将于八月中旬赴港演出。全团十五人,演员十三名,硬档有常州的邢晏春、晏芝兄妹,省团的杨乃珍、金声伯、曹啸君诸人,其他尚在苏州、无锡等地选拔中。而侯调的创始人侯莉君原是省团成员,她不愿前往,因近日来她的嗓音平塌,翻高已感到吃力。果然如此,实是一桩缺陷。写信来告诉我这个消息的人,她亦善歌侯调,故书此答之。

㈠ "紫薇花相对紫薇郎"是《宫怨》开篇的最后一句。《宫怨》为侯家杰唱。

(香港《大公报》1980年7月6日,署名:刘郎)

高唐散记(1954.1—1958.6)

见了一次齐白石

齐白石九十一岁的那年,我在北京。那时北京正传说着关于白石老人的一段佳话:白石老人有一位亲旧,住在湖南本乡,此人写了一封要寄给齐白石的信,可是不知他北京的地址,因此把那封信寄给毛主席,他恳求毛主席把信转给齐白石。毛主席果然把那封信加封转送与白石老人,使这位老年人感动得不知如何是好!

因为黄苗子、吴祖光他们都与老人相熟,有一次祖光带我上老人家里去求他作画。那天真不巧,因为他的护士有些事做得不够周到,他在闹着情绪,连我们送去的润笔,也不交给护士收纳,他自己点了数目,亲手藏在钱柜里,上了锁,然后再跟我们谈话。我看看觉得很有趣,他真像一个孩子在发脾气一样。祖光本来想约他一同出去上湖南馆子,因为他不高兴,也就没有开口,祖光对我说:他高兴的日子,也许当场画给你了。

过了一时,郁风又去看他了,但郁风没有约我去。这一天,老头儿是高兴的,郁风给他画了一个像,老头儿提起笔来,就在像的旁边写了两行字:"郁风女士为予作像,甚肖。但非白石所有也。"他的意思是说那张画郁风没有送给他,画好了由郁风自己带走。白石老人的题句,往往这样朴质得叫人可爱。

那年,白石老人两尺的画,才收八万元。前年九十三岁寿辰以后,索画的人,踵接门下,有人给他算算,齐白石画到一百岁,也画不完那些索件的。

(香港《大公报》1954年1月27日,署名:高唐)

［编按：1953年12月29日《大公报》高唐《高唐散记》,作者作品,久已驰誉江南。现经本报特约自沪上经常来稿,以飨读者。］

沈尹默在上海

很早我就喜爱沈尹默先生写的字,可是求不到;有时在朋友家里,看见沈先生写的一副对联,或是一个立轴,我总是把玩不忍释手。一直到抗日战争胜利以后,沈先生由重庆来上海,也就卜宅在上海。因为吴祖光跟他很熟,曾经托祖光代求了一个小立轴和一副楹联。那时沈先生的眼睛有病,听祖光说,他写起字来,总是把纸放斜了才能落笔,因而从"鉴赏家"的眼光看来,那时沈先生写字的"行气"是不够好的。

解放后的将近五年来,沈先生还是住在上海,华东的行政首长们,对这位文化界的耆宿,经常地慰问有加,譬如陈毅市长就不时的去走访沈先生,请他从各方面提些意见。前年夏日,黄苗子从北京来,他去看了沈先生之后,告诉我说:尹老不但身体强于往日,连他的眼疾都好了,现在还是不断治学,也不断临池;那时候沈先生正在手抄《矛盾论》,都是端楷。他预备抄好了两本,把一本奉献给毛主席,一本自己保藏。《矛盾论》是苗子亲目见他在抄的,沈先生告诉苗子,抄完了《矛盾论》,还要抄两本《实践论》。从这里我们可以看出这位老人家的雄心,他不但是皓首穷经,而对于毛泽东思想的学说,更在潜心研讨。

这两天,我又遇见了黄裳,黄裳也是经常到沈先生那里去请益的人,他听见沈先生论中国旧诗,所以特地来告诉我最扼要的几句话。沈先生说:中国的古诗家,有四个人是可以范例一切的。那就是陶渊明、杜甫、李义山和黄山谷。因此他希望我们的政府,整理古典文学而整理到旧诗的时候,第一步就应该着手这四个人的作品。黄裳又说,沈先生还是那样清健而健谈。

(香港《大公报》1954年2月12日,署名:高唐)

《蜕变》的人物

曹禺写的《蜕变》,十年前曾经在上海演出过很长时期,地点是"卡尔登"(现在改名"长江"),导演是佐临,演员的阵容,在当年的舞台上都是一时之选。这些人物,目下都在上海,如演丁大夫的丹尼,梁专员的石挥,况西堂的黄宗江,一个"屁"的韩非。他们都是我很熟的朋友,直到现在还是。

我已经写过了曹禺。再说丹尼,有时在开会时碰得见她,平时却不大过往,她去年也当了赴朝慰问团的代表。在丹尼赴朝的时期,佐临的身体不大好,毛病出在牙齿上,因而把牙齿都拔了。有一年他在天津下厂,我到天津去找他,他陪我各处去玩了两天。那时他已经发现牙齿有病,在天津就拔了几个,但没有拔干净,不料一直贻患到现在。

黄宗江其实是不在上海的,不过我写这篇稿子的时候,他刚来上海,耽几天就要走了。他在上海解放的那一年,就跟他太太一道参军,现在他在中央人民政府人民革命军事委员会总政治部工作。去年他到上海来过一次,我们没有见面,这一回我把他找到了,同他吃了一顿饭。他穿了军服,也挂了勋章,修饰得还是那样清清爽爽的,说起话来更加轻松风趣。新中国的军人,有一个特点:他们常是快乐的,每次在我参军的儿子来信中,总能够体会他一副笑逐颜开的神气。

石挥同韩非,都是很忙的忙人,这两天我们要准备过元宵节,昨天打了一个电话给他们,我要跟他们叙一叙。

(香港《大公报》1954年2月15日,署名:高唐)

白杨和垂柳

上海的报纸上刊着一段新闻,说有将近四千株的白杨,从镇江运来,要分植在西藏路和静安寺路一带。又说,这些白杨现在还是幼树,过了十年,它们就会长成得变作浓荫。

白杨这一种树，我曾经看惯了的。从北京城内去游颐和园，出了西直门，过了西郊公园（旧时的万牲园），路旁所植的都是白杨，一直要过人民大学；过了人民大学，将近海淀的地方开始到颐和园的门前为止，那里又不是白杨，而都是栽的垂柳。这就是"西郊道上"，它正确的名字叫京颐路，全程在二十华里左右。当白杨和垂柳它们在枝叶扶疏的日子里，在这条路上走，且不管远山景色，有多么好看，只看这些一棵接一棵的巨树，那种郁郁葱葱的景象，就足够人们的目爽神移了。

　　白杨的树姿，正好与垂柳相反，垂柳的枝条是往下披拂的，白杨则叶子大，枝干挺拔，是朝天直簇的，怒发种种似的显得非常雄健。西郊道上的白杨，因为种得茂密，那时造的路面也不大宽，所以到了夏天，这一条路就是林荫，坐下汽车在路上经过，只见头顶上是一线天河，然而太阳就照不到路面上，风景真是雄丽极了。

　　再过十年，上海也会有白杨夹道的林荫了。本来在有计划的绿化上海，这种白杨的林荫道，一定不止上面所举的两条路而已。将来繁荣的市面，都是出现在树木森森下的，想起了就会叫人神往。所以常听人说，现在的做人，觉得越做越高兴，也越做越有味道，正是因为放在眼面前的一些现实的事情，使你马上会想像到美好的将来。

（香港《大公报》1954年3月5日，署名：高唐）

唱　　歌

　　唱歌只是在小时候学过，大约有三十几年没有唱了，但三年前我在北京时又学起唱歌来了。

　　那时我正过着集体生活，大家都得唱，我起初不肯学，一位女同学怂恿着我。她叫冯伊湄，是海内有名的画家司徒乔的太太。伊湄的旧文学很好，诗词都来得，她晓得我也能作旧诗，于是就有了话题。她说："二三十年来的寻章摘句，酿就了你的'神韵清疏，不乐世务'，现在这个时期过去了，你何不学学唱歌看。习惯了唱歌，就会常常要唱，这样也就会培养一个人的平旦之气。说得更切实些，欢喜了唱歌，往往会增添每个人的乐观的心情,和要求向上的意志。"

伊湄的话说得那么中肯,我便答应她立刻就练。一开始我学了五只歌,一早起来在门外散步时唱歌,到颐和园去泡在昆明湖里游泳时也唱歌,都觉得精神格外的朗健;我曾经参加过北京的两次大游行,一面游行,一面唱歌:"五星红旗迎风飘扬,胜利歌声多么响亮,歌唱我们亲爱的祖国,从今走向繁荣富强!"那声音是壮硕的,而我感觉到自己的步伐也是雄爽的!

那一年我曾经写了很多"京游杂句"的绝诗,其中有一首为了想念上海两个孩子而写的:"悬知团坐一灯青,唐勿唐都话弗停。五首新歌爷也学,归来唱与你们听。"后来回到上海,跟孩子们一谈,晓得我学的五只歌,他们全都会了,我空下来,常常纠集了他们来一个合唱,真有尽室融然之乐。

(香港《大公报》1954年3月7日,署名:高唐)

于 非 闇

北方的国画家,其名仅次于齐白石的,我认为是于非闇。以我这个外行人的喜爱来说,我是更爱赏于非闇画的花卉的。

吴祖光和张恨水的家里挂着于非闇画的海棠,都是望之欲活。祖光同新凤霞结婚的日子,于非闇带了一幅画亲手挂在他们的礼堂上。那是荷花,一张如盘大叶,看起来真有这样的感觉:好像倒几滴水上去,它真能凝聚为珠,倾泻而下。不由你不佩服这位老画家在调色上,下了不知有多大的功夫。

记得那一天的礼堂上,还有一个笑话,原来演京剧的吴素秋送与祖光的贺礼,也是于非闇的一张画,当时给他本人看见了,就私下对祖光说:"这不是我画的。"过了些日子,祖光问起素秋,那张画是不是求于先生画的?素秋说还是好几年前的事,也记不清是人家来押钱用的,还是自己买的。祖光就告诉她这张画是假画,素秋跳起来说,正为还没有解放,所以老会碰到那些不像人做的事!

大家都认为于非闇的画,以海棠为独绝。北京长的海棠最多,也最好。地安门外积水潭那边高庙里的海棠是有名的;中南海颐年堂外面的两株,更是世间极种,所谓"繁红百叠倚高梧"者是啦。当这两个地方的海棠,花开甚时,一定经过非闇的就地临摹,所以写在纸面上的花,也都是活色生香的了。

北京有这样一个习惯:一样出名的商品下面,装一个出品人的姓氏,作为招牌。有如"钢刀王"、"馅饼周"、"烤肉宛"、"豆汁徐"。以此为例,于非闇可以称作"海棠于"。这是我给于先生题的,虽然拟于不伦,却也当之无愧。

(香港《大公报》1954年3月10日,署名:高唐)

殷实的文人

去年,上海的一张报纸上,登了一篇任溶溶翻译的小说叫《洋葱头历险记》,连载了两个多月,报馆每半个月通知作者取稿费,但等这个小说登完四个月了,任溶溶还没有去拿过一次稿费。报馆里特地派了一个人去问他什么原因。任溶溶说,请报馆代我保存一时罢,我懒得去领,也不等这笔钱用。

原来这两年来上海的作家都已成了小康,有些作家,那末还不止小康,直是作了殷实的富人了。任溶溶就是这样一位翻译家,稿费和版税的收入,真是日进斗金,所以他的确有的是钱,不等《洋葱头历险记》那笔稿费来派用场,也是事实,不是故作豪语以骄人的。

据说任溶溶还有一个笑话,他只晓得自己的钱积得很多,但积到怎样一个数目,他是不知道的。因为他的钱有的存在银行里,有的买了银行的定额存单,平时既不注意银行的结存,也不去计算一下定额存单的数目,何况三日两头收到书局里结来他的各种译作的版税,就难怪他要弄不清楚自己的"富程"了。

在上海,任溶溶之外,还有一个版税收入较多的翻译家,那就是爱伦堡《暴风雨》的译作者罗稷南。这一次上海作家协会认购公债中,罗稷南一个人认购了一亿元,是作家中认购数目最高的一人。巴金认购了五千万元。

(香港《大公报》1954年3月18日,署名:高唐)

我 的 孩 子

我的第二个孩子,在一九五一年夏天参军去了。

这孩子在五岁的时候,就死了他生身的母亲,在我抚育之下,不但"庭训"不严,也着实骄纵了他,养成孩子在性格上、行动上表现得都很凸出。读书不用功不必说,在十五六岁时,不知从哪里学来的一副好勇斗狠的派头,和人家打起架来,不仅殴斗,甚至械斗。真使我焦急了,我的孩子完了,怎样也教育不好他了!

一直到解放,到他参了军,我才把心上这块石头放了下来。孩子一进了部队,真会一日千里的朝前猛进,不消几个月,就好像脱胎换骨了的一样。

两年半以来,孩子已经游历了十几个省,他写信回来说他真开心,祖国的锦绣江山,使他看得酣畅极了。又说,他在外边比家里好得多,那里的首长和同志们,都经常对他关心着、爱抚着。平时的学习是紧张的,但学习之余,其他的活动都得做,常常看戏、看电影,他学成了以前不会的排球,也学会了跳舞,等将来回来,他要同母亲跳舞。

他的信,多数谈他学习的进度,他跟我讲些大道理。我写了一封信给他,对他说:"你爸爸这几年来也不停的去学习,单是这一年,每天早晨八时到九时,从来没有间断过。所以关于学习的话,只要跟你母亲多谈谈,对我就免了这些。你要晓得,爸爸最希望听到的,不过是你平安两字,其它没有什么不放心的,这样一个争气的国家去培养你,还有什么会叫我牵心挂肚的呢?"

最近,孩子给我的信果然两样了:他告诉我他一餐能吃几碗饭,能吃几块肉;他不要我买毛线衣给他,因为那里发给他的服装,足够御冬的了;他报告我体重加了多少;他又报告我他离家的时候母亲送给她的手表和金笔都没有丢。孩子是懂得了我的意思,所以娓娓地像绕膝话家常那样的给我来信了。

每年逢年逢节,人民政府总要派了慰问队来慰问全市的烈军属,也总要打锣打鼓的闹到我房间里。慰问队的工作人员,称我为光荣爸爸,称我太太为光荣妈妈,我被他们叫得真难为情。他们走了之后,立刻有一个问题,在我脑子里盘旋着,就是说,明明是政府把我的孩子从泥淖里救了出来,还培养了他,为什么还劳动政府,来向我们作慰问呢?真的,我一直闹不清这样一个问题。

(香港《大公报》1954 年 3 月 19 日,署名:高唐)

发福的太太小姐们

我发现这几年来,在上海的那些太太小姐们,都有一个共同的变化,就是她们都发福了。

上一两月里,《大公园》登着秦怡的照片、蒋天流的照片,她们不是都肥了许多吗?其实黄宗英本来又细又长,像竹竿那样一根的,现在虽然没有痴肥,却也变得骨肉停匀了;白杨本来就不瘦,现在不仅是"丰",而且垂腴了。

越剧艺人中,傅全香是出名的瘦人,但是在她前年从皖北参加土地改革工作回来时,身体头面,忽然狂涨。她到上海的第二天,找我到她家里去吃饭,我带了两个孩子一道去,一进门就吓了我一跳,她说半年不见,你不认得我了吗?我说,把三年前的你的尺寸跟现在来比一比,那末现在的傅全香是一个"铎",而三年前的傅全香,正是"铎"中之"舌"耳。我的一个小儿子第一次看见全香,我叫孩子喊她"全香娘娘",孩子偏不肯喊,而喊她为"大块头娘娘",全香大笑。尹桂芳本来不是瘦子,但这两年来,她也在日长夜大。有人说,尹桂芳如果唱京戏,程砚秋一定找她配小生。

上海的女画家周鍊霞,现在是四十六七岁的人了,我一点不挖苦她,她比三十来岁时更显得后生。她是一向瘦的,若不是她爱好修饰,经常打扮着,她一定瘦得近乎干枯了。可是这几年来,她是变得又白又胖,胖得额角上的皱纹都找不出一条。我每次去看她,她总在替画中仕女,调铅弄粉,她说:"一星期完成一幅,卖一百多万到两百万元,画得久了,有点吃力。"我说:"你老了,比不得年青时……"她说:"你才老了!我是说胖了,才觉得举动不便。"

我上面所举的这些发福的太太小姐们,都是操作得很忙很辛苦的人。只要忙得有意思,辛苦有收获,忙点,辛苦点,都只会增加身体的健康;惟有空闲得生活失去了规律,并且厌倦生活的人,才会消瘦下来,甚至生起病来。

(香港《大公报》1954年3月24日,署名:高唐)

裘盛戎和高盛麟

假如在香港的朋友要问我:你这几年京戏看不看?我说:不大看,看也挑了人看。而且我是挑定了两个人看的,这两个人就是题目上的裘盛戎和高盛麟。但是这两人都有三年多没来上海,因此我就很难得看京戏,但不看京戏,却也不等于不看戏,我是常常看电影,看越剧。

裘盛戎和高盛麟,现在是中国的第一个花脸和第一个武生。这两人都是根柢好,天分高,是人才,但是旧社会这个东西,任凭你甚样好的人才,它就要把你熔毁,裘、高两位在那个时代不是摇落可怜的吗?抽鸦片,吸白粉,尤其是高盛麟,行头都当完了,什么戏都唱不好,如果不是人民政府成立得早,来拉他一把,到现在说不定他要做一个班底的零碎,也未必有份,而露骨道途,倒是很有可能的。

你知道目下他们都怎么样了?汉口来的人说:高盛麟的面孔比以前大了一倍,他发胖了;现在是中南区一个国营京剧团的团长,是领导干部。裘盛戎在北京,也加入了公营剧团,他老早以花脸唱大轴了。金少山活了那么多岁数,到临死时,落得个花脸挂头牌,他以为前无古人而得意,可是后有来者就追得这么快,裘盛戎正当盛年,贴出去就是送客戏。去年他同高盛麟,还都到了朝鲜,作慰问演出。

一九五〇年年底,裘、高在上海碰头,一道在"天蟾"登台。高的《铁笼山》,裘的《盗马》,都是使人忘不了的好戏。在人民政府培养之下,主要是要求演员钻研业务,自己已有了绝高的天分,经不起加上一分钻研的工夫,那个成就是实在了不起的。简单说一句:一种艺术上洗练的境界,在他们两个人的演技上,最容易体会得到的。

是前年吧,在武汉的《长江日报》上,读到高盛麟一篇写自己的文章,我看了几遍,为之喜极不寐,我高兴的是高盛麟这个人真正得了救!他着实了、牢靠了,他老老实实的说话,从这篇文章里,好像看得见他是拿出心和肺来,热爱政府,热爱国家。一个人有了这样的感情,就不可能不会向上,品格一天天好起来,本身的艺术上的造就,也一定是日进无疆。

是大前年的年底,我将从北京回上海,在上车的前两夜,还都去看了裘盛戎的戏,一出《盗马》,一出全本《姚期》。在《姚期》里最看得出他的吸收是多方面的:有他父亲裘桂仙的功力,有金少山的气魄,而更多的是把周信芳身上最精纯的部分,再经过提炼,溶合在自己的演技中,因而成为无上精品。

一个演员,真有叫人喜爱得刻骨难忘的,我对裘盛戎和高盛麟就是这样。老在打听:为什么他们还不来上海,他们到底几时来上海呢?

(香港《大公报》1954年3月25日,署名:高唐)

我 说 苏 青

三年前,我去看苏青,她在家里读俄文,她说,把俄文学好了做翻译工作。我请她在我编的报纸上写些小品或者小说之类的文章,她说:"我不写,写得不好,伤害了读者,也伤害了报纸。一定要等我学好了再写。"又说:"我的《结婚十年》《浣锦集》这些作品,都曾一纸风行过的,到了现在,我也不妄自菲薄,因为这些东西,终究是自己的心血,在那时候我只能出产这样的货色,以后当然不能再错下去了。"我觉得她的话,倒也说得爽脆。

过了一年,在一个关于越剧的座谈会上遇到她,她那时已不叫苏青,也不叫冯和仪,她改了名字叫冯允庄,正在尹桂芳领导的那个芳华剧团里担任编剧。去年卖座卖得很长久的《卖油郎》那个剧本,就是她的手笔。

到了目下,她对这个工作,已经乐此不疲地成了她的专业了。有一次,我去看"芳华"的《西厢记》,在散场时出门,人丛中瞧见一个矮矮胖胖的女人,因为胖得有点叫人辨认不出,但看来看去像是苏青,正想同她招呼,忽然她在人丛里又看见一个熟人。是一个老太太,她就张口喊起"×家姆妈"来了,十分道地的宁波口音,她正是苏青。据说,那个老太太是尹桂芳在十年前认的义母,苏青跟着尹桂芳称呼,所以也喊起"姆妈"来了。我说,苏青这个人,就是这样的入俗与随和。

(香港《大公报》1954年3月29日,署名:高唐)

叫天翁营圹记

盖叫天今年七十岁了。"皇天不负苦心人",现在应该说是"国家不负苦心人",这个老头子,这两年来,真是受尽了政府的优礼。

杭州金沙巷,有个盖叫天的家,因为离市区远,那里没有电灯,政府特地为他竖了三十八根电线木,把电流通到盖家去;又为了他一身的超然极诣,怕老死之后,从此失传,政府特地给他拍了影片记录下来,留作后世人的观摩。这些都有人在本报上提过了,现在我要说的是盖叫天营生圹的事。

因为叫天翁欢喜杭州,所以他的生圹也就筑在杭州。政府在茅家埠地方,拨给他一块地皮,让他在这里做起圹来。

这个生圹目下正在计划中。听说已经决定的,那上面有墓碑、有牌楼,而牌楼上面的横槛上,有三个字是齐白石写的,文曰"学到老"。大家认为白石老人这三个字,题得实在太好了,盖叫天这一身绝艺之所以能够千古,能够不朽,就是因为他是真正做到了"学到老"的。我的政府之爱惜盖叫天,至于无微不至,主要还是因为这个老头子对于艺术的忠心。所以说齐白石这三个字题得好,就因为它是确切不移。还有牌头两面的柱子上的一副对联,则是吴湖帆写的。对文是:"英名盖世三叉口,杰作惊天十字坡。"盖叫天姓张名英杰,这对联里嵌着他的大名,也提出了他的两个好戏。这对子早在十多年前,吴湖帆就写给他了。老头子很高兴,每次登台,总把这对子挂在台口;不唱戏的时候,挂在自家的客堂间里。因为他心爱这副对子,所以预备把它凿在墓前的石牌楼上。

　　盖叫天还有一个生平钦服的朋友,是昆曲名宿徐凌云,他也要求徐先生给他写些什么,作为点缀生圹之用。此外还有人建议:叫天翁是短打武生,凡是武松的戏,都是他的杰作,因此要给他塑一个武松打虎的铜像,安在圹上。但这个建议,大家还在商量,因为也有人提出这样做是不是合适的问题,所以这铜像的要塑不要塑,看来还是要将来的圹中人自己来决定了。

　　(香港《大公报》1954年4月5日,署名:高唐)

江 南 春 野

　　江南已经到了春好的时节,不要说身居海外的人,在这时候会想望江南三月,就连我这个耽在上海市区里的人,逢到日丽风和的天气,也一定想着郊外的秾春如酒,而为之无限神驰。

　　前人有很多春野的诗,也有突出地写江南春野的。我最记得李莼客的两句:"正是江南农事起,小桥摇出罱泥船。"

　　当我在学作旧诗的时代,京江王傀静先生对我的指点最多。那时我对诗的"意境",往往不能体会,王先生就写了一首前人的春游诗给我看,那诗是:"垂髫弟弟慢前行,路在田边记不清。东岸垂杨西岸柳,乱飞蝴蝶乱啼莺。"在寥寥的二十八个字里,写尽了江南的春野风光。一面读诗,一面就好像置身在春日晴郊里,这样,就足够说明了诗之贵乎有意境了;其实这几句是诗的别体,应该说是竹枝词的极构。所以,无论是正统的诗,是竹枝词甚至所谓打油诗,无不可以抒写意境的,只在写的人的手高手低而已。

近人白蕉先生,大家都推重他的书画。我倒以为他的旧诗,实在比书画的成就更高。十年前,在他举办的书法展览会里,看见他写的一首绝诗,也是赞美江南春野的:"渐有桃花泛绿潮,豆花眼大杏花娇。先生策杖来何许,两岸垂杨认小桥。"小桥、流水、人家,原是江南郊野特有的风物,在这首诗里,又把桃花、杏花、蚕豆花乃至两岸垂杨,都舒舒服服地安排进去,更显得风光如画,旖旎无边了。

(香港《大公报》1954年4月21日,署名:高唐)

想 念 丁 香

从前人说"琪花瑶草不知名",的确有许多花草,不是莳花专家,是举不出它们的名字来的;但也有因为常识的贫乏,对很寻常的花类,也是认不得的,譬如我一直误认迎春花为丁香花,因此闹过很多笑话。记得有个朋友他家庭院里栽着迎春树,有一年我给他的"寄怀"诗里就有"闻说丁香可及眉"之句;又是一年的初春,我们去逛无锡鼋头渚,在岩石堆中,访着一树迎春,花开正盛,忽然想念一个在养病中的朋友,我就又有"我看丁香犹问病,有人孤寂似丁香"的两句诗,其实把两种花都缠夹了。

我真正认清楚丁香与迎春的分别,还是三年前的事。那时我在北京,是四月中旬,春已过半的时候,北京地方,到处开着丁香,随便走在哪一条胡同里,都有一径芬芳,沁人鼻观,都是丁香的花气。原来北京的住家,有两种树种得很普遍,一种是枣树,另一种便是丁香。

就是这一年,在丁香盛放的日子里,我到东城史家胡同的一家联合诊所里去进行全身检查,这地方是巨厦隆隆,每一个院子都有一面左右的地皮,而这些院子里,什么花草都没有,就是种了好几十株或是上百株的丁香树,如潮花影,簇拥着暖瓦风檐,境界是美丽极了。我那天就在丁香林里,流连了一个下午,也从这一天起,懂得了丁香的可爱,是远胜于迎春花的。

北京的丁香,白的最多,此外有紫、有黄。后来看见苏联画报上,登着丁香的彩色照片,他们那里的丁香,栽植到现在,已经有二十四种颜色,这样高度的种花技术,不久就会传到中国来的。

大家都说,春天,江南比北方好,我也这样认为,但是上海丁香不多,而北京的丁香太繁殖了。想念丁香,就觉得北京的春天也好。(自上海寄)

(香港《大公报》1954年4月26日,署名:高唐)

柳 林

亡友王尘无生前,曾经在西湖养病,当柳老飞绵的日子,他写过一节散文,形容西湖上的杨花:天上吹着南风,杨花都往西湖里落,直落得湖面都是白的,而外湖不粘一絮。他认为真是奇观。

其实当时苏堤、白堤上的柳树不大,亦不多(现在多了),然而落起杨花来,已这样好看。在江南看不见很大的柳林,而这种柳林,在北京就到处可见。我上次写京颐道上的白杨与垂柳,像那样又老又粗的柳树,近上海一带是看不见一棵的;然而出了北京的西直门,过海淀,这样大树的柳林,竟满眼皆是。

有一年,我住在西苑,地方就靠近颐和园,乍一到,正赶上柳老飞绵。春天,北京的风总是很大,杨花连落数日,晴空之下,杨花随风飞舞,真似翻云滚雪一望皆白。这些花终究要落到地上,一到地上,它们就攒聚成团,于是在地上乱滚,在外面走的人,走一步,往往会把鞋子埋在一个絮团里。

离开我住的地方不到半里路,有一座柳林,这在我所看到的林子中,该是最大的一个了。大可数抱的老树,真的要多少有多少。林子下面,累累然都是坟冢,但也有一条曲径,走完这一条曲径,就是颐和园的高墙。墙外有个小集,小集里放着一辆"一轮明月"(车名),这是一个卖切糕的老汉,老北京都知道这个人的切糕,说是他的糕,当初曾经受宠于那拉氏(按:即慈禧太后)那个老太婆的。

我们去买切糕,总要绕过那座柳林。夏天,这里骄阳不到,我们有时舍不得走开,就在地上坐一歇,虽蝉声狂噪,也不觉得怎样聒耳,就是一样不好,树根多巨蚁,叫它们蜇一下屁股,不由人不惊呼起来。

京戏里常常把某个地方叫做"柳林之下",《四进士》毛朋写状子在柳林之下,《一捧雪》也提到柳林之下,所谓柳林,在江南的人,往往会想像不出的。我虽然这样写了,也许有人还会笑我所见不广,因为中国有名的灞桥柳,我到底还没有见过呢。

(香港《大公报》1954年4月28日,署名:高唐)

心 花 怒 放

盖叫天的舞台纪录片,摄制完成以后,我同他吃了一次饭。那天,我们只四个人,还有一个是石挥,一个是《盖叫天演戏五十年》的王惟。

又是一年多,没有见到叫天翁了,他还是那么健盛,双目炯炯有神的。在摄制影片时期中,他是相当的劳累了。但尽管劳累,也没有让人家看出他疲惫的样子,这样高贵的精神,只有让人吃惊。

我告诉盖老说:现在到他上台唱戏,我简直不大敢去看戏。他问我什么原因?我说,就因为戏院子里,大家都不习惯喝采,我一个人就不好意思喝采。他说,那你倒说说看,你为什么一定要喝采?我说了:"譬如说,有些人的戏,是好,但是可以不喝采。只有一种人的戏,好,好到了我的心花怒放,这时候如果也不让我喝个采,那末我这一分激动了的情绪,就苦于无法收场。再说得具体一些,梅兰芳、程砚秋、杨宝森他们的唱,都是清歌,听了觉得舒服,亦觉得美,但是我不会喝采,因为这些清歌,还不会叫我听得心花怒放。但是看到你,看到你盖五爷的戏,咱们只说一出《洗浮山》,趟马、走边,那些动作的洗练、凝重,真像彩虹一样,明亮了台下人的眼睛,等到你一个亮相下来,稳若泰山地往台前一放,转一个身好看,再转一个身,还是好看,我想不管台下人懂戏也好,不懂戏也好,分量上的轻重,终是能够识别的,我就是常常被你的一招手、一抬腿,撩拨了我的心花,因此每到你在台前'亮住'的一刹那,我准备在嗓门口的一声采,就不可能让它蹩住了不叫出来。"

叫天翁听完了我的话,他认为这倒是个问题。他说:"演员唱得好,不要叫采,是有不要叫采的理由,因为叫采很可能损害了戏剧的气氛;至于武戏,只要台下人不是乱叫,那末叫采是会对演员起鼓舞作用的。观众对演员忠实,演员也决不会不忠实于观众。"如果把叫天翁的话,说得"世俗"一些,就是说,台下真赏有人,演员也不会冷落识家的。

我们也谈到了《恶虎村》,叫天翁的意思,不成问题,颂扬狗腿子的戏应该放弃。只是《恶虎村》里有些场子,实在是京戏里的精粹,他一直在想,能不能编一出关于史进的故事,把它们安排到梁山戏里去。老先生把意见提出来,很属望于在座的石挥与王惟,因为他们懂戏,更会得写戏。

这天在回家的路上,又想起上面叫天翁说的一番心花怒放的话,从这里明白了我近年来写什么不大看京戏的原因,就为了有些演员是我想念的,有些演员是我不想念的。我想念的演员,他们的戏会看得我心花怒放。这里高盛麟也是一个,满身靠把,厚底靴,唱一出《铁笼山》,几个圆场下来,靠旗文风不动,这样的功力,难道叫人看得还不够心花怒放吗?

(香港《大公报》1954年5月18日,署名:高唐)

"吃在本地"

十六铺有家本地馆子叫德兴馆,是一家老店。上海的本地馆子,不止德兴馆一家,如大舞台隔壁的同和馆,打浦桥的人和馆,但都不及德兴馆有名,菜也不及德兴馆烧得好,德兴馆是真有几只吃过了会使你永远想念它的好菜。

可惜的是德兴馆开在十六铺,偏南了一点,像我们住在中区的人,总觉得吃一顿饭,路跑得太远。有时给远道来的朋友们洗尘或者饯行,总想请他们吃吃本地菜,但是又怕他们不熟悉十六铺的路径,只好请他们吃无锡帮的老正兴了。因为老正兴是大体上像本地菜的。

前些时,我们两三个人,恭贺孙景路和乔奇的新婚,吃一顿饭,地点挑在德兴馆,由我点了三只冷盘,是白切肉、蚶子、油爆虾;又点了四只热菜,扣三丝、油豆腐线粉鸡、红烧甲鱼和烧秃肺。其余的让别人点,但别人都点得不及我好,我点的都是德兴馆几只颠扑不破的名菜,其中尤以冷盘的白切肉,热菜的扣三丝和油豆腐鸡为最好。这只鸡的烧法我认为是超盖一切的。我吃过香港大同酒家的脆皮鸡,好是好,但上海廖九记烧得一样好,甚至陕西南路的美心酒家,烧出来也没有什么两样,惟有德兴馆的油豆腐鸡,似我这样一个好吃的主顾,还没有吃到第二份。要说贵妃鸡,那是不足数的。

春天鲜蔬上市,德兴馆的枸杞头和春笋腌鲜,都是叫人舍不得放下筷来的极味。人家说"吃在广州",或是"吃在四川",我是上海人,我的口号是"吃在本地"!

(香港《大公报》1954年5月24日,署名:高唐)

那一回在瑶卿先生家中

三年前,差不多是这个时候,我在北京,王玉蓉、小王玉蓉母女两人,亦正好自上海北来。有一天,我们三个人在丰泽园吃完了饭,玉蓉对我说:"你跟我一道到我师父家里去。"我知道她要我去看看王瑶卿先生。

瑶卿先生的家,离丰泽园没有多少路,记得从煤市桥一拐弯走进一条胡同就到了。那房子很幽旧,收拾得却很清爽。瑶卿先生已是七十老翁了,但看他健朗的样子,正如五十许人。他欢喜讲话,话又说的那么轻松有趣。贞观(小王玉蓉的名字)叫他爷爷,她撒痴撒娇的缠着他,这位老年人一面说笑话,一面也像爱抚自己孙女儿一样的爱抚着贞观。

王先生欢喜养乌龟,桌子上有一个水盆,盆里放了一只很大的、身上拖绿曳青的元绪公。玉蓉对我说:"我师父会画画。但近年来他什么都不画,就画这个东西,所以他养了很多这个东西,都是作画的范本。"经玉蓉一说,我留心看看他家的墙壁上,果然有几只画好的乌龟挂在那里。这时又听贞观在跟瑶卿先生说:"爷爷,你说送我一张画……"贞观的话还没有说完,瑶卿先生已经走到他的画桌边,从笔筒中抽出一卷画来,递与贞观说:"这就是给你的。"贞观把这幅画打开来时,我也凑上去看,只见上面画了三只乌龟,一只最大的,神气安详地伏在树根下面;一只比较小一点的,跟在一只最小的乌龟后面;而那只最小的,正在爬到一块石头上去,但又把它的头,钻在石缝里面。

正当大家看得出神的时候,瑶卿先生又跟贞观说话了:"你看懂了没有?"贞观说:"看不懂啊!这是什么意思?爷爷。"瑶卿先生笑了,他指着那幅画对贞观说:"那个小乌龟是画的你,那个大一点的乌龟是你妈。你要学戏,一定要像这小乌龟那样,不怕艰难,要有钻的精神,而你妈则不能放松你,要随时督促你,所以我叫她跟在你的后边。"瑶卿先生一边解释,听的人已经都哄笑起来,玉蓉母女俩更是笑不可仰。贞观笑完了,她对瑶卿先生说:"我晓得啦,那个最大的乌龟,爷爷一定画你自己了。"这时瑶卿先生也哈哈大笑,说:"是我自己,乌龟老啦,孩子你难道不让他休息休息吗?"玉蓉说,这位老人家的风趣,一直如此,因而他的家里永远浸透着欢愉的空气。

我又发现瑶卿先生也是很率直的人,譬如他曾经问我:"你看过我的戏没有?"我说看过的。他就说:"那很好,如果没有看过,就没有得看了。看过我什么戏?"我说:"我十八岁那年,在上海看你的《珠帘寨》,你的二皇娘,是言菊朋的李克用,还在老共舞台的时候,我只记得你下场走的'旗步',赢得了满场的采声。"

这一天,我在他家里坐了一个钟头就走的。想不到整整三年以后,王先生是作古了。我晓得死讯的那天,就打电话给玉蓉,而她们母女两人,到扬州演出去了。料想她们客中闻耗,定然心痛神伤,因为她同瑶卿先生师徒的情谊,比平常人是更加深厚的。(自沪寄)

(香港《大公报》1954年6月22日,署名:高唐)

掷　花　人

这一时,上海的长江剧场(旧"卡尔登"),正在上演华东越剧团的四个小戏,论角色,真是极一时之选:花旦有傅全香和金采风,小生有陆锦花和丁赛君。陆锦花之加入"华东",还是近半年的事,而丁赛君则更是最近的事。

有一夜,丁赛君和金采风的《庵堂相会》上场了。丁赛君在台上的时候,忽然有几束鲜花,从台下遥掷到台上,掷到了丁赛君的身边,在台上的丁赛君倒并没有感到什么不安,但是前台的人注意到这件事了,他们觉得这情形不太好,经过调查,原来掷花的人都是几个十多岁二十岁不到的女学生。

在中场休息的时间里,前台就和这几位女学生商谈。告诉她们为了剧场的秩序,也为了演出时舞台的气氛,这样做都是不妥当的。女学生中有一个作了代表的发言:"我们很抱歉。这样做了,演员、观众的确都受到了妨碍。你们的批评,也是对的。我们都是丁赛君的艺术的爱好者,她们久没有登台,听说她加入了公家剧团,我们都非常激动,我们为她从此得到了正确的领导而庆幸。今天我们来看戏之前,曾经作过计议,想亲自到后台去向丁赛君表示我们对她关爱的心意,但是我们晓得,后台演员的化妆室,最好是不要让闲人去乱闯;即使我们决定去了,后台的管理人员,也未必肯让我们与她见面。说来说去怎样也遏止不住要对她表示我们一番尊敬的心情,无可奈何,才想出买了几束鲜花,从台下抛到台上的方式来,但当时却没有估计到这个方式,也不顶完善!"

这位女代表的侃侃而谈,使剧场的管理人也觉得这些女孩子的热情如沸,实在无可非议。所以只好对她们说:"既然你们也明白了这样的方式不大完美,那末希望以后想做一件事的时候,把问题多考虑考虑方好。"

事情就这样结束了。我们也应该说这几位女学生的遥掷鲜花的确不是顶好的办法。但是她们也是所谓"越迷"啊,而现在的"越迷",做法毕竟两样了,她们并不庸俗地用送礼物、请吃饭的方式来接近她们心爱的演员,她们是从社会生活上来爱惜一个天才演员的。听听上面这位女代表的一番述说,在我,总是深受感动的。

(香港《大公报》1954年7月29日,署名:高唐)

吃 棒 冰

在夏天的上海,我们常常吃棒冰,孩子一天要吃好几枝,连我的老太太,每天也要叫孙子上下午给她各买一枝。一枝的价钱才五百元,多吃些实在也不伤脾胃。因此有些人家,家里不备冰箱的,烧了绿豆汤或是百合汤,等在半凉的时候,搁上几枝棒冰,立刻也就变了冰冻绿豆汤和百合汤了。

上海制造棒冰的大本营,是国营益民食品公司,出品的是光明牌棒冰。这种棒冰,第一是讲究卫生,第二是讲究规格,卫生检验工作做得十分严格,规格也是做到百分之一百准确。而品种则在不断增加,现在有的:赤豆、绿豆、橘子、奶油、酸梅、青梅,还有番茄等。孩子们欢喜吃橘子和奶油的,我就爱吃青梅,青梅棒冰不但有青梅的味道,颜色也像青梅一样,晶莹挂绿,看了就有凉生肘腋之快。

夏天的饮食,我是一向当心的,但近年却随便得多了,不但在春末夏初的时候,总要注射预防针剂,也因为一切饮食的本身,没有不在卫生上着力的。譬如说,我是从来不敢吃棒冰的,但这几年的夏天,一直把它代替为日常饮料,走在马路上,都会买一枝来衔在嘴里的。

有一天,我同一个朋友等电车,在站上买了两枝棒冰,分给朋友一枝。坐在电车上,我就对朋友说,我们今天随便在马路上,买一枝棒冰,张口大嚼,好像是不足道的日常生活中的一点点享受,其实就在这一点点享受上,也足够体会出今天过的日子是那么幸福。棒冰不是现在才有,从前的棒冰,我们为什么不敢吃?现在的棒冰又为什么敢吃了,而又吃的那么多,那么随便,那么津津有味,又是那么放心呢?

又有一天,我的妹妹从杭州来,我家里买棒冰给她吃,她拿到棒冰就流了眼泪,因为她想起了一个伤心的故事:她的大儿子,在十多年前就是为了多吃棒冰而死去的!那时棒冰是生水做的,有大肠杆菌,使这孩子得了伤寒病,没有几天就死了。说起来那个时候好像也很讲卫生,牛肉经过检验,牛奶经过消毒,但这一种"德政",是轮不到穷人头上的,那时当政的老爷们,做梦也不会想到,替穷人需要的食品,多操一分心,多费一番手脚的。因此像我妹妹那样的穷人家,就只能给孩子吃吃生水棒冰。吃了生水棒冰,得了伤寒症,把小生命也送掉了。

(香港《大公报》1954年8月4日,署名:高唐)

沈尹默题竹记

沈尹默先生安居在上海的情形,本刊记述的已经很多,我这里是来说他一桩近事。

六月间沈先生为了庆祝祖国宪法草案的公布,画了一幅竹枝,还写了两行题句。这张画恰巧给一位新闻界的朋友看见了,就从沈先生手里要了去,似获至宝地将它怀归了报社。

不到几天,这幅画就在报纸上刊登了出来(本刊亦曾铸版刊出)。是一竿直竹,画笔是那样朗拔,即使不懂画的人,看起来也会觉得气韵非凡;同时,也能体会到这疏疏的几笔竹子,是在沈先生怎样愉悦的心绪下,泼写出来的。

大家知道,沈先生是以书法驰名的人,他的画并不多见,因此这一幅画竹,在报纸上出现以后,立刻就轰传艺苑。很多美术工作者,争着向那家报社,索取真迹来作为观摩。

后来有人向上海市协商会建议,要由上海市协商会出面,请报社将这幅画转让给他们,由他们把它精裱以后,送到北京去献给毛主席。

所以要由上海市协商会出面,因为沈先生是该会的委员。平时该会每次会议,沈先生从不缺席,从这上面可以见得这位老人家,不只是终年潜心艺事,对于政治,对于自己责任,也是那么负责和关怀的。

(香港《大公报》1954年8月12日,署名:高唐)

邓散木精心制大印

江南的书法家兼金石家中,邓散木先生是最著盛名的一个。在解放以前,大家都认为邓先生是一个怪人,从他的名字叫做"粪翁"上看来,就是"怪"的特征,其实我同他做了二十年的朋友,深知这个人非但不怪,而且是个血性汉子。在那个时候,他不肯给国民党的官僚们刻一块图章,写一副对联,难道也是他的怪吗?旧读书人有一腔忧时愤世之悲,没有地方发泄,反映在平时行动上,常常不肯苟同于浮世,因而使酒骂座的,邓先生就是这样的人物。

为什么政治清明的今天,邓散木就一点不怪了呢?他连"粪翁"的名字,永除不用,除了照常刻印写字、钻研艺事之外,五年以来,每天用很大部分的工夫,做里弄工作。他住在上海青岛路的懋益里,懋益里一直被誉为上海模范里弄之一,在这方面邓先生是很有贡献的。我在一年里难得去看他几次,总是先在他的弄堂里看看大字报和墙报,这些报上的字,都是邓先生的亲笔,写的是恭楷,让大家一看就认得。这些字在以前放到他的"书展"里去,邓先生不知好买多少甏老酒可吃,现在却献出他的劳力,无代价的为人民谋福利了。

今年九月底,在毛主席当选中华人民共和国主席的第二天,邓先生仗着一团高兴,费了一日一夜的时间,刻了两颗大印,一颗是七公分见方的,刻着"中华人民共和国万岁"九个字;另一颗是六公分见方的,刻着"毛主席万岁"五个字,很多人都称赏这两块石印,刻的气势雄浑,而边款上的字,也非常精纯,推为邓先生治印以来的精心杰构。邓先生自己写信给他一个朋友,对这两块刻印下的评语是:"自问甚惬意,当世殊乏此大手笔也。"这样十四个字,上海的识家,也认为邓先生是言大非夸的。(按:这两块印已刊于十月十一日本刊)

现在这两块印,已经由邓先生献与上海市文教主管机关庋藏了。

我亲眼见过这两块石头,一块是青色的,一块青里带一点黑,以我的腕力,把它们同时放在手上,有些不胜负重之感。因念刻的人若不是腕底千钧,又如何能把刀凿下去呢?真神技也。(自上海寄)

(香港《大公报》1954年10月25日,署名:高唐)

二年前的《梁祝》座谈会

《梁山伯与祝英台》这部彩色电影,现在已成为全世界轰传的艺术品了。

这个电影在上海是八月下旬公开上映的,我在公映后一星期,方始看到。关于在公映时期的盛况以及"观后感"之类,我都不谈,我只是仗着一副"沾了光彩"的心情,来谈我参加过《梁山伯与祝英台》在筹备摄制时的第一个座谈会。

这个座谈会是由"上海电影制片厂"剧本创作所主持的。有他们的最高负责人列席。导演一开始就决定了桑弧,所以桑弧也是在座的一人。但是没有演员,因为演员的人选那时还没有决定。

主席说明了开会的目的和要求听取大家的意见之后,就轮到列席人发言了,忽然有人要我第一个表示意见,我当时很僵,因为我实在没有什么准备。记得我是这样说的:"《梁祝》这个民间故事,在中国流传得很久也很广,在舞台上,虽然任何一个剧种,都有这样一个戏目,但是近二十年来替这个剧目做了发扬工作的是越剧,尤其是上海,街头巷尾随时都可以听到《楼台会》的声音:'梁兄啊,你道九妹是哪一个,就是我小妹祝英台。'就是这样的广泛流传。所以要把《梁祝》故事搬上银幕,我是同意摄制越剧记录片的。

"不过越剧的欣赏者,一般是限于江浙两省的人。为了方言的不能使各地人普遍接受,应该考虑到如何处理唱词和台词的问题,唱词可以用字幕来补救,台词因为又快又琐碎,就比较困难。我想这样建议,是不是可以改用'上韵的普通白'呢?"

我的话大致说到这里。在座的人听到末了,都笑起来了。我坐定了想想,方才真是在信口开河,这个"上韵的普通白",原来是一样不可想像的东西。

这个座谈会,距今已是两年以上的事了,那时《梁祝》这部片子,只是一个胚胎,但今天它已成为祖国电影事业中一张优秀的影片。正因为这样,我虽然仅仅参加了那一次座谈会,在会上说了些对它毫无帮助的废话,但总是感觉"与有荣焉"的。

(香港《大公报》1954年11月14日,署名:高唐)

青衣花旦赵燕侠

这几年来,有一个唱到哪里,轰动到哪里的京剧女演员,她的名字叫赵燕侠。我听说赵燕侠的名字,是童芷苓跟我讲的。那还在一九五〇年的夏天,芷苓其实是开玩笑,但她装着大惊小怪地告诉我:"我们这一行里,出了一个赵燕侠,像我这样的角儿,都给压下去啦!"我听得很诧异,问她到底是怎么会事。她说:"人家不说我演戏的表情入神吗?那末赵燕侠的表情,应该说是神而又神了。"当时童芷苓就举了一些例子:赵燕侠演"会审"一场,唱到"那一日梳头来照镜……"她的左手装着是擎了一面镜子,右手的动作很快,好像有一把梳子在手里,侧着脑袋,倏上倏下地梳弄头发;更妙的是唱到"七孔流血命归阴……"一句的时候,她的手指把自己脸上所有的"孔",都点到家了。

自然,我这样写,读者诸君也许觉不到什么好笑,但当童芷苓绘影绘声地摹仿给我看时,是曾经引得我哈哈大笑的。

后来赵燕侠每年都到上海来一次,演期或长或短,卖座总是不成问题。总结听过的人关于赵燕侠的评价是扮相好、口齿清、嗓子宽而表情过火。

今年十月,赵燕侠又在上海出演了,到十一月,我才买到两张票。戏,就是童芷苓介绍过的《玉堂春》。看了以后,我说,赵燕侠是好的,最好的地方在于口齿清晰。青衣唱女起解,不知听过几十遍了,在监牢里拜别狱神的一场唱的反二黄,是最最难懂的一段唱词,但是放在赵燕侠的嘴巴里,就会一个字一个字的送到台下人的耳朵里,完全听出来她在讲些什么,这就足够赵燕侠的难能可贵了。我因此想,很多人不欢喜《宇宙锋》这个戏,是因为赵女跟她老太爷唱的那段二黄慢板,除了第一句"老爹爹"之外,其余不知是一些什么词儿,如果让赵燕侠唱起来,那末观众就用不着一面看说明书上的唱词,而能够有情有节地听懂下去。听戏而要参阅说明书上的唱词,至少是一桩不痛快的事,但听赵燕侠的戏,可以完全不必要参阅唱词,这就是赵燕侠最大的成功。

  再看表情,大概几年以来,她也接受了人家的一些意见,把过分夸张的地方都减弱了,比如前面童芷苓讲的两个例子,都不做了。但是突出的地方还有,突出得跟剧情结合不起来的,那末就叫人看得很不舒服;但是突出得也有好的地方,例如刘秉义同潘必正告退以后,王金龙单独审问苏三时,当她看出南面而坐的按院大人,明明是她的丈夫,她唱至"我那三……"这一句时,赵燕侠面对着台前,身体疾退到王金龙的辕门的右侧,用三个指头暗示给那个小生,哭丧着脸,把上身不断扭动,她的意思你明明是我丈夫,为什么这时候还不相认,因此让台下人看出苏三的又是怨,又是恨,因为情急而要起滚皮球了的那种感情。这是她表情突出的地方,然而突出得可以使人理解。

  我还想看她一次《大英节烈》。听说后面的起霸同开打,有名武生一样的功夫,真是如此,那末这位女演员太不平凡了。

(香港《大公报》1954年11月28日,署名:高唐)

沈尹默写字的故事

  是初冬一个暴冷的上午,去拜访了沈尹默先生。

  在沈家小客室里的墙壁上,挂了不少小屏、小条幅、小立轴,这些都是沈先生自己写的或者是自己画的,找不出一件别人的作品,这一点跟其他的书家不同,显得非常别致。

  沈先生跟我谈了两小时又半,都是关于书法的一些问题,这中间还夹杂了一段他所以发愤学书的故事,很有趣,约略把它记在这里。

沈先生今年七十二岁,从他写字到现在,已有五十五年的历史。是十六七岁的时候,他在杭州一个军校里读书,同学中跟他最要好的是刘季平(苏曼殊诗"多谢刘三问消息,尚留微命作诗僧"里的刘三,即是此人)。

有一天是假期,刘季平跟几个同学买了许多熟食,酤了几壶老酒,大家哄饮起来,直吃得刘三酩酊大醉,当他回去的时候,刚跨出门,人就扑倒在地上了。这情景沈先生都看在眼里。

这一夜沈先生就在家里赶制了一首五言的古体诗,是写刘季平大醉以后那一番狼狈情形的。诗既作好,就写在一张横幅的白纸上,第二天交给季平。刘季平也觉得这很好玩,就张挂在他卧室的墙上。不料给陈独秀跑去看见了,陈问刘三,这是何人所作?刘三告诉他是沈某所书。当时陈独秀就向刘季平打听沈先生住的地方,刘也一一告诉了他。

又过了几天,沈先生正一个人耽在家里,忽然楼下有人喊他的名字,沈先生一听这声音很生,就楼窗一望,只听得那人已在自我介绍:"我是陈中孚(独秀的号),是刘季平的朋友。"沈先生原来耳熟此人,当下就将独秀款待上楼。陈独秀说明来意,是因为看见了那首五古,所以特地来告诉沈先生两句话的。独秀对沈先生说:"你的诗作得很好,你的字则其俗在骨。"

等陈独秀走了以后,沈先生觉得很激动。就从这时候起他发下愿心,要将字写好,沈先生告诉我说,他写字是由这时开始,从汉碑入手的。

(香港《大公报》1954年12月1日,署名:高唐)

黄宾虹赠画成癖

去年十一月里,我有一位同事到杭州去休养,忽然接通老画家黄宾虹先生住在杭州,特地起去求他一点墨宝。当时就付了润笔。等到去取件的时候,他同老画家谈了起来,无意中我的同事告诉老画家他的故乡是安徽,离黄山不远。宾虹先生欢喜得好像得了什么题材,就对我的同事说:"你过几天再到我这里来一次,我送你一张画。"后来我的同事到了返沪的前一日,果然又去造访,老画家取出一幅新作的黄山彩画,题字中有"××先生家住其麓即以奉赠"数字。

那样有纪念性的又是出色的一幅好画,使我的同事接到手中,不免惊宠万分。因为他看出老画师的一番诚意,倒使他不敢再谈起润笔二字,就这样怀着回来,一直觉得是一件不安的事。

不料过了几天,画家张光宇、张乐平二兄,在杭州绍兴一带邀游了一个多月回来,又在上海与我聚晤,他们谈起在杭州先后住了半个月,在宾虹画室里也逗留了好几回,有一次他们有四个人同去,老画师检出了四幅近作,每人赠送一件。他们不好意思接受下来,可是老画师跟他们说的很妙:"你们要我自动的送给你们,已经使我不大痛快了,你们应该向我要,我才是很高兴;你们的意思我是知道的;我的画,你们都要的,就是怕我年纪太大,劳动不起,所以不好意思开口了。其实我现在还像壮年时候一样,非但能画,而且高兴画,更喜欢别人来向我索画,钱我是不计较的,政府把我的生活,安排得这样舒齐,我还要用什么钱呢?"

既然宾虹先生这样说了,光宇他们倒不能不接受他的赠赐了,而且怀疑黄宾老是有赠画癖的,所以各人就心安理得地带了回去。

光宇告诉我,黄宾虹也九十多岁了,比齐白石只小一二年,但精神似较白石翁还要强盛一些,谈锋也很健,他见过一次的人,第二次去看他,完全认得是谁了。

(香港《大公报》1955年1月20日,署名:高唐)

齐白石的子女

画家齐白石今年九十五岁了。不久前在北京度他的诞辰,不止在北京,举国人士,因为尊敬这一位艺术界的泰斗人物,都在为他又添了一岁而庆贺。

有关白石老人的事迹,报纸上谈的很多,就是在本刊上,也几次有人记述他的生平。我这里想约略谈谈他的长女和幼儿的事,是不是也重复了别人的,那就不知道了。

白石老人一共有子女八人,听起来最叫人引为稀奇的是他最大的女儿,今年已过了七十岁;而最小的儿子,今年只有十七岁。大女儿一向住在湖南乡下,她在夫家的情形,外间人不大了解,但是在一九五四年,这位大小姐从湖南带了很多土产,到北京去探望父亲,这一来使得老人家又是激动又是欢喜,因为他们父女相违,都忘记了几何岁月,一旦重归膝下,自然就说不完骨肉恩情。白石老人把大小姐安顿得非常舒服,大小姐一住就住了好几个月,当她拜别老父回到湖南的时候,老人送了她钱物之外,还给了她不少自己精心的作品。

至于那个十七岁的儿子,老人对他正是最小偏怜。孩子在北京读书,每天晚上,老人总希望这孩子跟他同床而卧,至少要在他上了床后,叫他孩子坐在床沿上,等他入睡后才离去。有人说得好玩,说孩子有时不听父亲的话,使父亲不乐意时,两个人就要吵嘴,但转瞬间又和好了,不是孩子向父亲赔罪,就是老人自己去把孩子哄乐了。这情形就仿佛他们两个都是孩子。

(香港《大公报》1955年1月21日,署名:高唐)

水 果 邮 票

我不是集邮的人,但有时看见别人集藏着的那些色彩艳丽、图案鲜明的邮票,也往往摩挲不忍释手。最近看到两组匈牙利的邮票,一组是以动物为画面的,一组则是以水果为画面的。

水果邮票还是一九五四年发行的。据这位集邮家说,他所看见的邮票以水果为图纹,实以匈牙利为创始,从这里也可以想见匈牙利人民的文化生活,如何的绚烂多姿了。

这一组水果邮票共有八枚,图纹有橘子、木瓜、樱桃、苹果、桃子、柿子、葡萄等,因为它所选用的彩色,都是水果原来的颜色,连叶子和枝梗,也是仿真精印,因此看起来像活的一样,也好像闻到了它们的甘香,而为之涎沫狂溅。

从集邮家那里,在八枚水果邮票中,挑选了四枚,拍了照寄给"新野"。读者诸君,也许已经看见过匈牙利的体育邮票,那末请再看看它们的水果邮票,一定更多新鲜之感的。

(香港《大公报》1955年2月8日,署名:高唐)

选 媳 记

四月上旬,去了一次苏州,既不是到什么天平和灵岩去寻春,也不是在市区的几个花园里游逛,而是应儿子之邀,到苏州去吃了一餐中饭,一顿点心。

事先,儿子写来一封信,又附了一张照片,照片上两个人,是儿子同一位姑娘并肩照的。信上,他先介绍了那位姑娘的家世,再介绍他同她认识的经过和发展到目下的情形。后来又要我们到苏州去聚聚。

老婆很高兴,她要去,也逼着我一道去,我则是衷心地不高兴去。不知怎的,这两年来,我就提心吊胆的怕听说儿子要结婚,因为想起了儿子一结婚,立刻就有人会喊我爷爷,那是多么可怕的称呼!我老是觉得自己还很后生,一丝白发都没有,健啖健谈,正像一些朋友说,我的"意气凌云,犹如往日"。现在如果有人要喊我爷爷了,那对我真是大杀风景的事!所不可理解的是,我的老婆她为什么那样兴高彩烈地情愿做祖老太太?不是吗?还只去年冬天,她自己穿了一件玫瑰红的丝绒旗袍,出去赴宴,据我看,她的风韵也殊不减当年。因而这天我就问起她来:"难道你真的抱孙心切?"她答道:"儿子已是二十五岁以上的人了,到了应该结婚的年纪,你呢,也自到了放一块糖在嘴里,弄弄孙子的时候了,难道你还把自己当作是肥马轻裘的五陵年少吗?"

在这样对白的情形之下,苏州之行,使我终于无可推辞。

到得苏州,儿子同那个姑娘来接了我们,把我们安顿在他的一个朋友家里。真是笑话,这一天的环境,把我弄得怎样也不能自然下来,我几乎变成近乎猥琐的一种静默寡言。倒是老婆平时并不欢喜说笑,这时她会亲切地跟那位姑娘问长问短,她对姑娘说:"你既然在上海俄文专科学校里念书,那末星期天就可以到我们家里来啊。"又说:"明年你毕业之后,希望工作分配在上海,最好经过上级的核准,把我们的孩子也调到上海工作。"

从这些话里,都证明了老婆确有愿做奶奶之意,不过老夫仍旧没有想做爷爷之心耳。

傍晚如脱重负地离开了苏州。在火车上,我又谈笑风生起来了。老婆看得好笑,对我说:"在苏州的半日里,我看你坐立不安,连饭也没有吃得舒服,做了这么久夫妻,第一次看见你这个生龙活虎的人,竟会拘束在这样一个场面里的。"

(香港《大公报》1955年5月4日,署名:高唐)

林 家 贺 宴

一天下午,听说上海电影制片厂有一批演员因为工作得好,被评得了奖金。得奖的演员中,有好几个是熟人,如林彬、韩非他们的奖金都是比较丰厚的。

临时,我同苏凤计议,组织一个庆贺队,先到林彬家里去吃一顿夜饭。于是集队员五六人分头采购,苏凤去购办菜蔬,在傍晚的小菜场上,买到了菜花头、大明虾、韭黄、猪肉、塘鲤鱼等装了满满一筐,也有的买了颜色不同的康乃馨,我则到老大昌买了饼干,给林彬的孩子们吃。

林彬在外面,能上舞台、上银幕,在家里也能下厨房,她是烹调的高手。菜是六点钟送到林家的,林彬说,八点钟可以吃了。累是累了林彬,但是累得她又多少高兴。

林彬的家,紧靠着中山公园,中山公园就像她的家园一样。因此环境是清旷的。她卧室的布置,有一个特点,就是亦古亦今;卧室里有两只画橱,一只橱里放着近代戏剧家们写的戏剧理论的名著;而另一只橱里,却放的是《文心雕龙》、《佩文韵府》甚至是被银鱼啃坏了很多部分的旧版本书籍了。还有花也是这样,在靠窗的墙边摆着一大盆正在盛放的垂丝海棠,但在床边的五斗橱上,放着两大束大朵白色的洋百合花,簇簇生姿地掩映着挂在墙上的那张林彬的新婚照片。

像我同苏凤这样年纪的人,放在后生队里,常常给人家以老辈目之的。事实上,姚苏凤跟上海的电影界发生关系是非常早的。明星公司时期,他已经是一员编导,他与郑正秋同过事,他与胡蝶也是同事,现在上海的宣景琳也是"明星"出身,看见了苏凤,真像碰着了总角之交一样的亲热。这一夜,大家都喝了点酒,苏凤就搬述了很多上海的银坛掌故,把林彬同另外一位"上影"的新进演员保小姐,像听白头宫女,说开元遗事一样的津津有味。

林彬现在有四个孩子了,她十分喜爱她的孩子。在家的时候,天下雨,就在家里逗着孩子玩;晴天,带着孩子到公园里踱方步。孩子中老三是出名玩皮的,一直缠着母亲,但林彬从来不曾为他叫过饶,光过火,她就是有这样一副好性情。因为性情好,也曾经感化了她的丈夫,我们的文宗山先生,近年来也变得谦和温蔼了,当三少爷爬到他的头顶上时,他也会其色不变的。

不知是不是因为林彬过多读书的原因,她戴上了近视眼镜,但眼镜并没有掩盖了她的清姿丽质。

(香港《大公报》1955年5月9日,署名:高唐)

快接江南俞五回

俞振飞夫妇在北京住了四个月,才到上海来的。到上海后一星期,我在"新雅"给他们接风。所邀的陪客中,有两个是知名的人物,其一言慧珠,其二则张邦纶也。

论席上人年事,自以振飞兄最长,而我次之。我明明还看见过少年时代的张邦纶,但现在说起来,邦纶也已是"足球老将"了。我同振飞论交,已逾二十年,那一次是陈夔龙的诞辰,陈家有堂戏,我在看戏,振飞也在看戏,俞逸芬兄给我介见振飞,那时他不过三十一二岁,还没有正式"下海",而在暨南大学教书。这天,我将往事说与振飞印证。振飞因此很眷念逸芬,他不知道这位当年的"洋场才子",已在三年前携眷赴新疆,天天把哈密瓜当饮料,快乐得不想回来了。

蔓耘夫人还是一派性急脾气,她吃了我这顿夜饭,对我说:明天就去布置住宅,一直住在招待所里,让政府花很多的钱,实在过意不去,而且自己又不能弄菜,把家安顿好了,立刻要请我吃饭。她晓得我最爱吃她亲手煮的那味"肝糕"。她问我四五年不吃"肝糕",想不想它?我说想死了。真的,这几年来,从南吃到北,在北京吃谭家菜,也没有这样的一味珍肴啊。

振飞夫妇都说慧珠一点没有老,而亭亭艳发,依旧当年。其实慧珠还有一个特点,那就是她始终爱好打扮,在家里的时候,她也抹白施朱的,到外面开会,也一定化妆好了出门。衣饰的考究,也是一样,这一天她就穿了一条淡灰色薄呢的裙子,白衬衫,同裙子一样色料的外衣,胸口挂了一球茉莉花,大方美丽,兼而有之。她到得最晚,因为到理发店去赶梳了一下头发。从这一点上,也可以看出她对修饰自己的一丝不苟了。

大家都关心振飞上演的日期,振飞告诉大家:在北京唱过四次,都不是营业戏。两次《断桥》,两次《贩马记》,都是跟梅先生演的。到了上海,一时还不考虑演出,想先把戏剧学校的事部署一下后,就着手整理那出《太白醉写》;这个戏唱词极少,绝大部分是做工,像舞蹈一样的身段,用它来作为招待外宾的演出,最是相宜。但是他又说,他是要演出的,到了上海,在招待所里,天天吊嗓子,蔓耘夫人也天天吊嗓子,不过夫人吊的不是皮黄,是由朱传茗给她吹笛子,拍昆曲耳。

快散席的时候,客人中有一位是摄影家,他回去特地把镜箱带出来,给大家拍了很多照,我选了一张,附刊在这一篇小文里,让照片来掩盖我文字的芜杂吧。

(香港《大公报》1955年8月4日,署名:高唐)

《碎 琴 楼》

从本报上看见香港有一张叫《碎琴楼》的影片,我以为一定是根据何诹那本小说改编的剧本,但后来又看到《大公园》里一篇评述《碎琴楼》的文章,里面引的故事,却不是何诹小说里的故事。其实何诹小说里的故事是好的,戏剧性也很浓厚,现在我就杂乱地谈谈《碎琴楼》那个小说吧。

《碎琴楼》的著作年代,我记不得了,猜想起来当在五四以后,最早在上海的《东方杂志》上连载,后来商务印书馆出了单行本,我是在《小时报》(时报副刊)上看见了一篇介绍《碎琴楼》的文章,才去买来看的。已是三十年前事了。

《碎琴楼》的地方背景是在广东的一个乡村里,也写到了广州这个城市;当时人取道广州东渡留学的情景,但着重叙述的是一家农乡富户的女儿跟一个远房亲戚、穷苦人家的小伙子的互相怀恋,而遭受了她父亲的拦阻。看起来全书的绝大部分是弥漫着"哀艳"的气氛,但作者不甘心于仅仅示人以哀艳而已,他罗列了很多人物,贯串在这个哀艳的故事中。他爱憎分明地把正反两面的人物,安排得非常适当。

他抨击了当时的官府,也惩罚了压榨穷人的财主,而对替封建社会那些形形色色的帮闲者,一个一个提出来,加以鞭挞,加以咒诅。但是他也描绘了很多可爱的、善良的人物,最突出的是那位姑娘身旁的婢女,借她的伶齿俐牙,去冲撞一些带她家姑娘到苦恼中去的坏人;还有婢女的丈夫,以及揭竿而起、聚众于北山的寿大王。这些人都是读者在要求他们出现时而他们出现了。

但这部书的缺点也是有的。最重要的那一双青年男女,对自己的封建家庭,反抗得不够强烈,女孩子一贯表现的是"驯顺的孝道",男孩子更像泥浆一样捞不起捏不紧,到底他还是做了"遁迹幽场"的人,在姑娘待死的日期里,都来不及赶去跟她生逢一面。

作者的情形也是一样。他有倨傲的一面,但他也有颓废的一面,因此在书里常常有无补于事实的"萧骚"之语。我可以举一个最显著的例子,当少年的父亲临死的时候,告诫他的儿女们说:"我死后,汝辈慎弗读,读书绝道也,商而不能,则退于耕,耕而弗足,则遁于僧耳。"动不动劝人出家修行,总不是好事。

在我少年时候,对这部小说,曾经废寝忘食地喜爱过的,不仅为了它故事的细致和曲折,也为了何诹文笔的优异,虽然这本书早已不在我的身边了,但其中有很多的巧笔,我到现在都还能记得。

(香港《大公报》1955年8月23日,署名:高唐)

晚香玉的故事

在阴历的六七月间,最好的瓶花是晚香玉。上海人家,往往把晚香玉与莒兰并供,莒兰多彩,晚香玉则入夜多香,两者自有相得益彰之妙。

上海人又常常把晚香玉称为夜来香,其实这是两种花,在北方就分得很清楚。不过这两种花都在黄昏时候,开始散放香味罢了。它们必须要到晚上方始流香的道理,是因为替这种植物传播花粉的虫类,要到黑夜才出来活动,这种植物为了适应于生活条件,所以也要到向暮时分,才散发香味。这是科学知识,我也是今年才懂得的。闲话表过,且听故事:

前几天,送一个朋友乘上海的夜快车到北京,一送又送到了月台上。车站例,送客的人不许上车,所以只好与被送的人在月台上话别,这时发现在我的身边有一双青年男女,手扶着手,在相互依依地说些什么。我又看见女人的另一只手上捧了一大束晚香玉,有的已经盛放了,也还有很多含蕾的。虽然月台上是闹盈盈,却无碍于花朵的传香,香气流到了我的鼻观里,好像也让我投到了他们那一个甜蜜的境界中。

车快要开了,那男的要把她手里的花接过去,她不肯,示意他先上车去吧。男的果然上了车,进入车厢,又把身体俯到窗外来,这时她才把花递过去,就在递接之间,两个人把花分取了一半;车子动了,她跟着走了几步,一面走一面把花枝对举。我当时看得非常神往,而且直觉地懂得他们把花枝互触,正是代替了在月台上的拥抱和亲吻。

这一回真是对不起我的那位上京的朋友,因为我把这桩事看出了神,竟忘记跟他多谈几句。但是他应该满意的,他同那位接花的旅客,正是同一个车厢,他可以闻到两个晚上晚香玉的花香。也是说,他可以在两个晚上,都分享了这一对年青人的幸福。

(香港《大公报》1955年9月3日,署名:高唐)

牵牛花的故事

现在,也是牵牛花盛开的时候。

看见了牵牛花,马上会想到故乡的家。我的家,三面都是拓地甚广的篱笆,每年到了夏末秋初,篱笆上开遍了浅紫色的牵牛花,清晨,花开尤绽。小孩子只懂得金铃子的好玩,一早起来,就在篱下徘徊,从杨树或是荆树的叶子上去寻访秋虫的鸣声,把篱笆上滋然而艳的花光,往往不放在眼里。

到了我弱冠年纪,有一次,在故乡养病,有一个女同学来望我。时在清晨,她给我送来了带露方开的几朵牵牛花,我欢喜极了,也珍视她给我的这一番情谊,又怕她的一番情谊会被我丢失,也怕它日久之后,会自然地湮没,因此把那些花和叶都夹在一册厚厚的书本里。但不久这位同学不跟我好了,我很伤心,那时我已经会作旧诗,后来我有些诗都是纪念这件事的,如:"旧箧翻开余涕泪,牵牛憔悴美人肥。"又如:"本向疏篱短槿栽,一般常共野花开。自从入得三姑手,勾起云郎惆怅来。"似这一类可笑的事,可笑的诗,一直无罢无休地缠了我二三十年。

在我的印象中,以为牵牛花的颜色,只有浅紫的一种;牵牛花也是多彩的花,还是近十年来发现的。它有红的、黄的、白的、深紫的,也有两色相间的。去年八月,我为了一件朋友的事,连着几个早晨,都到江湾的"财经学院"去,经过山阴路,在靠近鲁迅纪念馆有一所幼儿园,这里牵牛花的藤蔓,延伸到墙外来了。这是一株异种的牵牛:喇叭形的身体都是玫瑰色的,但喇叭口上留着一条白色的边缘,这样两色相间,本来并不希罕,希罕的是在白色的边缘上,又洒上了金黄的斑点,这就很少有得看见了。我几次都在这里逡巡嗟赏,实在不忍离开。

后来到了深秋,我忍不住写了一封信给这家幼儿园,请他们的负责人分送一些花籽给我。我信上说:"你们的牵牛花太美丽了。如果我是住在你们附近的话,我会在每天的清早朝着你们墙上看花,无奈我是住在市区里的,明年说不定一次也不会看到你们的花。现在该是牵牛结籽的时候了,谢谢你,送给我几颗花籽,使你们独占的这一分秋色,分馈一点给市区里的人吧。"

很快就得到了他们的回信,果然附来了一小袋花籽。信上说他们那里还有很多异种的花,不过不开在墙上罢了,只要我有空,他们会开了大门,迎接我去看花。真是应该我来负疚的,我到底没有应邀而去;更说不过去的,他们的花籽,不知教我乱放在什么地方,在今年五月间,想着要下种的时候,竟找不到了。

(香港《大公报》1955年9月21日,署名:高唐)

一张旧信笺

上月间整理旧箧,发现周信芳先生在二十多年前给我的一封信。这封信写得很长,现在印出来的是第二张信笺(见图),可以看出信是从济南发出的,那时候信芳正在乱闯江湖,亦是他一生中很倒楣的年代也。

当时我同信芳论交未久,所以相知不深,记得看了他这封信上到曲水亭去访寻版本的一段,还有些将信将疑,以为一个演京剧的人,偶亲文墨则有之,欢喜残帖破书,也许言过其实。但这个问题,过了一两年就证实了的。有一次,我在报上写"诗话",谈起清朝江湜所著的《优敌堂诗集》,因为流传不广,市上难求。不料才隔两天,信芳就遣人给我送来了一部,很大的木刻本子,很大的字,厚厚四册。当时使我爱同拱璧。从此也相信他在这方面的搜罗之广。据他后来告诉我,这部集子,他从冷摊上买到不久,看见了我的稿子,就移赠给我了。(高唐按:江湜字弢叔,他的诗以现在来说,应该是否定的,因为集子中很多作品,诋毁了太平天国的革命。)

近半年来,信芳又离开了上海,在各地巡回演出,听说最近他又到了济南。现在的济南,应该不再是蓬头垢面了吧;当初的蓬头垢面,是叫反动统治糟蹋得那样的。从古以来,济南是祖国美丽的城市,黄山谷诗云:"伯氏清修似舅氏,济南潇洒胜江南。"他是这样歌颂济南的。而二十年前,信芳偏偏看见了它的蓬头垢面,难道不是张宗昌、韩复榘、蒋介石这班天杀的家伙给造成的吗?料想信芳这次重到济南,将以怎样愉悦的心情,来欣赏医治过创伤后的历下,去抚摩这个古城里的一些名迹。当初他那一番颓伤的情怀,也像这张旧信笺一样,都已成为陈迹。

在这一张旧信笺上,可以看出信芳说话的特点。他是宁波人,说的是京片子,但因为还就某些上海朋友对话上的方便,他也常讲南方话,则是他没有宁波口音,而说的"强苏白",譬如说起"他"来,总是用"俚耐"二字;这里用的"嫖致"二字,也只有苏州人说的,而且还是苏州人很"古"的口语,现在的苏州人说起美丽来,也大都改用"漂亮"。"嫖致"两字,只在弹词家嘴里,有时还能听得到吧了。

(香港《大公报》1955年10月13日,署名:高唐)

横　塘

玉皇案吏返云天,藜苋夫妻更惘然。今日江南农事足,横塘都放罱泥船。

这一首《横塘》诗,是我今年春节时候写的,因为我又到过这个地方。

读者诸君,如果有人读过李莼客的诗,一定记得他的一首绝诗里,有这样两句:"正是江南农事起,小桥摇出罱泥船。"您是江南人,又到过江南的农村,就会喜爱这两句风致便娟的佳诗。那天我到了上面说的那个"横塘",看见塘下有一只罱泥船,一位农民正在那里汲取田肥,就请同行的人,拍下了一张照片(见图)。在图中,并没有越缦堂诗里的小桥,然而江南的村郊景色,毕竟也活跃纸上。所以印出来,给海外的江南人看看,说不定可以稍平其"家山客梦,不胜云树之怀"吧!

说了半天的"横塘",其实这地方就在上海西郊虹桥路的一条支路上。因为这里已经近程家桥了,所以满眼都是农村风物。虹桥路原是我常到的地方,但是去年一个冬天,却只去过一次。直至今年的春节,因想寻访梅花,才同几个朋友,又到了西郊,仅仅是两个多月没有来,而上海郊区的农村,都已走上合作化的道路了。就是这张照片上的那只罱泥船,也足够说明了农村面貌的改变。你想啊,我到的那天是年初二,不用说春冬之交是农闲时期;在春节里,照例是农民们吃吃玩玩的日子,哪会想到田事?然而今天,农民都会顾到大体,在合作社的日程上需要壅肥,不管什么日子,都要放船出来罱泥,这天我们经过了许多河塘,看见的罱泥船,就不止十只八只。

因为十多年来,我访问这条横塘的次数,实在太频繁了,所以对它的印象特别深。记得第一次来时,是高秋天气,这里有云,有树,有红的蓼花、白的芦花,照例是秋稻登场的时候,但田里都没有人,塘下自然更没有人了。那一次我写过三首《横塘绝句》,诗的内容很秾艳,然而多少也反映了当时农村的萧条情况,把它追录在这里,至于我自己在那时候的放荡生涯,不拟同时检查了。

诗云:

> 行行浑不辨东西,樊素秋深发秀齐。欲试藜肠量笕口,麦芽一饼定夫妻。

那天一到程家桥时,我们的肚子都饿了,找了半天,分食了一枚麦饼。现在,在离横塘的一箭之遥,设了一个规模宏大的消费合作社,也供应食品,什么点心都卖,小笼包子、两面黄,顺从客便。

> 分花拂柳走云鬟,惹得闲农妒眼环。道是玉皇香案侧,暂遣二吏到人间。

> 绚阳一路照横塘,露后香泥漠漠黄。塘厦无航人不到,风柔日暖见鸳鸯。

(香港《大公报》1956年3月23日,署名:高唐)

冒鹤亭及其家人

大约在一九四二、三年间,我认识了疚斋老人冒鹤亭先生。他的准确年龄,我已经记不清楚,但现在至少八十以上的高年了,而冒公犹老健人间。

我认识他不久以后,老人就送了我一首词(见铸版),那时正在日寇侵占上海市区的日子里,所以这首词的前半阕,谆谆的民族气节,互为砥砺;后半阕则谈到了金素雯姊妹(京剧女演员),也谈到了周信芳,因为其时信芳正在上演一出如皋冒氏的家庭历史戏——《董小宛》,所以冒老与信芳也过从甚密。

老人的家,依旧在上海延安中路的模范村,近年来他很少出门。去年冬季,有人给周錬霞女士做生日,这一天冒老也到了,还有江庸、瞿兑之诸先生也到了。他们几个人合拍了一张照片(见图)记此胜会。

冒家的人我最早认识的是舒湮,远在抗战以前,舒湮在上海是进步的影评人。一九五一年春天,我在北京遇到他一次,跟他在东单"小市"吃了德国大菜。他在人民银行总行工作。

在认识疚斋老人的同时,也和孝鲁论交甚契。孝鲁是老人的长公子,擅诗古文辞,曾游学莫斯科,故尤精俄文。那时我还不知他有这一项专长,只看作他是一个落拓的旧文人而已。近年孝鲁任职于上海复旦大学,为俄文教学研究室主任。

孝鲁、舒湮有个最小的妹妹,我曾经见过,但他们家里的六小姐,因为死得早,没见到,真是可惜。这位小姐才清如水,在婚姻上走了弯路,以致仰药而死。生前作的诗词甚富,遗稿录诗一百余首。其中有几首写她生前受侮于男人的,如《蜜蜂》一首云:"嫩蕊殷勤就,何曾傍落英?知渠心在蜜,莫误是多情。"又如《眼波》一首云:"已残绛蜡靳成灰,无限闲情付酒杯。端恐柔情难解脱,几回强避眼波来。"《书近况》一首云:"多分今年铁是肝,悲酸事作喜欢看。七年前语成诗谶,忍泪窥人任自干。"都是断肠人语,读之酸鼻。只要她迟生二十年,就不会有演此悲剧的可能了。(自上海寄)

(香港《大公报》1956年5月1日,署名:高唐)

张伯驹小记

北京的书画收藏家张伯驹,新近把蔡襄、黄庭坚、赵孟頫、杜牧、范仲淹等八种法书珍品,献给了国家。

这位张伯驹先生原是全国有数的收藏家和鉴赏家。他所收藏的古人真迹,几乎无一不是稀世之珍,所以论起价值来,又岂止"连城"而已。

这篇小文,只约略谈谈张伯驹在收藏、鉴赏以外的其他兴趣。因为张伯驹不单是个收藏家,他也是画家、词章家和戏曲家。在十年前他又是银行家,北京的盐业银行,一直是他所主持的。

我读过他填的小令,仿佛记得很讲究格调,瑰丽则有之,却不大轻灵。我也见过他作的画,这就更加不懂了。近年来,听说他在作画上用的心力比较多,北京来的朋友谈起他时,总说张先生常常同他的夫人,寄迹于名山巨泽之间,到处汲取画本。

至于谈到他的戏,那末他是唱余派老生的,是余叔岩生前唯一的知友。三十岁以上的读者,也许会记得北京曾经有过一台轰传南北的堂戏,那年是张伯驹自己的生日,演了一出《失空斩》,他自饰孔明,余叔岩陪他唱王平,杨小楼陪他唱马谡,金少山陪他唱司马懿。难就难在余叔岩身上。大家晓得余叔岩的脾气是很倔傲的,他因为不要看上海那些大流氓的嘴脸而不到上海,又因为不卖张作霖这个老军阀的账,不到关外唱戏。在当时,谁都会尊敬他的风骨嶙峋。可是,以他的声价之高,居然肯陪张伯驹来个王平,也足见他们之间交情的深厚了。又听人说,自从余叔岩作古以后,张伯驹的戏瘾,大大地轻减了,也许是事实。

张伯驹的戏,我倒也听过。在"湖社"戏台上,他唱《南阳关》。大概我的位子坐得远了一些,等他一出戏唱完,我一句也未曾听见。但内行人都说,张伯驹的唱,就是嗓门低一点,味儿还是不错的。

(香港《大公报》1956 年 9 月 16 日,署名:高唐)

记俞嫂之丧

俞振飞夫人黄蔓耘女士,于二月前在上海谢世。振飞已记其事于本刊,但心乱神伤,言未尽也。

俞夫人的病,是突然发现的,一发现,就照爱克斯光,医生断定为肺癌,振飞大惊失措,但不敢让病人知道,只告诉她不过是肺部发炎而已。病发后半个月,有一天上午,我到她家里,振飞恰巧外面公干去了。我就在俞夫人的病榻旁坐下。这天正是她觉得舒服一点,以为病有了转机,所以十分高兴,还喊了几个清洁工人,在卧室和客厅里给地板上蜡。她对我说:"我晓得你要来,不但把房间消了毒,还打亮了地板来迎接你呢。"我却对她说:"打亮地板不管它,又何至要消什么毒呢?"她说:"我肺里有毛病,所以应该消消毒,你放心好了,一切用具都已经保了险,尽管喝茶。"说到这里,又指着套间里的一只小床说:"振飞睡在那里,我病了就同他分床,病了我不打紧,带累了他,这个损失就无可抵偿了。"

当时我总奇怪她为什么把病看成这样严重?因为我见她神气很好,手臂和面孔,也都不减丰腴,所以只当她一个人在大惊小怪。

过了一会,新闻界的老前辈张叔通先生,也来探望病人。张黄两家,世谊甚厚,我听见俞夫人跟张先生闲谈,她对张先生说:"伯伯,你是老上海,对上海掌故都很熟悉,对新闻界旧事,满肚子都是,为什么不给《大公报》写些文章,你知道,振飞一有题材,就写稿子,寄往香港,只可惜他空闲的时间太少吧了。……"

又是半个月,有一天,我晚上回家,家里人说振飞打电话来找我,我立刻打电话到俞家,只听见振飞的声音很低,而带些哽咽,他说:"蔓耘的病很严重,明天要搬到医院去住,……"说到这里,他说不下去了,我只得安慰了他一阵,说:"过两天,我到医院里去望望她吧。"

过了两天,我打电话问振飞,振飞说,情形已坏到极点,是肺癌(我这时才知道是肺癌的),整个的肺,已经坏了百分之九十九了!

此后病人自己,也明白得了不治之症,在医院里,她对振飞说,希望叶熙春大夫来给她看一次病,叶大夫看不好,那就不必再医了。于是振飞托在杭州的昆剧名家周传瑛(《十五贯》的主角)去跟叶老先生商量。传瑛把俞夫人的病状,传达给叶大夫后,叶先生摇头说:"无望矣!但病人要我去,我不忍不去。"所以他忘了七十六岁的高年(按浙江省政府规定,不让叶先生出诊,惜其年老),星夜赶到上海,看过病人,退出来对周传瑛说,旦夕人间了。说罢,开了一张方子,便回杭州去了。

旦夕人间了,果然没几天,俞夫人终于不起。振飞呼天抢地,痛夫人以生龙活虎之人,病二三月遂弃其而去也;痛其二人之终无所出也;尤所痛者,他们夫妻俩笃爱关雎,在振飞的起居上、事业上,夫人之照拂往往无微不至,她一死,使振飞如失却护持也;当然,他还痛惜夫人的清才绝艺,画那么一手好画,唱得那么一口好昆腔也!

大殓在上海万国殡仪馆,弟子十余人,满身孝服,鹄立灵侧。夫人遗容,丰润宛似生前,这天,女客临吊的特别多,很多人都在望着灵床雪涕。

后一个月,梅兰芳先生从北京抵沪,振飞上车站去迎接,兰芳一下车,执振飞手,殷殷致慰唁之意,但振飞不及答话,已泪承于睫了。

距俞夫人之丧将两个月,振飞精神稍振,乃往苏州参加南北昆剧大会串,又十日到南京去演出,不久还要回上海来表演的。

(香港《大公报》1956 年 10 月 24 日,署名:高唐)

"盼乌头马角终相救"

《三剑楼随笔》谈顾梁汾的《续命词》,从见古人友道之厚,料想处于"叔世风漓"中的人们,读之自多感动,也自多裨益的。

记得我在少年时候,自己曾经置过一本手册,眉之曰"至情至文",见词人诗词,其语从心肺中流出者,便摘录上去。如《随园诗话》里那首皮匠写的:"曾记当年养我儿,我儿今日又生儿。我儿饿我凭他饿,莫遣孙儿饿我儿。"又如两般秋雨盦里的《乳姑图》以及白香山的"不敢妄为些子事,只因曾读数行书",而把顾梁汾的两首金缕曲,置之卷首。

少年时候的感情,比现在脆弱,每次翻到这两首金缕曲,就会心酸,就会向隅掩泣。而:"行路悠悠谁慰藉?母老家贫子幼"……"廿载包胥承一诺,盼乌头马角终相救"……"词赋从今须少作,留取心魂相守"那些句子,只要一念上口,便会泪涌如泉。

"廿载包胥承一诺,盼乌头马角终相救"的故事,在那时候有人讲给我听过的。但是一直到现在,顾贞观营救的那个吴兆骞究竟是怎生样人,我始终不知道,他的《秋笳集》,也没曾看过。《三剑楼随笔》中零碎地写了一些吴汉槎(兆骞字)的逸事,也介绍了他的一些断句,论人,是个狂徒,论才,也没什么突出的作品。然而顾梁汾给他的却是云天高义,因此,我这样判断:顾梁汾之于吴兆骞,还是笃于友爱,而不一定是怜才如命。

但我认为,顾贞观的词,真是一大作手。他自己也说:"吾词独不落宋人圈襀,可信必传。"这哪里是吹什么牛皮,我们不谈他的《积书岩集》和《弹指词》里的那些作品,只要举出"季子平安否"的两首金缕曲来,便当千秋不朽。这两首词,便是纳兰词里的九首金缕曲,也写不到那样深挚,无怪叫容若看到了,要注下数行,曰"河梁生别之诗,山阳死友之传,得此而三。此事三千六百日中,弟当以身任之,不俟兄再嘱也"了。

我很喜爱《顾梁汾赋续命词》这篇文章。几十年来,所看见介绍古诗词的,都捧出几个大家,谈词,只谈南北两宋;谈诗,唐则杜甫、李义山,宋则黄山谷、陆放翁,舍这些就不敢谈别人。只有刘半农偏爱一个韩致尧,他用绯红的桃林纸,给冬郎印了一本小册子。我一记起半农那篇序言,就觉得心目俱爽。现在又看到《三剑楼随笔》谈了纳兰若容又谈了顾贞观,故而认为这两位作者与刘半农同样为可人也。(自上海寄)

(香港《大公报》1956年12月5日,署名:高唐)

周鍊霞的《贺新凉》

词人周鍊霞女士,不但自己珍视她每年的生日,凡是她的词友们,也无不当心她的生日。到了时候,都争着给她筹备寿事,劝进一觞,借祝永寿。去年是在苏渊雷先生寓所举行的,规模不大,大规模的一次是前年,在国际饭店设宴。朋友们还纷纷送礼,着实热闹了一场。但已往的事,这里不再缕述,所值得记的是鍊霞答谢朋友们的一件礼物,那就是她作的一阕《贺新凉》了。

她把这首词,蘸了彩笔,用恭楷亲手写在猩红色的缎子上,缎子还用锦纨托底,四边错落地缀上一串圆珠;绘上几朵巨花,左角还淡淡地画着一弯眉月,数抹轻云,此外,钤了四块图章。这样装在一个镜框里,然后拍成照片。每一个送礼的词友,都得到她这样一幅"词影",自然也都珍同拱璧了。

方才,我从书箧中翻出了这张照片。特地把它寄给《大公园》发表,至少写《三剑楼随笔》的几位朋友看到了,一定会玩赏不忍释手的。

怕铸版不清楚,将原文再抄录一通,并加标点:

贺新凉

乙未初度,吟社诸公置酒相饷,并锡佳章,词以致谢。

生日年年有,月如弓,已凉天气,未寒时候。难得今宵良宴会,都是名师益友。蘸采笔压他秦柳。徙倚明灯香叶子,看行厨南国花钿秀,调隽味,试纤手。玲珑密串拈红豆(席次以珍珠为拈阄赠品之戏),趁余欢赢来一笑,醉添金斗。归去不知风露重,知载新词满袖。似大小玉盘珠走。错把捧心西子比,画羞蛾自觉东家丑。书短句,代稽首。

在三个月前,鍊霞加入了上海的"中国画院"。该院的全体成员,目下是六十多人,都是国画名家,鍊霞正是被罗致的一个。从此她更可以专心创作。当她没有入院以前的一段时期,画了很多檀香扇和四川竹帘,等她把这个工作搁下来的时候,告诉人说,忽然有一种惘然之感,原来对扇子和竹帘这两样东西,都已生了情感。有一天,她想起了欧阳永叔的"人生自是有情痴,此恨不关风与月"的两句词来,就填了二阕虞美人,算是对上面两件东西表现的依恋之怀。现在也把她这两首小令,附录于后:

聚头几个堆瑶席,仿佛芝兰室。不盈七寸太玲珑,应惜雕檀刻骨费神工。冰纨也学湘裙折,折折描花叶。悬知摇曳动香风,恰似半规明月入怀中。

是谁妙手轻轻擘?细缕损陈织。此君再世也风流,故意化身千万看梳头。虾须凤节难相比,西蜀良工美。更教添上画中人,错认隔帘呼出俏真真。

(香港《大公报》1957年1月16日,署名:高唐)

记 司 徒 乔

在《大公园》里,看见司徒乔先生写的一篇文章。

司徒乔于一九五〇年从美国回到北京,在北京中央美术学院当教授。我在一九五一年认识他,是郁风给我介绍的。那时司徒先生留着长髯,很瘦,身体也不大强壮,说一口带有广东音的国语。在解放以前,他同他的太太到过解放区,鲁迅先生生前,跟司徒交往甚密;鲁迅先生死后,殓于上海万国殡仪馆,司徒先生在灵前替老友描下了最后的遗容。

去年国庆节前,司徒夫妇到了上海。原来他在北京请了"创作假",到各地去作旅行写生。在上海耽了三个月,又到广东他的故乡,再由广州往海南岛。今年三月间,他们才回到北京。

在上海时,他们常来找我。在他的画室里,我看到了一幅《和平万岁》的巨制。这是一幅画了三年多还没有完工的油画。这里有一百几十位世界上的和平代表。司徒先生用他卓越的画笔,写出每个人的精神面貌。另外一幅是他的新作,那是十月一日,他找到了他的老同学郭琳爽先生,在永安公司楼上,勾勒下了南京路上的游行队伍。他把永安公司楼上看游行的很多归国华侨,都写了进去,还放在全画的主要地位。我看到那幅画时,已经着上了彩色。

后来,是在初冬的一个夜里,我们一道在老正兴馆吃饭。吃完饭,司徒先生叫我不要回家,跟他一同到一位朋友家里,这朋友也是个画家,就在那朋友的画室里,他用墨笔给我写了一个人像。他一丝不苟地足足画了三个钟头,我坐得非常吃力,因而想到作画的人是怎样的更加辛苦。那天画好快午夜十二时了,司徒先生反覆端详他的作品,觉得还有些微不称心的地方,到底还是把画带了回去。过了几天,又把我找去,经过两次修改,才算送了给我。

我得到那画,不但是感谢,而且是激动。感谢司徒乔先生为我费了很大的工夫,激动的是,他对于艺术的忠心,他是怎样严肃地对待他所有的作品。

(香港《大公报》1957年5月8日,署名:高唐)

徐生翁补记

书家邓散木先生,给《大公园》写了几节《艺林谈往》,他写的几位书家如萧蜕公、徐生翁和梅调鼎,也是我平时最心折的几个书法艺术家。这三人中,梅调鼎墓木早拱,而萧、徐两先生都健在人间,而同是八十以上的老人了。

萧蜕公仍旧住在苏州,徐生翁仍旧住在绍兴。不久前有人到绍兴去访问过生翁先生,说老头子今年八十三岁,健朗得很,说一口绍兴话,样子非常朴素,布衣布履,从他身上看来,只是个乡下老儿,谁也不会相信他是在书法上用了七十年苦功的艺术家。他现在是浙江省文史馆的馆员,浙江人是非常尊敬这位老人的。

徐生翁不仅字写的好,水墨画也自成一家,但他的画常常为书名所掩,他自己也不肯随便给人绘画。他曾经说过,他的写字与作画,都不是专门依傍碑帖和古画,还要从日常事物中以及大自然的动静中寻求机理,因而取得了自己的风格。有人曾经写过一首诗表扬他,有两句云:"三百年间一枝笔,青藤今日有传灯。"把明末的绍兴徐文长以况生翁,不料老头子看见了,不大以为然,他说,我又不是专门临摹徐青藤的,怎么好说我是"传灯"呢?由此可见他的治艺态度的谨严了。不仅如此,他是十分珍视自己的作品的,每次写字或者作画,如果稍有一点不称心的地方,必然要另换一纸,一直要换到他自己满意了才能出手。

生翁先生对近代书家是少所许可的。如他说:陶浚宣(心云)的字是"墓前翁仲,全无生气";李叔同(弘一大师)的字"以堆砌为工";余绍宋(越园)的字"以偏师取胜"。马一浮(蠲叟)先生晚年的署款把一个"叟"字的末笔弯弯曲曲地拖得很长,生翁先生说他是"天魔外道,不成正果"。他就是这样严格地要求自己,也严格地责备别人。

在绍兴沦陷时期,生翁先生的生活十分艰苦,常有日本人和汉奸去请他写字,他推说耳聋手颤,搁笔有年,坚决拒绝了这些敌寇的要求。有时替船家写些东西,船上人送他几斗米,就这样勉强维持生活,可见他不但是个卓越的艺术家,而且还是个坚守民族气节的人。可惜像这样一个了不起的人物,除了绍兴人外,很少有人知道他。(自上海寄)

(香港《大公报》1957年10月21日,署名:高唐)

栗子泥的故事

秋渐深时,上海水果店里的糖炒栗子又应市了。到晚上,店门口放耀着"良乡栗子"霓虹灯的招牌,与"洋澄湖大蟹"的霓虹灯,在秋风中互为辉映。

糖炒栗子在上海,最有名的要算成都路上的两家"新长发"了。他们家的栗子,以重糖著名,炒的火功又是恰到好处,因此吃上口不但是甜,比别家来得香糯。此外淮海路上有一家,则在饴糖中和以桂花,使炒好的栗子有一阵花香扑鼻,于是他们家的生意,也同"新长发"一样,门口买栗子的人,常常排着一字长龙了。

在上海耽过的人,一定知道当栗子上市的时候,一些咖啡馆里,都兼售栗子蛋糕。这种蛋糕当年做得最好的是"斐达",其次是"七重天"。但这种做法，毕竟没有什么秘奥，近年来上海所有的面包房、咖啡店和西菜馆，全都做得出色的栗子蛋糕了。从去年起，"老大昌"又添了一种栗子点心，叫做"奶油栗子粉"。把炒熟的栗子捣成泥，上面浇上厚厚的一层奶油，风行得很，吃的人比吃栗子蛋糕的还多。

这种奶油栗子粉，在北京的咖啡馆里，是早已有的；而上海，也在十多年前已经有人做过这样的点心。我还记得关于栗子粉有一桩很明艳的故事，把它记在这里。

那时有一个姓何的少年，和一位叫王册的女郎互矢爱慕，王册还在"务本"女中读书，这一年是她二十岁的诞辰，特地把少年邀到家里，她亲手做了一色点心，这点心是将栗子粉放在杯底，然后把煮好的、沸热的可可注上大半杯，再然后加上小半杯的奶油。这样调和起来，当时成为一种很别致的点心。这天，吃过了女郎的寿宴，女郎把自己的情人，向家属公开，实际上，也就是他们的定情之夕。

后来，"奶油可可栗子泥"的这道点心，传播在少年的朋友们的嘴里，而少年和女郎也终于成了眷属。可是有一年，这一双情侣，忽然为了一件事不和起来，发展到紧张的时候，甚至要闹异居。有个朋友知道了，用惋惜的心情，将他们的爱情故事，写了几首诗，其中有两句是："任她心碎如泥后，一罐银壶也要温。"他是把栗子粉比作女郎的心，而把沸热的可可，比作少年；也就是这两句诗，打动了一对夫妻的心，他们相抱而哭，自此，重叙其偕老之盟。

近年，我有时在淮海路上，会遇见一个长得很丰满，光艳似春花的妇人，她就是王册。我想，她该是"奶油、可可、栗子泥"的"发明"人了。

（自上海寄）

（香港《大公报》1957年10月28日，署名：高唐）

会乐里的故事

上海福州路，俗称四马路，在靠近西藏路口有一条弄堂叫会乐里，这是旧上海的一条"名弄"。因为弄堂里的每幢房屋，几乎都是"长三堂子"(最高等的妓院,次也者谓"么二")。一直到上海解放,堂子不好开了,于是会乐里的房子,都变了人家,不但变了人家,里面还有职工业余学校和扫除文盲识字班咧。

闰八月下旬的一天晚上,我跟一个朋友预备沽酒持螯,就在四马路一带觅购大蟹。正好会乐里弄口摆着一个蟹摊,我们就走了过去。在蟹摊上当秤的是一个苏州老人,另外有一个十四五岁的孩子帮着老人管账。当我们正在挑蟹的时候,只听见那个孩子"啊呀"一声,他从地下拾起了一张两元面额的钞票,告诉老人说:"这是方才我找给那位老妈妈的,她掉在这里了,我看她过对马路去的,料来走的不远,让我追上前去。"说着便一直冲过马路,经天蟾舞台,又往南奔去。

不待我们买的蟹捆扎舒齐,孩子已奔了回来,他说追到了失主,把钱还给人家了。

事情如此而已。读者诸君中,也许有人会说,这不过是一个诚实的孩子罢了,有什么好做文章的呢?对,这件事的确太平凡了,尤其是在新中国的社会里,要这样品德优良的少年儿童,真是滔滔皆是;可使我感触万端的是因为在我肚子里,却有另外一个故事。

算算也记不得十多年、二十年的事了,是冬天,也是一个华灯初上的黄昏时八月。我到四马路去吃夜饭,正走到会乐里弄口,只见那里有很多人簇拥着,人群中有一辆电火通明的包车,歇在人行道上,车上蜷伏着一个穿灰背大衣的少妇,这时,妇人的头面上乃至大衣上,淋漓尽致地挂的都是人粪。在当年,一望见这情形,我是清楚了:那妇人是会乐里的妓女,不知招怪了哪一个土豪恶少,就这样受人家欺侮。据当时目击这一幕行暴情景的人说,包车刚刚拉到弄口,就拥上去七八个孩子,他们先把车子拦住,由两个孩子动手,一刹间,就造成了这副局面。

"小瘪三真是可恶透了!"当时走路人听完了上面的叙述,几乎异口同声地这样咒诅着。冤枉啊,人们都是那样糊涂,小瘪三是没有什么可恶的,可恶的是那个社会;为什么到了今天,会乐里弄口,一个小瘪三的影子都找不到了,而出现的只是蟹摊上那样的孩子呢。(自上海寄)

(香港《大公报》1957 年 11 月 9 日,署名:高唐)

瞿蜕园与《长生殿》

瞿蜕园先生近年卜居上海,他是我国治掌故的有数人才。

说瞿蜕园,也许有人不知道,说瞿宣颖、说瞿兑之那末知道的人一定多了。但瞿先生现在却只用蜕园的名字。这两年我因为工作上的关系,跟他有时有接近的机会。他在上海报纸上写了许多考证性的短文,我几乎每篇必读。我常常觉得有些人写的考证文章,总是"东手批来西手卖";瞿先生却是消化了再吐出来的,他谈了许多"古",却看不出有一点乱翻旧籍的痕迹,真是高手。

今年五月,上海一家出版社刊印了瞿先生编写的一本《长生殿》。他在序言里说,这个故事的编写,意在叙述长生殿的本事,因此不能按传奇那样一折一折写出来,只能紧握内容重点,加一番剪裁熔铸。瞿先生的意思,洪升的《长生殿》是写的真人真事,然而不免有违反史实的地方,所以他在编写过程中,一定要求得切实近理。于是他采用了新旧唐书和通鉴的记载外,还采用了唐人小说、笔记、诗歌之类作为参考资料,才完成了这本六万言的册子。

在这本册子里,还有周鍊霞的插图。她的每幅图都是根据古今传诵的唐人诗句,然后调成画笔。例如杜牧之的"一骑红尘妃子笑,无人知是荔枝来";张佑的"雨霖铃夜却归秦,犹见张徽一曲新。长说上皇和泪教,月明南内更无人";温庭筠题马嵬驿的"返魂无验青烟灭,埋血空生碧草愁"。都被鍊霞采为画意,画得是那么细腻而又典雅。

瞿先生虽然不以诗词著称,但偶有所作,总是非常净美。现在把他最近写的两首词,刊在下面,你看看,这是庸手所能办得到的吗?

蝶恋花　蜕园

　　今年闰中秋,月色圆明倍于平昔。又值苏联人造卫星初次成功,举世争仰,星月交晖。真所谓开拓万古之心胸者也。连夕眺赏,记以小词。

　　玉宇无尘云卷尽。分外清光,难得中秋闰。桂树香风凉满鬓,高楼延赏暗霄嫩。　　见说飞星天外运。九万搏扶,只似门前近。从此云车风马阵,广寒须许人间问。

今夜长空新挂镜。秋色无边,一倍增秋兴。万里十洲人共庆,升天不用云梯等。　　古月还教新月映。月斧修成,天定输人定。扰扰尘寰须梦醒,人间实有华胥境。

瞿先生今年六十开外了,因为他天生得那样神韵清疏,看起来一些没有老年的景象。我每次遇见他,看他的皮鞋老是擦得闪亮,衣服穿得又挺括,加上一件淡灰色的大衣,真的翩翩得很。(自上海寄)

(香港《大公报》1957年11月23日,署名:高唐)

苏 州 船 菜

《唱江南》里曾经写过苏州的石湖。这地方现在已开辟为游览区。从此不一定要等到阴历八月十七的晚上,方始游人蚁集了。这里既有湖可棹,复有山(楞伽山俗称上方山)可登,何况风景幽绝。料想起来,以后游苏州的人将以石湖为必去之地,而天平灵岩,势且减少游踪了。

前几天有位老苏州到上海来,谈起游石湖必须从苏州城内乘船直发,最有清趣。又谈起在石湖的游船上有船菜可吃。只要早一天问船上预定,酒席自酒席,便饭自便饭,准能办好。

老苏州说,这种游船,舱位不大,一张桌上,坐十个人挤一些,顶好坐八位。如果真是八个人,那末可以定十八元一席的酒筵:四冷盆、四热炒、四大菜、甜咸点心;到了下午返棹之际,还有每人一碗鸡汤面,也包括在十八元里头了。

现在是秋末冬初的时节,这种船菜便有个很大的特点:不但鱼鲜虾活,蟹黄更是腴美。石湖船菜还有一样异于其他地方的船菜者,每一个菜,都出自妇人之手,这些船妇,都练就一手烹调绝技。它是苏州菜,但苏州人家里,烧不出那么多的花色,所以老苏州又说,他今年游过三次石湖,吃过三次船菜,简直每次都掉换花样,而每一花样都各有风味,这就不能不称服她们的本领高强了。

老苏州把这件好事到上海来一提,我们这里,大家已在订游石湖吃船菜的计划了。从上海坐早晨六点钟火车到苏州,一到就往船埠下船,一下船,就请船上把那碗面先下起来,改为早点。估计十时以后可到石湖,船泊上方山下,就上山去游览一番。到十二时回船,立刻摆下酒筵,一路上可以吃到苏州。下午二时到了苏州,还有时间上拙政园去坐上二三小时,赶下午六时车回上海。

这是上海人吃石湖船菜的办法,让我先去试一二次,如果这办法行得通,那末以后遇有海外的朋友回国观光,路过上海,倘蒙不弃,来看看俺高唐的话,俺高唐就以石湖船菜,来招待远宾,你看如何?(自上海寄)

(香港《大公报》1957年11月27日,署名:高唐)

梅调鼎的惜妓诗

宁波梅调鼎先生是大书家。去年,本刊散木的《艺林谈往》里曾经写到过他,岂止是散木佩服他,吴昌硕生前,对梅书也表示倾心。

我不懂字的好坏,但对梅调鼎的字也是极其喜爱的。他的字看起来柔润极了,可是越看越看出他的柔里有刚,而又觉得挺拔极了。我曾经得到过一副对联,那是李祖夔生前送给我的,因为是厅堂上的楹联,一向搁置着没有张挂,可惜在一次搬家的时候把它丢失了。

梅调鼎不仅字写得好,他的诗文也自成风格,字流传的已经不多,诗文则更加少了。前几天,有人给我看一首《惜妓诗》,正是梅调鼎作的,诗的用字和遣词,都不落常套,妙极了。把它抄在下面,希望读者欣赏了他的文字技巧以后,还可以体会体会诗人的用意,也好对堕溷烟花,发一些悲天悯人之愿。诗云:

> 人怜妓女美,我岂其美怜?人皆有夫妇,彼独少一天。当其初生时,亦号金之千,一落尘网中,自亦不知焉:朝朝弄脂粉,夜夜调管弦,但期贵客来,免得老媪鞭。岂无欲娶人,率皆狂少年;岂无欲嫁心,未可抛以全。或闻东邻李,嫁一公子翩,公子多内宠,冈彼空

房眠。或闻西舍王,嫁为富室偏,其嫡善罗织,拷掠井臼前。君看大江水,东去不复旋;君看堕地花,不比枝上鲜。嗟彼有心人,泪落枕函边;嗟彼无心人,长歌媚绮筵。茫茫花柳场,过眼如云烟,但见妍者老,不见老者妍。滔滔游冶子,却为情所牵,牵者虽其情,而情无不迁,不游狎邪道,焉识其陌阡?凡事想可知,粗叙末与巅,妓女虽如此,士人亦复然,立身务及早,倚人当慎旃!

(香港《大公报》1958年6月23日,署名:高唐)

行路草（1957.7—1957.9）

行路八千常是客

"行路八千常是客，丈夫五十未称翁。"这两句是陆放翁的诗。

巧得很，我今年正好五十岁；在五月到六月的两个月间，也正好行了八千里路的样子。于是，我想用"行路草"这个篇名，用诗和小品文的形式，来给《大公园》写些旅程中的琐事。

我们旅伴三人，其中之一是从香港回来的天厂居士。这位朋友有这么一个特点，他欢喜结交京剧演员，海内所有的京剧名角，他可以说论交殆遍。譬如说，这一回，我们在北京呆了二十多天，则是因为北京是名角儿荟萃之区，便使我这位朋友长久地流连在京华道上了。又如在汉口也呆了十来天，则是叫高盛麟吸引住了，更巧的是盖叫天也在汉口上演，这两个武生，放在一个码头上，也使我的朋友舍不得抽身了。最妙的是九江之行，我同一个朋友上了庐山，而天厂却对庐山不感兴趣，宁愿一个人跑上离九江二百公里的云居山去，拜访今年一百十八岁的老和尚虚云法师。等他访师回来，才上牯岭住了一夜，便拉着我们匆匆地下山，原因是庐山上没有他可以谈心的演员朋友。

所谓行程，如此而已。八千里路也差不多了。我们原定的计划，庐山下来再回汉口，从汉口到广州，在广州玩上几天，天厂自返香港，我们两人，再乘沪粤车到杭州，游过西湖，再回上海。可是庐山上的天气，像深秋一样，经常在六十四度以内，我把所有的御寒物都加在身上，还顶不大住，所以下山的时候，实在有些"逃寒"的心情。不料回到汉口，汉口是八十四度，汗流浃背，扇不停挥。想到汉口如此，广州的燠热，也不会好受,我是不想再去"趋炎"了。于是在武昌风景区的东湖,宿了一宵,便乘江轮东下,天厂也在这天晚上,乘车赴穗。临别时,我们相约,明年还要作伴游昆明和成都,要坐火车走完宝成铁路的全程;也要从北京上车,过长江大桥直到广州。

(香港《大公报》1957年7月22日,署名:高唐)

京沪车中作

老不能胜儿女情,心随轮转几曾平!早知善弄牵衣态,阿父何为事远行?

予以五·一登车北上,车以下午四时十七分行。我妻与儿女都到月台相送,小女儿不胜依依,车既行,我也惘惘不能自制。

梦中脚痒谙衾暖,倦甚还知气候迁。关却晓窗撩乱影,高杨一路拂清眠。

次日醒时,车已在津浦路上,过徐州也已多时了。一路上白杨夹道,乃知六年以来,津浦路已全程绿化。

不将心事惜芳菲,四月江南雨正肥。到此方知春已老,杨花乱惹旅人衣。

江南四月多雨,予辞家时亦在雨中成行,在津浦路上,天换轻晴,过济南时,万柳飞棉,知春已暮矣。

(香港《大公报》1957年7月23日,署名:高唐)

在北京见夏梦

人生何处不相逢,北国来乘南海风。今岁独怜花落早(予到北京,牡丹花时已过),当时转喜眼前红。微回长舞多娴巧,一搦纤腰易竟功。知否故乡人盼煞,负他江岸接惊鸿。

到北京的第一个晚上,就遇见了夏梦。

她是上海人,在香港作电影演员,而我碰着她却是在北京。

这时,她天天跟李少春夫人侯玉兰学京戏里的身段和水袖等表演方法。不到五六天,她就从北京直返香港去了。她没有回上海。

(香港《大公报》1957年7月24日,署名:高唐)

伊 何 人?

可识图中胖妇人?凤霞朋友也还新。廿年前自倾城艳,留得银潮一段春。

有一天,我们在恩成居吃饭,饭前,有两个女宾在对坐着讲话。敖乃梅女士就给她们拍了一张照片。

正面坐的那位是评剧演员新凤霞,侧面坐的那位,也是一个有名的人物,她从前瘦,现在胖了。胖得叫人认不出来。她是谁呢?读者诸君不妨猜上一猜,我明天告诉你们。

二十年前,这位胖妇人是上海著名的电影演员,在某一张影片里她曾经拍过出浴镜头。她是银坛前辈,像新凤霞那样年纪的人,也许还没有见过她演的片子呢。

(香港《大公报》1957年7月27日,署名:高唐)

肥 了 徐 来

昨天的"行路草",给读者诸君猜的那位胖妇人是徐来。今天我又找出她一张二十年前送给我的照片,刊在这里,跟昨天的比一比,肥瘦悬殊,无怪我那天在北京第一眼,见她时,失声道:"啊嗄,徐小姐,发福得如此,我真的认不得你了。"

当她拍今天这张照片的时候,她还只二十多岁。是上海明星公司的演员,上海出名的"标准美人",自从拍了一张叫《春潮》的电影,她红起来了,所以我昨天的诗里有一句是"留得银潮一段春"。

当年的徐来,虽然号称"标准美人",其实呢,面孔是很美的,而体态却不够标准,因为她究竟没有骨肉停匀之美。她是比较瘦的,只要看她的那条臂膊,细得很,其他部分,也看不出丰腴之致,她给我们的印象,就是如此。如今二十余年不见,她肥了这么许多,是不由得老朋友们要诧为异事了。

徐来的回国,国内报纸上曾经登过消息。现在她的丈夫唐生明,已在国务院工作。我碰着她的那天,因为在饭馆里,宾客很多,没有跟她谈谈别来情况,但看她还是从前一样的脱俗,热情。她说我和当年也没有什么改变,还是那样瘦,那样滑稽。

这一天,她又不待终席就走了,我送她出门,问她为什么要早走。她说,还要到怀仁堂去看戏。后来,听人说,徐来在北京,赶东赶西只想看戏,她觉得北京的好戏,实在太多,有些剧种,都是她从来没有看见过的。因为她常说,就像她天天赶着看,也怕看不全呢。平时常常到梅兰芳家里同梅夫人闲聊,她同梅夫人以前就是很好的朋友。

(香港《大公报》1957年7月28日,署名:高唐)

萧　先　生

又是一次宴会上,遇见了萧长华先生。萧先生须发如银,红光满面,他健旺得很。

这天,到的宾客,多数是京剧界里的人,这些人,都称萧老为萧先生,梅兰芳先生也这样叫他。从这个称呼里,我感觉到人们对萧老先生不只是寻常的尊敬,还包含着另外一种崇高的感情。大家知道,王瑶卿活着的时候,人家都管他叫王大爷;谭小培生前,人们都叫他谭五爷;如今还健在的姜妙香,人称姜六爷。这些称呼,尊敬是尊敬的,也是世俗的,它跟叫"萧先生"不同,萧长华之所以被人尊为萧先生,因为一向他在从业态度上,或者做人态度上,无一不是梨园行后辈的楷模。我是外行,但也十分景仰萧先生的为人。什么角儿耍脾气,我都听见过了,但是萧先生没有;我只听见萧先生不仅爱自己的徒弟,也关心着所有梨园行的后起人才。

写到这里,倒想起一个故事来了:若干时前,马连良在北京买了一所非常华美的房子,里面都装潢好了,特地请萧长华参观他的新居。当时连良问萧老说:"萧先生,您看我的房子怎么样?"萧老很诚恳地回答连良:"温如,房子是不能再漂亮了,可是你的儿子能住得下去吗?"萧先生的意思是说,为什么连良不多花一些心力来栽培儿子,而要急切地讲究居室之奉呢?

记得我和萧先生同桌饮宴,连这一回是第三次了。前两次都在上海,都是十年以前的事。那两回萧先生都不待席终先告辞走了。他对主人说,他有戏,要早些下后台。其实他离上戏还早得很哩,吃完了走,时间还嫌敷余,但是萧先生从来不肯这样做,他总要在上场前二三小时到后台,扮好戏,枯守在大衣箱旁边,他才觉得心里舒服。吴祖光告诉我,"北影"去年拍了一部《群英会》的舞台纪录片,萧先生饰的是蒋干,在摄影场里工作的时期,无论那一天,他都是第一个到厂,一到厂就进化装间扮戏,老早抹好了白鼻头,来迎接其他同场工作的演员们的。

现在的萧先生,已经退休了,但他对人家说,他身体好得很,还能够演戏,可是政府对他的关怀,使他不能再说什么。你看看,一个热爱自己艺术的演员,他会终生留恋自己的艺术,这种心情,在京剧的内行说起来,叫做"瘾头"。萧先生之不甘耽于逸乐,正是他的"瘾头"发作的缘故。

(香港《大公报》1957年7月29日,署名:高唐)

京 居 绝 句

北都四月茄先紫,催熟黄瓜咬亦甘。此际思乡惟一事:偶因蚕豆嫩江南。

阴历四月,北京的茄子和黄瓜都已上市,予每餐必以此二物佐饭。但是我想念这时候上海的新鲜蚕豆,其甘美又为茄子、黄瓜所勿及。今岁远游,错过了上海的蚕豆期,真是可惜。

"怀胎"名异无珍味,仿膳初尝"莞豆黄"。北海两来俱为吃,摇船不过漪澜堂。

在北海吃了两次仿膳。这里的点心是出名的,"肉末烧饼"尤脍炙人口,但我更爱吃它的"莞豆黄"。一次是在那里吃的中饭,一个朋友为我要了一只"怀胎鱼",说是仿膳的名肴,其实它和上海本帮馆子的"鲫鱼嵌肉"一样做法。

(香港《大公报》1957年8月2日,署名:高唐)

凤　巢

在北京,我的朋友把住宅打扮得最华美的,要算吴祖光和新凤霞的那所新居了。

这对夫妻是一九五一年结的婚,现在已有两个孩子。新婚时,洞房在东单栖凤楼,前年又搬到马家庙来的。这房子他们自己是业主。他们一个编导、一个唱,几年下来把积聚的钱买了这所四合院的大宅。近邻是协和医院,东安市场也在旁边。

论房子,不过是比别的朋友住得大一点罢了。我所欣赏的是屋主人把它修饰得那么漂亮。朱红漆的大门,闪闪发光,有点像从前的巨室门墙。院子里花树扶疏,屋子里的陈设又精致,又洁净,卧室里帷幕低垂,衾裯叠叠,踏进去扑鼻的脂粉香,还像六年前到了他们栖凤楼的新房一样。

因为他们和白石老人,相交甚笃,所以墙壁上挂白石的作品最多。会客室里四幅小屏,都是白石的小品画,我不懂画的好坏,只是觉得画得好玩,每幅屏上,画四样东西,这是祖光自己设计了,要求老头子这样画的,别人很难得到同样的精品。祖光不是美术家,但装点他的居室,独具巧思,叶浅予、张光宇他们都自叹弗如。

这样一个美满的家庭,但是有一件不大愉快的事,那是因为新凤霞有病,她的病同李少春的几乎是一模一样,也是音带上面长了一个疙瘩,所以她也只好在家休养,绝对不能上台。新凤霞不比李少春来得乐观,她又是害怕,又是焦急,生恐病一时好不了,音带从此损坏,使她的舞台生命不能继续。这样,她的健康情形进步很少,听说我到北京之前,她消瘦得很。祖光看着自然很是不安,想尽方法来安慰她,劝解她。有一天,他跟凤霞这样说:"退一万步想,即使你的音带坏了,不能上台唱戏了,那末你还有一条大路可走,那就是改行做电影演员。凭你年轻,凭你这副相貌,凭你已有的声华,一旦说新凤霞要拍电影了,你看看,电影制片厂不来争取才算怪呢!"

就是吴祖光这几句话,打中了他的太太的心,新凤霞从此眉开眼笑,她的病,也如春被野田,日臻异象。

(香港《大公报》1957年8月3日,署名:高唐)

裘盛戎的是可儿

五月中旬,上海有过一局扎硬的京戏,那就是集马连良、谭富英、张君秋、裘盛戎四块头牌于一台。在这四块头牌中,我是更加喜爱裘盛戎的。不知香港的观众最喜欢的是哪一块?巧在这四块牌子,都在香港挂过。

当我五月初到北京的时候,谭富英和裘盛戎还没有动身南下,而且他们正在同台演唱,我连着看了两次戏。一次是裘盛戎的《姚期》,又一次则是两个人合演的《清官谱》。渴望着看一次裘的《盗马》,却不能如愿。

我碰着谭、裘,正是他们要到上海的前两天,看样子,他们两个人都舒闲的很,围着夏梦,听夏梦给他们谈香港的情况。可是有人告诉我,这一时的裘盛戎正处在紧张状态中,因为四块头牌,同往上海,在酬劳上和戏码上意见有些参差,盛戎正在从中安排。结果却给他安排得四平八稳。自然,口舌他是费了一些的,但最大的效果,却在于他自己肯吃亏,他把自己应得的部分,打得比其他三人都少,这样其他三人,就不好再说什么了。自古以来,京剧角儿,往往不是经理人才,而盛戎办起事务来,却有如此干练。

后来他们到了上海,第一天四块头牌四出戏,盛戎自愿唱开锣,从这些地方看来,此人倒是真能顾全大局,不为一己之私,而有所争攘;但金字招牌还是金字招牌,决不因为他唱了开锣戏而有丝毫损害了他名角的身份。

六月间我回到上海时,裘盛戎他们已经唱完走了。桑弧告诉我裘在上海时的一件事,听了叫人也很舒服。

桑弧说,有一天,几个电影工作者开了一个座谈会,请裘盛戎列席,要求他谈谈一些表演艺术上的创造过程。裘盛戎却不大善于辞令,逢到他不能用言语达意的时候,就在会上用表演来给大家解释。到了最后,他又对大家说:"假如大家认为我今天在表演艺术上有些微成就的话,那末周先生(指信芳)的舞台艺术,给我的启发是十分大的。但是我吸收周先生的东西,不是生吞活剥而是把它消化了,然后再放到我的戏里去的。"这几句话,看来似乎很平淡,但是自古以来,成了名的艺术家,有几个人肯说这样又坦白、又诚恳的真心话呢?

所以桑弧又说,裘盛戎的是可儿,其雅度乃不可及也。

(香港《大公报》1957年8月4日,署名:高唐)

把遍春明尽酒樽

为爱佳名访"灶温",谁知两往不开门。"过桥"康乐新烹面,游子江南最系魂。举箸每餐求小素,多情好友赐奇荤。笑予经月慵慵住,把遍春明尽酒樽。

在北京住了将近一个月,很多朋友,都备了酒食款待与我,有的还不止请一次。这些朋友,绝大部分都是捏笔杆的,画家、作者或者是新闻工作者。例如给本报写《末代皇帝》的潘际坰先生,邀我吃过两次饭,一次且在最豪华的"谭家菜"。其他人所具无非盛宴,朋友厚我,固然可感,只是我的脾胃薄,吃到后来,一看见满桌的菜,就不敢下箸,有一次,偶然在酒席上吃到一碟黄瓜,叹为人间美味。

诗中:"灶温"是一家开在东四的北方饭馆,可惜我去时,他家正在修灶期间。"康乐"是在东单的一家家庭饭店,制肴精绝,有"过桥面"奇鲜,为之百吃不厌。

(香港《大公报》1957年8月6日,署名:高唐)

张伯驹夫妇

十年前,在上海见过张伯驹先生。他不但很少说话,望上去还有一种凛不可犯之色。所以这人给我的印象是难以亲近。

这次在北京,又和他好几次见面,使我们渐渐的感觉到张先生是冷于形而热于心的人,他实在是一位谦和盛德的长者。虽然他依然不多说话,望上去依然难以亲近。

有个朋友是先生家里的常客。他告诉我说,每逢有人去拜访张先生时,张先生总是立着,看见来宾只点一点头,他既不请来客落座,也不会敬烟倒茶,来客也只好立着跟他说话,说完话,客人走了,他也不过点点头,算是把客人送了。他就是这样不会客套,不会敷衍人,但他绝不是怠慢人,更不是瞧不起人。如果你有事情托他,他会尽其所能的给你办到;办不到,他将歉疚地无以自解。

大家知道,二十年前,张先生曾经演过一出《空城计》。余叔岩给他配王平,杨小楼给他配马谡。还有两个靠将:是王凤卿的赵云,程继先的马岱。这出戏,不但是梨园盛事,也是京剧史上的一段佳话。当时把这台戏曾经拍了电影。我们在北京谈到这段往事的时候,天厂要求张先生把片子找出来,放给我们看一看。但张先生说,片子不在他家里,因为这是一个珍贵的史料,已经献给了政府,如今保存在中国京剧院里了。东西已经入库,不可能找出来随便放映,老辈艺人的舞台风范,我们也只好从想像中求之了。

张夫人潘素女士,年轻的时候,貌艳如花。十多年来,她寝馈于中国画,现在是中国画院的工作人员,比张先生要忙得多。现在她是粗衣布服,也俭朴得很,连坐街车的钱,她都舍不得用。但张先生是冷静的人,而张夫人却欢喜热闹,她健谈,对任何人都一见如故。我要求她给我画个小立轴,她一口答应,她说:"我画,让伯驹给你题词,弄舒齐了,给你寄往上海去吧。"

等我回到上海,收着邓散木先生的信,信上说,为了书法研究会的事,他要同张伯驹先生到青岛去一趟。原来张先生创办了一个书法研究会,散木是会员,他在北京跟张先生一向过从甚密。

(香港《大公报》1957年8月11日,署名:高唐)

看花绝句

时有花香堕袖襟,日高巷远夏初临。合欢未蕊丁香谢,一树洋槐一院阴。

北京的丁香花时,也错过了。在马缨花(合欢树)未开之前,却有一种洋槐花,开的一琅满树。它的香气,也似丁香一般地流遍了琅街一巷。因为这种槐树,几乎每一条胡同里都有好几棵。人家庭院里,只要有一棵槐树,那就一院成阴了。

芳时每比江南晚,芍药开花伴紫藤。昨日排云殿外过,彩云披架绣堆庭。

万寿山看芍药。时为四月下旬,而藤花犹烂熳枝头焉。

木香花结木香棚,此地来看一老椿。三十三年违色相,唐生双鬓点吴霜。

颐和园有木香花盆栽,予十七岁时来游,已见此花,三十三年来,花犹无恙,可喜也。

(香港《大公报》1957年8月15日,署名:高唐)

京汉车上的故事

现在我坐在京汉路上的车厢里。这一间只有两个人,对面一位是离开北京、回国去的日本人。我们言语不通,无法谈话。他躺着看书看报,我也躺着看书看报,忽然想起一件发生在京汉车上的动人的故事,就把它记了下来。

海外的读者诸君,您一定听说过许多动人的故事,都是发生在祖国旅途上的。例如,一个孕妇在火车上可以平安分娩;一个六七岁小女孩,从重庆乘了长江轮船到上海投亲。但我这个故事,却发生在一位回国观光的香港同胞的家属身上。而这位香港同胞又不是别人,正是我的老友天厂居士。

去年初夏,天厂同了他的夫人和儿媳一行三人从香港到了北京。住了一些时候,婆媳俩先回香港,她们搭着京汉车南下。这一天,火车才开行了不多时候,那位天厂家的少奶奶,突然觉得腹痛起来,痛势是很厉害的,这一下,把她的婆婆急坏了,就去报告列车长。不久到了前面的停车站石家庄,从石家庄车站上,上来一个医生和一个护士,医生替病人诊断之后,说是盲肠发炎,但不必要立刻开刀。他替病人打了止痛针,又注射了止炎剂。这样才让火车开去。

病人经过治疗,痛,自然平复了一些。等到列车又靠前面的停车站时,站上又上来了一个医生和一个护士,照样替病人仔细检查一过。这位医生说,还是用不着开刀。从此列车只要停靠一站,那站上总有一个医生和护士上来,给病人检查。到了要打针的时候,那一站的医生就给病人施行注射。病人经过了医药,又因为路局对她的健康如此关心,心理上的恐惧已经解除,病况自然大有进步。过了二十七小时列车到了汉口,病人原来自己可以行动的了。但路局不放心,用了抬架,雇了专轮,把病人送到粤汉路的停车站上,依旧有医生来照看病人,使病人安全地到达广州,又安全地到达香港。

婆婆到了香港,一遇到熟人,便感慨万千地说:祖国爱惜人民真是无微不至。她又说,假如不是现在这个政权,她不相信会遇到这么多的恩宠。

(香港《大公报》1957年8月17日,署名:高唐)

京汉路杂诗(录二首)

狼蹄枭迹尽成尘,晓日祥和压水云。二十年来应悔祸,谁教顽寇自批鳞。

拂晓过卢沟桥作。时在七七事变二十年纪念前一个月也。

卅年多喜老儿辣,偏遣停车在信阳。原是我来迎五月,榴花云凤两茫茫。

到汉口的这天早晨,车止于河南南部的信阳。信阳是我三十年来向往的地方。那是因为我热爱周信芳的《四进士》,《四进士》里的宋士杰,信阳人也。又曾在上海报上,读过云凤写的一篇《五月榴花》的文章,她把在信阳看过的榴花,写得生香活色,加之清词丽语,端的令人击节。我过信阳的时间,将近阴历五月,却不见榴红照眼,使旅人不无惘惘之感。

(香港《大公报》1957年8月18日,署名:高唐)

久别重逢"小老爷"

我对于汉口这个码头,真的是人地生疏。在到汉口以前,曾经穷思极想过,也想不出有什么要好朋友在此居住的,要就是几位相熟的京剧艺人而已。所以下了火车的当天晚上,就到武汉京剧院看戏,又往后台找梨园行里人称"小老爷"的高百岁。

和百岁有十来年没见过面了。异地重逢,大家欢喜得只差要拥抱起来。在后台,我又遇见了李蔷华,这人长得本来好看,现在的体态更加来得丰满了,她早已同关正明结了婚。她一见我,就说:"阿唷,你来得正巧,我明天就要动身到东北去。"我道:"你干吗要去呢?"她说:"因为正明在那边等我。"到底是很久没见面的朋友,不好意思跟她开玩笑,只说:"那你就去罢。"这一天,我毕竟看到了她一出戏,是《渡阴平》后面《江油关》的李氏。我可以告诉海外和蔷华熟悉的朋友:如今这个花旦的成就,着实不坏。

"小老爷"是丰采依旧,健谈犹昔。可他也是五十五岁的人了。他告诉我们:武汉京剧院,分两个团,一个归陈鹤峰、郭玉昆领导,花旦有杨菊苹,老生有关正明,现在旅行演出中。另一团是百岁自己当团长,高盛麟当副团长,花旦有陈瑶华、李蔷华。这两个团在汉口生根以来,轮流演唱,值得傲人的是,每天必演,每演必满,所以每年都赚很多的钱。

我完全相信"小老爷"的话不是瞎吹。只要看看他们后台的一派祥和气象：同志之间相处得那么融融泄泄；每个人的脸上都是堆着欢笑,是他们一种安居乐业的欢笑。

"小老爷"曾经邀我们到他家里去做过客。他住的地方,比起十年前在上海的寓所来,好得多了。高楼大厦,布置得也十分精致。高夫人和百岁是同年的,她还像当年一样爱好修饰,曳地长袍,翩翩然谁也不相信已经五十开外的人了。

我们第一次到武昌的风景区东湖游玩,是"小老爷"陪我们去的。他招待我们在"东湖精舍"里吃饭。这一天的气候很热,下午我们在东湖游泳池上面的凉棚里喝茶,几个人都并排地在藤椅上躺着,足足谈了三个小时,全都是梨园掌故。

也看了"小老爷"一出《哭祖庙》,大段反二黄,依然唱得实大声宏。我惊奇的是老朋友还能把这样累工的戏写写意意的对付过去,真是难能可贵。

(香港《大公报》1957年8月19日,署名：高唐)

武昌候渡,望长江大桥作

> 人言可惜我来迟,不见大桥合龙时。我惜犹嫌来太早,不曾桥上一车驰。

到汉口之日,正是长江大桥合龙后半个月。天厂说,我们若再过半年来时,便可从北京坐火车、过大桥直驰广州矣。

> 横看桥似比山低,平视山桥一样齐。不信是桥疑是路,浮空江上起长堤。

大桥在汉阳一面,从龟山山麓起筑。有一天,我们曾到工地上参观。

> 先生因甚这般忙？候渡天天到武昌。去数桥墩归数孔,心中盘就大桥长。

我们先后在汉口居住十数日,几乎每天上武昌,故每天得与大桥亲近。

(香港《大公报》1957年8月21日,署名:高唐)

高盛麟好得很

侨居在海外的京剧迷,一定想念着高盛麟。在当今,高盛麟的长靠戏,可以称得是并世无侪的。我提了高百岁,没提到盛麟,您一定会想,大概没有看着盛麟吧?不,看到的,不单看到了他的人,还看到了他的三出戏。老实说,到汉口去看高盛麟,原是我们旅程中的一个重要节目。就是在他们后台遇到高百岁的那天晚上,同时也遇到了高盛麟。他已经搽上了黑脸,那天他在台上演的是《大闹花灯》里的薛刚。

是一九五〇年冬天,盛麟到过上海,和裘盛戎在"天蟾"合作。那时他胖得很,因为他的多年烟瘾刚刚戒除,生理上起了畸形的变化。如今,他又恢复为清瘦,但那是正常的瘦,不是萎靡憔悴,披上一层烟灰色的瘦。他精神饱满,当我问他别后情形时,他率直地说了两句话:"把那个东西拿掉了,还有什么问题不好解决的呢?"就是这寥寥的两句话里,我们可以体会出他包含着多么复杂的情感。

他的戏我们虽然也看了三出,可是海内一家的杰唱,像《长坂坡》、《挑华车》、《铁笼山》乃至《拿高登》却一出也没有看到,不能不说是遗憾。这回看到的三出戏是:《洗浮山》、《一箭仇》和全本《渡阴平》。尽管如此,这三个戏,到底也使我尽了耳目之娱;到底也平抑了数载以来对这一代英才的想望之怀。

他的戏比以前更加洗炼了,那是不在话下的。以盖叫天来比,我固喜爱盖叫天那份功力的凝厚,但高盛麟则凝厚中带着明爽。盖叫天的动作扣人心弦,高盛麟却会叫你来不及看,一会儿戏在靴底上,一会儿又在胡子上,迅疾如风,使人目眩神迷。

我不会评戏,只能写些浮浅的印象,来告慰海外的知音者。高盛麟好得很,在生活上,他非但不再穷愁潦倒,而且十分豫裕;在艺事上,他还在日求精进。我在汉口的时候,盖叫天也到了汉口,我连看了两天盖老的戏,碰着盛麟都在台下观摩。可见他还是虚心地要把老辈的成就,来营养自己。我看他是个有心人。

(香港《大公报》1957年8月22日,署名:高唐)

一条大道八十里长:谈武汉新貌的大气派

有一天,同守澄雇了一辆三轮车,去巡览汉口市区,三轮车把我们踏到一条新辟的解放大道。据三轮车工人说,这条路全长八十华里。我们经过的地方,两旁都在兴建大楼,但那些旧有的,残破的房屋,很多还没有拆除,因此看起来很不调和。再待二三年,解放大道全部妆成,我想像它的面貌,宛然是现在北京的西郊道上。

汉口所有的商店,几乎没有一家不挂"服务公约",公约大都只有八个字:"百选不厌,百问不烦。"有的店家,把"公约"装成横额,有的人家就高耸在柜台上,一家邮电局,索性用一块铜招牌,刻上"戒躁"两个仿宋字,显得灿然耀目。

汉口是没有什么风景的。我们到过一趟张公堤,也只是田野风光而已。武昌就不同了,在郊区到处都是胜地。我们没有访问过黄鹤楼遗址,也没有上过蛇山。天厂从北京飞汉口的那天,我到机场去接他。在将到机场的地方有一带河堤,两岸垂杨,碧波如镜,真似江南水乡风物。还有通往东湖的一条路上,两岸都是河塘,塘里是一碧无涯的荷花,可惜我们早来了一个月,否则驱车过此,可以乘十里荷风。

自然,最好的风景,还数东湖。东湖的南岸是珞珈山,武汉大学就在半山。有一位学者,因为赏恋这里的风景,自己愿意终身在"武大"执教。"武大"的建筑是古色古香的,它的色彩,和这座青山非常相称,但是现在的山下,新起了无数"红楼",好比美人秀靥,搽了过厚的胭脂,似乎比较不调和。

东湖有一所"屈原纪念馆",堂中挂着朱德副主席写的一幅立轴,是一首赞美东湖的诗。我只记得他开头一句:"东湖也似西湖美,将来会比西湖强。"以武汉建设方兴未艾,东湖将来会比西湖强是一定的。据我看,东湖目下的缺点,树木还不够茂密,若论形势,则已经比西湖好了,即使现在东湖的野趣,也是西湖不能跟它比的。

珞珈山的对岸,有一列洋房,供旅客寄宿,这就是"东湖精舍",住在这里的人,饱览湖光山色,足以流连忘返。我们参观过它的房间,每一间都是窗明几净,推开落地长窗,即是东湖湖岸,房间又都有卫生设备,真是无上幽居。我们相约,待庐山下来,再过武汉时,定要在这里借宿一宵。

(香港《大公报》1957年8月24日,署名:高唐)

过九江,夜宿甘棠湖上

蜀葵花发近人腰,我到浔江趁晚潮。是处辉煌千烛闹,当头绚烂一星高。水中有渡皆成竞,客里无魂不可消。借得甘棠湖上住,庐山明日与相邀。

到九江,住第一招待所,位于甘棠湖上。甘棠湖本身有历史,《辞源》与《辞海》中皆载,麻烦读者您自己查一查,恕我不抄书了。不过,这个招待所是漂亮的,它不仅环境好,布置得也非常精致,从窗子里望到庭院,真似龚定庵说的"四厢花影怒于潮"。

甘棠湖面积甚广,风景尤丽。湖中置灯塔三,灯用彩色,倏明倏灭,其状似西湖的三潭印月,所中人说,这灯塔是特地为了端阳竞渡而装置的。

第二天早晨,阳光始照湖面,我就在卧室门外,给甘棠湖照了一个相。如图。您瞧,那淡淡的一抹远山,便是周围三百华里的庐山。原来从甘棠湖到庐山脚下,也有十二公里之遥也。据说,在无雾的晴天,从我拍照的地方,可以望见庐山的登山公路。

(香港《大公报》1957年8月26日,署名:高唐)

端午登庐山

　　早知此往得清凉,不计山深计路长。偶倚岩墙同国手,便簪艾叶过端阳。临高眺远情如怯,投老寻幽意转狂。停午急穿峰日照,唐生身已入云乡。

端阳日上午,自九江循登山公路上庐山。从山麓到牯岭,计二十四公里,车行一小时半。

上山后约八公里,那地方叫鹰嘴岩,登山车到此,例须加水。我下车休息,看见前面也停着一辆医车,下来一位老者,彼此招呼后互通名姓,方知老年人是北京四大名医之一的施今墨大夫。施大夫今年七十多了,政府请他上山休养。他告诉我,庐山上的树木,有三千多个品种,有一千多种药材,他一面说,一面用脚趾触了一下地上,又说,喏,这是艾叶,也是药材。

到牯岭将近午刻,过了日照峰隧道,就到了我们的安身之所了。

(香港《大公报》1957年8月27日,署名:高唐)

牯 岭 居

我们住在牯岭的庐山管理局招待所。在参天乔木下,覆盖着一排精舍。当年,这里是一家英国人开的医院。门前一大片崖岸,下面是一个蔬菜园,园子的前面是环山公路,公路的左边又是一个山头,而招待所的背后也是一个山头。这里明明在海拔一千三百公尺的牯岭,但看起来又好像是"山下人家"。其实牯岭的每一所房子,都处于这样的形势中,庐山,岂止是千峰万岭而已。

因为还没有到炎夏的时节,上山避暑的人毕竟不多,偌大的一幢洋房里,连我们只住了五六个人;而招待所的工作人员,却有五六十位,这些工作人员,绝大多数是青年男女,即使投宿的人不多,他们却是终朝地忙碌着,把整幢房子,到处都收拾得纤尘不染。

领导这个招待所的一位干练的青年,才二十多岁,姓程,大家都称他程主任。他说得一口非常标准的普通话。有一天我问起他的籍贯,他说,这个招待所里的人,几乎全都是庐山上土生土长起来的,他自己也是。他甚至什么地方都没有去过。这就使我大为惊讶。就问他,既然如此又怎能说这样一口好听的普通话呢?他却说,全靠平时的锻炼,给他帮助最大的是听广播和看电影。

牯岭的市街,离招待所不远,至多不过像九龙的半岛饭店到尖沙咀小轮码头那点路程,于是我们就每天上街,这一带不但商肆林立,电影院也日夜放映,山下映什么片子,山上也映什么片子;也有京剧院。我们在山上的时候,有个女演员叫任秋云的在那里上演,好大的本领,前面唱《宇宙锋》,后面带一出反串任棠惠的《三岔口》,不是为了贪图晚间的休息,真想去拜观她一次。

招待所里有个舞厅,大概因为投宿的人太少,他们没给旅客安排一个舞会,又是一件遗憾的事。我想如果能够在这里同那些热情的青年男女们,在歌舞凌霄的气氛中,狂欢这么一个晚上,似我这样的"投暮英雄",也好暂时地重返青春。

(香港《大公报》1957年8月28日,署名:高唐)

我 看 庐 山

在《行路草》里,不预备写《庐山游记》了。我觉得如果写庐山游记,那是做了一件傻事:自古以来,多少人写过庐山,他们写的难道还不够精详吗?难道凭我这枝秃笔,还能渲染出庐山上一些前人未发之奇来吗?何况我名为上了庐山,可是坐卧的时间多,游动的时间少,即使说我也游过了,统计起来是不是占了整个庐山的百分之一,还是疑问。

我不但没有攀登拔海一千五百多公尺的庐山主峰大汉阳峰,就是五老峰也不曾涉足;既没有看过庐山的森林地带,也不曾拜访过庐山的瀑布。总之,一切艰于登涉的地方都没有去,最高也只到了含鄱口,因为环山公路还没有筑到那里,使我来回跑了一小时的山路,已经显得筋疲力尽。记得不过十年前的春天,跟桑弧、佐临他们去逛浙江的南北湖,在大雨的傍晚,连翻两个山头,丝毫不觉罢累,而今年,就这样的不中用,因此我的游记更不能写。思想起来,不得不兴"甚矣吾耄"之叹。

庐山上的环山公路,目下有两条路线,那倒是都走到的。一条从牯岭经过庐山大厦、芦林大桥到植物园,再往东便到了含鄱口;另一条从牯岭出发,经过大林寺、花径、御碑亭到仙人洞。大概一些老年瘫病的游客,上庐山,这两条路都会到的,因为都有交通工具。

我走过了这两条路线以后,倒有这样一个感觉:上了庐山,便已置身于千邱万壑之间,所以不一定要老远的去寻求什么胜迹。譬如说,含鄱口之所以著名,因为形势雄丽,站在那个亭子上,可以看见两个山峰的下面是鄱阳湖的一角,两个山峰像张开的巨唇,把鄱阳湖吞含入口。看是好看的,但这样的境界,决不止含鄱口一个地方,在上山公路上也可以看到同样景色;到了仙人洞上面的御碑亭里,也有类似的奇景,不过这些山峰所含的,不一定是鄱阳湖,而是长江的一角罢了。

胜迹不一定凸出,不是胜迹,无不可以流连。我想游过庐山的朋友,一定会同意我这样的说法。所以我即使在山上跑的地方不多,每天常常从寓所经过庐山大厦的前面,来回走二三里路,已经觉得心满意足,因为就在这短短的路上,也足够领略庐山的"不尽淋漓致,浑茫此大雄"的万千气象了。

(香港《大公报》1957年8月29日,署名:高唐)

[编按:本文经修改,重新刊于1957年9月10日的《新民报晚刊》,篇名署为《庐山随笔》]

庐 山 散 记

◆小豹

"花径"是庐山的名胜之一。它所以出名,因为白居易当初在这里看桃花,作过诗。现在变了公园,公园里还附设了一个动物园,这个动物园和山下各地城市的不同之处,它是标明了所有陈列的动物,都是本山产品。其中有老虎,有金钱豹。看了这些宝贝,一想到它们是本山产物,假如我跑出"花径",它们还有未曾成擒的亲属或者朋友,等在我门前,倒不免汗毛直竖。

在养鸡场的地方,看见一个竹笼,里面放着一只金钱小豹,自出娘胎,大概还不过几天。小得像小猫一样,它驯顺地躺着,旁边一只盆子里搁了几块鲜肉,可知它小虽小,已经不乳而肉了。有位游客,以为它小而可欺,用手指伸到笼口去吓唬它一下,不料这只小豹,顿时面孔一板,板得那么凶恶,它抽起身来,张开嘴要吃掉那只手指,吓得那位游客脸都青了。我因此得了经验:野兽毕竟是野兽,不能因兽小而可欺;要就擒住它,不然便打死它,和它开心是寻不得的。

◆客满

庐山上平时的人口是八千,一到夏天,总要激增。因为去年各地都奇热,因此在七、八月间,上山谊暑的人,纷至沓来。最高时人口总数到了三万,后来的人,非但投宿为难,连交通工具和食物的供应,也弄得非常紧张。目下,牯岭对外营业的旅社,以庐山宾馆为最大,但也只能容三百人。所以在山上不但看见到处筑路,也看见到处修屋。实在难以估计,要造多少房子,才能应付每年不断增涨的游人。看来今年的情形,不会比往年冷落,本月初,我们报上,不是曾经报道过吗?今年上庐山的国际友人,比去年多了一倍。如何容纳一大批一大批在乘风凉的朋友,永远是庐山管理局一个伤脑筋的问题。

◆食宿

很多人有个错觉,以为上庐山避暑,是一种豪举。其实游庐山才是最省钱的事。以膳宿二事来说,我们住这样好的招待所,双铺房间,每天四元五角,游西湖住杭州饭店,就要十元;我们两个人吃五六个菜,一餐只一元多,更是任何地方都没有的。从这里可以看出,庐山到底到了人民手里,它的经营方法改变了,不会把上山人的钱,啃光了回去。

(香港《大公报》1957年8月30日,署名:高唐)

庐山杂诗(一)

逢人从不诉当年,今日山容自蔼然。我亦何尝逃历劫,果能对话恐呜咽!

现在上庐山的,绝大多数是去疗养的各地劳动人民,这些人,又都是从旧社会苦难中来的;但是,庐山受的苦难,比人更加深重,它在鸦片战争以后,就受到帝国主义的掠夺,它是蒙垢受辱的过了足有一百多年了。

不关枉尺觅丛林,不想烟霞助好吟。除却宝儿谙我懒,更无人识入山心。

◆"入山"一首

高梧几树植前阶,犹布轻寒助酒怀。料想去年三寸雪,上官曾此踏棉鞋。

去年,上官云珠曾为本刊写《踏雪上庐山》一文,她所描绘山上的住所,就是我今天的住所。门外有高梧,亦有巨杉,惟上官来时,梧桐脱叶,此地终无绿阴如幄之胜。

(香港《大公报》1957 年 8 月 31 日,署名:高唐)

庐山杂诗(二)

山楼倚遍看云流,静自温存动也柔。昨夜惊雷催急雨,朝来万树尽含秋。

忽看檐角张红雾,又见车前过彩霞。身在云中还羡白:对山云里那人家。

人言轻薄何曾是?多变还因善卷开。数日清居无客到,推窗惟有白云来。

这三首诗都是写庐山之云。

"庐山云海奇观",是世界上著名的风景。可惜我这一回领略到不多;即使看到了,怕我也不能状其壮丽于万一。此高唐之诗所以为高唐之诗,终不是大家诗也。

(香港《大公报》1957年9月6日,署名:高唐)

庐山杂诗(三)

久居丘壑厌葱茏,含鄱归来过别峰。一抹也应工侧媚,车前掠过映山红。

在庐山的日子里,因为不是花时,所以很少看到怒放的花朵,只有一天,游罢了含鄱口,环山车将近芦林的时候,在一处崖壁上,看见了一簇盛放的杜鹃,花容如醉,居然亦媚人双目。

芦林桥下起劳歌,争凿人工十丈波。料得木兰桡发处,涡痕不比笑痕多。

人工湖在芦林桥下,目下尚在开凿中,犹未导山泉成潭也。人工湖开放之日,庐山亦有渡水的地方矣。

山下此时将换葛,山居我竟惜衣单。人因逭暑登山去,我为逃寒直下山。

庐山杂诗共二十首,今录寄者九首,这是二十首的最末一首,题曰《别山》。

(香港《大公报》1957年9月9日,署名:高唐)

月夜宿东湖精舍

似画波光接月光,荷风十里欲生香。庐山不与游人月,还我东湖万顷霜。

对面青山稳稳眠,山中月下有神仙。可知山下新来客,曾住江南五十年?

湖波月下若通潮,梦里潮来比岸高。好似有人轻拍枕,渡湖同往宝云桥。

东湖夜宿诗凡八首,今录其三。东湖风景幽绝,况是明月清风之夜,下榻于此,如居神仙宅第,终世不易忘情。

(香港《大公报》1957年9月11日,署名:高唐)

异地相逢张兰苓

从庐山重返汉口,则叫天翁已在汉口登台了。我们看了他两出戏,《恶虎村》与《十字坡》。他演《恶虎村》的那天,张兰苓演《得意缘》;他演《十字坡》的那天,张兰苓演全本《穆柯寨》。

今年春天,我曾经在本刊上写过兰苓,如今异地相逢,真是想不到的快事。两次看罢戏,我们都上后台拜访叫天翁,也顺便探望了兰苓。

虽然我认得兰苓已经十年以上,但她的戏,此番还是初次看到。她的下海原是一个奇迹。她本来是歌手,有音乐修养,也有歌唱根柢,可是她不爱京戏。三十岁以前,她是不看京戏的;到三十岁,忽然学起京戏来了,学得还是很认真,文的武的,一下子学会了好几十出。一学会,就登台,一登台,居然演得像像样样,到到家家。你如果对京戏有点懂得,那末你听说一个花旦,能够动《得意缘》,又能唱全本《穆柯寨》,就会知道她不是恒常之辈;何况她是被盖叫天选中了,要她帮着他跑码头,陪《武松》里的潘金莲呢。

我们在重回汉口的几天里,和兰苓几乎是排日过从的。她跟我们谈得很多。她说,她最大的幸福,正是几年来的闯荡江湖,连呼吸都会觉得痛快。她又说,辛苦是辛苦一些,但辛苦得吃的更加多,睡的更加美。而到了月终,总有八百一千的收入,要用,从自己身边掏,不必再伸手向别人要,这些好处,都是由辛苦换来的。所以她的铺盖,虽然三日两头要摊摊卷卷中,她觉得有至味存焉。

我们离开汉口回上海的时候,她在汉口的演期还没有满。叫天翁和张兰苓还要到长江大桥的工地去演,还要上黄石(新兴的工业城市——编者)去演,最后要上庐山去演。

(香港《大公报》1957年9月12日,署名:高唐)

归去江轮遇故人

我没有坐过长江轮船,就在这次旅行中,却大过其江轮之瘾:从汉口到九江,从九江回汉口,都坐的长江船,最后从汉口回上海,也是坐的长江船。上下的船期,一星期里只有一天是"歇班"。船价太便宜了,坐三日两夜的头等舱,只消二十来元。

这些江轮中,"江新"是修造得最好的一艘。而我,真是幸运,三次的江轮生活,却有两次都坐的"江新"。它在上海解放前,曾经叫国民党的炸弹炸沉在黄浦江里。前年,我们把它修复了,不仅治好了创伤,还特地把它打扮得更加体面。别的船上,头等舱里没有写字台,它有;别的船上,俱乐部里没有皮沙发,它有。在江上,遇到来往的江轮,两相一比,它比其他船只,别有一番壮丽之观。

船上的生活,这里不多说了,只说,在回上海的船上,遇到一位记不清有多少年没见面的朋友,他就是曹聚仁先生。聚仁和我,是二十年前上海《社会日报》的同文,那时他又是暨南大学的教授。

他告诉我,已经不止一次回来探望祖国了。这一回是五一前到北京,政府招待他游览庐山。我因为刚从庐山上下来,所以把庐山的情况约略跟他说了一遍。后来他忽然递给我一张信纸,上面写了一首送给我的七言绝诗。真是抱歉,回到上海,我把他的诗笺遗失了,怎样记也记不完全。仿佛有一句是,"眼前崔颢欲何之"是四支韵,因在这和他一首,作为《行路草》的最后一诗:

"此去还扛笔一枝,欲描祖国遣何词?凭君只说真情话,不用牛皮海外吹。"

(香港《大公报》1957年9月13日,署名:高唐)

春申旧事（1959.11—1961.12）

一 号 汽 车

　　上海有私家汽车，只不过五十年的事。据说第一个买汽车的是宁波富商周礼堂。这周礼堂兄弟两个，老大叫周湘云，礼堂是老二。他们都是做颜料生意发财的，人们不知他家究竟有多少家私，只知道他家拥有上海南京路上大片的地皮，比如现在的第一百货商店（过去的大新公司）的地皮和它对面大庆里的房子地皮，都是周家的产业，凭这一点，也足以略见这份人家富有的一斑了。

　　周礼堂既是最早买私家汽车的一个，所以他领到的是一张一号的汽车牌照。但从此也就多事。不到几年，有一个西洋流氓，以一万两银子为酬，叫周礼堂让出这张牌照。不料周礼堂一口拒绝，他说他不稀罕一万两银子，稀罕的是一号号码。那个西洋流氓因所欲难偿，便声言说，只要在马路碰见这辆一号汽车，车上又有周某其人，他要用他的车子跟它对撞。周礼堂则表示宁愿把车子停在家里，也不让出这张牌照。正巧在这个时期，上海有了掳人勒赎的绑票匪，周礼堂索性将车子锁起来，从此深藏宅内，不再与外人见面。

　　因此当年的十里洋场上，几乎没有人见过这一号牌照的汽车，在邪许声中，招摇过市。只有周家的亲故，到牛庄路上周家一所老式结构的住宅里面，可以看到一辆"奥司汀"小轿车（他原先买进的一辆英国产的，好像叫"兰脑"的老式车子，待"奥司汀"问世，便把那英国车卖了），系着一号照会。它长年停放在穿堂间里，朝夕地受着主人的摩挲玩赏，直像骨董鬼玩古物一样。

当上海的私家汽车越来越多的时候,坐车的人不但要求车子新式,更要讲究号码。他们争不到一号的牌照,则纷纷追求一些数字一崭齐的号码,如两只二,三只三,四只四,五只一等等。为了钻营这种"炫人"的号码,必须向工部局照会处疏通,既要请客送礼,还要贿赂钱财。而那时的上海,却也有一些人专门记住别人的汽车号码作为谈助,例如四只七是某大亨的,四只五是某律师的⋯⋯言下似不胜其艳羡者,亦可谓无聊透顶矣。

这里,我想顺便说一个故事:盛宣怀(杏荪)有个儿子叫盛老四,是当年上海滩上赫赫有名的、吃吃白相相的大少爷。他的汽车牌照租界号码是四只四,华界号码是一只四,进进出出,车上随着两个洋保镖,好不威风。但这种专靠先人余荫,自己不事生产的人,到头来要弄得水尽山穷,不待上海解放,他的汽车早已过户,连几个小老婆也都跟了别人,后来他一个人住在苏州一间破房子里,死了,连什么时候断的气,也无人知道。

(香港《大公报》1959年11月17日,署名:柯天默)

[编按:周氏兄弟的父亲名莲塘(与礼堂谐音);周湘云二弟名周纯卿。]

旧上海的一个女大亨

从前,上海人说的大亨,有时其实指的是流氓。流氓又叫白相人,还有个名称叫"闻人",那是洋场才子给他们起出来的。

大亨有男大亨,也有女大亨。女大亨也跟男大亨一样,她们的生财之道,靠烟土,靠赌台,靠讲斤头敲竹杠。女大亨的人数也不算少,就中以卢老七的牌子为最响。

卢老七的长相是:矮个子,胖敦敦,圆面孔,塌鼻梁。说一口上海话,是不是上海人就不得而知了。她欢喜打扮,到中年将过时,还是施朱抹白,衣裳穿得非常华丽。

她有没有正式的配偶,人家都不知道,不过都知道她有过好几个男朋友,但最后这些人都叫她赶走了。她曾经这样告诉过别人:"我老七走出来是个流氓,但在家里到底是个女人,谁知迭排赤佬(这四个字是上海白,犹言这批死鬼,指她的一群男朋友)不懂这一点,在家里也当我是个流氓,叫我怎么能爱煞他们呢!"从这些话里可以看出老七对她的男朋友之所以厌恶的原因了。

流氓终究是流氓,有一回,有个人看见她时,说了她近来显得有些老了,她拉起来就给那人一个巴掌。打完了,她对那人说,我打你是我不好,晚上给你赔礼,请你吃饭,但你下次仍要说我老时,我仍会打你的。她就是这样,不许人家说她老,谁说她老,她就揍谁。

老七也是广收门徒的。男女徒弟之外,过房媛特别多。那时舞场里、妓院里的女人,拜她做干娘的,多至不可计数。二十年前,上海有个文士忽然心血来潮,要拜在老七门下,行仪式的那一天,老七装得特别温文。当时流行着这样一个笑话:这天,老七坐在堂中,那文士向她拜下去的时候,老七突然欠身起立,一只手捂住了脑袋。大家见了,都觉得莫名其妙,后来有人问她,她说:"这个书生,与我下上一跪的时候,我的头忽然发晕起来,莫非他是文曲星下凡,所以我老七担当不起。"正是:斯文扫地,流氓奇谈。

(香港《大公报》1959年11月23日,署名:柯天默)

[编按:卢老七本名卢文英,此前唐大郎写《妇人科·卢文英》时,对她有所描述,同样说她不服老。]

襄阳公园的前身

上海淮海中路有个襄阳公园,在解放前,则叫"杜美公园"。这两天,这里正在开菊花展览会,万紫千红,把公园装点得如霞似锦。昨天,我去赏菊,顺便听到一位老者谈起关于这个公园前身的一段往事,老人说:

现在,这里是襄阳公园,是一个美丽的花园。但在四十多年前,这里的整块地皮上,不是花园,却是一所华屋连云的富商宅第。这个富商名叫薛宝润,是在第一次世界大战时经营颜料发的财,因为他的手段凶,在许多颜料商人中,他的财发得最多,那时上海人称他为"颜料大王"。

薛家一共有四个儿子,一个女儿。这些儿子,都是只会用钱、没有一技之长的花花公子。那个老大的性格,最是骄奢暴戾。他每天吃饭总是独踞一桌,到了夏天,在他的餐厅顶上,开着一只巨大的风扇,他一个人在下面狼吞虎咽,还嫌不够凉爽,叫四个佣妇围在他的旁边打扇,万一他还要出汗,那就会立刻恼火,咆哮一阵之后,把餐桌翻过身来,吓得打扇的人面无人色。

有一年,他们家里闹了一桩轰动上海的事件,那是出在老二身上。老二跟当时的大流氓黄金荣争夺一个唱京戏的露兰春,结果黄金荣把老二生掳了去,非刑吊打之后,还叫薛宝润备钱赎取。在这件事上,薛家一共用了一百万两纹银,才赎得老二的生还。

后来,这些弟兄们认为这所房子跟他家的富名还不够相称,又在现在的江宁路(以前的戈登路上)里盖了一所新厦,且不说这新厦有多么讲究,单说,在这住宅里面光是汽车间就造了十七个。原来他们弟兄四人,每人有四辆汽车,另外一辆则是留给他家姑奶奶归宁时用的。由此,可想而知薛家弟兄的穷奢极侈到了如何地步!但一家的财富总是有限的,不过二十来年的时间,他们的全部家财,都已化为灰烬。

薛家的老大老二都早已死了。老三叫薛炎生,竟是穷死的。那是在日寇侵占我华北的时期,他同小黑姑娘(著名的鼓词家)困守在北京,莫说鸦片烟抽不起,连饭也吃不上。就这样死了,入殓的时候,小黑姑娘剪下一绺头发,让他捏在手上,其他什么都没能带得去的……

(香港《大公报》1959年11月25日,署名:柯天默)

谣传两件鬼故事

旧上海,曾经谣传过两件鬼故事。

第一件故事,距今二十多年了,大约在"八一三"抗日战争以前。

记得那个故事是这样的：一天晚上，爱多亚路（现在的延安东路）的大沪饭店里宿着一个旅客，半夜醒来，看见房里亮着电灯，一眼望到床前，只见对面沙发上坐着一个人正在看报，报纸挡住了上半身，所以看不清他的面目。这个旅客总算胆子不小，他坐起身来，对着沙发上问道："喂，喂，你是啥人？跑到我房间里来做什么？"这样连问数声，那人不作一声回答，这才使那个旅客惊骇起来，直着喉咙叫喊，一吵就吵醒了很多的人，等他们赶进来时，房间里除了那旅客一人外，并无其他异象。旅客便把方才的情形，向众人说了一遍，大家都以为他是梦魇，大惊小怪的把众人都吓了一场。但那旅客坚持要在房里搜寻一下，当他自己俯下身体，察看床下的时候，发现棕棚的背面，载着一捆东西，他又要求众人一同把棕棚翻过身来，则见背后果然绑着一具尸体，尸体的头颈里还扣着一条绳子，显然是被人勒毙后移尸在这里的。

第二天，上海就盛传着大沪饭店鬼出现的新闻。

第二件故事，发生在日寇侵占上海市区的时期。一个冬天的晚上，一家出差汽车公司接到一个电话，叫他们放一辆车子到大西路的白宫殡仪馆去。车子开进了白宫殡仪馆，要经过一条甬道，就在这甬道的中途，站着一个妇女，车前灯照在她的身上，只见她披了一件玄色的斗篷，搽脂抹粉，卷发垂肩，自有一番风韵。她把车子喊停，问道："是出差车子吗？方才要车子的电话是我打的。"驾驶员便开了车门，让她上车，又随口问道："到什么地方？"那女人回答道："谢谢你，先开我到南市同庆（当时一家赌场的名字）去一趟。"

于是车子直驶南市，到了同庆门了，驾驶员回身来正想打开车门，忽然发现后面空无一人，不由得失声惊叫起来，再细看时，只见座垫上放着一串银锭。驾驶员更大声呼叫："有鬼！有鬼！"当时赌场里的人知道了这件事，也觉得好奇，便有几个胆壮的人，对那汽车驾驶员说，把我们一道开到殡仪馆去问问，究竟是怎么回事？后来车子果然到了白宫，将这情形告诉了白宫里的人。据这家殡仪馆的人说，他们在二小时前接来一个妇女的尸体，她是在这天下午服毒自尽的，自尽的原因，是在同庆赌台上输得太多，怕在丈夫面前无法交代，只得以一死了之。

这个"赌鬼"的故事,在日伪时期的上海,也曾轰传过很多日子。

其实,这两件故事,完全是谣言,也是绝对没有的事。过了好几时,真相逐渐透露,原来当时爱多亚路上,另外有一家旅馆,营业远远不如大沪饭店,因而这家饭店编造了这个故事,使得上海人听到大沪饭店鬼出现的新闻,不敢望门投止。第二个谣传的故事,情形也是一样,两家赌场,因为竞争营业,就翻出鬼花样来,把另一家中伤。为了赚钱,什么手段都使得出来,这是旧社会的特色,说穿了都是不值一笑的。

(香港《大公报》1960年1月18日,署名:柯天默)

火老鸦放蛇

火老鸦阿荣,也是旧上海的大流氓之一。从他的绰号叫火老鸦来看,就可以想见他对当时人民为害之烈了。

这只火老鸦的性情,的确十分残暴。他到了老年,还是斧头锤子的以械斗来欺压人民。二十五年前,他把上海的新光电影院盘了下来,改演京剧。有一回,他派人到北京去邀请某名旦在新光登台,由于他的条件过分苛刻,某名旦不能接受,拒绝了邀请,他从此怀恨在心。过了一年,黄金大戏院也到北京邀请那位名旦,一切谈判都已定当,某名旦正要定期到沪,不料这消息叫火老鸦听到了,他立刻来到黄金荣家里。

原来那时的黄金大戏院是"上海三大亨"之一黄金荣开设的(另外两个是杜月笙与张啸林)。某名旦也知道火老鸦惹不起,他之所以答应南下者,因为有黄金荣的关系,料想火老鸦不致为难。谁知火老鸦见了黄金荣就说:"……我先来打你一个招呼,只要他(指某名旦)敢在上海登台,那末我就敢在台下用手枪扳他,让他当场死在台上,我们预先声明,不要将来出了事情,你要怪我阿荣不讲情义!"

火老鸦声势汹汹,黄金荣也奈何他不得,而这个风声也传到了北京,某名旦吓得不敢动身。所以,直到后来火老鸦在上海一天,这位北京大角,始终不敢向上海走近一步。

又有一回,不知为了何事,这只火老鸦跟当时大都会舞场的老板结下了仇恨。在当夜,他派了一个心腹徒弟带了一大笼的活蛇,进入这家舞场。正当舞市热闹的时候,把这些长虫全向舞池放去,吓得一场子的人惊叫起来。长虫满场游动,舞女舞客则惊慌窜避,顿时场子里一片混乱。第二天报纸都刊出了这件"蛇舞"的新闻。但谁也不敢如实地写,这是火老鸦的"杰作"。

抗战以后,火老鸦到内地去了,后来听说死在桂林。他死后,上海的新光戏院,由另一个流氓夏连良承办。这个流氓就是火老鸦的心腹徒弟,也就是在舞场里亲手放蛇的暴徒。有其师必有其弟,夏连良的暴行也是擢发难数的。当时盛传这个流氓在青浦附近造过一个花园别墅,落成后那个承包营造的人要向他结算造价,他非但全部赖掉,还结果了那人的生命,将尸首埋葬在花园的地下。

上海解放后,人民控诉了他累累的血腥罪行,证实后,政府把他镇压了。

(香港《大公报》1960年1月20日,署名:柯天默)

张聋聋和他的父亲

上海有个中医叫张聋聋,是医伤寒的专家。此人在当年上海的名气之响,真可以说老幼咸知。他的父亲张玉书,也是良医,生四子一女,最小的儿子名骧云,就是上面说的张聋聋。张聋聋下世以后,他的儿子、孙子、曾孙辈都业医,也都以治伤寒著称,而上海人把他们的名字都称为张聋聋,直到现在的第四代孙,依然如此。

张聋聋之所以专医伤寒,正因为他自己也生过一场严重的伤寒症,以致失去听觉,病起之后,便发奋钻研,想出许多医治的方术,来济世救人。大家知道,他的脾气不好,一不高兴就要训斥病人,其实他的心地善良,永远同情穷苦的人,所以他尽管医术好,名气大,而诊金却非常低廉,真正一寒彻骨的人,非但不受诊费,还写好一张证件,叫病家交给药材店里,可以不收药费,药材店把这笔药费就上在张聋聋的账上了。

曾经还有这样一桩笑话:有些病人,以为他是聋子,听不出铅角子的声音,在付诊费时混用铅质辅币。张聋聱听是听不出,看却是看得出的,但给他看出来了,还是假作没事的收了进去。他对家里人说,生了病而混用铅角子,这个人的穷也就可想而知,而铅角子又不可能是病家自己铸出来的,如果不收他要他掉换,那末他可能没有办法只好不看病了,我怎么能瞪着眼看他们等死呢!后来他在临终时,还叫家里人把历年来收进的铅角子都放在棺材里殉葬。

张聋聱的父亲在开始悬壶的时候,业务很是清淡,终于想出一个方法:每天在挂号间的水牌上,写上许多伪造的出诊,自己坐了一乘青布轿,叫轿夫抬着他到处乱兜圈子,装出一副出诊繁忙的样子。后来,由于他的医术本很高明,业务果然渐渐的忙起来了。

这位老先生在行医时期,也曾经流传一段美谈。有一天,他出诊至夜深未息,到最后的一家,已经感到疲倦不堪。那时候中医处方,都用大红色八行笺,这天处方是在一张砾红漆的八仙桌上,老先生倦眼惺忪,从油盏火底下望上去,很难分辨纸张与桌子的界限。又因为这天他把脉案写得长了一些,开到后半截的药味,不知不觉写在八仙桌上了。他走后,病家拿了药方到药店去配药,发现方子的一半却开在桌面上,不得已把方笺和桌子一起送到药店去,病人的这场重病,居然吃了张玉书开在八仙桌上的半张药方,立刻转危为安。

(香港《大公报》1960年2月24日,署名:梅德)

轰动一时的盗用公款案

旧上海的工商业或企业机构中,经常发生职员盗用公款的事件。只要查一查解放以前的《申报》、《新闻报》上悬赏缉拿的广告,几乎每天都有发现。

这里,单表一段三十五年前中国银行发生的盗用公款案。这是一件一个人单干的空前大舞弊案,所以轰动一时,悬赏的数目达一万元之巨,在各大报上,连续好几个月都登着巨幅的缉拿逃犯的广告。

那时上海中国银行,除了出纳课之外,还有一个发行课,专门管理发行钞票,所以人们都叫它钞票间。偌大的一间房子,四面都围以铜栏,戒备总算严了。这个发行课的主任姓许名铧人,绍兴籍,他不但是该行行长宋汉章的亲信,还是宋汉章的至亲。此人长得一副土相,故而看起来外貌非常朴实,像个谨愿之士。谁知道这位许先生是一个欢喜寻花问柳的荒唐浪子。当他生活腐化以后,挣来有限的薪俸,自然不够挥霍了,于是他就向钞票间"挪",他是钞票间里执掌库房钥匙的人,要在这里动用钞票,真是易于探囊取物。

许铧人盗用公款的方式十分简便,手法又十分漂亮。据说,他是天天从库房里拿出一捆钞票,用报纸包好,放在自己的办公桌上,到散值的时候,把它挟在腋下,堂而皇之的走出大门。那时的中国银行原似衙门一样,门口警卫森严,但许铧人是发行课主任,走进走出,警卫人员都要向他立正敬礼,怎么也不会疑心许主任身上挟的那个纸包,都是他的赃款。

日长时久,到他盗用的数目达到十七万元的时候,方始败露(那时的十七万元是一个很巨大的数目),而许铧人也就逃之夭夭。一直过了很长一段时期,才在津浦路的一个小站头上,将他截获。

写到这里,要顺便提一提宋汉章这个人。他有一个毛病,是太相信同乡人的脾气,所以在他行长任内的数十年,中国银行一直是绍兴帮的天下。所有重要的位置,都由绍兴人把守,尤其那些有开银钱出入的职位,更非安排给他的亲信不可。当许铧人在窑子里花天酒地的时候,有一天被这家银行的一个副行长冯仲卿撞见了,他回去告诉宋汉章,宋非但不相信,还把冯仲卿训了一场,吓得别人再也不敢向他多嘴。到了后来,许铧人的案件暴露了,气得宋汉章寝食不安,从这一年起,他拒绝接受银行给他的一笔年终津贴,来表示惩戒自己用人失当之罪。

(香港《大公报》1960年4月2日,署名:柯天默)

"蟾宫折桂"的惨剧

三四十年前,上海四马路大新街口,就是现在青莲阁茶楼的西首,原来开着一座戏院,叫丹桂第一台。这家戏院打什么时候开起,我不知道,有人说,它的前身就是清代时候的丹桂茶园,我也不能断定。我只晓得这家戏院在当年与三马路的大舞台,郑家木桥的共舞台和九亩地的新舞台等都是头等戏院而已。

因为丹桂第一台的生意好,引起了别人的眼红,于是在楼外楼旧址,开了一座拓地更广、占座更多的戏院,名为天蟾舞台,取"蟾宫折桂"之意,不仅要与丹桂第一台竞争营业,简直想打垮丹桂第一台唎。

不料到了后来,这两家戏院明争暗斗的结果,竟然闹出一件不幸的事情:一位南方著名的文武老生常春恒,被凶徒狙击在丹桂第一台门前,当场毙命!

原来那时天蟾舞台的老板叫顾竹轩,是上海出名的"江北大亨"。有一天,他把丹桂第一台的台柱常春恒邀去谈话,他要常春恒过班天蟾,而向"丹桂"告退。常春恒深知顾竹轩这人不能共事,他又是一个直性人儿,当时就表示不能同意。这一来弄得顾竹轩脸上无光,更触恼了他手下的一个诨名叫什么"大和尚"的流氓,就在这场谈判后的第二天晚上,常春恒被这个流氓凶杀在"丹桂"门前了。

在当年帝国主义侵略者霸占上海滩的时代,流氓的气焰熏天,他们杀了一个唱戏的,决不会有人出来替唱戏的鸣冤,因而在"蟾宫折桂"的处心积虑下,白白地送了常春恒的一条性命。也没有几年,那丹桂第一台果然被"折"而关门了。

过了数年,上海大世界门前又发生了一件凶杀案,死的人叫唐嘉鹏,是大世界的经理,也是法租界的大流氓之一。唐死后,家属替他伸雪,指控了一个叫王兴高的是杀唐的凶手。王在供认中牵连了顾竹轩,因此又暴露了常春恒被害的旧事。顾在这一案件中,羁囚了很长一个时期,每次审讯,上海的报纸,把它当作头条新闻。记得有一次过堂,第二天的各报上竟然用"监啸"这种迷信而又恐怖的事实,渲染公堂空气。大意说,在顾竹轩受审时,法庭上寂静无声,忽然有一派似怨似怒的呼啸声由远而近,愈近愈震人心魄……,这样渲染的目的,用心不难揣测,但是从没有一张报纸,替常春恒说一句悼惜之词的,从这里也可以证明当年的流氓势力也支配了新闻事业。

(香港《大公报》1960年4月5日,署名:梅德)

头等白相人的钻戒

旧上海的流氓群中,有几句歌谣:"头等白相人,钻戒亮晶晶;二等白相人,金丝白眼镜;三等白相人,马褂披上身……"下去还有四等、五等,都记不清楚了。这个歌谣从装饰上来反映那时候的流氓,从一无所有而逐渐地爬到了"地位",由地位的高低,又显出他们阔绰的程度。

事实如此,当年上海所有的白相人,都曾经用金刚钻戒指来炫耀过他们的豪富的。一九五一年死在香港的杜月笙,在旧上海法租界初扎的时候,也戴过钻戒,后来他和当时国民党的一班大官往来,他看见宋子文既不戴钻戒,孔祥熙也不戴钻戒,于是他明白戴钻戒并不足以量其豪富,反而见得气派不大,打这时候起,杜月笙便把钻戒脱了下来。

绰号老麻皮的黄金荣(旧上海法租界三大亨之一),戴的一只钻戒重八克拉,这只钻戒在老麻皮手上戴了好几十年,他过了六十岁以后,更加贪财,对这只戒指,也更加珍爱。可是他能戴到老,却没有能够戴到死,没有能够把它戴到棺材里去。

原来当人民解放军渡江前夕,上海几个有财势的流氓,都闻风逃窜,老麻皮那时年过八十,衰老得已经不能动弹,所以留在上海。但是他有偌大一笔动产,都由他的家属搜搜刮刮,带着溜到海外去了。她们临走时,有一个老麻皮最贴身的女人,从他的手指上捋下那只八克拉的钻戒,对他说:"共产党就要来了,这只戒指不会保得住的,还是让我给你带走,等到'时世太平',再给你送回来吧。"老麻皮虽然不愿意,但也只好听她的摆布,心痛地望着几十年来的随身宝贝,离他而去。

后来,上海解放,人民政府没有跟老麻皮计较什么,这时候,他才知道上了家里人的当,便时常咬牙切齿地在咒骂他的女人。他每天的生活,跟以前一样,早晨上三和楼吃点心,下午到逍遥池洗澡,有人看见他神色颓丧,眼睛不停地盯着一只左手,口中念念有词,就是为了可惜他的钻戒,在痛骂那个骗他的女人。有人告诉我,他病倒后,一直到咽气时,嘴里还在咒骂,还是为了那个女人不该骗去他的钻戒。

(香港《大公报》1960年9月26日,署名:柯天默)

[编按:1947年2月28日《飞报》云郎《云庵缀语·白相人》:有一天,我同王龙兄闲谈,说起白相人,一共有六等,他于是随口背给我听:"一等白相人,金丝白眼镜;二等白相人,马褂着上身;三等白相人,牵狗弄猢狲;四等白相人,碰碰拳头伸;五等白相人,鞋子塌后跟;六等白相人,钉靶喊救命。"]

张啸林之死

旧上海的三个大流氓,黄金荣、杜月笙和张啸林,号称法租界三大亨。黄、杜的事,本刊已有人约略谈过,这次来谈谈张啸林之死。

张啸林小名叫阿虎,后来成了"闻人",才改名为寅,号啸林。他年轻时是杭州拱宸桥一带的地痞,专门寻衅打架,敲诈勒索。终因与当地另一流氓(叫"西湖珍宝")为了分赃不匀而闹翻了,张啸林斗不过人家,在拱宸桥不能立脚,恰巧这个时候,他认识了一向在上海的流氓季云卿,季就把他带到上海,加入了上海一帮坏蛋的集团,从此更加昏天黑地的无恶不为。他从小流氓而爬到中流氓,再爬到大流氓,一直发展成为与黄、杜齐称的法租界三大亨。

话说抗日战争发动前,蒋介石叫杜月笙离开上海,杜就关照黄、张二人同去香港。当时黄金荣因年老畏惧跋涉,表示不愿同行。而张啸林那时,对杜月笙已不是当年那样的情投意合,因为那几年来,杜月笙的势力,已远远超过这批旧时同伙,张啸林心怀嫉妒,所以他听说杜月笙要走,他偏偏不走,其实他别有用心,留在上海,他是想做点"市面"给杜月笙看看的。

果然,上海市区被日寇侵占以后,敌伪组织大事活动,汪记的傀儡政府,派人向张啸林接洽,出来担任浙江省的伪省长,这张啸林想要做的"市面",哪有不跃跃欲试之理?不料这个消息被蒋介石派在上海的特务知道了,便对张埋下了杀机。

第一次暗杀张啸林是在同孚路上,枪弹没有命中,只打坏了他的汽车,从此张的戒备森严了。蒋特不能在外面下手,便买通了张的保镖,在他的住宅内,结果了张的性命。

原来张雇有一个山东人做随身保镖,此人一向在法租界巡捕房当巡捕,不知什么原因,被捕房解职,在家里闲了一个时期,去找张啸林的汽车司机商量,要求代他谋个职业。汽车司机立刻把他荐给张啸林,说此人打得一手好靶子,不相信,老板可以试试他的枪法。张啸林果然当场考试,由他自己将一个银元抛向空中,那山东人随着一枪射去,锵然一声,正好击中银元,这时把张啸林乐得个呵呵大笑,从此收在身边,遇着每个熟人,都要介绍他的保镖是个神枪手呢。

这山东人被蒋特收买后,一天中午,张啸林正在家中宴客,忽然听得楼下有人吵闹,声势汹汹,他走到阳台上看时,只见那个保镖在庭心里拔出手枪,对着汽车司机在威胁。张就喝住他不许动手,还叫他把手枪交出来,那山东人回过身来,一枪竟向楼上射去,正好打在这个老流氓的头上,顿时一命呜呼。有人还听见山东人在说,你要我交枪,我就交给你吧!

这山东人在出事后就被押了起来,但不到三天,此人就不知下落了。

(香港《大公报》1961年9月29日,署名:金枚)

野鸡影片公司的鼻祖

现在的香港,不知有无这种情况。眼红别人拍影片可以赚钱,自己却没有资本,开不起正宗公司,于是聚几个人,凑少数的钱,借场地,借演员(也有对演员不计酬而作为干股的),拍了一部戏,赚了钱,再拍一部。这种生产方式,解放以前的上海是屡见不鲜的。上海人称之为开野鸡影片公司。

若要考证上海最早的野鸡影片公司,恐怕要算汪优游和徐卓呆合办的"开心公司"了。这是三十年以前的事,那时上海已经开了不少电影公司,而汪徐二人原来是合作演文明戏的,也因为眼红人家拍戏可以挣大钱,于是也动起自己拍戏的念头,可是一打听开一家影片公司,至少也得三五十万资本时,只好使这两个穷艺人对此望洋兴叹。不料正在这时,徐卓呆认得了一个摄影师,此人有一家摄影棚,可以替人包拍片子,拍片费每部只要一百五十元。徐卓呆盘算了一下,一部戏的胶片,底面片各一万尺为一千五百元,加上摄影费一百五十元,只消一千六百五十元,这个数目,他们还可以筹措,于是"开心公司"的招牌就挂起来了。

汪徐二人自己写剧本,自己导演,又自己担任剧中主角之外,因为省钱,不敢去请名演员来做女主角,只好向熟人的家属中去物色人才。他们第一部戏是三个短片凑合成的,那三个短片的名字叫:《临时公馆》、《隐身衣》和《爱情之肥料》,一望而知,三个戏都是喜剧。放映之后,以汪优游演的《隐身衣》最受观众欢迎,我还记得它的情节:一个人得了一件隐身衣,披着回家,正巧他的妻子约了情人在房中饮酒谈心,忽然半空中飞来一记巴掌,打在情人的脸上,把一双男女,吓得叫喊起来,而那人这时忽然只露出一个脑袋在房中移动,只见那个人头,一忽儿东,一忽儿西,一忽儿高,一忽儿低,把一双男女慌得如同见鬼一般。这是摄影上的技巧,然而大大吸引了观众,于是他们接下来又拍了一部《神仙棒》,也是在摄影技巧上出花样,果然更加轰动。

最妙的是这家公司,因为成本实在太低,钻头觅缝地利用现成材料。拍好《神仙棒》后,打听得那时一家大公司有一堂厨房布景,里面有一只灶头,拍戏已毕,就要拆除,徐卓呆灵机一动,立刻去同他们商量,要他们迟一天拆灶,第二天由"开心公司"来代拆灶头,那家公司同意了,徐卓呆当夜就赶写了一个《怪医生》的剧本,次晨立刻开拍。那戏的故事是一个医生不满意他太太的家务工作,自己亲下厨房,不料事事不能得心应手,在一个钟头内,一面发脾气,一面把那只灶头打得稀烂……

开心公司后来就停顿了,他们始终没有爬到正规的影片公司。汪徐二人也从此脱离了戏剧生活,从事著述,一个叫汪仲贤,一个叫李阿毛,都是当时杰出的小说家和小品文作家。

(香港《大公报》1961年11月29日,署名:梅德)

两个"藏书家"

上海在一百多年来,出过不少藏书家,但其中有两个是与众不同的,到现在有人提起来,还当作笑话一样的传说着咧。

两个"藏书家"中的一个叫潘明训,做过"租界"时期工部局的高级职员,人称潘买办,或称潘大板。此人的所谓藏书,只藏宋板书,其他的一概不要。因为他富有家财,收起书来又肯出巨价。所以当时的一班书商,一收到宋板书,最先送往潘明训家里。这样,他在几年之内,陆续收到的宋板书有一百数十部,把百年前号称"百宋一廛主人"的黄荛圃,居然扔到后面去了。

有趣的是,潘明训收到了这许多好书,自己并不欣赏,也不许别人欣赏。他有几个"风雅"朋友,一听到他购得宋板善本,赶去要求见识一下,往往遭到潘大板的拒绝。原因是他把这些书看作财产一样,到手之后,便往保管箱里一放,使它与钻石、条子、道契、股票为伍。既把宋板书与这些东西等量齐观,自然不乐意展览人前了。

另外一个"藏书家",是大家都熟悉的盛杏荪(宣怀)了。盛先是大官僚,后是大买办,一时富称敌国。他在上海有一所三楼三底的高大房屋,专门放置他的藏书用的。可是盛杏荪自己,对书也非识家,他所以会有这么多的书,几乎全部都是人家抵押给他的,故而书尽管多,花的钱却不太费。而且因为他不是识家,藏书中绝大多数均非善本。有一时期,盛宣怀心血来潮,要把家藏的书编成书目,还要开办一家图书馆。不料请人编书目的结果,发现其中只有一本宋板书,其他元板的一无所有,明朝本子也渺不可寻。原来都是一些极其平常的书籍。不过听说他的那本宋板,却是突出的珍本,这部书在百年前曾为黄荛圃所收藏,书上还有名家的题识呢。

盛杏荪等书目编成，又为自己的图书馆定了一个名字，称为"愚斋图书馆"。但这家图书馆始终没有正式开放，也从无一人进去参观过。而"愚斋图书馆"的旧址却至今依然存在，这就是现在南京西路成都路口的沧洲书场。因为这里一带大片的房子地皮，当初都是盛杏荪的私有财产。

（香港《大公报》1961年12月27日，署名：梅德）

怪人列传(1960.1—1964.7)

不敢回头的大流氓

旧上海的大、小流氓,没有一个不迷信的。最普遍的是欢喜烧香,每逢初一月半,他们家里除了客堂上焚香点烛外,还在庭院里烧上大量的檀香和降香。平生作恶多端,不得已而求诸神灵保佑,其心情也是可以理解的。

这里要谈一个名叫炳根的无锡人,他是专门剥削码头工人的恶霸,上海人称他为码头白相人。这个恶霸死去已经二十多年了,当他生前除了一般的迷信神道以外,另外有一项非常奇怪的迷信,据说是从他老头子(帮会里的师父)那里学来的。他的老头子有一种脾气,走在路上,总是一直朝前,不作兴回过头来,他的说法是"好马不吃回头草",又是"好汉不走回头路"。就这样炳根也继承了这个迷信,当他走到街头,如果背后有人唤他,他当作没有听见,不去理睬人家,因此平时经常闹出很多笑话。

最令人绝倒的一桩笑话是在他死去的前几年,那时已经过六十岁了。一个冬天的深夜,他从龙门路出来,经过跑马厅要到远东饭店去,这一段路虽然邻近闹市,但向来街灯暗淡,常是抢劫衣物的盗贼出没之地。这一夜,炳根刚走出龙门路踏上跑马厅路时,忽然从后面黑暗处窜出几个小贼来,追到炳根身后,一个小贼,一把将他的皮大衣领子拉住。原来小贼是认得这个码头恶霸的,他们众口同辞地说:"老爷叔帮帮忙,今天要对你不起了,皮大衣借来当一当,让小徒弟过几天太平日子。"小贼们也知道炳根是不会回过头来的,所以敢在太岁头上动土。

他们一面说,一面由两个人同时扯那大衣袖子,一件狐嵌大衣,顿时像落帆一样的卸了下来。炳根本来一言不发,忽又听得一个小贼说:"老爷叔的丝绒帽子也借给我们派派用场。"他发急起来,便冲着前面说:"光是剥我大衣,我便不与你们计较,若再动我帽子,我就不肯干休,不必等到天亮,要你们一样一样送还给我。"小贼们听他这么一说,居然不敢下手,都道:"既然老爷叔漂亮,我们也要漂亮。"(按:以前上海人口头上的"漂亮"二字,是指慷慨与大方之意。)

这件事后来在流氓群里,曾经传为笑谈。有人问过炳根:"你的大衣都被剥去了,为什么舍不得一只帽子?"他说:"这叫开天窗,又像杀了半个头,都是不祥之兆。"于是人们知道,这个恶霸,在他的头上,还有那么多的迷信呢。

(香港《大公报》1960年1月13日,署名:梅德)

"三黄居士":袁履登

去年有一天在路上碰着袁森斋,互道寒暄之后,我很自然地问起他父亲的近状。他告诉我说:"阿伯(宁波人对父亲的称呼)已经前年冬天故世,遗体也已归葬宁波。"

袁森斋的父亲是袁履登。在抗战前,他是上海与虞洽卿齐名的"闻人";在日伪时期,又成了上海的"三老"之一。胜利后,"三老"被蒋介石以汉奸罪名,抓去都坐过牢监。解放后袁履登仍在上海,人民政府没有跟他算账,让他耽在家里,他老年多病,就此"疾终沪寓"的。

从前,上海人都说袁履登是"老好人"。是不是这样呢?很难说。有个朋友曾经对我说过,他对袁履登观察了好几年,结论是:一个莫名其妙的人。

当袁履登在上海得势之日,趋附他的人是多得数不清的。他每天办些什么"公事",很少人知道他,但他的确是个忙人,从早到夜,要接见许许多多认识和不认识的人。这些人有的请他作保,有的请他介绍职业,有的邀他剪彩,有的聘他证婚,有求于他的真是形形式式,不一而足。而袁履登对这些来客,始终抱一个态度:来者不拒,有求必应。他日常有一句口头禅叫做"呒没问题",意思是任何事请托他,一定照办。"老好人"的说法,大概就因此而来。

起先,袁履登作的保和他的介绍信原都发生过效力的,但日子一多,就失灵了。因为他所作过的保或介绍过的人,大多拆了他的烂污。等到人家去告诉他时,他只是向人家口头道歉,没有其他下文。所以弄到后来,那些厂商和银行的老板们,一看见袁履登作的保或介绍信时,一律婉谢。好在袁履登本不计较这些,倒是那些老板们遇到他时,因为都领过他的情,向他表示歉意,他却连怎么回事都记不起了。

他最忙的是替人家证婚。大约在一九四三年的一天晚上,我在一家俱乐部里碰见他。他对我说,上一天是他生平证婚次数最多的一日,从早上八时到晚间十二时,一共去了二十六处。平常日子每天十来处是常事。因此结婚人家的时间,往往要由他排定,袁履登一到哪里,哪里就立刻举行婚礼。那时,他已经六十多岁,这样的奔波,换了别人,无论如何要厌恶了,而袁履登独乐此不疲,大概这就是他莫名其妙的地方。

袁履登与虞洽卿不同的地方是:虞洽卿会做生意,所以能够发财;袁则不擅此道,只能拿拿工资与津贴,作为日常浇裹。有一个时间,因为家庭负担重,本身的开支又大,他打定主意,要把自备汽车卖掉,改坐三轮车了。谁知他的开汽车的人对他说:"你把汽车卖给我,汽车还是由你坐,我不要你的工资,也不要你花汽油的钱。"这是什么原因呢?原来平时袁履登的应酬实在太多,开车的人收入的"车饭钱",远远超过袁履登给他的工资。比如袁履登到人家去证婚一次,开车的人就好领到一份喜封。所以多少年下来,开车的人所积聚的家私,比主人要殷实得多了。

袁履登与虞洽卿还有一个不同的地方,虞洽卿到老依然好色,而袁履登则尚无沾惹。人家给他题过一个外号叫"三黄居士",那是因为他爱喝黄酒,爱唱皮黄,另外就是爱他的黄脸婆。他是宁波人,到鬓毛已摧,而乡音无改。唱京剧也用宁波音,讲英文也用宁波音,H 这个字,吐自袁履登之口,是读作"哀枢"的。

他教育他的儿子却也有点莫名其妙。袁森斋从小没有读过书,所以到了中年,识字还是很少,办事能力也很差。解放后在政府的照顾下,才一边学习,一边做起工作来了。

(香港《大公报》1960年1月15日,署名:柯天默)

欢喜醉鬼的女人

三十多年前,上海有一个姓经的钱庄老大,在银钱业里很有一点名望。这位经老大虽然拥有一份不小的家财,但生活却很朴素,平时只是欢喜吃酒而已。他酒量很大,每餐必饮,尤其晚上一顿,更是开怀畅饮。他没有儿子,只有一个女儿,名叫娟丽,生得却也娟丽可人,经老大爱之如掌上明珠。

因为经老大爱惜女儿,让娟丽自小就跟他睡在一起。日子久了,女儿一到晚上,就吵着要爸爸,如果经老大外面有应酬,回家稍迟,娟丽便哭哭啼啼,闹个不休,直要等到父亲回来,陪她一起睡下,她才呼呼入睡。后来发现,这个女儿之所以要同父亲睡在一起,因为父亲每夜喷出的一股酒腥气,对她起了催眠的作用。所以到娟丽十多岁时,不能再跟着父亲同睡,她就变得性情暴躁,闹得通夜失眠,不得已,她的母亲只好学习饮酒,等吃醉了陪着女儿同睡,果然灵验非常。奇怪的是娟丽自己却不能饮酒,只要喝上一两口,就会呕吐交作,痛苦得似害病一般。

到她二十多岁时,父亲要为她物色乘龙快婿,第一个标准便是新郎非有刘伶癖者,不能中雀屏之选。后来有人作伐,那男方是一家小银行的襄理,少年英俊,更喜与丈人峰一样,都是沧海之量,结婚以后,经娟丽果然在丈夫的酒气熏蒸下,爱情十分浓厚。过门不久,她变卖了一部分妆奁,替丈夫搜购了几十罐陈年绍酒,又买了一辆汽车,在车子里也装配了酒具,让丈夫在办公回家的路上,先喝上几杯,则一进家门,便能闻到丈夫带来的酒味。

经过若干年月之后,这位襄理先生对他的夫人渐渐感到厌倦,他觉得妻子除了欢喜他喝酒以外,很少享受温存之乐。因为经常是这样的情况:到了夜里,他喝醉了,妻子也呼呼地睡熟了。他认为这样一对夫妻,过的真是"醉生梦死"的生活,未免乏味,从此他有了野心,在爱情上,不再那么忠实于娟丽了。

丈夫在外面沾惹的消息,很快传到了经娟丽的耳朵里,她立刻变得既妒且悍。时常因为被她发现了可疑之点,就大吵大闹,但是只要丈夫几杯黄汤下肚,大口大口地哈出酒气来时,她也就颓然欲倒地驯服下来。总之,在当时关于这一类的笑话很多,最最流传人口的一个是:有一天晚上,经娟丽的丈夫没有按时回家,她便出外寻找,终于在四马路上发现了她家的汽车,她就在这一带几家酒菜馆里侦察,她到杏花楼上查明丈夫正在大摆宴席,这时她不动声色将隔壁的一间屋子定了下来,隔着板壁窥探动静,当她发现丈夫身旁坐着一个堂差(从前上海长三堂子里的妓女)时,不禁怒火中烧,从地上提起一只痰罐,站得高高的扔了过去,幸而她气力小,扔得不远,没有砸伤席上的人。她的丈夫一看站在隔壁房里是河东狮,却不慌不忙地举起一玻璃杯老酒,冲着她说:"我这是为了你呀!"说罢,把满觥的酒,一饮而尽。只见经娟丽望着丈夫,痴痴地一笑,软洋洋地退了下去,她走到路上,便坐进自己的汽车,等着丈夫一同回家。

到抗战前一二年,这位襄理先生,已经自己开了一家银行,但不知在哪一个风浪里,他的银行倒了,负了一身巨债,竟然自杀身亡。从此也就不大再听到经娟丽的情况,猜想起来,这个具有"痂癖"的女人,在丈夫死后的命运怕是不会好的。

(香港《大公报》1960年2月1日,署名:金枚)

马路上翻筋斗的红武生

二十多年前,上海京剧界出过一个红得发紫的武生叫王虎辰,他的一出《周瑜归天》,可以说唱绝古今。这里不谈他台上的成就,只谈他私底下的几件往事。

那一年夏天,王虎辰在上海共舞台排演《西游记》,连台本戏,他是饰孙悟空的,这一只猢狲,轰动了整个上海。热天的夜戏散得迟,等王虎辰卸装回家,总要在一点钟以后。他的家在南阳桥附近,距离共舞台不过半里之遥,所以他经常徒步返家,从来不坐街车。不知是哪一天晚上,他走出后台,拐到西藏路上,在灯光之下,被一群在马路上纳凉的人认出了他是王虎辰。突然有几个人同时喊了起来:"看猢狲!"王虎辰一听娇憨,便拔脚飞奔,直奔到数丈以外的一只邮筒旁边,只见他纵身一跃,跃上了邮筒,立刻蹲在上面,作出一副猴子的姿势,两只眼睛骨碌骨碌地望着人群。围观的人,自然都对他拍手叫好。不多一会,人群里忽然有人说,光做这种身段不好看,孙悟空是要翻筋斗才好看呢。此人的话刚刚说罢,王虎辰马上作个手势,叫人们让出一条路来,他便一个筋斗从邮筒上栽了下来,就此一个接着一个筋斗,不断地从北到南,一直翻到他家的门口。因为筋斗翻得快,后面的人跟不上,只听见马路上喧成一片。

就从这一夜起,到了共舞台散戏以后,马路上纳凉的人便成群地涌到后台门口,等候王虎辰出来。只要一见他来了,大家立刻齐声轰叫:"看猢狲啊!"王虎辰果然又飞奔的跃上了那个邮筒,做过一番猴子身段,又是一路上把筋斗翻到家里。也从此,延续了一个很长的时期,夜夜在马路上翻筋斗,不但上海人都说王虎辰是个怪物,连戏班的同行,也觉得此人太不可理解。后来有一天,王虎辰正在马路上翻筋斗时,一个巡捕把他呼喝住了,责怪他不该扰乱秩序。他却振振有词的对那巡捕说:"上海穷人太多,他们都看不起我的戏,我尽义务表演给他们看看,有什么不好?何况我也可以借此练功,又有什么不好?"你说,王虎辰怪吗?是怪的。但这两句话,却又说得一点也不怪。

相传王虎辰是佛教信徒,又很孝奉母亲。有一年他的老母病危,他上杭州去烧香,回来的时候,他三步一拜的从杭州拜到上海。原来他是在菩萨面前,许下的心愿,要以这种"虔诚"来打动佛心,保佑他老娘消灾延寿。他的愚昧是非常可笑的。

王虎辰的夫人叫王小妹,是当年上海的"舞国大总统"。结婚后不久,到九江去演戏,回来时搭长江轮船,刚上甲板,他的"打鼓佬"石松林的一顶巴拿马草帽,被江风吹入江中,石松林舍不得他的帽子,便跃入江中,王虎辰一看怕他出事,跟着也跳下水去,想帮同捞回草帽,不料一个浪头,两个人同时惨遭灭顶。那年王虎辰不过三十多岁。

(香港《大公报》1960年12月2日,署名:柯天默)

刻 骨 亲 恩

从前,上海闸北地方,住过一个刻图章的少年,别字叫醉石山人。他在替人家的刻件上,常常用"醉石刻石"四字。但他在这方面的造就,并无突出的长处,所以始终没有受人重视。

醉石的父亲,开过二十多年典当,家里有点积蓄。醉石是独生子,除了幼年读过几本古书外,没有进过任何学校,也没有做过任何事业;刻字也没有老师传授,他的一套奏刀方法,都是自己揣摩得来的。

在"一·二八"那一年,日本强盗侵占淞沪,醉石一家三人,从闸北搬到"租界"上居住。不久,他的老家,被日本强盗的一个炸弹,全部炸光,醉石的二老闻得消息,一阵忧急,在十天之内,两条老命先后送掉。从此醉石就一个人住在愚园路上的一所弄堂房子里,既不雇仆妇,一应家务,都由自己料理。

据当时他的邻居告诉人家,醉石把房间一直收拾得很清洁,除了家具之外,有一只大写字台,这是他刻字的地方,叫做"醉石刻石处"。而在卧榻两头,又各放一只夜壶箱,箱上又各放一座状如收音机的匣子,每个匣子上都刻着"刻骨亲恩"四个隶字。字上涂以朱漆。原来这两座像收音机似的匣子,是他父母的骨灰箱。

那末什么叫"刻骨亲恩"呢?这个谜后来也给邻居们打破了。据说,醉石山人非但做日课一样,要把父母的骨头,每天从骨灰箱里倒出来,一块一块仔细地把玩一过,还在骨头都刻上一些蝇头细字,什么:"显考××公之×骨";或"显妣×太夫人之×骨";下面还有"不孝男××敬刻"等字样。所以那时邻居们说,平时只见他关上房门,房间里传出刻字的声音,还以为他在替人家刻什么石章或牙章,谁知他正在替自己的爹娘,刻着一副老骨头呢!

这个人后来得了结核病,搬到徽州养病去了,从此就不知所终。

(香港《大公报》1960年12月6日,署名:梅德)

姬觉弥表演"牙书"

旧上海的静安寺路上,有一个哈同花园(这地方现已改为中苏友好大厦),哈同是个英国籍的犹太人,这个花园的总管是中国人,他的名字叫姬佛陀,还有个名字叫姬觉弥。

姬觉弥生得高高大大,像个武夫,事实上他确也很喜欢武术,可是也喜欢写字,他自以为是一位书家。他在上海的房地产很多,在当年,是上海有数的富翁。本来人家是不知道他会写字的,忽然有一年(距今约二十五年前)他登了一个鬻书的广告,当然他鬻书不是为了要钱,而是要叫人们知道姬觉弥是个书家。

他的那张广告很别致,不是吹嘘他善写真草隶篆,而只是吹嘘他写字的工具之非比寻常。所谓工具大都指他所用的笔,品种委实浩繁,有几寸长,有几尺长,有十斤、二十斤乃至几十斤重,又有多少粗。形状更是多种多样:有的像拖地板的拖把,有的像扫帚,有的笔杆像链条或者像九节鞭。据姬觉弥说,用"拖把"写字,可以显出气力,用扫帚写字,可以显出气势,而用链条或九节鞭式的笔杆写字,则非要有气功的人不能运转自如。

据当时曾经到姬觉弥"写字间"去参观过的人说,姬觉弥写字间的那个房间,简直像演武厅一样,那各式各样的"如椽巨笔",有如刀枪剑戟那样都放在架子上面,有的悬在梁上。姬觉弥写起字来,不是伏案作书,大多是把纸张铺在地上,这个书法家像卖解似的蹲在屋子中央,对客挥毫。

这位参观的朋友去的那天,姬觉弥表演的写字节目叫做"牙书"。原来他将一枝二三尺长的笔衔在嘴里,用牙齿咬住上端,就这样,只见他那个光秃秃的脑袋,晃东晃西地写起字来了。而"牙书"也有几种,最精采的一种,就是咬住一条铁索制成的笔杆,不管铁索会活动,他居然能"挥笔直书"。这个节目表演时,参观的人,往往不止是赞扬,而且都鼓掌叫好,认为这种功夫,不是用气力的问题,而是真正善于运用气功,才能臻此境界。

那末姬觉弥的书法,究竟有没有人请教呢?这个,我因所知不详,不能乱下断语。不过直到现在,我们走在上海的马路上,有时会发现他写的字,例如南京东路的"慈淑大楼"和延安中路的"慈惠里"那些弄堂招牌,的确都是他的墨宝,因为这些弄堂,原来都是姬觉弥自己的房产。

(香港《大公报》1961年1月13日,署名:米北宫)

沿门托钵"舌书"

写完了姬觉弥表演"牙书",忽然又想起上海另外一个"书家"来。此人姓徐名翰臣,浙江宁波籍,所以在书件上落的下款,总是"四明徐翰臣"五字。

三十多年前最初发现这个"书家"的时候,曾经有过下面一段故事:原来当时的新闸路上有一家新开的香烛店,当新张之喜前一天的深晚,在店堂里的店倌们听见排门板外间,像是有人在扣击的声音,店倌们不放心,一起从后门出去,绕到前门马路上看个动静。一到前门,只见自己的店门口架着一座梯子,梯子上站着一个人,那人手里托着一方砚池。又看见那块新招牌上面蒙着一张红纸,纸上已经写了两个大字,而那人的头俯伏在纸上,经过一阵晃动,又把头俯冲到砚池上去,好像嗅着那方砚池,然后再把头移到纸上,纸上顿时有了新的墨迹。

店伙们看得好生奇怪,于是一涌上前,喝令那人把红纸揭了下来,正待扭送他到官中去时候,恰好香烛店的老板从外面回来,问起情由,那人就对老板直言相告,他说他白天经过这里,看见新招牌上的字写得不好,故而趁夜晚空闲,来替他们重写一块。听得那人一口宁波话,和自己同乡,心头先自高兴,又听他来意并无不善,更加感激,便对店伙们说,人家来给我新店添彩,岂可怠慢？于是把那人款待到店堂里,索性请他将招牌写好再走。

进了店堂,那人从身上掏出一瓶墨汁,倒入砚池,等到纸张伸展开来,他作一个乌龙取水的姿势,把头伸向砚池,像是饱吞了一口墨汁,也立刻又把头伸到纸上,用舌尖"写"出字来。待一块招牌写好,才告诉店里的人,他是专用舌头写字,这手功夫,已经练了三十多年了。

这个人,就是篇首所说的四明徐翰臣。从这以后,他就以舌头写字为号召,要求店肆用他写的招牌。还经常到那些专做招牌的漆店里纠缠,要为漆店代写招牌(新开的字号,往往不请名家写招牌,由招牌店设计),但漆店哪里肯分润与他,而他也不再容易找到像香烛店老板那样痴癖的人。后来他又改变路线,托了一个砚池,每夜去跑几家高级的旅店,看见敞开房门,里面又是人多的房间,他就直闯进去,不由分说,当场表演"舌书"。人们当他一个滑稽节目,看完了一阵,哈哈大笑,给他一些钱让他走路。

(香港《大公报》1961年1月16日,署名:米北宫)

"演字家"姬觉弥

最近听上海人说起,姬觉弥至今尚在人间。他今年已八十多岁,跟一个小老婆同住在上海,小老婆也已七十挂零。老姬的身体衰退得厉害,去访他的人,看他说话有气无力,但只要跟他谈起写字来,他会顿时来劲,滔滔不绝地叙述他当年练字时候的一套"绝招"。

姬觉弥投靠吸血鬼哈同起家,平生事迹,一般老上海都知道。他是徐州人,传说他从徐州到上海的那年,身上只穿一件竹布长衫,此外别无长物。投靠哈同之后,因为体力精壮,颇受哈同老婆罗迦陵的赏识,由司阍而升为总管。他这个总管,不但对外帮助哈同搜刮上海人民的膏血,还对内帮助罗迦陵操持家政。

姬觉弥又名佛陀,大概是个佛教徒。从小就喜欢到处涂鸦,他自以为写得一手好字,平时非常得意,因此很崇拜造字的古人仓颉,他以为如果没有仓颉的造字,便不可能使他今天能够写字。为了纪念仓颉,他在上海哈同花园内(现在的中苏友好大厦原址),办过一间大学,取名为仓圣大学,也不知招些什么人家的子弟进去读书。反正这是一间最不出名的大学。

与其说姬觉弥善于写字,不如说他工于演字,因为他的"写"实在近于"表演"杂技。他家里有一个"写字间",你要是进去看看,必然错认置身在演武场中。里面放着的那些所谓"笔",都装在特制的架子上面,宛如刀枪剑戟一般。这些笔奇形怪状,人家说笔大如椽,惟有姬觉弥的笔,有的比椽子还大。最使人闻而咋舌的一枝,以钢为杆,分量重达一百多斤;有的制成如洗涤地板的拖把状;有的则似一柄扫帚;而最有趣的一管,也是姬觉弥认为使起来最能显出功力的一管叫做九节笔,它的杆子如同九节鞭一样,链条那么一根,长达十尺,姬觉弥能够握在第一节上写出字来,这就是他自矜的绝技。

大约三十多年前,有一个冬天,他在家里表演写字,招待一些熟人前去参观,看过的人说,那天姬觉弥写字都不在桌子上,而是在地板上,演字厅里并不生火,但姬觉弥却光着膊子,像拳教师,也像举重运动员那样打扮,当他巨笔独扛,写好几个字下来,居然汗流遍体。看过这次表演的人还说,这天最精采的节目,还是在那枝九节笔上:姬觉弥走向高处,俯身向下,然后把九节笔衔在口中,凌空写出字来,不由看的人都为之喝采叹绝。

这里我要提醒读者,不要读了我上面描写姬觉弥写字方式的特别以及他写字用具的千奇百怪,以为他写出来的字,也一定怪得不堪入目,或者像乱画符那样叫人无法辨认,都不是的,姬觉弥的字,虽然谈不上什么好来,却也端端正正,每个字都摆得直立得稳。他并不卖字,平常也不大肯给人家写字,但是到目前为止,上海有几条弄堂,如南京东路的慈淑大楼,延安中路的慈惠南里和慈惠北里,这些弄堂的招牌,都是出自他的亲笔,而这些弄堂,当初又都是他私人的房产。

(香港《大公报》1964年6月28日,署名:戴古纯)

瞎子"看"钞票

将近四十年前,上海地方,号称有"两个半滑头",一个是黄楚九,一个是吴鉴光,还有半个是什么人,我已记不清楚了。所谓"滑头"的定义,大概是用不老实的作风,谋取少数人的钱物,因以起家,因以成名。故而市面做得大的,称大滑头;而两个半滑头,自然都是滑头中的佼佼者了。

本文说的,是上面的两个滑头中的一个,瞎子吴鉴光。吴鉴光是以起课、测字、算命为业,他的"问津处"设在南京路的中心地带,门面只有一开间,然而因为声名洋溢,当时上海人逛马路,都会走到吴鉴光的算命摊外面,像看橱窗一样,向里面张张望望,目的在瞻仰瞻仰这个上海大滑头的"风采"。

吴鉴光是潮州人,大概从小就来上海,所以一口上海话,比我这个上海人说得还要到家。他到了晚年,身体圆圆胖胖,脸孔紫气腾腾,但是两只眼睛毕竟是瞎的。他走在路上,前面要有个人给他搭住肩膀,说话的时候总是仰起头来,像在跟天花板谈话。但说来奇怪,这个瞎子好财好色。好色,他有小老婆,平时在家里,要求她的如夫人终日涂脂抹粉,穿红着绿。如果这一天,如夫人淡装素裹,用不着别人关照,瞎子自己会得发现,他就要提出抗议,非要她回房打扮,才肯同她一起上街。有人说,这也不稀奇,女人化妆不化妆,瞎子固然看不见,但鼻子终究还闻得出来。而最最奇怪的,吴鉴光他绝对认得钞票。

吴鉴光后来积财甚富(曾被绑匪接过财神),他并不因为自己残废而对阿堵物有些微轻视,他的财政权完全操在自己手里,那怕是一元几角的支出,也要从他手上拿出来。于是他练就了一副"看"钞票的本领。他认得钞票的本事是惊人的,十元、五元、一元的可以分别,是不消说的了,他还完全能够辨别钞票是哪家发行的。大家知道,那时候上海发行钞票的银行,不止一家两家,大量发行的自然是中交两银行,但还有中国通商银行、浙江兴业银行、中国实业银行等好多家哩,而吴鉴光对这些钞票,只消在他手上经过,便立刻说得出它是哪家银行、几元面额的票子;它是暗红色的或是绿色的,甚至还能报出上面的花纹图案,例如交通银行钞票上印着一辆列车,吴鉴光称它"火车钞票";中国通商银行的钞票上印的是一个"天官",吴鉴光称它为"老爷钞票"。

  瞎子"看"钞票的本领,如何学来?我没有研究过,但他辨别钞票的事实,是我亲眼看到的。在抗战前几年,我住在外滩一带,晚上时常到饭店弄堂的老正兴馆(现在南京东路友谊商店旧址)吃饭,吴鉴光正是这家馆子的常客。他一来总有一帮人伴随着他,吃完算账,譬如十一元六角,吴鉴光就在袋里掏出一叠大大小小的钞票,很迅疾地数出十一元六角来,交给堂倌。据堂倌对我们说,这个瞎子,门槛真精,付起账来,从没有发生一分钱的差错。想想看,这个瞎子对钞票如此认真,给人家算起命来,不让你从他身上破一点财,那才怪哩!

  (香港《大公报》1964年7月5日,署名:戴古纯)

上海人语(1957.5—1962.8)

记张兰苓——梅门第六十弟子

盖叫天从四月中旬开始,在国内作旅行演出了。第一个地方是杭州,再从杭州到九江,到长沙,到汉口等处。这里要谈的,是这一次跟了盖叫天一道出门的那位花旦,她的名字叫张兰苓。

张兰苓今年也已三十开外了,但她下海还不过两三年的事。这是个什么人呢?她在十年前是个女歌手,在跳舞场里的麦格风前唱歌伴奏的女歌手。那时候她的名字叫兰苓,长得一副好相貌,真似春花之艳,因此唱不了几年,她在不堪男人们的争攘纷纭中,嫁给了一个开戏馆的朋友。

说起来也很奇怪,按照从前的惯例,开戏馆的人,很多娶一个女伶做老婆,惟有这位戏馆老板,却是先讨老婆,然后再把老婆栽培成为女伶的。在兰苓过门后三年,她的丈夫便替她延师教戏,文的唱做,武的把子,每天绝不间断地练习,数年之后,艺事自然可观的了。当兰苓几次登台彩唱,内行一致称赏她的成就在某某几位已经成名的女演员之上,兰苓自己也就放下了心,便定制全副行头,预备正式下海。在下海之前,她特地拜在梅兰芳门下,数一数,她是梅门整整第六十号的弟子。

是一九五四年的下半年,兰苓在北京登台了。这次登台,是替马连良跨刀。因为这时跟马连良同台的那个花旦罗蕙兰,正在怀孕时期,不能上台,于是有人把兰苓从上海介绍到北京,跟着马连良作旅行演出。等到旅行演出完毕,她回到上海,便自挑大梁,组织班子,闯荡江湖了。

这一回,她跟了大角儿旅行演出,已是下海后的第二次了。盖叫天很欣赏这个配角,他觉得《武松》里的潘金莲,兰苓给他配得非常称心。兰苓自己,也因为能够与全国的荣誉奖演员配戏,认为是毕生光宠。

这里我想顺便说一说,在旧上海欢场中的女人,到了解放以后,成为名噪一时的京剧演员者有三个人:一为顾景梅,是旧上海的"舞场皇后",原名叫顾丽华;一为华香琳,在旧上海做过交际花,目下,不但她自己唱得很红,连她的女儿华华,也成了有名的坤旦;再有一个,就是上面说的张兰苓了。(自上海寄)

(香港《大公报》1957年5月23日,原专栏名《上海杂记》,署名:萧士龙)

谈　吃

淮海路上的复兴饭店,是目前上海最好的一家西菜馆,花式多、调味美,当厨的人叫邱司务。邱司务本来是南洋兄弟烟草公司简照南家里一位少夫人的厨司,简夫人离开了上海,邱司务于三四年前流入市廛间,以"简家厨"招徕顾客。

我们每次去吃饭,总是早一天先向邱司务预定,他真有本领,会让我们每次都吃到不同口味的佳肴。有一次他给我们制了一只"出骨鸡"。送到餐桌上来时,盘子里放着一只肥大的烧鸡,等到一块一块送进嘴里,香嫩鲜腴,竟是从未吃过的美味。烧得好吃,不算稀奇,稀奇的是在于这只鸡的整副骨头,已经剔除,而留下来的肉,还会那么丰厚。于是有人说,也许用两只鸡拼成一只鸡的;又有人说,怕是鸡肉和猪肉掺和了烧的,所以会鲜得那么出奇;还有人说,在鸡肉里面,一定还掺合了火腿、干贝这类提鲜的东西。众说纷纭,莫衷一是。总之,这是一道好菜,难为邱司务的一双巧手,才做得出来。

提起"出骨鸡",又想起不久前在梁园吃到的一只"出骨鲫鱼卷"来。做这种鱼卷的鲫鱼,每条都像京菜馆裹酥鱼那样大小。鲫鱼的刺,本来生得很不规则,何况有其细如芒,而放在一个灵巧的厨司手里,居然把它都出干净了,制成鱼卷,这就不能不惊服我国厨房司务的天才创造了。

几个月前,名导演黄佐临先生到吴江的甪直去拍外景。甪直唐塑,闻名全国,但佐临回来以后,逢人苦誉者,却不是甪直唐塑,而是说在甪直吃到了一只好菜。

佐临去甪直之先,根本不知道这地方有什么好吃的菜。那天,他上街觅食,走进一家饭馆,这饭馆外表没什么出奇,他请店里的人替他点菜,终于来了一盘鸡块,看样子跟广东馆子的油淋子鸡有些相像,但一尝味道,佐临叹为生平吃过的鸡,都不能和它比美。当时就向饭馆里的人,亟口称道。据他们说,这菜是本店的名肴之一,而是老掌柜亲自动手烧的。后来佐临还见到了他家的老掌柜,一部白胡须,飘拂胸前;当一九五五年北京召开的全国食品工作者会议,这位老人家是出席会议的一人,才知道原非等闲之辈。(自上海寄)

(香港《大公报》1957 年 11 月 14 日,原专栏名《上海散记》,署名:高唐)

俞振飞"易牙"记

俞振飞离开上海,已经四个多月了,他是同言慧珠一道到内蒙去演出的。在呼和浩特、包头两地一共演了三十一场戏,演毕后又回返北京。现在他还在北京与梅兰芳合拍《游园惊梦》。

在拍戏之前,由协和医院的口腔科把他的一副牙齿拔掉了。"协和"的牙医生为了替振飞拔牙,曾经下过一番十分细致的研究工作,到底把他的牙拔好了。全部完工以后,"北影"的化装师和摄影师都认为满意,因为从此弥补了振飞扮相上的缺陷。振飞自己也非常高兴,在拔牙成功的第二天,写信来告诉上海的朋友,他风趣地说:"我一向是笑不露齿的,但将来等我回到上海,你们会看到我的满口银牙,灿然如编贝了。"

那么,振飞原来的扮相上究竟有什么缺陷呢?就是因为他的牙齿生得过于内陷,以致显得有点瘪嘴。他是演小生的,扮上了戏,虽然风神俊朗，但究竟是一张瘪嘴，总不大好看。他又一向考究自己的扮相，为了美化他的嘴唇部分，也曾想过办法，比如他在一九五五年从香港回来之前，曾经在香港请过一个牙医生替他制造过一副"托牙"，意图在上台时将这副"托牙"套在自己的牙齿上，让他的嘴全部饱绽起来。及至"托牙"试用时，固然治好了他的瘪嘴，但到了台上，感觉到口腔非常不舒服，甚至妨碍了他的发音，更损害了他的唱腔。因而他在回国时虽然把那"托牙"也带了回来，却始终没有再用过。这一回，他是根本解决，砌出一副新牙，自然可以避免"托牙"所有的流弊。数十年心愿偿于一旦，江南俞五之快乐是可以想见的。

梅兰芳舞台纪录片《游园惊梦》的开拍，本报曾登过新华社的电讯，这里补充一点是：俞振飞饰演的柳梦梅有十八个镜头，他等戏拍完，就回到上海，将在上海欢度春节。（自上海寄）

（香港《大公报》1959年12月30日，原专栏名《上海杂记》，署名：梅德）

欢场与工场

我认识这位马丽珠，是在一九四三年，那时她在上海的丽都花园做舞女，还不到二十岁，长得好不风神俊朗。可是不久，就被一个商人娶了回去。夫妻只做了二三年，那商人得病死了，遗下她和一个孩子，没奈何只得重投舞海，操业的地方，仍在那家丽都花园。我和她二次重逢，闻知身世，禁不住为之叹息。不幸的是隔不多时，有一次她大醉之夜，竟为一个恶少所辱，后来她就跟了这个恶少，同居不久，又被他遗弃，再后来的情况，便不清楚了。

今年春间，上海涨起技术革新高潮的时期，我去参观过一家工厂。在一个车间里，看见一群人，有男的也有女的，围着一位女工，那女工对着围住她的人，直在口讲指划，谈操作方法，谈技术问题。她三十多岁年纪，一看见那晶莹如水的眼睛，我立刻认识她是马丽珠。红红的脸颊，流利的口才，精神是饱满的、愉快的。她那样忙，自然不会发现我，我也没去跟她打岔。后来就退了出来。

在离厂之时,走过一条甬道,那里悬着一张光荣榜,榜上有马丽珠三个金字,才知道她是这家厂的革新闯将。方才那些围住她的人是别家厂的工人,来向她讨教经验的。

旧社会的欢场女子,变作新社会的工场能手,这种事例,在上海是很多的。就像我住的这条弄堂里,有一个在十年前是上海的交际花,到了解放后六年,成了永安纱厂的挡车工;一个从前在皇家咖啡馆里当过女侍,现在是一家中学的班主任。

妇女在新中国翻身的大道理,大家都知道了。我只想再说明一点:她们因为自食其力而受人重视,受人尊敬,因而湔雪了以前受过的腌臜气和不可告人的侮辱;也因而能够心情欢愉地为祖国的社会主义事业服务。

(香港《大公报》1960年8月23日,原专栏名《上海杂记》,署名:梅德)

想起"豆芽作场"

这次上海青年京剧团在到香港演出之前,曾把准备带去的剧目,向上海观众作过两次汇报演出,第二次演是在大众剧场,我去过看了几天戏。

这大众剧场便是从前的黄金大戏院,位于八仙桥畔。因为经过八仙桥、东新桥,总要想起旧上海在这一带地方的许多"豆芽作场"。

什么叫"豆芽作场"? 那得从一句行话"孵豆芽"谈起。这句行话(术语),当初流行在白相人地界。原来白相人弄到走投无路、生机告绝的时候,连身上的一套短衫裤都剥下来当饭吃了,他们便赖在小客栈里,精赤条条地钻在棉花胎中,等待时机的到来。这种"英雄落难"的窘态,个中人称之为"孵豆芽";而那些小客栈也就被称为"豆芽作场"了。

豆芽是一种加工蔬菜,小菜场上的黄豆芽,全由豆芽作场供应。它的制作过程,不比豆腐作场那样繁复,豆芽作场只消有一缸清水,几十只或几百只蒲包便可以生产了。它们把黄豆浸了水,便湿闷在蒲包里,过了几天,黄豆自会发芽,待嫩芽发到相当的长度,就拿出来送到市场上去。黄豆闷在蒲包里静待发芽,犹之为鸡孵蛋,所以叫孵豆芽。

当初上海白相人淘里,的确也有些聪明人,他们想出来的一些行话,有的非常有趣,即如"孵豆芽"三字,就用得极其生动,也甚为形象。试想想:豆芽的形状是两片嫩黄色的脑袋,下面连着一个又瘦长又白白的身体,白相人"孵豆芽"的情况也与此相似,他们也有两片嫩黄的脸皮,下面是一具饿瘪了的、细瘦的身体,正像豆芽一样苗条。孵豆芽须在不见天日的阴湿之处,落难的白相人也钻在棉花胎里见不得人。他们直要等到身体的衣服有了着落,才算"发"了"芽",而又可以到"市场"上去活动了。

因为当初的八仙桥和东新桥一带是小客栈的荟萃之区,所以也成为"豆芽作场"集中的地方。如今我路过那里,留心看了一下,以前的那些所谓"鸽子笼"的小客栈已渺不可寻,这是因为目前已无此需要,不过规模较小的旅馆还是有的,它们都以清洁卫生、诚恳接待来为服务的公约,事实也是这样,从外面望去,闪亮的玻璃门,房子里收拾得干干净净,不但如此,从报纸上的记载来看,这些旅馆,还时常评为清洁单位,向全市表扬咧。

(香港《大公报》1962年1月17日,署名:约略)

"尹迷"的故事

尹桂芳带了她的芳华越剧团,从上海移植到福建已经三年了。今年元旦,她们回返娘家,在上海大舞台演出。"尹迷"闻讯,欣喜若狂,那一分轰动劲儿,连尹桂芳自己也不大相信,还有这么大的吸引力呢!

尹桂芳应该算是目前越剧界的元老人物。比袁雪芬、徐玉兰、傅全香这辈人,还要出道得早一点。她一出道就红得发紫,如今到了临老的年纪,依然盛名弗替。尹派的小生唱腔,听来醇厚,细味柔和。上海的越剧迷,欢喜学各派的唱腔,可是学尹派最不容易类真,因为尹的唱从平实中见功夫,不比别派只要抓住一二特点,加以夸张,听来便有神似之感。

大约在二十多年前,尹桂芳只二十来岁,有一回到杭州去游春,偶然兴到,她骑了一匹马驰骋于白堤之上,不料一不小心,她从马背上摔下来,伤了足骨,当时就送进医院治疗。第二天上海的报纸上登了这节新闻,当时震动了上海"尹迷"。有些人曾与尹有一面之雅的,立刻购办了上好食品,赶往杭州问病;便是向无往来的,也有人星夜赴杭,攒聚在医院门前,打听病势;更有人跑到出事的现场——尹桂芳坠马伤足处踏勘一番。幸而尹桂芳的足伤不久就告痊愈,过了几个月,又在上海登台,记得那一回她演的是一出新戏,她一出场,没有一句唱词,亦无一句白口,只是绾了一回马,又亮了一个相,下场去了。好像在告诉观众,她的足伤已愈,足下的功夫,不减从前。果然,这时候台下"尹迷"的欢呼声和鼓掌声直要把那座新光戏院震塌了!

前三年尹桂芳带了剧团到福建定居,上海"尹迷"的那一番惜别之情不去提它,只说当时有一个在银行里供职的青年,从上海调到福州去工作,他的新婚的妻子也一同前往,只是老母亲不肯走,因为老太太从小生长上海,不愿远离故土,青年夫妇横劝竖劝也打不通老人家的心,没奈何只好让她留了下来。谁知过了几个月,老太太忽然自动到福州去和儿子媳妇住在一起,原因不是为了别的,只是为尹桂芳也到了福州,这位老太太爱看尹桂芳的戏已有二十多年,是一个"老尹迷"啦。

这一回尹桂芳和她的剧团回娘家,上海的"尹迷"自然又活跃起来,他们从报上看到登台的日期,立刻就有人到戏院门外去等候买票,这时离预售戏票还有六天,这些人竟愿意餐风露宿的等待下去,争取看第一场戏,买到第一排的座位。但是市政当局和戏院方面都不忍他们这样做,于是费了好大的劝说工夫,才解散了这个队伍。尹桂芳听说她的观众都用这种艰苦卓绝的精神来迎接她,她的激奋之情,自然难以述说了。

(香港《大公报》1962年2月18日,署名:约略)

张慧冲斗倒尼哥拉

数月前,本园高唐写的《交游集》里还提到的张慧冲,此人在四月中旬,因患心脏病而溘然长逝了,寿至六十五岁。

熟悉中国电影历史的人,都知道张慧冲是早期的电影小生,他的片子如《莲花落》、《情海风波》、《水上英雄》等,都曾经轰动上海。因为他专门演武侠片子,所以有"东方范朋克"之称。他是广东香山人,父亲在上海经商,积了些钱,购置了不少地产,所以当时的张慧冲,以小开的身份,先是学习航海,后来拍电影,再后来因白相魔术而终于成为著名的魔术家。

大概在一九三〇年左右,上海来了一班外国杂技团,其中有个魔术师叫尼哥拉,这是一个狂妄之徒;在变戏法的时候,口口声声说他的戏法,中国人都无法仿效。其时张慧冲正以电影为正业,以魔术为玩票,他听了这狂徒之言好生气恼。正好那时上海另一个小开绰号"小抖乱"的叶仲方,创办一张叫《大方报》的小报,张慧冲就在这张报上写文章,把尼哥拉所有的魔术,它的机关秘密,全部拆穿,这样还不算,他一面又针对尼哥拉的几套魔术,一样一样都造好道具,再创办了一个"国际魔术比赛会",在夏令配克戏院亲自登台表演。凡是尼哥拉有的,他都有,尼哥拉没有的几个大套魔术如"水遁"、"缸遁"以及"传言神带"等,放在后面表演,因此看得上海人像痴狂一样,而那个外国人尼哥拉,则像一条受创的狗,夹着尾巴,逃回海外去了。

从此,张慧冲就以魔术为专业,跟电影就分绝交疏矣。但是在那个时代,一个靠出戏法为生的艺人,他为了衣食,不得不奔走四方。在抗战时期,他在东南亚各地,度过了很长的一段岁月。直到解放才又回到上海,依然干他的旧日生涯。在这十二年间,他的足迹走遍了十七省,他的表演受到了各地人民的欢迎,尤其是解放军对他更表示热爱。

近年则一直在上海,做些有关魔术的整理工作,把他的本事传授给青年一代。在他没有得病之前,虽然头发白了,但腰背笔挺,风神爽朗,跟他拍武侠片时代,没有什么走样。

（香港《大公报》1962年4月29日,署名:约略）

吓　煞　人

上海人有句口头话叫"吓煞人",意思是极也,甚也。比如说越剧《红楼梦》这出戏好得很,上海人讲起来就是"格出戏好得吓煞人"。文言文里的"惊人"二字,有时也代表极也、甚也之意,那末上海的这句口头话,倒是从文言中翻过来的白话。

但是有人考证,说这句口语最高流行于太湖地区,那里的农民,向来就说惯"吓煞人"的。在民间还传说着一段故事:一个洞庭山的农民,有一年在清明节前,经过碧螺峰下,发现生长着一种野生茶叶,他随手采了几把嫩芽,放入胸口,带回家去。茶叶受了人体温度的烘蒸,当他取出的时候,散发出阵阵清香,因此农民的一家人众口同声地说"吓煞人香"！从此那里的人就把这种茶叶,叫做"吓煞人香"。后来康熙南巡,到了太湖,当地官府把这种茶叶献与皇帝品赏,玄烨尝了几口,居然连连称好,但问起茶名,他又连连摇头,认为恶俗之至,当时就替它题了"碧螺春"三字,把这茶叶的出产地和采摘时期都包括在内了。可是直到现在,太湖地区的农民还是叫不惯这个雅号,依然把碧螺春称为"吓煞人香"。

为了"吓煞人",上海还曾经闹过一桩到现在想来仍然是可笑的笑话。那是在二十年前,正是日伪盘踞上海的时期,有个汉奸是罗君强手下的红人,他讨了一个舞女做姨太太,此人能演京戏,青衣花旦无所不工。有一回她上台串演,过了两天,有一张小报上对于这位如夫人的戏,登了一篇捧场文字,原文怎样写,记不得了,只记得那位作者说她的扮相美丽,嗓音清亮,行头耀眼,身浪则更美妙得吓煞人也。照一般人看来,这样写法,原没有什么毛病,不料给演员的丈夫那个"老汉"看到了,好像触痛了他什么似的,竟然大发雷霆之怒,声言既要打烂报馆,又要打坏作者,后来事情怎么了,我也记不清楚,不过终于明白了文字介祸的原因,却是为了最后一句,说是作者存心挖苦,因为这位如夫人面孔虽然漂亮,身上的皮肤,有些像花蛇的斑纹,所以作者要用"吓煞人"来形容她身浪的"美妙"。经这么一说穿,听的人无不哈哈大笑,说这个老汉,既无京剧常识(京剧的表演身段,内行称为"身浪"),却爱如此多疑,人家完全无心,他却替如夫人剥皮,岂不滑天下之大稽!

(香港《大公报》1962年5月3日,署名:约略)

木头人开口

上海游艺场之有口技,大概以当年大世界的人人笑为始。我很小时候逛大世界,看见一个光头的北方人,在台上作蚊子叫、知了声、火车行动声,而最大的节目则是"百鸟朝凤"了。

解放以来,上海的口技演员,发展得很多,其中突出的一个叫孙泰。孙泰的特点是:花样多变,时时刻刻在创造他的新品种。最近他表演的一个新节目叫"弹弓木偶"。一上场,他手里擎着一个儿童木偶,这木偶的样子是有四五岁孩子那么高大了,面目俊秀,身上穿的是绿色的绒线衫裤,足上还有一双黑皮鞋。

表演的故事是:这孩子在外面用橡皮弹弓,弹坏了邻居的玻璃窗,给孙泰抓住了。孙泰是它的"叔叔",于是叔侄俩对话起来,一个劝导"侄儿",一个叙述弹弓的经过,最后它承认过错,表示要用心读书。

非常有趣的表演,台下的观众,只看见那"木偶"嘴巴一张一张地说话,稚嫩的声音,讲一口山东土白。其实木偶的说话,便是孙泰在配音,孙泰的配音,正是他的口技功夫。台下人之所以看不出孙泰在张嘴,是因为他用了齿音。据内行人说,用齿音非常吃力,而木偶之所以用山东土白,也因为便利于齿音,例如叫"爸爸",就要张口,而山东人则称"爹",就成闭口音了。至于木偶的眼睛会动,口会开,那是演员在它脑后操纵的。

看完了孙泰的表演,使人不禁想起旧上海的故事。在旧上海那个万恶的社会里,那些反动道门曾经用这种木偶说话的伎俩,作为诈欺取财的工具。他们除了用扶乩的方式,叫那些善男信女踊跃输将,叫你乖乖地把花花绿绿的钞票,孝敬过去。

记得抗日战争时期,我有个朋友同他一个商人的亲戚到虹口一家乩坛上去,据说这家乩坛从名山上请来一个"仙祖"真正灵验,既能指点迷津,又能为人治病。朋友回来后告诉我那里的情景说:这"仙祖"是个木雕的东西,它南面高坐,前面直放着三张方桌,桌上有鲜果,有香炉、蜡台,桌前放着一个蒲团,问津的人,只许立在蒲团以外,而木偶旁边却有一名和尚打扮的人,不离左右。其实一切鬼把戏,据说这个和尚打扮的人,一手导演出来的。我还记得那朋友说,轮到他的亲戚报效的时候,此人伏在蒲团上,口中一阵念念有词之后,只见那个木头人眼睛一扬,开口就骂:"你瞎说,生病的不是你老婆,是你的小老婆,今天先要拦你。明天再来……"吓得这个商人磕了不知多少个响头,向"仙祖"赔打诳之罪。才懊丧地爬起来,就有乩坛上的人跟他谈判,向他索取"罚款"了。

读者诸君,你读到这里,一定会说,木偶开口,固然是那个和尚打扮的人玩的把戏,但它知道商人问的是小老婆的病而不是老婆的病,这点总该算是灵验的吧?其实也是假的。因为到那乩坛上去的人,都是有人带引进去的,而带引的人都是乩坛上的耳目,他们晓得来人底细,甚至他的家产也了如指掌。所以他们敲起竹杠来,也都有个尺寸的。

(香港《大公报》1962年5月6日,署名:约略)

吓煞人的电影广告

前几天谈过"吓煞人"这句上海人的口头语。忽然著名的电影艺术家金山从广州来上海,谈起了他演过一张《夜半歌声》的影片。这张片子去年在国内又把它翻出来放映过了。金山说,他在北京还看过了自己的旧作。从这个片子,使我又想起它曾经闹过一桩"吓煞人"的故事。

这是一张二十年前的旧片,当它刚刚摄制完成的时候,电影公司设计了一块巨大的路牌广告,放在南京路新世界旁边的一块空地上,这里正是上海市中心最热闹的一个地段。

电影公司把这广告布置成一个恐怖的场面,把金山所扮演的那个角色,装成一个无常鬼的模样,身体高比两层楼房屋,长手长足,乱发披肩,那面孔在影片里已够怕人,经过广告师的夸张,更加使人不敢逼视。

我还记得白天走过那里,还没有什么,到了子夜以后,在这广告面前行过,的确有一股阴森之气,好似走在幽墟间一样。试想一个浑身墨黑的长人,在夜风中手舞足蹈,又像在行动,又像在跟路人招呼,看了自然有点不大自在的感觉。因此影片还未放映,而这只恐怖的广告,却已家喻户晓,每天有无数的市民,都赶到南京路去看,究竟"哪能吓人"的广告。

正当这个时候,有一天,忽然盛传上海某路某弄堂的一个小孩,因为白天去看了《夜半歌声》的广告,晚上就发高烧,竟至医药罔效,当夜一命呜呼了! 这消息一传开来,立刻轰动全市,于是有些自以为胆壮的人,都要去看看这只广告,而大多数人家,都禁止小孩外出,恐他们要偷偷跑去看广告,回来出同样的毛病。更有人建议到当时的市区行政方面,要求制止这恐怖广告放在任何马路上,以杜后患。

正当轰得不可开交的时候,而《夜半歌声》上映矣。

上映后的情况是:影片的观众多得吓煞人;飞票的抬价高得吓煞人;电影公司老板的收入项下大得吓煞人。而影片本身并没有吓煞过人,就是那个恐怖广告,连蚂蚁也都没有吓煞过一只,别说吓煞过一个小孩了。原来某路某弄堂的小孩被广告吓煞云云者,都是电影公司放的吓煞人的谣言而已!

(香港《大公报》1962年5月8日,署名:约略)

挑过十年大梁的小达子

京沪两地的报纸上都刊载着李桂春逝世的消息(本报第一版也曾刊过电讯)。这位京剧老演员今年七十八岁,在登台时候的名字叫小达子。自从他的儿子李少春出道以后,他便不再亲近氍毹了。

这是一位兼工梆子、皮黄的文武老生,少年时功底打得厚实,到了中年时期,以一副好身手,一条响喉咙,称雄于上海京剧界,整整挑了十年大梁,内行说起来,就是当了十年的家,不但南方名角如赵如泉、毛韵珂、贾璧云,都与他配过戏,即如北方的白牡丹(即现在的荀慧生)、高庆奎也都与他合作过。

笔者没有赶上看过他的梆子戏,但京剧却看得很多,《凤凰山》、《请宋灵》、《泥马渡康王》都是他的平生杰作。他演《凤凰山》的薛仁贵,几个架子,浑身是劲,连台板都会震动。当演到薛仁贵救出李世民、挡住盖苏文的那一场戏,只看见他冲到台口,狠狠地向盖苏文一戟刺去,快比旋风,而气势之重,宛如泰山压顶。等到"四记头"一起(锣鼓),他转身、跨腿、双目圆睁、两足斜立,再是右手举戟,左手指山的一个亮相,使看的人感觉他真有千斤分量。

上海连台本戏中的《狸猫换太子》,也是当初小达子给唱红的。每一本要演三个月,一共演了三十六本,而售座勿辍。现在李如春的几本《包公》,便是承袭了小达子当年的楷范,不谈做派,连那张黑里透红的包公脸谱,也是从小达子那里学来的。

因为小达子一直在上海登台,演的又是连台本戏,当时京剧界把他列为"海派",并且称为"海派大王"。当他在上海红得发紫的时期(也就是四十年前演《狸猫换太子》时期),他每个月的包银达三千六百元之巨。此人原来非常节俭,因此上海人也说他十年大梁挑下来,已经积了半百万元家财。不料这些话传到那时一伙绑票匪的耳朵里,于是给小达子老板寄来了打单信。小达子看了绑匪的信,倒并不着急,急坏的却是戏馆老板,因为小达子是他的财神爷,如果让匪徒请去,分明断了他的命脉,因而从接信那天起,就替小达子雇了四个保镖,随身保护。每天小达子上馆子,戏馆老板要求后台的全体武行,都站在门口,一等小达子跳下汽车,就把他围护着一直送到后台。这样的紧张生活,小达子过了很长一个时期。

等小达子到了晚年,大家知道他并没有什么家财。据说那是因为他后来沉湎于跑马,他赌起马来,马票不是几张一买,而是几本一买,因此不到几年,他积的钱,也就化为流水了。

(香港《大公报》1962年5月23日,署名:约略)

阮玲玉与联华公司

报载阮玲玉主演的《新女性》,将重翻拷贝,旧片新映。听说目下还在整理中,因为这是一部默片,要把它变为有声,必须配音,这在技术上比较繁复,故而影片的问世,尚有一段时期。

阮玲玉逝世已经二十七年了。她在电影上的成就,可以说是千古不朽的。到现在为止,再没有一个女演员,能够像她那样,扮演那么多的不同性格、不同身份的女人,而演得又都非常出色。孙瑜曾经说过,似这样的天才,他在全世界的电影里,没有见过第二个人。她出身是贫苦人家的女儿,当过丫头,最初进入电影界的事迹,已无从追索,只知道她开始受观众注意,是在上海明星影片公司,等到进入联华公司后,声誉鹊起。她死后,在万国殡仪馆盛殓的那天,有十万个人(大多数是大中学生),在胶州路上徘徊凭吊,整天不散。

前面说过,阮玲玉既是明星公司的演员,那末为什么又会"过班"到联华公司去的呢?这里倒有一段故事可谈。

三十多年前,上海有一家大中华影片公司,是陆洁先生创办的,另有一家百合影片公司,则是吴性栽先生创办的,后来这两家公司合并了,改名为大中华百合公司。有一回,这家公司登报招考女演员,在千百封的投考信中,据说有一封是阮玲玉写来的,照例附着本人照片。因为那时阮玲玉已是明星公司的演员,所以拆信的人,认为这封信决非阮自己所写,而是好事者跟他们开的玩笑,也就置之不理。

不料考期过后,阮玲玉忽然找到大中华百合公司来了。她扫兴地对公司的人说,我要来投考,你们连回音也不给我一个,是看不起我,不要我这样一个人吗?公司自然老实告诉她,信是见到了,但不相信她会来投考,疑心是有人在开玩笑。于是她也声明此来投考,乃是一片诚心,只因明星公司的几个老板,当时都迷信一个胡蝶。对别的演员,不加重视,她不愿屈居人下,所以想跳出来别投门路。公司听她如此说来,自然欢迎不迭。只是考虑到明星公司是不是肯放她出来?阮却果断地说,他们不会拦阻我,何况是我自己投考来的,你们并不落"挖角"之嫌。她说到这里,大中华百合公司立刻给了她一份聘书,作为基本演员。

果然,阮玲玉的话一点不错,明星公司的几个老板,有眼无珠,到底把这一位全材演员,轻轻放走了。她进了大中华百合公司不久,这公司又与北京过来的一家华北影片公司合并,这就成了联华影业公司。规模突然壮大,一时网络贤才,阮玲玉外,似名重一时的金焰、王人美、舒绣文、陈燕燕、张翼、林楚楚、黎灼灼等都是联华的人材。而《故都春梦》、《恋爱与义务》这些片子,陆续问世,既使联华公司声威大振,阮玲玉这个演员也从此深入人心。

(香港《大公报》1962年6月17日,署名:约略)

吃 鲥 鱼

黄梅时节,也是吃鲥鱼最好的时期。以前听说吃鲥鱼最著名的地方,浙江要到富春江,而江苏则在镇江的焦山。这两处,我在抗战以前都曾慕名去过。

所谓富春江吃鲥鱼,其实是在桐庐。这里有一家菜馆名富春楼,在鲥鱼汛里,生意加倍兴隆。记得我去的那次大雨滂沱,所以食客不算拥挤。我们几个人要了一盆清蒸鲥鱼,当堂倌端上来时,他晓得我们都是上海去的,特地指着鱼嘴上的一抹红斑说,这鱼嘴上的红斑,乃是富春江鲥鱼的标记,为别条江里的鲥鱼所没有的。他又说,富春江的鲥鱼,都要游过钓台,经过严子陵的考察,才能入网,因而入网的鱼,都被严子陵的朱笔,在嘴上打过记号。堂倌的话,分明一派胡言,世界上原有许多很美丽的传说,但这个传说,却很牵强,做生意人想出来的生意经,只有恶俗而已。

焦山是在长江里的,这儿风景幽绝。我们去时,先是游逛,把那只庙到处都跑遍了,只看见吃茶和吃素斋的地方,怎么也看不见有吃鲥鱼的所在。正彷徨间,遇到了一个也是上海新闻界的朋友,他告诉我们,不认识这里的和尚,怎么能吃得到鲥鱼?于是托他给我们走门道,果然,经他打过招呼,庙祝就把我们引到"内有雅座"的地方。说也奇怪,我不是佛教徒,但在庙里吃荤,精神上总好像有什么负担,所以这顿鲥鱼,吃得很不舒服,以后也不想再去了。

其实真要吃鲥鱼,不必到什么地方,只要在自己家里,把新鲜鲥鱼买来,重油清蒸(最好用猪油蒙起来),蘸姜醋同食,风味最美。数十年来,吃遍上海各种馆子的鲥鱼,都不是十分出色,比较好的,老底子大西洋西菜社的一味铁排鲥鱼,有其特点;而烧得顶不好吃的要算无锡帮的几家老正兴馆的红烧鲥鱼了。不过在鲥鱼的同时,老正兴馆却有一只令人叫绝的菜,那是黄瓜烧虾,黄瓜是时鲜货,五月的虾称莳虾,又称子虾,一肚皮的子,与黄瓜同煮,鲜美无伦。

(香港《大公报》1962年6月20日,署名:约略)

书场和书迷

我对听书(评弹)这项消遣,一向是又爱又怕。爱是真正爱听,怕则为的听得久了,会被书迷住,迷住了便会荒废其他的事。所以四十年来,为了听书入迷,往往像戒烟一样地戒书,戒了一段时期,再听,听了又入迷,再戒。听听戒戒,戒戒听听,也记不清有几多回了。

从前上海的书场都是附设在茶楼上的,所以真正的书迷,不但每日必到,而且自己都有一套茶具,寄存在茶楼上,堂倌看见你来,就会把你的私房道具端到面前,考究的人,还要随带茶叶。几家专接响档(有号召力的说书艺人)的书场,这种私家茶具,有多至一百几十副的,日常营业,自然也就有了保证。

现在上海的工人文化宫,解放前是东方饭店,那就是二十多年前专接响档的东方书场。有一天晚上,上海发了一个大潮汛,狂风暴雨,马路都成泽国,平时满坑满谷的东方书场,这天只到了七十几个人。那时送客的(最末一档)是夏荷生,夏荷生一上台来,显得非常激动地对台下人说,今天你们涉水而来,真正是我的老听客了,我一定要把今夜的书,说得特别精采,以酬诸君雅爱。果然,这一夜的书,他说得格外细腻,噱头百出,台下笑声不绝,听得大为过瘾。这一夜,我也是座上客,不过,我却不是涉水而来,乃是饭店的旅客,所以我还算不得真正的书迷。

现在上海有四大书场。场址都是解放前的舞厅。比如仙乐书场就是当年的仙乐舞宫;静园书场的前身则是大都会舞厅;西藏书场是从前的米高美舞厅;而大华书场,则是从前的维纳斯一楼老大华舞厅。在这四大书场前,上海最热闹的一家书场,要算成都路上的沧州书场了。这里的房子是盛宣怀的产业,盛生前把所有的藏书都放置在这所房子里,还曾经计划开一家私人的图书馆呢。

沧州书场一直开到目前,大约有二十年的历史了。去年我去听过一次,碰着一个开门时做到现在的老茶房,他告诉我这里有一个老听客,从沧州开张那天起,只要书场营业一天,此人从不缺席,他听书的时候已经是壮年人了,如今已须眉皆白。此公当是评弹的老听客,也是真正的书迷。

(香港《大公报》1962年6月23日,署名:约略)

[编按:香港(《大公报》1979年9月26日《闲居集·听书之忆——夏荷生》称那个暴雨之夜书场里只有"二十来个男的,四五个女的",因此,"七十几个人"疑误植。]

乔 家 栅

前两天要吃端午粽,不由得想到乔家栅去。这是襄阳路上的一家点心店。乔家栅粽子,远近闻名。其实这家店开了只不过二十多年,当时的老板原是做汽车掮客的,精明能干,他拣中这个住宅区的地段开这么一爿点心店,目的就不同于南京路上的五芳斋,专接过往行人,而他是想专做"公馆帮"的外卖或者堂吃生意的。

这家店初办时以卖汤团和擂沙圆为主。汤团北方人称元宵,擂沙圆则是在糯米团子外面,涂一层赤豆粉,算是江南名点。他家的粽子,起初只是从作场里批来的,风味平常,后来这个老板一动脑筋,决计精选材料,自己包裹,这样才使上海人吃了大大叫好,从此乔家栅粽子,把几家原来出名的粽子店如湖园、鼎新园等都比下去了。

讲到他们精选材料,据说确是非常严格。比如用的糯米,必须是丹阳的通遍白糯,豆沙必须是崇明赤豆,然后重糖重油,用徽州粽箬和徽州丝草来包扎,于是煮出来的粽子,最先闻到一股粽箬和丝草的清香,等剥开来放进嘴里,则甘腴松软,风味无伦,这是讲的豆沙粽。至于肉粽,则猪只必合规格,用的又都是白膘好肉。有人曾经这样说,平生不嗜肉食,但一放到乔家栅粽子里去,就不由你不引起大嚼之欲。

有人说,乔家栅这块店招,取得有点别致。其实它原是上海南市的一个巷名,现在这地方附近还有一条乔家路(在北洋政府和蒋介石统治时代,有个外交官叫顾维钧的,是嘉定人,但他的出生地却在上海的乔家栅柏子弄内)。早在六十年前,这里有一个挑馄饨担的小贩,被上海县误以为是私盐贩子,把他缉捕起来,吃了两年无名官司。等到案情大白,那个县知事觉得有点对不起他,便送了他一笔钱,叫他重操旧业。做了几年,此人死去,他的儿子聪明能干,索性把父亲遗下的一点钱,开了一家叫永茂昌的点心店,除了卖老本行的馄饨外,还卖汤团和擂沙圆,居然生意十分兴盛,把南市一向出名的"三牌楼"和"水仙宫"两家点心店,都比到后头去了。因为这个店开在乔家栅,人们都称它为乔家栅汤团店,而忘记了它的本名永茂昌了。

直到"八一三"抗战时期,日寇轰炸南市,永茂昌毁于炮火,这个老板只逃出了一家人来,从此无钱开店。于是那位汽车掮客,灵机一动,用乔家栅为招牌,在襄阳路上开了这家点心店,竟使永茂昌的老板,对着他竟奈何不得也。

(香港《大公报》1962年7月2日,署名:约略)

周玉泉师徒

三十多年前,上海的弹词家如杨小亭、蒋如庭、周玉泉都称一时响档。那时徐云志还刚刚出道,沈薛档(沈俭安、薛小卿)亦未大红。而杨、蒋、周三人都有些共同的特点,能够吸引听众。那些特点是:人一上台来是静,说起来是清(这清包括"书路"和口齿),放起噱来是阴。

弹词家讲究善于放噱,要以阴噱为上乘。阴噱者,上海俗语谓之"说死话",用文言文也许就是"冷隽"二字。这种噱放了之后,使人笑,笑了犹有回味。照理说,吐属冷隽,必须有点文学修养的人,才能做到,可是据说上面这三位先生,都不算通品,反之,那时有个号称"弹词状元"的魏钰卿,放起噱来,一点弗噱。

过了几年,杨小亭、蒋如庭先后谢世,至今健存者,只有一个周玉泉先生。周玉泉一生收着一个得意门生,便是以"蒋调"著称的蒋月泉。蒋月泉也是放噱高手,早年他的放噱不是先生那种风格,开出口来来得爽辣,而神气之间,带一股"海"味,便是这点,也着实迷过上海的听众。到了近几年来,则又归于平淡,好像有些乃师的当初风范。至于他的唱,原是继承了先生的唱腔,然后加以衍化,纯用本嗓,自成一家。讲起蒋月泉的唱,在上海可真红咧,几只著名的开篇如《杜十娘》、《刀会》、《剑阁闻铃》以及《战长沙》等等,真是满城争效。我们听蒋月泉的书,似乎不大见他弹弄"家生",唱起来又似一个一个字吐出来的那样。可是细辨行腔,真如行云流水,又如淡月微风,既是轻灵,又是醇厚,使听的人不由得不醺然欲醉。这种看来无甚出奇,其实都是工夫凝成的境界,在古往今来的弹词家中,还找不出第二人呢。上海学"蒋调"的人很多,但因为没有他的功力,也就得不到他那股味儿,那味儿内行人所谓"感情的含蓄",也就是平常讲的取其貌而不得其神耳。

上海有这么一个传说,自从"蒋调"大兴,他的师父周玉泉就不大受人注意。其实不是那么回事,周玉泉自有周玉泉根深蒂固的本领,他现在苏州评弹团,一年里总要到上海来演出一些日子,六十多将近七十的人,那中气的充足,音调的脆亮,有时淡淡地放一放噱,一切都与壮年时一样。他现在的下手是薛君亚,也是女弹词家中不可多得的人材,所以一到上海,听的人座无虚席,响档依然响档。

(香港《大公报》1962年7月5日,署名:约略)

海 灯 和 尚

海灯和尚是少林寺的拳术家,近年常居上海。上海体育局延请他把绝技传人,故而徒侣如云。不久前,因他要赴川访问,上海所有的武术家作了一次集会,各自施展看家本领,作为互相观摩,而海灯和尚也表演了一套软硬功的"六通罗汉拳"外,还表演一套侧卧地上、用右手两个手指撑住半个身体的"二指禅",这两套都是他的蔚人绝技,博得场上采声如雷。

说起海灯和尚,笔者曾经与他有过一段小小的因缘。有一年,我忽然练起太极拳来,每天清晨都到公园里去练拳。一天,听得一位学友说,上海来了个海灯和尚,身怀绝技,少林拳、太极拳无不精通。这位拳友,约我明天同去拜访。第二天一早,我们果然在一座冷僻的寺院里,看到了海灯。

这海灯和尚那时不过四十来岁年纪,身穿一件灰布坎肩,正在不到二丈见方的禅室里,把一枝红缨枪使得矫捷非凡。露出的两条手臂,筋肉饱健。他告诉我们,现在他只不过是活动活动,正式练功的时间,都在清晨二三点钟。他晓得我们是练太极拳的,要我们练一节让他看看。他看了后,就说毛病在于腿部无力,应该从基本功着手。接着,他也练了一节太极,另外又教了我们几个架式,据他说是"少林精拳"。教的时候,他先做,我们学,每个动作做十遍,再反覆的练习,半小时下来,我们都已腿酸力竭,汗水淋漓了。

海灯和尚带着浓重的四川口音,很健谈。他说,他十八岁开始学艺,二十多年从未间断。一九四六年前后在少林寺担任国术教练,后来带着徒弟朝普陀,因而来到南方。除了"独手倒立"和"二指禅"这些绝技以外,还有"一指禅"的功夫。他是在四川峨嵋山剃度的,他的师父,如今尚在峨嵋,因此他有时要回去看看师父。

(香港《大公报》1962年8月4日,署名:约略)

酸 梅 汤

在上海住了四十多年,任何名牌的冷饮,像正广和的汽水啦,可口可乐啦,以及鲜橘汁等等啦,都曾经尝过,论好吃,全不及我国的酸梅汤,而且这里的销量也是不可以道里计的。

酸梅汤是北方的产物,北京琉璃厂有家信远斋,以精制酸梅汤名闻全国。每年伏天,叫我这个上海人总要翘首北望,想念信远斋这档清暑隽品。一九五一年总算在北京度夏,即使我暂住东城,每天下午也要赶到城南,去喝他两杯三杯的,真正杀渴。

信远斋这个铺子也很特别,它的门口悬着竹篱,掀开竹篱,里面也不像一般的店堂,而像住家的小客厅,两排老式的茶几、椅子,收拾得一尘不染。酸梅汤是用磁碗盛的,像咖啡那么一盏。可是它的产量不多,一天卖完几十杯上百杯就不再供应了。

上海也有酸梅汤,是跟北方学的。大约五十年前,第一家出售酸梅汤的是开在东新桥的"天津公记"。后来有个叫郑法祥的京剧武生(因为他的猢狲戏演得好,人称赛活猴),在大世界附近开了一家郑福斋,也卖酸梅汤。不到几年,声势压过了天津公记。不过酸梅汤一到上海,也变成"海派",它的产品不及北京信远斋的精致,但售价也远比信远斋为便宜,成了大众化的饮料。据有人调查,数十年间,最高的纪录,一天卖过二万杯以上。近年来在烈日当空下,郑福斋门口,依然排演绵亘不绝的长龙。今年有一个大热天,也卖过一万七千杯呢!

但是数我生平,吃到最好的一次酸梅汤,却不在北京,也不在上海那一家店里,而是在一位朋友家中。这朋友世居北方,到抗战胜利后,才来上海安家。他家制的酸梅汤,大体上是向信远斋学的,但也有自己的作料。讲起配料,我已记不起那么许多,只记得他们用的乌梅是由北京药局里买来的。制时,用冰糖又用豆蔻水,这两样都可使水分起稠,而后者还有起辛香的作用。也放少量的薄荷叶,用以起凉,等到经过冰镇,加上糖渍桂花,这大概是参考南方的做法了。那一次的酸梅汤,真是甜得不腻舌,酸得清人眼鼻。一杯下肚,不仅暑意全消,直有百虑皆忘之感。

(香港《大公报》1962年8月7日,署名:约略)

沪滨短札 (1963.1—1965.5)

烤 羊 肉

近年上海华侨饭店有一只菜,叫做串肉,他们把肉切成四五薄片,串在一枝铁钎上,十几串,放满一盘子,端到餐桌上。这种肉是厨房师父把它烤熟了的,食时蘸花生酱或辣椒酱,甘香可口。据说,这种吃法,盛行于东南亚各地,闽人称之为沙爹,按正统,应该烤的是羊肉,现在上海华侨饭店的串肉,烤的则是猪肉。

由吃串肉,不免想到北京的烤羊肉。北京西城有一家老店叫烤肉宛,什刹海又有一家老店叫烤肉季,都是卖的烤羊肉。笔者头一次上烤肉宛是李少春陪我去的,只见少春站在炉边,把一条腿搁在长凳上,自烤自吃,他说,这样才有原始风味,我也学着他的样子吃,不料毕竟是南方人,觉得很不习惯。因此想起二十余年前,上海以卖涮羊肉出名的洪长兴,一度卖过烤羊肉,因为吃法蹩扭,生意做不开,第二年就把烤肉收歇了。

去年,还是江南秋光正好的时候,我收到在乌鲁木齐的一位朋友的来信,跟我谈他在新疆吃的烤羊肉,真是津津乐道。他说,入秋以后,无论在乌鲁木齐、玛纳斯或者石河子,马路旁边,到处都停着烤羊肉的摊子,那些卖烤肉的维吾尔族老乡,用不熟练的汉语,高声叫卖:"一角钱一串,一角钱一串。"

他又说,那里的人把半寸见方的生羊肉片,一块块的穿到一根只七寸长的、装有木柄的铁钎子上,每一串八九块,然后十来根铁钎并成一排,放在一个狭长形的铁槽上,这铁槽就是炉子,槽底置有通红的炭火。

烤羊肉的人拿把扇子沿着铁槽扇风,让火焰不直接烤到羊肉,而风力却能均匀地烤炙着,这样烤出来的羊肉就能透而不焦。一忽儿,肉色渐渐变深了,同时冒出油来,滴在红炭上吱吱发响,随着肉香就四溢路边,这时烤羊肉的人,从罐罐里掏出五香粉、花椒、细盐等等调味品,一层层地撒到肉上去,再是两面一翻,更有异香扑鼻,围在摊子旁边的食客,不待肉送进嘴里,已在口角流涎了。

（香港《大公报》1963年1月6日,署名：白宛）

［编按：与李少春一起吃烤肉的细节,同见于1951年4月9日《亦报》高唐的短文《烤肉宛》。］

周门诸弟尽英才

大约在二三月前,评弹老艺人周玉泉从苏州来沪献技,日场说《文武香球》,夜场说《玉蜻蜓》,无论神情动作,都不减当年；就是说唱也依然响当当的,显得中气十分充实。

周玉泉今年已经六十七岁,他的门徒中有一位最杰出的人才,就是去年来过香港的蒋月泉。蒋月泉的唱,自成一家,称为"蒋调",但你若听过周玉泉的唱腔,便会知道"蒋调"并未离开师门风范。闻得书场老听客说,二十年前,上海地方是周玉泉的"长码头",自从蒋月泉出道以后,也常在上海开出,老师就不肯再在沪登台；直到解放以后,前辈艺人受到政府的关怀和尊敬,周老先生才消除了自卑心理,每年总要来上海演出一段时期。

如今蒋月泉也已经四十七岁了,不但他早已有了徒弟,而且还有了徒孙,蒋的徒弟叫王伯荫,王伯荫的徒弟叫苏似荫,都是目前评弹界里头角峥嵘的人物。周玉泉是他们的老祖宗,只要老祖宗一到上海演唱,这几位徒子徒孙和其他说《文武香球》或《玉蜻蜓》的后辈艺人,都会到台前来观摩演出,因老先生的书,比别人的"多",也比别人的"细",后辈艺人在观摩中,还可以得到补课的机会。

近年来,给周玉泉做下档的也是他的徒弟,叫薛君亚,是一个绝世聪明的女艺人。自来女弹词家都以弹唱称长,惟有薛君亚则兼工"表""演"。"表"即是说,她的说细腻传神,不用矜才使气,而自然熨帖。至于"演",那可算只此一家了,她善使眼神,把金大娘娘那一种紧张、任性又带一点歇斯底里的性格,在眼神上揣摩得淋漓尽致。据说,周玉泉说了四十多年的《玉蜻蜓》,他热爱金张氏这个角色,所以他收着这位女徒,要她把这个角色琢磨得更加完美。薛君亚没有辜负老师的期望,说到现在,真的成了"活金张氏"。

苏州评弹团如今有一出《小玉蜻蜓》,一男一女两个小演员都不满二十岁,是周玉泉近年来收的一双徒弟。不但周老先生自己逢人苦誉,有一天,笔者遇见他们的团长,问起小双档,团长翘起指头说:"好,你几时到苏州来听听嚜!"

(香港《大公报》1963年1月13日,署名:白宛)

北 京 填 鸭

到过北京的人,都会上全聚德去吃烤鸭。这一只祖国的名肴,如今已闻名世界。

在上海,也有这只小菜可吃,而且有了四十多年了。当时上海的京帮菜馆如悦宾楼、会宾楼、大雅楼以及陶乐春等都出售北京烤鸭。但这些鸭子的来源,都非正宗的北京填鸭,而是上海近郊的浦东、罗店等处培育的品种,所以绝非填鸭那般风味。过了几年上海人吃到真正北京填鸭,是从梁园开始的。

原来梁园起初所用的生胚,也不是北京鸭。有一年,二马路一家鸡鸭行有个当雅差的人,姓伍,人家称他为伍麻子,忽然心血来潮,把自己多年积蓄,偷偷地带到北京去,把北京填鸭一批一批买到上海,加工饲养,再卖给梁园,从此上海人才吃到了正宗的北京烤鸭。但这个伍麻子尚不甘心,认为这样贩运生鸭,周折太大,费用太贵,还要受尽洋商轮船上外国人的鸟气,太不合算,所以有一回他在北京,索性买来大批鸭蛋,托苏州一家哺坊代他孵化,等到孵出小鸭,伍麻子自己来填,经过好多次试验,方始成功,伍麻子便成为上海填北京鸭的第一人。

说到在上海吃北京烤鸭,大家又会想起云南路上的杨公兴,这家烤鸭店的经营作风最是别致,他们既卖整只的大烤鸭,也一盆一盆零碎出售,即使是一个人上门,只想吃一碟试试,也照样供应。而他家的货品,绝不输与人家,所以有个时期"杨公兴"三字,常常挂在人们嘴上,上海很多著名的电影演员,都是他家常客。

如今,上海的郊区农村里,到处可以看见北京填鸭,在河里,在塘边,一大群一大群的鼓翅成雪。所以走进市区的餐馆里,要挂炉有挂炉,要烤鸭有烤鸭,再不是什么稀罕之物了。不仅如此,市区里有的人家,也喜欢买一只北京填鸭,自己养,自己填,填到七八斤重时,即使不会烤来吃,炖炖烧烧,比平常的麻栗鸭毕竟肥嫩得多。

(香港《大公报》1963年2月3日,署名:白宛)

荠　菜

在上海吃起本帮或者无锡帮馆子来,总有荠菜炒肉丝、荠菜炒冬笋、荠菜肉丝豆腐皮这些佳肴。在人家家里,用荠菜和猪肉同捣,作馅,裹馄饨吃,终是风味无伦。原来荠菜有一种天然鲜味,苏东坡曾经赞美过,他在给朋友的一封信里说:"今日食荠甚美,念君卧病,古醋酒皆不可近,惟有天然之珍,虽不甘于五味,而有味外之美。"

苏东坡说荠菜是天然之珍,因为荠菜是野生的蔬菜。住在江南的人,都知道春节前后,田野里生着许多可以馔制菜肴的蔬菜,如金花菜(苜蓿)、红梗菜(马兰)、罗汉菜,还有就是荠菜。这些菜中,荠菜开花最早,花期也最长,从正月就可以看见星星点点的白花,敷垫在江南的郊野。它一直要开到阴历三月,所以上海郊区的童谣,有"三月三,荠菜开花接牡丹"之句;而辛弃疾则有"城中桃李愁风雨,春在溪头荠菜花"的词句,以荠菜花而入诗词者,稼轩外似不多见。

苏东坡又说荠菜有味外之美。这样来形容荠菜的风味,既蕴藉,又恰当。的确,你一定要说出荠菜究竟怎样好吃,真难述说,但把它与肉类同煮，真有一种香净之美。比如说，上海人家吃菜肉馄饨，无论用哪一种菜，例如榨菜，甚至不用菜用虾仁和肉作馅，也远不及荠菜和肉吃起来鲜香可口。据分析荠菜所含蛋白质、脂肪和醣的成分极高，它的营养价值在绿叶蔬菜中，应是名列前头的。

旧时代的上海，几家著名的饭馆如无锡帮的老正兴，本帮的德兴馆，都分别与农家挂钩，专门为他们栽种荠菜，一到冬末，荠菜荐新，凡属荠菜的几种名肴，门市便可供应不绝。如今则由人民公社来播种，变野生为家植，一亩的产量，约三千斤左右，而播种的方法，则与秋播的菠菜完全一样。因为荠菜的产量多，近来上海人家的菜篮中，带回来的，独多这种具有味外之美的珍蔬。

（香港《大公报》1963年4月7日，署名：白宛）

江寒汀绝笔

上海国画家江寒汀于二月六日，因肺病逝世，本报第一版上，当时曾有简讯刊载。

江寒汀出身贫苦，在旧社会向不得志，他既不擅酬酢，衣着也不讲究光鲜，那时的豪门富胄，都看不起他，认为他只会画几只鸟、几朵花，算不得艺术家，只是一名画匠而已。因为生活困苦，在跑马厅附近，和人家摆个画肆，跻不上当时的名画家之林。

他的作品名列画坛，还是解放以后的事。人们首先肯定他数十年如一日的勤修苦练，再肯定他作品的修养和成就，认为他是当世不可多得的花鸟画家。近年来，在上海国画院中，江寒汀已被推为第一流的人才。

江寒汀画鸟之所以传神，因为他不但画鸟，而且养鸟，以前他的家里，养着各式各样的鸟类，画家就从它们的日常生活中，观察动静，穷姿究态，然后浸染到画笔上来，自然比之光凭想像者来得入情入理了。

近年来，因为生活的安定，心情显得愉快，所以经常出门，去年还到青岛、烟台、济南等地作旅行写生，回来后又到宁波专区的各地方游历。

那时他的身体健硕,精神饱满,没有发现任何病象,所以他的病实在是起于仓卒,到他最初觉得有些不舒服时,还不肯就医;及至病状进展,想到要就医的时候,医生已经感到棘手,在医院里没有呆多少日子,便与世长辞了!

江寒汀最后的一幅画,是替一位漫画家乐小英画的,这幅画题名《梅竹栖禽图》。他逝世以后,王个簃写了一篇悼念他的文章,文内提起这幅画,说道:"就画论画,这幅作品,仍然是江先生精采而旺盛之笔,看不出任何衰老之态。画面上一枝梅花,两丛竹叶,在疏疏落落的景色中,充分表达出春生笔底、红上枝头、欣欣向荣的感觉;一只蜡嘴鸟,兀立梅梢,生趣盎然。他用简练而苍润的笔调来描绘花鸟,色彩和谐,气韵生动,看起来随笔挥洒,而实则刻意经营,具有小中现大之妙。谁能想像这幅神完气足的妙绘,竟成为他的最后绝笔啊!"

(香港《大公报》1963年4月18日,署名:白宛)

〔编按:文中所引王个簃的文章,题为《花鸟画家江寒汀》,刊于1963年3月16日《新民晚报》第3版《繁花》副刊。引文与原文略有出入。〕

红帮裁缝与"拎包裹"

上海的成衣铺,一向分为两帮,一称苏帮,一称广帮,这是指制作中式衣服的裁缝,所以这种裁缝店,叫做"苏广成衣铺"。至于制作西式服装的,则称为红帮裁缝。为什么叫红帮裁缝呢?上海人有下面两个传说。

一百多年前,帝国主义侵入上海后,就将外国兵舰停泊在黄浦江上,舰上的水兵,戴着一种以红缨为装饰的帽子,当时的上海人便叫这种水兵为"红毛人"。后来上海出现了能裁制水手服装的中国成衣工人,人们也称之为红帮裁缝,这"红"字原是沿着"红毛人"而来的。这是一种传说。

上海早期的呢绒店,大都开设在虹口的百老汇路上,因为上门的顾客,以外国人居多,这些商店又兼营裁制西服,人们便称这里的成衣工人为"虹帮裁缝"。虹帮者,因为他们都集中在虹口一带也。后来人不知如何,却把虹帮裁缝的"虹"字,误成"红"字。这又是一种传说。

关于中国人裁剪西服,另有一段故事:那是在清朝咸丰二年,当时上海来了一个外国传教士,想物色一批裁缝工人做西式衣服。有一天,他在大东门一带蹓跶,经过一家寿衣店门首,他便驻足而观,只见店里有个人在缝制寿衣,针工精细,就把他请到教堂里去,教他裁剪和缝制西服的方法,并两次送他到国外学习,回国后再由他课徒授技。此人就是后来虹帮裁缝称为开山祖师的赵春兰。

在赵春兰当时的红帮裁缝,还只能裁制男式西服,却不会做女式西服;直到一九一七年,上海也只有专制男式服装的西服店,所以那时候侨居在上海的外国妇女,做起衣裳来,都靠一种叫"拎包裹"的西式裁缝,亲自登门去裁制的。这类"拎包裹"的,大都不设店面,专借人家一两间房子,设个作场,请了几个老师傅,衣服做好,又拎着包裹,送上门去。在上海住过的人,一定知道上海有一家最出名的、专制女人时装店鸿翔公司,它的前身就是"拎包裹"的作场。鸿翔公司的创办人金鸿翔,在五十多年前,借海宁路一家粥店楼上,设了个"拎包裹"作场,当时这个金老板还是作场里的作头师傅呢。

(香港《大公报》1963年4月30日,署名:白宛)

寻访宋刻本

上海古籍书店有一个名叫韩振刚的收购员,小时候是北京琉璃厂来熏阁的学徒,解放后,把他调到上海的来熏阁支店里来,一向学的是收购古书、鉴别古书的一套本领。他是既肯钻研业务,又是热爱工作,只要被他知道有什么珍贵的书籍,流落在外面时,他总会千方百计地寻求,使国家的宝贵产业,不致埋没人间。

一九五六年上海古籍书店开张,领导上又把他调到这家新店工作。这时候他碰着一位古书收藏家,此人于抗战时期,曾经到过北京,在东安市场一家古书店内,看到过一部宋刻本的《礼部韵略》,后来又知道这部书从北京流到了上海,但不久,就为私人搜去,不知下落了。因此他叫韩振刚在做收购工作时,注意这样一部珍贵的古籍。

韩振刚听了这位收藏家的话,十分高兴,把这件事一直放在心上。事有凑巧,古籍书店门市部来了一个顾客,也要求店里把这部宋刻本的《礼部韵略》找回来,并且告诉他们一个线索:这部书曾经被一个钱庄老板收藏过,但只知道此人姓罗,名字却记不清了。韩振刚一听更加高兴,便把顾客的话,记在日记本上,准备去找这位姓罗的人。

可是人海茫茫,叫他往哪里去找呢?他东打听,西问询,毫无着落,几年下来,直到一九六〇年上半年,他在一个朋友那里看到一本二十年前出版的《上海百业名人》的册子,从银钱业栏里,果然发现罗姓其人,但没有住址,又在书里看到当时和罗某一道同事的一个姓张的人,然而这姓张的也没有住址,这时候他灵机一动,想到这些人既然都是当初商界的头面人物,必然都有私家电话,于是他去设法找到一本廿年前的电话簿,终于在这本电话薄上,查到了那个姓张的住址。他这一喜非同小可,立刻按址前往,登门造访,幸好那位张先生依然健在,不过他告诉韩振刚,他和姓罗的从一九五二年以后,不再往来,只记得那时罗家是住在某一幢大楼里的。韩振刚于是就赶到这幢大楼里去。正当他在打听的时候,碰到一个中年妇女,恰好晓得罗家的情况,她说,罗先生早已离开上海,罗太太从太太走后,已搬到离此不远的一条弄堂里去住了。

当韩振刚寻到了这位罗太太时,说明来由,罗太太根本不知道家里有这样一部书放着,所以过了几天,她才打电话给韩振刚,说书已找到,要他马上去看。待韩去看时,果然,除了那部《礼部韵略》之外,还有《会稽三赋》、《孟子或问》两部宋刻本以及一部元刻本的《层栏文选》。罗太太说,如果这些果真都是珍贵书籍,我都愿意卖与国家。我是相信共产党政府的,它既重视祖国的文化遗产,又不肯让民间吃亏。所以就在这样皆大欢喜的情况下,完成了这笔交易。后来当罗太太收到一笔数目着实可观的书价时,她激动得半晌说不出话来。

(香港《大公报》1963年5月9日,署名:白宛)

乌 岩 笋

　　住在香港的人,一定常常吃到宁波如生厂制的罐头油焖笋,甘芳鲜脆,真是下酒佐膳的好菜肴。笔者就是酷嗜这种油焖笋的。制油焖笋的原材料,是宁波特产的毛笋,毛笋有大小年,一般大小隔年,也有连隔两年的。记得有一年是毛笋小年,如生厂的油焖笋不能大量罐制,而那时我又客居北京,想吃,走遍了东单几家南方的特产商店,以及东安市场的稻香村,都没法购得。只好写信向上海家里去要,总算托人捎来两罐,我像稀珍一样地存放着,每天早晨用它过大米粥吃。我有这么一个偏见,认为任何地方的著名酱菜,都不及油焖笋来得佳妙。

　　今年毛笋是大年,看样子还是特大年。因为上海小菜场上,毛笋触处皆是,大者似腿,小者似臂,每一个家庭妇女的菜篮里,都要装两三只回去,即使是两三只,也把菜篮装得沉沉的,要用一点气力,才能搬得到家里。

　　宁波产毛笋的地方是很多的,而以乌岩所产最有名气,宁波人称为乌岩笋。这地方在离城约五六十里的四明山中,居住着千余户人家,这些人家多半姓翁,所以称为翁岩,那末又为什么叫它乌岩呢?却因为那里有一块几十丈见方的大石岩,大石岩的四周山下都是竹林。竹林里栖止着数不清的乌鸦,它们白天向外面觅食,晚上又回来投宿,因为乌鸦多,当地便又称这地方为乌岩了。

　　事实上乌鸦对于毛笋是大有裨益的。它们夜宿竹林,少不得都要遗粪于竹林间,使那里的土地增加肥料,毛笋的生长就特别好,风味也就特别鲜美。所以当地居民,对乌鸦不但严禁捕捉,还希望它们长期繁殖。又因为乌岩的毛笋特别好,如生厂罐制的油焖笋的原材料,大半取自乌岩。

　　毛笋长大了就成为毛竹,乌岩的毛竹既多,当地人家的居屋以及家具之类,几乎全是竹制品,也把成批的竹制品出售,作为农副业生产呢。

　　(香港《大公报》1963年6月13日,署名:白宛)

武 松 折 臂

大约一二月前,本刊上有人谈过三十年前盖叫天在上海大舞台上演《武松》,到"狮子楼"一场戏时,西门庆举起一脚,武松一个翻身因为舞台装置的简陋,把盖叫天的腿骨当场折断。据当日在场者说,盖叫天受了重伤,院方宣告"回戏",那时观众的觉悟不高,为了戏没有看全,喧扰者有之,要求退票者有之;而戏馆老板,对这位绝代艺人的受伤,非但不加慰问,却因为不能替他继续赚钱,背后还在大骂山门。至于盖叫天在治疗中的医药费,一家人的生活费,自然一应自理,与别人素不相干了。

过了三十年后的今天,在我们的新社会里,也有一个扮武松的演员,在台上出了同盖叫天当年类似的事故,请看看这位演员的遭遇是怎样的呢?

这位演员叫梁慧超,在京剧界也是久负盛名的武生。他如今是江苏省京剧团的一根台柱,论岁数,比三十年前的盖叫天还要多一些,不到五十,也逼近五十了。他的武功好,腰腿健,到了台上,惯使冲劲,从不马虎。真是精、气、神三者,到老勿衰。

今年六月初,江苏省京剧团到上海公演,十七日的晚上,梁慧超的大轴戏是《武松》。演到"醉打蒋门神"时,武松与蒋交手,当梁慧超要使一个从"蒋门神"手上翻过去的"折丝扑虎"时,不料用力过猛,在左掌着地的一刹那,肘骨竟然脱臼!

演员是好演员,梁慧超明知自己受了伤,而且伤势是严重的,却想到戏若演不下去,会使观众扫兴,便忍住剧痛,狠命地将肘骨推了一下,希望能够合拢,可是这一来更使他痛不可支,不得已,才向值场人员打了个招呼,叫他把大幕垂下。

观众也是好观众,所有在场的人,看到出了事故,都面呈忧急,他们低声谈论之后,推出了几位代表,往后台慰问。其时客座中有两位老者,都是上海目前著名的伤科医生,一位是八十高龄的王子平,一位是四川人魏指薪,也都赶到后台。魏医生一看情形,立刻叫家里把医疗用具和药物一齐送来,给梁慧超施行手术,这时候的梁慧超,已经痛得动弹不得了。

场上的《武松》还在演下去,周云亮代替了梁慧超,从"飞云浦"一直演到"蜈蚣岭"。及至终场,全场的观众,都不肯散去,他们还在悬念着梁慧超的伤势,其时梁慧超包扎已经舒齐,痛苦也解除了不少,他要求把大幕提升起来,自己站到台前,向观众表示感谢。等到大幕再下的时候,他的两行热泪,也从眼眶里掉了下来。他对后台人说,毕竟是现今这个社会,演员与观众会有这样的深情厚爱;他想到要是在从前,也想到了盖老先生断足的辛酸往事……

(香港《大公报》1963年7月20日,署名:白宛)

[编按:此文与1963年6月22日《新民报晚刊》张之江《舞台以外的动人一幕:发生在天蟾舞台的新闻》情节相似,略有转贩之嫌。又,"折丝扑虎",当作:扭丝扑虎。]

结晶的"年青的一代"

二、三月来,全国各地都在上演一个现代剧《年青的一代》。这个戏的主题是教育我们国家的青年人应该走哪一条道路,走资本主义的道路呢,还是走社会主义的道路?也不单教育青年,还教育了为父母者,应该抱怎样的态度,来对待儿女的出路问题。

剧作人的本领真大,似这样有高度教育意义的戏,写得来既有思想,又有感情,更有情节,成为一个青年人爱看,中年人和老年人也爱看的好戏。而在上海,可以说是这个戏上演得最多的地方。在去年十一月到十二月间,同时有九个剧场都在上演《年青的一代》。它原来是话剧剧本,因为其他剧种,都把它移植过去,所以打开报纸的戏目广告,满眼都是《年青的一代》了。不仅如此,不可数计的大中学校也都排演了这个戏,因此可以这样说,全市所有的青年,几乎都看过了这个戏,而看过二三次乃至四五次的青年,也不可数计。

那时候,在市区同时上演话剧的有三个剧团:上海电影演员剧团、青年话剧团和上海戏剧学校教师剧团。论演出的艺术质量,自然是各有千秋的:虽然没有正式的评选,但据熟悉的人议论,认为在全国范围内,《年青的一代》的演出质量,也应该数上海为第一。

后来到了十二月间,"华东区话剧观摩演出"在上海举行,上海市选的剧目中就有《年青的一代》。轮到上演是在一九六四年元旦。这一回的导演是朱端钧,参加演出的演员,则是从上面所提的三个剧团中抽出来的拔尖人物。如电影演员剧团的张伐(林坚)和蒋天流(夏淑娟);戏剧学院的曹雷(林岚)和周谅量(夏倩如),而饰演剧中的两个走不同道路的青年——萧继业与林育生,则都是青年话剧团的演员,前者是娄清成,后者是焦晃。这是个堂堂的阵容,所以上海观众都说它是结晶的"年青的一代"。

这里有一张曹雷的剧照。曹雷目前在舞台上、银幕上(新片《金沙江畔》的女主角)都是吸引观众的一位演员。自从《年青的一代》上演以来,她一直饰演着剧中的林岚。这角色,由观众的评比,认为目前是不作第二人想的。

(香港《大公报》1964年2月2日,原专栏名《浦滨短札》,署名:白宛)

王 美 玉 之 丧

甲辰春节前的一个多星期,上海报纸上出现了王美玉的讣告。大致说:"上海艺术院方言话剧团副团长、上海市徐汇区政协委员、上海市戏剧家协会理事和大上海分会委员王美玉同志,因患脑溢血症于二月五日逝世,享年六十二岁,定二月七日在万国殡仪馆大殓……"

熟悉上海的人,不会不熟悉王美玉其人的。她是四十年前上海滩上第一个名女人。上海自有霓虹灯以后,最早用霓虹管子拗成名字的是王美玉;上海自出产香烟以来,用人名字作为香烟牌子的是王美玉,称为"王美玉香烟"。可见这位老太太在当时的芳名藉甚了。

王美玉的全本历史,可以写一部一百二十回的长篇小说。她的出身,传说很多,她的起家,则是以演唱苏滩开始。这个滩簧团体是由她的一家人组成的,称为王家班,那成员是:王美玉自己外,有她的丈夫王君达、小叔王剑心,以及两个小姑王爱玉和王宝玉。后来苏滩这个曲种在上海式微了,她们就以原班人马改为文明戏班子,那两个小姑都在这时候改了艺名,王爱玉叫钱丽丽,王宝玉叫王雪艳。

到了抗日战争以前,王家班的文明戏又觉得不过瘾了,于是又开了玉成公司,专让王美玉当主角,拍摄影片。大概拍影片这个行当,没有充足的资金是玩不起来的,不过几年,王美玉的一点积蓄,都在玉成公司的几部片子上亏折光了,钞票蚀光,公司关门,只得重回老路,组起文明戏班子,在新世界附近的皇后剧场上演。但从此起,王家班是中落了,加之王美玉年华老去,两夫妻又都染上恶嗜,精神委顿,不作上进之想,过不多久,这班子散了,王氏一门都沦入穷乡,以至一穷彻骨。

又不久,王君达潦倒而死,姑娘小叔,各自谋生。剩下王美玉一个人,沦落可怜,甚至到了流转沟壑的地步。正当她快要追随丈夫于地下的时候,解放大军,直下江南,共产党一手把她挽救了回来,不但安排了她的工作和她的生活,还给了她政治地位。读者诸君,你再回头去读一遍本文第一节她的讣告里一连串的头衔,这份荣誉,就不是当年的什么"苏滩大王"、"香烟美人"所能比拟的了。

数年前,文明戏在上海改称方言话剧,又成立了方言话剧团,王美玉被推为团长,她的旧时的两个姑娘,又都在她领导之下,为社会主义戏剧事业贡献力量。明明她们如今都是老祖母了,但是她们的戏依然吸引着上海的观众,前两年上演的《珍珠塔》《啼笑因缘》,那王氏三婆,都是剧中主角,演出的成绩,都是轰动一时,欲罢不能。

一九六三年至一九六四年在上海举行的"华东区话剧观摩会演",方言话剧团也中选了一个现代剧目:《巨浪,巨浪》(后改名《激流》)。王美玉和王雪艳,照样都是主要演员,所以在王美玉突然中风前的不多几天,她还是长江剧场台上的剧中人呢!

(香港《大公报》1964年3月10日,署名:白苑)

失表还表记

四月中旬,上海一家报纸上,用第一版全版的地位,刊载了二三两月间在市区发生的《失表拾表,送表还表》的动人故事。我粗略地数了一数,那些失表的人们中,有工人、有职员、有小学教师、有学生,也有家庭妇女。至于教授、战士、干部等还不算在内。这说明今天上海戴手表的人已极其普遍;另外动人的是,有这么多人失落了手表,居然都能物归原主,这又说明我们的社会变化之快,新道德新风尚正在日益滋长。

在许多失表的故事中,有一件是发生在复旦大学教授赵景深先生身上的。三月里的一天,赵先生坐了三轮车到青海路一家医院去看病,不知怎么一个不小心,将手表遗落在车座上。后来给化学公司的两个职员在乘车时发现了,他们请三轮车工人将表交给正在南京路上值勤的一位民警。经过公安部门的多方了解,当天找到了失主。第二天一早,仍由这位民警将表送到赵先生的家里。

读了这个故事,想起自己亲身经历的一件事来。那是在去年年底,有天晚上同上海电力学校语文教研组主任朱建新先生(一九六三年中华书局出版的《孙过庭书谱笺证》的作者)在新雅吃饭。朱先生是欢喜吃点酒的,吃到半酣的时候,忽然捋起袖子,对着腕上的那只表自言自语道:"今天我可要小心你了!"我听他这样说,却不懂什么意思。接着他告诉我早两天也是晚上,他在大光明戏院隔壁的五味斋吃酒,当他带着一点醉意出门,不待到家,已发现手上的表,不知在什么时候失落了。这一夜,朱先生非常懊丧。第二天他忽然提起,经常在报纸上看到有失物交公、拾金不昧的新人新事的报道,何不自己也来试一试呢?于是打了一个电话给大光明附近的公安部门,把隔夜的情况叙述了一遍,并把手表的牌号、式样和表带颜色都详细说明了,公安部门就叫他等一等,过了几分钟,回答朱先生说,他们那里有这么一个表,要朱先生带了说明文件前往认领。

中午,朱先生赶到领表的地方,还给他的果然是原物。据公安人员说,这个表是昨天晚上由在大光明对面的一位交通民警送进来的,现在是这位民警的休息时间,要下午四时以后,仍在原地值勤。朱先生为了要向这位民警道谢,在我们饭罢之后,邀我一同前往。到了那座警亭,朱先生握着那位民警的手,连连称谢。但民警说,你不应该谢我,应该谢一位走路人,是他拾来交给我的,这是一位三十多岁的高个子,样子像工人,也像运动员,他只说是在黄河路口拾到的,正想问他的姓名职业时,他已经掉头跑了。民警说得很风趣,当时我在警亭里,又要管交通,可不能赶上去跟他寻根究底,何况那个人跑得真快,我要追,也未必追得上啊。

(香港《大公报》1964年4月22日,署名:高唐)

鹞 子 断 线

鹞子的名字最俗,江南人都这样称的,北方人称风筝;天津有个制鹞专家就叫"风筝魏",他的姓名是魏元泰。文字上亦有称作纸鸢的。

明代画家徐渭,会作诗,他的诗明白如话,我是觉得很好的。他写过二十多首关于风筝的诗,其中有此一言:"我亦曾为纸鹞戏,今来不道老如斯哪能更驻游春马,闲看儿童断线时。"

我对徐渭这首诗是感到特别亲切的。因为我在儿童时代,也是"纸鹞戏",而今望六之年,重莅春郊,看见孩子们放着纸鹞,也确实会发"不道老如斯"的感慨。

四十五年前,我在故乡,每年都放风筝。从"豆腐干鹞"(一种方的、小的,拖两根尾巴的小鹞)放起放到"老鹰鹞"便不再放了;再大的鹞子,都是大人放的。大鹞子上大都架着"筝",放上去让它在风中鸣响。晚上,还都架上串串红灯,点缀在无月的夜空中,好看得很。

儿童放的都是小鹞,小鹞断起线来,孩子们追赶的那副情急相,的确很有趣。徐渭不愧是名画家,会得从生活中抓取生动的题材,来活跃他的作品,所以他的画是活的,诗也是活的。

近年来,我常常到上海的郊区走走,发现农村里放鹞子的人少了,有的,也只是孩子们在放些小鹞;架着"筝"的大鹞,简直不大看见。我心里想,大概社员们忙于农事,没有时间玩这种游戏了。这疑问直到今年三月,才得到解决。

那一回,到松江一家人民公社的一个生产队去,在大队的广场上,看两个孩子在放风筝,女孩子要放到场外边去,男孩子把她唤住,叫她退回来,他说,鹞子断了线,飞到大田里去怎么办?就是这几句话,我完全明白了:鹞子落入大田,必然要取回来,也必然要踩坏庄稼。在新农村里,几岁的孩子,都懂得爱惜农作物,都懂得保护集体利益——大田的生产。也因此明白了现在农村里,为什么放鹞子的人少了。我在《春郊竹枝词》里,就有这样的一首:

姊要那边弟这边,纸鸢放到广场前。菜花正旺豆花发,断线还防落大田。

(注:凡是公社的田都叫大田)

(香港《大公报》1964年5月16日,署名:高唐)

相 瓜 有 术

我一直记得二十多年前的夏天,跟随一个朋友到苏州河边上(新闸桥)买西瓜,那天刚刚有几船瓜正在传递上岸。传递的方法:船上的人将瓜抛给跳板上的人,跳板上的人抛给岸上的人,岸上人把接到的瓜有的装担,有的放在岸上的几间平房里。这一天只见岸上那个接瓜的人五十来岁,瘦长条子,容色憔悴,香烟永远叼在嘴上。我那朋友认识他,叫他阿七,并请他给我们各选一担西瓜。阿七答应了,他把接到的瓜,有区分的拣了二十多个,堆在一起,当他看到斤两差不多时,对我们说,就是这两担,你们装回去吧。

后来,我们把这些瓜都吃完了,果然没有一只不是好瓜,因此非常佩服阿七鉴瓜的本领。据我朋友说,这个阿七原是盐商的儿子,当他在三十来岁时,还是五陵裘马,讲究吃、讲究穿,但有一样不好,他也抽上了鸦片。在他多金的时候,最是爱吃西瓜,每到夏天,家里买来各个品种的西瓜,他全神贯注地把它们检验,从长相、皮色、轻重上来证明它们的口味和生熟程度,这样积累了许多经验,使他学会了看瓜的本领。中年以后,他家道中落直至无以为生时,才到地货行里做伙计,而最大的能耐,也就是鉴定西瓜。他原姓丁,因为他会看西瓜,人家叫叫他"西瓜阿七"。

这种鉴别西瓜本领的人,原是从来所有的。他们主要依靠平时见多识广,眼尖手巧,像阿七那样,西瓜一到他手上,就已了然于胸。这样的人才,到现在社会主义的商业部门,依然成批地培养出来,称为"评瓜专家"。上月间,上海举行过一次西瓜品质鉴别评比交流会,几十位评瓜能手聚合一堂,大家各显神通,看谁的眼力最尖,其中有几个特出的人物,他们简直当每个西瓜,都是水晶的一样,从表到里,看得丝毫无爽。

西瓜师傅中有一位叫顾根元的,说来真是神乎其技。比如说,江南地方最出名的是平湖西瓜,但在平湖西瓜中也大有讲究,以南门瓜的品种最好,东门的次之,西门又次之,北门瓜为最劣。但在外行人看来,几乎是一样的东西,而却逃不过顾根元的眼睛,如果把这四种瓜杂放在他面前,他可以马上指出,这是南门瓜,那是北门瓜,不作兴有一点点失误。至于判断瓜的成熟度更是箭无虚发。据说他这套本领,完全靠眼睛来看,看瓜形,看皮色,看纹路,还要看瓜藤和瓜背,从而知道它的发育情况,断定它的瓤样如何,籽色如何。至于这些经验的得来,却不全靠历年的见多识广,大半功夫,还放在到产地去调查研究,从育苗到发藤以至开花结实,结实后的生长情况,都作了现场的查看,还向老农请教,练过这样的硬功,得来的本领,自然也是货真价实的了。

(香港《大公报》1964年7月31日,署名:白宛)

上 海 路 名 谈

上海市政当局决定,将在最近期内,宣布改换六十一条路名。这些路名,绝大部分是带有封建迷信色彩的,也有少数是反映了殖民地残迹的。去旧更新,让社会主义的上海,气象更新,即使在路名上,也不沾些微尘垢。

上海在被帝国主义侵占时期,英、法租界大多以帝国主义分子的名字为路名,比如赫德路、戈登路,这两个家伙都是侵占上海的为首之徒。在初解放的几年,我们乘公共车辆,有时还把听到有些年老的人,问售票员说:"到戈登路要买几分票?"售票员总是立刻纠正他说:"你以后不要说戈登路,要说江宁路,戈登路是敌性的名称,戈登是侵略上海的外国强盗,它的名字,早已被我们中国人民抛到粪坑里去了!"自然这个情况,现在是不再发生了。

现在的淮海路,是改名改得最多的一条路。这条路在被法国殖民者开辟的早期叫宝昌路,据说宝昌也是法国殖民者的头子。后来又改名为霞飞路,霞飞是个黩武军人,名气就比较响了。到一九四二年以后,上海又被日寇侵陷,这条路被日伪组织改名为泰山路。等到抗战胜利国民党反动派统治上海,把那个傀儡总统的名字捐出来,由泰山路改为林森路,但是林森路的寿命跟泰山路一样的短,才三四年,上海解放了,为了纪念解放战争中淮海战役的辉煌成果,把这条路定名为淮海路。

蒋介石这个天杀的名字,也曾经玷污过上海的街道,那也是在抗战胜利后,反动派把那条当初英法租界交界的爱多亚路改名为中正路,但也喊不到几年,我们便把它改名为延安东路。

上海从前有过一条朱葆三路,这朱葆三是个买办,这条路的长度很短;后来又有过一条虞洽卿路(从泥城桥到大世界一段的西藏路改名的),这虞洽卿也是一个买办,这条路的寿命很短。当改名的时候,虞洽卿不在上海,不久,他又客死他乡,所以他自己没有在这条路上走过。

在这一次上海更改的六十一条旧路名中,也有二三条是用人名题的,这样一改之后,上海用人名为路名的街道就不多了,约略数一数,只有一条纪念孙中山先生的逸仙路没有改,也永远不会改。

(香港《大公报》1964年8月24日,署名:白宛)

万 航 渡 路

上海有个地方叫万航渡,一向出名,因为从上海到杭州去的火车,由北站开出,第一站便停在万航渡车站,所以这车站也叫上海西站。现在的政法学院也在万航渡,这里从前是圣约翰大学,那时的富家子弟在圣约翰毕了业,上海人就说他是"万航渡出身"。

不过我在这里写万航渡,是现在的名称,这地方已经第二次改名了,它最早叫范巷渡。大家知道,苏州河上有好几个渡口,最出名是是曹家渡,范巷渡是在曹家渡的西面,当殖民主义者侵占了上海,把它改名为梵皇渡,所以车站叫梵皇渡车站,上海人说不惯圣约翰三个字,就叫它"梵皇渡大学"。

在这一次上海更改街道名称中,把梵皇渡改为万航渡,这名字改得好,它体现了我们社会主义的上海,万象更新:苏州河上万航云集,城乡物资交流和工厂互相支撑的日益频繁。

从万航渡到静安寺之间,有一条马路现在叫万航渡路,以前也叫梵皇渡路,而在侵略分子的兽迹践踏上海的时期,它是叫"极司非而"路的。据说,当时有个殖民主义分子霸占了马戏班的一个叫极司的女演员,就把这条路名叫"极司非而",意思是"极司之地"。由此可知,这些强盗们在别人家国土上的作威作福了。

距今将近四十年了,我是这条路上的居民。这条路也算是沪西的住宅区,当时,军阀陈调元,反共的急先锋胡适,都在这条路上盖有住宅;还有烟草公司买办、华比银行买办的隆隆巨厦,记得那个银行买办姓胡,在上海建起第一个私家游泳池,当我住在梅村的时候,夏天,站在窗前,可以望见胡家"水滑洗凝脂"的实景。

到日本鬼子侵入上海后不久,这条路便成了阴森可怖的区域。汉奸把陈调元的住宅作为特务机关,这就是当时使上海人谈虎色变的"七十六号"。这批禽兽成日成夜地在这所房子里残杀革命志士、爱国分子和善良的百姓。

解放十五年来,不仅这条路的路名换了,路上的景色也变了:"七十六号"成了一所规模宏大的小学,它的周围有许多加工工厂;在买办故居的附近,有两个电影厂,一个是翻译制片厂,另一个是制作动画片《大闹天宫》的美术电影制片厂。万航渡路有两条里弄,都是上海的先进里弄,康家桥和严家宅。前者卫生工作做得好,后者则以邻里之间的和睦团结,成为街道的好榜样,它有着说不尽的事迹,这里恕我不能举例叙述了。

(香港《大公报》1964年11月7日,署名:高唐)

月份牌画家

初冬的一个晚上,在上海的一家咖啡馆里,碰着谢之光先生。他今年六十五岁,精神比之壮年更为旺盛,不过头发有些花白罢了。他是老画师,现在还在上海国画院工作。在十五年以前,谢先生是以专画月份牌出名的。当我还是少年的时候,就知道上海几个画月份牌的名家,如郑曼陀、丁云先、杭穉英、谢之光、金梅生等等。那时候的月份牌都是画的时装女人,后来还发展到画时装女人而画无装女人,有的画出浴图,有的画半裸着的、站在镜子前面或蜷伏在绣榻之上的荡妇图,时人目为"香艳",都欢喜买一张回去挂在卧室里,作为眼皮供养,这样的画,对青年人着实起了一些贼害身心的作用。

明明是一张二十多吋高、十多吋阔的画片,上面没印什么月历,而名之为月份牌,其理甚不可解。这种画片,大抵为某些商家所印行,它们在画片的下端,为自己的产品作些宣传文字而已,所以应该称作广告画。据说当时的月份牌画家,承接到一宗画件,就足够几个月的开支,像有一时期的杭穉英,一年要接受好几宗生意,一个人忙不过来时,就叫他的学生们来帮忙,他自己只是勾勒线条,学生们替他加背景,做设色的工作,这样才能应付客户。

月份牌画家出了名以后,不怕生意不找上门来,于是这些人大多与世隔绝,他们关在自己的房门里面,终日沉湎烟霞,画的人物和服装,都以那时电影明星的照片为蓝本。记得当时还传说过这样一件事：郑曼陀画的女人，一千个都是一样的面孔，这只面孔正是郑夫人年轻时候的容貌。其实月份牌画家的"开相"，都有这种固定不变的情况，因此后来上海人对面貌端正、眉眼不够灵活的女人称之为"月份牌面孔"，正是这个道理。

现在这批月份牌老画家作古的已很多了，郑曼陀、丁云先、杭穉英几位在解放以前都已下世，健在的似乎只有谢之光一个人了。十五年来，谢先生逐渐地改造成为新中国画家，在他的笔下，不再出现时装女人，而都是反映社会主义社会的新人新事。去年，上海一家晚报上刊登一个十岁的红领巾在南京路上拾到外宾掉下来的一张十元钞票，赶去交还失主的事，谢之光读后当夜就把这件事作了一幅册页，在第二天的报纸上刊登出来，读的人都赞美说，难得这位六十多岁的老翁，有此激情。我还在一家俱乐部里看过谢先生一幅三四公尺高的壁画，画的也是一个女人，她是人民公社的广播员，斜倚广播台前向社员们报告当天报纸上的时事。这幅画，扫尽了旧时月份牌上的所谓旖旎风光，但画笔是活泼的，它给人以一种真实的美，从这里可见得画家对新事物的热爱和观察的周详了。

（香港《大公报》1965年1月7日，署名：高唐）

寒 夜 铃 声

近年来，到冬天总要进一点补品，在健康上有一种变化最为显著，就是失眠的情况减少了。晚上，吃过夜饭，如果不看看戏，不看看电影，那末什么事都不大作，就此睡觉。第一觉往往睡得很熟，醒来已近午夜。这时便有一阵铃声，从巷外响到巷内，又响到我家门口。铃声过后，只听得有人叫喊，要居民们检点一下：煤球炉熄了没有？煤气有无漏气情况？没有熄灭的香烟头不要乱丢！我听到这样的叫声，心上总觉不安，抽身起来，楼上楼下的跑一遍，看一看灶上的煤气，房间里的火炉，一切都是安全的，才能放心续梦。

照例说,半夜里了,这铃声和叫喊声都是扰人的,听来很不好受;但一想到还有人在这时候犯夜冲寒地关怀着居民的安全,就不觉从身上暖到心里。其实,这铃声不单是我们的弄堂里有,上海全市所有的里弄里都有。到了冬天,每夜都听到两次,我说的已经是第二次了,第一次在晚饭过后,随着铃声叫喊的是一群孩子。他们不光是叫喊,还编了歌词,流利地唱着:"叔叔阿姨们,煤炉封封好,煤气关关牢,风大天又燥,安全最重要。"孩子们都是由各街道委员会组织起来,每夜三五个,轮值地为居民服务。第二次叫喊的则大多是街道的工作人员。然而出现在我们里弄里的,却是一双老年夫妇。

这一双夫妇,是去年才退休的工人,六十左右的年纪,身体都还结实。他们从工作岗位上退下来,在家里都闲不住,便向这里的街道管理部门报到。要求让他们劳动。既搞里弄里的清洁卫生工作,又帮着双职工料理一些家务。冬天到了,夫妇俩抢着在夜间摇铃叫喊。老头子说让他来做,老太婆不依,说她也做得。他们争持不下,管理部门的领导人只好派他们轮流着喊,一个人喊一个星期,争执方始平静。但老头子体恤老太婆,逢到老太婆喊的日子,他总是陪着她一起出来,看老太婆喊多了,老头子要她休息休息,让他也喊几声。

我有时拉开窗帘,望望他们,只见他们喊过几声之后,并着肩有说有笑地走着。我常常想,他们的劳动是辛苦的,但做的是有益于居民的工作,何况伉俪情深,即使是夜深寒重,他们所感受的,却是一番融然之乐。

(香港《大公报》1965年1月27日,署名:高唐)

老 适 意

二月三日是年初二,也是立春前一日。早晨的气温是摄氏零下二度,寒风虽劲,却天朗气清。大约十时光景,我来到了上海跳水池。这跳水池位于复兴中路西端,老底子这里叫东华体育场。去年把它改建为跳水池,我此来犹为初度,只见水清座广,好大规模。

这天,上海的工人业余游泳队在此表演冬季游泳。一共三十五位运动员,其中十三名女运动员,最小的才十五岁,她叫胡月丽。年纪最大的男运动员叫陈光淮,刚刚四十岁,他是游泳队老将。但胡月丽却是新军,她参加游泳训练不过一年,锻炼冬泳才四个月,然而她勇敢得很,随着这些哥哥姐姐们,在寒冬腊月里,横渡浦江,也累次在跳水池里作冬泳表演了。

冬天看游泳,比之夏天不同的地方,在于运动员入水之先,要做半小时的体操活动;还要待一声"准备"令下,方始脱去游泳装外面的一套绒衣;而最大的特点,则是四厢观众,穿着的都是轻裘暖絮的冬装。

看完冬泳回去,写了一首纪事诗,诗如下:

那天虽说已春朝,恰是冬天近末梢。跳水池边人簇拥,健儿卅五为冬泳。北风吹欲裂肌肤,入水英雄眉更舒。年长者才四十过,胡家少女方三五。扑通声里水中潜,管甚寒天数九严。为蛙为蝶或为仰,游动自如多花样。冲破劈浪去如飞,泅渡武装势亦威。欢呼岸上犹倾瀑,岸上人皆衣絮服。又闻万掌鼓成雷,遍体淋漓出水来。三字壮言"老适意",我惊一女多豪气。分明池水苦练寒,人恃顽强便不难。若问顽强来何自?顽强最要修奇志。划水搏雪众儿郎,意志何人不似钢!

这首诗如果登在上海报纸上,不需要什么注解;如今写在香港报上,那就要替读者讲一讲诗里的"老适意"是什么意思了。"适意"是上海人形容舒服的代替语。"老"者,很也,极也。这个字以前不大有人用,近年来则流行在小学到高中的青少年的嘴上。他们说"老难",就是很不容易;"老饱",就是再也吃不了;"老好看",就是赏赞一本书或一张影片非常精采。

平时,我的两个在中学读书的女儿,也常常老什么老什的放在嘴上,我有时听得有些腻烦。但这一天,我因为坐在运动员的更衣室外面,听见一个出水回来的小姑娘跟另一个女运动员说了声"老适意",觉得这三个字真是说明了这位姑娘的英雄气概。正因为她有着一副与天搏斗的蛮劲,她是驯服了天,才会轻描淡写地说出这三个字来,若在别人,非但没有这种"语汇",也不敢想像。多么豪壮的三个字,这一回听得我也真的"老适意"了。

(香港《大公报》1965年3月18日,署名:刘郎)

送 行 记

在江南的农村文艺形式中,奉贤山歌剧是很有名气的。它几次到上海表演,我都没机会欣赏,直到今年的清明时节,往奉城小住,才在一个晚上,看了山歌剧的演出。

山歌剧跟其他剧种一样,放弃了旧时封建的、黄色的节目,而大演现代革命戏。我看到的是《江姐》。整个戏,把空军政治文工团歌剧的表演形式,乃至布景服装都照样上演,只是把歌换了奉贤山歌而已。戏是演得认真的,扮江姐、扮双枪老太婆的这些演员身上,都洋溢着革命激情。我是曾经看过"空政"《江姐》和越剧《江姐》的观众,再看山歌剧,依然受到了强烈的感染。

但是,最大的感染,却不在这一夜的台上,而在第二天早晨的台下。

我在奉城的住处,就在那个剧场的贴邻。夜来的春雨,到了早上,还是淅淅沥沥的没有停过。当我醒来的时候,听得窗外面大街上,在雨声里,夹着车轮的辗动声,器物的搬运声,还有轻微的笑语声。我拉开一隙窗帘,望到街上,只见街心放着二辆橡皮车,好几个青年男女,从剧场里搬出一些器具,堆放到车上。仔细看看,那些器具,都是舞台上用的道具,才知道昨夜看的那个剧团要离开此地了。再看,那群青年男女,他们都是演员,那男青年是扮华为的,一个面孔扁扁的女青年,正是扮双枪老太婆的,而那个面如圆月的女青年,竟是《江姐》里的江姐。他们不顾头上在洒着雨点,把那些笨重的器具,捆的捆,背的背,川流不息地从剧场运到车上。待装满了一车,几个人推着车子走了,然后又是一辆空车,再由其他的人来装运。

在郊区的文艺工作者,没有不做到了劳动化的。他们放下架子,每次送戏到农村,都是自己挑、自己抬的,从不假手于人。这种勇于革命的精神,我在前几年已从报纸看到过了。但读报毕竟是读报,怎比得今天亲眼得见的使人激动。我怎么也安静不下来。立刻起床,带上雨具,跟着剧团的车子向东走去。

车子停在东门外护城河岸上。河边泊着一只木船,船肚里放着好多个铺盖卷。而青年们正在把车子上卸下来的布景、道具、服装箱运往船上。他们好像都不知疲劳为何事,每个人的脸上都表现得那样愉悦,嘴里还哼着流行的革命歌曲。

我看见岸上有一位年纪比较大的女同志,在指挥行动。我就上前去请教她:"剧团转移了吗?上哪里去呢?""到青村去。"她告诉我。我又问:"昨天夜场不也是客满,连站票(立着看的)都卖满了,这里怎么能放你们走呢?""不走不成啊,我们跟青村约好,今天晚上要在那里上演。""啊,今天还要演出?那演员们怎么吃得消呢?"我有点吃惊地问她。而她也笑了,然后说:"您觉得不可理解吗?我们这些青年人却只有这样,才觉得劲道粗呢。他们昨天晚上十二点睡觉,今天四点钟就起床,一直忙到现在,还没完啰。下午到了青村,还是这么忙,忙着搬运,忙着装置,这些忙完了,接着又忙上演。""那你们在安排日程上是不是紧了一些,等明天在那里上演,不也可以吗?"我还是不解地问她,她摇摇头说:"不行,我们的演员,如果想到那里的农民在等着看戏,迟去一天,他们会难过得吃不香,睡不熟的,有的人还会跟我哭一鼻子呢!""您是团长?""不,我是县委派我在团里工作的……"

雨还在下着。在这样火热的场景里,那些青年人都忘记了身在雨里,我也忘记了身在雨里,痴痴地望着他们,一直看到那条木船载满了器物,载满了欢乐,慢慢地驶出护城河去。

(香港《大公报》1965年5月20日,署名:高唐)

得韵楼杂笔(1960.3)

林白水死后

三十多年前,闽人林白水被北洋军阀枪杀于北方。那时林在北京办一张四开报叫《生春红》,一、四两版刊登时事,二、三两版则专谈文史文物以及诗古文辞之类。在第一版上,林自己又每期作一篇评论,讥弹时政。我记得他常用的笔名是"袖手"二字。

他的遇害,传说为了在一篇评论中丑诋潘复(当时的财政总长),又涉及到张宗昌,因召杀身之祸(那篇评论好像不是登在《生春红》上)。林死后,上海的新闻记者竟有对他不表同情者,最突出的是《晶报》。在这张报上,不止一次地攻讦林白水,有人还说了一则故事,他说,林与潘复原是朋友,有一次,林作方城战,输了很大一笔钱,即使卖尽毕生所有,也不能偿此赌账。幸亏潘复来了,看见这个情形,便叫林让他打下去,到了局终,潘把林所负的钱都还了人家。于是,这位在《晶报》上说故事的先生,下判断地说,林白水以怨报德,死,难道是冤枉的吗?为了奉迎权贵,忘记了伤类之痛,这位先生应该说是标准的帮闲文人了。幸而文人不是都好帮闲的,就在同时,我也记得在别张报上登过一位正直之士写的一首悼歌,它的最后几句是:"……士乃不幸生乱世,士乃不幸知廉耻,呜呼,既生乱世,复知廉耻,林君不死将何俟?"

◆一辆汽车灯市口

民初,濮一乘写的一百首《春明竹枝词》中,有"一辆汽车灯市口,朱三小姐出风头"两句,在当时的北京城里,几乎人人都能传诵。此外还有人写过一首中央公园(现在的中山公园)竹枝词:"乔木神祠楼内厨,倾城士女醉屠苏。轩名依旧来今雨,不见如花密司朱。"密司朱与朱三小姐是一个人,是北京的名女人。

到如今,不但朱三小姐还侨居海外,她的父亲朱桂莘先生也尚安处京华。两年前我曾经到过朱家,那种北京所特有的"旧家"气氛,在朱家还是显得非常浓烈。厅堂中间,挂着一幅毛主席的绣像。那天,我去得不巧,桂莘先生有点不舒服没有见客。当我回来时,经过四牌楼,又经过灯市口,自然地想起了濮一乘的两句诗。那个年代,北京刚有汽车,汽车上载着一个风华盖代的女郎,出四牌楼,入灯市口,邪许声中,扬长而去……这两句诗的意境是写实的。

(香港《大公报》1960年3月19日,署名:略翁)

龙 阳 才 子

不久前,《大公园》里曾经登过一节关于民初报纸上谣传金玉兰被杀害的故事。文中谈起了龙阳才子易哭庵的一句诗。按,这个谣传的故事发生以后,易哭庵的确很伤心,哀悼她的诗不止一首,以前我都能背诵,现在则只记得一些断句了。如:"直将嗟凤伤鸾意,来吊生龙活虎人!""天原不忍生尤物,世竟无情杀美人!"

在清末诗人中,易哭庵是最杰出的一个。论造诣,其实足以凌砾前贤,岂止并世无俦而已。他的诗有秾艳凄清的一面,也有博大沉雄的一面。后者以《游山集》为代表作。《游山集》的笔力,正像他所写的祖国名山一样,有"不尽淋漓致,浑茫此大雄"的万千气概。樊樊山就没有到过这种境界,所以尽管有人把樊、易齐称,我以为是终非公论。

清末的诗人,几乎没有不同京剧演员交往的,尤其是"捧坤角"成为一时风气。那种如醉如痴的状态,也反映在他们的诗里,读之非常可笑。而易哭庵似乎是最突出的一个。他不但为她们写诗,还经常在散戏之后,守在剧场门口,等到她们出来时,他竟"追尾香车"。那时的士大夫们取笑他,说他是"才人而市井登徒者也";得韵楼主人则曰:"是真诗人,亦阿飞也!"

◆一掷秋波

在从前人的"捧角诗"里,有这样一首绝句:"座上痴绝无如我,一掷秋波便是恩。不信烦卿亲检点,裙边袖底有离魂。"这二十八字也尽情暴露了那些名士诗人的丑态。这首诗流传下来,很少人知道出自谁人之笔。以技巧来看,作者肯定是好手;以吐属来看,也真像易哭庵所为。但这不过是揣测罢了。

"一掷秋波",北方话叫"飞眼儿",上海话叫"甩媚眼",再南方的广东话叫什么,我就不知道了。(原编者按:大概就是广东人所谓"丢眼角"之类了。)

(香港《大公报》1960年3月23日,署名:略翁)

联　话

◆联话一

四十年前,无锡人荣某到甘肃去做皋兰知县。赴任之前他的姨太太已身怀六甲,他们把一个大孩子留在无锡,托岳母照料。到任不久,孕妇又生了一个孩子,自己却因产后失调,遽尔去世。荣某作了一副挽联悼念她,联文是:

行万里程,成千年别,撒手竟西归,是我负卿卿负我?

遗一块肉,留三尺童,回头试东望,有儿思母母思儿!

因为我有一位亲戚和荣某是朋友,他在我少年时候,就给我背诵这副挽联了。当时我觉得很好,一直记在心上,现在写出来看看,还是觉得很好。你看,他把故事概括得何等简练,文字又何等平易,对仗又那么工整(上联的第二句可能有误记),也道出了作者的悲伤情绪。

◆联话二

一九三三年,周信芳先生在江湖流转了一个时期之后,回到上海,在黄金大戏院登台。登台第一天起,台前两旁挂着一副长长的对联,这是他的老友天厂居士送给他的,字也是天厂亲笔。那是一副长联,我已经不能全部记忆了,只记得上下联的下面两句:

……徒教竖子成名,百口僭称萧相国;
……且喜王孙无恙,万人争看薛将军。

前面是指的《追韩信》,后面是指的《别窑》,这两出戏都是信芳的好戏。记得吴湖帆送过盖叫天一副对联云:"英名盖世三岔口,杰作惊天十字坡。"一样说的是两个戏,但论文字的色彩和情致,后者显然不及前者。但经过了二三十年的今天,新中国对于戏剧的方针是不但要保存流派,而且要发扬流派,麒派戏亦正在着意发扬,今年正在培养大批青年演员,专门攻习信芳的精粹之作。所以"百口僭称"的联语,在信芳的舞台生活记录上,也就不成其为文献了。

(香港《大公报》1960年3月25日,署名:略翁)

诗　　联

◆诗联一

二十多年前,在一位朋友家里看见挂着一副沈曾植的对联,联文是:"伎俩本宜闲处著,姓名谁遣世间闻"。我望着对联赞叹不绝。朋友问我是不是喜欢沈曾植的字。我说沈字固然好,但联文尤好。我又告诉他因为这是元好问的诗,在元诗中我是最喜爱这首律句的。朋友听我如此一说,立刻把那副对联拉了下来叫我带回家去。

去年秋天,在上海延安中路一家餐室里吃点心,无意间经过他们的账房间,看见里面挂着一副梅调鼎写的堂联,联文是:"越嶂远分丁字水,蜡梅迟见二年花",这是杜牧的诗。梅先生的字,我是喜爱的,樊川集里好句如珠,这一联也是我格外欣赏的。我于是望着这副对联跑不开了。这时,屋内只有一位二十多岁的姑娘在记账,我忍不住问她这副对联的主人是谁。她说,这是店里一位老账房私人的收藏,现在老先生回宁波养病去了。我听了很失望,从此经过那里总要进去吃些点心,顺便看看那副对联。直到十一月里,我才见到了对联的主人,和他几次商量后,终于让给了我。

其实我对诗和字毫无研究,也并不喜欢收藏,只是随着自己的爱好,发现诗书双绝之作时,就会生占有之欲。

◆诗联二

三十多年来所交的朋友中,我认为写好字只有两位,一位是已故名医陆渊雷先生,一位是至今健在的王魄静先生。陆先生生前,曾经点品请他写过一副对联:"白首奉身归畎亩,清宵无梦接鹓鸾",是陆放翁的诗。魄静先生给我写了两件:贺我新婚时写的"我闻声价金应敌,众道风姿玉不如",是元稹的诗;贺我四十生日写的"晚觉文章真小技,早知富贵有危机",是东坡的诗。我家一无所宝,惟有这些诗联,我常视为家宝。

魄静先生是丹徒人,在书法上用了很大的工夫,但从没把书法当生意做过。我还保存了他给我的几十封信,都是论诗之作。他今年六十九岁了,长日无事,总是一卷在手。家里藏了几屋子的书,他对人说,每一册书,他都是从头到尾读过的。

(香港《大公报》1960年3月30日,署名:略翁)

闻见楼述往(1978.10—1978.11)

上海有过一个暴发户

在三十年代,上海还没有听说有盛老三这一个人。到了太平洋战争开始,上海市区被日寇侵占,汉奸群中忽然钻出一个盛老三来。他是常州人,都以为是盛宣怀的后代,与原在上海以花花公子出名的盛老四是兄弟行,其实并不相干。论家谱,他可能与盛宫保是一族,却不是一家人。

盛老三的来历如何?那时候谁也说不清楚。有人说他是盐贩,或者是盐霸,也有人说他是土贩子,专做鸦片买卖。抗日战争以后,他投了敌,终于被日寇重用。日寇侵入上海市区,就把烟土这宗买卖交他总管,这一下,盛老三顿时立刻成了上海的特大暴发户。凡是大大小小的汉奸,有点名气的流氓,以及一向在上海的土商,都钻头觅缝地跟他接近,从此盛老三家的门庭如市。

这个暴发户有一种特殊的癖好,他不喜欢把现金存放在银行里,或者买了股票锁在保险箱里;他喜欢把所有的财富,都展现在眼面前,使他能够朝夕欣赏。于是都买了金子,用金子制成各种用具。全副"金台面"当然不止一套,客厅里和卧室里的吊灯的灯罩是金的,吊灯的链索也是金的,每盏都重好几十斤。窗帘档子是金的,窗帘的环子也是金的,烟榻上的一切设备,盘子、盒子、扦子,无一不是金的。这些东西有自己置的,更多的是奉承他的人送的,客厅里的那盏大吊灯,就是一个姓严的土商给他装上去的。

暴发户的女人不但在感情上对暴发户情投意合,在兴趣上夫妻两人亦完全一致。男的欣赏金子,女的喜爱她的衣着首饰、珍珠、宝石、翡翠、钻石等等。先说衣着吧,单是人家当礼物送给她的皮鞋和大衣,数量之多,她是来不及穿用的。再大的柜子休想放得下这些东西,好在家里房间多,她特地辟了两间屋子,一间堆满了皮鞋,一间挂满的是大衣。她每天都要到这两间屋子里巡视一番,有朋友来了,也要带她们进去赏鉴她的收藏,让女眷们啧啧称羡,盛赞这些衣料质地之高,皮鞋的式样之美,那女人则顾而大乐。

那暴发户妻子搜罗到首饰,除了脖子上套的项链,腕背上套的镯子之外,所有的钻戒、宝石戒,十只指头上无论如何不够套的。她就托人用橡胶做了几只假手,每只假手的手指上都套满了戒指,当她躺到烟铺上时,把这几只假手放在烟盘的一旁,上面燃着一盏雪亮的电灯,让这些宝贝放射着奇异的光彩。这样做,会不会伤害了她的眼睛,她是从来不考虑的。

有人曾经看到过这个女人,没有什么姿色,即使施脂抹粉,看上去总是一个黄脸婆。有一次有人在跳舞场中看到她,真是前呼后拥,她披了一件斗篷不像斗篷,大衣不像大衣的外套,大概是黑丝绒的吧,胸前还镶着两排银鼠,因为外套长,走起来有好几尺要拖在地上,几个人帮她撩起一尺,让她徐步入场。她又不会跳舞,坐不多久,又起身走了。她不放心家里的几只假手。

若问这户人家有没有藏书?有一本,那是当年的历书。因为他们要干起肮脏勾当来好在上面挑一个黄道吉日,此外不会有一本学生字典,更不用谈康熙字典了。那末有没有藏画呢?也可能有一轴,那是关公看春秋的中堂,肯定找不出一张吴昌硕的画,更不用谈石涛、青藤了。

这是当年上海标准暴发户家里的排场!

好景不常。第二次世界大战结束,日寇投降,重庆的接收大员一到抄没了他的家产,把他送进了监牢,后来就不知下落。至于那个女人的私房,当然没有被抄光,她拣几个从前要好的朋友那里,东寄一点,西放一点,到头来都叫人家吃了,谁也不肯还她。二三年间她就成了一个赤贫的女人。

(香港《大公报》1978年10月14、15日,署名:文端华)

我看到的第一张小报：《吴语》

吾国什么时候有第一张小报,我没有考证过。我只说我看到的第一张小报。那是在半个世纪以前好多年,那时我才十三四岁,还在小学里读书。这张小报不出在上海而出在苏州,报名叫《吴语》。我的一位远房表兄,其时在苏州钱庄里做学徒,他订了这张报纸,看过后便寄到乡下给我看。据这位表兄说,苏州的小报不止《吴语》一张。苏州已经盛行小报,上海当然更加多了。

这张报,我大约连续看了一年光景,后来高小毕业,离开家乡,《吴语》再也看不到了。但它有些印象,至今还能记得。它是一张四开报,版面上好像不大登国内外消息,连本市新闻也很少刊载,特点是以所有的篇幅,都是登游戏文章。游戏文章的绝大部分又都是些说说唱唱的作品,什么《五更调》、《无锡景》、《四季相思》、孟姜女过关的《唱春调》,乃至流行在苏北的"打牙牌"等等,真是连篇累牍,天天如此。至于说唱的内容,有的把当地当时发生的新闻编成曲调,例如某月某日某巷某某人家昨天晚上遭受贼窃,偷去了些什么东西;某巷某某人家的女儿背家出走,跟情人私奔;某巷某某人家的夫妻为了什么事先是吵骂,再是打架,最后闹到官中等等。也有以时事为题材,编成曲调,但都是温温和和的,不要说对当时统治江苏的军阀齐燮元不会冒触犯之嫌,就连苏州的地方官也从不着一句谤毁之词。

我清楚地记得,这些文字的一个突出内容,那就是作者与作者之间经常在写作中互相谐谑。今天甲说乙是怕老婆的祖宗,明天乙就报复,说甲的家小的一双脚如何如何,原来当年这些先生们的太太都已上了年纪,她们大多缠足,难得有一位天足的妇女,就被对方作为调笑的资料。后来我才知道,这张风气他们是跟苏州的评弹演员(那时叫"说书先生")学的。评弹演员同行之间往往用互相谐谑来作为"放噱"的风气,解放以后还在流行,一直到说了"新书",才停息下来。《吴语》的作者中,我还记得两个人的名字,一个叫金南屏,此人大概是这张报纸的主笔先生。他每天要写一篇不超出四五百字的议论文章,也算是《吴语》的社评吧。他谈谈政治,也谈谈社会问题,他的话,大多空空洞洞,但写起来却是一本正经,文言文,用字也很典雅。另一个作者叫戚饭牛,常用的笔名叫饭牛翁,是写曲调的能手,他吐属诙谐,更善于放噱,金南屏也时常被他挖苦,他称金为"金瘪嘴",估计金已到了暮年,牙齿已经脱落,没装假牙,嘴型变了,所以得此雅号。

附带说一说,在我看过《吴语》十年以后,在上海结识了几位苏州文人如包天笑、周瘦鹃、范烟桥、程小青等。当我看《吴语》的时候,他们大多还在少年时期,即前辈如包天笑翁,亦方当壮年,但他们都已蜚声于海上文坛,在他们家乡的这张小报上是看不到他们的作品的。

(香港《大公报》1978年10月21日,署名:文端华)

袁克文写字

袁世凯有两个儿子,大的叫袁克定,老二叫袁克文。袁克定的一生作为,我不清楚,没有什么好谈的。还是谈谈袁克文吧,因为四十多年前我和他曾有一会之缘。

当我二十岁左右还在吃银行饭的时候,欢喜购阅上海的各种小报,一张《晶报》,一张《上海画报》,更是每期必读。在这两张报上,经常刊载袁克文的作品:有专谈风月的短文,也写美人香草之思的诗词,更多的是他写的字。编辑先生把它铸版刊出,供读者欣赏。我确是很欣赏他的字,不止是欣赏,而且近于着迷。它源出于颜,而自成一格。刊出的手迹中,有屏条,有对联,也有扇页,他绝大多数写的是庄楷,但到了落款寒云(克文字)二字,却又不庄起来,永远是行书不像行书,草书不像草书,看来倒也别致。

隔不多时《上海画报》上登了一条"寒云鬻扇"的广告,每页润例十元,我就去求了一页,即使得到的只是二三十字的楷书,我还是视同拱璧。过了四五年,我改行干文字工作了,这时候结识了一个朋友,他是寒云的弟子,写的是一手袁体字。这位朋友平时好像没有一个专职,成天在脂粉堆里讨生活,跟一些勾栏女子,厮混得同姐妹兄弟一般。因此他的老师曾经赠给他一副小联,联文是"集龚"二句:

二十高名动都市,
一身孤注掷温柔。

我看到了这副小联,心想龚自珍的诗集我也读过,为什么这两句都记不起来。回去翻查了好大工夫,才发现前一句是题为《汉朝儒生行》七古的第二句;后一句则是一阕"定风波"词里的第二句。爱好"集龚"的人,一般都从《己亥杂诗》中搜求,他偏偏从冷角落里去找,不但对得工整,用得又那样贴切,不由叫人钦服。

我见过袁克文只一次,就在这一次却看到了他写字的"奇观"。那天是在一位朋友家里,袁克文躺在烟榻上,求他写字的人把笔砚端放在烟盘旁边,两个人合托着一块木板,他并不起身,依然朝天躺着,木板就托在他的上面,他提起笔悬空地写了起来,写的最多不过七行铅字那么大小,个个都是庄楷,写完后大家看看,匀整、光润,跟在案桌上写的丝毫没有差别。我因为是初见,不禁啧啧称赏,说这一手真是硬工。但有人说,他是习惯于这样写的。

袁克文除了善作诗词外,也工于制联(还有皮黄,昆曲也极在行,因未看过,这里不谈)。上海老画师丁悚家里,过去挂他写的一副对子,非常恰切,联文是:

名画追南羽,
清才思钝丁。

至于他的诗词,那些香香艳艳的东西给我印象不深,倒是记得他有两句"述怀"之作,他说:"绝怜高处多危险,莫上琼楼最上层。"如果不作违心之论,那末这种自甘淡泊的襟怀,比起他写的字,也许更加值得称道。

(香港《大公报》1978年11月4日,署名:文端华)

司徒乔与冯伊湄

读了廖承志先生给《未完成的画》写的序文，文中谈到司徒乔的艺术生涯以及廖先生和画家的几次交往，也提到了司徒的夫人冯伊湄。这就引起了我一段回忆。

一九五一年，我在北京学习，和伊湄不但同班，而且同组，所以几乎每天都有聚晤的机会。那时她同司徒先生从美国回来不久，估计伊湄只是五十不到的人，但已经头发花白，她高髻蟠然，布鞋线袜，装束非常朴素，从她身上找不出一点洋气。她既学贯中西，兼通诗古文辞，善绘国画。记得有一次为了一件什么事要学员们捐献现金，伊湄就用卖画的方式，当众挥洒。就在这一天，我得到她画的一幅紫藤，还题了"柔条缚得紫云来，东风剪作双飞翼"的诗句，不是才人，无此吐属。

她的诗，我见得不多，只有一次同她闲话家常，她说她很喜欢她的一个外孙女儿，才四五岁，小名圆圆。这位外婆曾给小女孩写过一首诗，她只给我说了后面两句："客来问名字，笑指月团栾。"一种娓娓之态，自然入情。

我们一同学习了八个多月，结业以后，她分配在北京工作，我回上海干我的本行。其间我写信给她，请她为我编的副刊写些文稿，几个月后，她寄来了一卷稿纸，是她写的一个两三万字的中篇小说，从头到尾都是作者的叙述，书中人没有一句对白，而文笔的流畅，故事的动人，极受读者的喜爱。

我在北京期间，没有见过司徒乔先生。一九五六年九月下旬，伊湄陪司徒到上海，几天后她夫妇就来找我。伊湄一见我，从包裹掏出来几篇文章递给我，她说，知道你看到我一定会要我写点东西，我是准备了来的，这就是送给你的礼物。我欢喜极了，打开一看，那是两篇杂文、一篇散文，在散文里她引了"廿载包胥承一诺，盼乌头马角终相救"的两句词，我才知道，这位夫人也是顾梁汾的《金缕曲》迷。

当我见到司徒的时候，他的面色显得有点憔悴，一问，健康情况果然不好。他说,此来要在上海完成一幅巨制。因为我向来不大关心这方面的事,所以他的巨制的内容现在也说不上了。国庆过后的一天,我请他们吃了一顿上海的本地菜,贤夫妇都是粤人,对正兴馆的菜居然赞不绝口,司徒乔尤其高兴。吃完饭,他们邀我同到伊湄的一个老同学家里,那地方在淮海中路底。在一间女主人布置得简单而幽静的屋子里,司徒乔叫我坐定下来,要替我画一个头像。他为我作画,我自然受宠若惊,但看到他的身体,未免于心不安。因此再三婉却,他则非画不可,不好再推,只得让他画。看看画家那样一丝不苟地、一笔一笔地画,的确很吃力,有时还发现他有轻微的气急,画完足足花了两个小时。他把画送到我手里时,我感激的心情和歉疚的心情,真是无可形容。

他们来上海住在音乐家司徒汉家里,司徒汉是司徒乔的弟弟。他们离上海的前一天,我去司徒汉家和他们话别,此后不过两年,就听到司徒乔先生在京逝世的消息,我是很悲恸的,不知冯氏夫人的心痛神伤,至于何等地步,因为知道他们是恩爱夫妻。

(香港《大公报》1978年11月11日,署名:文端华)

零篇散帙（1953.2—1978.10）

齐白石二事

从白石翁从前所作的文字里，知道他的祖母是笃爱白石的。白石诗草题画牛诗自注云："余幼年常牧牛，祖母令佩铃，谓曰：'日夕未归，则吾倚门；闻铃声，则吾为炊，知已归矣。'"他的祖母也很长寿，到八十九岁才死。白石给她作的墓志上，有这样几句说："晚岁家益贫，日食苦不给，常私自忍饥，留其食以待孙子。"白石翁七十一岁时，住在北京，十二月二十三日那天，白石的日记上是这样写的："祖母马太君，今一百二十岁……长孙年七十一矣，避匪难，居燕京，有家不能归，将至死不能扫祖母之墓，伤心哉！"

齐白石是以画名传世的，但也有人称道他作的文字，虽然见到的都是零章断句，也都质朴得叫人喜爱。我则以为更可爱的地方，在他的文字里都流露着至性至情；有时写些小诗，亦复如此。譬如故画家陈师曾是他唯一的好友，他的悼陈诗里有如下几句："哭君归去太匆忙，朋党寥寥心益伤。安得故人今日在，尊前拔剑杀齐璜。"在那时正是北洋军阀统治时期，他在忧时伤事之余，对一个亡友，就会寄托着这样一种浓烈的感情。在这短短的几句诗里，便看见了这个老人对旧统治者之怒状。

（香港《大公报》1953年2月1日，署名：端云）

桂　　香

我不知道爱好桂花的人是不是很多，以我来说，却是打小时候起就非常爱好桂花的。

故乡的家,虽然说不上院落深沉,在后园倒也有翠竹苍松,前院更有高梧丛桂,就中的一株老桂,花开最多,当它盛放的时候,我家常常由四个人张了一块单被,悬空托在树下,另外一个人,把一枝竹竿,打动桂树上的枝叶,使花朵都掉在单被上,这样我们叫做"搅桂花"。我儿时好弄,要求持竿的人停住了打,自己便猱树而升,攀着了一些细小的枝叶,使劲摇撼,花是掉下来了,但掉的不及竹竿打的多,下面的人,便要催我下树,我就挑了一个枝隙,纵身而坠,下面张单被的人,乘势将我网住,我一身都埋在花堆里,仰天大乐。夜里睡在床上,白天染来的桂花香,从自己的眉发间流散出来,往往凝聚为被底氤氲。

我没有在秋天到过杭州的满觉陇,说不出那儿桂林的妙境,只是有好几个秋天,都游了虞山,破山寺里有一个古迹,就是那一株有名的唐桂。这株古桂,气象高严。有一年,我们去时,正在落花,满院萧萧,如下香雨;又一年我们去时,花都谢了,已经不见花迹,但流芳不绝。听一位游客在说:唐桂之所以名贵,就在这个地方。

苏州人真好,他们会想出许多"吃花"的方法来,玫瑰和桂花,竟成了诱人贪欲的好东西,哪一种糕饼茶食里,放了它们,哪一种糕饼茶食,就觉得好吃。还有点心,譬如说糖山芋、糖芋艿,是最平常的食品了,但若一放上渍过的桂花,风味自然两样。赤豆汤里要桂花,莲心粥里也要桂花。叶受和的猪油年糕,应该说是春节点心里的极品,但如果不贴上几朵桂花,又怎会有那样的一股清芬呢?

(香港《大公报》1953年10月6日,署名:刻玉)

人物志·司徒乔夫人冯伊湄

一九五一年春天,我进革命大学学习,同班有个女同学叫冯伊湄,她是广东人,但能说一口流利的国语,也能说一口跟上海人一样的上海话。后来才知道她就是司徒乔的夫人。我告诉她不久以前,郁风给我介绍过司徒先生时,她哈哈地笑道:"怎么乔没跟我谈起过呢?"她同司徒先生非常恩爱,无论当司徒先生之面,或在背后称司徒先生,都只用一个"乔"字。

她在二十多年前毕业于上海复旦大学。她的父亲是矿商,家里很有钱,但她终于跟一个没有钱的艺术家结了婚。他们结婚以后,司徒先生患了肺病,到纽约又到巴黎去求医。在纽约,她以教书换来的钱,给司徒先生偿医药之费。

那年我们在北京一起学习了不久,为了抗美援朝,学校里发起捐献运动。伊湄作了很多国画,在校中义卖,我买了她的一幅紫藤。从此我又知道她不但通今,而且博古。她还是一个旧式的才女:不仅能画,诗古文词,几乎无一不精。她曾经写过很多旧诗给我看,我一时记不得了,只有她赠给她的一个小女儿叫小圆的一首五律,那最后两句是:"问名常不语,笑指月团栾。"就是这两句,也可以看出此人的情趣。我也曾经读过伊湄在美国时候写的一本小说,这小说,是在美进步作家史沫特莱女士的帮助下在美国出版的。

后一年,我回到上海,代表当时的《亦报》,请冯伊湄写一个长篇小说,承她慨然应允,不久给我寄来了一篇长五万言的《阿兰》。这是一部描写华侨在美国受帝国主义迫害的情形;也描写华侨的家属在家乡受尽封建主义迫害的情形。故事是那么动人,文笔又是那么洗练,而最难能可贵的,全书都是作者的叙述,不用一句书中人的对话,真是白描圣手。

现在,她还在从事著述,写了很多短文,在海外报纸上发表。去年,有一篇《纽约散记》,是中国新闻社约她写的,当海外刊出时,华侨读者,都十分喜爱。(自上海寄)

(香港《大公报》1957年5月16日,署名:高唐)

周 璇 的 遗 雏

记得去年也是这个时候,有一天下午,我到黄宗英家里去找黄宗江。他们兄妹两人,正在陪我聊天,忽然有几个孩子,放学回来,一个六七岁的男孩,进门对宗英叫了声妈妈,他放下书包,又要出门去的时候,宗英把他喊住了。她叫孩子先去洗澡,孩子说,等玩一会儿再洗,宗英还是唤来保姆,替孩子先去洗澡,她对孩子说,你玩脏了再洗一次。

宗英是那样爱惜孩子。但是,她突然问我,你知道这孩子是谁吗?我奇怪起来,反问她:难道不是你的孩子?她点点头,又轻轻地说,不是的,是周璇的儿子。

大概,她不愿意让孩子听见我们的谈话,所以就不说下去了。

过了片刻,我同宗江兄妹,一道出门,上文化俱乐部吃茶点。在茶座上,我又问起方才那个孩子的情况。宗英才告诉我,他是周璇生的,孩子生下以后,母亲已经得病,无法管理孩子,所以她把孩子接受过来,代替周璇尽了抚育的责任,已经好多年了。

从孩子身上,宗英又给我谈起了周璇的病状。当她的病在不正常的时候,"上影"厂的朋友们,都会自告奋勇地去服侍她。很多人都受过病人的"虐待",但丝毫没有怨言。她们只盼望周璇能够早日恢复健康,使她在新中国的银坛上,再露几年光芒。

可是周璇终于不治。

在万国殡仪馆里,朋友们向她临吊的时候,宗英带了周民(周璇孩子的名字)也向灵前参祭。在本文附刊的这张照片上:金焰正在读祭文;黄宗英悲痛地带着周民站在旁边。尽管周璇之死,旧社会给了她万千创痛,但她若地下有灵,知道自己留下的一块肉,在她生前的友好家中,被照顾得十分周到时,也会稍稍瞑目的吧!

(香港《大公报》1957年10月10日,署名:高唐)

阳 城 河 蟹

近两年来一到中秋节边,上海市上已有清水蟹出售,这时候的蟹,都是从北方运来的。原来京津一带赤蟹登盘,总在八月节前后,但北方的蟹汛甚短,不过半个月光景,就要落市;等它落市,江南的蟹正好接上,因此上海人的吃蟹,拉长了一段时间;自然,京津一带的人,也可以接着吃南方去的蟹。这就要归功于现在交通运输的便利和迅速了。

江南的蟹,以阳城河(从前写作洋澄湖)产著称全国。其实这是从前上海的蟹贩搞出来的噱头。蟹,只要生长在清澈的河水里,没有不是好蟹,既腴且美,阳城河蟹决不会别有风味。三十年前章太炎夫人汤国梨曾经有过两句赞美阳城河蟹的诗说:"不为阳城河蟹好,此生端不住苏州。"我每次想到这两句诗常觉得好笑,笑的是章夫人如果不是亲眼看见渔民从阳城河里捉起来的蟹,那末我可以断定她每年吃到的,大多数不是阳城河的产品,而都来自苏州本地。难道山柔水软的苏州,那些河荡里会不产蟹?所产的蟹,难道又会输于离苏州一百多华里的阳城河吗?

这一时,上海到处都是蟹摊,我每天早晨去办公,过菜市,只见来来往往的家庭主妇手里,都拎着一串大蟹,这是预备出蟹粉,煮蟹羹,作佐膳之需;等到黄昏时候,我公毕回家,又经过菜市,只见来来往往的人,手里又都拎了一串大蟹,这是预备晚上把盏持螯的。今年上海来了立秋后最冷的一个寒潮,买蟹的人更加多了。上海就是这样,不论有多少货源到来,人们就有本事把它销光,蟹也是如此。来的多,吃的人更多,所以若是把阳城河蟹全部捉来,也未必够半爿上海滩的消耗,何况每年还要运到全国各地,甚至更远的地方,即如您寄居海外,不也年年吃到了祖国江南的蟹吗?

听说,今年大家吃到的蟹里,有太湖蟹,也有青浦的淀山河蟹,吃上嘴的人,都说:"妙啊,阳城河蟹!"真是冤枉,大家只记得阳城河,而都忘记了太湖的碧波浩渺,淀山河的水绿如油,都是产好蟹的水乡啊。(自上海寄)

(香港《大公报》1957年11月13日,署名:高唐)

听"香烟大王"话旧

国庆节那天,一位华侨朋友约我去吃午饭,席上,遇见了陈楚湘先生。陈先生以前是上海的名商,出产全国闻名的美丽牌、金鼠牌香烟的华成烟公司,他是总经理,也是创办人。因为办事业有魄力,当时上海人称他为"香烟大王"。

近年来,他是上海市的政协委员,这天在人民广场观礼后,因为路上人挤,无法乘车,所以徒步来到华侨朋友家里的。他说,他现在常常走路,走多了,走累了,就坐三轮车或搭乘公共车辆。而每次走路,总有一种亲切的体会,觉得解放以后,走起路来也感到特别安详。不比当初,即使坐着自备汽车,也常常怀着忡忡然不自宁已的心情。

陈先生说到这里,他给我讲了一个故事:

他是二十七岁那年当华成公司总经理的。到二十九岁,就遭到匪徒的绑架,已经绑去了,又从匪徒手里逃脱回来。但一回来,他的精神就失了常态,一天到晚,老是战战兢兢。因为业务在身,又不能不出门,出门自然得戒备森严,他买起保险汽车来,还雇了四个保镖,车前车后,人左人右的"押"着他去办公。但即使这样,他依然安定不下来,当他一坐上汽车,心头上,眼睛里,随时好像在发生着险事;前面又在绑架人了,后面又有匪徒袭来。朋友们看他如此情形,怕长此以往,对他的健康将大有损害,因而劝他把公司的事托人代理,自己搬到杭州去休养。在西湖葛岭买了一所住宅,足足疗养了五年,才下山回到上海。但绑票匪毕竟把他生平最喜爱的三件事,剥夺两件:他喜欢骑马,此后他不敢一个人驰骋于虹桥路上了;他喜欢旅行,也怕招来祸事,不敢再向山水之乡,乱投蜡屐了。

现在,他已过六十岁了。虽已没有据鞍自雄的兴趣,却还保留着两种爱好。他经常出外旅行,也经常到杭州小住。另外,则健饮如故。这一天,他同主人就尽了一瓶白兰地酒。他笑着问我说:"你还记得二十年前,我们订交的那一天,不是在一家夜花园里,一同喝酒吗?那时候,我可以吃一二瓶白兰地,不过要醉了;如今天天喝酒,却从不纵量,故也从未醉过。"

(香港《大公报》1959年11月20日,署名:高唐)

越女弄儿图

十年以前的上海,越剧已很流行,但大家知道那时候演越剧的姑娘们,大多不肯出嫁的。只记得有两个著名的演员,曾经正是下嫁过:一个是马樟花,嫁与鲍氏子,过门以后,婆婆喜欢,与丈夫也很亲爱,不料分娩的时候,难产死了;另一个是筱丹桂,是被流氓强占去的,嫁了以后,一直被这个流氓凌虐至死!后者的事例,更加使其他的演员为之寒心,从此就很少听到她们动求偶之念了。直到解放以后,我们才听得她们一个一个都在赋于飞之乐。到现在结婚的结婚,订婚的订婚,没订婚的也在积极地找寻对象了。

已经结婚的演员,在此三年间,更时常传来她们弄璋弄瓦的消息。

在香港的人,大多看过《梁山伯与祝英台》这张越剧纪录片,因而也必然熟悉袁雪芬和范瑞娟两个著名的演员。她们二人结婚都已近三年,巧的是她们的丈夫都是新闻工作者,到现在又各人都生了一个男孩。这里有一张照片,还是几个月前在袁雪芬家里拍来的。袁雪芬抱了她的儿子,其余的人都在逗弄那个娃娃。袁雪芬旁边是范瑞娟,她没有把自己的孩子带来。范瑞娟旁边是傅全香,傅全香旁边站着的是丁赛君,丁赛君旁边是吕瑞英(《梁祝》影片中饰演银心),吕的旁边也是最左的一人是陆锦花。

还有在《梁祝》记录片里饰演祝英台父亲的那个老生张桂凤,听说也已喜获麟儿。

再有两个著名小生也都有添丁之喜。一个是徐玉兰,她的儿子已经四岁了;另一个是毕春芳,自从前年结婚后,已经接连生过两胎。说到毕春芳,不由得要提到她的老搭档戚雅仙。戚雅仙是今年结婚的,她的夫婿是一位越剧的编导,夫妻俩年纪相仿,情好弥笃,一结婚,戚雅仙就有喜,可惜不当心,小产了,但目前听说又占熊梦,祝祷明年此时,她的孩子已在牙牙学语了。(一九五九年十二月寄)

(香港《大公报》1960年1月11日,署名:金枚)

赵如泉杂忆

今年一月六日,京剧界的老前辈赵如泉先生在上海病故,年纪已经七十九岁了。

在从前,京剧界有京派与海派之分,这种分别的界限原来是很小的:不过是海派的风格不同于京派而已。到了近三四十年来,海派成了一种既"狂"且"好"的代名词,比之京派的循规蹈矩,来得愈走愈远,这是什么原因呢? 有人曾经这样解释,恐怕跟四十岁以后的赵如泉在台上表现的油腔滑调,大有关系。

赵如泉生平,演过不知多少部的连台本戏,《枪毙阎瑞生》里饰阎瑞生,《黄慧如与陆根荣》里饰陆根荣,而最为有名的一出《欧阳德》,他就饰演欧阳德。他的打扮是马褂、袍子、阔边大眼镜,手里捏着一只大烟斗。什么样的腔调,什么样的方言都满台乱放,如果没有京剧的"场面"(乐队),单看台上这个欧阳德,还以为是演滑稽戏呢。赵如泉这样的油腔滑调,不但在本戏里如此,连正正经经的折子戏里也是如此。譬如有一回我看他演《玉堂春》的刘秉义,有一句台词是:"我把那王公子好有一比,好比那望乡台上摘牡丹,他临死还要贪花呀。"而念在赵如泉的嘴里,竟成了"……好比那望乡台上拉黄包车,他临死还要寻开心呀!"诸如此类的"滑稽",居然满足了当时某些观众的欲望。

其实呢,赵如泉这个老生,文有文才,武有武功,戏路又宽,真有许多戏是别人来不了的,像《九江口》(张定远)的对刀,打得那么紧凑,那么俐落,无论内外行,都是叹为绝活的。

他有一个得意的学生,那就是在解放以后把《包公》唱得从上海红到北京的李如春。李如春很尊敬这位老师,他的包公戏都是赵如泉亲口给他说的,所以李如春的包公,集周信芳、小达子和赵如泉诸家之长于一身,演来自然出色当行了。

赵如泉在上海是有数的高寿伶工了。到如今能够称盖叫天一声"五弟"的,也只有赵如泉一个了。一九五七年,我在盖叫天家里碰见他,这一天二老兴致很好,各人都吊了一段嗓子,真是很难得到的耳福。后来我们又一起吃饭,盖叫天的食量已经很大,而赵如泉比他吃的更多,他还自傲地对我说,他出门总是走路,从来不坐街车。

三年前,上海有许多老伶工会演了几天戏,还记得黄玉麟(绿牡丹)演了一出《鸿鸾禧》,赵如泉演了一出《拷打吉平》,这里附刊的一张剧照,就是那次在后台替他拍的。

上海解放后,政府珍惜老艺人,不让他再在台上卖命,聘他为文史馆馆员,他每天不是上得意楼喝茶,就到文化俱乐部坐坐,他早晨总在复兴公园散步。他的晚景是快乐的。(自上海寄)

(香港《大公报》1960年2月2日,署名:梅德)

佳　　点

◆核桃酪与松子酪

在京菜馆的酒席里,往往有一味甜菜——一大盘的核桃酪,甘芳而不腻口,的是佳品。前两天,在朋友家里吃到了他家自制的核桃酪,觉得风味之胜,尤过于市楼。因此打听一下他们的操作方法,记之,以飨港报读者。

这种核桃酪正确的名称应该是"枣子糯米核桃酪"。每制一次,可备核桃(胡桃)一斤,红枣半斤,糯米四两,冰糖四两。核桃去皮,枣子去皮又去核。然后将核桃仁和枣子斩成细末,再同浸湿后的糯米一道上磨,磨时略加水,磨两次,待磨细后装入布袋滤汁,滤得一大碗后,将汁放在砂锅内(或搪瓷、紫铜锅内)加上冰糖边烧边搅,至烧滚即成。

按照上面的方法,可以另外做一种松子酪。用去壳松子半斤,糯米三两,冰糖四两。其余的操作程序,完全与核桃酪一样,但风味别饶。

◆霉干菜酥饼

这一天的宴席上,还有一盘点心——霉干菜酥饼,做法是这样的:

以霉干菜半斤和面粉一斤为主料;另以板油三两,猪油一斤半,白糖四两,玫瑰花瓣少许为配料。做时把霉干菜用开水浸一浸,取出捏干后将它切碎,切得愈细愈好,随下热油锅加糖(一两)炒至汤收干为止。另把板油斩成小丁,加糖腌一下,和入玫瑰花瓣同霉干菜拌匀。同时用五斤面粉加油调成油酥面,用半斤面粉加水调成水油面,然后把油酥面裹在水油面内,赶开、卷起,反覆二至三次,切成十二段,一段段捏开把霉干菜包在当中,做成饼,下大油锅用温火炸熟即成。

炸熟后的霉干菜酥饼,趁热吃,既有霉干菜的清香,又有玫瑰花的浓香,酥松而不腻口,比一般所做的枣泥油酥饼更好吃。

(香港《大公报》1960年2月5日,署名:高唐)

七十六号与四十七号

抗日战争时期,在上海耽过的人,都知道当时的极思斐而路(现在的梵皇渡路)上,有一座魔窟,叫做七十六号。这座房子,原来是陈调元的住宅,后来被汪伪占领,作为镇压人民的特务机关。这里的大头子是丁默村,而坐镇这个魔窟的叫吴世宝,更是个杀人不眨眼的刽子手。

在七十六号里,设有种种灭绝人性的刑具。我不想多述其中的恐怖场面,只要讲一个故事,就可以想见七十六号施刑的酷毒到如何程度了。据说,有一天深夜,这里面的一个烧饭司务,忽然从床上爬起,疯狂似的奔向土牢,随手揪出一个被囚的人,他提起一根手臂粗的藤条,往那人身上使劲猛抽,直到被抽的人,哀号不绝,昏厥过去,这个恶鬼,才停下手来,回去安然睡觉。第二天,有人问他,昨天晚上这番举动,到底为了什么原因?他说:"平时七十六号里从早到夜总是不断施刑,他听惯了凄厉的呼号声,可以安然入梦,这一夜偏偏听不见犯人的喊叫声,所以翻来覆去的睡不着觉,终于恼火起来,自己动手,聊以过瘾。"

所以不但在当时的人,提起七十六号会谈虎色变,便是在胜利以后,人们走在梵皇渡路上,经过这幢房子,都有森然可怖的感觉。但是,十年来,这里的情况变了,七十六号一带,开了许多工厂,这个魔窟的本身,则变了一所容纳上千个儿童的小学。早晨旭日初高,这家小学升旗了,孩子们肃立在场地上,唱着国歌,真是一幅庄严而又祥和的图画。

化凶杀为祥和,这样的事例多着哩。南市的金坛路四十七号,前清时是道台衙门,到了民国,成了军阀的警察厅。抗战后汪伪又把它作为特工机关,后期又改为"反省院"。胜利以后,蒋帮同样把它作为反动特务的巢穴。一两百年来,一直是屠杀善良百姓的刑场。但是,十年来,这里的情况也变了。如今,这个四十七号里,设立了一所幼儿园。走进大门,就是一个花园,树木扶疏,芬芳四溢。无数的孩子们,在草地上跳荡着。不要说他们不知道这里曾经是血污斑斑的屠场,就连年轻的老师,又何尝明白这个地方,被前朝前代的许多野兽,糟蹋过几百年来的?

(香港《大公报》1960年6月13日,署名:柯天默)

躺下来用刀笔的人

一

去年,在上海谢世的书家和金石家王福厂(褆)先生,生前在他的治艺室里,放着一张藤椅,他就是躺在这张藤椅上,刻过不知多少方图章。原来他是习惯于躺下来奏刀的。有一年我去看他,那时他已将近七十了(去年他是八十二岁),一进那屋子,见他仰天躺着,正在刻一方石章。我当时好生奇怪,以我想像,刻石必须在腕肘上用力,像他悬悬空空的,气力将从何使起?但是看他刻得很快,也似乎很方便,真不明白这股巧劲是怎样来的。听说他在近几年来,写过许多屏幅,都是抄录毛主席的诗词,在这些作品上所用的几方石章,都是自己坐得端端正正的时候制成的,表示他对领袖的尊敬。去年,又将他历年收藏的三百多方青田石,都献给了国家,更看得出老人对祖国的热爱。

二

袁克文生前,欢喜在烟铺上写字。因为他躺下来写的字,行气和大小的匀称都与坐着写的一样,见者遂叹为绝技。但是还有人说,袁克文坐着写的字,常常弄得笔酣墨饱,所以看起来丰润有余而秀劲不足;倒是躺下来写的,不是那么拘谨,用笔反而来得恣肆。又因为懒得蘸墨,常有松笔可见，更加显得峭拔而脱尽俗气。

三

现在属于上海市的嘉定县，以竹刻闻名全国，三百年来，出了很多名家。四十年前，城里有一个叫时湘华的，称一时高手。此人体态痴肥，三十多岁时便因中风而半身不遂，下体完全残废，唯上身无恙，因此还能躺着奏刀。每年到了夏天，他因为体肥怕热，往往把他放在竹榻上，由四个人抬到临水之乡，槐柳荫下，让他一面乘凉，一面就请他刻竹。这些抬竹榻的都是要得到他作品的人，从早晨出门，傍晚始返，一天工夫，他可以作出很多成品，而作品的精致，比之得病前只有提高，并无减弱，真是奇迹。可惜不过四十岁他就死了，直到现在，嘉定人在竹刻造诣上，还没有超过时湘华的。

（香港《大公报》1960年9月17日，署名：梅德）

文史小品·太平军攻沪百周年

今年是太平军进军上海一百周年。第一次到达上海的日期是八月十八日。在一八六〇年的六七月间，忠王李秀成率领太平军攻克了嘉定、青浦、松江后，乘胜直逼上海。

当时的上海，是美、英、法等国侵略者活动的中心。当太平天国军队威迫上海之前，除了英、法两国勾结清朝统治者原想联军防守外，美国佬更在此时大卖力气，由一个叫华尔的美国流氓领衔，组成了一支洋枪队，公然对太平军展开抗击。

这个华尔，十足是个美国土匪，既在中美洲当过海盗，又在南美洲、墨西哥当过浪人，也曾经在美国私贩鸦片来华的船上耽过。在他组织洋枪队之前，则在美国卖给清政府的一只"孔子号"炮舰上做事。

华尔招募的洋枪队不到五千人，这些都是外国浪人和亡命之徒。是年七月一日，太平军攻克松江，清朝的官吏，惊慌失措，华尔就挺身出来，向上海道勒索重款，说是他的洋枪队可以击退太平军，收复松江。清廷政府，只要能把革命镇压下去，自然一口答应。其实华尔也并非不知太平军的锐利,所以拖拉了十来天,直到趁太平军的主力部队在松江开拔以后,才突然进攻。当他侵占了松江,一面拿到了清政府三千两银子,一面又想做第二笔买卖而进犯青浦。

那时青浦的守将就向在苏州的李秀成告急。忠王便亲自带了兵马前来援救。青浦战役,是从八月二日开始的,当天,太平军就把洋枪队打得一败涂地,砍掉几个头子之外,连华尔这个土匪也遍体受伤,只好溃退。他甚至不敢再耽在营中,跑到上海疗伤。可是洋枪队另一个头目还不甘心失败,过了几天,居然再犯青浦,又被太平军打得个落花流水,还缴获了敌人很多洋枪洋炮,太平军就用这些家伙来痛打这群野兽,此后便再度攻克松江,直下泗泾、七宝、法华,到十八日,大军直达徐家汇,也到了静安寺和卢家湾。

从一八六〇到一八六二的三年间,太平军曾三次攻打上海,虽然没有扎下根来,但到底给外国侵略者以狠狠的打击,也是太平天国历史上辉煌的一页。今年,上海为了纪念这个战役,报纸上已经把这个故事写成小说,连续刊载,听说京剧舞台和电影厂也要搬演这个历史故事。

(香港《大公报》1960年9月20日,署名:梅德)

闲 话 鳜 鱼

齐白石作过一幅很有名的《藕江观鱼图》,题的那首诗是赞美鳜鱼的,诗云:"清池荷底见鱼行,巨口细鳞足可烹。此日读书三万卷,不如熟读养鱼经。"另外他又画过一只鸭跟一尾鳜鱼的条幅,也题诗道:"稻谷年丰知鸭贱,桃花时到忆鱼肥。"我们都知道唐人诗有"西塞山前白鹭飞,桃花流水鳜鱼肥。"白石的末句诗,即本此而来。

现在将是江南的桃花时节,也是鳜鱼肥美之时。馈妇篮中,市楼盘里,鳜鱼总是一味佳肴。论鲜美,它比青鱼鲫鱼为胜,甚至比鲈鱼也要强些;论营养也非青、草、鲤、鲫诸鱼所及,据分析,它含有的蛋白质、维生素、无机盐都是相当高的。

鳜鱼也称桂鱼,又称季花鱼,也有称为石桂鱼的。称桂鱼,因为它的身体除了有黑色斑纹部分之外,都呈像桂花一样的淡黄色;称石桂鱼则因为它在水里喜欢藏身于石穴之中;这些都是俗名,至于学名为鳜,也有来历,鳜是从"厥"而来,厥者直也,原来这种鱼活着的时候,身体也不能屈曲,永远僵直地在水里行动。但它还有一个骄傲的名字,外文叫做"中国鱼",原因鳜鱼是亚洲的特产,尤以我国产量最丰,分布地区也最广。

鳜鱼的形状,非常美丽,把幼鱼放在水族箱里,直可与热带鱼同样好看。但这种鱼非常凶猛,在水中专门捕食小虾与其他小鱼,也不易为渔民捕获。记得前人笔记里有一节记载说,若使将雄鳜一尾,用绳子穿住,放在溪岸旁边,让雌鳜看到了,它们就会来咬住绳子,死也不放,等越咬越多时,把绳子拖出水面,一举手可以捉到很多。

古代的医学家认为,鳜鱼不但可供食用,也可作药用,它的肉能杀除腹内小虫,可以补虚弱,益脾胃。李时珍在《本草纲目》里也说,吃鳜鱼羹可以治痨瘵,他还举了一个医效的实例呢。

(香港《大公报》1961年4月3日,署名:维芳)

绝技与老艺人

看过《欢天喜地》的几十个节目,不论表演方式如何不同,而都从多年苦功中锻炼而成,是没有例外的。

"抖空竹"在江南叫做扯铃。大家知道以田双亮玩得最早,也最有名。距今四五十年前,他自北方南至杭州,其后一直在杭州大世界献艺。他是个鬎鬁,头上油光光的一毛不留,他一边扯,一边头颅故意随着节奏的快慢而摇幌,扯得越快,头也摇得愈剧,还常用一块毛巾抹抹头颅,抹得光光的与台上的灯光辉映,这就是"双亮"之名的由来。

他一面卖艺,一面要以自己的缺点(鬎鬁)作为博人一笑的工具,这味道是辛酸的,后来转到上海大世界等游艺场来了。胜利之后则在"新都酒座"、"五层楼"等酒楼上,作为餐舞之间的余兴节目。多年不见,虽然人已苍老了不少,而精神还是那么健旺,尤其是那老少年似的兴致依然如昔。

闲谈之间,问起他的绝技是否后继有人。他摇头叹息,以为自己"不幸"而吃了这碗饭,扯到这个岁数,连"场子"都朝不保夕,就不想再误人前程了,言下不胜唏嘘。

《欢天喜地》中的空竹表演由六个年轻姑娘担任。由于人多,可以合在一起表演更复杂动人的节目,但我推想可能传授的是田双亮,因为多少年来,似乎没有见过另有扯铃的专家。当时与他搭档的叫田彩霞,一个三十来岁的少妇,好像是他的妻室,虽然也在扯,而为技相差许多,所以不能表演并驾齐驱的绝技,这次《欢天喜地》中所见,几乎是六人一样,无分轩轾。

再看到轻身绝技的节目,很容易想到潘玉珍技术团。也是胜利之后,在新新屋顶花园见到他带着团体在献艺,很得台下的欢迎。他指指三个男女团员表演一跳一翻,而最后一个姑娘从空中下落在另一人肩头的椅子上时,他说:"干我们这一行,三两个钟头的玩意儿,得花三年五载的工夫!"言下他摇着头,颇有这碗饭真不易吃的意思。

某次我在送殡的行列中,发现丧乐队的一个喇叭手相当面熟,相互看了一回,是他先开口道:"我是潘玉珍团里的乐队队员,生活不容易,只能出来赚些外快。"最后重重的吐出了一个"惨"字。那印象对我非常深刻,直到现在看见送乐队中的喇叭手,立即会想到了他。他夹在奏丧乐的行列中,是不甘的,是无可奈何的。

很久没听到田、潘二人的消息,要是健在,都是六十开外,七十左右了吧,田老是更要老些。他们如能见到《欢天喜地》的那些新血,那一分愉快心情,与我们观众不同,也非我们所能揣测的。

(香港《大公报》1961年4月4日,署名:高登客)

流 水 对

作起旧体诗的律诗来,规定三四和五六两句都要是对句。如果上下两句说的是一回事,而语气又是连贯而来,这种对句就称为流水对。

流水对在古人的诗集里,虽然不是很多,但都可以找到一些。白居易的"一与青光对,方知白发多",是流水对很好的例子。那个把读书看得比生命还重要的陆游,有两句诗:"谁知鹤发残年叟,犹读蝇头细字书。"也是流水对。元稹死了妻子后,写的《遣悲怀》诗,有"昔日戏言身后事,今朝都到眼前来",虽然是开头的两句,但也是流水对。

苏东坡有个做官的朋友,在地方上开辟了个池塘,东坡写诗颂扬他,把他的政迹比拟成谢灵运做永嘉太守时一样。苏诗说:"百亩新池傍郭斜,居人行乐路人夸。自言官长如灵运,能使江山似永嘉……"这后面两句也是流水对。还有大冷天的夜里,这位诗人睡不着觉,第二天起身,才知隔夜下过一场大雪,他的《雪后》诗里有这么两句:"但觉衾裯如泼水,不知庭院已堆盐。"又是流水对。这里苏东坡把白雪不比作银色而比作食用的盐,也很有意思。还有"我本疏顽固当尔,子犹沦落况其余";"犹嫌白发年前少,故点红灯雪里看"。这些虽是苏东坡嗟贫伤老之词,但都是很好的流水对。

杜牧的重阳诗云"尘世难逢开口笑,菊花须插满头归",粗看字面不像对句,细细一读,还是流水对。

此外如描写风景的流水对:"遥知杨柳是门处,似隔芙蓉无路通",就记不得是何人所作了。

(香港《大公报》1961年4月20日,署名:端云)

家乡"白蚕"

夏初上海人家都在吃鲜蚕豆。每天的餐桌上,几乎没有一家不是煮蚕豆。看来,这是一样人们普遍喜爱的副食品。

三十多年来,我一直住在上海。年年这时候,也都吃蚕豆,而且吃得很猛。好吃真是好吃,但我还不顶满足,因为记得幼年时在家乡——嘉定吃到的蚕豆,那味道更要好得多。

幼年时,放学回家,家里人从田头采起一筐子豆来,我帮着剥豆,剥好就煮,母亲当厨,她爱用重油、重糖。豆熟了,给我们舀一碗,还发一根银针,叫我们挑来吃。豆是嫩的,也烫得很,刚入口,就闻到一股清香,随着唇舌间觉得有点涩,涩里又有一种清甜,这就是我不能形容的、也是到老难忘的美味。在吃豆的时节,我是常常不吃饭的,以豆当餐,母亲也放任我们,爱吃多少,就给多少,自己田里长的,吃不完。

嘉定离开上海,只三十多公里,汽车不消一个钟头就到了。为什么上海竟吃不到我家乡那样好的蚕豆?这问题我一直在想,我还疑心,家乡蚕豆的好吃,就因为采起来现煮现吃吧?直到最近,我在上海的一张报纸上,读到一篇介绍"嘉定白蚕"的文章,才知道家乡的蚕豆是豆中至品。所以特别好吃,是种好,不是其他原因。

我怎么也想不到,小时候嗜之若命的一样家乡土产,竟是中外驰名的农产品咧!近年来它不仅在全国农业展览会上展出过,还在一九五九年印度举行的世界农业博览会上也博得盛誉。它的销售范围,除了国内的福州、厦门、天津、广州等地外,早在抗日战争以前,就已大量倾销日本,到目前,也仍然远销海外。

"嘉定白蚕"之所以优于各地品种者:豆瓣大,形扁平,皮薄,白皮,白肉,粉末细腻,富有糯性。据《嘉定县续志》载:"蚕豆……有绿白两种,白者嫩时煮食,味尤甘香。"

嘉定人把蚕豆称为寒豆,把豌豆称为小寒,大概因为这两种作物,下种的时候都在寒露。(自上海寄)

(香港《大公报》1961年6月2日,署名:高唐)

谈　　联

西湖上有不少好对联,都是脍炙人口的。因为作联的人多数是名流,所以谈西湖对联的也往往记住名流的作品;其实论写景之美,莫过于湖心亭上的一副:

　　春水绿浮珠一颗,
　　夕阳红湿地三弓。

设想的美丽,文字的美丽,都无负于风景的美丽。但作者却不是彭玉麐、俞曲园之流,他的名字,我也记不得了。

俞曲园在西湖上作了那么多的对联,我只记得花神庙里的一副叠字联:

　　翠翠红红,处处莺莺燕燕;
　　风风雨雨,年年暮暮朝朝。

在游戏文字中,应该说是上上之作。

有一年到富阳去,那里有座关帝庙,殿前的大柱上,看见这么一副对联:

　　此吴地也,不为孙郎立庙!
　　今帝号矣,何须曹氏封侯?

乍看此联,觉得下联很可以解释;但上联是什么意思?不懂。后来忽然想到,富阳乃是孙权故里,这才拍案叫绝。原来这副对联,除了富阳关帝庙,别处的关帝庙竟移用不得。

京剧著名老生余叔岩无后,死时有人作挽联云:

　　人悲伯道;
　　我哭龟年!

只八个字,有感情,有气势,比之那些废话连篇的龙门对,干净多了。

(香港《大公报》1961年6月4日,署名:端云)

评弹"放噱"

评弹艺人的本领,要做到说噱弹唱,无所不擅,才够得上标准。所谓"噱",就是行话说的"放噱",又叫"放噱头"。等于京戏里的插科打诨,使听众哈哈一笑以后,有统体轻松的感觉。事实上评弹的听众,的确有专门欢喜听"放噱"的,在下就是一个。已故的弹词家杨小亭,放起噱来,台下人已笑痛了肚皮,他自己在台上若无其事,一点不笑,听众给他上个绰号叫"阴噱大王"。阴噱者,可以解释为冷面滑稽也。

不过旧时代的评弹艺人,为了媚俗,放的噱,大多数是不健康的,庸俗、无聊,甚至是黄色的。这种歪风到解放后已经扭转过来。现在的评弹绝不排斥放噱,只是放的噱是健康的,更多是有积极意义的,就是说听众在笑过以后,受到了启发,受到了教育。

再把话说回来,虽然旧时代的评弹艺人放的噱多数是不健康的,却也有一些有心人,对现实不满,从放噱中针砭时弊,对那时的社会制度、社会风气,给以尖刻的嘲讽。其中最使人忘记不了的例子,要算吴均安的解说,狗和犬的分别了。

吴均安是说《隋唐》的名家,他曾经在一档书里从天狗星扯到封神榜的啸天犬,于是就谈起狗和犬的分别来了。他说,人们都以为狗和犬是一种畜生,其实它们是有分别的。分别在:狗的耳朵向上翘,犬的耳朵往下垂。曾经有这么一段故事:有一次,一条狗跑到群犬中去,群犬一看它的耳朵,以为非我属也,就把它赶出去。狗没有办法,去求计于主人,主人就用两条绳子,各系一个铜钱,挂在狗的耳朵上,狗耳朵果然往下垂了。当它再跑进犬群去时,群犬都欢迎它,跟它一道吃吃喝喝,逍遥取乐。不料过了几天,狗耳朵上的两条绳子突然断了,露出了狗的原形,群犬一见,立刻争着去咬它,这时狗不由光起火来,它对着那群猖猖而吠者说:当我有两个铜钱的时候,你们都当我亲属,当我朋友,如今我不过少了两个铜钱,你们就翻脸无情,还要张口咬我……

这段放噱,把旧社会里人与人之间——只认得金钱不认得人的关系,那种势利凉薄的风气,揭露得淋漓尽致。无怪听的人都要拍案叫绝了。(寄自上海)

(香港《大公报》1961年6月6日,署名:维芳)

黑　纸　扇

每年夏天,随身总得带把折扇。近年来我的兴趣在于用黑纸扇。黑纸扇用起来方便,用途也广些。比如说,你拿一柄白纸扇,纸上一面有画,一面有字,带到哪里,哪里的人就会伸过手来,把它打开欣赏一下,甚至还要跟你品评品评字画。黑纸扇却没有这些麻烦,而它还有更大的好处:在烈日当空下步行,不戴草帽,就把它张开放在顶上遮阳,要比白纸扇管事得多;如果路遇小雨,更可以把它当半把雨伞。有字有画的白纸扇,就派不得这样的用场,若是那扇上的字画,都出于名家手笔,这时候还要把它藏起来,生怕雨水污了墨宝。试想想看,衣单裤薄,要使这把尺来长的扇子,滴雨不淋,事情并不简单,而你那狼狈的模样,一定很可笑的。

普通一点的黑纸扇,价钱并不贵,丢了,再买一把,破了不妨换季;事实上黑纸扇的纸质比较坚韧,不比白矾纸的那样爱破。前几天,走过南京路王星记扇庄,弯进去想选购几把黑纸扇。这是一家有将近九十年历史的老店,一向开在杭州,在上海开分店,也有二三十年了。他们卖黑纸扇是有一个专柜的,我一看,黑纸扇的花色很多,随便说了一声"花样着实不少",那位店员就对我说,这里陈列的不过几十种,要说在王星记自有黑纸扇以来,起码已经创造了三四百个品种。他又跟我说了许多黑纸扇的特点,例如:扇骨平直光滑,不受虫蛀;纸质坚韧耐用,色泽不褪;沙眼细孔均匀,以及舒卷自如等等。因为品种多,特色多,买的人也多,只去年一年,黑纸扇的供销量达一百多万把……

听完了店员的话,我不禁念念有词曰:"有以哉,此我道之所以不孤也!"

不过话得说回来,黑纸扇的品种既然如此之多,它决不像我前面说的那样单调,我在前面说的,只是一种素色的黑纸扇罢了。黑纸扇上原来也可以写字作画,字用银灰色写,用金粉写、白粉写,也有用朱笔写的,这些我都不喜欢。我藏过一把有画的黑纸扇,画的是《虮蜡庙》里的费得功:赭色的脸,耳朵边一朵猩红的绒球,那褶子上用银灰缀的花,闪闪作光,夹里是蓝色的,红裤,粉底靴,着色都非常浓艳。可惜这是个强抢女人的恶霸,阿拉儿子说的,"他是个坏人"。所以我不大用它。(自上海寄)

(香港《大公报》1961年6月16日,署名:高唐)

折　　扇

前几天翻了翻箱子,把一向东放放西塞塞的许多折扇,都聚集拢来,数一数,还有二十九把。其中很多是名家作品,如姚茫父、余绍宋、李叔同、李生翁、林琴南、林宗孟、吴昌硕、萧蜕公等等。

看了这些东西,不由引起许多片段的回忆:

自己不是一个雅人,不懂得欣赏书画,所以这些折扇之来,既非花钱所买,也非向人"敬求墨宝",几乎全是朋友所赠。三十多年来,在我手上藏过的,远远不止二十九把,不过大部分都已转送给真正喜爱的识家罢了。

林琴南的扇页,曾经有过两件,一件是字,写他自己的一首七律;一件是山水画,如今留着的,就是这个画扇。那是在三十年前,我在报上常写文言文,摹拟林译小说的一派笔法,有个朋友,以为我是林迷,就把他收藏的一柄折扇送给我了。其实那时候报纸上写"林派"的人很多,张慧剑才是突出的一人。

有一年,在我编的一个副刊上,登了一篇李生翁先生的轶事。说这位先生既老又聋,穷年闭户作字,又没有钱,连米也买不起,乡人大多挑了米去求他的字。他的夫人是续弦,欢喜吃零食,米多了,便卖了换糖吃。有人告诉生翁先生,老先生却说饮食大欲,让她去罢……后来有个绍兴朋友拿了生翁先生的一个扇头送给我,对我说,生翁的书法是精品,但流传不广,要我好生收藏。这个扇头,现在还在我身边,总算没有辜负这位朋友的属咐。

有一回,我们去逛上海的海会寺。在这座庙里到处可以看到弘一法师的墨迹。我就对一个同游的和尚说,这里尽是弘一的字,我家里却一个字都没有,真叫人眼红。这位和尚就说他有的是,可以送我一点。第二天,果然给我送来一副小对,一幅小屏和一个扇页。扇子上的字,只有三行头铅字那么大。据那位和尚说,弘一写这样的小字是比较少见的,我也觉得看起来很舒服,所以当天就请和尚在老正兴馆吃了一餐腌煻鲜(腌肉与鲜肉互炖,上海人称为腌煻鲜,若加竹笋,则称竹笋腌鲜),以极俗之物,报其极雅之贻。

(香港《大公报》1961年6月25日,署名:高唐)

〔编按:李生翁,浙江绍兴人。早年嗣李姓,名徐,号生翁,中年书署李生翁,晚年署徐生翁。〕

悼梅杂忆

这篇稿子寄到的时候,距着梅兰芳先生的逝世,该有一个月了。稿子是写得迟了一些,但是我却想到梅先生是永远叫人悼念的一位艺术大师,早一点迟一点有什么关系,还是写吧。

抗日战争胜利后不久,梅先生就在上海南京大戏院登台。有一天,他演《宇宙锋》,托一个朋友带来两张戏票,说是梅先生请我夫妇看戏的。我一面高兴,一面又想看了戏写点什么,给这位久未上演的京戏大王捧捧场吧。可是那位朋友接着说,梅先生要你看了这个戏以后,有什么不到的地方,跟他坦率地提出来,因为他很珍视这个剧目,有一些缺点,他都要把它改善,以臻完美。听了这番话,当时使我有点惭愧,惭愧的是:梅先生的襟度如此,而我的想法竟是那样!

在平时,我们听不到梅先生的高谈阔论,以为他不擅词令,其实他很会说话,说的话又是有分寸,有时也很幽默。我永远记得抗战时期的一天夜里,有好多人聚在一起,拉拉唱唱的很是热闹。梅先生夫妇坐在一张沙发上,耐心地听着各人吊嗓。忽然有人要我也来一段,我这个大胆老面皮的,就来一段。等我几句《珠帘寨》唱完,看见梅先生也跟着大家鼓掌。我就走过去问他:"梅先生,您说我唱得到底好不好?"梅先生笑了,他说:"您敢情唱得不错。"他一说完,我也笑了,又对他说:"梅先生的'敢情'两个字用得真好!""敢情"是北方话,它包含"当然"的意思。因为我不是演员,唱得好坏都无所谓,如果梅先生说我"唱得真好",那就算不是讥诮,也是开我玩笑,所以他用"敢情"二字,既不肯定,也不否定,随便一句话,都显得出他在艺术上的修养。

今天,有很大一部分唱花旦的女演员,都拜在梅先生门下,就中有一位还是我介绍给梅先生的,那就是现在香港的张淑娴。那时梅先生正当息影氍毹,淑娴拜师后,马斯南路(梅宅所在地)走得极勤,梅先生也着实传授了她一点东西,可惜的是她一出嫁都丢弃了!如今天涯羁旅,料想她回首前尘,自量身事,一定更会肠断师门的!

一九四九年,梅先生从上海到北京出席全国政协会议。他没带家眷,同行者只有他的秘书许姬传一人。他们住在六国饭店,第一天,许从外面回去,看见梅先生在浴室内洗涤自己的汗衫和袜子,以后天天如此。回到上海,许姬传用激动的口气,给我讲这件事,我听得也很感动。从这件事上,就可以说明梅兰芳这个人之所以不可及,岂止是在台上的那一分超然绝诣而已哉?

(香港《大公报》1961年9月8日,署名:高唐)

戚雅仙的指甲故事

当我还在做娃娃的时候,到了每年七月初七,总看见比我大一些的女孩子们把凤仙花捣烂了,加一些醋,涂在指甲上,不一会,指甲上鲜红光润,经久不褪。凤仙花为什么可以染指甲,加了醋为什么可以经久不褪,这些道理我不懂,我只知道这是乞巧节的一种风俗。今年我家的花坛上,长了几棵大红凤仙,不由想起了儿时影事,便叫两个小女孩如法地染起红指甲来,果然灵验,孩子们很快乐,认为这也是暑期中的一桩胜事。

我一向认为,爱美的女人,把指甲修得尖尖的,再染一点颜色上去,都是无可非议的。到如今,上海也还有不少女人在指甲上用点功夫,不过染色以浅绛的为多,深紫或作骇人红的比较少见罢了。说到修剪指甲,那末总要想起舞台上做花旦的演员,她们对指甲都比较讲究,尤其是演古装戏的,伸出手来,没有一副纤纤的指甲,真会有损美观。这里就有这样一个佳话:上海的越剧名旦戚雅仙是一向爱好修饰的,为了做头发、修指甲,三日两头要跑理发店。今年三月,她生了一个孩子,当她将要分娩的时候,忽然将指甲剪得很短,甚至不让它长出指端。起初大家不知她什么用意,等到婴儿堕地,当产妇能够起坐以后,便成天把孩子捧在怀里,简直舍不得放下手来。人们看见她这样喜欢孩子,爱惜孩子,这才明白她是生怕指甲长了,不小心会碰伤了婴儿的皮肤。可是过了两个月,她的产假满了,剧团要请她排演《白蛇传》了,她这才着急起来,看看自己的一双手,如何好放到台上去呢?于是她让指甲重新养起来。她不安地巴不能一夜就留得长长的。到了她登台之日,指甲长的还不够合度,据说她老在嘀咕着这件事,好像对不起观众似的……

在家庭里,她对养育孩子是如此负责,在舞台上她对待工作又是如此忠诚。戚雅仙剪甲留甲的心情,都是美丽而动人的。(自上海寄)

(香港《大公报》1961年9月16日,署名:维芳)

漫 谈 扦 脚

从前,上海人有句话:"剃头汏浴,上海第一。"剃头即是理发,理发技术之高,上海不仅中国第一,也是世界第一,这是人所共知的了。汏浴即是洗澡,洗澡是否上海第一,还有待考究,但这里所说的汏浴,应该理解得广一些,它除了沐身以外,还包括扦脚和捏脚在内。比如说,我有时在傍晚打电话给俞振飞先生,他家的苏州娘姨时常回答说:"俞先生到混堂(浴室)里汏浴去哉。"难道俞振飞家里没有洗澡间,一定要到混堂里汏浴吗?不是的,他是去扦脚的,他已习惯于扦脚,若是久不扦,两只脚就会穿不进那双上台的靴子,也就游不得园,惊不成梦了。

而扦脚技术之高,也该数上海第一。这可以举一个故事为证:当年蒋皇朝尚在南京"摆架子"时期,许世英做过一任"驻日大使"。他到了日本,为了找不到扦脚的人,使这位大使先生寸步难行,终于打电话到南京,指定要从上海请一个扦脚师傅东渡扶桑,常驻"大使"公馆。这样才使许"大使"足下无恙,绝了呻吟之痛。

照理说,扦脚这个行当,应该相当于医生,因为他是替人治脚上毛病的,可是在旧时,浴室里的扦脚和搓背工作者,竟被看成贱业。理发师傅已经受人鄙视,扦脚师傅似乎更不光彩。最可笑的是抗日战争胜利后,国民党反动派在上海的一个什么部门,居然明文告示,取缔扦脚和捏脚。报纸上登了冗长的告白,罗列了许多条目,归纳起来一句话说它是"不卫生"的。这些出告示的人,只看见扦脚和捏脚,有可能散播传染病的一面,而看不见有利于人们健康的一面,来个全盘否定,使从业人员濒于敲破饭碗,使脚痛的人哇哇叫苦,这样的"关心民权"真"乌龙"矣!

如今,上海的浴室里,不仅保存了扦脚和捏脚,还把它作为传统技术来加以发扬。有些浴室还特地辟了"足疾护理室",这就是"欲扦尊足,乃可在此"的地方。里面放满了各式各样的医疗用品,一走进去,看来真的有点像医院了。据说每个扦脚师傅学会了本行技术外,还必须学会消毒、包扎、打针等等的医疗技术。

有一位大家管他叫乔国老的扦脚师傅,他的本名叫乔国昌,业于斯者已经三四十年,是目前上海老辈中扦得一双好脚的一把好手。我有个朋友对乔国老的扦脚本领真是倾心拜倒,因为他曾把一只脚趾上的"荷包嵌爪",请乔国老施过手术后,顿时病痛若失。原来"荷包嵌爪"是"嵌爪"中最严重的一种,全部趾甲都已陷入肉里,乔师傅却有把得稳、下得准、吃得深、动作快、手法轻的刀上功夫,来扦出那深陷入肉里的"嵌爪"老根。我那朋友说,只见他先用一把扦刀将趾甲层层修薄,然后用扦刀将趾甲扦圆,再用嵌爪刀向"嵌爪"的根部进行剜挖,愈挖愈深,最后只轻轻一转,便把一只"嵌爪"老根请了出来。这时候,那只趾甲圆净光滑,既没有一点血迹,病者更绝无丝毫痛楚。这样,不能不使病者惊叹乔老师傅的扦脚本领为"呜呼神矣"了!

(香港《大公报》1961年9月22日,署名:高唐)

高 平 顶

一向以为,理发师傅处理各种男式发型时,以平顶头为最简单;各式的分挑头,就要复杂一些;而最最复杂的总是那些耸得高高的或者像翼子一样从斜垜里扑到额门外面来的所谓飞机头了。但是不久前,我在上海一家理发店里听一位中年师傅讲了一番道理之后,才知道和我上面的想法,恰恰是倒了个头。

这位师傅说得很肯定:做只把"飞机"最最便当。因为这种发型,修剪原不费什么功夫,主要是在于吹风,"飞机"是用吹风吹出来的,只要吹风的技术熟练了,喷气式也好,直升机也好,都是容易办的。至于分挑头固然也靠吹风,但在修剪上也要显点颜色,技术好的,剪出来的样子,有如青山绿水,浓淡分明,望上去叫人舒服;技术差的,往往上面一块乌黑,下面一段雪白,犹如套上去的一只箍子。

他讲到这里,我便问:听你之言,那末最不简单的,其为平顶头乎?他说,那个自然。

原来平顶头分两种。一种叫光平顶一种叫高平顶。这样的发型,目前青年人是不喜欢它的了,惟在三四十年前,却是最流行的一种。它不消吹风,轧刀的用场也派得不大,主要是靠剪刀,剪发剪发,理发师最高的技术,在于能剪,"咔嚓"一剪刀下去,有轻重,有分寸,这是硬功夫。数十年来,上海出了无数的剪发人才,就中却有一个突出的好手,此人姓庄名裕昌,本是旧上海爱多亚路上一家著名理发店庄裕记的主人,而高平顶这个发型,就是庄师傅手创的,所以当年上海人又把它称为"庄派头"。据那位师傅告诉我,庄师傅和他的师父是师兄弟,常听师父谈起,庄裕昌运用他的一把剪刀,真是神乎其技,他剪得快,剪得匀,因为心中有数,手里有数,好像他的一双眼睛,不是长在面孔上,而是长在剪刀口上,等他一声落剪,那个发样,既与头形配得非常合适,而高低厚薄,又是极其匀称,看上去不作兴有一发参差。这是理发业的特技,也是艺术上的绝活!

如今这位庄老师傅已经七十多岁,退休了。前两年,上海举行过一个理发业技术经验交流会,特地把他老人家请出来,当众表演他剪高平顶,那手法的灵活,眼锋的犀利,不减当年,使后辈人看了还是不胜敬服!

(香港《大公报》1961年9月26日,署名:高唐)

访袁希洛,谈陈陶遗

目下还在上海的,曾经亲历过辛亥革命的老人,已经廖廖可数了,而袁希洛先生是一个。

袁氏兄弟(希涛、希濂)在当年都是一时俊杰。希洛是最小的一个,但今年也已八十六岁了。他的家在茂名路上的一幢公寓里,老夫妻两个,住了好几个房间,布置得纤尘不染,今年秋高气爽的一个下午,我去拜访了这位老人。

老先生除了步履比较艰难,红润的脸色,飘拂的银发,看上去只像六十开外的人。他不但健谈,而且健笔。袁太太对我说:"谁要找他写点什么,他从不推辞,可是我不能答应,替他一律谢绝了。因为袁先生虽然已经上了大年,他的心情还像少年一样,不大懂得顾恤自己的身体,只要对他有兴趣的事,总是任性地去做,因此在去年得了一场大病……"袁太太谈到这事,心有余悸似的说:"我竭尽心力,替他护理,经过很长的时期,才得复原。"到现在袁先生一日六餐(连三顿点心),都由老爱人亲自料理,从不假手他人。但是这位袁太太今年也是七十八岁的人了,他们愈老弥笃的夫妻之爱,看了让人很感动。

我和袁先生谈话间,说到了辛亥革命,他跟我讲了一点掌故,其中有一个是关于陈陶遗的。把它简单写出来,不知大家听见过没有。

一九零五年孙中山先生在日本东京组织同盟会,同时上海租界上也设了同盟会的盟下组织,支部的地点在爱文义路(今北京西路)成都路的一所石库门的两层楼房屋内。那时同盟会江苏省支部长是陈道公。到了一九零八年的五月时,因为盟员中有人泄漏了秘密,有一天陈道公一出租界,就为两江总督端方所派的特务捕去。消息传来,全体盟员结合盟外友好出动营救,正巧这时张季直(謇)来到上海,有人就请张缓颊,张提起笔来,给了端方一通电报,电文中有"敌可尽乎"四字,端方因之不敢杀陈。过了两年,慈禧太后翘了辫子,端方才将陈道公释放。陈道公以后就改称陈陶遗。因端方的号叫陶斋,意即陈道公的一条命是从端陶斋的刀头上遗下来的。

（香港《大公报》1961年10月9日，署名：流金）

孔祥熙与烧饼油条

从我小时到老年，始终认为早晨的一顿点心，要以大饼油条最为可口。香酥的大饼，夹一根又脆又松的油条，一口一口地咀嚼，其风味远胜于排骨之面、水晶之包，而牛奶土司、火腿鸡蛋都无论矣。即使在我生活腐化的当年，冬日，打了一夜沙蟹，散局总在天色微明之际，大伙儿跑到上海云南路一家叫杨同兴的铺子去进早餐，别人吃年糕，啃白宰鸡，鄙人则是一碗线粉油豆腐，佐以一副热气腾腾的大饼油条，吃的又暖又饱，回去睡觉。

不知读者诸君中有没有跟我同好的人。我想是会有的。我倒又想起有一个同好之人，他就是孔祥熙。你不相信吧，这里有一段笑话。

在抗战时期的重庆，孔祥熙正当"中央银行"总裁。这一个锦衣玉食之徒，有一天，忽然动了"藜藿之思"，他跟大家谈起，少年时候在山西老乡，最爱吃的点心是大饼油条，到现在还觉得余香绕鼻，舌底生津。这几句话听在这家银行的一个局长耳朵里，这局长又是孔祥熙的门生。过了一天，他去对孔祥熙说，家中定做了大饼油条，总裁若不嫌弃，请去赏光。孔祥熙果然欣然而往。

等他吃罢回家，把这件事照例要向老婆宋霭龄汇报。不料这个老太婆竟勃然大怒，她把手指一直触到孔祥熙的鼻子上说："你好没有出息，怎么吃起这样的猪食来了！你不害臊，我真替你害臊死啦！"她差一点没有叫孔祥熙把"猪食"当场呕了出来。宋霭龄骂了孔祥熙不算，还把那个请客的门生喊了来，也骂了一个狗血喷头，因为他把大饼油条，"玷辱"了四大家族的门楣。

这件事，不久在这家银行里传说开了，一时议论纷纷，就中有一人听了不服气，他的议论是这样的："大饼油条肯定是人吃的东西，而决不是猪食。只有一种女人，她长年抱着脑满肠肥、臃肿颠顶的男人睏觉,这女人才是吃了一辈子的猪食!"

呜呼,其言也,你说它黄色可,说它幽默也无不可。

(香港《大公报》1961年10月11日,署名:金枚)

上海文史馆杂记

上海有文史馆,已经好多年的事了。因为像我年纪,还没有资格参加做馆员,所以一直没有去过。今年九月,为了有事要与这里的两位副馆长商量,便一连去了两次。馆址在岳阳路的一幢洋房里,进门便是一座花园,一平如劈的草地,满园花树争荣。最突出的是四周种满了雁来红,这种植物,又名老少年,这么多的老少年种在文史馆里,设计的人当是用过一番心思的。

文史馆的馆长,张元济、江翊云已先后谢世。现在的馆长是金兆梓先生,副馆长不止一人,除了李青崖先生外,我去拜访的两位则都是以前新闻界的知名人士,一位是《新闻报》编副刊(茶话)的严谔声先生(笔名小记者),一位也是在《新闻报》的陶菊隐先生。严先生今年六十八岁,陶先生是六十五岁,但在文史馆里他们都是小兄弟,因为全馆馆员的平均年龄为七十四岁,九十岁以上的既不算个别,八十岁以上的更可以捞得起一把。

在无意中,打听得这里近年来吸收的两个新馆员,他们都是以前的洋场才子,也是小说家:一个是笔名"网蛛生"的平襟亚,一个是笔名"百花同日生"的张秋虫。他们都是我的平辈,所以在文字上恕不"先生"了。秋虫在初出道时惊才绝艳,春申江上,争仰高名,可是后来不自振作,二十年间,穷得地无立锥。直至解放后才听说他得到安排,过一阵心宽意泰的晚年生活,真是值得为老友称庆的。

当我第二次去时,这里的老人们在隔夜举行过一个诗画竞赛会。所以墙壁上挂得琳琅满目。据说他们能诗的即席吟咏,能画的对客挥毫。而在今年国庆节前夜,老人们又举行了一次"旧体诗词吟诵会"。参加的有向迪琮、钟泰、易克臬、黄葆戊等二十多位词人与诗家。他们吟诵了杜甫、李白、白居易、李商隐、陆游、苏轼、辛弃疾的著名作品。以各人不同的方言,不同的音调,有的放声高唱,有的按拍低吟。听来音节优美,声韵悠扬。上海人民电台,因为这是不可多得的盛会,赶去把当时情况全部录音,在国庆那天,作为一个特别节目向全国播放。(寄自上海)

(香港《大公报》1961年10月13日,署名:流金)

红花万串耀长秋

近十年来,上海到了八九月间的花事,几乎让一串红管领一城秋色。不论是公园里或是绿化地带,都大片地栽种着一串红,使你走到哪里,哪里都是迷人双目的一串红的花光。

这种花,若只看它一二株的盆栽,便似乎单调,甚至有断脂零粉的感觉。若是数十盆或是上百盆放在一起,或是在地上大片密植,那末看起来就红得肥,红得酣了。

记得有一年我在中山公园里遇雨,雨过了,坐在茶场里喝茶。这时茶场外面的一串红,开花正旺。它刚才给雨水洗过,现在又承着阳光,看上去叶子的绿,真像要滴得下来,而花红得更加浓烈。忽然言慧珠推着一辆婴儿的坐车,经过花前,她把车子停了下来,顿时,那花光把慧珠熏染得颜鬓皆朱。可是婴儿对着花看了些时,突然摇摇头把小眼睛闭拢,跟着"哇"的一声哭了起来。慧珠惊慌得赶紧把车子推走。我这才相信,红颜色当中,真有一种叫"袭人红"的。

还记得一次,我参加一个会议,主席台前面摆满了都是一串红的盆花。灯光打在花上,花光反射到台上,台上人的面孔,照耀得都像醉人一样。后来会议结束,会场上下一片掌声,热烈欢愉的气氛,在红花丛里,更显如火如荼。

我一向在猜想,一串红在我国栽培的历史是并不多久的。因为我从来没见过画家把它作为题材,诗人把它入之吟咏。据说它原产北美,初来时大家都叫它的外国名字为"撒尔维亚",后来才起了个学名叫万年红,莳花工人又给它题了个俗名叫一串红。因为当它的叶茎长足以后,便抽出一枝淡紫色的花茎,在花茎上开出上下参差的、筒管形的花来,看起来恰似串在一根线上。到得秋老霜飞,只要把花茎摘去,放进温室,它会重抽花茎,再度开花,所以名为秋花,却有方法叫它终年吐艳。

今年国庆节,上海人民广场的主席台和观礼席上,装点的便是万串红花。您想想,这样的场面是够美丽的:像缎子一样的蓝空,像丝绒一样的红色的广场,衬托着几十万人的、庄严的队伍行进!(十月二日上海寄)

(香港《大公报》1961年10月15日,署名:高唐)

宋子文当过"豆腐靶子"

"吃豆腐"是老上海流行过的一句话。这句话最初的意思,不过是到丧事人家去吊孝,丧家请吃一顿素餐,素餐必然有豆腐可吃,所以"吃豆腐"就成了吊孝的代名词。到后来给某些人把它一发展,含意就越来越广,例如你假意去恭维一个人,那人却当你真心捧他,这是你在吃那人的豆腐;又如你作弄了人家,人家上当,你则遂幸灾乐祸之愿,也叫"吃豆腐";还有明明是侮辱女性,而那时的上海人却轻描淡写地说:"不过吃吃豆腐吧了!"

因此有一种容易受人家作弄的人,就叫"嫩豆腐";另一种人家在作弄你,你茫无所知,还表示十分欢迎的,叫"豆腐靶子";也有一种人,你去作弄他,他马上发觉,并且把你点穿了,这种人叫吃弗通的"老豆腐";更有一种人,明知你在侮弄他,他佯作不解,反而装得十分相信你的样子,跟你胡调下去,这时候,事实上不是你在吃他豆腐,而是他在吃你豆腐了,这种人叫"辣豆腐"。形形式式,名目繁多。

在近代的历史上,有过一件轰动全国的新闻,其实也是一件最大的"吃豆腐"新闻。这新闻说起来大家知道,便是发生在一九三三年山东地方一个叫梁作友的穷光蛋,他冒充堪敌国的土财主,要把财产的一部分——七千万元捐献给当时的国民政府,这一来歆动了一群国民党的要人,他们把梁作友请到南京,礼为上宾。于是梁作友把这个政府的官儿们,一个一个吃起豆腐来。最精采的一顿、也是最令人欣赏的一顿要算他吃到宋子文的豆腐了。

大家知道宋子文官感十足,一生一世又是不大喜欢把祖国的语言放在嘴上,总是满口子的"爱皮西提,伊哀夫其"的人,怎么会跟一个山东老乡接谈起来呢?那就因为听到梁作友有钱,他富堪敌国,所以连四大家族之一的 TV 宋听了也会头为之晕,眼为之花,老老实实、服服帖帖地给那位假财神当了一次"豆腐靶子"。

原来,那个时候宋子文正当着代理"行政院长"。梁作友一到南京,第一个就是宋"代院长"接见他。宋子文把他天生的一张讨债面孔都收了起来,笑颜相迎,先是表扬了一下梁作友的爱国输财,称他为英雄义士。在谈话中,梁作友还一本正经地说:"我的钱虽然捐归政府,但分配权却在本人,政府必须拟出具体处理计划,商妥用途,我才能将钱汇来。"你看看,他还不放心怕这些官儿们要捞他的"钱"呢!真是一碗又鲜又辣的豆腐!

向例,宋子文会客,以五分钟至多十分钟为度,过了时间,客人不走,他自己立起身走了。可是这一天的梁作友,天花乱坠地跟他谈了一小时以上,方始兴辞而出,宋子文一直把他送到门外。直到过了几天,才知道梁作友是个穷光蛋,是个假财神,自己被他吃了一场豆腐,我想他只有自己刮自己耳光之外,其他别无办法。

在梁作友所吃南京官儿们的豆腐中,吃得最多最饱的是陈布雷,因为陈是负责招待这个假财神的。等到梁作友的底牌被揭穿,是个一文不名的穷小子后,最是恼羞成怒的就是陈布雷。他到梁作友住的旅馆里,冲进房门,对着梁作友戟指而詈:"你是骗子!"这时的梁作友就不精采了,豆腐吃不下去了,他承认是骗子。其实他不应该承认是骗子,他又没有想骗取这些官儿们什么,是这些官儿们见钱眼开,一听见有这么一个大财主,也来不及调查调查底细,就贸贸然把"财神"接到南京。要说到骗,这是南京的这些官儿们想骗梁作友的"钱"来得恰当些,梁作友不过吃吃豆腐而已。

写到这里,还想起正当梁作友在南京、国民党政府要人们头脑发热的时候,上海有一张小报,登了一篇《梁作友家世考》之类的稿子,说梁作友原是豆腐师父,在青岛开豆腐店,一直发展成为"豆腐大王"云云。其实这些报道都是捏造出来的,作者不过对梁作友的行动,起了怀疑,所以借此来对当时的读者作一番暗示。旁观者清,上海搞小报的人毕竟"老举"(老于世道),倒不是因为我也是小报出身,才来为同业捧场。

(香港《大公报》1961年10月22日,署名:高唐)

"扎"蒋中正"台型"的人

"扎台型"也是旧上海流行的一句"洋场语汇"。意思是两个人在那里比阔气,比风光,争第一。譬如开店,今年你开一家公司,自建十二层大厦,明年我就在你旁边开一爿公司,自建十八层大厦,这就是"扎台型"。又比如今天张家死了老太太,用十六个扛夫抬棺材,明天李家死了老太爷,用廿四个扛夫抬棺材,这也是"扎台型"。

因为这句话在当时上海的欢场中流行较广,再用欢场的事例,来说明它的含义。甲客在长三堂子(妓院)里请客(个中人称为"做花头"),一席酒花了三百元,第二天乙客也去请客,花了千元一席,这是乙"扎"了甲的"台型";又过了一天,丙也去了,但不是请客,而是"扫堂","扫堂"者,把这个妓女一节(一年三节)应该做的花头,一塌刮子包了下来,这又是丙"扎"了乙的"台型"。

记得有一年,上海一家什么公司的老板,在跳舞场里,对某一舞女存染指之心,夜夜前往报效,事为老板的妻子所闻,她带了一个小白脸的男朋友,也到这家舞场,叫那个舞女坐台伴舞,与丈夫成对垒之局。这也是"扎台型",是太太"扎"先生的"台型",这种"扎台型"的方式,比较突锐,因为她用来"扎台型"的工具是"活货",以自己眷恋的小白脸来针对丈夫心爱的美姣娘也。

"扎台型"的典故应该如何考证?恕我已经记不清楚。从"台"字上来加以体会,也许来自老底子京戏班的舞台戏中,两个武生在台上各显神通,互不相让。也许也来自白相人地界,因为流氓借酒楼讲斤头,请几桌客又叫拉几只台子也。更有可能的是发源于呼卢喝雉之场,因为上海人称赌场也称"台子浪"也。究竟怎样,还当质之老上海之侨居香港者。下面且来说一段怪闻。

一九二七年国民党反动派发动"四一二"政变后,上海崛起了一个红得发紫的党棍,叫陈德征。此人显赫了一个时期,忽然在洋场的"名人"中无形无踪地销声匿迹了。是怎么回事呢?原来此人做了一件"错事":他为了自我吹擂,在他主持的《民国日报》上发起"党国伟人"的选举。选举的办法,也像后来国民党党棍们办的"舞后"选举、"歌后"选举一样,谁买一份报,就有一选举权。到了揭晓那天,第一名"伟人",赫然就是陈德征,而第二名才是蒋中正。

这本是一件极其无聊的勾当,不料传到蒋介石耳朵里,不由得大骂"娘喜煞"(宁波话)的陈德征,扎台型竟扎到姓蒋的头上来了。从此他把陈德征打入冷宫,永不录用。到了抗战期间,陈德征在重庆的《中央日报》谋得一个位置,岂知又被蒋介石知道了,他要亲自查看该报的职员名单,在陈的名字下面,批上这样一行字:"此人尚未死乎!着各机关永不叙用。"咬牙切齿之状,真是跃然纸上。

(香港《大公报》1961年11月19日,署名:流金)

[编按:这是误传,参齐春风《陈德征失势缘由考》。]

闲话"小热昏"

听说上海的大世界里,不久前恢复了一个已经绝迹三四十年的游艺项目——"小热昏"。不由得引起了我一些回忆。

"小热昏"原是一种街头游艺,它是从杭州流传到上海的。它的创始人名叫杜宝林,后来上海出过一个唱独脚戏的名演员江笑笑,就是杜的学生。现在不但杜墓木久拱,即江笑笑亦已作古多年。杜宝林在杭州唱"小热昏"的时候,他是不化妆的,一个人站在一条长板凳上,手里拿着三枝竹片,作为乐器,打动竹片,就唱了起来。他所唱的内容,有异于一般"踏街唱"的流浪艺人,因为"踏街唱"却是用二胡伴奏,唱一些时调小曲,而"小热昏"则大都唱当时发生的时事,名之为"说潮报"。

"小热昏"既流行到了上海,上海的街头巷尾,就时常可以听到滴滴答答的竹片声。因为他们都以时事为题材,所以开头几句,总是千篇一律地用"说新闻,话新闻,新闻出拉啥地名……"作为整个唱词的"帽子"。记得四十多年前,我还在童年,上海发生了一件阎瑞生谋杀王莲英的新闻,当时不但各个剧种,纷纷排演这个"实事新戏",就是"小热昏",也争唱着《枪毙阎瑞生》的新闻。于是走在路上,洋洋盈耳的,都是这样的唱词:"说新闻,话新闻,新闻出拉啥地名,新闻出拉上海城,上海城,有个阎瑞生,阎瑞生,嫖堂子,嫖着一个王莲英……"

后来因为"独脚戏"的兴起,"小热昏"就濒于没落了。因为"独脚戏",承袭了"小热昏"的一些特点,而加以丰富,演唱的人也从一个变为两个。相形之下,"小热昏"的演唱形式,自然比它单调了。但即使在"小热昏"已经没落的年代里,上海却仍然出现了一个非常别致的"小热昏"。这人那时才三十多岁,戴一副深度的近视眼镜,面白如纸、骨瘦如柴,若非黑白二毒,是塑造不出这副形象来的。为什么要说他是个别致的"小热昏"呢?那是因为人既不在街头演唱,也不在游艺场所登台,而是每天晚上,专门跑花街柳巷,只要长三堂子里有人在请客(做花头),这个"小热昏"必然上门助兴。他唱的内容,也和外面的"小热昏"不同,既不唱时事新闻,也不唱社会新闻,唱的都是欢场动态,更多的是长三堂子里发生的一些近事,例如某一个妓女肚子大了,下一节起准备"收摊"了;某一个嫖客,偷了相好的一件灰背大衣,要在提篮桥(监狱)关三年六个月了;或者是某老板在某某妓女家请客,他的老婆闻风而来,把妓女的房间打得稀烂等等。这样的唱法,自然为那些嫖客所欣赏,于是这个"小热昏"一夜唱下来,往往有二三十元收入,其"俸给"之高,俨然当时一个银行行长的水准矣。

(香港《大公报》1961年12月10日,署名:浦发)

两当轩旧址

"全家都在西风里,十月衣裳未剪裁。"读过清黄仲则诗的,都会记得这两句。这两句诗意的幽苦凄清,也代表了黄仲则这个人一生的幽苦凄清。大家知道黄仲则是个短命的诗人,只活了三十五岁,留下了二十卷的《两当轩诗集》。

黄仲则名景仁,江苏常州人。相传他的故居在常州白云渡上,但后人到白云渡去寻访时,却从未找到过他的故址。今年秋天,有位新闻工作者,得到一条线索,他听说黄仲则的故居在常州马山埠,此人就赶到马山埠,找到了黄家祠堂,在祠堂里翻看《浮桥黄氏宗谱》,终于发现了两当轩的旧址,确是在马山埠。

马山埠是一条古老的小巷,位于常州市区的东北隅。目下巷内还有七八户姓黄的人家,其中八十二号是黄仲则的故居。八十二号这所房屋最是古旧,它建筑在明代,到现在已历五百多年。里面有一座大厅,几间厢屋,虽然陈旧,却未破败。

目下在这所房屋里,住着一位老人叫黄宝熙,他是黄仲则的后裔,每有生人到那里去,他总是殷勤接待,告诉人家他所听到父祖给他讲过的一些关于仲则的故事,说到黄仲则长才短命时,黄宝熙往往强调仲则是"重瞳",故读书能过目不忘。

现在来看这所两当轩,是一橡矮小的老屋。靠南一间的半墙上是四扇玻璃窗,当是后来修建时加上去的;当中一间的屋门,则是四扇蠡壳格子的长窗,所以光线较为暗淡。屋前的天井里有两株香橼树,北面还种着木瓜和桂树,枝繁叶茂,都长出院墙之外。

在大厅后面的一间屋子里,堆放着一百多块木板,这就是《两当轩集》的刻板,其中有一块刻着黄仲则的肖像,那肖像状貌清癯,头戴大草帽,蓄着短须,当是仲则去世前不久的形象。据黄宝熙说,抗战以前,常州有一家印刷所还把这批板子印刷过,发行后争购一空呢。

(香港《大公报》1961年12月19日,署名:维芳)

［编按：此文材料基于1961年8月27日《新民晚报》南石《访黄仲则故居》。文中黄宝熙,应作:黄葆熙。］

独脚戏的创始人：王无能

目前在上海越来越受观众欢迎的滑稽戏,是由独脚戏转变过来的；现在的滑稽戏演员,很大是以前的独脚戏艺人。独脚戏在上海也流行了二三十年,人才辈出,已故的江笑笑、刘春山,而现在的姚慕双、周柏春都是。但若论独脚戏的创始人,那末应该说是最有名气的王无能了。

王无能,苏州人,无能是演文明戏而起的艺名,他原名念祖,另外有个绰号叫"小辫子阿魁",那是因为小时候常梳一根小辫子,乳名又叫"阿魁"的缘故。他从小就有方言天才,也学会一点口技,时常躲在帐子里做"隔壁戏",引得听的人齐声叫好。凭仗这副本领,后来唱文明戏又唱独脚戏,都以擅说各地方言为观众所欢动。在香港的老上海们,一定记得当年听过王无能学各地堂倌（饮食店服务员）喊菜的腔调,以及唱的什么《宁波空城计》、《常熟珠帘寨》之类的滑稽京戏曾经为之着过迷的。

说到王无能之创始独脚戏,还有一段掌故可谈：在辛亥革命以后的某一年,王无能正在苏州演文明戏,这时候江苏督军程德全正好卜宅姑苏。有一天,是程德全的诞辰,程的儿子要为父亲祝寿,热闹一场,故邀请正在当地演出的文明戏全班赴宅堂会。不料戏院方面因妨碍营业,竟加以拒绝,而程子却非要有堂戏不可,这样,双方就僵持起来。幸亏王无能想出了一个主意,他邀同张次儿赶到程家,愿意由他们二人来串一段相声,以娱宾众。不料就是这一天的相声,竟大受欢迎,一段完了,要求再来一段。从此,王无能就用这个演唱形式,专出堂会。又因为相声是北方的曲艺,而他们唱的是南方的曲调,所以改名为独脚戏。不久,独脚戏就正式流入游艺场所,作为一个独立存在的游艺项目了。

王无能是一个懒人,平时不肯动脑筋,所以在说唱的品种方面,他是不够广多的。除了方言是他的特长,还有几只"哭调",像《哭妙根笃爷》《哭阿龙笃爷》等,此外就数不上什么来了。可是他少而精,所以他曾经夸口的说:"我不想学别人的东西,我的东西别人也学不想像。"

王无能死去已经二十八年了。他是被鸦片、吗啡毒害而死的。有人说他死之前,身上已找不到一块好肉,其实他形销骨立,根本连坏肉也找不到了!

(香港《大公报》1961年12月22日,署名:浦发)

上海大唱文明戏

"文明戏"这个剧种,如果溯起源来,必须追到五四以前的春柳社,话就多了。简单地说,它是发祥于上海,算它是上海的戏种,总是不错的。

但是,这个剧种在解放前已濒于死亡,那些"文明戏"演员,改行的改行,不改行的也都转到滑稽剧团去了。直到四五年前,上海文化部门把它抢救出来,寻访人才,搜罗脚本,建立一个通俗话剧团,在上海演出,也曾到各处去巡回演出。到去年,又把这个剧团划入上海人民艺术剧院编制,改称为方言话剧团。一年多来,"人艺"用了很大力气,整理出了十个传统剧目。其中有根据弹词、小说改编的,如《珍珠塔》、《恨海》、《啼笑因缘》和《家》;有从外国作品移植改编的,如《金钱世界》(原名《人之初》)、《黑奴恨》和《金小玉》(原名《热血》);灯彩戏则有《智斩安德海》,这就是从前"文明戏"里有名的《安德海大闹龙舟》;而社会时事戏则有《秋瑾》和《张汶祥刺马》。

十个剧目的改编和导演人选,也是极一时之盛的。比如:《金钱世界》由顾仲彝改编,凌琯如导演;又如《金小玉》由李健吾改编,佐临导演;《恨海》由桑弧导演;《家》由杨村彬导演;《啼笑因缘》则由应云卫导演。倾如许人才和如许人力来推动方言话剧,除了人民艺术剧院来搞,其他不可能有此气魄也。

从十二月开始,要把这十个戏陆续在上海长江剧场公演。第一个上去的是《珍珠塔》,一上演就造成欲罢不能之势,因为旧时的"文明戏"要三四个晚上才能把全部《珍珠塔》演完,如今聚精萃华地压缩为一场演全,自然紧凑而显得精采纷呈了。何况这个戏的几个重要角色又都是当年老手,像饰陈琏的是沈朔风,饰方莱花(即方卿的姑娘)的是王美玉,饰采蘋的是王雪艳,饰方老太太的是伍赛文。看过王雪艳的采蘋,观众无不认为奇迹,因为王雪艳年近五十,但一到台上,一副俐齿伶牙的口才,一派娇痴跳荡的神情,看上去只像十七八岁的女儿家模样。

当我写这篇报道的时候,正是十二月中旬,"长江"已改演了《金钱世界》,笔者承佐临院长的邀请,昨夜去看了这个戏,这是一个讽刺资本主义社会惟金钱为万能的喜剧,自始至终,逗得台下笑声雷动。这个戏的演员,大部分都是近年来培养起来的新人才,在台上,却都已老练得如宿将一般。

(香港《大公报》1961年12月30日,署名:流金)

人物·邓散木的"夔言"诗

邓散木是上海人,名钝铁,号粪翁;改号散木,还不够十多年来的事。他是著名的书法家与金石家。在上海居住了五十多年,到解放后,才移寓京都。

在旧时的上海,一向传说着邓散木是个"怪人",当年上海的报纸上,也不时登载他一些"怪事",是些什么"怪事"呢?只不过是说他发誓不看戏,不看电影,不坐电车,不应揩油之件等等。其实这样的小事,不过表现了散木有时不免意气用事罢了,而真知邓散木的,则都说他待人诚挚,对工作认真,对治艺更是孜孜不倦。这样的人,何怪之有?

现在要谈到本文标题的"夔言"诗了。什么叫"夔言"?夔言者一足之言也。原来自去年起,邓散木发生了一件不幸的事,他截去了一条腿!简单的经过是这样的:一九五九年的冬天,邓的一条左腿,发现有点麻木,后来由红肿而变成坏疽,不久便化脓溃烂。他起初还以为是小小的外症,没有注意,不料一拖几个月,病势越来越恶化,直至神识昏迷,到了危殆的程度。据医生诊断,说是动脉硬化性栓塞,必须把腿去掉,方能留得生命。这样才于去年八月进了医院,进院的第二天,就动手术,坏腿一去,病也就转危为安。

锯腿后,散木就在医院疗养,先后住了二个多月,因为精神逐渐恢复,便在病床写了数十首诗,古今体都有,他把它简称为"夔言"。从这些诗里,可以看出这位年老的印人,身体虽然残废,心志却依然健盛。比如他的《病起》一首云:

病起方知体渐苏,白须红颊共看渠。车唇马背将无分,凤梧鸾筱倘有诸。性别(别扭)有同姜桂老,诗多未觉秕糠粗。幸余霸气堂堂在,一足犹堪抵十夫。

又如《到家》一首云:

浃旬病榻支离甚,今日归来白发新。花木依然同隔世,亲邻相见若平生。饭蔬自许非尸位,伏枥犹堪起壮心。剩有未干江海笔,衰年报国有余情。

果然,他仗着这一股意气,打今年下半年起,便照常工作了。每天的日课,除了写字治印以外,还做些文字改革的工作。近两月来,为了响应政府号召人民要练习毛笔字,他就在许多报纸上,撰写有关书法的文章。有的教授读者怎样学习书法,有的谈述古代书法家勤修苦练的故事,也有的教导读者如何欣赏古人书法。所以邓散木的腿是少了一条,而他的一双手,比之以前,却更加勤,也更加忙了。

(香港《大公报》1961年12月31日,署名:流金)

人物·马公愚病中得宝扇

在解放以前的上海,出了不少书法家,马公愚是其中的一个。马擅写隶书,别具风格,据内行说,他在书法上着实下过工夫。论当时的名望,他与邓散木相埒,惟其年岁较邓为长,精力也向来不及邓的充沛,所以那时他的作品也不及散木为多。

近数年来,上海看不见马公愚这个人,打去年起,沪上大力发展书法篆刻艺术,也不闻马老参与其事,那是因为他身体不好,遄返温州故乡养病去了。直到去年秋初,我赴一友人之宴,才又与马老同席。多时不见,他同以前两样的是:颏下长髯,已然飘拂如银,走路又用了拐杖,据说他患的是高血压症,用拐杖可以帮助步履安详。但他的面颊丰腴,还透着一脸红光。在席上,我又发现他的食量惊人,知道马老先生除了高血压外,其他健康情况,都很正常。

记得这时候是八月中旬,天气还很炎热,马老手上持的羽毛扇,随身带一只手提包。这天他从手提包里取出两柄折扇,告诉同席的人说,这是他在家乡养病期间得到的两件宝贝。原来一件是北京陈叔通先生知道他在故里养疴,给他去了一封问病的信,另外又赠给他一页录写毛主席一首七律诗的扇头。叔通老人年登耄耋,但书法还是简净端华,一笔不苟,可见老人的精神高贵,也无怪马老要珍同拱璧了。还有一页是梅兰芳先生画的无量寿佛的扇头。那是前年梅先生得悉马老七十诞辰,特地作了此画从北京寄往温州,为老友祝寿的。但当马老向席上人展示这个扇页的时候,正是离梅氏谢世还不到十天,席上人在欣赏遗作之余,悲斯人永逝,都不禁怃然嗟叹。

不久前,有一个温州剧团来上海公演,以一出《高机与吴三春》最为轰动。马老看了戏以后,不禁情切桑梓,写了两首赞诗,为他的朋友们所传诵。今录其诗,作为此文之殿。

  乱弹别调溯温州,五百年来此上流。谁放新花翻旧案,赚人清泪说瓯绸。

  南剧开宗事已遐,回天党力诧无涯。百花放后添奇采,水调新声谱永嘉。

(自上海寄)

(香港《大公报》1962年1月14日,署名:高唐)

叶浅予笔下的"立桶"

去年十一月至十二月间,北京几位美术工作者如表情圣手叶浅予,全国第一流漫画家华君武和方成,还有装置家张正宇都到江南来"游冬"。他们有的去苏州、无锡、镇江、扬州等处,有的上杭州、绍兴、宁波等地,叶浅予更偕夫人王人美,回返富阳故里,住了数天。

上海是他们的落脚点。在上海,都寄寓在锦江饭店。说是游玩,其实他们还是在工作,尤其是叶浅予,各地方跑了一圈,积的画稿,几可盈尺。他到了上海,各家报纸,都纷纷向他索稿,把他的旅行素描,一大版、一大版的登出来。在他速写的许多农村景物中,最受读者称赏的是一个站在草窠里的娃娃,这是在人民公社托儿所里汲取来的镜头。

这幅画看来很平常,但画得很传神,确是惹人喜爱。我说它很平常,那是因为这样的事物,在江南冬天的人民公社里,到处可见。记得去年初春,笔者到青浦的农村去,看见一处托儿所门前的旷场上,排列着几十个草窠,无风的早晨,场上满地阳光,娃娃们站在草窠里,真似一头雏鸟,静处在温煦的小巢里一样。

这种孩子们站着的草窠,名叫"立桶",一向流行在上海各县的乡间。笔者是这一带地方的人,不但熟悉这东西,而且小时曾经在这里面立过一两个冬天。不过从前的"立桶",不是用稻草编结,而是用木料箍起来的,上面的圆径小,下面的圆径大,中间架一层板,板上开几条隙缝,冷天桶底下放一只脚炉,炉里煨着木屑,热气上腾,让孩子的下体得到保暖。因为那时的孩子,上身穿一件棉袄,拦腰束一条"抱裙"(等于一条小的棉被),下体就很单薄。妈妈把他们放在"立桶"里时,将整幅的"抱裙"都覆在桶沿上,只让下体蒙在桶里,烤着热气。等到把"抱裙"撩开,抱起孩子的时候,桶里一股烟熏的味道,直冲出来,好像把孩子都快熏熟了,很难闻,很不卫生。

现在农村公社的"立桶",改用稻草编结,设计自然是好的。它不用火烤,既避免熏坏了孩子,也防止了可能发生的火灾。而且现在孩子们都穿了棉裤,从浅予的画上看来,另外也有一条"抱裙"覆在桶沿上,那是防御寒气不致侵入桶里,设想真是周到极了。

(香港《大公报》1962年1月21日,署名:约略)

[编按:本篇下半部分与1960年2月22日《新民晚报》上所刊《立

桶》(署名:高唐)文字雷同。]

记盖叫天二三事

廿二日本报封面有一篇吴祖光写的特稿《看盖叫天授徒》。系记七十六高龄的盖老,给后起武生钟浩梁等说《水擒史文恭》的情形。老师父先分析水浒中这些人物的性格,然后再授以身段、招式,不厌求详的教了再教,累得年青人都快喊吃不消了,他还兴犹未尽。可是这正是现在这批小徒儿的造化,若在从前,大角儿或为衣食奔走,或囿于门户之见,根本不容易亲聆庭训;即使收了徒弟,也不可能会一丝不苟,说得如此地道的。

学梅、学麒、学马,学他们的某些唱腔或念白,若不能亲炙,亦可以从唱片"私淑",而做一名"留学生"。惟独盖派的绝活不然,不重嘴里,最重身上,即使想"偷",也非看他台上的演出不可。盖老出演机会较少,所以想学更难。

他被誉为江南的武生宗匠。其实连北京算在一起,即使杨小楼在世之日,盖的短打与杨的长靠就并称双绝,也没有任何人赶得上他。

昔日唱戏,大角儿们纵非心服,面子上亦不得不打恭陪笑,以敷衍地方上的恶势力,但盖老赋性耿直,就连这一点敷衍也不给人。他不只是敷衍别人不肯,人家敷衍他也不要。

譬如今天晚上他演了《史文恭》,你要是盖迷,而与他有相当交情,到明天见了他,他会问你:"昨天看了没有?"答曰:"看啦。"问:"怎么样?"这时候,客人不免翘起大拇指曰:"太好啦。"问:"好在哪里?"客人就会说走边如何好,水发如何好,免不了捧场一番。若是别人,谦虚一阵也就算了,而盖老不然,他就要问你:"你说走边好,水发好,到底怎么个好法?"幸而客人是盖迷,看他的戏看得多了,还可以说出个所以然来,说得对还好,要是说得不对(便是说捧错了),此老就会不客气的对客曰:"你说的那个身段,昨天没有演好,你根本不懂戏嘛!"

这样对待捧场的客人,似乎很不近人情,不懂世故,而此老就是这个脾气,他要你说真话,不喜欢吃豆腐。

以前在上海的梨园行里,凡要演唱义务戏,当然少不了要他的一出,但就没有人敢跟他搭。按当时江南梨园行的前辈,除盖老外,还有赵如泉、周信芳、林树森诸人,但周、林以年龄稍稚,见了他不便多说什么,此时只有老开(赵如泉的外号)代表发言了。赵如泉唱惯济公、欧阳德,谈吐举止比较滑稽,而最占便宜的一点是长于盖老,见了面先一声"五弟"(盖行五),盖老此时成了"为弟细佬",看在兄长份上,一切都容易讲话了。

每唱义务戏,总以全沪的大角儿为他配演,尽管人家都是大牌,他仍非郑重其事的一再排练不可。每次排练,人们或有身段不符,此老直言谈相,当面给你改正,就像师父指点徒弟一样,纵然你是"京朝大角",他亦一视同仁,毫不客气。但人们也的确学到老活儿,纵然受训一顿,无不服服帖帖,认为"值回票价"有余也。

(香港《大公报》1962年3月28日,署名:高登客)

[编按:1956年12月20日《新民报晚刊》高唐《市楼记事》:前几天的中午,同盖叫天、赵如泉二先生在天鹅阁吃饭。盖年七十,赵已七十六了。叫天翁说,到目前,喊我"五弟"的,只剩赵老一个人了。]

宁波——宁波汤团

今年春初,我到宁波去住了几天。此行也,既不想游览雪窦、天童那些山水佳胜之地,也不想参观沿海岛屿蓬勃发展的渔业情况,而只是想到一到宁波这个地方而已。因为现在住了四十来年,所交的朋友,遍及全国各省市,但数一数,其中以宁波籍的朋友为最多,有几个且是平生知己,因此对这个从来没有到过的地方,有着必欲亲临其地的感情。

虽然我还是头一次坐宁波轮船,但这条船傍晚开出,明天一早靠岸,乃至船上的设备,船外的景物,我好像都是熟悉的,因为很早以前,那班宁波朋友,一直跟我谈坐过这轮船的情景了。这一天,出了吴淞口,还是皓月东升,可惜春寒犹厉,我没有到甲板上去望海上月光。

宁波的气候,比上海更好,冬天不是太冷,而夏天又不是太热。若说江南春早,那末宁波的春来得更早,一上岸,就觉得是"微暄天气衣应减"了。不但如此,上海的街树,大多新绿未萌,在宁波则梅花欲谢,柳已含烟;有一分人家的庭院里,玉兰的苞蕾,已长得比胡桃一般大了。

我被安顿在一所巨厦隆隆的洋楼里。这里的一间客厅,可以容纳一二百人在此集会。听说这座房子是十几年前一个女人鸠工造起来的,那女人是蒋军官的宠妻,这军官是宁波一带的司令官,既是一土之豪,就连他的女人也在地方上作威作福了。

有一位同事,去宁波养病,我去探望她。中午她端出一桌子的宁波小菜来款待我。这些菜在招待所里吃不到,在上海的状元楼(宁波馆子)也没有吃到过,这是真正的宁波人家里烧出来的宁波菜。我连夹了几筷糟鸡,鲜嫩绝伦,吃得津津有味,还向主人赞口不迭。等我放下饭碗,她才告诉我,若是糟鸡,就不成为宁波菜,这是糟鹅,鹅是自家养的,糟是自家做的,这样才是道地的宁波菜。她怕我不吃鹅,早说穿了,我会搁箸。

同事留我不要走,下午她又烧出宁波汤团来请客。宁波汤团在上海吃过,但上海买到的那馅子都是黑芝麻拌着白糖猪油,这样比之原来的宁波汤团已经失真了。这一回我才知道正宗的宁波汤团的馅子,应该用板油切细和以砂糖,用绝薄的水墨糯米粉做皮子,要趁沸烫时吃,入口腴香,为糯米食中的极品。据说,吃这种汤团,粗心人常闹笑话,他把汤团送进嘴里,用门牙使劲一嚼,这时汤团里面的馅子已化成流汁,立刻喷射到桌子对面人的脸上。所以必须轻轻的嚼,慢慢的咽,咽快了,也会烫痛自己的肚肠。

(香港《大公报》1962年4月8日,署名:高唐)

天一阁与千晋斋

天一阁在宁波市内,这是天下闻名的藏书楼。我说它天下闻名,一点不假,不然,为什么从前美国强盗、日本强盗忆及其他强盗的魔手,都曾经掠夺过或者想掠夺过这里的珍本藏书呢?因为它的位置离我住的地方不远,所以我到宁波的当天下午,便到天一阁去参观。

记得上月中旬,我们的新华社曾经发过天一阁的一张照片(本报第一版曾刊出),那图上檐角高挑的一所楼房,其实是尊经阁,不是藏书楼,藏书楼在尊经阁的后面。楼前的一个院子雅有花木假山之胜,而天一阁的藏书则都在楼上,一位值日人员,开了好几道楼门的锁,才把我引上楼来。整个楼面上,整齐地放置着几十只乃至一百多只巨大的书箱,值日人员又以一把换一把的钥匙,开启这些书箱,才让参观者看到里面的藏书。

天一阁藏书的情况,报刊上登的很多,这里不一一介绍了;值日人员给我看了一些志书和几本明板书,明板书在这个藏书楼里,几乎触目皆是。他又如数家珍地给我谈了许多关于这个藏书楼的掌故,有听到过的,也有没有听到过的,很有趣,稍假时日,我将转述与本园读者。

下了藏书楼,过一道侧门,旁边有一所屋子,叫千晋斋,这是收藏古砖的地方。这里大部分的古砖是一个姓马的宁波人收集起来的,一共收了一千多方晋代的砖头,后来他的子孙把全部砖头赠与天一阁,于是称这个藏砖的屋子为千晋斋。到了现在这里的古砖更丰富了,汉朝、南北朝以至唐宋元明都有。据说古砖上的花纹和文字,可供今人研究学术之用,所以都是宝贝。

就在千晋斋里面,置放着一座明朝范东明的塑像,范是天一阁最早的主人,这个像是他七十岁生日的那天塑起来的,红袍玉带,纱帽长髯,那打扮跟舞台上《打严嵩》里的邹应龙一模一样,我因此相信,舞台上的服装,倒是有点讲究的。

在天一阁的客厅里,挂着一副墨色犹新的对联,那是胡乔木先生在不久前到此一游后,写赠给天一阁的。联文是:

  书中岂有黄金屋?
  海上长存天一楼。

(香港《大公报》1962年4月13日,署名:高唐)

一　品　笔

新近有人从浙江湖州来,送给我两枝毛笔,这是湖州王一品笔庄的出品。在香港写写毛笔字的朋友,必然会买得到这一种笔,因为湖州的王一品笔,远销国外如日本、印尼、东南亚许多国家,自然也会销来港。

湖州毛笔,天下闻名,而王一品更是湖州笔中的珍品。原来王一品这家笔庄,设立了已有二百多年历史,它创始于乾隆年间,在那时有一段传说,直到现在还有人津津乐道。那传说是:当初湖州有一个姓王的笔工,有一年是大比之年,他带了一批毛笔,跟随湖州的几个考生,一起进京,除了托盘叫卖外,还到考场附近考生的寓所去兜销,恰巧有个考生买了他的一支笔后来考中了状元,这个消息刹时传遍京都,不到三两天,他的笔竟被争购一空,人们还给给他的笔起了一个名字叫"一品笔"。从此这个笔工回到湖州,就开起笔庄来,招牌也就挂了"王一品"三字。

据湖州朋友告诉我,湖州毛笔的主要产地,其实不在湖州,而在吴兴县的善琏镇,因旧时善琏这地方,属于湖州府,故而被称作湖州毛笔。到如今这善琏镇依然是产笔最多的地方。镇上有个蒙恬祠,这是纪念秦代毛笔发明人的一所庙宇,庙内有一尊蒙恬塑像,游善琏的人都要去瞻仰一番。

湖州毛笔之所以脍炙人口,声名不坠,原因在于制作时的选料认真,精工细作。他们一笔之成,要经过七十二道工序,若不做到"尖齐圆健",便作为废品。这"尖齐圆健"乃指笔锋而言,业中人称为"四德"。虽然如此,湖州制笔工人的进取之心,并无止境,他们还在不时地想法把产品作得更好,去年特地派了人去拜访各地的书画家,在上海,沈尹默先生以很大的热情,给湖州毛笔提出许多改进的意见。沈先生是书法家,又是湖州(吴兴)人,他热爱艺术,热爱家乡,对湖州毛笔的感情,更不同于其他人了。

(香港《大公报》1962 年 4 月 18 日,署名:梅德)

题 画 记

今年二月下旬到三月中旬的二十来天里,著名版画家黄永玉带了他女儿黑妮,从北京来到上海,父女俩住在锦江饭店。永玉的朋友们知道黑妮来了,纷纷登门索画。那一阵着实忙坏了这位五岁的小画家。

一天晚上,我去找永玉聊天,恰巧国画家唐云也来了。这时,永玉正在磨墨,让黑妮作画,她画的是许多动物,其中有一幅双猫图,永玉特别称赞,他连声说:"妮妮这两只猫画得好,爸爸要留起来,舍不得送给人家。"忽然,他又转身对我说:"你就给这幅画题一首诗吧。"

我立刻感觉到这是一个难题。因而说:"不是我推辞,有些画家的画,我都可以题,他们的画,我的诗,还是门户相当的,就是黑妮的画,我不能题,孩子的作品,天趣横生,叫我用什么样的诗,能够跟它凑合得好呢?"

可是永玉不答应,他又说:"一老一小,合作一次,留个纪念也好。"

我被逼不过,只得一边构思,一边提出一项要求:诗由我来作,字却要唐云来写,因为我的字更不成话。总算唐云一口答应。于是我一面念诗,唐云一面写到画幅上去。我的诗是:

  阿爷磨墨女儿涂,黑白双猫俏且粗。为补老夫诗句拙,妙题还赖唐云书。

我念完第三句,唐云全都写上去了,他听我念完第四句,先是顿住了笔,随着立起身来,表示无论如何不写这一句。我笑对他说:"你不写,这七个字我倒情愿代劳。"便提起笔来,把它补了上去。后面再由唐云加了一段题记,叙述当时题画的实况,就这样乱七八糟的把黑妮的画猫给糟蹋了。

又是一个晚上,我同永玉、黑妮到舞台装置家孙浩然家里做客。浩然准备好了纸墨笔砚以及全套颜料,请黑妮为他作画。黑妮画了一只大猴和两只小猴,一只小猴紧靠在大猴的身旁,另一只却离得它们很远,那大猴的眼睛直瞪住这只小猴。据黑妮的解释是:"这个小猴爱淘

气,它不听妈妈的话,要自个儿出去玩,妈妈正生它的气呢。"浩然根据黑妮的作品,就在画上写了这么几句题词:

  一个乖,一个不乖,把妈妈气坏。要是再撒赖,当心把打挨!

可惜上面的两幅画都不在手边,不然印出来让读者一道欣赏欣赏,那就更有趣了。

(香港《大公报》1962年4月20日,署名:高唐)

题 画 记(之二)

永玉回北京的那天,我去送车,临别时我要他给我寄一张他的儿子黑蛮的画来。

不到一个星期,黑蛮的画果然来了。永玉的信上说,黑蛮过一时要为伯伯画一个扇面,现在先把三年前的一张旧作送给你,那时蛮蛮只有六岁。

这张画上题着"好汉李逵"四个大字,是沈从文先生写的。画上的李逵,粗眉巨目,铁髯戟张。妙的是他身在花间行,手上还执着一枝鲜花,那些花,五彩缤纷,非常夺目。

从文先生给这张画还题了三首诗,他自己只写上了两首,另一首是永玉给补写上去的。先生写的是:

  为人仗义气,身粗心思细。打过郑关西,搭起便走去。
  腰插双板斧,手拿一支花。李逵真妩媚,可爱谁比他?

永玉补写的一首是:

  拳头如擂钵,专打大坏人。无事下山去,花里慢慢行。

沈先生的第一首诗,把鲁智深拳打郑关西的故事,误记在李逵的账上,因此永玉又在画上加了一段十分风趣的说明:

  爷爷极爱蛮蛮,蛮蛮也极爱爷爷,每有画作,必请爷爷题诗,爷爷乐而为之焉。一日,蛮画李逵,爷爷诗兴大发,顺笔直下,误将鲁达经手揙揍之人,移交李逵代劳。事后发觉,全家大笑不止,即此画也。因既不便发表展览,寄赠唐伯伯一笑。即使爷爷知道,当不以为意也。一九六二年三月,永玉补记蛮蛮之画。

原来沈黄二家是亲戚,永玉比沈先生小一辈,所以黑蛮、黑妮都称沈先生为爷爷。

我收到这张画,真是说不出的欢喜,在写给永玉的信上说:"黑蛮画,沈先生诗,兄为题记,三者合成神品。寒家四壁萧条(我藏当代名人字画,但从不悬诸壁上),观此乃胜得连城珠矣。日内即付装池,将来置之案侧,用以赏心,用以悦目,亦用以消弃一日罢劳也。"至于沈先生的以鲁为李,我认为错得有趣,永玉说不便发表,我则谓发表无妨,料想沈翁雅度,也必不以为意的。

(香港《大公报》1962年4月24日,署名:高唐)

人物·打猎迷

黄永玉是当代第一流的版画家。但你若是当了他的面,称他为好猎手,那么会比称他为美术家或版画家更乐于接受。因为他实在太喜爱打猎,在他的业余生活中,几乎大部分都放在打猎上。在北京,一遇到假期,便集会二三猎友,带了营帐,到离京城百十里的郊外去打猎。回来的时候,网着许多飞禽走兽,如野兔、大雁、野鸽以及獾、狐等,好在他的夫人张梅溪女士,善于烹调野味,永玉于是呼朋唤友,大嚼一场。

去年他夫妇二人一同到西双版纳去,在茂密的森林里,永玉几乎每天都在大显身手。有一回为了追捕一只九百多斤的马鹿,费了十几个钟头的时间,第二天就把当时既紧张又惊险的过程,写了一封几千字的长信,报告在京的朋友,就可知道他对打猎的意兴之高了。

如果你跟他谈话,三句两句就会把话题转到打猎上去。他的打猎故事也的确精采,即使你对打猎不感兴趣,但听了他的津津乐道,也不由你不为之出神,同时也替他兴奋。

他已经有十五年不到上海了,今年上春,他在上海住了二十来天,因为工作而来,没有随带猎具,可是一遇到熟人,就要打听谁肯出让猎枪,他肯定上海地方,一定有人藏着名牌的猎枪,他将不吝重价以求之。

因此接触频繁的,最是几个向来喜欢打猎的朋友,如刘琼、舒适诸人。有一回阿舒告诉他杭州有一枝好枪,讲讲交情,可能割爱,他听了逼着阿舒马上随他到杭州,但阿舒太忙,哪里腾得出身来?他因而一直不甘心,临走的那天,还关照阿舒,明年再来,务必去一趟,哪怕人家不肯出让,看看也是好的。

在永玉回去一个月以后,给了我一封航空信,信上絮絮而谈者,依然是打猎的事。他说:"春假期间,到西集庄河套露营三日,难得的是猎得七斤重大雁一头。此雁得来不易,虽多至数千满布河滩,但近身极不方便,它们一呼百应,立刻化为乌有。我只有穷一生计算,拼半老之命,匍匐爬行二千余米,在相距百余米处,双管齐放,果然命中一头,不料此公负伤以后,居然跳水落荒而逃,我乘四顾无人之际,急脱去下半部全副装备,下水追击,正伸手擒拿时,此公忽失所在,当我狼狈徘徊间,只见它的头又从水中露了出来,说时迟,那时快,我赶奔岸上,举枪瞄准,枪声响处,而我得手矣。"

上面的信上看来,可见永玉还是打猎双枪将咧。他最后又说:"沪上如有名牌猎枪,烦兄随时留意,任何口径,均所欢迎,积极自在阁下,若有所得,弟当乘快车来沪洽取。"然则黄永玉不仅是个打猎迷,还是一个猎枪迷也。

(香港《大公报》1962年6月3日,署名:高唐)

小时同学,老年诗友

上月二十九日本报《文采》上,刊了葛传槼先生一篇《漫谈自学英语》的文章。葛先生是我国英文语法的权威,在实用英语上,尤有精深的研究;他的著作等身,这些都不待我来介绍了。我要讲的,是我和他"小时同学,老年诗友"的关系。

葛先生是上海嘉定人,我们是同乡,在十多岁时,还是高小同学(四十多年前的学制,小学三年,高小三年,到了中学,则循初中高中之分)。在这家小学里的同学,目前都在上海,而犹互通声气的,还有一位便是干电影工作的瞿白音先生了。

葛先生在少年时候,生得风神秀朗,在同班学生中,他长得最高,清瘦的面孔上,有两个酒涡,这印象,一直留在我的心目中。小学毕业后,我们就分散了。过了几年,又都在上海,可是从不往来,也从没有一个偶然的机会,在路上或者公共地方见过面。这样就一隔隔了四十春秋,直到今年的三月中旬,我才到江湾复旦大学,去拜访了这位童年学长。

原来我在今年先认得了喻蘅先生,喻先生诗文清绝,还刻得一手好金石。他任事于复旦大学校长办公室。有一回我们谈起了葛先生。喻先生却说:你们应该碰碰头了,葛先生也时常谈到你的,他这几十年来,不但在报纸上经常读你写的诗,也能回忆你的儿时形貌。听了喻先生的话,我正想给葛先生写个信,约个日期去访候他,不料葛先生的信先到了,他渴望着我们能得到一次良晤。我自然劳不得他的驾,趁一个风和日丽的春晨,来到了复旦大学的第一宿舍。

这第一宿舍是复旦的一级教授所住,每人一幢红楼,院落深沉,浓荫如幄。因为地处郊外,所以宿舍的高墙以外俱是田畴,空气便显得异常新鲜。

葛先生像等待远客那样,早已在客厅里等候我了。从彼此都还没有发育的孩子时候分手,到再相逢时,却彼此又都已儿孙绕膝了。这样会见的心情,大概是很少有人体会过的,我也说不出这是什么美好的滋味。葛先生作了几十年的教授,又一年到头,常在外面讲学,吃惯了"开口饭",故而比我健谈,古今上下,谈得无休无歇。也有大部分时间,跟我谈了旧诗。去年秋天,我到过故乡,写了几首《嘉定绝诗》,其中有一首是:"昔时门径几曾谙,惟有高天似旧蓝。安得雕鞍重坐稳,扬鞭一路出城南。"葛先生记得这首诗,他说,我们过一时两个人一道回乡,指点指点儿时的游钓之地,该也是暮年乐事。

这次会见以后,我们就时常通信了。葛先生每次来信,总要附几首近作给我看看,而谦虚地说,他不善作诗,不过爱好罢了。四月中旬,他到安徽大学去讲学,从合肥一回来,就寄给我一首七律:

安大英语教研组杨主任(云史先生之侄)留为夜饮,座上有王、孔、冒三先生,冒号效鲁,亦以诗名,如皋冒广生先生长子也。我诗因记其事。

千里来偕万里游,杨郎才调凤称道。清樽细雨三春夜,满座良朋一角楼。摩诘温文寡言笑,稚珪蕴藉是风流。巢民后代多闻见,宫女闲谈未白头。

(香港《大公报》1963年6月17日,署名:高唐)

忆 二 梅

这两个月来,我在上海听了许多现代节目的评弹开篇。有老艺人演奏的,也有青年艺人演奏的。这些新开篇,都是歌颂我们社会里的新事物和新风尚的,内容是又生动,又丰富。我打听了一下,制作这些开篇的人,大半是评弹演员自己,而青年一代的艺人,写得更多。举两个香港熟悉的演员来说,程丽秋在上月里写了一支《有问必答》,那是赞扬上海电话公司"〇四台"话务员的先进工作法的;刘韵若则写了一支《永不生锈的螺丝钉》,则是歌颂平凡战士——雷锋的生平事迹的。此外似张丽君、卞迎芳都称为才女,而苏州团和南京团里也都有这样的才女,她们不但会制开篇,还能编写中篇评弹。

听到了这些,使我想起从前。在解放前的评弹界里,休说通品不多,一字不识的文盲,滔滔皆是。以我所见,其中只有一个人是凸出的,那就是二梅。当时人只知她能画画,而不知她还能诗。但是惊才薄命,记得我在上海见过几次以后,她就离去了,从此再也没来上海。过了几年,又听说她满怀伤感,到故乡无锡的太湖边上,归耕畎亩去了。

就在她离开上海的那年冬天,到苏州演唱,从苏州给我来了一封信,我在回她的信里,写了这样几句话:"海上奇寒,料想苏州更冷,用是深念二梅,西风举袖,琵琶儿弹不成腔矣……"过了几天,收到她的回信,寥寥数语,却附着一首绝诗:

羁旅常年郁不欢,施朱抹白与谁看?书来深感唐家情,将惜吴中翠袖寒。

我这是第一次见到她的诗,诗作得这么好,不觉大为惊服。因此再写信去,要她的诗稿来看,她却靳而勿与。直到第二年,上海的几张小报上,登载着她有个恋人,在上海背叛了她,和另一个女弹词家同居了。这个"新闻",在那时的各家小报上,不止登了一次。大概被她看到了一些,就从昆山附近的一个小镇上,又寄给我两首小诗。她叫我不要在报上发表,只是让我知道她对这桩公案的态度而已。那两首诗是这样的:

薄怒春潮桥底生,水桥坐看夕阳明。断他寸寸狂徒筋,付与东流了此情!

不是悲伤不是痴,今宵无泪亦无诗。南山合让新莺住,莫惜高寒向北枝。

诗里的故事,作诗人的心情,都是可以理解的。我为此更加倾折她的诗才,也嗟伤她的遭遇,即使听说她已经归田以后,也常常想到这个人。一九四七年,有一回游了太湖回来,写了十几首《太湖杂诗》,其中就有一首是为了二梅而作的:"灵台常放美人图,百里舟行日欲晡。为逐红尘随处问,有人曾见二梅无?"

二三十年前的事了,到如今,二梅的消息还是杳然。当我每次踏进现在的书场,看到青年女演员的人才辈出,才调纵横,总会想到二梅,她若是迟生二十年多好呢!不也会像现在这班青年人一样,欢乐地、热情地为美好的祖国而歌唱。

(香港《大公报》1963年7月4日,署名:高唐)

告化鸡与三杯鸡

二十多年前,上海福州路上开过一家叫"山景园"的菜馆,以一味告化鸡号召食客。山景园原是常熟的名菜馆,告化鸡也是常熟的名菜,因为名气响,告化鸡也的确好吃,所以山景园就来上海开支店了。但开不多久不知什么原因这家店就收歇了,从此上海不再有告化鸡可吃,要吃,也只有赶到常熟,那里还有山景园在,而王四酒家的告化鸡,也一样出名。

所以名为告化鸡，因为这种鸡的烧法是由当年常熟的一个乞丐（乞丐在江南一带称作告化子，若发明在上海，必然称它为瘪三鸡了）发明。原来这个告化子有一回在饿极之时，偷了农村里的一只鸡，把它杀了，也来不及洗涤，在鸡身上连毛涂满河泥，放到野地上架火烘烤，直烤到鸡肉熟了、酥了的时候，那只鸡身上的全部羽毛，自然地同外面的泥块剥落下来，剩下竟是一只肉头洁白的烤鸡。告化子吃鸡，当然没有什么作料，但即使不加作料，吃起来也已够香酥鲜美的了。后来这个方法给山景园的老板学了去，烤出来作为门市供应，顾客们吃得众口交誉，告化鸡这只名肴，就在常熟地方流转开来。

杭州的西湖饭店，煮的三杯鸡非常精美，各地游西湖的人，住在西湖饭店的都要尝尝这一味名肴。上海人甚至为了吃三杯鸡特地到杭州开了西湖饭店的房间，每餐都把它来大快朵颐呢。

三杯鸡的做法只用一杯（小的酒杯）食油、一杯陈酒、一杯上好酱油。将鸡切成块，炒好，然后用文火焅烂，吃起来就风味别饶。

有趣的是三杯鸡如今在杭州大出风头，而烧出这样菜的却是上海人。据熟悉上海掌故的人说，清朝末年，上海南市有一份姓姚的缙绅人家，他们的一位公子哥儿娶了一个老婆，这新妇在娘家时以善于烹调出名，嫁到姚家，备受丈夫和翁姑的宝爱。婚后不久，新郎在盘子里端着一杯油、一杯酒、一杯酱油，对新娘子说，只有三种作料，试着把它烧成一味鸡来。那新娘子就用前面说的方法，又炒又焅的做了出来端到桌面上时，她对桌上人说，这叫三杯鸡。合桌的人吃过以后无不啧啧称赞。这时新郎对新娘说，这是我从前人的食谱上看来的，不过没把方法告诉你罢了，想不到娘子的一双巧手，竟能与前人暗合。那新娘子倒也率直，她道，我也是从前人的食谱看来的，凭空又怎能烧得出三杯鸡来呢！

（香港《大公报》1963年7月14日，署名：白宛）

霍元甲第一次到上海

著名武术家霍元甲,第一次到上海大约在一九一〇年间,正是清朝政府即将垮台的时期。因为那时有个美国佬在上海演武,他口出狂言,自称曾经周游列国,所到之地,都把当地的大力士打败阵去,如今愿与中国健儿一角雌雄,如有人能击败本人者愿以全部门票收入,悉数奉赠云云。

这消息传到了霍元甲的耳朵里,便带了一个叫刘振声的徒弟,从北方兼程赴沪。打听得美国佬的演武场地,借在静安寺路张园,这地方是当时上海的一处游乐场所,一面大张告贴,说从某日起,在此摆下擂台,愿与国内外的跌不死、打不伤的英雄豪杰,一见高低。

可笑那个美国佬一听霍元甲到了上海,先是有点胆怯,后来想到霍元甲虽以武术闻名,但究竟有多少本领,却无从测量,不免趁此机会,先作一番试探,如果试探得他徒有虚名,便可约期竞技,将他打败下来;如果试探结果,确非他的对手,则再作道理。他打定主意,便要求张园管理人居间介绍,让他先与霍元甲见面一次。

张园方面,请了一个当时在巡捕房做翻译的为双方介见。见面之后,美国佬首先要求,试一试刘振声的膂力,刘振声答应了,美国佬便举手在刘的肘上,用力揉捏,只听见刘的牙齿格格作响,而神色不变。接下来又要求对霍元甲也同样来一次。这一天,霍元甲穿的是月白绉纱夹袍,玄色缎子的团龙嵌肩,他立刻把袖子卷起,一面将手授与美国佬,一面和那翻译谈笑自若,那美国佬用尽平生之力,想把霍元甲的肘骨折碎,而霍元甲似乎一点没有觉得。

再下来就轮到霍元甲要求以其人之法还治其人了。他一看美国佬的袖子上有纽扣,就叫他不必再卷袖子,只要在他的手背上试点几下就够了。这时只见霍用一个食指,在美国佬的手背上轻轻捺下,刚一捺,美国佬好像屁股着了刺一样,从椅子上抬起身来,等霍元甲的手指一放,他又不自主地坐了下去,似这样一捺一放,美国佬跟着一起一坐,不到一分钟,只见美国佬满头大汗,脸孔红得似猪肺一般。

从这次会见之后,这个狂妄的美国佬立刻收拾场地,打点行装,搭上轮船逃出中国去了。

(香港《大公报》1963年8月13日,署名:维芳)

鹰窠顶夜宿

上海有一家旅行社,正在发起游览南北湖,这是一个风景宜人的好去处,我在十六年前去玩过两天,同行有八个人,多半是电影界的朋友,佐临、桑弧、陆洁等等。

这地方在沪杭公路上的澉浦县。若是从上海去,只要汽车靠在澉浦站上;一下车,翻一个山坳就到了。可是那一回因为公路不通,我们才改道从上海乘火车到硖石,再从硖石乘小火轮到澉浦的角里堰上岸,步行五六里,才到前面说的那个山坳脚下。

当我们翻过山坳的时候,不但已是暮色苍茫,而且大雨如注。过了山坳,南北湖已然在望,我们沿着湖岸再走,一直到云岫山下。道旁都是桃树,正告桃花盛放,不料这场雨下得真是酷烈,把万树桃花,打得零落殆尽。我们的计划要在云岫山顶上投宿,所以奋力登山。这山也有三百公尺的高度,摸到山巅,则夜幕已垂,伸手不见五指矣。

山顶上有一只寺,其实是庵堂,因为里面的出家人都是尼姑。寺前有两株古老的银杏,有生三百多年了,既高且巨,树上有鹰巢,所以人们把这座山就叫做鹰窠顶,几乎忘记它的本名为云岫山了。

我们投宿的所在,便是这家庵堂,谁知道这一来来得正巧,因为第二天是阴历三月初一,寺里正有庙会,有五百个老太婆,从远近农村赶来烧夜香的。我们住在楼上,楼下是大殿,诵经声、木鱼声、钟磬声,不断从楼下传来楼上,好不热闹,还有阵阵香烟,侵人眼鼻,这一夜便休想睡着。

这南北湖三面皆山,中间商一潭碧水,中界长堤,划分为二,故名南北湖。南湖的尽头,接着一片广阔沙滩,沙滩外面是海,也就是杭州湾。

环境如此,风景的幽美也可想而知。鹰窠顶的位置,已近海滨,所以山顶上可以看日出;到了阴历十月初一到凌晨,还可以见到"日月并升"的奇景。我们一夜没有好睡,不待天明都已离床,披着重衣,准备到山顶上去"满天风露看东升"。可惜雨虽停止,还是阴天,及至曙光尽透,也不见太阳冒出云层。

后来就下山了,用一天的工夫,把这里的每个地方都走到了,只觉得到处都有幽邃的景色。山里农家,大都以种果树为业,印象中那里的橘林最多,料想到了秋天,黄柑赤橘,点缀山林,更有一番炫人的美景。所以我们临走的时候,都说要拣一个凉秋天气,相约重来,可是一直未能实现。如今听旅行社的介绍,说南北湖的农村,公社化后已大量增植果树,除了冬季,那一派花果山的风光,足与洞庭东山比美。

等一等,到秋老江南的时候,再约佐临、桑弧、陆洁等人,去旧地重游,试一试老来腰脚,健爽不减中年否?

(香港《大公报》1963年8月18日,署名:高唐)

静安寺与红庙

上海的南京东路,旧称南京路,亦叫大马路;而南京西路,在从前则称作静安寺路,因为这条路上有一只庙叫静安寺。这静安寺是个古刹,相传其中有陈桧两株,陈桧植于陈朝,距今已有一千六百多年的历史,由此可见,静安寺兴建年代的久远了。

静安寺因是古刹,我们的人民政府把它作为重点古文物保管。十多年来时加修缮,到如今庙貌庄严,内部更收拾得一尘不染,它是一只庙,不像旧上海时代,这里是做佛事、做丧事、做寿事的营业场所了。

南京路上另一只古庙,就是虱处在闹市地区的红庙。这红庙建立的年代,我不暇考证,只知道它原名保安司徒庙,到了清同治十二年(一八七三)改名为红庙。及至清末民初,红庙周围一带,成为上海最繁华的地方,红庙的香火也日趋旺盛。因为当时妓馆林立,到红庙烧香的,竟大多是烟花队里的人。这个特点,我们从前人的笔记里,见到很多,有人还写了十几首《红庙竹枝词》,其中大部分渲染了妓女烧香的情景。看起来那时候到红庙烧香,主要是去拜观音大士的。而阴历六月十九,红庙最是热闹,那位竹枝词的作者,就是写的这天情况。我把它选几首抄在下面:

六月刚逢十九辰,香风吹遍绮罗春。堪夸大马中街路,无数裙钗去赛神。

金银宝锭铁炉焚,一炷心香默祷殿。多少信人求脱籍,蒲团俯伏叩慈云。

秦楼楚馆半娇娃,也解皈依礼佛家。第一倾城颜色好,云鬟斜畔插生花。

深深合掌拜莲台,愿祝莲花并蒂开。却笑青楼多薄倖,慈悲空自说如来。

其实这样的情况,一直延续到上海解放为止。十数年来,红庙依然保存在老地方,每天游客如云,但这些游人,都把它作为上海的古迹,在路过这里时,特意进去参观的,再也没有人在"深深合掌拜莲台"了。

(香港《大公报》1963年9月12日,署名:白宛)

每食不忘马咏斋

在江南的几个名城中,都有马咏斋熟食店,它最早开设在常熟,后来分设到苏州,至于在上海设立分店,已是抗日战争时期,距今不过二十多年罢了。

常熟之有马咏斋,据说已有六十多年历史,当时的创始人叫马咏梅。此人在少年时候不事生产,讲究吃喝玩乐,还抽上了鸦片,日长时久,家业尽隳。直到穷无立锥之日,才想起制些熟食,提着一只篮子,上街做些小买卖来。初期,他的篮子里放的东西不多,只有鸡、豆腐干、蛋三四品种而已,但货品虽少,其味异常,只因此人一向考究口腹之欲,他把平时研究所得运用到这些熟食上面,风味自然特别佳美。比如说,他烧的豆腐干,都要放入肉肠或鸡汤的浓汁中浸透后,再下锅煮烂;还有到现在马咏斋最出名的一种酱蛋上，都有许多针刺的小孔，吃起来连蛋黄也非常鲜美，这就是继承当初马咏斋的制作方法。因而马咏梅的买卖虽小，名气却很大，不消几年，他就在常熟城里开起马咏斋的熟食店来。

上海之有马咏斋，第一家开设在偷鸡桥一带的浙江路上。解放后，又在大世界附近开了一家分店。到一九五六年以后，浙江路上的一家，搬到南京路的中心地带，更显得门庭如市。

由于我们国家的物产丰盈，马咏斋熟食店的品种日有增加，但人们最喜爱的，还是他们的传统名产，如酱鸡、酱鸭、酱蛋、糟肉和熏麻雀。这五种产品，马咏斋不仅赖以成名，也曾赖以发家。所以当年在常熟地方，人们把这些名产，称之为"马鸡"、"马鸭"、"马蛋"、"马肉"和"马鸟"，其影响之大，由此可知。

现在，我们走进上海的马咏斋，五光十色，使人口角流涎，单是鸡，除了上面说的酱鸡之外，还有糟鸡和油鸡。他们用的鸡，都是黄嘴、黄脚的浦东鸡，特点是又大、又肥、又嫩。糟鸡之所以驰名，在于用料适当，只要闻到它的香味，自然使你食指大动，何况还用海蜇打底，海蜇像玛瑙一样的晶莹，浇上虾子酱油，看了这一味菜，更不由你不想到畅饮三杯。

（香港《大公报》1963年9月22日，署名：白宛）

吴东迈的一页藏扇

吴东迈是已故国画大师吴昌硕的儿子，今年七十八岁，于上月二十三日病逝沪寓。

东迈从小就受他父亲喜爱，父亲还给他取了个小名叫阿素。据说，吴昌硕有生之年，东迈总是承欢膝下，没有离开过父亲，在家里，东迈学画，也受过父亲的指点，所以现在有人论起东迈的画来，都说他"深得缶翁遗韵"。

我同东迈相识，还是近两三年的事，交往虽不频繁，每年也有几次见面,此翁虽已显得衰老龙钟,但我每次到他家去的时候,总见他绘事不辍。记得去年也在中秋前后,我去找他,他正在用三四寸见方的素纸上,画各种秋花,已经画成的有十多张,他叫我随意挑几张送给我,我挑了一张玉兰、一张丹桂、一张秋葵和一张雁来红,这些小品,设色都非常绚丽。

也是这一回老人给我看他的一把藏扇。他说:在他家藏的折扇中,这是最珍贵的一页了。原来那扇上有当时四大名家的手泽:梅兰芳的花鸟、吴昌硕的跋语、况夔笙的作词和朱古微的书法。

扇子的由来是这样的:一九二一年四月,东迈到了一趟北京,南归之日,梅兰芳赠他一页画扇,画的一只翠羽鸟。东迈回到家里给父亲欣赏,吴昌硕一时兴起,抽起笔来,便在上面题了几句跋语:"客岁春夏间,畹华来沪,有过从之雅,尝作画奉贻,别去匆匆逾年矣。迈儿归自京师,出画扇,则畹华之贻,画尤美妙,当设色写生时,必念及缶庐颓老,重可感也。迈能珍弄之,沤尹曰:是亦善承缶指也。"过了些时,况夔笙看到这页画扇,便作了一首《浣溪沙》,由朱古微写在上面。况词云:"绾结同心绶带宜,合欢消息好春时,妍风怀袖美人贻。容易绿毫消玉腕,何如翠羽恋琼枝,白头犹自说相思。"果然都是精心妙品,无怪东迈要视为至宝了。

前几年,东迈受上海一家报纸之托,写了一些关于他父亲的遗事,因为是"一家言",所以材料显得特别珍贵。可惜他不大爱好文事,留下的也不是太多。今年春天起,他已经病了,到初夏,我约他出来吃一顿饭,他惮于行动,到期特地写封信来向我辞谢。我也一向忙着,没去望过他,却不料他就从此不起了!

(香港《大公报》1963年10月9日,署名:高唐)

〔编按:沤尹是朱古微的号。〕

潘萧九与夏连良

潘萧九是苏州人,夏连良是青浦人,虽然同籍江苏,在平生行事上,倒也扯不在一起,二人生前也未必相识,但他们却跟上月发生在台北的那件暗杀案中的两个主角,各有关系。潘萧九和吴季玉是老搭档;而夏连良与李裁法则是上海流氓地界的师徒。

大约在一九三〇年左右,张宗昌幕下有两个红客,就是吴季玉与潘萧九。他们共同的本领是都具如簧之舌,上可以谄媚军阀,下可以胁服女人。既要在女人身上搜括,又要把女人作为讨好上司的工具。这一点,吴季玉的技法比之潘萧九更为精湛。还有他们都是翻戏能手,翻戏有各式各样,他们则以最大的工夫用在赌上,成为当时全国闻名的"赌郎中",这样的"才能",都受过张宗昌的赏识。

潘萧九另外有一行为吴季玉所没有的本事,他还会相面和拆字。这当然又是骗人的伎俩,却舌底翻澜,张宗昌都信之无疑,简直把他看作谋臣一样。但这些事竟都是上不得台面的篾片行为,所以他在仕途上始终没有得意过。等张宗昌一死,他在山东就吃不开了,狼狈地回到上海。

在上海,他认得一个庙里的当家和尚,便在那寺院的沿街房子里,挂起招牌,开起命相馆来。但命相的生意并不好,倒是很多人来要他拆字。记得有一天,有人随手写了一个"郎"字叫他拆,说是母亲在乡下生病,未识吉凶如何。潘萧九不假思索,随手写下一个"即"字,他说:"即刻有一点好消息,这消息不是书信,而是你可以再闻到的口信。"原来即字的左旁加上一点,像个良字,解释为好消息,而右旁的耳朵,则作为听来的口信。听的人,明知他在胡说八道,但都欣赏他这一分敏捷的口才。到抗日战争后,此人便不知去向了。

夏连良这个地方恶霸,在上海解放后被镇压了的。他的恶行,前几年本刊上曾经谈过,例如在跳舞场上市的时候,他生放了几十条长虫(蛇);又如他在青浦造了一座花园,落成以后,包工的人向他结账,他就把人家谋死了埋在花园后面,阴险毒辣,不一而足。

夏连良是芮庆荣的徒弟,当时的上海,除有所谓黄金荣、杜月笙、张啸林三大亨之外,还有挂二牌的八个大流氓,乃是顾嘉棠、唐嘉鹏、高金宝、顾竹轩、马祥生、范恒德、谢葆生和芮庆荣。芮是新光大戏院的老板,他客死川中,"新光"就由夏连良主持;李裁法是夏连良的徒弟,在"新光"收票时,还要替阔主顾开汽车门呢,不知怎样会在香港神通广大起来?总之,此人在上海即使是流氓地界,也是一个无名小卒。

(香港《大公报》1963年10月13日,署名:维芳)

老 铁 杂 忆

邓散木先生于本月七日在京病故。在他死了一星期后,我才得到噩耗,是他的一位住在上海的学生从电话里告诉我的。

邓先生原名钝铁,别署粪翁。从我跟他订交始,就叫他老铁;凡是和他接近一点的朋友,几乎没有人不叫他老铁的。

老铁的平生绝艺,写字与刻印,自然有内行人给他评价,我这里不谈。我则很爱好他的诗。其实他的诗不是最美,但作起打油诗来,常有警句。记得抗战时期,他死了一个女儿,写过两首七律的挽诗,有一联云:"愿儿便对阎王说,阿父无须彭祖年。"是打油体,是流水对,好像很轻巧的两句,却也看出他平时用的功力。

老铁曾经给我刻过一个"肖像章"。圆面孔上,眼镜里两条眯细的眼睛,非常神妙,还题了四句诗:"江东余子刻图章,来把圆规画大郎。似我文章顶刮刮,嗟渠相貌太堂堂……"这是套用清诗人王仲瞿《过项羽庙》里的"江东余子老王郎,来抱琵琶哭大王。似我文章遭鬼击,嗟渠身手竟天亡……"写的。老铁的诗,往往嘻嘻哈哈地纵笔即成,而读起来觉得风趣无伦。

他在上海时,榜其所居曰"厕简楼"。在他的"写字间"的墙壁上,挂一个"三长两短斋书例"的镜框,这"书例"反覆说明,叫求书人不要揩油。这样看来,老铁是个斤斤计较于钱币的人了;其实不是,他还是因人而施的。有些寒俭的人,又真正爱好他的书刻,只要托个熟人去求他,他可以免费交件。我常常有这样的"生意"作成他,对他说:"老铁,写个小屏,但人家出不起你的定例,叫我讲讲斤头如何?"他会说:"讲啥斤头,呒没钞票我也写。"于是,不送钞票他也交货了。

老铁是个酒徒,一天要吃三顿酒。我们初交时,他常常把我这个滴酒不饮的人,邀到他家里去看他吃酒。那时候陪他吃酒的有白蕉、施叔范、余空我、桑弧这班人,从夜间十时开始一直吃到天亮,但他不许我走,要看他们吃到天亮,不然,他会不满意我这个朋友的。到他死,我们总算友好无间,这交情还是"看酒"看出来的。

(香港《大公报》1963年10月23日,署名:高唐)

〔编按:文中所引王昙《过项羽庙》题目不确,应作:《祭西楚霸王墓》。又按,邓氏自印集《三长两短斋印存》中,附有"粪翁治印例":治石每字五圆,刻牙每字八圆,切玉每字二十圆,凿铜每字二十圆。〕

严凤英与言慧珠

认识严凤英将近十年了。那是一九五四年,她来上海参加"华东戏曲会演"的时期。那一回,她的黄梅戏给上海人的印象很深,就这样,她在上海红了起来。有天晚上,我们在淮海中路一个朋友家里相会,她刚刚学会一种叫"杜洛克"的扑克游戏,要我参加,我不会,她教我,教了很久,我还是不会,她说我很笨,因此很生气,但也因此我们朋友交得很熟。

今年她又来上海,我告诉她现在我已是"杜洛克"的名将。她说她是我的启蒙师。我对她说,启蒙师是你,但讲战术,你可不能怪我青出于蓝了。她听着大笑,笑得很得意。数十年来,我认识了许许多多的戏曲女演员,像严凤英那样的隽爽豪迈,却是所遇不多的。

两个月前,我们在一起吃饭,席上人都说凤英的面孔很像白杨,我则对她说,有时候看你,总觉得有点像慧珠。她马上说,是有一点,那你再看看像不像吧?她说完,忽然收起了一脸笑容,把两只眼睛直盯着我,又把声调压得低低的,慢慢地说起话来:"我看了您的《女驸马》觉得如今舞台上的小生,您应该是第一,第二是尹桂芳,第三才是俞先生……"我连看带听,听她说到这里,不禁叫了起来,说她真像慧珠,无论盯住人家时的那副眼神,或低了调门的发音,以及说话时的动作和神情,都与慧珠一模一样。这种随随便便地摹仿,不用一点夸张,而自然神妙,不能不叫合座的人,惊服她的天才和风趣。

后来,她给我们说明:前面那段话是慧珠亲口跟她谈的,谈的时候,就是那种神气。慧珠把第一个小生推给凤英,那是特地推重凤英的;说尹桂芳为第二,则是根据俞振飞平时常提的话:"越剧小生数尹桂芳最是出色!"而把振飞推到第三,那是夫人客气,要避"内举"之嫌罢了。

(香港《大公报》1963年10月25日,署名:高唐)

梅调鼎与范文虎

宁波书家中,我很欢喜梅调鼎写的字,看起来很柔润,但圆里有方,不可想像,他是用了几多功力,才到得这般境地的。人们都说邓散木生前狂妄,对近代书家,目无余子,其实不是这样,他既对萧蜕公(常熟)五体投地,对徐生翁(绍兴)也是逢人苦誉,对梅调鼎更是推重备至。有一时期,他专门写过梅字,但自己觉得都不够格,只有一年,为吉祥寺写了一块招牌,才认为无愧梅翁。

梅调鼎号竹友,作为宁波人,他的名字,有着浓烈的乡土气。据说这个人也是那样,看上去,十足是个宁波店倌的形象,也有人说,他本是商店的店员。他下世已过五十年了,近年来,搜寻遗作的人很多,求榜书者尤众。去年我到宁波去,托有关的人,帮我搜寻一两件梅字,却一无所得。有人说,目前求梅字不易,就是求他的学生钱平的书法,也一时难致了。

在大石居士(唐云的别号)的画堂里,陈列着几十件、上百件的紫砂茶壶,却没有一件是梅调鼎的字,他搜了几年,终未如愿,此人不知紧张为何事,只有这一梅,有些使他寝馈难忘。

《大公园》里前两年登过不少篇"怪人列传",也有人谈到过宁波名医范文虎。这位医生,宁波人都叫他"范大糊",看字面,好像说范是个糊里糊涂的人,其实不是,宁波人说的"大糊",就是形容一个人行为乖张,怪里怪气的意思。有不少人跟我提起,范文虎不仅精通医道,还写得一手好字和作得一手好诗,可惜两者我都没有见过。

近年来,有人也搜寻"范大糊"生前的处方,目的要研究他的临床经验。在从前,还有人专门收集他的"怪方",据说范文虎开的方子,有时只用一二个字的脉案,便算了事,例如"瘟""气滞"……之下,就开列药名了;但有时又是洋洋洒洒,数百言上千的写下去,药方笺十数纸犹不能完事;还有一种怪方,则在脉案的结尾有"将信将疑悉从尊便""欲生欲死,任尔自抉"之语,对病人就这样直言谈相,毫无顾忌。

(香港《大公报》1963年12月8日,署名:高唐)

[编按:梅调鼎字友竹。]

关于《梅花梦》

中国艺术团在香港演出的时候,我曾经写过一篇关于弹词家杨乃珍的小稿,谈到杨乃珍以擅说《梅花梦》轰动书坛。这《梅花梦》坊间原有弹词本子,但它一向没有被苏州光裕社、润裕社的艺人采为节目。杨乃珍说的《梅花梦》是在解放后,由苏州评弹团的潘伯荫修改了其中的一些情节,处理为"二类书",演出的评弹节目分传统和现代两种,另一种原来是传统小说,经过整理,称为"二类书"。

《梅花梦》是叙述张灵(梦晋)和崔莹(素琼)的爱情故事。大家知道,唐、祝、文、周为吴门四才子,其实唐伯虎、祝枝山、文征明都实有其人,惟周文彬为作小说的人所虚构,所以四才子应该是唐、祝、文、张,张即张梦晋,这在《唐祝文周四杰传》里,也有这样的说明。

张灵与崔莹的情史,在前人笔记中,谈述的也很多。《虞初新志》黄九烟写张崔合传,把唐伯虎其人,贯串在全部故事中:张灵情死,唐伯虎替他营葬;后来崔莹情殉,唐伯虎又把她与张合一茔地,费了很多笔墨,都写唐、张间的生死交情。但他写张灵与崔莹邂逅一节,却把这位一代才人,刻划成乞儿模样,形象十分猥琐;写他的一派疏狂,行止也极不正常;而崔之对张钟情,原因恰正在这些地方,故使读者对两人都不能同情。

至于《梅花梦》的弹词本子,记张、崔的结合,则从崔在玄妙观墙头,见张灵画的一树梅花,而生怜爱之念。又把崔父写成一位当世名医,命其女垂帘处方,张灵托病求医,得与意中人通款曲,情节曲折而又风趣。至于二人结局,却也落了一般弹词本子的窠臼,不是写成悲剧,而是以才子佳人、洞房花烛的喜剧终场的。论故事不及黄九烟写的那样凄艳。如今经过整理后的评弹本子,也是以团圆告终的。

故事的真实性,当然以黄九烟记的为可信,唐伯虎替张灵营葬,也是事实。张灵的坟地在苏州元墓(即邓尉亦称玄墓),因为他的绝笔诗里有这样两句:"垂死尚思元墓麓,满山寒雪一林松。"唐伯虎听他的话,就把他葬在元墓。后来的龙阳才子易实甫,因为平生以张梦晋后身自况,有一年,游了邓尉,就写过这样一首绝诗:"重听元墓寺前钟,小径昏黄鬼气浓。指点前身埋骨地,依然寒雪满林松。"唐伯虎死后也葬在元墓近桃花庵处。清诗人王仲瞿有过桃花庵吊唐墓所作的两首七律,载在《烟霞万古楼诗文集》里,有"从他塑土抟泥后,可做人间缱绻司"之句;而易实甫也有"阊门西去是横塘,一片寒云水市荒。凄绝桃花庵主墓,冷红何处吊斜阳。"的一首《雪中游邓尉作》的绝诗。

(香港《大公报》1963年12月24日,署名:高唐)

[编按:潘伯荫,应为潘伯英。]

伞

"好似晚来香雨里,戴箬亲送绮罗人。"记不得这两句是哪一朝哪个人写的诗了。我是从小就爱读这两句诗的。"箬",我一向以为是伞,但后来有人告诉我,这恐怕是笠帽,我不大相信,既然送的是绮罗人,就不可能戴的是笠帽,我更倔强地认为,它纵使真的是笠帽,也不妨当作伞来解释;晚来香雨之下,撑一顶伞,把女朋友送回家去,情景岂非甚美。

据说,伞这样东西,在我国的前朝后代里,曾经造成过许多美丽动人的故事。"借伞"是《白蛇传》的一折,白素贞要动许宣的脑筋,趁西湖上的一场雨,借许宣手里的一把伞,来成就因缘的。此外戏曲还有《搭伞》,近年又有一个现代剧目叫《抢伞》,也都是从伞上做的文章,这里就不再介绍情节了。

伞,在今天我们的新社会里,它又表现在新风格、新风尚以及人与人之间的关系各种方面,听来的、看到的一些故事,则更为动人心目。

在上海,每当小学里放学的时候,天不作美,下来一场骤雨,性急的孩子们,等不得家里人把雨具送来,就在雨头里奔回家去。但只要他们一出校门,便有热心的行路人,把孩子扶掖在边,邀他们共伞;有的看见孩子脚上穿的是布鞋,还叫他爬到自己的背上,驮着他,让孩子一路上指引地方,送回家里。

曾经看见过一张艺术摄影:一条偏僻的街道,是在深雪途中,一位人民子弟兵——解放军战士,撑着一顶伞,伴送一个红领巾去上学。明明是寒气逼人的场面,但看上去却像有一股暖流,流泛在这个图景中,使人感觉到的不是大雪的侵凌,而是春风的照拂。

不知道别的地方怎样,在上海,所有各行各业的单位里都准备着大批的雨伞,供工作人员的借用。不久前,一家报纸上登过一则新闻,说,有一家工厂的一个工人,每天除了作好份内的工作,便利用业余时间,专门修理厂里的伞,因为工人多,伞也多,修理工作,也就没有个尽止,这个工人居然毫不厌倦,历数年如一日。从这件事,也反映了我们的工人对公共财物的爱护,其实也就是人们常说的"爱厂如家"的具体表现。

(香港《大公报》1964年1月17日,署名:高唐)

冬深话蜡梅

常常有人要问,究竟是蜡梅花呢,还是腊梅花?我认为两者都可以。原因是要说它腊梅花,它开放时期,正值寒冬腊月;要说它是蜡梅花,它生来花黄似蜡。这样的纠缠,从前人就已有之。记得《梅谱》里说:"蜡梅本非梅类(按:蜡梅在植物学上属蜡梅科,梅属蔷薇科),以其与梅相似,香又相近,色酷似蜜,故名蜡梅。"而明人王世懋则说:"人言腊时开放故名腊梅;非也,为色正似黄蜡耳。"而苏东坡则更肯定它为蜡梅,惟一的理由,也因为它花黄似蜡。还据说,这种花最早称为黄梅,宋诗人王国安就写过一首咏"黄梅"的诗,有句云:"莫教莺过毛无色,已觉蜂归蜡有香。"

蜡梅像梅花一样,冲寒开放,花期比梅花还早。江南人家,多在春节之前,将它与天竹并供,作为堂屋装饰之用,此俗甚旧,至今依然。我是从小就爱赏这种花的。原因我的故乡家里,就有两树蜡梅,一棵名为馨口蜡梅,是正种,每当花时,一树轻黄,流芳奇烈,小时候赖在被窝里,习于晏起,上午一阵的蜡梅花香,飘来枕上,香里带甜,甜得人更沉沉欲睡。另外一种叫狗蝉蜡梅,是蜡梅中的次种。后来知道,这是由花籽种出来的,不像馨口蜡梅、檀香蜡梅等用嫁接着栽培出来,而成良种。

我的爱赏蜡梅和爱赏梅花,实在没有什么两样,但古来的风雅之士,便不大肯提蜡梅,甚至有些诗人可以写几十首、几百首梅花的诗,却不愿意以一字涉及蜡梅。还有最令人不平的,旧时写弹词小说的人,在他们笔下替梅香使女,用花名题了多少名字,而总是把癞头怪脑,或容貌丑陋的小丫头唤作蜡梅。其理由不但因为蜡梅色黄似蜡,还因为蜡字难听,字的形象也难看,其实在这种地方来分雅俗,其人必然恶俗。

近年来,上海只要一交冬令,花市就有蜡梅供应,供应量总是很多,这是因为郊区如浦东、彭浦、梅陇的几个人民公社,分了几个生产队专种鲜花,而彭浦公社的花园生产队,更大量栽种蜡梅,有人形容,冬天晴暖的日子,坐四十六路公共汽车到彭浦去时,便有阵阵的蜡梅花香,直扑车窗,使乘客闻之,陶然欲醉。

(香港《大公报》1964年1月26日,署名:高唐)

纤尘不染的江南名镇——南翔

从上海乘火车到南京,过了真如站,就是南翔。南翔是个古镇,也是名镇,它不但在江南出名,这六七年来,因为它的卫生工作做得好,成了红旗单位,故而也名闻全国。

南翔在旧时是归嘉定县管辖的,现在它们都属上海市的郊区。幼年,我从故乡嘉定到上海,要先乘小火轮到南翔,由南翔再搭乘火车。祖母在世的时候,每年总要带我到南翔的大德寺去烧香,我也很乐于上南翔,因为从小就觉得南翔的地方大,也闹猛,好玩得很。

南翔的古猗园,是个历史悠久的园林,以前古猗园那块匾额,是董其昌写的,那末至少在明代就有这个园林了。南翔有家吴家馆,所制的南翔馒头,薄皮浓汁,更是名闻遐迩。当我小时候游南翔,上面两个地方,乃是必然的去处。

过了四五十年,我依旧常去南翔,到了南翔,也必然上吴家馆,逛古猗园,不过不再烧香罢了。而最大的目的,则是去瞻仰这个以清洁卫生作得出色的江南名镇。

近年来,上海人爱用一句话来艳称南翔:"不论什么时候到南翔,南翔总好像刚刚用水洗过的一样。"这句话绝不是夸张。一九六〇年春天,我曾经慕名而往,特地去比较全面的访问过一次。看了那里的商店、食堂、旅馆、家庭,发现他们那种细致的刮垢磨光的工作,真似奇迹一般,叫人不可想像。记得印象给我最深的是一家漕坊。

这是一家一百多年的老店,当初是造了房子开业的,所以那座店房也已经经过一百多年。在旧时代,凡是老店,非但不讲究清洁,有的还故意让招牌变得乌赤麻黑,把房屋弄得垢积尘封,以示他家店铺之老。南翔这家漕坊亦然如此。但当我去访问的时候,房子还是那所老房子,却收拾得纤尘不染,最难得的要算那座缸棚间了,这棚里放着七八十只做酱的七石缸。缸棚间是瓦屋,里面有梁,有柱,也有椽子,这些木料看上去都像用白漆打过似的,雪亮地耀人眼目。可是你怎会晓得,这所店房以前却从来没有扫除过,到一九五八年,开展爱国卫生运动后,才把它兜底的清洗了一次。酱园里的人给我介绍说,光是这个缸棚间的梁柱和椽子,不知花了多少人工,先把这些木料上的积垢,全部去除,但颜色还是乌黑的,于是再用白浆粉刷,刷一次,干了,泛出来不是黑,就是黄,这样一重重的粉上去,前后粉了十七次,才有今天这样耀眼的光彩。

举这件事例,可以说明南翔人做卫生工作,有着多么大的决心,多么大的毅力!何况全镇的人,同心协力,坚持不懈,七年来,一年做得比一年好,它一同佛山一样,成了全国的卫生榜样。每年,镇上都要接待一万人以上前去参观访问和吸取经验的宾客。

今年三月下旬,我又到了南翔。我先不说镇上市容的那番气象之美,只想说一个老太太的家庭。这老太太有儿子、媳妇和两个孙儿,一家五口,住着三间平房。老太太今年七十二岁,儿子和媳妇都在本地工厂里作事,她一个人在家就大搞卫生。三个房间里的东西,安放得井然有序,床上的被褥和帐子,都整齐洁白,窗上的玻璃,揩拂得连四个角上都找不出一点污迹,最里的板壁和顶上的椽子,真的都像刚用水洗过的那般洁净,这都不说,最使人惊奇的是他家不铺地板,而是泥地,那泥地不但平整,而且光滑,光滑得像打过蜡的一样。据老太太说,她的儿子是管理机器的,媳妇则是为厂里管理燃料(煤)的工人。她说,只要他们一有空,就在家里协助她搞清洁。他们对家里的清洁工作,跟厂里的业务工作,看得同样重要。

(香港《大公报》1964年4月5日,署名:高唐)

忆扬州二十四桥之游

三十年来,我到过好几次扬州。还在解放前,头几次上扬州,都要到瘦西湖游逛。游湖又常常是一个人去。从史可法祠堂门前下船,到进入瘦西湖的那一段水路,也很有意思:左边是绿杨城郭,右边是绵亘不绝竹林。总记得船到半路,就听得竹林中传来唱道情的声音,等船靠近的时候,才发现一个老人,趺坐在河岸上,执着一枝长竿,伸向来船,我起初以为这是个垂钓的渔翁,再细细看时,原来长竿的顶端,悬着一个布袋,他是向游人行乞的老丐,这才大呼煞风景不已。

生平爱好杜牧的诗。杜牧写扬州的诗是很多的,"二十四桥明月夜,玉人何处教吹箫"也是写的扬州。所以我初到扬州,便惦挂着这二十四桥究竟是甚等样的所在。因为历来有两种说法:一种是说二十四桥乃一座桥的名字,另一种则说二十四桥是二十四座桥梁的总称。后者《梦溪笔谈》里也谈过,沈括还历数了二十四座桥的名称,说的头头是道。

但是,我那时到扬州,问过几个朋友,他们却说二十四桥实在是一座桥的名字,至于具体地点,他们也没有去过,就说不上来了。有一回,我独坐在游船上,又碰到上面提到的那个老丐,船工跟我说,这老头虽说是讨钱的,但肚子里有点文学,他的道情,可惜你听不出来,其实都是他自己编的新词儿呢!又说:他还熟悉扬州,也熟悉扬州的掌故。听了船工的介绍,我猛然想起二十四桥在什么地方,问问老丐,也许他有所知。于是便叫船工打艄回去,靠到老丐坐的地方,我问他可知二十四桥今在哪里?老丐说,你要去吗?我带着你,包你找到,正是要水路去的。我听得高兴,忙请老丐下船,只听他同船工讲了几句话,大概告诉他怎样取道之后,船工就仍把船向西而发,直荡到瘦西湖去。

毕竟事隔二十多年了,我已经记不清那一回的路径究竟怎样走的,只记得好像在不到平山堂的地方,船就进入了一条小港,在这小港湾里行了很长一段时间,在河面上看到一座小小的砖桥,老丐指着那座砖桥,告诉我说:它,就是你要寻找的二十四桥到了。又说这一带地方,人就称为二十四桥。

无论在河上看,或者上岸去观摩,都是使人失望的。因为这座桥的结构非常简单,而四面的环境又是荒芜不堪。桥是砖石砌成的,上面镌有"红药桥"三字,也没有什么二十四桥的字样。那情况,无论如何不能与杜牧的诗中境界,和唐代扬州的繁荣景象,可以联系起来。我当时很悔此一行,而且疑心那个老丐在寻我开心,所以回来以后,一直没有跟人家谈说过。

但是不久前,我看一段有关扬州文物的文字,却说起"红药桥"可能是二十四桥遗址,它说:"如今扬州瘦西湖迤西通向司徒庙途中,有一个地方叫二十四桥,那里有一座名叫'红药桥'的小桥,又名'吴家砖桥',旁边一份人家的墙上,还刻有'烟花夜月'四字……"读了这段文字,旧游影事,仿佛历历都到眼前。虽然今人还不能断言这地方就是杜牧歌咏的二十四桥,但传说却肯定是有的了,当年西湖上的那个老丐,他却实实在在没有寻我的开心。

(香港《大公报》1964年4月13日,署名:高唐)

永安纱厂股票的一场大翻戏

回想当年,上海在抗日战争以后,从敌伪盘踞到胜利后国民党统治的一段时期内,证券交易所一直保持着活跃状态。这里面兴起来的投机分子,真是济济多才。什么"杨家将"啦,"林家军"啦,名堂很多。其中有一个姓郑的家伙,当时人还称之为"股票大王"哩。这个"大王"阴谋善算,一天到晚,只见他一枝香烟贴在嘴唇上,眉毛皱皱,眼睛闭了的直在打着"吃了人家"的算盘。也确是那样,在那个年头,那个场合里,原本是"大鱼吃小鱼"的局面;在这么一位翻手为云,覆手为雨的"股票大王"的威灵显魅下,曾有数不清的"小鱼",膏其馋吻。

上海解放后,这个投机家曾一度留居香港,过了些时,又到了美国。据说一个吃惯投机饭的人,也注定他只有投机饭好吃,所以此人到了美国,仍然以投机倒把过活,不过讲到翻戏的实力和本事,那末美国人是世界第一。走上那个山头,便没有郑某的座位了。消息传来,在前年十月,当美帝国主义侵古事件中,这位"股票大王"看错了风向,把一生投机起家的财产全部倾覆外,还亏空了一大段,结果他走投无路,只落得从二十多层的高楼上,飘然下降,当场粉身碎骨,这便是当年叱咤风云的"股票大王"的下场了。

当郑某在上海称霸的时期,曾经勾结了官僚资本,唱过一台"拿手好戏"。那就是一九四八年的永安纱厂股票风潮,由他一手导演。记得那是在伪金圆券发行的前夕,陈果夫、陈立夫兄弟与郑密议,由郑预先放出禁止永安股票场外交易的空气,使手执永安股票的多头散户,大起恐慌,不得不争先脱手。那一天永安股票便大跌特跌,一连跌了四个停板。二陈趁此低价,暗暗地在场内场外有多少,收多少,吃得足,进得饱,等到散户多头翻光,浮空筹码增加,却又传出要发行大钞的利多消息,于是连跌四板的永安股票,到此反跌为涨,竟然一路涨上去,涨了三个停板。只在两个半小时内,一翻一覆,前跌后涨,竟耍了七个停板的花样。

到第二天,二陈在郑某的策划下,愈加心凶手辣地把开天吃进的筹码,关住不放,还在场内场外,狂进猛抬,叫那些中了圈套的浮空大户、小户,无处抵补,只有死路一条。在永安股票连日狂涨达十多天之后,据那时统计,在这场大翻戏里,关门搁浅的银行钱庄有二十余家,大小公司以及零星散户则都被榨得破产破家者,不计其数;更有不计其数的,便是二陈财产的增加和郑某从中捞得的外快了。

(香港《大公报》1964年5月3日,署名:未妨)

香 芍 药

交进五月,便是芍药花开的时节。

从小时起,我就把芍药看作名花珍卉。因为故乡的庭院里种过芍药,总是请专门养花的人来替我家壅土施肥和关心日照等等,然后这一年的花开得很好。后来父亲不愿意每年麻烦人家,自己又不善管理,索性放弃栽种,从此就看不到自己家里的芍药了。

北京不比江南,把芍药看作一种平常的花。花贩手里成捆成把的卖给人家作为瓶供,犹如上海秋天的菊花,那样多,那样不值钱。有一年,我们到万寿山的谐趣园去看芍药,据说,那里的芍药是北京名种,大概有十来本,陈列在台阶上,台阶上面是一架紫藤,也正当烂漫枝头,风吹处,紫藤花落,下面是一曲溪流,花瓣顺着溪水流过台阶,流过芍药身边,别有一番幽趣。

但是，真正好看的芍药却在扬州。广陵芍药与洛阳牡丹都是城中名卉。记得我到扬州看芍药，还在抗日战争前的一两年。有个同学在扬州作事，他邀我去吃他的喜酒，同时看芍药。那一回，在瘦西湖上看到了"金带围"，这是扬州芍药的极品。花的颜色颇不寻常，比水红略深，比血红略浅，有些近乎完美通常叫的"外国红"。它的中间一簇花瓣，高高地耸在外面，这样就显得它的傲绝群芳。而细细观赏，则又发现在花朵中心另有一瓣狭长的花瓣，作金黄色，紧紧地围着花心，又如古代围在官袍上的金带，这就是"金带围"名称的由来。

扬州人夸耀起"金带围"来，是有些神话色彩的。他们说，"金带围"不一定年年开花，在封建皇朝时代，哪一年开花，朝廷就要出一个宰相。北宋时韩琦做扬州太守的那一年，正好"金带围"开花，韩琦后来居然做了宰相。到清朝，"扬州八怪"之一的黄慎，作过一幅历史画，画的就是韩琦簪花的故事，来证实了这一个不可信的传说。据说扬州芍药的名种中，还有一个叫"御冠黄"，是金黄色的花，想起来当然是罕见的品种，不过名字也带着浓重的封建味道，这就不免使人厌恶。

如今上海的公园里也都栽种芍药。去年听说龙华寺不但有咸丰年间的古牡丹，也有几本古芍药，便赶去看了。不料牡丹已落红委地，而芍药则尚未着花，什么都没看到，却让回去的夫人，一路上把我的诗唱回来："扶上归来惘惘日，落红终古是无情……"

（香港《大公报》1964年5月20日，署名：高唐）

"四"迷传

盛杏荪活着的时候，官做得很大，还办过煤矿，办过招商局，从人民头上搜刮去的钱，不可数计。他死后，殡仪甚盛，"盛杏荪大出丧"，成为四五十年前上海"十里洋场"的一桩豪举。后来他的子孙分得了遗产，因此他的子孙也都很豪阔。

本文只讲他的第四个儿子，上海人都叫他盛老四。盛老四当年也的确是"洋场"上的头号阔人。其实他不过是盛杏荪的儿子，手上既不办什么实业,也不是什么显贵,但他的行径,比之一个当时的财阀和大官更要招摇。比如他坐的一辆汽车,除了载他一个人之外,还要装四个白俄做保镖,他的汽车牌照是四只四字,就是四千四百四十四号。四字头牌照的汽车,装了四个保镖,保护着一个盛老四,招摇过市,怎不叫路人侧目。

大概因为他叫老四,所以对"四"特别欣赏,后来几乎成了癖好。那时人传说,他不喜欢大家称他盛先生,要末叫他老四,不然就要叫四先生。他逛窑子,老是跑会乐里,因为这条弄堂在四马路上。窑子里的人习惯称嫖客为大少,姓张的张大少,姓李的李大少,但如果叫盛老四为盛大少,他会掉头就走,一定要称他四大少,他才乐意。

盛老四娶过很多小老婆,大都随娶随弃,只有一个最受宠爱,因为这个女人的名字叫四贞。在抗日胜利后,盛老四已陷于困境,四贞下堂求去,盛老四居然表现哭哭啼啼,只为舍不得如夫人名字里的一个"四"字。

一个既不治生产,又无一技之长的社会流萍,即使家财万贯,也经不起坐吃山空,到上海解放前夕,盛老四已经一贫如洗。阔的时候阔得叫人闻而咋舌,但穷起来也会穷得你不可想象。那时他已经六十开外的老人,亲朋故旧,谁也不去助他,让他孤单单住在一个灶披间里。解放后,人民政府没有追究他的荒唐历史,他从上海回到苏州,住在留园附近的一所矮屋里,但年老多病,在前几年一个阴历除夕的晚上,结束了他的一生。

后来传说,当他病重的时候,他自知不起,便在一张字条上写道:"盛老四于年初四早晨四点钟病故。"写好把字条放在身边。原来他怕咽气的时候,没人知道,所以留个日期告诉收殓的人。但没有等到他预计的日期,已经死了。所可怪者,他在这样一张字条上,也还念念不忘那个"四"字。

(香港《大公报》1964年5月24日,署名:戴古纯)

合 欢 树

　　今年春天,在花市看见一座盆栽,据卖花人说,这是合欢树,我因为曾经对这种树发生过兴趣,所以很高兴地买了下来,放在办公室的窗台上。过不多久,它就开始苞青,等叶子舒展开时一看,那高下对生的羽状叶片,果然是合欢。它低舒长条,而绿叶纷披,形态十分古秀。

　　我说对合欢发生兴趣,因为从小就喜欢它的花。家乡的合欢树,大都长在河滨边上,阴历四五月间,它开花了,我们常常在河里荡一叶扁舟,荡过合欢树下,那开满一树的红绒似的花,倒映在河里,河水也像抹上了一层淡淡的胭脂。水面上飘浮着几朵落花,我们总是争着捞取起来,等它干了,簪在女孩子们的鬓上。

　　小时候从来不知它叫什么名字,我们杜撰地叫它红绒花,大人则叫它马缨花,但是马缨两个字怎么写,也不知道。叫马缨花是对的,它红茸茸的似系马铃上的红缨,因而也可以称为红缨花。倒是合欢的名字怎么来,不很可考。有的植物观察家又叫它夜合花,那是因为它的叶子,到了黄昏时候,一片一片的对合起来,故使其名尤腻。

　　年纪大一点,读《聊斋志异》,有这么两句诗:"黄土作墙茅作屋,门前一树马缨花。"诗里的情景跟《聊斋》这部书联系起来,自有鬼气森然之感。从此以后,这马缨花给我的感觉是一种幽墟上的植物。我一直记得曾经有人写过一首七律的香奁诗,它的前面四句:"窥臣者已三年矣,一树红缨是比邻。小印旧镌夫子妾,大名新署不祥人……"我读了当时有点惊恐,疑心这位诗人的芳邻,竟是《聊斋》的故事中人!

　　合欢的来头很远,它的原产地是阿尔及利亚,后来亚洲各地到处都有了。我在北京看得最多,万寿山也有好几株;最有趣的是从前辅仁大学的门口,那里是一带粉墙,墙外种着一排又高又密的合欢树,中夏花开,公共汽车驶过那里,好像在一座私家园林的甬道上行车,凭着车窗,看粉墙、绿树、红花,这景色最是迷人。

　　(香港《大公报》1964年5月27日,署名:高唐)

杨 梅 红

六月初,上海的草莓上市了,再过些时,杨莓也要荐新。上海人历来把草莓称作外国杨莓,因为草莓的确引种自海外,而杨莓则是道地的本国产物。

草莓也称红莓。红熟后,先用糖渍,去酸汁再拌砂糖和奶油同食,有一种生甘之味。因此这一味水果,只在咖啡室里兼售。近十年来,我家总是买了生果自制,和市售的一样好吃。

诗人李拔可有个女儿小可,嫁与王一之为妻,四十年前夫妇二人旅居海外,经常为上海的《时报》写通信,有散文、有诗,小可曾写过草莓。诗文都非常秾艳,给我的印象很深,但那时候上海引种的草莓还不多,吃的人更少,读了小可的通信,只是对这种植物徒增想望而已。

至于杨梅,谈的人就多了。杨梅有几个古名,如:机子、圣梅和君家果。后者好像还有个典故,已经记不十分清楚。大约说——三国时孔君平到杨修家去,那时杨修才九岁,他家桌上放着一盘杨梅,孔君平指着杨梅对杨修说,此君家果也。杨修随口答道,却未闻孔雀为夫子家禽。从此杨修的捷才出了名,而"君家果"三字,也一直流传了下来。

杨梅的产地,以浙江为多,绍兴(萧山)的水晶杨梅,奉化的白杨梅,慈溪的荸荠种,还有产塘栖枇杷的塘栖也产杨梅,那个品种的名称不大雅致,叫大炭梅,但可以想见,那种紫得发黑的果子,最是好吃。江苏好像只有洞庭山产杨梅。在我写这篇稿子之前,打听了一下,上海郊区有没有也产杨梅的公社,据说有,但质量还不大有把握,因为杨梅树都在山区,平原的土壤,不易适应。写到这里,忽然又想起山渣子这个名字,似乎也是杨梅的别号。

我是从鲜杨梅到杨梅干的爱好者,杨梅干是苏州糖食店的特产。江南人也爱把杨梅浸酒,我是不吃酒的,平时不胜蕉叶,有一回,吃了一顿泡过酒的杨梅,竟至沉醉。"头上天同人面白,腮边酒最杨梅红。"这是我为杨梅酒写的诗,在我的旧作里,这类句子,已算是蛮好的了。

(香港《大公报》1964年6月13日,署名:高唐)

教　戏

从前有人请了个教戏先生教老生戏,第一个戏教《南天门》。《南天门》一开场,青衣在帘内唱"鱼儿跳出千层网",接着青衣同老生上场,到了台口,老生接唱"虎口内逃出了两只羊"。就是后面这句摇板,那位教戏先生足足教了两个月,因为他觉得学生总是唱得不对头。当时教戏的酬金是每月三十元,这个学戏的人,因为学了两个月没有学好一句唱腔,未免不耐烦起来,他对先生说,我想改一句唱唱你看如何?于是他唱道:"六十只羊买不到两只羊"(按,六十只羊是上海话六十块钱之意)。

这不是笑话,是上海的实事。从这件事例,可以想见当年的教戏先生,为了啃住一只饭碗,对学戏的人,是用一些刁难手段的。教戏先生是纯职业性的,在旧社会里,像这位先生的教学态度,原是很自然的。不说教戏先生,有些内行师父,教徒弟学戏,也都不是热情以对,尤其师父本人是个名角儿,徒弟要从他那里学得一腔一字,真不知要磨损多少时光。余叔岩活着的时候,有个女徒弟经年累月的陪他在烟榻旁边,但也要趁他高兴的时候,趁他烟瘾过足的时候,才敢请教他说这么几句,这样到余叔岩死去,到底有多少东西,实授给这个女徒弟的,只有死人肚里明白,连那个晨昏侍奉的女徒弟也不会明白的。

时迁世易,到了如今,我们这个社会,情况完全两样。大家知道,裘盛戎有个徒弟叫李长春。小裘对他那一分钟爱之情,真是难以述说,不但关心他的学艺,也关心他的生活;所以教起戏来,特别认真。按照小裘的心愿,恨不能把自己的本事,统统放在徒弟身上,最好徒弟明天就超过他,或者今天就超过他。还有上海戏校的几个老师,都是竭尽心力地栽培年轻的一代。我亲眼见过,戏校学生每次演出,老师不但坐在台下观察,而且详细地把台上的动作、唱腔乃至走路的地位,都记录下来,等学生一进场,就赶到后台去给他们指正。用这样的精神来教学生,无怪我们后生一代的人才辈出了。

说起教戏,不久前上海淮剧演员筱文艳在电话里给一个观众教过一句唱词,这件事传播开来,成为艺坛佳话。事情发生在上个月里,有人打电话到中国大戏院找筱文艳,这时候她将要上场,但还是听了那个电话。打电话的人是筱文艳的观众,是个淮剧迷。这天,她要在晚会上表演筱文艳一个现代戏的近作《海港的早晨》,因为有一句唱词唱不好,在电话里要求筱文艳教她一教。筱文艳这时毫不犹豫地把那句"革命的红旗定会在世界高峰插起来",就在电话里教给对方,一连教了几遍,直到对方唱对了为止。

淮剧在上海,拥有观众之多,决不输与越剧与沪剧。筱文艳是淮剧演员的一块金字招牌。这样一位人物,对待观众如此热情,一点也不以对方这一举动为冒昧,而满足了她的要求。这件事之所以成为佳话,因为只是新社会所有,若在旧社会,定是不可想像的了。

(香港《大公报》1964年8月4日,署名:高唐)

长夏江村午梦香

七月中旬,上海的气温,狂热如炙。有一天,我却到郊区游了一次。我有这样的体会:大热天,与其坐在办公室的电扇下,不如走在农村的田岸上,爽气得多。太阳是凶的,但旷野风高,精神自然振发。这一日,一个上午都在田塍上散步,过稻田,风吹稻叶,送来阵阵清香;过棉田,那紫红的、蜜色的鲜花,像蜀葵也像菖兰那般绚丽,因而大娱双目。中午在七宝镇上用饭,吃饱了肚子,倒觉得有些疲劳,同行的一位朋友,引我到镇上的一户人家,想借张竹榻,打个瞌睡。

这户人家是一座小小的、幽旧的楼房。走进门,一个小天井,客堂后面是厨房,厨房后面有几分地的菜圃,坐在客堂里,朝后望,只见菜园里一派青青翠翠,高的是玉蜀黍和芦粟,蔓藤的是丝瓜和扁豆。屋主人只有一位六十多岁的老太太,她把整个屋子,收拾得明净无尘,即使客堂铺的青砖地,那青砖也擦拭得似大理石一样光润,真想就在地上睡个午觉,也不怕沾着些微泥垢。

老太太健谈而好客,因为我的朋友是她一个在部队里的儿子的从小同学,她把他也看作子侄一样。见了面,便絮絮地夸她的儿子,也夸她的媳妇,拿出儿子跟媳妇最近的照片,都叫我们看。我问老太太添了孙子没有。她说,早哩,去年结的婚,他们才忙于生男育女……忽然,她又歉意地说,我忘了给你们喝水了。

一张方桌上,放着三个蓝花白地的瓷缸,上面都覆着个白纱的罩子,她说,到乡下来,没有什么汽水、橘子水的,夏天,只有一些土制的凉茶。这里有三缸茶,一缸是大麦的,一缸是用藿香炮制的,还有一缸则用佩兰炮制。我听得高兴极了,就对她说,我都想喝一点。我告诉她我也是上海邻县的人,从小喝惯这些凉茶,但是都几十年没有喝了,因为一直住在上海市内,暑天解渴,总是汽水、橘子水,粘唇腻舌的,哪里有土制凉茶这般清隽。

藿香和佩兰是廉价的药材,功能去暑生津,利尿消食。在我们家乡,都是自己培植的。藿香粗壮,宜于地栽,佩兰的枝叶细小,往往养在盆中。老太太家里跟我从前家里一样,她领我参观她的菜圃时,看到里面种植的东西,仿佛故园风物,都在眼前。我摘了一片藿香,和一叶佩兰,塞在鼻子里,狂嗅它们的清香,更使我历历儿时尘影,一时都涌上心头。

该我们休息了,主人把两张竹床,移到客堂里,我对她说,我想就在青砖地上躺一回,您收拾得真干净。老太太知道我发现了她家的清洁工作做得好,便说,我们这个镇,正在追赶南翔(南翔是全国著名的卫生红旗镇),清洁工作抓得紧,街道里的人,怕我一个人忙不过来,要来帮忙,我不要,就要一个人做,天天做,成了习惯,非但不觉得劳累,反而饭量都加了。说来也是奇怪,这样连续做了几年,成群的苍蝇,成阵的蚊子,一年比一年少,到现在,已濒于绝迹。

在竹床上躺下来,在竹院风生,乱蝉如沸中,把我这个旅人引入梦乡,醒来时日已西斜。我感激地对主人说,在白天,我很少有这样的美睡。真的,杜甫诗"长夏江村事事幽",在我看来,长夏江村,该以昼眠为最乐。

(香港《大公报》1964年8月6日,署名:高唐)

三个怪武生

一、高粱穗儿

听过几个已故京剧武生的故事,都很怪。

第一个是刘四立,他号称"旋子大王"。"旋子"是武生行的一门特技,甩动时手足腾空,要甩得圆,甩得高,最难的是要甩得多。一般的武生,能够甩十个二十个已经了不起了,刘四立当年,可以甩四十多个,无怪要膺"大王"之号了。但这个人脾气很僵,一不高兴就欢喜骂人。有一年,他在浙江地方上演,每天都要甩"旋子"。他在别的码头上表演,几十个"旋子"下来,总会博得满堂喝彩,惟有这个地方的观众,好像故意跟他作对,当他一开始要甩"旋子",便替他记数,甩一个,喊一个数字,一、二、三、四一直喊到四十几个,他不甩了,喊声也停止了,接着却没有人喝一声彩的,而是寂静无声。这样一连几天,都是如此,刘四立憋着一肚子气,终于在一天晚上发作了。当他四五十个"旋子"甩完后,台下照例只有记数,没有彩声,他就走到台前,冲着台下人说,你们到底懂不懂的?我这样累,就是旁边摆的是高粱穗儿也该点点头了。他的话说得很尖刻,把台下人比作草木都不如。第二天他再也不肯登台,就此开码头走了。

二、"这个好不好?"

第二个人是傅小山。这是当年著名的一位武丑,开口跳的戏没有一出不擅行的。年轻时尤其棒,"上高"是他的绝活。有一回在北京广和楼上演《时迁偷鸡》,一个飞步,跃到了桌上放着的一张凳子上。这时候他刚刚站住脚,忽听得右首台口楼上包厢里,有个人喊了一声"不好",这位开口跳一阵冲动,顿时从凳子上来个鹞子翻身,翻到台板上,一转身又急走几步,一个纵身,从台上跃上了楼上的包厢,他冲着那个喊"不好"的人说了一句:"这个好不好?"马上又是往后一个倒翻身,从包厢翻回台上,接着又是好几个倒翻,直翻到那张桌子的凳子上面,这种又急、又快、又高的跟斗,真是神乎其技,这一来赢得了四座的彩声不绝,却吓坏了那个包厢里喝倒彩的人,他是冷不防傅小山会跟他开这个玩笑,怎么不要吓出一身冷汗来呢?

三、过瘾的虎跳

第三个怪武生是后来淹死在九江长江码头外的王虎辰了。这个武生的怪事最多,前几年本刊曾经有人谈过一些,这里只是补充一件事。那是在抗战前好多年,王虎辰不过二十多岁,他在杭州登台。有天晚上,当他在台上甩过几个虎跳之后,听得台下有人在说,虎跳太少,不过瘾。他记在心里,到下台以后,就去候在观众出口的地方,一等散场,他大声对观众说,谁看我的虎跳不过瘾,其实我甩的也不过瘾,今儿晚上,咱到白堤上去练,你们要看,就请过来吧。这一夜他果然只身到西湖边上,许多爱看虎跳的观众也果然跟随而至。他从放鹤亭甩起,一直甩到断桥,又从断桥甩回到放鹤亭,中间不作兴有片刻歇息,把那些跟来的观众,看得眼花缭乱,大呼过瘾不止。后来王虎辰到了上海,在共舞台上演出,经常在深夜散席后,从大世界门口用甩虎跳代替走路,一直甩到南阳桥他的家里,被上海人目为怪物,其实此人之怪,还是从杭州开始的。

(香港《大公报》1964年8月16日,署名:维芳)

打 秋 风

如今上海在三十岁以下的青年人,已经不懂得"打秋风"是怎么回事了。这是旧上海的一种邪风。一些穷极无聊的白相人,时常要用打秋风来解决一个时期的穷困。

打秋风的方式很多,最普通的替爷娘做生日、办阴寿,也有为小儿"弥月之喜"的,借这些名义,普发帖子,广收财礼。其实爷娘生日,根本不是那一天,家中也从未添丁,何来弥月之儿?

这股邪风,后来发展成为怪风,花样越来越新,名义越来越奇。比如不但为父母假托做寿,也要替泰山庆六秩晋九之辰,也有为寄男义女完婚作嫁的,这样的眷亲附属,就没有一个底了。但这个还不算怪,怪莫怪于用别人家的死人,借来为自己先严或先母,放在殡仪馆里让他的熟人来吊唁送礼。

办法是这样的:打秋风的人,打听到那里死了一个孤老太婆,或孤老头子,就把尸体运到殡仪馆去,一面向各方哀讣,把死者说成是"先妣"或是"显考",第二天殡仪馆里便素车白马,吊客盈门。等到客人散去,这里只用薄皮棺材一口,把死者草草成殓,送往义塚。这样除去殡仪馆的一笔开销,收下的丧礼,足够他数月之粮。这种秋风,规模较大,还有小一些的,则借个寺院,用四个和尚在那里吹吹打打,算是替先人诵经,也可以拓来一些份子。

打秋风之风,来源于白相人那里,大概是不会错的。但后来也为一些"行外"人所效尤。譬如旧上海有数不清的弄堂小学,人们称之为"学店",其性质其实也是打秋风。秋风者,刮搜众人之利,以肥一己,所以打秋风的本名叫"打抽丰",秋风则是音误罢了。

说起学店,不免想起二十年前在上海的小报上看到过一首打油诗。作者的儿子在一家弄堂小学里念书,有一次那个校长先生的令爱于归,校长就在学生那里大发喜柬,这位作者收到一份后,便在报上写了这样一首诗:

非亲非眷亦非朋,帖子相投勿作兴。前世穷爷应作孽,后门内子未开僧。奁仪两块(二元)情须送,学费下期账要登。吹到秋风身上冷,小诗奉敬倘如冰。

据作者说,校长的喜柬是托孩子送来的,他的这首诗,也是托子转与校长的,不知校长先生讽咏过后,作何感想!

(香港《大公报》1964年9月16日,署名:维芳)

[编按:1940年10月6日《社会日报》刊作:"非亲非眷亦非朋,帖子相投勿作兴。前世穷爷应作孽,后门内子不开僧。贺仪今日情甘送,学费下期账要登。太息"成龙"空有望,等于不学也低能。"]

一年前与凤英游

　　一九六三年一年，严凤英为了拍《牛郎织女》，差不多都在上海，记得她回合肥的那一天，已经是除夕的早晨了。凤英的戏，人人爱看，但是她在"私底下"更是惹人怜爱。她带着向来有的一副热肠侠骨，到新社会来，更加的体贴别人、关心别人和帮助别人。她同王少舫是舞台上、银幕上的老搭档，她对少舫说，人家说我们老搭档，我们就要搭档到老。意思是她和少舫的一旦一生，永远不要分开。

　　凤英是长得美丽的，也很温柔，但我欣赏她的，她很幽默，很风趣，又爱说笑话，记住了许多"死笑话"（书本有的），但也有不少现抓的"活笑话"。有一回，大家谈起王少舫日益肥胖，怕会损害他的舞台形象，凤英却说，才不会哩，他尽管胖，人家还是爱看这个小生。有一回，他们在台上，少舫来了个"屁股坐子"（表演形式的一种，以臀部着地），只见他一阵皱眉，到起身的时候，一只手捂住了屁股。进了后台，才知道他因为胖得厉害，浑身的皮绷得太紧，一个"坐子"下去，把肛门都裂了。一经她的形容，人们自然都笑了。但凤英说，这不是笑话，是事实，不信，你们都可以去问问少舫自己。

　　凤英对于自己的艺术是忠诚的，她在上海有那么多的朋友，但从来不让一个朋友到摄影棚去找她，因为她怕分心，一分心便会妨害情绪，演不好戏。所以她每次拍戏，都是很早就化妆，化妆完毕，静静地坐着，一言不发地培养情绪，这样一到水银灯下，导演要她哭，她立刻会泪如泉涌。这样的功夫，使我感到很奇怪，曾经问她，这种感情到底怎么会来的。她说，因为我自有这样的回忆，才会有这样的感情。应该说，三十多岁的演员，不会没有我这种感情的，只要一想到十多年来离水火而登衽席之乐，不由你不受激动，要掉多少眼泪，会掉多少眼泪的。

　　她在上海，除了起初一段时间，住在锦江饭店，后来就搬到衡山饭店（这里临近她拍戏的地方），在她返回寓所以后，各方面的朋友都到了，把八层楼上一个卧室、一个客厅都坐得满满的。在她的房间里，到处都放满了玩具,原来凤英是个玩具爱好者,不论是泥的、木的、瓷的,或是纸的、绢的、绒的和塑料的,大大小小,形形式式,看上去真是琳琅满目。一个第一次找她的朋友,到了她的房间里,单是这些玩具,就会叫你玩赏不尽。

(香港《大公报》1964年10月2日,署名:定依)

一城焰火一江灯

国庆节过了一个多星期了,上海依然像明珠宝石镶嵌成功的灯彩世界。

今年过国庆,上海的灯彩特别多,好像不止多一倍、两倍。因此每夜看灯的人也特别多,肩摩踵接的盛况,也是往年所未曾有过的。似我这样平时不大要轧热闹的人,今年也居然看了两夜的灯。

我是赶在人家前头看灯的,第一次在九月二十九日黄昏,第二次在九月三十的午夜。二十九日那天,过黄浦江到奉贤去访问一对夫妻民兵,回来时到延安东路对江的陆家嘴码头已经下午八点钟了。就在陆家嘴码头上,隔着江看上海外滩的灯彩,那一派灿烂风光,真的是平生未见。外滩的灯彩,一向有名,报纸上刊载节日夜景的照片,新闻记者大多从外滩摄取,但想不到隔江相望,才是"金龙银象结逶迤,览不尽升平画卷"的奇观。后来我在过江轮渡上,正当江潮初涨,只见江边无数巨轮上和岸上的灯彩,一时都倒映江波,便使人产生一种"浓艳"的感觉,这种"浓艳",越加使看灯的人眼花缭乱。我是从无意中取得这个角度来看灯的,所以第二天,就到处宣扬:到浦东去,看上海的外滩灯彩。

三十日的晚上,是韦伟约我看灯的。她驾了一辆飞车,从淮海路走茂名路,走延安中路,过大世界,一直驶向外滩,沿外滩在黄浦公园门前打转,进南京路绕人民公园外围一匝,再走南京路往西,这样上海全市的灯彩精华,都看个饱,看个尽了。时间已在子夜,但看灯的人还是络绎于途,孩子都不想睡觉,由大人带着,有的坐了汽车,也有坐了三轮车在灯市里兜行。但是看这样一个壮阔的灯彩场面,走比坐车子好看,坐三轮车比坐汽车好看,汽车只能看到为车窗所局限的一些境界。

我的家位于全市比较中心地带,有一座寓楼,三面开窗,不但外滩的高大建筑物尽收眼底,南京路上的每座巨楼,也一览无遗;从正南向则锦江饭店,十八层楼,以及偏西的中苏友好大厦,也都历历在目。到了节日,我们凭窗远眺,这些用夜明珠串绕起来的崇楼巨厦,就像看到了一幅全上海灯彩夜景的长卷。在大放焰火的时刻,更是叫人目不暇接,人民公园的大型焰火,近在眼前,它每种颜色,都会浸染了我家的楼房。人民公园的焰火下去,东边黄浦公园的升了起来,南面襄阳公园的也升起来了,西面中苏友好大厦的,静安公园的也升起来了。我们常常在一家人的欢笑欢呼中,度过节日的夜晚。

(香港《大公报》1964年10月15日,署名:高唐)

菱　角

菱,在水果中,不是什么高品,但我对它有一种特殊的兴趣,这兴趣,也许是基于我的恋旧情怀。因为小时候在乡下,下过菱塘,采过菱,划着一只木桶,漂荡在十亩方塘间,虽然不会唱采菱曲,只是采几个,吃一个的,快乐得很。

在我们乡下,菱,只有一个品种,青的,两头有角的,它的名字也只有叫菱。从小耳熟的水红菱,却没有在家乡的菱塘里见过。到了上海,才知菱有好几个品种,式样也不只一两个,什么馄饨菱、沙角菱、乌炭菱;风菱和么菱大概是一种,不过叫法不同。馄饨菱以南湖菱为代表,它的角是圆的,所以也有人叫它圆角菱。除了馄饨菱,其他都宜于熟食。

上海的冬天,到了下午,小孩子吃些点心,总会想到两样东西:烘山芋(北方叫烤白薯)和熟么菱。这两样,岂只是为孩子喜欢,我这个老头子也还是对它们向往的。刚出炉的山芋,刚开锅的菱,都烫着手,剥开皮,咬开壳,糯糯的,如何不是美味?记得从前有人说过,冷天在街头看到有人吃烘山芋,咬熟么菱,有一种"暖老温贫"的感觉。看来,说话的人是不爱吃这些"粗点心"的,我就从来没有这种联想。

在现在的高秋天气,游苏州的人,都会带点水红菱和鸡头肉回来,把它们分装在蒲包里。因为这两样东西,都从水里生长的,离不得水,所以在苏州出售时,还是养在水里,到了上海,蒲包都浸透了,打开来也是水淋淋的,水红菱红得那么浓艳,鸡头肉又绿得那么标致。苏州的水红菱,分三种颜色,小红、桃红和紫红,不论哪一种颜色都是绚丽夺目,可以想像,它在菱塘水底时,衬着水面上的黄花绿叶,更是怎样的风姿。

今年有一次到苏州去,在一个公共场所看国画展览,这些国画都是当地画家作的写生。有人指点着一幅水红菱的画,叫我欣赏。他介绍说,这位作者,下了二十年工夫,专画水红菱,在苏州很是有名。那幅画上有十多只水红菱,安排着不同的位置,用洋红着色,看上去,涵着一股烟水气,因而红得特别清新;而最大的特点,他用墨色勾成的菱角,柔里带刚,好像碰上去真会刺痛了手指皮的;而那一撅菱根,软软的,湿漉漉的,像要泌出水分似的。看来,作者的工夫,就下在这些地方,而叫人们嗟赏的也在这段工夫上。

(香港《大公报》1964年10月31日,署名:高唐)

捉 蟹 种 种

在本刊上读到两篇有关捉蟹的文章,一篇是写阳澄湖上看捉蟹,另一篇写的是回忆捉蟹的有趣。笔者曾经在江南的水乡住过多年,知道一些捉蟹的方法,也想在这里谈谈。

江南人捉蟹的方法是多种多样的,设簖捕蟹,算是规模最大的一种。比较小型的捕法,门类更多,一般人常知的是网蟹,但用网捉蟹,也是名目繁多,网有大小之分,小网只有尺许见方,四角系在四根竹片或芦苇制成的网爪上,中间放上诱饵,放在河中,蟹来就饵,往往一举而获。这种网法,大多由孩子为之,崇明人称之为罾蟹,那个网也叫做蟹罾。"罾"这个字古得很,颜师古注《汉书》上的"罾"字说:"罾,鱼网也,形似仰伞盖,四维而举之。"

还有听蟹。此法一般在深秋的晚上为之。先在河中筑一小坝,入晚在坝靠岸的任何一端,开一小缺口,宽约七八寸,深度略低于水面,让一股急流突过缺口而往下流;缺口上安放一盏玻璃灯,两侧用瓦片遮没,使光线总向水流的方向放射。这时蟹顺流而来就灯光,爬上缺口处,而且郭索有声,捉蟹的听到这种声音,就可借火光唾手而得。前人所谓"一灯水浒,寒宵闻郭索之声",大概指的就是听蟹。

用大网捉蟹,江南人也称为攉蟹。这种大网有七八尺到一丈多见方的,把网放在河滨中,时时举之,蟹多的时候,一个晚上,也可攉到几十斤。但为什么称攉,我一直还觉得费解。

大家知道,虾可以笼捕之,而捕蟹也有笼蟹之术。笼捉就在河中置一竹篾制成的蟹篓子,高出水面两三尺,内有篓胆,两侧捆以帘箔,使蟹只能从篓门通过,但只有进口处,没有出口处,因此蟹进了口,便堕入篓胆,不能再夺门而出了。

听说近年来的江南水乡,又盛行排蟹。排蟹的工具,也是蟹网,但这种蟹网是特制的,网形如袋,深两三尺,口宽五六尺,网口贴河底的一边,系上十来只铁盘,使网口紧贴河底。另一边系上一根四五尺长的竹棍,在棍的两端系上长索。网下河后,由一人或二人背牵,行半里许拖上岸来,一网就可获蟹数十只。这种排蟹的方法,在旧时代是行不通的,因为解放以后农村兴修水利,开了许多大河,大河水底平,才宜于排蟹。

最简单的捉蟹方法,无过于摸蟹。摸蟹不要任何工具,只在河边水际,造上许多蟹洞即可。洞深尺许,宽可容手揣入。蟹的特性,有光即到,见洞便钻,有了蟹洞,自然会来,所以只要每天按时去摸,总可以捞上几只。此法由来已久,前人诗所谓"时逐群儿探蟹穴,肯邀渔父作芳邻",探蟹穴该就是摸蟹之意。

(香港《大公报》1964年12月4日,署名:未妨)

扁　豆

小时候读梁晋竹《两般秋雨盦随笔》,很欣赏里面有一首诗,那首诗是一个乡下人在作客他乡时写的。诗的大意说,乡下老太婆写信来叫他回去,告诉他乡下有哪些哪些好,劝他不要再留滞在外头。全首诗的语言,很朴素,很风趣。我手边没有《两般秋雨盦》,但记得它的后面几句是:"……牵萝已补床头漏,扁豆犹开瓦角花。旧布衣裳新米粥,为谁滞留在天涯。"

因为自己是在农村里生长的人,更觉得这首诗的亲切有味。农村里吃到新米粥的时候,定然在秋收以后,阴历的十月里了,但扁豆还在开花,这情景,对我来说,也是念之如昨。

扁豆这种植物,不但可吃,也可供观赏。我说它可供观赏的是花,有人从前记得看过这样一段笔记:"架上扁豆,已累累垂荚,怪家人弃置勿采,听其僵老,辄自提筐删摘之,微风动叶,紫露欲流,高举斜悬,宛然刀影,意颇自豪,寒家亦有此武库也。……"

秋后扁豆荐新,我家的餐桌上从来不缺这样东西,上海一带的人,都以扁豆为珍蔬,但在浙东乡下,都不吃扁豆,说他发风动气,食之,能引宿疾。其实此话无稽,我吃过几十年扁豆,从来不觉得它有毒。我不但爱吃新鲜的,还爱吃干老的白扁豆,每年都把它用文火煨烂,加红枣白糖同食,食时清芬钩鼻,比百合好吃,比起陆放翁的"一盂山药胜琼糜"来,也不会逊色。

每年清明过后,总在花坛上,杂种扁豆与牵牛,到了盛夏,同时开花,牵牛有紫色的也有白色的,扁豆亦然。牵牛经不起日炙,早晨开的花,一过中午,便已萎败;扁豆花不然,越是烈日当空,越见它叶扬花展,如喷怒气。它的花期尤长,从中夏一直开到初冬。前几年我家种的都是紫豆,今年妻子不知从哪里要来的豆种,长了三棵,开花也是紫白色的,结的荚却是白色的,那荚愈长愈大,最大的宛如皂荚那样,我很奇怪,因为从没见过那么大的豆荚,不敢吃它,后来有人告诉我,这豆是朝鲜种,比本地种好,苏北农村,大都种这种扁豆。我们采了数十荚,煮成一锅,其味清甘,嚼之尤糯,果然胜过寻常。

(香港《大公报》1964年12月31日,署名:高唐)

新 年 画

谈起旧时代的年画,为人们艳称的不是苏州桃花坞,便是天津杨柳青。解放后的报纸上也刊载过很多文章,赞美这些民间美术。但是住在上海,非独杨柳青的年画看不尽,连近在苏州的桃花坞年画,也难得一见。当年在上海看到的年画,往往又是一路。

每过新年,上海老城隍庙是卖年画最集中的地方,年画档子上挂出的大抵有两种:一种是重磅铜版纸印的月份牌,人们称它为美女画,因为月份牌画的题材,总是女人,时世装的、雾鬓风鬟的、朱唇秀颊的女人;另一种则是油光纸印的,大红大绿,画笔很粗糙,画的题材都是老戏文,不是十一郎大战青面虎,就是金雁桥活擒张任,最多的是"群戏",满幅穿戴甲胄的将官,看来很是闹猛。

大人欢喜买美女年画,孩子欢喜戏文年画,而这些年画的买主,绝大多数是农民。农民也是爱好美术,他们把一张年画买回去,起码在家里挂上几年,跟风雅人买到一幅石涛的山水、任伯年的人物画一样珍视。

近年来,年画的情形变了,新年画逐渐地在代替旧年画。前面说的月份牌年画,早已不再存在;而那些油光纸印的老戏文年画,也不再复制了。现在人们喜爱的是反映现实生活为题材的新年画,更多的则是反映人民公社生活的新年画,因而农民都欢喜地说,年画,画到他们家里的事了。

据上海报纸记载,今年上海人民美术出版社的就有一百零三种,连重版的共有二百二十七种。这一百零三件的初版画,我全部欣赏过了,不过我看到的不是原件,而是两册精影本。彩色的绚丽,画笔的细腻,看了真是从心底里欢喜出来。

新年画的题材是多种多样的:歌颂党,歌颂领袖,歌颂三面红旗以外,有反映社会生活、学习生活、青少年生活的;此外也有写祖国的壮丽江山以及一些地方的宏伟建设,多啦,一时怎么也说它不尽。这里附刊一张照片,是今年新年画的一种,三个学做模型的孩子,神态多么可爱,这幅画写的是我们少年儿童丰富多采的课余生活。

在今年的新年画里,还没有"戏文画"。随着各个剧种现代戏节目的蓬勃发展,我想新年画也会增添这个品种,比如《智取威虎山》、《芦荡火种》、《柜台》、《红灯记》、《霓虹灯下的哨兵》这些好戏,也必然会被取作题材而作出许多现代戏的新年画来。

(香港《大公报》1965年1月5日,署名:高唐)

鸡 名 甚 雅

宋朝有个诗人在除夕夜里写的一首诗道:"邻鸡夜夜竟先鸣,到此萧然度五更。血染千刀流不尽,佐他杯酒话春生。"这番情景,如同今日一般。

当我写这一节小文的时候,离开春节还有十多天,上海人家已经在购买年晚用的鸡了。家家买,户户买,以致这几天早晨三四点钟,已是鸡鸣相接。我几乎每日都被这一唱百和的鸡鸣声惊醒,看来也一定要到除夜,让人家把这些鸡都宰绝了,才能无扰清眠。

其实,我这样说,心里并不十分讨厌这些鸡的,相反,我很欢喜鸡,前两年家里还养过很多的鸡。因为上海没有宽广的场地,养了鸡不免妨碍环境卫生,何况收拾起来,也很费手脚,所以后来也就不养。

农村里是家家都养鸡的。我一到农村,也爱看农家养的鸡群。发现近年来郊区的鸡种,实在繁多。九斤黄本是绍兴特产,人们唤作越鸡,也就是指的九斤黄。但这个鸡种,目下已不是绍兴专有,上海郊区不时可以看到,说上海也有,我是把地域局限了,应该说全国都有。不久前,有个朋友从西安回来,他说陕西全省,竟养九斤黄,他回来之前,原想捎两个给家里过节之用,家里写信告诉他,上海市场上有时也能购得越鸡,总算没让他千里迢迢的把两个活货运载回来。

去年秋天,有一次下农村,看到几个孩子在看两鸡相斗,两鸡都硕大无朋。一个白羽红冠;一个高冠红颈,金红的身体,金绿的尾羽,米黄的眼圈,一身绚丽。两个都勇不可当,白鸡斗得巧,金红的斗得锐,它时时腾身而起,使看的人惊呼起来,但白的却不动声色,它若守还攻。两个战斗正酣,孩子们时时叫它们的名字,替它们做啦啦队,称白的为"雪里红灯",称金红的为"火烧云"。我很惊奇它们的名字是如此典雅。不是吗,"早知白发年前减,故点红灯雪里看",这是苏东坡的诗哩。而"火烧云"的名字尤其形象,也实实在在是农民朴实的语言。这一回,我回来之后,写过一首斗鸡的诗,自以为把当时的情景,写得很实,诗云:

> 分明严阵亦成军,高点红灯雪里匀。真似斑斓一把火,晚来烧艳满天云。

(香港《大公报》1965年1月29日,署名:高唐)

灯

前几天,读过一幅新国画,很欣赏寒宵灯下,一个络腮胡子的中年人,斜倚床前,手执一本毛主席的著作,大概是《为人民服务》吧,正在认真阅读,他目光闪耀,了无倦意。床边是一扇窗,窗外是临街的,从窗子里看得出窗前檐下,还有一盏灯,因为这盏灯有纸糊的灯罩,灯光映出罩上的一些小字:急事、急病、孕妇要车、随叫随到……

如果不看画家的题字,不识得这是怎么回事。画家的题头是一个"灯"字,下面系一首民歌:"主席著作映红心,红心点燃服务灯;服务灯照寻车人,夜深寒重暖如春。"民歌下面又有几行注释:"杭州三轮车工人家门口,都点服务灯,无论寒暑,通宵不灭,助人为乐,感人更深。"

外地人到上海来住了一阵,回去都夸说上海三轮车工人的服务精神是全国第一。但是上海人到杭州去了回来,却说杭州的三轮车工人比上海更好。比如说车资,上海有时候还不免有些参差,而在杭州,才是划一不二。它同游艇一样,按时按程,照议价要钱,不多取,也不少拿。还有他们对待乘客的热情诚恳,我听说过这样一个小故事:"有两位住在杭州饭店的旅客,他们素不相识,那一回合雇了一辆三轮车,准备游一天西湖,到了六和塔,其中一人忽然觉得头目晕眩,不能继续游程,那位车工便建议另一个旅客在六和塔等一等,让他把病人送了回去,再来接他往九溪龙井。另一旅客同意了,他就把病人先送到医院看过门诊,医生诊断后吩咐好好休息,车工才放心把他送回旅店,请那里的服务员小心照顾。然后,他又回到六和塔送那个旅客游毕全程。当日薄崦嵫的时候,他们回到杭州饭店,车工还关心地去看望那个病人,这样,不但使那病人感动,也感动了另一旅客,他说:'杭州的湖山真美,但杭州的人情尤美。'"

至于服务灯的事,我还是第一次晓得,这是杭州独有的新风气,这样的新风气,又是多么动人!(寄自上海)

(香港《大公报》1965年2月9日,署名:高唐)

陆小曼印象

四月初,陆小曼在上海谢世。

陆小曼名眉。四十年前,我刚还在北洋军阀统治时期,她已蜚声于北京社交场中。那时她只二十三四岁,鬓云眉月,风神如画,真的是绝世佳人。可是她是甚么出身,当时都搞不清楚。有人说她是陆京舆的女儿,也有人说她是陆征祥的女儿,其实都是附会之言。陆小曼的父亲,不是什么显赫的官儿,只是一员闲曹冷吏罢了。

过了一九二五年,陆小曼到了上海,活跃在上海的社交场中。那时上海已有一个出风头的交际花叫唐瑛,来了陆小曼,成了双枝竞秀。唐与陆,一样的仪度清华;但不同的地方,唐瑛的洋场色彩比陆为浓厚,而陆小曼的古典腔则为唐瑛所无。后来唐瑛嫁给李祖法,陆小曼也做了徐志摩的夫人,这两朵交际之花,才算放进花棚里去了。

徐志摩死后数年,上海报纸传出陆小曼再嫁的消息。她的后夫叫翁瑞午,此人懂些医道,也能拍拍曲子,但是个鸦片鬼。陆小曼嫁翁以后,立刻染上了恶癖,不到几年,本来并不丰腴的脸,变成了皮包骨,而且肤光如蜡,望之十分可怖。在她四十岁以后,牙齿也多数脱落,老态毕呈了。

上海解放后不久,翁瑞午死去,陆小曼的生活发生了恐慌,人民政府把她安排在国画院里,这样她才衣食无忧。今年她已是六十四岁的人,有一个表妹跟她朝夕相依。一向因为身体羸弱,虽身为国画院的画师,很少出门,因此也不大看到她的新作品。她经常内疚地说,我是吃着新中国的闲饭。

陆小曼的画,以山水为擅长。三十年前,章士钊曾经给她画的一幅山水题过诗:"古木寨疏到处秋,几间茅舍任勾留。夫人自念风怀苦,写此林泉着胜流。"但也有人说,章士钊这首诗是替虞洽卿的女儿虞澹涵(也是山水画家)的作品题的。不管怎样,这首诗总是好的,绝不像出自好为"僻字涩句"的孤桐先生之手。

(香港《大公报》1965年4月22日,署名:班婴)

万墨林的绝活

旧上海有一家万昌米号,老板叫万墨林,人家都称他为米蛀虫。其实此人不是专做粮食生意的,而是杜月笙身边的一个跑腿的。

这个家伙最早在杜月笙家里,专门替杜月笙当熬烟与装烟的差使,另外还有替杜月笙打电话。说也奇怪,这个目不识丁的家伙,却有一样本领,就是能把杜月笙经常对外联系的一些电话,都记得一清二楚。据当时传说,万墨林脑子里,装着一二千只电话号码。还有人说,电话号码一进入万墨林的脑子,永远不会消失。他就是这点绝活,博得了杜月笙的欢心。

妙的是抗战以后,杜月笙全家迁至重庆,却把万墨林留在上海,叫他搜集各种情报,供给国民党反动派参考。所以胜利以后,这个家伙竟以"功臣"姿态出现,可见这帮牛鬼蛇神的奇形怪状了。

(香港《大公报》1965年4月22日,署名:火青)

为白桃花写诗

阴历二、三月间,上海花市有白桃花出售,苏州也有白桃花出售。可以想见,近年来江南地区,这个名为稀种的白桃花,已在普遍栽培了。

我还没有向植物学家讨教过,白桃花是怎样接嫁来的。有人说白桃花是碧桃花的变种,我想不是。因为从习见上看,碧桃花总是复瓣的,而白桃花的长相,则完全与普通的绛色桃花相似。

曾经听一位苏州朋友告诉我,苏州之卖白桃花,常常在杏花时节,这就是说,它的开放,早于一般的桃花。陆放翁"小楼一夜听春雨,深巷明朝卖杏花",这是宋代的风习,后来就没有叫卖杏花的。而如今却在春雨杏花时节,巷深人静的早晨,听得见农村女郎的一声莺啭——"卖白桃花"了。

本来不识得白桃花是植物里的稀种,还是袁简斋在《随园诗话》里告诉我们的。作者偶然看到白桃花,惊为罕见,写了一首诗寄给他的朋友刘霞裳。这时刘霞裳正作客在外,所以随园的诗有"刘郎去后情怀减,不肯红妆直到今"之句。把桃花和姓刘的联系起来,便成典故。

在江南,我第一次看见白桃花,是在三十年前的无锡鼋头渚畔。也是从这一次,证实了白桃花的开放,早于一般的桃花。记得那时梅花方始谢去,杨柳还没有抽青,只有这一树白桃,在荒寒的太湖边上,迎春盛发。同行的人以为是梅花,也有人说是李花,但那位舟子却说是白桃。桃花素面,大家认为生平仅见,所以请舟子将舟拢岸,我们上得岸去,把它仔细端详。后来在我的《太湖杂诗》里有一首是:"扬舲一路隔风尘,千顷湖波万斛春。岸上白桃花在笑,当时艳绝倚舷人。"就是为这一树白桃写的。

三四年前的初春,上海的鲜花挡子上,初次出现了白桃花,我欣喜若狂,买了两枝,回家插向胆瓶。当时写了一首记事诗:

449

卸却红妆后,依然绝世姿。几经春雨唤,不比杏花迟。鼋渚称稀种,随园有赞诗。即今人力健,竞卖折枝时。

我对白桃花就有这么多的兴趣。"即今人力健,竞卖折枝时",不是吗?我们的园艺工人,正在精心培育,什么世间的稀有花种,都会成寒家胆瓶之物。

(香港《大公报》1965年4月27日,署名:高唐)

立夏见三新:蚕豆、梅子、樱桃

江南一带说的"立夏见三新"的"三新",是指蚕豆、梅子和樱桃。其实上海菜场之有蚕豆,往往早于立夏一个多月,上海人把它称为客豆,客豆都是从浙江路里来的,但上海人爱吃的是本地豆。本地豆大都是产于如今上海直辖的十个县境内,而以嘉定的白蚕豆,称为极种。本地豆要到立夏才得荐新,计时日,总是在"五一"节过后,家家户户的肴馔里,都有蚕豆一味,从新鲜蚕豆吃起,一直吃到葱花豆板酥,才算蚕豆落令了。

荐新的梅子,自然指的是青梅。我真的想像不出,在少年时代,那样的会吃青梅。自家园子里的梅树,当梅子刚刚可采的时候,常常猱树而升,摘几颗大的,放在口袋里,一颗接着一颗的吃,连眉头也不皱一皱。到了二十岁以后,便觉得梅子的溅齿流酸,并不好受,而慢慢的不大亲近它了。到了壮年以至现在是老年了,看见梅子,只是摇头。

旧时辰,上海一到立夏,街头上便响起了"白糖梅子"的叫卖声。白糖梅子是在青梅外面浇裹一重浓糖,吃起来可以减弱青梅的酸度。在尘垢飞扬的旧上海,这种食品是很不洁净的。

再说樱桃。到了立夏那天,这种娇红欲滴的小东西,自然会在果子摊上出现。但这小东西只能娱目,娇嫩得惹人怜爱,而并不好吃。我没见过长在树上的樱桃,据果农说,待得樱桃成果,煞费果农苦心,因为樱桃红了熟了,便有鸟群飞来啄食,若不是看守得好,便会一无所得。我说樱桃不好吃,是指上海看见的樱桃;据说有些地方的樱桃是可口的,人们还把它目为珍果。比如四川西昌的樱桃和云南金沙江流域的樱桃都是佳种。那里的少数民族,家家都种植樱桃。他们习惯把熟了的樱桃"鲜藏"起来,可以历久不败。"鲜藏"的方法也很巧妙,原来樱桃成熟之日,正当竹笋怒茁之时,当地人便选择粗壮的竹笋,从节上剖开,将樱桃放入,待装满一节后,用竹箨扎紧,在竹箨外面,再用泥土涂封,这样竹笋仍然生长成为竹子。过了几个月或一二年后,只要封裹严密,里面的樱桃绝对不会变质。每逢节日,他们时常将竹子里的樱桃敬宾,作为珍重的款待。

(香港《大公报》1965年5月1日,署名:端云)

濮一乘的竹枝词

濮一乘有《京华竹枝词》一百首,都是描写民初时期北京的社会风貌、人物动态的。有些诗写得比较浅近,容易为人们所传诵。譬如:"一辆汽车灯市口,朱三小姐出风头。"当时传遍古城,胡同里的孩子们,把它作为儿歌来唱。

朱三小姐是旧京交际花的"首创者",是去年去世的朱启钤的女儿。当时人争倾风采,濮一乘这首诗,所以更加流传群口。他不但写了这一首,另外一首写中央公园(现在称中山公园)的,也涉及了朱三小姐。记得那首诗是:"乔木森严映古厨,倾城士女醉屠苏。轩名依旧来今雨,不见如花密司朱。"

《京华竹枝词》曾出过单行本,濮一乘则久作古人。惟听说朱三小姐尚健居海外。

(香港《大公报》1965年5月3日,署名:火青)

封建的"爷"

旧时代的北方,习惯以"爷"字称人。比方姓张的老二,就称张二爷,姓李的老三,就称李三爷等等。

梅兰芳人称梅大爷,称程砚秋则为程四爷,盖叫天是盖五爷,姜妙香为姜二爷,在旧时京剧界里,已成为"官中"的称呼了。

从前上海有个名人叫李祖夔,他收藏宋代缂丝达一百件以上,自号"百缂斋主"。此人弟兄六名,祖夔行二,故在他自己家里,人家都称他李二爷;但宁波小港李氏是个大族,在上海的族兄族弟甚多,这样排列下来,他应该行八,所以到了外面,人家又称他为李八爷。如果在家里有人称他为李八爷,他必不理,在外面人家称他为李二爷,他亦不睬,真怪人也。

以"爷"称人,毕竟是封建时代的产物。它与新的风习不能投合,所以现在都听不到这样的称呼了。

(香港《大公报》1965年5月8日,署名:未妨)

病榻上看戏的人

二月前,中国京剧院在深圳演出的《红灯记》,那个饰演李玉和的钱浩梁,是青年演员里的好武生,他演旧京剧的《伐子都》是当世一绝。

这钱浩梁原是梨园世家,他的父亲叫钱麟童,一向在上海演出。望名思义,钱麟童是麒派老生。此人年纪虽不甚大,却已病废多年。他得的是瘫痪症,终年卧床不起。一九六一年冬天,钱浩梁、刘秀荣、刘长瑜这班青年演员到上海初度演出时,有一夜,中国大戏院的台前,曾经放过一张竹榻,上面躺着一个病人在看戏的,那就是钱浩梁的父亲钱麟童。他对人说,我只想看儿子演一次戏,到死也瞑目了。

(香港《大公报》1965年5月10日,署名:未妨)

张崔新婚联

张慧剑、张友鸾、张恨水都是《新民报》的旧人员,当时有"新民三张"之称。慧剑为人静僻,今年逾花甲,犹未结婚;张友鸾健谈而风趣,张恨水则雅善理财,故一度曾为北京《新民报》的经理,既工商业,亦撰写小说。

三十余年前,张友鸾在北京结婚,夫人崔氏,因为这两个姓氏搭配得巧,朋友们赠送的贺联,都在这上面大做文章。其中有一联最为传诵,只八个字,上联:"文章魁首";下联:"仕女班头"。

到现在,张氏夫妇情好弥笃,但张友鸾已长髯三尺,崔氏亦鹤发飘萧,已是老夫人模样,不是双文小姐了。

(香港《大公报》1965年5月11日,署名:未妨)

石筱山死于肺癌

上海有两个著名中医,都能抽大量香烟。一个是现任中医学会主席程门雪;一个是妇孺皆知的伤科医生石筱山。

程门雪每天要抽八十枝香烟。石筱山的瘾头更大,他一枝接着一枝地抽,一枝抽过四分之三时,便接向另一枝上。他的接烟技术也很高明,人家只见他的动作很简单,而不消几秒钟,两枝香烟已经并成一枝了。所以去请他看病的人,都说这位医生是连香烟屁股都吃进去的。

但是这样抽烟,毕竟不好,石筱山得了肺癌症,于去年秋天在上海病故。现在他的两个儿子幼山和仰山都应付门诊,登门求治的每天还有二三百号。

(香港《大公报》1965年5月16日,署名:未妨)

胡适之写招牌

胡适之曾经给旧上海的一家茶叶店写过一块招牌。据说胡适之一生,也只有写过这样一块招牌。

上海的那家茶叶店叫程裕新,胡适之写的便是"程裕新茶号"五个字。程裕新老板因为胡适之替他写了招牌,特地把他的店开在静安寺路大华戏院对门(现在南京西路新华戏院)的热闹地区,表示"得意"。

为什么胡适之平生不写招牌,又单单肯为程裕新写这块招牌呢?这里原来也有一点渊源的。因为程老板同胡适之都是安徽绩溪人,他们不但同乡,而且还沾亲带故,那程老板是胡适之的长辈。三十年前,胡适之在上海梵皇渡路有一所住宅,程老板只要打听得他来到上海,便寻上门去,死七八赖地要求这位令亲给他写块招牌。胡适之拗不过他,便答应了。写好以后,那程老板感彻肺腑,从此只等每年新茶上市,他便挑选第一批精货,向胡适之进贡。

招牌字尽管是胡适之写的,但茶叶店的招牌之硬,程裕新始终敌不过汪裕泰、翁隆盛这些店家。解放以后,在商店职工的觉悟提高之下,已把甘心替美帝国主义充当走卒、对中国人民怀着极度仇恨的胡适之写的招牌,砸了下来,而且那家茶店虽然依旧开着,但名字已不叫程裕新茶号,而改称黄山茶号。

说起胡适之写招牌的事,不免又想到给旧上海商店写招牌的人,真是形形色色,何奇不有?像胡适之那样的牛鬼蛇神,当时都成了书家。最妙的是要算三大亨和三闻人写的招牌了。三大亨就是当时"租界"上的三大流氓:杜月笙、黄金荣、张啸林;三闻人又称"三老":袁履登、闻兰亭、林康侯。这六个人不要说根本不会写字,有的甚至连毛笔如何捏法,也都茫然无知。但是他们写的招牌,在当时,几乎每条马路上都可以找得出一两块来。

那又是什么原因呢?原来这三大亨与三闻人都有特殊势力的,开店的人如果能够求到他们"写"的一块招牌,就可以表示这家店有这个人作为靠山,也就是说有恶势力可以依附,别人就惹他不得。所以要请漆匠师傅写好了字,再署上一个大亨或者闻人的名字。当然要用这些人名字之前,也必须要得到本人的同意,本人同意了,商店老板,还要一箱香烟、一箱洋酒的作为"润笔"送上门去哩。

(香港《大公报》1965 年 5 月 23 日,署名:未妨)

张慧剑全藏林译小说

张慧剑是编报纸副刊的老手。此人目下已摆脱新闻业务,长住南京,职务是江苏省文联副主席。

老朋友都知道慧剑平生有两件突出的事:一件是年逾六十,从未婚配;另一件是他非到夜晚,不肯坐下来工作。所以他的工作时间总是在晚上八九点钟以后,直到天明始毕,他起身往往在中午前后,而以午后为多。

慧剑在年轻时代,酷爱林译小说。他有一段时期写的散文与小说,也都是"林派"。其实真正比起林琴南来,张慧剑的文章,似乎更要精雕细琢一些。

林译小说一共有几种,言者不一,有的说一百数十种,有的说超过两百种。朋友也都知道张慧剑收藏的林译小说是齐全的。但是慧剑却不放心,他不肯承认齐全,因为沧海遗珠,在所难免。

(香港《大公报》1965年5月28日,署名:火青)

章太炎的怪家规

章太炎曾经被袁世凯邀请到北京。名为邀请,实有监视之意。章家在钱粮胡同,他定居后,便与家中仆役,定下几项条规:

一、对本主人须称"大人",对来宾亦须称"大人"或"老爷",而不得称"先生"。违者受罚。

二、逢阴历初一、十五须向本主人行叩首大礼。以贺朔望。

章太炎的门生钱玄同,知道后就对老师说,在清朝,家仆也不称主人为"大人"。哪有现在称"大人"的呢?章太炎却说,正因为"大人""老爷"都是清朝称呼,如今北京还是由帝制余孽所盘据,所以我要他们(指仆役)以"大人""老爷"相称,以示我身还在皇帝老爷的牢笼里耳。

(香港《大公报》1965年5月29日,署名:浦发)

不 对 而 对

抗战胜利后的一年秋天,上海四马路一家酒店,登着一则广告,好

像是这样说的:

请吃鉴湖善酿,绍兴太雕,佐以阳澄河清水大蟹。

后来,一家小报收到一位市民来的一篇小稿,它是给这家酒店的广告作对对子的。它说:

若论妓女贞操,强盗慈悲,等于蒋介石礼义廉耻。

那位编辑先生批道:设想新奇,虽不对而对,自可取也。

(香港《大公报》1965年6月1日,署名:未妨)

虞洽卿的"公开眷属"

虞洽卿其人,过去的"古与今"上,已一再提到,这里不再介绍。

单说虞洽卿名气之响,在旧上海几于妇稚皆知,他老而好色,在当时也名震"洋场"。他的眷属之多,别人固无法统计,连他自己恐也并不完全有数。眷属分公开与不公开两种,单是公开的就有一妻六妾。她们的称呼有叫"山北太太",有叫"苏州太太",还有什么"英租界太太"、"法租界太太"以及"福履理路太太"等。

至于不公开的则一律不称太太,而称小姐。因为这头色狼到了老年,偏爱雏娈,有些被他蹂躏的或收作专房的女人,比他的孙女儿还年轻些哩。

(香港《大公报》1965年6月3日,署名:未妨)

小抖乱"永不小便"

旧上海富商叶澄衷之孙叶仲方,绰号"小抖乱",是三十年前有名的怪物。前两年本报副刊上的《怪人列传》中,有人曾一再写他的荒唐行事。就我所知,补记一则于下。

当时的上海人,几乎没有不知道叶仲方有随地小便的习惯。比如他自己驾着汽车,驶至最热闹的南京路上,想着小便,立刻把汽车停在路边,这里不管是先施公司或是永安公司的门口,他就小便起来。"租界"规例,凡随地小便者,必须罚锾示警。所以他每次小便时,总是把规定罚款的钞票,拿在手上,遇到巡捕前来干涉,他一边小便,一边把钞票塞在巡捕手里,叫他当面点清数目。

有一回,他又在南京路上小便,那个值班的巡捕因为他违反规章的次数实在太多,便将他带到就近的老闸捕房。罚款之外,还要他立一张永不再犯的保证书。叶仲方当即运笔如飞地写道:"叶仲方以后永不小便,若再小便,当请本捕房诸君共饮。"捕房的人看了,问他第三句什么意思。他说,我准备请你们吃一顿大菜啊。

叶仲方中英文都有根柢,也能写诗作画,书法尤为俊逸。但是他过分的跅弛不羁,以致使人看不顺眼。

(香港《大公报》1965年6月19日,署名:未妨)

邹恩润·韬奋·季晋卿

韬奋姓邹,恩润是他的学名。自从主持《生活周刊》以后,在这个刊物上有一个《小言论》的专栏,都由他执笔,署名开始用韬奋两字。及至这一专栏为广大读者所爱护,因而也爱戴到作者。那时候,经常有读者给韬奋写信,在信上问起他的名字,韬奋是真名还是笔名。韬奋曾在刊物上公开答覆:"韬奋是真名,也是笔名,姓邹。"

一九四三年,韬奋病重,从苏北潜入敌占区上海治疗,这时他取得一张化名为"李晋卿"的身份证,他在李字加了一撇,成为"季晋卿",投医院治病。他是患的癌症,终于不治病故,在寄柩期间,棺材上一直挂着"季晋卿"的名字。直到抗日战争胜利后殡葬时,才正名为"邹韬奋"。

(香港《大公报》1965年9月6日,署名:未妨)

看煞雁来红

上海的街道绿化,几乎到处可见,其间有很多是刻意经营的。比如我家附近的陈家巷,原是旧式石库门弄堂,从七八年前,把沿马路的店面拆除以后,在一大片空地上,改为绿化地带,筑了一排绿色的短篱,傍篱遍植女贞,小圃中又种树,又种花的,花开四时不绝。

但最是吸引行人的,要算夏来秋出的雁来红了。因为这里的雁来红种得多,长得壮,所以当它转绿回红的时候,望上去好像一盆一盆的火,在烈日下看,红得叫人睁不开眼,从此,我才知道文字里的"惊红"二字,用得真妙。

街道绿化,都是里弄委员会做的,有专人负责。我打听了一下,陈家巷的绿化工作,是一位退休工人自告奋勇来担当这项任务的。他不是花工,但他一向爱花,也懂得莳花的艺术。比如他种雁来红,就在旁边又种了一串红、鸡冠和秋蓼,这些都是红花。我每次下班回去,正当斜阳犹炽的时候,只见雁来红,红得那样抢眼,而其他的都为之失色。有一天我给那位莳花的老人提意见了,我说他不应该把许多红花种在一起,让它们杂然并放。他笑了笑说,你如果欣赏雁来红,那末现在正是可以看煞雁来红的时候。不是吗?在你眼睛里,好像只有雁来红在一枝独放,可是你若在清晨来,那末雁来红就没有这一番气概。这时候,看起来它很平常,而鸡冠却是呈淡紫色,蓼花呈小红色,一串红也显出了它固有的娇红。要知道,在清晨,我一看到这些淡紫轻红的花,自然地会感到节令的变迁:是新秋了,不是盛夏。

听了他的话,才知道这位老人,不但擅于种花,也还有自己一番种花的道理。

于是我又发现,我们的劳动人民大都是爱好种花的。程度有深浅不同,在我工作的地方,有一位门卫和一位机器房的工人,都把种花看作生活中的一件大事。那位工人,每年都要给我留许多花种,有的是种籽,有的是根茎,还教我栽种的方法。而那位门卫,更是种花的一把巧手。去年,他邀我到他家去做客,看他栽培的一株大丽花。一丈来高,挺立在一只瓦盆里,只开着一朵似向日葵那样大的花。而种的月季花,也都是肥肥的朵头,他自己说,宁少取大,舍繁就简,这是他种花的风格。

工人、门卫的家,都在工人新村里,门前都有隙地,有条件种花,因

而也有条件讲种花的风格了。(自上海寄)

(香港《大公报》1965年9月9日,署名:高唐)

常州的黄仲则故居

"全家都在西风里,十月衣裳未剪裁。"很多人都熟悉这两句古人的诗,尤其是一些多愁善感和嗟贫叹苦的人,更欢喜这样凄酸的诗句。这是清代黄仲则写的一首七律中的最后两言。

黄仲则名学仁,江苏常州人。只活了三十五年就死了。他传世的作品有《两当轩诗集》二十卷。从《常州府志》上看,有"诗人黄景仁居白云渡上"的记载。但近年有人到白云渡荼访他的故居,却一无所得。据当地的老年人说,黄家不在白云渡上,而在城里东北隅的马山埠。这马山埠是一条古巷,其中聚居的多半是黄氏族人。比如巷口有一家小杂货店,店号就叫黄宝兴,而九十号是黄氏宗祠。翻阅祠堂里藏存的黄氏家谱,查访者得到的线索,肯定黄仲则的故居是现今马山埠八十二号门牌的一幢古屋。

问到八十二号,屋主人叫黄宝熙,果然是仲则的裔孙。如今也将近八十高龄了。八十二号这幢房屋是目前常州城里最老的一座民房,它建于明代,距今已五百多年。因为当时建筑材料的坚实,房屋保养得还很完整。据黄宝熙的指点,这座房子的一间厢房,就是被当时黄仲则称作"两当轩"的书屋。屋很小,窗上还用老式的蠡壳,屋外有个小天井,种着香橼树、木瓜和桂树,枝条都已伸出墙外。

查访者还在大厅后面发现堆在地上的一百多块木板,是最早刻的《两当轩集》。其中一块刻着仲则的肖像,草帽蓄须,清癯得像个老人。

(香港《大公报》1965年9月10日,署名:未妨)

罗瘿公与副刊

罗瘿公是清末名士,作的诗文,写的隶书,都很出名。他同程砚秋是忘年交,当时有人说,程砚秋有后来的成就,都是罗瘿公把他抬出来的。这话不可信,如果不是程砚秋自己从小的刻苦锻炼,后来的立意创新,罗瘿公再有天大本领,也不可能把程砚秋捧成一个自成一派的、死后留名的表演艺术家的。此话不提,且说有关罗瘿公写字的两个小故事。

旧时代中国银行发行的钞票上用的"中国银行"四个标准字,是方方整整的隶书,出于罗瘿公的手笔。后来中国银行给罗瘿公送去银洋四百元,每一个字,谢他一百块银圆,在当时应该说是书家收入的一注最大的润笔。

一九二一年,《北京晨报》上辟了一个叫《晨报附镌》的专栏,很受读者欢迎。不久,《晨报》要把它扩大为"专页",依旧叫"晨报附镌"。他们去请罗瘿公写一个报头,但罗瘿公写来的却是"晨报副镌",他还叫人带信说,隶书没有"附"字,只有"副"字。于是《晨报》也只得用"晨报副镌"了。这以后,凡是报纸每天要办一个"报屁股"的都称为副刊,这副刊的名称,就是从《晨报》的"副镌"上衍化来的,直到现在,还在延用。

(香港《大公报》1965年10月7日,署名:焦决明)

[编按:焦决明笔名,又见于《新民晚报·嘘烂篇》。]

西泠印社制泥人

上海之有西泠印社,已经六十多年了。它起始时开设在近偷鸡桥的一条叫渭水坊的弄堂里。地处杂闹,房屋陋旧,这家虽然经营的是风雅业务,但店堂里的陈设,却是乱七八糟,除了排列它家的产品各种印泥之外,堆放着许多名家印谱,大批的《悲盦三十六种》(赵之谦著),常年放在那里寄卖。这是我在四十年前第一次去西泠印社的印象。

西泠印社的创办人是吴石潜,他本身是金石家,又能精制印泥,名闻全国。吴昌硕生前,对吴石潜作的印泥,佩服到五体投地,他有这样两句夸张西泠印泥的话:"其膏沃而不渗,其色粲而不渝。"所以认为是印泥中的上品。

吴石潜的妻子叫孙织云,书画金石,无所不通。吴石潜到了暮年患病时,便将制泥的一套秘方和手法,统统传授与他的妻子,孙织云果然把丈夫的一手绝艺,搬到了自己身上。可是吴石潜下世不久,孙织云也突然患了瘫痪症,偃卧在床。她怕这行本领,会从此消失,看到自己的媳妇,是个心灵手巧之人,便在卧病期间,把制印泥的方法,一桩桩、一件件的教给媳妇,教了九年,自然孙织云的本领,又搬到了媳妇身上。这时孙织云也与世长辞了。

媳妇的名字叫丁卓英,此人今年六十四岁,她还是上海西泠印社的技师。人家都尊称她为丁师傅。解放以后,西泠印社的印泥秘方,就是由丁卓英献给国家的。但是秘方公开了,却不等于配制的必然是高质量的印泥。因为要做出高质量的印泥,除了配方准确,还要靠做的人的手上功夫。这就不是一朝一夕的事。比如搅拌艾绒和硃砂这一工序,在一双手上就得大显颜色。手腕用力轻重缓急都有分寸,丝毫马虎不得。这种功夫一时也讲不清楚,只有在长期操作中悉心钻研和体会,才能得出窍要。

如今,丁师傅也老了,为了不让这行手艺的失传,听说她已经收了艺徒,把她的本领,也像她的婆婆教她时一样,口授面教,使制泥能手,代有传人。

(香港《大公报》1965年10月7日,署名:白宛)

醉石终成烂石

国画家傅抱石于九月间谢世。最近,上海正在举行的华东美术展览会中,在江苏省部分内,犹能看得到这位老画家的大幅遗作,都是写的现代题材。其中有《化工城》一幅,为五位画家合作的,以傅领衔,其他四人是:钱松岩、丁士青、张文俊与宋文治。

傅抱石与故画家司徒乔交好,司徒乔病故前二年,从北京到上海、到广州,路过南京时特地去探望老友。司徒因为身体羸弱,平时滴酒不饮,他看见傅抱石每餐必饮,甚是担心,曾劝傅说,年事已增,戒酒为宜。傅却说,我是一块石头,至多浸成"醉石",而不致浸成"烂石"耳,言下之意,大有酒非喝不可。

(香港《大公报》1965年10月17日,署名:未妨)

旧上海的罪恶之街:百老汇路

到过上海的人都知道外白渡桥旁边有一座十八层的高楼——上海大厦。现在这里是旅店,经常接待着港澳同胞和归国华侨。但它在旧上海时却不叫上海大厦,而叫百老汇大厦。原来在抗战以前,这一带是被帝国主义所掠夺,作为"美租界"的区域。大厦的后面,有一条沿着黄浦江修筑的马路,现在叫长治路,从前则叫"百老汇路"。在"百老汇路"时代,跟美国的百老汇一样,肮脏黑暗,成为罪恶的渊薮。

说起美英法帝国主义在"百老汇路"伙同干下的血腥罪行,是令人发指的。早在一八四八年,这个区域已被美国强盗所霸占,它们就在这条路上开设着酒吧、赌场和烟窟。酒吧,似乎只是供给帝国主义强盗船上的水手饮酒和玩弄女人的地方,其实不然,它们还有另外一个阴毒的策划:利用酒吧里雇佣的吧女来引诱中国的青壮年人进去,供它们掠卖人口。

据记载,当时几乎每天都有一些中国人堕入它们这个魔窟,被它们用加了蒙汗药的烈性酒,让中国人一杯入肚之后,即不省人事,强盗们便将醉倒的人用麻袋捆扎起来,装到停泊在黄浦江边的强盗船上,待积聚了一批之后,再运到美洲去贩卖,终身充当苦役。它们把这种被掳掠去的中国人称为"猪仔"。

这种昏天黑地的活动,不但得到美国领事的支持,也得到英法侵略者当局的协助,至于清朝政府对内残民,对外屈膝,明知帝国主义干的这些暴行,却从来不敢起来交涉,更谈不到加以制裁了。

但是终于激怒了上海人民。当一八五八年七月,吴淞口外有一艘吉尔楚得号的强盗船,船上满载着掳掠去的中国青年,其中有四十多人,因不堪强盗的残暴,奋身抗拒,却被强盗推入海内,无一生还。惨案爆发后,上海人民纷纷起来抗议,他们到处寻找失踪人的下落,果然在外国教堂和法国领事的住宅内,搜出一批已被劫掳尚未运走的中国人,这些人因被逼吃过毒药,以致声音嘶哑,鸠形鹄面的都不像人样了。

证据获得之后,当时就有三百多个上海的爱国人士,聚集拢来,先把那所教堂拆毁,又把一个名叫波顿的人贩子痛殴一顿,并在南京路上(当时叫"花园弄"),拦住了英国领事李国泰,打得头破血流。经过这一场激烈的斗争,帝国主义在"租界"上掳劫人口的罪恶活动,才稍稍收敛一些。

(香港《大公报》1965年10月18日,署名:维芳)

瓯文的创制人:陈虬

陈虬是浙江瑞安人,清末的一位医家,也是文字改革家。他的先世三代都是漆工。有一次陈虬的父亲在当地一家乡绅家里(地主)做工,歇响的时候,坐在厅堂的一张靠背大椅上打盹,给那家店主人看见了,当时把他叫醒,并呵斥他说,你是一个漆匠,怎么能堂而皇之坐在厅堂上呢?说罢,把他从椅子上撑了下来。陈虬的父亲气不过,从此就叫三个儿子都埋头读书,读了书可以不做被"上等人"看不起的手艺工了。

陈氏弟兄中,陈虬最小,但成就最大。他的著述最著名的是《平海通议》。但他始终不得志于官场。居故乡时,白天行医,晚上讲学。在瑞安设有利济医院,在温州则设有利济学院。现在我们都在搞文字改革工作,其实陈虬在一百多年前,早已试过,那就是他著的《瓯文音汇》。所谓"瓯文"是温州文字,他认为汉字的方块字很难认,而温州的语言又那么疙里疙瘩的,于是想出一套用拼音字母拼写温州音的一套方法来。字母的形体为汉字笔划,近于蝌蚪文,用的是声韵双拼制。这套方法制成后,便著成了《瓯文音汇》。在他办的学堂里先要求教师学习,又教校工学习,推广到家庭里,陈家一门都学习"瓯文",写作也用"瓯文"。

自然,陈虬的瓯文是方言拼音,即使普遍推广,也只能在瑞安、温州一带,局限性很大。不过他对汉字改革的精神,毕竟是可以佩服的,因此到了前几年,我国已经把久已绝版了的《瓯文音汇》,重新印行,作为"文字改革丛书"之一。

陈虬生于封建时代,但观乎他生平的作为,都证明他的思想是比较新的。据他后人传述,在那个时候,陈虬已反对女人缠足,他认为女人缠了足,便成了废物,所以绝对禁止他的后代人缠足。他有一个女儿,今年已经九十多岁了,还健在瑞安,这位老太太就是天足。

(香港《大公报》1965年10月24日,署名:未妨)

程砚秋与朱洗

在当年梨园界里,常常有人议论着,京戏的大角儿中哪一个最有钱?而很多人都说程砚秋是最富的一位。

程先生是不是京剧界的富翁,笔者也无从证实。不过,大家知道程先生在解放前,挣的包银很大,而他本人却非常俭朴;他不像梅兰芳先生那样有许多人跟随着,家庭开销较大,从这一点上判断,可能程先生会比梅先生善于积蓄。

这些不谈它了,且说一段故事:

程先生有一个极要好的老朋友叫朱洗,是我国有名的生物学家。《现代生物学丛书》八大本,就是朱先生写出来的。这位先生在旧社会里,一直很穷,但他从来不向别人叫穷;若一旦手上有了几个钱,便不知怎么用才好,遇到熟人,每每问道:"你要用钱吗?我现在有钱了,你拿些去用吧。"

解放后,朱先生有一个时期在青岛工作。有一年,适巧程砚秋到青岛演出,朱洗跑去找他,对程先生说:"现在我的稿费收入很多,用不完,我来请你吃饭。"程先生听了,冲着他笑笑说:"你会比我更有钱吗?"朱洗瞪着眼,望望程砚秋,只有承认吃瘪。

程砚秋逝世后不过两三年,朱洗也病逝在上海。

(香港《大公报》1965年11月25日,署名:维芳)

潘复与靳云鹏

报人林白水是一九二六年,被张宗昌在北京杀害的。杀的人是张宗昌,而主使人是潘复。潘在当时的北洋政府做财政厅长。依附张宗昌后,林白水便在报上骂他。那时白水办的一张《社会日报》,另外还办一张谈掌故又谈古文艺的小报叫《生春红》,在这两张报上,都有他自己写的论文。那一年他用"袖手"的笔名,写了一篇文章,尖酸地讽刺潘复,说他与张宗昌亦步亦趋,有如张宗昌的肾囊。潘读报怀恨在心,便教唆张宗昌,把林白水杀害于京郊。

按潘复字馨航,本是山东富家子,他本来没有做官的门道,后来由靳云鹏把他捧上台的。原来靳云鹏是穷苦人家出身,他的母亲便是潘复的乳母。后来靳长大后投入军旅,逐年加官进爵,由军人而一直作到国务总理。因为他一目微眇,时人称他为"白眼内阁"。靳显贵以后,潘复因缘际会,也登上宦途,所以他作官的时候,已是中年人了。

(香港《大公报》1965年12月11日,署名:焦决明)

民 国 四 公 子

一九三〇年前后的报纸上,有人把张学良、张孝若、段宏业、卢小嘉称为"民国四公子"。这四个人,除了父亲都是风云人物之外,没有其他共同的特点。后来有些新闻记者要捧孙科,觉得卢小嘉这个"公子"不大够格,于是把卢拉下来,把孙科补为"四公子"之一。

孙科这个"公子",有荒唐的一面,另一面,他背叛父亲的遗志,一味追求高官厚禄,政客气味非常浓烈,这一点,他比卢小嘉更不够格。卢小嘉是军阀卢永祥的儿子,解放前,长期混在上海,吃吃白相相,一副"公子"派头。卢永祥虽是甲子战争中一个穷兵黩武的主将,但他的声望毕竟还不及张作霖、张謇、段祺瑞之流,把他从"四公子"的名单上拉下来,道理或在于此。

(香港《大公报》1965年12月17日,署名:未妨)

金焰与"和血丹"

三十年前的"电影皇帝"金焰,近年患着严重的胃溃疡症,以至不能工作,终日坐卧偃息,在家静养。一年前医生把他的胃切除了一部分,但仍不见全愈,故而形容枯槁,见过他的都说老金瘦得可怕。

去年有个朋友介绍他服用一种叫"和血丹"的成药,老金进服后,觉得这种药对他的病有特效,病势减轻得很多,精神也因之振发,能够出门散步。他高兴之余,便逢人宣扬"和血丹"的疗效。

"和血丹"是湖北省一个医药单位的出品,它的原名叫"竹纸丸",据说问世于明朝末年,是一家姓谢的祖传秘方。一向宣称它对肠胃病、关节炎、心脏病、经血不调、四肢无力以及血吸虫病等二十多种症状,都有疗效。因此不但在湖北家喻户晓,连外地的病家,也远道求购。因为这样,湖北省的卫生部门,为了对病家负责,曾经对"和血丹"作过一番研究工作,证明它对缺铁性的贫血有效,对失血后的贫血特别有效。其他许多病症,有的有效,有的不一定有效,金焰的服用"和血丹"正好对症,使他的病有了起色。

(香港《大公报》1966年1月18日,署名:浦发)

郁达夫的那把剑

一二月前,本栏登了一篇《郁达夫故剑归幼主》的小文,并记述了达夫的一首题剑诗,诗的首句是"秋风一躬起榆关"。刊出之后,有读者写信给编者提出疑问,因为"躬"字失粘,要求校核后加以更正。编者写信给我,要我在上海替他核对一下。要核对就必须看到那把宝剑,我只好去寻找那位收剑人郁云,他是达夫的第二个儿子。

年初二，郁云提了那把宝剑，到他的伯母家里去拜年。郁云的伯母是郁华夫人陈碧岑，也就是画家郁风的母亲。老太太知道我要看一看那剑上的诗，所以打电话叫我上她家里去与郁云见面。

那把剑，的确是三尺龙泉，开了口的，锋利无比。红木的剑鞘，有好几道白铜的箍子，分量很重。剑鞘上又刻满了当时朋友给达夫题的铭文。而达夫的题剑诗则刻在剑身的下端，字体只有三号铅字那么大小，其他字迹都很清晰，只有第一句里的第四个字，也就是读者认为有疑问的那个"躬"字很难辨认。它的左边像个草体的"身"字，而右边就像"了"字，那样曲了几曲，所以有人把它当作"躬"字认了。我看了半天，觉得它除了像"躬"字外，最接近的是像草体的"夜"字。因为达夫在这首诗的后面，还有这样几行字："君实诗，训伦女，壬申九月，达夫自刊。"时当九月，则"秋风一夜起榆关"，很可能是写的当时即景。但是从"君实诗，训伦女"这六个字，又好像诗不是出于达夫之手，而是借别人的诗，题自己的剑的。这又怎么讲呢？

郁云今年三十五岁，他说，朋友送这把剑的时候，他才三岁。他们弟兄三人，老大老三对文字都不感兴趣，因而对先人遗迹，并不关心，只有他一直在搜罗父亲的遗作，达夫的诗和日记，基本上都已搜齐。自从宝剑回到他手中以后，他找遍了父亲的遗稿，在诗集里既没有这一首题剑诗，在三十二年的日记中，也无只字谈到有人赠剑的事。既不发现"君实"其人，即使剑鞘上那些刻着铭文的朋友的名字，也没有一个在日记上提到过的。郁云还说："父亲是不是有这么大的腕力，能在纯钢上刻出这几个字来，这些都是疑问。但可以肯定的一点，剑的确是父亲的东西，因为那位替达夫藏剑二十八年的许振老先生（今年七十七岁）叙述当时达夫托藏宝剑的地点和经过，都是符合实际情况的。"

后来郁老太太叫郁云把剑上所有的名字以及达夫题剑诗都抄写下来，让她月底带到北京，有便时，去请郭沫若先生回忆一下，看郭老是不是认识这一些人，也许可以判断出这首题剑诗究竟是什么一个来历。

（香港《大公报》1966年2月5日，署名：班婴）

几件蓝布长衫

旧上海有几件"脍炙人口"的蓝布长衫。

第一号"闻人"、买办资产阶级的虞洽卿,少年时从三北(宁波)故乡到上海寻生路,没有行李,身上只穿一件蓝布长衫。他从小失学,目不识丁,直到做了"闻人",也识字不多。所以那时候上海的大流氓,大多不让他们儿子和孙子进学校,他们唯一的理由就是因为虞洽卿也没有读过书,照样做出大市面来。

第一次世界大战以后,上海出现了一个"颜料大王",他的名字叫薛宝润。此人从家乡江阴坐了一条航船到上海的时候,也是没有行李,身上也只穿一件蓝布长衫。后来在颜料里发了财,成为上海最大的富翁之一。他的财产之多,从一件事可以说明:他的第二个儿子叫薛炎生,因为跟大流氓黄金荣争夺一个著名的坤伶露兰春,被黄金荣诈了一百万两银子,这笔钱就是薛宝润替他儿子了的。

上海在帝国主义盘踞时期,有一个大吸血鬼,英国籍犹太人哈同。哈同身旁有个亲信叫姬觉弥,是个徐州人。当他穷苦的时候,由亲戚把他引到上海。曾经有人写姬觉弥的历史,说他一到上海,第二天就跟亲戚到哈同花园上生意,那是个细雨濛濛的早晨,雨水打湿了他身上唯一的一件蓝布长衫。这就是后来爬到哈同家里的总管,人称姬总管的姬觉弥。

(香港《大公报》1966 年 4 月 19 日,署名:未妨)

"奖总司令"的风波

抗日战争前上海报纸上有人作了一幅漫画:梁柱上挂着一只火腿,火腿上写着"蒋腿"两字;一只老鼠,正在咬那根吊挂火腿的绳子,绳子快要咬断,一断,"蒋腿"就要掉下来了。"蒋腿"自然是隐喻蒋介石政权,而老鼠是指什么,现在已记不起来,总之这幅漫画是故意讽刺蒋介石的,记得当时为此引起了一场不大不小的风波。

但是不久又发生了"奖总司令"的一个笑话,原是无意造成,但闹的却是全市喧腾。因为这个笑话出在当时号称日销十万份的《新闻报》上,而那段新闻,又是头版头条,"奖总司令"四个字竟是七行头的特大铅字。那到底是怎么回事呢?

发生这个笑话那一年是一九二七年,正当蒋介石叛变革命,大肆屠杀爱国人士的时候。有一天蒋贼发了一通布,要上海报纸刊载。这份底稿是由"上海警备司令部"送到《新闻报》的。说明必须要登在最显著的地位,《新闻报》的老板汪伯奇,哪敢不依,答应一切照办。

这天晚上,编辑部的稿件都已登齐,版子也已拼好,正当敲压版子的时候,忽然把蒋介石的那个"蒋"字敲压碎了,这自然要重压一块。压版工人关照旁边的一位助手从铅字架上拿一个七行头的"蒋"字过来,这位助手以为是什么奖券开奖,他就检了一个"奖"字给压版师傅,这位师傅也不检查一下,就插了进去。待纸版压好,立刻浇版,又立刻装到轮转机上,机扭一动,报纸像喷漆似地吐泻出来。其时已在清晨,一面出报,一面发行,接到报纸的读者一看,赫然"奖总司令"四个大字,登在《新闻报》的首页上面。

第一个注意的自然是经手发稿的"警备司令部"。这一群蒋介石的爪牙,一看到这个情形,立刻疑心《新闻报》内部定有异党分子捣蛋,便声势汹汹地赶到望平街上,要《新闻报》交出捣乱分子。报馆人员把经过说明,这群家伙,认为不管这个工人有意无意,总之他把蒋字打得粉碎,即是对它们的主子最大不敬,于是立刻会同"租界"的巡捕房,将那压版工人从家里拖进了"司令部"的监牢。

在《新闻报》,这是一场轩然大波。汪伯奇吓得六神无主,他一面去求虞洽卿,请虞直接向蒋贼说情。自然,汪伯奇这样着急,不是急的工人的生命安全,急的只是闯了这大的祸事,他的这只聚宝盆的《新闻报》,大有封门危险。因此托了一个虞洽卿不够,还去求蒋的老头子大流氓黄金荣,向他门徒说些好话。后来听说这件事的结果,还是蒋介石买了流氓老头子的账,没有追究下去。

(香港《大公报》1966年4月20日,署名:戴古纯)

从《反谢饭歌》说起

近来正在看一本新小说《文明地狱》,这是写解放前天津一家工厂,用"文明"的手法,向工人压榨。里面写到这工厂编了一首《谢饭歌》,叫工人在饭前必唱,不唱,则不得举箸,罚他饿肚一天,以谢"天父"。那首歌词是这样写的:"感谢天父,保佑平安,养我肉体,赐我一餐;更赐灵粮,心灵强健,敬虔为人,讨主喜欢——阿们。"

这首歌词,似通非通,倒是后来有个工人因为看不过,他编了一首《反谢饭歌》,在饭前高唱,从此逼使那家工厂只好宣布不唱《谢饭歌》。这位工人的歌词,不但通顺,而且把那家工厂骂得痛快有力,那歌词云:

"什么天父,全是扯淡!我们吃的,自己血汗,我做牛马,你来白拣,我不干活,你就完蛋!——妈的。"

从《文明地狱》的《反谢饭歌》,使我想起了旧上海中西女塾的事来。中西女塾的开办,距今已有六十多年(一八九二),创办人是美国传教士海淑德。这个老太婆是帝国主义派到中国来,专门对中国女孩子灌输奴化教育的。当时入学的都是一些阔人家的女儿,如宋子文的老婆张乐怡、刘纪文的老婆刘淑贞以及四十年前在上海社交场中有名的所谓名媛如唐瑛、郭安慈都是出身于这家学校。因而中西女塾有第一贵族教会学校之称。

凡是教会学校,学生都要住宿在里面,因而在吃饭之前照例都要先唱《谢饭歌》的。《谢饭歌》各自编造,中西女塾的《谢饭歌》,则是用上海白唱出的,它的歌词云:"天父天父,拨我吃饭,拨我穿衣,拨我读书,保我屋里。谢谢天父,勿会忘记——阿们。"

后来海淑德办了中西女塾不算,还要想在苏州办一家同样的学堂,一切都筹备好了,可是这个老太婆忽然翘了辫子。她的遗志由另一个叫贝厚德的传教士去完成。贝厚德在苏州天赐庄创办了景海女塾(景海是景海淑德之意,后改景海女师,它的旁边即东吴大学,现改为江苏师范学院),因为校址是设在苏州,所以这家学校的《谢饭歌》是用苏州白来表现的,它的歌词云:"伲个爷勒拉天上,俚个爱大得极,因为吃个、着个、住个才是俚赏赐个,伲哪哼好忘记伲个爷呐——阿们。"荒唐的是索性把"天父"两字,翻成天上的爷了。可笑的是,景海开办以后,各省各地的富家女儿,都赶往苏州求学,强使一群异地的姑娘们,都用苏白唱歌,这一个场面,这一堆音调,你想想就会发笑。

由此可见,帝国主义对我国人民侵蚀的手段是何等酷毒,它们让中国人从小就灌输这种吃个、着个都是天父所赐的影响,而耽于逸乐的这群富家女儿们,自然不会有什么觉悟,因而她们不能像《文明地狱》里的那个工人,会编一个《反谢饭歌》来对抗这种麻醉中国人民意志的毒辣阴谋。

(香港《大公报》1966年5月6日,署名:焦决明)

南方武生泰斗盖叫天之死

二十年前,梅兰芳、周信芳、程砚秋、盖叫天、王瑶卿、袁雪芬和常香玉等人,都是由周恩来总理扶植,获得"表演艺术家"荣誉的七位戏剧演员。如今五个男的都已先后谢世,剩下的只有袁雪芬和常香玉两人了。

在上海为京剧大师周信芳的冤案平反、昭雪一个月后,杭州市文化局也为另一位京剧表演艺术家盖叫天举行追悼会。为他受林彪、"四人帮"的诬陷,进行了平反、昭雪。盖叫天被"四人帮"残酷迫害了八年之久,于一九七五年含冤死去。这一天的大会仪式极为隆重,参加的人数也很多。上海除了京剧界人员之外,上海越剧院院长袁雪芬也曾赶往参加。

盖叫天晚年在杭州金沙江建置了一所住宅,并营了生圹。所以他在上海虽也有住所,却终年都在杭州居住。这一次大会以后,据盖叫天夫人向亲友们控诉林彪、"四人帮"对盖老施行的法西斯暴行时说,先是把一家扫地出门,家里人都蜷缩在一间暗无天日的小屋内。盖老从此就坐在一张凳子上,除了把他批斗的时候,才走出这间小屋的门。他七年没有洗澡,七年没有剃过胡子,直留到长须飘拂。批斗是经常的事,数不清的、莫须有的罪名都加在他身上。这还算轻的,每次批斗,总有一批凶徒对这位八十以上的老人拳打脚踢,使他身受重伤。而最后一次受"四人帮"指使的凶徒,在所谓批斗的时候,先是把老人留的胡须剪除,不但剪去了胡须,连颏下的一块皮肉也被剪掉,以致血流如注。接着又被一个凶徒一记猛拳打中了老人的要害。这狞恶的凶徒当时对盖老还说:"我打死你了,你去告诉周恩来吧。"由此可见,十年来林彪、"四人帮"对这些艺术家的摧残迫害,其目的无非是对付我们敬爱的周总理。真是一批该杀的凶徒。

果然,这一次盖老被抬到家里,他对着老伴说,这一下完了,被他们打着我了。不过几天,这一位南方的武生泰斗就与世长辞了。

(香港《大公报》1978年10月21日,署名:文风)

一部连续几十年的私人观察史

(《唐大郎文集》代跋)

　　唐大郎的名字,现在可能也算得上轻量级网红了,知道的人并不少,甚至有学者翘首以盼,等着更为丰富的唐大郎作品的发布,以便撰写重量级的论文和论著。这是我们作为整理者最乐意听到的消息。现在,皇皇大观12卷本的《唐大郎文集》的最后一遍清样,就静静地摆放在我们的书桌上,不出意外的话,今年上海书展上,大家就能看到这部厚厚的文集了。

　　唐大郎是新闻从业者,俗称报人,但他又和史量才、狄平子、徐铸成等人有所不同,他是小报文人,由于文章出色,又被誉称为"小报状元""江南第一枝笔"。几年前,我曾在一篇小文中阐述过小报的地位和影响:"上海是中国新闻界的重镇,尤其在晚清民国时期,几乎撑起了新闻界的半壁江山,而这座'江山',其实是由大报和小报共同打造而成的。大报的庙堂气象、党派博弈与小报的江湖地气、民间纷争,两者合一才组成了完整的社会面貌。要洞察社会的大局,缺大报不可;欲了解民间的心声,少小报也不成。大报的'滔滔江水'和小报的'涓涓细流',汇合起来才是完整的、有着丰富细节的'江天一景'。可以说,少了这一泓'涓涓流淌的鲜活泉水',我们的新闻史就是残缺不全的。一些先行一步、重视小报、认真查阅的研究者,很多已经尝到甜头,写出了不少充满新意、富有特色的学术论文。小报里面有'富矿',这已经成为越来越多的专家学者的共识。我始终认为,如果小报得到充分重视,借阅能够更加开放,很多学科的研究面貌一定会有很大的改观。"现在,我仍然这样认为。《唐大郎文集》的价值,就在于这是一个小报文人的文集,它的文字坦率真挚,非常接地气;它的书写涉及三教九流,各行各业;它更是作者连续几十年的私人观察史,因之而视角独特,内容则极为丰富多彩;而且,如果我记得不错的话,这是小报文人第一次享受这样高规格的待遇:12卷本,400万字的容量。有心的读者,几乎可以在里面找到他想要找的一切。

为了保持文集的原生态,除了明显的错字,我们不作任何改动,例如当年的一些习惯表述,有些人名的不同写法,等等。我们希望,不同专业的学者,以及喜欢文史的普通读者,都能在这部文集中感受来自那个时代的精神氛围,从中吸取营养,找到灵感,得到收获。

这样一部大容量文集的出版,当然不是我们两个整理者仅凭努力就可以做到的,期间受到来自方方面面的帮助是可以想象的,也是我们要衷心感谢的。这里尤其感谢唐大郎家属的大力支持,感谢黄永玉先生、方汉奇先生、陈子善先生答应为文集作序,还要感谢黄晓彦先生在这个特殊的疫情期间为之付出的辛劳。他们的真情、热心和帮助,保证了这部文集的顺利出版。请允许我们向所有关心《唐大郎文集》的前辈和朋友们鞠躬致意。

张 伟
2020年6月5日晨于上海花园